STUART MACBRIDE

Blinde Zeugen

W0349722

GOLDMANN
Lesen erleben

Buch

Der Anblick der Opfer ist selbst für altgediente Ermittler nur schwer zu ertragen. Mit ausgestochenen Augen und ausgebrannten Augenhöhlen, mehr tot als lebendig, werden polnische Einwanderer in Aberdeen aufgefunden. Wer hinter diesen unfassbaren Verbrechen steckt, können oder wollen die Opfer nicht sagen. Doch der Täter selbst schweigt keineswegs. In immer neuen anonymen Briefen an die Polizei beschimpft er die Immigranten als »fremde Wölfe«, denen Einhalt geboten werden muss, als Hunde, in deren Blut die Menschen waten werden. Für Detective Sergeant Logan McRae und seine Kollegen entwickelt sich der »Oedipus Fall« zum Alptraum. Steckt wirklich ein Verrückter, womöglich ein religiöser Fanatiker, hinter den Attacken? Oder sollen die Briefe nur davon ablenken, dass es hier um etwas ganz anderes geht? Beispielsweise um Verteilungskämpfe in der Unterwelt von Aberdeen, wo sich osteuropäische Kräfte ein Territorium erobern wollen. Konkrete Beweise existieren dafür allerdings nicht, und der einzige Zeuge einer der unmenschlichen Attacken ist der polizeibekannte Pädophile Rory Simpson, der bei der ersten Gelegenheit das Weite sucht.

Autor

Stuart MacBride hat bereits in einigen Berufen gearbeitet, bevor er sich dem Schreiben zuwandte. »Die kalten Wasser von Aberdeen« war sein erster Roman mit dem Ermittler Logan McRae, der in Großbritannien sofort für Furore sorgte. Er wurde als bestes Krimidebüt des Jahres mit dem *Barry Award* ausgezeichnet. Mittlerweile liegen bereits sieben packende Thriller aus der Serie vor. Stuart MacBride lebt mit seiner Frau im Nordosten Schottlands. Mehr Informationen zum Autor und seinen Büchern finden Sie unter www.stuartmacbride.com

Von Stuart MacBride bereits erschienen:

Die dunklen Wasser von Aberdeen. Thriller (46165)
Die Stunde des Mörders. Thriller (46262)
Der erste Tropfen Blut. Thriller (46574)
Blut und Knochen. Thriller (47029)
Blinde Zeugen. Thriller (47785)
Dunkles Blut. Thriller (Klappenbroschur, 54689)
Knochensplitter. Thriller (gebunden mit Schutzumschlag, 54699)

Stuart MacBride

Blinde Zeugen

Thriller

Aus dem Englischen
von Andreas Jäger

GOLDMANN

Die Originalausgabe erschien 2009
unter dem Titel »Blind Eye«
bei HarperCollinsPublishers, London

FSC
www.fsc.org
MIX
Papier aus verantwortungsvollen Quellen
FSC® C014496

Verlagsgruppe Random House FSC-DEU-0100
Das FSC®-zertifizierte Papier *München Super* für dieses Buch
liefert Arctic Paper Mochenwangen GmbH.

1. Auflage
Taschenbuchausgabe September 2012

Umschlaggestaltung: UNO Werbeagentur, München
Covermotiv: FinePic®, München;
Getty Images / Kenneth Barker; plainpicture / Arcangel
Gestaltung und Konzeption der Coverrückseite:
R·M·E, Roland Eschlbeck/Rosemarie Kreuzer
Redaktion: Eva Wagner
AB · Herstellung: Str.
Druck und Bindung: GGP Media GmbH, Pößneck
Printed in Germany
ISBN: 978-3-442-47785-2

www.goldmann-verlag.de

Machen bald die Äuglein zu …

1

Die Warterei war das Schlimmste: Dicht an die Hauswand gekauert, blinzelten sie in die untergehende Sonne und lauerten auf das Zeichen. Ein leer stehendes Firmengebäude in Torry – nicht gerade das wohlhabendste Viertel von Aberdeen –, in Windrichtung von einer Fischfabrik, umgeben von riesigen gelben Tonnen voller Köpfe, Gräten und Innereien, die in der warmen Luft des Juniabends vor sich hin faulten.

Ein halbes Dutzend bewaffnete Polizisten, drei Zweierteams von speziell ausgebildeten *Authorised Firearms Officers*, alle ganz in Schwarz. Schwitzend und bemüht, nicht durch die Nase zu atmen, horchten sie auf verdächtige Geräusche, was ziemlich schwierig war bei dem Jurassic-Park-Soundtrack, den die Möwen veranstalteten.

Nichts.

Ein Mann mit einem schwarzen Schal über Mund und Nase hob eine Hand. Bei den AFOs stieg die Anspannung.

Und drei, zwei, eins …

RUMMS – die Ein-Mann-Türramme krachte gegen das Schloss, und in einem Regen von Holzsplittern flog die Tür nach innen.

»*GO! GO! GO!*«

Rein in den düsteren Hausflur – graue Wände, schmutzig blaue Teppichfliesen.

Team 1 übernahm die Werkstatt am Ende des Flurs, Team 2 die vorderen Büroräume, und die beiden Beamten von Team 3 stampften die Treppe hinauf. Oben bremste Detective Sergeant

Logan McRae schlitternd ab – ein staubbedeckter Schreibtisch stand hochkant im Flur, in der Ecke eine tote Zimmerpflanze; dunkle Rechtecke an den Wänden, wo einmal Bilder gehangen hatten; vier offene Türen. »Gesichert!«

PC Guthrie – die andere Hälfte von Team 3 – schlich sich an die erste Tür heran, die MP5-Maschinenpistole im Anschlag, und spähte hinein. »Gesichert!« Er kam rückwärts wieder heraus und überprüfte den nächsten Raum. »Das ist reine Zeitverschwendung. Wie viele von den Nummern haben wir diese Woche schon durchgezogen?«

»Halt einfach die Augen offen.«

»Hier ist keine alte Sau«, meinte er, während er über die Schwelle trat. »Das ist vollkommen –«

Sein Kopf flog nach hinten, und ein Schwall Blut spritzte ihm aus der Nase. Guthrie kippte hinterrücks um und krachte mit dem Helm auf die verdreckten Teppichfliesen. Mit einem trockenen Knall ging seine Heckler & Koch los und riss in Bauchhöhe ein Loch in die Gipskartonwand.

Und dann ging das Geschrei los. Schrill und durchdringend, und es kam aus dem Zimmer: »*Proszę, nie zabijai mnie!*«

Logan entsicherte seine Waffe und stürmte durch die offene Tür. Ein Büro: kaputter Schreibtischstuhl, rostiger Aktenschrank, Telefonbuch … Frau. Sie lehnte zusammengesackt an der Wand, eine Hand auf das Loch in ihrer Seite gepresst, um das sich schon ein tiefroter Fleck gebildet hatte. Die andere Hand umschloss einen schweren Tacker, den sie wie eine Keule hielt. Er war mit Blut bespritzt.

Logan zielte mit der Maschinenpistole auf ihren Kopf. »Hinlegen, los!«

»*Proszę, nie zabijai mnie!*« Die Frau starrte vor Dreck, die langen dunklen Haare klebten ihr am Kopf. Sie schluchzte und zitterte. »*Proszę, nie zabijai mnie!*«

Irgendwas mit »bitte« und »nicht wehtun«?

»*Policja*«, sagte Logan und gab sich große Mühe, das Wort

korrekt auszusprechen. »Ich bin *policja*. Verstanden? *Policja*? Polizist?« Verdammter Mist – das hatte er nun davon, dass er im Polnischkurs drüben im Präsidium nicht besser aufgepasst hatte.

»*Proszę*…« Sie rutschte noch weiter an der Wand herunter, wobei sie einen breiten roten Schmierfleck auf der Tapete zurückließ, und wiederholte ein ums andere Mal: »*Proszę, proszę*…«

Logan hörte polternde Schritte auf der Treppe. Dann einen Fluch, als der Kollege den oberen Flur erreichte. »Hallo Leitstelle, hier Null-drei-eins-eins: Wir haben einen Verletzten; wiederhole: Wir haben einen Verletzten! Schickt einen Krankenwagen, aber *sofort*!«

»*Proszę*…« Der Tacker glitt ihr aus den Fingern.

Ein AFO stürmte ins Zimmer und schwenkte wild seine MP. Er erstarrte, als er die Frau entdeckte, die zusammengesunken an der Wand hockte, die Kleider blutgetränkt.

»Mein Gott, Sarge, was hast du mit ihr gemacht?«

»Ich hab gar nichts gemacht, das war Guthrie. Und es war ein Unfall.«

»Mist, verdammter.« Der Neuankömmling griff nach seinem Airwave-Funkgerät und rief noch einmal die Leitstelle, um wegen des Krankenwagens Dampf zu machen, während Logan mit seinen paar Brocken Polnisch unter Einsatz von Händen und Füßen die Frau zu beruhigen versuchte.

Ohne Erfolg.

Die andere Hälfte von Team 2 steckte den Kopf zur Tür herein und sagte: »Wir haben schon wieder einen.«

Logan hob den Blick von den blutunterlaufenen Augen der Frau. »Was soll das heißen – schon wieder einen?«

»Komm am besten gleich mit.«

Es war ein etwas größeres Büro mit schräger Decke. Durch das staubige Dachfenster drang das goldene Licht der untergehenden Sonne. Das einzige Möbelstück war ein ramponierter Schreibtisch mit nur drei Beinen. Die stickige Luft roch nach verbranntem Fleisch und menschlichen Exkrementen.

Die Quelle des Gestanks lag hinter dem kaputten Schreibtisch auf dem Boden. Ein Mann, in Embryonalhaltung zusammengekrümmt. Er rührte sich nicht.

»Ach du Scheiße…« Logan sah den Constable an. »Ist er…?«

»Ja. Genau wie all die anderen.«

Logan ging in die Hocke und tastete nach einem Puls, um ganz sicherzugehen.

Der Mann lebte noch.

Er fasste ihn an der Schulter und drehte ihn auf den Rücken.

Der Mann stöhnte. Und Logans Magen versuchte die Käsemakkaroni wieder loszuwerden, die es zum Mittagessen gegeben hatte.

Irgendjemand hatte den Typ windelweich geprügelt – ihm die Nase gebrochen und ein paar Zähne ausgeschlagen, aber das war rein gar nichts. Das war allenfalls ein Heftpflaster wert, verglichen mit dem, was mit seinen Augen passiert war.

Genau wie all die anderen.

2

»Okay, Leute, das reicht.« Detective Chief Inspector Finnie schlug mit der flachen Hand auf den Tisch und warf den versammelten Beamten böse Blicke zu, während er darauf wartete, dass endlich Ruhe einkehrte. Mit seiner Schmachtlocke, den Hängebacken und dem breiten Mund mit den wulstigen Lippen sah er aus wie ein Frosch, der gerade dabei war, sich in einen nicht besonders attraktiven Prinzen zu verwandeln.

»Dank der *erstklassigen* Arbeit von Team 3 gestern Abend«, sagte er, »hat sich bei der Presse irgendwie der Eindruck festgesetzt, dass wir ein einziger Haufen von Vollidioten sind.« Er hielt den *Aberdeen Examiner* von diesem Morgen hoch, auf dessen Titelseite die Schlagzeile prangte: »VERPFUSCHTE RAZZIA: POLIZEI SCHIESST UNBEWAFFNETE FRAU AN.«

Logan rutschte nervös auf seinem Stuhl in der hintersten Reihe herum. Die erste Operation seit sechs Monaten, an der er beteiligt war, und sie war »verpfuscht«. Verbockt. Ein Fiasko. Ein Desaster auf der ganzen Linie. Dass es gar nicht seine Schuld war – er war nicht einmal der Leiter des AFO-Teams gewesen –, spielte keine Rolle.

Er ließ den Blick zur Uhr an der Wand des kleinen Besprechungsraums wandern. Zwanzig vor acht. Die halbe Nacht hatte er im Krankenhaus verbracht und die andere Hälfte mit dem Ausfüllen von Papierkram – irgendwie musste er erklären, wie sie es geschafft hatten, aus Versehen eine Zivilistin anzuschießen. Im Moment bewahrten ihn nur zwei Stunden Schlaf und drei Tassen Kaffee vor dem Kollaps.

Finnie knallte die Zeitung auf den Tisch. »Ich habe heute Morgen schon zwei Stunden mit dem Chief Constable telefoniert – er wollte gerne wissen, warum meine *ach so professionellen* Beamten es nicht fertigbringen, eine simple Razzia durchzuziehen, ohne dass es Verletzte gibt.« Er machte eine Kunstpause und lächelte fies. »Habe ich mich bei der Einsatzbesprechung vielleicht nicht klar genug ausgedrückt? Habe ich etwa einen Anflug von Alzheimer gehabt und Ihnen gesagt, Sie könnten einfach jeden umballern, der Ihnen vor den Lauf kommt? Na? Denn die einzige *andere* Möglichkeit, die ich sehe, ist, dass Sie alle ein Haufen unfähiger Trottel sind, und das *kann* doch wohl nicht sein, oder?«

Niemand antwortete.

Finnie nickte. »Dachte ich mir's doch. Nun, Sie werden alle *hocherfreut* sein, zu hören, dass die Interne Dienstaufsicht sich des Vorfalls annehmen will. Die Ermittlung beginnt, sobald wir hier fertig sind.«

Die Reaktion war ein kollektives Aufstöhnen aller zwölf Anwesenden.

»Ach, nun stellen Sie sich nicht so an. Sie denken, *Sie* hätten Grund zur Klage? Und was ist mit der armen Frau, die jetzt mit einer Kugel im Bauch auf der Intensivstation liegt?« Er sah in Logans Richtung. »DS McRae: Superintendent Napier möchte mit Ihnen anfangen. *Bitte*, seien Sie so gut und tun Sie wenigstens dieses eine Mal so, als wären Sie ein Polizist. Okay? Können Sie mir den Gefallen tun? Bitte, bitte?«

Es war einen Moment lang still, während alles in die andere Richtung schaute. Logan merkte, wie er rot wurde. »Ja, *Sir.*«

»Und wenn Sie da oben fertig sind, schieben Sie Chauffeurdienst. Auf die Weise werden Sie vielleicht mal eine Zeitlang keinen Mist bauen. Nächstes Dia.« Finnie nickte seinem Assistenten zu – einem spindeldürren Sergeant, dessen roter Haarschopf an rostige Stahlwolle erinnerte –, und das Bild auf der Leinwand wechselte. Ein Mann mit einem Allerweltsgesicht, vielleicht Mitte zwanzig, grinste in irgendeinem Pub in die Kamera. »Das ist Opfer Nummer fünf: Lubomir Podwoiski.«

Wieder ein Nicken, und ein neues Foto erschien. Fast alle im Raum fluchten. Das fröhliche Gesicht war verschwunden, ersetzt durch den blutigen Alptraum, den Logan letzte Nacht gesehen hatte. Die Augen nur noch zwei zerfetzte Höhlen, umringt von verbranntem Gewebe.

Irgendjemand murmelte: »Du Scheiße …«

Finnie tippte auf die Leinwand. »Sehen Sie sich das in aller Ruhe an, meine Herrschaften – denn es wird wieder passieren, und immer wieder, so lange, bis wir das Schwein erwischen, das dafür verantwortlich ist.« Er ließ das entstellte Gesicht des Mannes eine volle Minute lang stehen. »Nächstes Dia.«

Das Foto von Podwoiski verschwand, und stattdessen sahen sie einen Brief, zusammengesetzt aus den unterschiedlichsten Schrifttypen in verschiedenen Farben. »Das ist heute Morgen gekommen.«

Ihr habt sie reingelassen!!! IHR habt
sie REINGELASSEN, und sie LAUFEN *FREI*
HERUM WIE DIE *HUNDE*. DIESE
polnischen TIERE nehmen uns die Arbeit
WEG. Sie *NEHMEN* uns die FRAUEN
WEG. Sie *haben* UNS SOGAR unseren GOTT
weggenommen! Und ihr UNTERNEHMT nichts.
IRGENDJEMAND MUSS für die GERECHTE *Sache*

KÄMPFEN. *Ich* werde tun, *was ich* **tun muss.** **Ich werde** *SIE* alle ***BLENDEN***, so wie **ich** den LETZTEN *GEBLENDET* **habe! UND** ***IHR*** werdet *im* **brodelnden** **BLUT** wilder *Hunde* WATEN!

Finnie hielt eine Kollektion transparenter Beweismittelbeutel hoch, jeder mit einer kleinen lasergedruckten Hassbotschaft darin. »Fünf Opfer; fünf Telefonanrufe; acht Briefe. Ich will, dass Sie alle das Profil *noch einmal* lesen. Ich habe mit Dr. Goulding vereinbart, dass er um drei vorbeischaut, um es im Hinblick auf das neue Opfer zu ergänzen, und es wäre *vielleicht* ganz nett, wenn wir ihm ein paar Fakten liefern könnten, damit wir uns wenigstens so anhören, als hätten wir einen *blassen Schimmer* von dem, was wir tun. Finden Sie nicht?«

Ein Termin bei der Internen Dienstaufsicht war in etwa so spaßig wie Zähneziehen ohne Narkose. Superintendent Napier – der Mann, dessen Job es war, seine Kollegen in den Senkel zu stellen, sobald irgendetwas schiefging – hielt Logan einen schier endlosen Vortrag, in dem er ihm haarklein auseinandersetzte, wie stümperhaft und unprofessionell Team 3 sich bei der gestrigen Razzia angestellt hatte. Und irgendwie war alles Logans Schuld … einfach nur, weil er Detective Sergeant war und Guthrie bloß ein Constable mit einer Heftklammer in seiner frisch gebrochenen Nase.

Nachdem er zwei Stunden damit zugebracht hatte, jeden Fehler zu erklären, den er in den vergangenen sieben Monaten gemacht hatte, durfte Logan endlich gehen. Grummelnd und fluchend stapfte er die Treppe hinunter und durch den Hinterausgang hinaus in die frische Morgenluft. Er musste ja schließlich einen Wagen besorgen, damit er das Privileg genießen konnte, DCI Finnie in der Gegend herumzukutschieren.

Auf dem Parkplatz hinter dem Präsidium wimmelte es von verbannten Rauchern, die die Morgensonne genossen, während sie ihre Lungen für die nächste halbe Stunde mit Nikotin auftankten. Logan bahnte sich seinen Weg durch die Menge zu der Flotte von CID-Einsatzwagen.

Dieser blöde Finnie.

Dieser blöde Finnie und dieser blöde Superintendent Napier.

Und diese saublöde, gottverdammte Grampian Police.

Vielleicht hatte Napier ja recht. Vielleicht war es an der Zeit, dass er sich Gedanken über »berufliche Alternativen« machte. Was auch immer, besser als das hier wäre es allemal.

»He, Laz, wohin des Wegs?«

Verdammt.

Er drehte sich um und erblickte Detective Inspector Steel, die lässig am nagelneuen Audi des Polizeipräsidenten lehnte. In ihrem Mundwinkel klemmte eine Kippe, und sie hatte einen großen Pappbecher Kaffee auf der Motorhaube des Präsidentengefährts abgestellt. Ihre Haare sahen aus, als hätte ein besoffener Gorilla sie frisiert – immerhin ein Fortschritt gegenüber gestern. Sie hielt ihr Gesicht in die Sonne und badete ihre Falten im Licht des herrlichen Sommermorgens. »Hab gehört, Sie hätten gestern Abend ein bisschen Stress gehabt …?«

»Falsches Thema, okay? Mir reicht schon, was ich mir heute Morgen von Napier anhören musste.«

»Und was hört man so von unserem allseits beliebten unermüdlichen Streiter für die Einhaltung der Dienstvorschriften?«

»Dieses rothaarige Arschloch.« Logan starrte den funkelnden blauen Audi an. »Der Chief bringt Sie um, wenn er rausfindet, dass Sie sein bestes Stück als Kaffeetisch missbraucht haben.«

»Lenken Sie nicht ab! Was hat Napier gesagt?«

»Das Übliche. Ich bin Scheiße. Meine Arbeit ist Scheiße. Und alles, was ich anfasse, verwandelt sich in Scheiße.«

DI Steel zog ausgiebig an ihrer Zigarette und produzierte ihren ganz persönlichen Rauchvorhang. »Ich muss zugeben, was das Alles-in-Scheiße-Verwandeln angeht, hat er nicht ganz unrecht. Nichts für ungut, ja?«

»Danke. Vielen Dank. Wirklich sehr freundlich.«

»Ach, nun seien Sie doch nicht so empfindlich. Sie haben eben eine Pechsträhne, so was kommt vor. Ist doch kein Weltuntergang, oder?«

»Sieben Monate sind keine ›Pechsträhne‹, das ist eine –«

»Wie auch immer«, unterbrach sie ihn, »heute ist Ihr Glückstag: Sie dürfen mich auf einer Tour zu unseren örtlichen Grundschulen begleiten. Da ist dieser versaute alte Sack, der die Kleinen in sein Auto zu locken versucht, indem er ihnen Hündchen und diverse Süßigkeiten verspricht.«

»Kann heute nicht«, erwiderte Logan und wich vorsichtig zurück. »Ich muss ins Krankenhaus, um unser neuestes Ödipus-Opfer zu vernehmen, und diese Frau, die wir –«

»Angeschossen haben?«

»Es war ein Unfall, okay?«

»*Aye, aye*, Mr. Mimose-vom-Dienst. Wie wär's, wenn ich mitkomme? Ich zeig' Ihnen, wie eine richtige Polizeibeamtin Zeugen befragt.«

»Von mir aus – Sie können hinten bei Finnie mitfahren.«

Steel klappte den Mund zu, und eine kleine Aschelawine ergoss sich über ihre Bluse. »Lieber hol' ich mir 'ne Blasenentzündung.«

»Früher oder später werden Sie mit ihm zusammenarbeiten müssen.«

»Müssen muss ich gar nix.« Sie nahm die letzten zwei Zentimeter ihrer Zigarette und drückte sie auf dem Rückspiegel der Präsidentenkutsche aus. »Amüsieren Sie sich ruhig mit DCI Froschmaul – dann kommt eben jemand anders in den Genuss meiner Genialität. Wo ist Rennie?«

»Kommt erst am Freitag wieder.«

»Ach, leck mich doch … Na schön, ich nehme Beattie mit – sind Sie jetzt zufrieden?« Sie machte kehrt, marschierte unter fortgesetztem Gefluche auf die Hintertür zu und verschwand im Gebäude.

Das Aberdeen Royal Infirmary war keine Augenweide. Eine Ansammlung grabsteinähnlicher Granitklötze, verbunden durch Korridore, Gehwege und überfüllte Parkplätze – das Ganze war ungefähr so reizvoll wie ein Tritt zwischen die Beine.

DCI Finnie hatte während der ganzen Fahrt schweigend auf dem Rücksitz gesessen und auf seinem BlackBerry herumgetippt. Wahrscheinlich boshafte E-Mails an den leitenden Detective Chief Superintendent des CID.

»Darf ich Sie mal was fragen?«, sagte Logan, während er auf der Suche nach einer Abstellmöglichkeit für den glänzenden neuen Vauxhall schon die zweite Runde über den Parkplatz fuhr. »Wieso haben Sie eigentlich nicht DS Pirie mitgenommen?«

»Glauben Sie mir, Sie waren nicht meine erste Wahl. Pirie hat heute Morgen einen Gerichtstermin; sobald er frei ist, übergeben Sie an ihn, verstanden? Auf die Weise bekommen wir vielleicht tatsächlich greifbare Ergebnisse.« Finnie sah zu, wie die nächste Reihe schlecht geparkter Autos draußen vorbeizog. »Also, so *sehr* ich Ihre kleine Sightseeing-Tour auch genieße, ich habe leider nicht die Zeit dafür. Lassen Sie mich am Haupteingang raus, Sie können dann später nachkommen. Denken Sie, dass Sie das ohne Pannen hinkriegen?«

Logan hielt den Mund und tat, wie ihm geheißen.

Fünfzehn Minuten später schlurfte er den Flur zur Intensivstation entlang, im Schlepptau einer übergewichtigen Krankenschwester mit Fesseln wie Baumstämme.

»Versteh'n Sie mich nicht falsch«, sagte sie, »die Leute können nichts dafür, aber trotzdem – wenn ich mich schon in einem fremden Land niederlasse, dann kann ich doch wenigstens die Sprache lernen, oder?« Sie bog nach rechts ab, immer den farbigen Linien im Linoleumboden nach. »Kaum haben sie was getrunken, schon können sie kein Wort Englisch mehr. Na schön, bei meinem Mann ist's ganz genauso, aber der ist aus Ellon, was wollen Sie da groß erwarten? … Da wären wir.«

Sie deutete auf ein Krankenzimmer am Ende des Flurs. Vor der Tür saß ein uniformierter Constable und las in einem reißerischen Klatschmagazin, auf dessen Titelseite die Worte »PROMIS MIT CELLULITE!« prangten.

»Also schön«, sagte die Krankenschwester, »wenn Sie mich dann entschuldigen würden. Ich muss zu einem zweistündigen Referat über die Wichtigkeit des Händewaschens. Was diese verdammten Politiker uns so alles einbrocken …«

Logan sah ihr nach, als sie grummelnd und mit quietschenden Sohlen davonwatschelte, und schlenderte dann auf den Constable zu, um ihm über die Schulter zu linsen. »Wer ist das denn?«, fragte er und deutete auf das Foto einer Frau im Bikini mit Dellen in den Oberschenkeln.

Der Constable zuckte mit den Achseln. »Keine Ahnung. Aber die Titten sind nicht übel.«

»Ist Finnie da drin?«

»*Aye* – und er sieht aus, als hätte ihm jemand in die Schuhe geschissen.«

Logan räusperte sich. »Muss ich Sie daran erinnern, Constable, dass Sie über unseren Vorgesetzten sprechen?«

»Deswegen ist er trotzdem ein sarkastisches Arschloch.«

Da hatte er allerdings recht.

Logan stieß die Tür auf und betrat das hell erleuchtete Krankenzimmer. Lubomir Podwoiski lag reglos im Bett, die Augenpartie mit weißem Verbandmull bedeckt. In seinem linken Handrücken steckte ein Morphiumtropf. Finnie und eine Polizeidolmetscherin hatten ihre Stühle links und rechts an das Bett herangerückt, und der DCI saß mit verschränkten Armen da, während die Dolmetscherin gerade etwas ins Polnische übersetzte.

Nach einer langen Pause murmelte Podwoiski eine Antwort. Die Dolmetscherin beugte sich weit vor und hielt ihr Ohr einen Zentimeter vor die Lippen des blinden Mannes. Und dann runzelte sie die Stirn. »Er sagt, er kann sich nicht erinnern.«

Finnie presste die Lippen zu einem dünnen Strich zusammen. »Fragen – Sie – ihn – noch – mal.«

Die Dolmetscherin seufzte. »Ich frage ihn doch schon seit –«

»Ich sagte: *Fragen Sie ihn noch mal.*«

»Na schön. Wie Sie wollen.« Sie sprach auf Polnisch weiter.

Der DCI blickte auf und sah Logan in der Tür stehen. »Wo sind Sie gewesen?«

»Ich musste meilenweit vom Eingang parken. Soll ich –«

»Nein. Gehen Sie zu der Frau, und reden Sie mit ihr. Sie erinnern sich doch? Ich meine die, die dank Ihnen eine Kugel im Bauch hat. Wäre ganz gut, zu wissen, *warum* sie dort war und *was* sie genau gesehen hat.«

»Aber –«

»*Heute* noch, Sergeant.«

»Ja, Sir.«

Sie sah aus, als wäre sie aus Porzellan, die bleiche Haut von violetten Blutergüssen verunstaltet. Trotzdem konnte man noch erkennen, dass sie einmal hübsch gewesen war, bevor das alles passiert war …

Über ein Gewirr von Drähten und Schläuchen war sie mit einer Batterie von Apparaten verbunden. Nur das leichte Heben und Senken ihres Brustkorbs – das Werk des Respirators neben ihrem Bett – störte die Stille.

Logan winkte eine Schwester heran und fragte sie nach dem Befinden der Patientin.

»Nicht so toll.« Die Schwester warf einen Blick auf das Krankenblatt am Fußende des Betts. »Die Kugel hat Dickdarm und Dünndarm durchschlagen und die Unterseite der Milz gestreift… Erst die Wirbelsäule hat sie gestoppt. Die Ärzte wollen abwarten, ob sie sich noch ein bisschen stabilisiert, ehe sie versuchen, das Projektil zu entfernen. Sie hat eine Menge Blut verloren.«

»Haben Sie eine Ahnung, wer sie ist?«

»Sie hat das Bewusstsein noch nicht wiedererlangt.« Die Schwester hängte das Krankenblatt wieder ans Bett. »Ich kann Ihnen nicht mehr sagen, als dass sie Anfang zwanzig ist. Ansonsten ist sie für uns Patientin X.«

»Verdammt…« Logan deutete auf den Nachttisch, wo ein Plastikkrug mit Wasser stand. »Kann ich mir mal eins von den Gläsern ausleihen?«

»Wozu?«

»Ich habe kein Fingerabdruck-Set dabei.« Logan streifte sich ein Paar Latexhandschuhe über, nahm ein Glas und wischte es mit einem Zipfel der Bettdecke sauber. Dann griff er nach der rechten Hand der Frau, öffnete sie und rollte das Glas sorgfältig über ihre Fingerkuppen.

Er stand da und starrte ihr Handgelenk an. Eine purpurrote Verfärbung, ungefähr einen Zentimeter breit, zog sich rings um den Arm. Das andere Handgelenk sah genauso aus. »Verdammt…«

Logan stellte das Glas zurück. »Helfen Sie mir, das Bettlaken rauszuziehen. Ich will mir ihre Fußknöchel ansehen.«

»O nein, kommt nicht in Frage. Da muss ich bloß hinterher das Bett neu machen. Ich habe auch noch andere Patienten zu versorgen.«

Aber Logan hörte ihr gar nicht zu; er war schon dabei, das Laken herauszuzerren. Er schlug es zurück, und ein bleiches Beinpaar kam zum Vorschein. Die Knöchel wiesen die gleichen ringförmigen Blutergüsse auf. »Wurde ein Vaginalabstrich gemacht?«

»Was? Nein, wieso sollten wir –«

»Diese Blutergüsse an den Hand- und Fußgelenken. Sie ist gefesselt und verprügelt worden. So ein hübsches Mädchen – glauben Sie wirklich, die Täter hätten sich damit begnügt?«

»Ich hole einen Arzt.«

3

»Und was *genau* haben Sie sich dabei gedacht?« DCI Finnie stand im Krankenhausflur und durchbohrte Logan mit Blicken, während die Schwester den Vorhang um das Bett der Unbekannten zuzog. »Habe ich da etwas nicht mitbekommen? Sind Sie *urplötzlich* zum Leitenden Ermittlungsbeamten in diesem Fall befördert worden?«

»Ich dachte nur, dass es schneller ginge –«

Finnie bohrte Logan den Zeigefinger in die Brust. »Sie lassen alles von mir absegnen, *bevor* Sie loslegen. Verstanden?«

»Aber –«

»Haben Sie vielleicht den heimlichen Wunsch, den Rest Ihrer Dienstzeit damit zu verbringen, vor rotznasigen Schulkindern Vorträge zur Sicherheit im Straßenverkehr zu halten? Ist es das?«

»Nein, Sir. Ich wollte nur –«

»Ich weiß ja nicht, was das für Hopplahopp-Methoden sind, die Sie gewohnt sind, aber wenn Sie für mich arbeiten, dann halten Sie sich *gefälligst* an die Befehlskette, sonst schicke ich Sie gleich wieder dorthin zurück, wo ich Sie aufgelesen habe – das schwöre ich Ihnen.«

»Aber –«

»Nach allem, was Sie sich letztes Jahr geleistet haben, können Sie *froh* sein, überhaupt noch einen Job zu haben, von der Mitarbeit bei einer bedeutenden Ermittlung ganz zu schweigen. Was denn? – Glauben Sie vielleicht, die kleinen *Karriere*-Heinzelmännchen hätten Sie in die Operation Ödipus eingeschleust? Haben sie nämlich nicht.« Finnies Finger stach erneut zu. »Sie haben Erfahrung mit kranken Serientätern, und ich dachte – ja, ich habe *tatsächlich* geglaubt, Sie würden vielleicht diese Gelegenheit ergreifen, endlich den Arsch hochzukriegen und Ihr verkorkstes Leben wieder ins Gleis zu heben. Habe ich mich geirrt? Sind Sie wirklich so ein absolut hoffnungsloser Fall, wie alle sagen?«

Logan knirschte mit den Zähnen, atmete tief durch und sagte: »Nein, Sir. Danke, Sir.«

»Und?«

»Es wird nicht wieder vorkommen?«

»Das habe ich nicht gemeint – wann können wir mit den Ergebnissen von diesem Abstrich rechnen…« Er brach ab und betrachtete stirnrunzelnd den Beweismittelbeutel in Logans Hand. »Ist das ein Glas?« Finnie schnappte den Beutel und hielt ihn gegen das Licht. »Wieso haben Sie da ein Glas drin?«

»Wir haben das Opfer noch nicht identifiziert, und ich hatte kein Fingerabdruck-Set dabei, und da dachte ich –«

»Sehen Sie? Das ist *genau* die Art von Unsinn, die ich meine. Wir haben hier rund um die Uhr Beamte postiert – könnten Sie sich nicht denken, dass einer von denen *vielleicht* ein Fingerabdruck-Set dabeihaben könnte? Hmm? Was meinen Sie?« Er hielt inne und funkelte Logan an. »Na los, gehen Sie's schon holen.« Er hielt ihm den Beweismittelbeutel hin. »Und nehmen Sie Ihren kleinen Detektiv-Baukasten mit.«

Als endlich die Ergebnisse der Fingerabdruckuntersuchung aus dem Labor kamen, war es fast halb drei. Logan saß wieder an seinem Schreibtisch im CID-Büro und kaute auf einer Magentablette herum. Das hatte er nun davon, dass er sich zum Mittagessen ein Gemüsecurry in der Mikrowelle aufgewärmt hatte. Und jetzt musste er Finnie beichten, dass sie immer noch keine Ahnung hatten, wer die Frau war. Der DCI würde begeistert sein.

Blöde Froschfresse.

Kein Wunder, dass es in Logans Magen rumorte.

Es dauerte eine Weile, bis er Finnie aufgespürt hatte, aber endlich fand er ihn in einem der kleinen SOKO-Büros, das gerade genug Platz bot für zwei überladene Schreibtische, drei Stühle und einen merkwürdigen Geruch nach faulen Eiern. Finnie saß auf der Kante eines der Schreibtische, ins Gespräch mit einem schlaksigen Verwaltungsbeamten vertieft.

Logan hielt sich im Hintergrund und wartete.

Finnie drehte sich nicht einmal um. »Wollten Sie was Bestimmtes, Sergeant, oder haben Sie nur Angst, die Wand könnte umfallen, wenn Sie sich nicht dagegenlehnen?«

»Wir konnten ihre Abdrücke in der Datenbank nicht finden.«

»Und?«

»Nichts weiter.«

»Haben Sie in der Pressestelle Bescheid gesagt wegen der *Kennen-Sie-diese-Frau?*-Plakate?«

»Also ... nein.«

Jetzt endlich drehte Finnie sich um. »Warum nicht? Mein Gott, können Sie nicht mal ein *bisschen* Eigeninitiative zeigen?«

»Sie haben mir gesagt, ich soll nichts tun, ohne vorher Ihre Genehmigung einzuholen.«

»Wie alt sind Sie eigentlich – zwölf? Sie hören sich an wie meine Nichte.« Der DCI streckte die Hand aus. »Foto.«

Logan gab ihm den 20×25-Hochglanz-Abzug, der die unbekannte weibliche Person in ihrem Krankenhausbett zeigte, mitsamt all den Beatmungs- und Infusionsschläuchen. Es war nicht gerade die beste Porträtaufnahme der Welt.

Finnie warf ihm das Foto zurück. »Das können wir nicht gebrauchen. Bringen Sie's ins Fotolabor, und sagen Sie den Jungs, sie sollen die ganzen Schläuche und Drähte wegretuschieren, ihrer Haut ein bisschen Farbe geben und ihr diese Panda-Augen wegmachen ... Irgendwie so, dass man auch eine Chance hat, sie wiederzuerkennen.«

»Ja, Sir.«

»Wäre nett, wenn Sie's *heute* noch hinkriegen würden, Sergeant. Das heißt, falls Sie nicht *zu* beschäftigt sind.«

Die Laborantin mit dem *Barney-the-Dinosaur-for-President*-T-Shirt machte ein paar abfällige Bemerkungen über die Qualität des Fotos und meinte dann, sie werde sehen, was sich machen ließe. Versprechen könne sie allerdings nichts.

Logan überließ sie ihrem Schicksal und ging wieder nach unten ins CID-Büro, um sich eine Tasse Tee zu genehmigen und sich ein bisschen vor der Arbeit zu drücken. Aber auch da kam er nicht zur Ruhe – sein Eingangskorb quoll über von neuen Anweisungen, Memos, Ermahnungen wegen ausstehender Berichte und ganz obenauf – versehen mit einem kleinen roten Ausrufezeichen – die Aufforderung, erneut bei der Internen Dienstaufsicht vorstellig zu werden. Offenbar gab es da gewisse Diskrepanzen zwischen seiner Version der Ereignisse und der von PC Guthrie – ob es ihm genehm sei, die Angelegenheit morgen um halb elf in einem Gespräch zu klären?

Nein, das war ihm nicht genehm. Aber hatte er denn eine Wahl?

In der Ecke des CID-Büros stand ein kleiner Kühlschrank. Logan bediente sich aus einem Karton mit der Aufschrift *»Duncans Milch – FINGER WEG, IHR SCHNORRER!«* und machte sich eine Tasse Tee, mit der er zu seinem Schreibtisch zurückging. Dort setzte er sich hin, starrte zum Fenster hinaus und beobachtete, wie zwei Möwen die Wischerblätter eines Porsche abrissen, der unten auf der Straße parkte. Wenn er jetzt bloß noch irgendwo ein paar Kekse auftreiben könnte …

»… vom Labor zurück?«

»Hmm?« Logan drehte seinen Stuhl herum, um zu sehen, wer da störte – Detective Sergeant Pirie, offenbar zurück von seinem Gerichtstermin, kam mit federndem Schritt auf ihn zu.

»Ich sagte: *Hast du dieses Foto schon vom Labor zurück?*«

»Was grinst du denn so selbstzufrieden?«

»Richard Banks hat acht Jahre gekriegt. Der Mistkerl hat noch zu handeln versucht, aber der Staatsanwalt ist nicht drauf eingegangen, und sie haben ihm die Höchststrafe aufgebrummt.«

»Gratuliere.«

»Das Foto?«

»Sie arbeiten noch dran.«

»Der Vaginalabstrich?«

»Dito.«

»Ah …« Pirie fuhr mit der Hand durch seine rotblonden Stahlwolle-Haare. »Das wird dem Chef gar nicht gefallen.«

»Ach nee? Das wäre ja mal ganz was Neues.«

»Tja, also … mail mir doch einfach alles, was du über unsere Unbekannte hast, und dann kannst du meinetwegen wieder dieser wandelnden Katastrophe mit Falten nachlaufen, die sich DI Steel schimpft.«

Logan starrte ihn an. »Wollen wir uns hier wirklich darum schlagen, wessen Chef das größere Arschloch ist?«

»Hast ja recht.« Pirie hockte sich auf die Kante von Logans Schreibtisch. »Finnie sagt, du hättest versucht, die Fingerabdrücke des Opfers mit einem Wasserglas abzunehmen …« Sein Blick wanderte über die Berge von Papieren und blieb an dem Plastikbeutel mit dem Glas darin hängen. »Und da ist es tatsächlich! Ich dachte, er verarscht mich bloß.« Er nahm den Beutel und grinste. »Liest wohl zu viel Drei-Fragezeichen-Geschichten?«

»Ha, ha, sehr witzig.« Logan riss ihm den Beutel aus der Hand, stopfte ihn in seine unterste Schublade unter einen Stapel *Police-Review*-Magazine und knallte die Schublade wieder zu.

»Ich versteh's nicht – wieso hat er mich so auf dem Kieker? Andauernd mäkelt er an mir rum.«

»Das ist schnell erklärt.« Pirie stand auf, machte kehrt und schlenderte zur Tür. »… Er kann dich nicht leiden.«

Das Telefon auf Logans Schreibtisch begann zu klingeln, und so kam er nicht mehr dazu, DS Pirie zu sagen, was er gefälligst mit seiner Vorhaut und einer Käsereibe machen könne.

»McRae?«

»*Arbeiten Sie immer noch für Finnie das Froschgesicht?*« Es war DI Steel, und sie klang außer Atem.

»Nicht mehr. Pirie hat wieder übernommen –«

»*Dann sehen Sie zu, dass Sie runterkommen. Wir haben da einen handfesten Krawall am Hals!*«

Das Turf 'n Track gehörte nicht zu den Orten, die man in einen Stadtplan für Touristen aufnehmen würde – und wenn, dann nur mit einem fetten Vermerk: »*Meiden wie die Pest!*« Es gehörte zu einer kleinen Reihe von vier schäbigen Geschäften im Herzen von Sandilands, umgeben von Sozialwohnungen, die aussahen wie zu Stein gewordene Depressionen. Vor der Mini-Ladenzeile gammelte ein schlaglochübersäter Parkplatz vor sich hin, garniert mit einem ausgebrannten Abfallbehälter, von dem sich eine Spur aus geschmolzenem und erstarrtem Plastik über den grauen Asphalt zog. Das Wettbüro lag zwischen einem Lebensmittelgeschäft und der verstaubten Leiche einer Videothek mit Sperrholzplatten vor den Fenstern. Eine Dönerbude schloss die Reihe ab. Alle Ladenfronten waren mit mehreren Schichten Graffiti bedeckt, nur die des Turf 'n Track nicht. Seine verdunkelten Fenster und der grün-gelbe Schriftzug waren wie neu. Niemand legte sich mit den McLeods an. Und wenn, dann nur ein Mal.

Die ganze Gegend wirkte heruntergekommen und verwahrlost, einschließlich der kleinen Schar von Rotznasen, die sich am Rand des Parkplatzes versammelt hatte, um die Schlägerei zu beobachten.

Logan fuhr mit quietschenden Reifen auf den Bordstein, sprang in die warme Nachmittagsluft hinaus und rief: »POLIZEI!«

Niemand schenkte ihm auch nur die geringste Beachtung.

DI Steel schälte sich aus dem Beifahrersitz und steckte sich eine Zigarette an. Sie blies eine lange Rauchfahne aus, während sie den Blick über die Szene schweifen ließ. Sechs Männer waren damit beschäftigt, sich gegenseitig zu Brei zu schlagen. »Kennen Sie einen von denen?«, fragte sie.

Alle trugen Jeans und T-Shirts, und alle verteilten hemmungslos Schläge und Tritte. Immer wieder stürzte sich einer ins Getümmel, rammte irgendwem die Faust ins Gesicht und trat dann rasch den Rückzug an. Amateure.

Steel deutete auf einen der Beteiligten, einen aknegesichtigen Lümmel mit blutiger Unterlippe, der gerade ausholte, um einem fetten Kerl mit Topffrisur einen Haken zu verpassen. »Der da, das Pickelgesicht. Ich bin sicher, dass ich den schon mal wegen Dealerei einkassiert hab.«

Logan machte noch einen Versuch: »POLIZEI! AUSEINANDER!«

Irgendwer landete einen Volltreffer, was die Zuschauer mit vereinzelten Bravorufen kommentierten.

»AUSEINANDER, HAB ICH GESAGT!«

Steel legte Logan die Hand auf den Arm. »Bringt's irgendwie nicht, die Schreierei, oder?«

Logan ging zwei Schritte auf das Tohuwabohu aus fliegenden Fäusten und Turnschuhen zu, aber Steel zog ihn energisch zurück. »Machen Sie keinen Quatsch – mag sein, dass das alles feige Waschlappen sind, aber aus *Ihnen* machen die allemal Hackfleisch.«

»Wir können doch nicht einfach seelenruhig dasitzen und –«

»Doch, können wir.« Steel hievte sich auf die Motorhaube des Einsatzwagens und ließ die Füße baumeln. »Kommen Sie – keiner von denen hat eine Waffe. Also hocken Sie sich schon auf Ihren Hintern und genießen Sie die Vorstellung. Unsere uniformierten Freunde werden schon früh genug mit ihren phallischen Schlagstöcken hier aufkreuzen und die ganze

Bagage zusammenknüppeln.« Sie schnippte zwei Zentimeter Asche auf den rissigen Asphalt. »Haben Sie das Curry schon gegessen?«

»Ja, hab ich ... zum Mittagessen.«

»Und?«

»Sagen Sie Susan, es war sehr lecker. Bisschen scharf, aber gut.«

»Sie sind mir vielleicht ein Weichei. Das nächste Mal soll sie Ihnen ein schönes Softie-Korma machen.«

Wieder fand eine Faust ihr Ziel, und diesmal stimmte DI Steel in den Jubel ein, klatschte in die Hände und rief: »Nicht schlecht! Saubere Arbeit, Mann! Und jetzt tritt ihm in die Eier!« Sie sah auf die Uhr. »Wo bleiben bloß die Streifenhörnchen? Diese faulen Säcke –«

Wie aufs Stichwort begann in der Ferne eine Sirene zu heulen. Das Geräusch kam näher.

»Ach, sieh mal einer an.« Steel wies über den Parkplatz auf den Eingang des Turf 'n Track. Ein kräftig gebauter Mann stand auf der Schwelle, halb im Schatten: Mitte dreißig, ein Gesicht wie eine Schüssel Porridge, ein halb abgerissenes Ohr, gewaltige Schultern, jede Menge Muskeln mit leichter Tendenz zur Verfettung. »Der Chef ist zu Hause. Sollen wir mal eben Hallo sagen? Vielleicht kredenzt er uns ja ein Tässchen Tee und ein paar Jaffa-Kekse?«

»Sie sind ja optimistisch. Das Letzte, was Simon McLeod mir angeboten hat, war ein Tritt in den Hintern.«

»Passen Sie gut auf, da können Sie noch was lernen ...« Sie rutschte von der Motorhaube herunter, schlenderte fröhlich pfeifend um das Schlachtfeld herum und steuerte auf die Tür des Wettbüros zu. »Tag, Simon, wie geht's, wie hängt's?«

Er rümpfte die Nase. »Rieche ich da etwa Bullenfleisch?«

»Nee, das ist Chanel N°5.« Steel lächelte süß. »Und du riechst am liebsten Hamburger, wie's aussieht.« Sie blieb vor ihm stehen und bohrte ihm den Finger in den Bauch. »Berge von Hamburgern.« Sie deutete mit dem Kopf auf die Keilerei hinter sich. »Sind das da deine Verehrer? Schlagen sich wohl drum, wer dich zum Tanz ausführen darf, hm?«

»Leck mich.«

»Verlockendes Angebot«, meinte sie und hielt die linke Hand mit dem funkelnden Ehering am Finger hoch, »aber meine Frau mag es nicht, wenn ich mit pummeligen Gangstern rummache.«

Der erste Streifenwagen schoss um die Ecke und kam schlitternd auf dem heißen Asphalt zum Stehen. Simon McLeod ließ die mächtigen Arme sinken, die er vor der Brust verschränkt hatte, trat ein paar Schritte vor und schrie: »Verschwindet, ihr blöden Säcke, die Bullen sind da!«

Das Pickelgesicht verwandelte gerade die Nase eines Kontrahenten in einen blutigen Fleischbrei. Der Mann landete hart auf dem Allerwertesten und kassierte zu allem Überfluss auch noch einen Tritt gegen den Kopf. Aber kaum war die erste Uniformierte aus dem Wagen gesprungen und hatte mit einer raschen Bewegung aus dem Handgelenk ihren Teleskopschlagstock ausfahren lassen, da begann die Schlägerei sich aufzulösen.

Die Schlaueren nahmen gleich Reißaus: Die Topffrisur und der humpelnde Hippie rannten auf die Sozialsiedlung zu, der tätowierte Sexsklave sprintete zurück in Richtung Kreisverkehr. Und der, der wie ein billiger Pornostar aussah, hetzte die Straße hinunter, verfolgt von einem uniformierten Beamten, der ihm nachrief: »Komm sofort zurück!«

Breinase lag derweil auf dem Boden, zusammengerollt und die Arme schützend über den Kopf gehalten, während Pickelgesicht sich redlich Mühe gab, ihn mit Fußtritten ins Jenseits zu befördern. Die weibliche Hälfte der Besatzung von Alpha Eins-Vier rückte mit ihrem Schlagstock an.

Logan sah zu, wie Pickelgesicht sich anfangs noch zur Wehr setzte, aber nach ein paar gezielten Schlägen klein beigab. Steel hatte recht: Die Uniformierten wussten sich schon zu helfen.

Er wandte sich wieder zum Eingang um, in der Annahme, dass Simon McLeod und Steel sich dort immer noch kabbelten – aber nein, von den beiden war nichts mehr zu sehen. Wahrscheinlich verarbeitete McLeod Logans Vorgesetzte gerade zu Hackfleisch mit Nikotingeschmack. Logan fluchte, kramte sein Pfefferspray aus der Tasche und rannte zur Tür.

Raus aus dem Sonnenschein und rein ins Herz der Finsternis.

Drinnen war das Turf 'n Track wesentlich schäbiger, als es vom Parkplatz aus wirkte. Das einzige Tageslicht drang durch die Eingangstür, und selbst das traute sich nicht weiter als ein, zwei Schritte über die Schwelle. Das Gebälk war schwarz wie eine Raucherlunge, überzogen mit dem über Jahre angesammelten Teer aus zahllosen Zigaretten. Die zwei Fernsehapparate, die an beiden Enden des Tresens an der Wand hingen, flimmerten stumm und unbeachtet vor sich hin – die Übertragung eines Rennens aus Perthshire. Die Tür zum Büro hinter dem Laden stand offen.

Vielleicht hatte Simon McLeod Steel ja dort hineingezerrt und die Welt von ihr erlöst.

Das klebrige Linoleum ratschte unter Logans Sohlen, als er um die Theke herumlief und – WAS ZUM TEUFEL WAR DAS?

Er erstarrte.

Ein tiefes, dumpfes Grollen kam von irgendwo zu seiner Linken. Die Art von Grollen, die man mit scharfen Zähnen, zerrissenen Hosen und panikartigen Fluchtversuchen in Verbindung brachte. Logan drehte sich ganz langsam um, bis ein steinalter Schäferhund in seinem Blickfeld auftauchte, der auf einer Hundedecke mit Schottenkaro lag. »Braves Hundchen …« Logan runzelte die Stirn. »Moment mal, ist das …?«

Simons Stimme dröhnte aus dem Büro: »Winchester, halt endlich die Schnauze!«

Winchester – du liebe Zeit, das Viech musste doch längst tot sein! Er war ja schon uralt gewesen, als er Desperate Doug McDuff gehört hatte. Der Hund linste mit seinen weißen Triefaugen in die ungefähre Richtung der Stimme seines neuen Herrn. Und dann gähnte Winchester, wobei er eine Menge großer, brauner Zähne sehen ließ, und bettete die graue Schnauze wieder auf seine Pfoten.

Im Büro bot sich Logan nicht ganz die blutrünstige Szene, die er erwartet hatte. Gegenüber der Tür stand ein großer Schreibtisch unter dem ausgestopften Kopf eines zwei Tonnen schweren Rottweilers namens Killer, der letzten bekannten Ruhestätte des fehlenden Stücks von Simon McLeods Ohr. Die Wände zierte eine Sammlung von Nackedei-Kalendern, die bis ins Jahr 1987 zurückreichten. DI Steel blätterte sie durch, während Simon McLeod zwei Becher Tee machte.

»Meine Fresse«, sagte sie und betrachtete eingehend das Girl des Monats März 1996, »die hier hat ja Nippel wie Sektkorken. Könnte man glatt seine Jacke dran aufhängen.«

Simon reichte ihr einen Becher. »Milch und zwei Stück Zucker.«

»Oh, danke.« Sie nippte vorsichtig daran. »Also, Simon … wie kommt es, dass ein Haufen Drogendealer sich vor deinem Laden eine Keilerei liefert?«

»Ich habe keine Ahnung, wovon Sie reden.«

»Nein?« Steel kratzte sich am Kopf. »Was für ein merkwürdiger Zufall. Du musst nämlich wissen, dass mir ein kleines Vöglein gezwitschert hat, eine Bande von Osteuropäern würde versuchen, sich in dein Revier zu drängen.«

»Ich habe kein ›Revier‹. Ich bin ein seriöser Geschäftsmann.«

»*Aye*, schon klar, und Miss Supernippel hier hat Gehirnchirurgie studiert. Ich dulde keine Revierkriege in meiner Stadt, Simon.«

»Sie haben mir nicht richtig zugehört, Inspector. Ich weiß nichts von der Sache.«

Steel nickte. »Also gut, mal angenommen – rein theoretisch –, du oder dein Bruder wüsstet *tatsächlich* etwas darüber – sagen wir, weil ihr beide in Schutzgelderpressung, Kreditwucher, Prostitution und den Handel mit harten Drogen verwickelt seid … nur mal *angenommen:* Würdest du deiner Tante Roberta dann vielleicht verraten, wer diese Osteuropäer sind?«

Es folgte eine Pause.

»Wie ich schon sagte, *Inspector*, ich bin ein seriöser Geschäftsmann. Also, wenn Sie Ihren Tee ausgetrunken haben, können Sie sich gefälligst verpissen. Ich habe noch zu tun.«

4

»Das ist ja gut gelaufen«, meinte Steel, während sie wieder hinaus in den Sonnenschein schlenderte. »Aber keine Plätzchen… Man sollte doch meinen, dass ein ›seriöser Geschäftsmann‹ in der Lage wäre, ein paar Schokokekse aufzutreiben, finden Sie nicht?«

Logan drehte sich um und spähte durch die Eingangstür des Turf 'n Track zurück ins Dunkel. »Wie zum Teufel haben Sie das hingekriegt? Ich dachte, er hasst die Polizei?«

»Die Brüder McLeod halten sich für Gangster der alten Schule… Na ja, zumindest Simon – Colin ist nur ein mieser Schläger. Haben Sie die Mama von den beiden mal kennengelernt? Die würde den beiden den Arsch versohlen, wenn sie dahinterkäme, dass sie eine Frau geschlagen haben.«

»Haben Sie vergessen, was mit Gabrielle Christie passiert ist? Kieferbruch, Rippenbrüche, Beinbruch –«

»Okay, aber das war ja auch keine Frau, oder? Das war 'ne Nutte.« Schon hatte sie die nächste Kippe zwischen den Lippen, und die Rauchkringel stiegen in den strahlend blauen Himmel auf. »Das ist für diese Leute nicht dasselbe. Prostituierte sind keine Frauen, sie sind nur Ware. Und bevor Sie etwas sagen: Ich weiß, okay? Aber so denken die nun mal.«

Vor dem Wettbüro hatte der präpubertäre Mob sich inzwischen zerstreut. Jetzt stand da nur noch ein einsames schmuddeliges Kind und sah zu, wie Breinase auf den Rücksitz von Alpha Eins-Vier verfrachtet wurde.

Inzwischen waren zwei weitere Streifenwagen eingetroffen,

deren weißer Lack im Sonnenlicht glänzte. Im Fond des einen hockte Pickelgesicht, mit verpeiltem Blick und schwer gezeichnet von seinem heroischen Widerstand gegen die Festnahme.

Der andere Constable von Alpha Eins-Vier kam die Straße heraufgehumpelt; seine schwarze Uniformhose war am Knie zerrissen. Offensichtlich war ihm Mr. Pornostar durch die Lappen gegangen.

»Zwei von sechs«, meinte Steel und lehnte sich ans Dach des leeren Streifenwagens. »Nicht gerade eine glänzende Festnahmequote.« Sie rauchte eine Weile stumm vor sich hin und starrte das verschwollene Pickelgesicht an. »Na schön«, sagte sie schließlich und schnippte ihre Kippe weg, »dann wollen wir mal hören, was Clearasil-Kid zu seiner Verteidigung vorzubringen hat.«

Logan zog schon sein Handy aus der Tasche. »Ich lasse schon mal einen Vernehmungsraum fertigmachen, dann können wir –«

»Seien Sie nicht so ein Waschlappen. Hier –« Sie kramte in ihrer Hosentasche und förderte ein paar Münzen zutage, »holen Sie uns ein paar Eis am Stiel.«

Als Logan aus dem kleinen Laden zurückkam, hatte Steel es sich schon neben Pickelgesicht auf dem Rücksitz von Alpha Eins-Sechs bequem gemacht. Logan stieg auf der anderen Seite ein, sodass der Mann zwischen ihnen eingeklemmt war.

Steel lehnte sich über den Gefangenen und sah Logan fragend an. »Was haben Sie mitgebracht?«

»Frubetto Erdbeer, Flutschfinger Orange und Cornetto Schoko.«

Sie streckte die Hand aus. »Das Cornetto her zu mir.« Sie wickelte es aus und biss herzhaft hinein, um mit vollem Mund weiterzureden. »Und du, Derek? Lust auf Orange? Nee, lieber nicht, das beißt sich doch total mit deinen roten Haaren. Also, ein Frubetto Erdbeer für unseren Derek hier, Laz.«

Logan hielt es ihm hin, doch Pickelgesicht alias Derek nahm es nicht. Was nicht weiter verwunderlich war, da seine Hände hinter dem Rücken mit Handschellen gefesselt waren.

»Geben Sie her«, sagte Steel. Sie nahm das Eis und hielt es Derek an die Wange. »So, das ist gut gegen die Schwellung.«

Dereks Stimme war ein schrilles Krächzen. »Das ist kalt…«

»Tja, das hast du nun von deiner Blödheit. Wenn jemand ›Polizei!‹ schreit, dann musst du dich entweder brav ergeben oder rennen wie ein geölter Blitz.« Sie biss noch einmal in ihr Cornetto. »Mmmh wmmh hffth dmpfh dgbrmpf?«

»Ich glaub, die verdammte Bulette hat mir den Kiefer gebrochen…«

»Dann könntest du gar nicht mehr reden, du Trottel. Ich hab gefragt: ›Mit wem hast du dich da geprügelt?‹«

»Ich hab Schmerzen!«

»Du wirst noch viel mehr Schmerzen haben, wenn du nicht bald redest.« Sie warf Logan das Eis zurück. »Mein Sergeant hier klemmt gerne den Leuten die Hand in der Autotür ein. Ist ein Hobby von ihm. Soll ich mal einen kleinen Spaziergang machen und schauen, ob deine Finger alle noch dran sind, wenn ich zurückkomme?«

»Es war… ein…« Pickelgesicht leckte sich die Oberlippe. »Das waren Rangers-Fans; sie haben gesagt, die Dons wären Scheiße. Das konnten wir denen doch nicht durchgehen lassen…«

»Blödsinn.« Steel öffnete die Tür einen Spaltbreit. »Fangen Sie mit seiner Wichshand an, Laz, ich dreh mal eben ’ne Runde.«

Derek schielte zu Logan herüber. »Sie können doch nicht –«

»Darf ich ihm auch die Daumen brechen?«

Steel nickte. »Von mir aus.«

»Es war bloß ’ne Schlägerei! Weiter nichts. Es ging um Fußball. Sie wissen doch, wie das –«

»Die Zehen können Sie ihm auch brechen.« Steel wuchtete

sich hinaus in den Sonnenschein, leckte sich noch einen verirrten Klecks Schokoeis vom Handrücken und schlug die Autotür zu.

Derek zuckte zusammen.

»NEIN, WARTEN SIE! Ich hab nichts … Ich …« Er schloss die Augen und schüttelte sich, während Steel wieder einstieg.

»Mach hin, Derek, mein Cornetto schmilzt.«

»Sie wollten, dass wir … für *sie* Stoff verkaufen. Also … anstatt für … die Leute, für die wir ihn normalerweise verkaufen.«

»Aha, und wer wäre das?«

»Kann mich nicht erinnern.« Derek schoss grimmige Blicke durchs Fenster auf den Mann auf dem Rücksitz von Alpha Eins-Vier: Breinase. »Scheißpolenpack. Kommen hierher, nehmen uns die Jobs weg, vögeln unsere Frauen …«

Logan tippte ihm auf die Schulter. »Schon mal einen anonymen Brief verschickt, Derek? Sie wissen schon, mit lauter verschiedenen Schrifttypen und jeder Menge Ausrufezeichen?«

»Hä?«

»Wo waren Sie gestern Abend?«

»Wir haben uns bei Harry Jordan getroffen und uns die Kante gegeben. Fragen Sie ihn. Wir hatten eine Party mit seinen … Wir hatten eine Party.«

»*Tz-tz*«, machte Steel. »Ich hoffe, du hast dich geschützt, Derek – du kannst dir alle möglichen fiesen Krankheiten fangen, wenn du mit Harry Jordans Mädels Partys feierst.« Sie klatschte ihm wieder das Erdbeereis an die Wange. »Also, willst du uns jetzt verraten, für wen du verkaufst? Ist ja nicht so, als könnte ich mir's nicht denken.« Sie deutete auf das grün-gelbe Ladenschild des Turf 'n Track. »Komm schon, Derek, sei zur Abwechslung mal ein kluges Bürschchen.«

Aber Derek hatte nicht die Absicht, mit einer lebenslangen Angewohnheit zu brechen.

Breinase saß auf der anderen Seite des Tischs im Vernehmungsraum und wiederholte zum x-ten Mal: »*Nie mówię po angielsku.*«

Das war alles, was ihm über die Lippen kam, immer und immer wieder: *Ich spreche kein Englisch.*

Verdammter Lügner.

Steel gähnte, sah auf ihre Uhr und wies Logan an, die Aufnahmegeräte auszuschalten. »Ach, scheiß drauf.« Sie stand auf, lehnte sich an den Tisch und tat ihr Bestes, sich drohend vor dem Gefangenen aufzubauen. »Jetzt hör mir mal zu, Freundchen: Ich weiß ganz genau, dass du Englisch sprichst – ich habe Zeugen, die es gehört haben. Aber wenn du unbedingt dieses alberne Spielchen spielen willst, dann holen wir eben einen Dolmetscher her, und dann verknacken wir dich wegen Behinderung der Justiz. Und wegen Unruhestiftung. Und wegen allem, was mir sonst noch einfällt. Wir haben einen ganzen Haufen unaufgeklärter Einbrüche in den Akten – wie würde es dir gefallen, wenn wir dir ein paar davon anhängen würden?«

»*Nie mówię po angielsku.*«

»Bla, bla, bla.« Sie ging zur Tür. »Stecken Sie ihn wieder in seine Zelle, Laz. Morgen versuchen wir's noch mal mit einem Dolmetscher. Und wir zwei, wir machen heute früher Feierabend und suchen uns irgendeine nette Kneipe mit Biergarten.«

Es war das Beste, was Logan den ganzen Tag gehört hatte.

Um halb acht am Mittwochmorgen war der Vernehmungsraum 3 wie eine Sauna. Der verbeulte Radiator in der Ecke tickte und klonkte ungerührt vor sich hin, obwohl draußen schon die Sonne vom Himmel knallte. Logan und Steel saßen an dem ramponierten Tisch, beide mit einem leichten Sonnenbrand im Gesicht, nachdem sie am Tag zuvor drei Stunden bei Lager und Weißwein an einem Biertisch vor dem Triple Kirks gesessen hatten.

Die Dolmetscherin hockte zusammengesunken auf der anderen Seite des Tischs, dunkle Schweißflecken unter den Ärmeln ihrer Bluse, und wiederholte noch einmal einen Satz, den Logan allmählich nicht mehr hören konnte.

»Er sagt, er weiß nichts.«

Steel ließ die Faust auf die zerkratzte Resopalplatte krachen. »Schluss jetzt mit dem Affentheater – ich will wissen, für wen er arbeitet!«

Die Dolmetscherin seufzte und machte einen neuen Versuch: »*Zapytaća: dła kogo pracujesz?*«

Der untersetzte Mann mit der plattgedrückten Nase zuckte mit den Achseln und antwortete in verschnupft klingendem Polnisch. Heute Morgen war sein Gesicht ein einziger großer Bluterguss, kreuz und quer mit Heftpflastern beklebt. Kein schöner Anblick.

»Er arbeitet für niemanden. Er ist zu Besuch bei seinem Cousin hier in Aberdeen.«

»Und wieso haben wir ihn dann bei einer Schlägerei vor einem bekannten Treffpunkt für kriminelles Gesocks der untersten Kategorie erwischt? Wieso haben wir unten im Zellentrakt einen Drogendealer, der mir erzählt, dass unsere Knollennase hier versucht hätte, ihn anzuwerben? Für – wen – arbeitet – er?«

»Welche Frage soll ich ihm zuerst stellen?«

»Himmelherrgott noch mal! Wir wissen ganz genau, dass der Kerl Englisch kann –«

Es klopfte an der Tür.

DCI Finnie platzte unaufgefordert herein. »Inspector, auf ein Wort.«

Die Dolmetscherin wartete, bis Steel den Raum verlassen hatte, und fragte dann Logan, ob sie immer so schlimm sei. »Hat sie etwas gegen Polen?«

»Eigentlich nicht, solange sie sie nicht anlügen.«

»Sie müssen es mal aus der Sicht dieser Leute sehen.« Die

Dolmetscherin deutete mit dem Kopf auf den Gefangenen. »Unter dem Kommunismus war die polnische Polizei ein Alptraum. Das waren die Handlanger des Regimes, sie ließen Leute verschwinden. Und nach der Wende war sie auch nicht viel besser: korrupt und faul. Deshalb traut dort niemand mehr der Polizei, und das kann man den Leuten ja wirklich nicht zum Vorwurf machen, oder?«

»Kann ich schon, wenn sie…« Logan verstummte und lauschte auf die erhobenen Stimmen, die durch die Tür drangen.

Die Dolmetscherin sah ihn verwirrt an. »Was ist?«

»Schsch!« Er hob die Hand, um sie zum Schweigen zu bringen. Es waren Steel und DCI Finnie, die sich draußen auf dem Flur ein Wortgefecht lieferten.

Steel: »Nix da! Ich werde nicht –«

Finnie: »Das war keine *Bitte*, Inspector, das war ein *Befehl*!«

Steel: »Ich bin gerade mitten in einer –«

Finnie: »Sie behindern eine laufende Ermittlung.«

Steel: »Ich mach nur meinen verdammten Job!«

Finnie: »Es ist nicht mehr Ihr Job. Und wenn Sie damit ein Problem haben, beschweren Sie sich doch beim DCS.«

Wütendes Schweigen.

Steel: »Na schön. Dann gehört der Wonneproppen da drin jetzt *ganz* Ihnen.« Sie riss die Tür auf und starrte Logan finster an. »Pack zusammen. Man hat uns den Fall entzogen.«

Zwei Tage später

5

Logan rutschte auf dem Fahrersitz vor, tippte auf den *Aberdeen Examiner* auf seinem Schoß und sagte: »Vier waagerecht: ›Ist meist Chefsache, der Schütze tut's auf Befehl.‹ Sechs Buchstaben, fängt mit FE an, und der vorletzte ist ein R.«

Steel, die gerade ihr Dekolletee einer eingehenden Inspektion unterzog, blickte auf. »Weißt du was«, sagte sie und schnipste eine kleine Aschelawine von ihrer Zigarette aus dem Fenster, »ich glaube, ich habe endlich eins von den verdammten Dingern gefunden, das richtig sitzt.« Sie zuppelte an ihrem BH-Träger, dass der Inhalt nur so wippte.

Logan wandte sich wieder seiner Zeitung zu – er hatte nicht die Absicht, sich schon wieder in ein Gespräch über DI Steels Unterwäsche verwickeln zu lassen. Es war fünf vor elf am Freitagmorgen, und die Sonne schickte ihre Strahlen durch das Laub der Bäume, sodass kleine Lichtkleckse über die Fahrbahnschwellen vor der Sunnybank-Grundschule tanzten. »Wie lange müssen wir das hier noch machen?«

»So lange, bis wir das Schwein geschnappt haben.« Steel ließ von ihren Brüsten ab und lehnte sich bequem in ihrem Sitz zurück. »Was jammerst du eigentlich? Drei Tage faul in der Sonne rumsitzen, Zeitung lesen und Eis am Stiel lutschen. Würdest du lieber mit DCI Froschmaul durch die Gegend kurven?«

Da hatte sie auch wieder recht.

»Nein, wir lungern hier noch bis vier rum, verpissen uns dann ins Wochenende und treten am Montag wieder an, um noch eine Woche mit süßem Nichtstun hinter uns zu bringen.«

Sie nahm einen tiefen Zug aus ihrer Zigarette und vernebelte die ganze Frontscheibe mit ihrem Rauch. »Ist ja nicht so, als ob wir was Besseres zu tun hätten, oder? Dieser blöde Finnie …«

Jetzt fing sie schon wieder damit an.

»Ich meine, für wen hält der sich eigentlich? ›Stellen Sie sofort die Vernehmung dieses Gefangenen ein‹«, fügte sie in einer wenig schmeichelhaften Imitation des Detective Chief Inspector hinzu. »›Sie behindern eine laufende Ermittlung.‹ Laufende Ermittlung, dass ich nicht lache. Der blöde Sack will bloß den ganzen Ruhm für sich einheimsen.«

Sie schnaubte. »Und Derek den Pickligen lässt er mit einer Verwarnung davonkommen, das muss man sich mal *vorstellen*! Wir erwischen den kleinen Scheißkerl auf frischer Tat, wie er einen Typen nach Strich und Faden verdrischt, Widerstand gegen die Festnahme leistet und überhaupt ein ganz mieses, verlogenes Junkie-Miststück ist – und dann heißt es: ›Sie müssen das im größeren Zusammenhang sehen, Inspector.‹« Sie sog eine Weile grimmig an ihrer Zigarette. »Ich zeig diesem Finnie, wo er sich seinen größeren Zusammenhang hinstecken kann, und zwar mit meiner Stiefelspitze.«

»Wie machen wir's mit dem Mittagessen? Wir könnten uns ein Sandwich holen, oder –«

»Döner.« Steel nahm noch einen letzten Zug, warf die Kippe in eine offene Coladose und schwenkte sie in der warmen, abgestandenen Flüssigkeit. »Diese Bude in Sandilands. Und wenn wir schon mal da sind, können wir ganz spontan nebenan im Turf 'n Track vorbeischauen. Auf einen kleinen Schwatz mit Simon McLeod.«

»Aber Finnie –«

»Finnie kann mich mal an meinem wohlgeformten Allerwertesten lecken. Seit diesem kleinen Krawall am Dienstag hatten wir schon fünf Polen, die mit zertrümmerten Kniescheiben in die Notaufnahme eingeliefert wurden. Jemand hat sie mit einem Klauenhammer bearbeitet.« Sie nahm eine grüblerische

Pose ein und legte sich den Finger an die Schläfe. »Mal sehen – kennen wir vielleicht irgendwen, der vorbestraft ist, weil er Leute mit einem Klauenhammer traktiert hat? Hmm, grübel, grübel …«

»Okay, okay, hab schon kapiert – Colin McLeod. Aber Finnie –«

»Was hast du bloß immer mit Finnie – bist du verknallt in ihn?«

»Wieso musst du eigentlich jedes Mal –«

Das Schrillen der Schulglocke zerriss die warme, träge Luft – Punkt elf Uhr. Zeit für die große Pause.

»Auf geht's.«

Aus der Schule waren Rufe und schrilles Gekreisch zu hören, und dann strömte eine Horde Fünf- bis Siebenjähriger in ihren vorschriftsmäßigen graublauen Grundschuluniformen hinaus in den Sonnenschein, allesamt wild entschlossen, das Beste aus ihren fünfzehn Minuten Freiheit herauszuholen.

»Siehst du was?«, fragte Steel.

Logan ließ den Blick über die Straße schweifen. »Nee. Scheint, als … Augenblick mal … Blauer Toyota Yaris – da hinten, hält gerade am Straßenrand. Siehst du ihn?«

Steel rückte auf ihrem Sitz vor und spähte durch die Frontscheibe auf das kleine dreckbespritzte Auto. Der Fahrer stieg aus und schlenderte auf den Zaun des Pausenhofs zu. Beigefarbene Strickweste, graue Haare, zottiger Schnauzbart.

»Wurde aber auch Zeit, Mann.« Steel kletterte hinaus in den warmen Morgen und schlenderte die Straße hinunter, die Hände in den Hosentaschen.

Logan schloss ab und folgte ihr, um im letzten Moment rasch die Straßenseite zu wechseln, damit er sich dem Typen unauffällig von hinten nähern konnte.

Dabei hätte der Mann in der beigefarbenen Strickweste wahrscheinlich sowieso nichts gemerkt, so sehr war er damit beschäftigt, ein kleines Mädchen durch den Zaun hindurch anzulächeln. Blonde Haare, zu Zöpfen geflochten, große blaue Augen.

»Weißt du was«, sagte der Mann, während er mit den Händen in den Hosentaschen wühlte, »meine Hundemama ist ganz krank und kann nicht für ihre Babys sorgen. Ist das nicht traurig?«

Das kleine Mädchen nickte.

»Möchtest du sie gerne sehen? Vielleicht könntest du eins mit nach Hause nehmen? Würde dir das gefallen?« Und dabei arbeiteten die Hände in seiner Hose schneller und schneller. Schweißperlen traten ihm auf die Stirn. »Würdest du gerne meine … o Gott … Hündchen sehen?«

»Mein Gott, Rory«, sagte Steel und lehnte sich lässig an das Auto des Mannes, »du bist wirklich ein wandelndes Klischee.«

Rory richtete sich blitzschnell auf und warf eine Handvoll Briefchen über den Schulhofzaun. »Ich hab nichts getan! Sie können mir nichts nachweisen. Ich –«

Logan legte ihm die Hand auf die Schulter. »Rory Simpson, ich verhafte Sie wegen Verstoßes gegen Paragraph 5, Absatz 1 des Zusatzes zum Schottischen Straf–«

»Nein – ich hab nichts getan! Ich bin nur – mmmpf!«

Steel hatte ihm eine Hand auf den Mund gelegt. »Denk doch an die Kleinen, Rory – wir wollen doch ihre unschuldigen kleinen Ohren nicht mit schmutzigen Lügen verderben. Also, lässt du dich diesmal friedlich abführen, oder willst du wieder kreischen und um dich schlagen wie ein Mädchen?«

Rory biss sich auf die Unterlippe, runzelte die Stirn und sagte: »Ich glaube, diesmal lasse ich mich friedlich abführen.«

»Gute Entscheidung, ist auch viel würdevoller.« Steel nickte Logan zu. »Schau doch mal, was er da den Löwen ins Gehege geworfen hat.« Dann führte sie Rory Simpson die Straße entlang zum Wagen.

Zehn Minuten später kletterte Logan auf den Fahrersitz des funkelnagelneuen Vauxhall, für den er an diesem Morgen unterschrieben hatte. Rory und Inspector Steel saßen auf dem Rücksitz wie ein ältliches Ehepaar, das sich schon auf den Sonntagsauflug mit der Verwandtschaft freut.

»Hier«, sagte Logan und reichte einen transparenten Beweismittelbeutel nach hinten, in dem ganz unten ein kleines Häufchen weißer Briefchen lag, jedes ungefähr so groß wie eine Pfundmünze. »Das ist alles, was ich finden konnte. Es waren wahrscheinlich noch mehr, aber die kleinen Bälger wollten nicht reden.«

DI Steel öffnete den Beutel und schnupperte daran. »Na kommt schon, Rory: Was finden wir, wenn wir das Zeug hier ins Labor schicken – Puderzucker? Waschpulver? Crack?«

Rory zuckte mit den Achseln. »Sie wissen doch, wie das heutzutage ist, Inspector …«

»Ja, ja, ich weiß – die Sechsjährigen interessieren sich alle nur noch für Playstations, Tattoos und Gruppensex. Sprich dich nur aus.«

»Ist nicht mehr so, wie's zu unserer Zeit war, oder? Damals sind sie noch für 'n Tütchen Brause zu dir ins Auto gestiegen. Heute wollen sie alle Drogen, Alk und Cash.« Rory schüttelte den Kopf. »Sehen aus, als könnten sie kein Wässerchen trüben …« Ein mildes Lächeln huschte über sein Gesicht.

»Rory, wenn du auch nur über irgendwelche Wasserspielchen mit kleinen Mädels *nachdenkst*, lasse ich dich von meinem Sergeant hier raus in die Pampa fahren und dir jeden Knochen im Leib brechen.«

»Ist doch bloß 'ne Redewendung … Ich meine, gucken Sie sich doch mal das kokette Biest da drüben an«, sagte er und deutete auf den Trupp uniformierter Zwerge, die gerade kreischend zu ihrem Klassenzimmer zurückrannten. »Die hat genau gewusst, was sie tut, ich sag's Ihnen. Ohne Gegenleistung läuft bei der gar nix. Ist echt deprimierend.«

Eine blecherne Stimme mit Banff-Akzent tönte aus dem Funkgerät: »*Alpha Drei-Siehm, von der Leitstelle* –«

»Ach du Kacke.« DI Steel grabschte nach dem Handapparat. »Wir … bei … nicht … over?« Und dann schob sie noch ein oscarreifes statisches Rauschen nach: »*Kchhhhhhhhhhhh …*«

»Aye, *netter Versuch. Also: Zwischenfall am Primrosehill Drive. Hört sich nach 'nem Familienkrach an. Ich hab sonst keinen Streifenwagen frei, und ihr seid am nächsten* –«

Steel verzog das Gesicht. »Tut mir leid, Dougie, aber wir sind in Altens, meilenweit entfernt, da wirst du dir jemand anders suchen müssen.«

»*Ihr wisst schon, dass diese neuen Autos mit GPS ausgerüstet sind, oder? Ich kann euch hier vor mir auf dem Bildschirm sehen: Sunnybank Road.*«

Pause.

»Mist.«

»Aye, *also: Primrosehill Drive. Und gebt ruhig 'n bisschen Gas – eine Frau aus dem Haus gegenüber will Schreie gehört haben.*«

Steel machte noch einen allerletzten Versuch: »Aber ich hab 'nen Gefangenen auf dem Rücksitz –«

»*Da wird wahrscheinlich grad irgend'ne arme Sau abgemurkst, und ihr macht hier Stress und vergeudet kostbare Zeit!*«

Steel nahm den Daumen von der Sendetaste und machte ihren Gefühlen mit Ausdrücken Luft, die einem Streetworker die Schamröte ins Gesicht getrieben hätten. »Also schön, wir fahren los. Zufrieden?«

Logan ließ den Motor an, und das Geräusch übertönte die sarkastische Replik.

Der Primrosehill Drive war eine sanft geschwungene Reihe großer Doppelhäuser mit großen Gärten. In den Einfahrten standen Geländewagen, deren Blech in der Sonne glühte. Logan schaltete die Sirene aus und fragte Steel noch einmal nach der Adresse.

Sie spähte hinaus auf die Straße. »Da vorn links, das ist es. Sieht aus wie eine Baustelle.«

Zwei Stockwerke grauer Granit, fast ganz verborgen hinter einem Wald aus Gerüststangen und Planen. Der Garten diente als Abstellplatz für einen Betonmischer, einen Bagger, einen Haufen Schutt und ein knallblaues Dixi-Klo. Auf der Straße vor dem Haus stand eine verbeulte grüne Schuttmulde, und orangefarbene Kegel mit Brettern dazwischen verhinderten, dass irgendjemand davor parkte. Logan fuhr so dicht wie möglich heran.

»Was nun?«

Steel boxte ihn in den Arm. »Na, was wohl? Wir stürmen die Bude und retten die Situation. Fotos in der Zeitung. Orden. Go-go-Girls.« Sie drehte sich auf ihrem Sitz um und stieß Rory an. »Du bleibst hier. Rühr dich nicht von der Stelle. Wenn ich merke, dass du auch nur einen Furz gelassen hast, während wir weg waren, dann kastrier ich dich mit einem Kartoffelschäler, kapiert?«

Sie packte einen Satz Handschellen aus und ließ die eine Hälfte um Rorys rechtes Handgelenk einrasten, dann zerrte sie ihn nach vorn, bis er halb im Fußraum vor der Rückbank lag.

»He!«

»Ach, hör schon auf mit dem Gejammer.« Sie führte die Handschellen um die Metallstreben herum, mit denen der Fahrersitz am Boden befestigt war, und legte den zweiten Ring um Rorys anderes Handgelenk. Jetzt konnte er nicht mehr vor noch zurück.

»Das muss doch wirklich nicht sein, Inspector; Sie wissen, dass ich nicht –«

»Halt die Klappe, bevor ich mir's noch anders überlege und dich im Kofferraum einschließe.«

Sie knuffte Logan noch einmal in den Arm. »Worauf wartest du noch?«

Sie stiegen aus in den Sonnenschein.

Alles war still bis auf das ferne Dröhnen und Grollen des Verkehrs auf der Great Northern Road. Keine Schreie.

Sie bahnten sich ihren Weg über die aufgewühlte Erde und um einen Stapel Hohlblocksteine herum. Die Haustür steckte in der Schuttmulde am Straßenrand, und der Hausflur lag als gähnendes schwarzes Loch vor ihnen.

Logan zog sein Airwave-Funkgerät aus der Tasche. »Leitstelle, hier DS McRae, ich brauche Verstärkung am Primrosehill Drive –«

»Mann, du bist mir vielleicht ein Hosenscheißer…« Steel warf noch einen Blick in den dunklen Hauseingang. »Na los«, sagte sie und schob Logan vor sich her, »du gehst voran.«

Logan fluchte und zückte seine kleine Pfefferspraydose. Laut Leitstelle waren immer noch keine Streifenwagen frei. Sie waren auf sich gestellt.

Steel gab ihm noch einen Schubs, und er stolperte über die Schwelle.

Finsternis.

Die Bauarbeiter hatten alles bis auf den bloßen Granit herausgerissen und von vorn angefangen. Hölzernes Ständerwerk war mit riesigen Mauerschrauben an den Wänden befestigt. Elektrokabel in steifer grauer Isolierung ragten aus Löchern in den Trägern und hingen in wirren Schlaufen unter der Decke.

Die Spanplatten knarrten unter Logans Sohlen, als er vorsichtig einen Fuß vor den anderen setzte.

Erste Tür links: Das Wohnzimmer war leer. Eine grüne Plane war über die leere Fensteröffnung gespannt, was den ganzen Raum in ein schimmlig anmutendes Dämmerlicht tauchte. Keine Menschenseele zu sehen. Esszimmer: leer. Untere Toilette: leer; nur ein Loch, wo die Klosettschüssel hinkommen sollte, und ein paar Plastikrohre, die aus dem Boden ragten. Die Küche war kaum mehr als ein Lagerraum für Stapel von Holzlatten, Kartons mit Fliesen, Zementsäcke, dicke Rollen Steinwolle und Gipskartonplatten.

Logan tastete sich zurück zur Treppe und stieg hinauf. Oben war es fast noch dunkler. Wie es aussah, hatte der Bautrupp in dieser Etage mit dem Renovieren angefangen: Die Granitwände waren schon verkleidet, die Türen eingehängt, die Isolierverglasung eingesetzt, Einfassungen, Fensterbretter und Sockelleisten montiert. Auf der obersten Stufe blieb Logan plötzlich stehen und flüsterte: »Hast du das gehört?«

»Was?« Steel runzelte die Stirn. »Wieso schleichen wir hier eigentlich rum wie die Einbrecher?« Sie holte tief Luft. »POLIZEI! Kommen Sie mit erhobenen Händen heraus, dann passiert Ihnen nichts!«

Aus einem der Schlafzimmer ertönte eine Stimme: »*Kurwa!*«

Und dann schoss urplötzlich eine Gestalt aus der offenen Schlafzimmertür – ein Mann, groß und kräftig, mehr war in der Dunkelheit kaum zu erkennen. Er hatte etwas in der Hand. Etwas Langes, das – von einem verirrten Lichtstrahl getroffen – kurz aufblitzte. Ein Brecheisen.

Und dann schwang er das Ding wie einen Säbel und versuchte Logan damit zu köpfen.

Logan duckte sich, und das Eisen zischte so dicht über ihn hinweg, dass es seine Haare streifte, ehe es in der Gipskartonwand steckenblieb. Logan rammte dem Mann die Faust in den Bauch.

Anstatt zusammenzuklappen und sich stöhnend auf dem Boden zu wälzen, grunzte der Kerl nur und riss das Brecheisen aus der Wand, wobei er ein Knäuel Steinwolle mitnahm.

O Gott…

Logan ließ den Verschluss seiner Pfeffersspraydose aufschnappen und sprühte ihm eine großzügige Dosis in die Augen.

»Aaaaah… *Matkojebca!*«

Es war ein Kampf auf engstem Raum. Zu eng. Der Strahl traf den Mann im Gesicht und spritzte in alle Richtungen weg, ein Nebel aus ätzenden Tröpfchen, der in einem Radius von einem Meter alles einhüllte. Einschließlich Logan.

»Ah, Mann!« Es war, als würde man mit getrockneten Chilischoten abgeschmirgelt. Seine Augen brannten wie Feuer, und er bekam kaum noch Luft.

Das Brecheisen krachte gegen das Treppengeländer, prallte ab und fiel mit großem Getöse durch den Treppenschacht in die Tiefe.

Unten hörte man Steel fluchen.

Als das Gepolter verhallt war und Logan vorsichtig die Augen öffnete, sah er nur eine verschwommene Silhouette am oberen Treppenabsatz knien, fluchend und schwer atmend.

O Gott, das Zeug *brannte* vielleicht …

Steel schob sich an Logan vorbei und brüllte: »POLIZEI! Heb deinen Arsch –« Im nächsten Moment krachte sie hinterrücks in die Geländerpfosten, dass es nur so splitterte.

Logan sank mit weichen Knien gegen die Wand und versuchte mit seinen brennenden, tränenden Augen irgendetwas zu erkennen, als plötzlich eine zweite Gestalt am oberen Treppenabsatz auftauchte. Logan hob mit letzter Kraft seine Pfefferspraydose. »Sie da! Mit dem Gesicht auf den Boden legen!«

Der Mann trat vor, ließ den rechten Arm vorschnellen, packte Logans Sprühhand und verdrehte sie.

Logan setzte zu einem linken Haken an, doch der Mann blockte ihn ab, bekam seinen Ärmel zu fassen und riss daran, sodass Logan das Gleichgewicht verlor.

»Loslassen, du Mist–«

Ein Knie landete in seiner Magengrube, und um Logan wurde es noch düsterer. Das Pfefferspray war schon schlimm, aber das war nichts gegen die Höllenschmerzen, die jetzt durch seinen vernarbten Unterleib tobten. Seine Beine knickten ein.

Eine Hand packte ein Büschel seiner Haare und drehte sein Gesicht nach oben.

Auch mit seinem vom Pfefferspray getrübten Blick erkannte

er die unverwechselbare Form: eine halbautomatische Pistole. Der Mann drückte Logan die Mündung an die Stirn, kaltes Metall auf glühender Haut.

Bei einem solchen aufgesetzten Schuss würde das Projektil einen kleinen Ring aus verbrannter Haut um das Einschussloch hinterlassen, wenn der Druck des hocherhitzten Gases das kupferummantelte Bleigeschoss aus dem Lauf in Logans Schädel hineintrieb. Die Kugel würde beim Eintreten ein etwa erbsengroßes Loch stanzen, während die Austrittswunde ungefähr den Durchmesser einer Grapefruit hätte. Und die schönen neuen Gipskartonwände wären über und über mit grauen, rosa und roten Flecken bespritzt.

Logan kniff die brennenden Augen zu.

Und dann ging das Airwave-Funkgerät in seiner Tasche los, und die Leitstelle gab durch, dass Verstärkung unterwegs sei.

Der Mann ließ Logans Haare los und tätschelte ihm die Wange.

»Ist dein Glückstag heute«, sagte er mit starkem osteuropäischem Akzent. »Ich hab dich lassen leben. Nicht vergessen.«

Damit machte er sich davon und schleifte seinen verletzten Kumpel mit.

6

Logan kniete auf dem Boden, die Stirn auf die kühlen Spanplatten gepresst. Er lebte noch … Oh, Gott sei Dank.

Er hörte, wie der Pistolenmann zusammen mit seinem Kumpel die Stufen hinunterstapfte; hörte Steel stöhnen, dazu das Schackern einer Elster irgendwo da draußen und das Rauschen des Bluts in seinen Ohren. Von dem Adrenalinstoß, den die Todesangst ausgelöst hatte, zitterte er am ganzen Körper.

Die Vorstellung, sich zu übergeben, hatte gerade etwas durchaus Verlockendes.

Von unten ertönte ein lautes Krachen. Logan rappelte sich auf und zwang seine wackligen Beine, ihn zu dem großen Fenster am Ende des Flurs zu tragen. Es war isolierverglast, die Scheibe mit blauer Plastikfolie beklebt, die es beim Einbau vor Schmutz und Kratzern schützen sollte. Er drehte den Griff und riss es auf. Die Welt war ein Durcheinander von verschwommenen Farbklecksen. Logan wischte sich mit dem Ärmel über die Augen und blinzelte durch seine Tränen.

Der Pistolenmann war schon zur Tür hinaus – mit seinem Kumpel, den er halb zog und halb trug, stapfte er über den trockenen Lehmboden der Einfahrt.

Logan rieb sich noch einmal die Augen, aber die beiden Männer wollten einfach nicht scharf bleiben. Schon hatten sie den Gehweg erreicht, und das mit Planen bespannte Gerüst, das vor dem Haus stand, verdeckte sie.

Logan kletterte aus dem Fenster auf den schmalen Bretterboden des Gerüsts. Die Planken wippten unter seinen Füßen, als er zum äußersten Rand wankte und eine grüne Plane zur Seite riss. Er holte tief Luft und schrie: »HALT, POLIZEI!«

Sie drehten sich nicht einmal um. Die beiden verschwommenen Gestalten eilten den Gehweg entlang auf den CID-Einsatzwagen zu – den Wagen, auf dessen Rücksitz der mit Handschellen gefesselte Rory Simpson saß.

Einen Augenblick lang konnte Logan einen blassen Fleck erkennen – Rorys Gesicht, das aus der Lücke zwischen Vordersitzen und Rückbank hervorlugte –, und dann waren der Pistolenmann und sein Kumpel schon weitergegangen.

Sie verschwanden aus Logans Blickfeld, und kurz darauf hallte das Geräusch eines startenden Wagens über die Straße. Der Motor heulte auf, die Räder drehten kurz durch, und der Wagen raste davon, ehe das ferne Sirenengeheul noch näher kam.

Sie waren entkommen.

Logan schleppte sich zurück ins Treppenhaus, wo Steel zusammengesunken an dem angeknacksten Holzgeländer lehnte. Das Kinn war ihr auf die Brust gesunken, und aus ihrem Mund kam unverständliches Gebrabbel.

»Inspector? Alles okay?«

»Nnnfff… kann meinen Hut nicht finden… mmmpfff…«

Logan kramte sein Airwave hervor und funkte die Leitstelle an, um schleunigst einen Krankenwagen anzufordern. Dann sank er neben Steel auf den Boden, lehnte sich ans Geländer und hörte dem Stimmengewirr im Hintergrund zu, während die Leitstelle alles in die Wege leitete.

Sein Bauch tat weh; die anfänglichen stechenden Schmerzen waren inzwischen einem dumpfen Pochen gewichen. Seinem Gesicht erging es nicht besser. Kein Zweifel, es war ein Einsatz von der Sorte *Sie kamen, sie sahen, sie kriegten die Hucke voll.*

Logan starrte durch die offene Tür in das dunkle Schlafzimmer, aus dem der Pistolenmann gesprungen war. Da lag etwas auf dem Boden.

Er wuchtete sich ächzend hoch und tapste mit wackelnden Knien in das Zimmer.

Es war ein großes Schlafzimmer mit angrenzendem Bad – im Halbdunkel konnte er gerade so das Schimmern der Fliesen ausmachen. Ein intensiver Gestank nach verbranntem Fleisch erfüllte den Raum.

Und was da auf dem Boden lag, war ein Mann. Rauchkringel stiegen aus den Höhlen auf, wo einmal seine Augen gewesen waren.

Er war groß und kräftig gebaut, mit jeder Menge Muskeln, die erste Ansätze von Verfettung zeigten. Und die Hälfte seines linken Ohrs fehlte. Simon McLeod.

Logan hätte es nicht für möglich gehalten, aber der Tag hatte es soeben geschafft, noch einen Tick beschissener zu werden.

Der Krankenwagen stand auf der Straße neben der Schuttmulde, flankiert von zwei Streifenwagen. Ein halbes Dutzend uniformierte Beamte klapperten bereits die Nachbarschaft ab. Logan beobachtete ihre unscharfen, verschwommenen Silhouetten von der Ladeklappe des Krankenwagens aus, während ein Sanitäter hinter ihm herumfuhrwerkte.

»So«, sagte der Mann, der einen zerknitterten grünen Overall trug, »Kopf in den Nacken, und dann spülen wir Ihnen den Scheiß aus den Augen.«

Logan befolgte die Anweisung – und bereute es auf der Stelle. Der brennende Schmerz hatte schon ein wenig nachgelassen, aber jetzt kehrte er in voller Stärke zurück. »Ahh, Menschenskind!«

»Stillhalten …«

Und nach und nach wurde es besser. Als sie DI Steel aus dem Haus brachten, konnte er schon wieder richtig sehen. Sie führten sie zum Krankenwagen und halfen ihr auf eine der

Tragen, wo sie leicht schwankend dasaß, während die Sanitäter sich vergewisserten, dass Simon McLeod auf der anderen Trage richtig festgeschnallt war. Er war bewusstlos und an einen Herzmonitor angeschlossen.

»Okay«, sagte der Sanitäter, der Logans Augen ausgespült hatte, »wir müssen langsam los.« Er rief dem Fahrer zu: »Musik und Lightshow ab, Charlie!«

Logan sprang von der Ladeklappe, sagte: »Ich fahr Ihnen nach« und marschierte zum CID-Einsatzwagen hinüber. Die Schmerzen versuchte er einfach zu ignorieren. Er setzte sich ans Steuer und ließ den Motor an, während der Krankenwagen mit Blaulicht und Sirene in den sonnigen Nachmittag davonraste.

Von hinten kam Rorys Stimme. »Was ist passiert?« Er war immer noch an die Sitzhalterung gefesselt.

»Sie haben die zwei gesehen, nicht wahr? Sie müssen denen doch direkt ins Gesicht geschaut haben, als sie am Auto vorbeikamen.« Logan legte den Gang ein, gab Gas und folgte dem Krankenwagen, als er nach rechts in die Leslie Road einbog.

»Ich ... Was haben die angestellt? Wir –«

»Ich will eine Beschreibung.«

Der Tacho zeigte achtzig, als sie mit quietschenden Reifen um den Kreisel kurvten und auf den Westburn Drive fuhren.

»Aaaah! Nicht so schnell! Ich bin nicht angeschnallt!«

»Haben Sie die beiden gesehen oder nicht?«

Wieder rechts ab auf die Cornhill Road. Der graubraune Betonklotz des alten Kinderkrankenhauses schoss an ihnen vorbei, als sie auf die Notaufnahme zusteuerten.

»Langsamer!«

»Festhalten, da kommt ein Hubbel.«

»AAAAAAH! Okay, okay, ich hab sie gesehen, ich hab sie gesehen!«

Logan parkte den Wagen so nahe wie möglich an der Notaufnahme und sprang heraus.

Von hinten rief Rory: »Warten Sie! Sie können mich doch hier nicht einfach so zurücklassen!«

»Ach, Herrgott noch mal …« Logan öffnete die Tür und löste die Handschelle an einer von Rorys Händen.

»Autsch …« Rory richtete sich mit knirschenden Gelenken auf, stöhnte und rieb sich das Kreuz. »Das war nicht witzig.«

Neben der Automatiktür stand ein uniformierter Constable. Logan winkte ihm. Der Beamte sah aus, als wäre er ungefähr zwölf; seiner Dienstnummer nach gehörte er zum jüngsten Schub von Neueinstellungen – wahrscheinlich war er erst seit ein paar Monaten bei der Truppe. Logan führte ihn zum Einsatzwagen.

»Passen Sie doch mal eben auf unseren Strickwestenfan hier auf. Und wenn er Ihnen Süßigkeiten anbietet, nehmen Sie nichts an.«

Als der junge Constable hinten einstieg, lächelte Rory Simpson, tätschelte ihm das Knie und fragte ihn, ob er kleine Hunde mochte.

In der Notaufnahme herrschte die gleiche deprimierende Atmosphäre wie immer. Hierher kamen die Leute nicht, um sich zu amüsieren; hierher kamen sie, wenn irgendetwas ganz gewaltig schiefgelaufen war, und nach all den Jahren hatte sich etwas von dem ganzen angesammelten Leid schon in den mattweißen Wänden und dem grünen Linoleumboden festgesetzt. Zwei Frauen saßen an entgegengesetzten Enden des schäbigen Wartebereichs; die eine stillte ein Baby und fluchte dabei halblaut vor sich hin, und die andere hatte neben sich einen kleinen Jungen, der unentwegt schrie: »Mami, es tut weh! Es tut weh!«

»Tja, dann wärst du mal besser nicht die blöde Treppe runtergefallen, was?«

Logan zeigte an der Anmeldung seinen Dienstausweis vor und fragte, was aus DI Steel und Simon McLeod geworden sei. Eine der Empfangsdamen blickte von ihrem Computer auf, seufzte und fragte dann: »Sind Sie mit einem der beiden verwandt? Denn andernfalls –«

»HILFE!«, tönte es da aus der Richtung der Behandlungsräume, und dann: »HALTEN SIE STILL, VERDAMMT NOCH MAL!«

Und dann ein Schrei.

Logan trabte sofort los und folgte den Geräuschen den Flur entlang bis zu einer Reihe von Untersuchungskabinen, die mit Vorhängen abgeteilt waren. Er riss den ersten zur Seite und erblickte eine Krankenschwester und eine Ärztin, die mit Simon McLeod rangen und verzweifelt versuchten, ihn auf der Liege zu halten. Ein Arzt lehnte zusammengekrümmt an der hinteren Wand und hielt sich stöhnend die Weichteile.

Die Schwester warf Logan einen bösen Blick zu. »Stehen Sie nicht so dumm in der Gegend rum!«

Logan packte einen von Simons wild rudernden Armen und schloss die Finger fest um sein Handgelenk. Der hünenhafte Mann brüllte, versuchte sich loszureißen und strampelte wild mit den Beinen in der Luft. Ein Fuß erwischte die Schwester an der Hüfte, und sie taumelte fluchend rückwärts.

Die Ärztin, die bisher Simon McLeod an der Taille gehalten hatte, packte jetzt seine Fußknöchel und versuchte sie auf die Liege niederzudrücken – vergeblich, er war einfach zu kräftig für sie.

»Ach, scheiß drauf!« Logan packte Simons Handgelenk noch fester und zog mit aller Kraft, bis Simon von der Untersuchungsliege rutschte und auf den Linoleumboden krachte. Logan verdrehte ihm den Arm, sodass der Mann auf seinem zerstörten Gesicht zu liegen kam.

Die Ärztin versuchte, Logan von ihm wegzuzerren. »Was machen Sie denn da, Mensch? Der Mann ist schwer verletzt!«

Logan setzte einen Fuß auf Simon McLeods Schulter und stemmte sich dagegen, während er den Arm des Mannes voll ausgestreckt und verdreht hielt. »Wollen Sie, dass ich ihn loslasse?«

Sie zögerte eine Sekunde. »Nein. Bleiben Sie da!« Sie schlüpfte durch den Vorhang hinaus und kam dreißig Sekunden später mit einer Spritze und einer kleinen Ampulle mit einer klaren Flüssigkeit zurück.

Sie warf die Kappe der Spritze auf den Boden, zog eine massive Dosis aus der Ampulle auf und trat dann dicht neben Logan. »Halten Sie ihn still …« Sie riss Simons Hemdsärmel zurück, klatschte ihm ein paarmal mit der flachen Hand aufs Handgelenk und schob die Nadel in die Vene.

Allmählich ließ Simons Widerstand nach. Einmal trat er noch aus. Und noch einmal. Seine Finger ballten sich zur Faust und lösten sich wieder. Und dann wurden seine Muskeln schlaff.

In diesem Augenblick platzten drei kräftige Männer vom Sicherheitsdienst des Krankenhauses durch den Vorhang.

Die Ärztin warf die gebrauchte Spritze in eine gelbe Abfallbox und applaudierte ironisch. »Bravo, Leute, ganz toll. Wir könnten längst alle *tot* sein.«

Einer der Sicherheitsleute zuckte mit den Achseln. »Schlägerei in der Entbindungsstation – da war so ein Typ, der unbedingt sein Kind sehen wollte. Der Ehemann der Mutter war davon nicht so begeistert.«

»Meinen Sie, Dr. Patel ist begeistert über den Zustand seiner Eier?« Sie deutete auf ihren stöhnenden Kollegen. »Zum Glück war ich gerade zufällig nebenan, sonst wäre er jetzt ein Eunuch.« Dann bat sie Logan, ihr zu helfen, den bewusstlosen Simon McLeod wieder auf die Untersuchungsliege zu hieven.

»Werden Sie ihn wieder hinkriegen?«

»Ich bezweifle es.« Die Ärztin zog den Gazeverband ab, den sie Simon im Krankenwagen angelegt hatten, und legte die obere Hälfte seines Gesichts frei. Sie zuckte zusammen. »Beide Augäpfel sind zerstört, der Sehnerv ausgebrannt. Er ist blind. Und hat wahrscheinlich starke Schmerzen. Wir können nur seine Wunden reinigen, ihm Beruhigungsmittel geben und hoffen, dass er sich keine Infektion einfängt.«

Fünf Minuten später folgte Logan der Ärztin in die nächste Kabine, wo DI Steel immer noch leicht schwankend auf der Untersuchungsliege saß. Die Ärztin nahm eine kleine Taschenlampe heraus und leuchtete damit in Steels Augen, wobei sie das Licht abwechselnd aus- und einschaltete. »Okay«, sagte sie, »können Sie mir sagen, wie der Premierminister heißt?«

»Ist es …? Ich seh ihn vor mir …« Steel zog die Stirn in Falten und bewegte eine Weile stumm die Lippen. »Wieheißternur – so'n schleimiger, verlogener Wichser …?« Als ob das die Auswahl eingegrenzt hätte.

»Also, Sie haben eindeutig eine Gehirnerschütterung.« Die Ärztin betastete mit ihren latexbehandschuhten Fingern Steels Hinterkopf. »Wahrscheinlich werden Sie morgen eine gewaltige Beule haben, aber es ist nichts gebrochen. Wir behalten Sie zur Beobachtung über Nacht hier, okay?«

Steel runzelte wieder die Stirn. »Ist es Margaret Thatcher?«

»Ich gebe Ihnen etwas gegen die Kopfschmerzen.« Sie wandte sich an Logan. »Möchten Sie vielleicht die Angehörigen kontaktieren? Damit sie wissen, wo sie ist?«

»Ich rufe Susan an. Sie kann dann gleich ein paar Sachen –«

»Angehörige!« Steel sprang von der Liege. »Wir – hoppla!« Ihre Beine knickten weg, und die Ärztin fing sie rasch auf. Steel gab ihr einen Kuss auf die Wange. »Ist das ein Stethoskop in Ihrer Tasche, oder freuen Sie sich nur, mich zu sehen?«

»Vielleicht sollten wir Ihnen ein Beruhigungsmittel geben?«

Steel zupfte an Logans Ärmel. »Wir müssen McLeods Angehörige informieren.«

»Ich schicke jemanden, sobald ich zurück im Präsidium bin.«

Sie schüttelte den Kopf und wäre fast wieder zusammengeklappt. »*Du* machst das. Ich habe kein Vertrauen in Finnies

Hampelmänner – die würden das bloß wieder verbocken.« Sie schnipste mit den Fingern. »Tony Blair!«

Die Ärztin steuerte sie auf den Rollstuhl in der Ecke zu. »Gut geraten, aber leider knapp daneben. Kommen Sie, wir bringen Sie ins Bett.«

»Ui, scharf! Ich steh auf Frauen in Uniform.«

Logan hielt ihnen den Vorhang auf und sah zu, wie die Ärztin den Rollstuhl hinausschob. Steel flatterte aufgeregt mit den Armen und versuchte sich auf ihrem Sitz umzudrehen. »Laz! Laz, kümmer dich um meinen Wagen, okay? Er steht auf dem Parkplatz hinter … dem Dings. Du weißt schon, dieses große Haus, wo wir arbeiten?« Und dann war sie um die Ecke verschwunden, und er hörte sie nur noch lachen wie eine Figur aus einer *Ist-ja-irre*-Klamotte.

Aber Logan hatte nichts zu lachen – nicht wenn er Colin McLeod beibringen musste, dass jemand seinen Bruder verstümmelt hatte.

7

»Äh…« Rory Simpson schielte zu der Kamera hinauf, die an der Wand des Vernehmungsraums hing. »So hab ich das nicht gemeint.«

Logan lehnte sich auf seinem Stuhl zurück und verschränkte die Arme. »Sie haben *gesagt*, Sie hätten sie gesehen!«

»Das ist mir bloß so rausgerutscht in der ganzen Aufregung – die Verfolgungsjagd, die Sirenen, und ich hinten drin mit Handschellen gefesselt, ganz zusammengekrümmt… da muss mir das Blut in den Kopf geschossen sein.«

Rory hatte einen plötzlichen Gedächtnisverlust erlitten, als er zufällig mitbekommen hatte, wie irgendein Idiot darüber redete, was mit Simon McLeod und den anderen Opfern passiert war.

»Haben Sie eigentlich eine Ahnung, wie wichtig das ist? Hier werden Menschen –«

»Mal angenommen, ich *hätte* sie gesehen – und ich sage nicht, dass es so ist –, aber nur mal angenommen: Was glauben Sie, was die mit mir machen würden, wenn sie dahinterkämen, dass ich sie identifiziert habe?« Er fuhr sich mit der Hand über seinen buschigen grauen Schnauzbart. »Ich hänge sehr an meinen Augen. Ich brauche sie, damit ich was sehen kann.«

»Rory, wir können den Typen das Handwerk legen. Aber dazu müssen wir wissen, wie sie aussehen.«

»Können Sie denn nicht…« Er wedelte mit den Händen. »Sie wissen schon – DNS, Fingerabdrücke und so weiter.«

»Sie haben Handschuhe getragen.« Logan rückte seinen

Stuhl näher an den Tisch. »Wir können Sie schützen. Wir können dafür sorgen, dass diese Typen nicht an Sie rankommen.«

Schweigen.

»Hmmmmm …« Rory spitzte die Lippen und starrte wieder die Kamera an. »Und würden Sie dann auch unser kleines … *Missverständnis* heute früh vor der Schule vergessen?«

»Sie meinen, als Sie versucht haben, kleine Kinder mit Drogen in Ihr Auto zu locken?«

Rory wurde tatsächlich rot. »Na ja, es mag vielleicht so ausgesehen haben, aber –«

»Waren Sie für sich selbst auf Beutezug oder für jemand anderen?«

Diesmal dehnte die unbehagliche Pause sich fast eine Minute lang aus. »Ich … Ich weiß nicht, was Sie meinen.«

»Stellen Sie sich nicht dumm, Rory. Wir wissen, dass jemand hier mit jungem ›Frischfleisch‹ handelt – es sind schon seit Jahren Gerüchte darüber im Umlauf. War das kleine Mädchen für Sie selbst gedacht, oder sollte es eine Entführung auf Bestellung werden?«

Rory rutschte auf seinem Stuhl hin und her, leckte sich die Oberlippe, fuchtelte mit den Händen. »Was diese Männer von heute Nachmittag angeht … vielleicht hab ich sie ja *doch* gesehen.«

»Sie wissen, was Leuten blüht, die Kinder entführen, nicht wahr, Rory?«

»Ich hab ihnen direkt ins Gesicht gesehen, als sie vorbeigingen.«

»Wie viel war dieses kleine Mädchen wert? Wie viel hätten Sie für sie bekommen?«

»Ich … Wenn ich Ihnen diese Männer beschreibe, können Sie dann dafür sorgen, dass das alles … verschwindet?«

Logan bezweifelte es. »Der Chief Constable mag es nicht, wenn wir Pädophile laufen lassen; das macht sich in der Presse gar nicht gut, sagt er. Aber …« Er blickte sich zu dem uniformierten Constable um, der hinter ihm an der Wand stand, und senkte dann die Stimme zu einem Flüstern. »Ich könnte mal mit der Staatsanwältin reden und ihr erklären, dass Sie uns bei einer wichtigen Ermittlung behilflich sind. Es wäre dann an ihr, zu entscheiden, ob wir Anklage erheben oder nicht.«

Rory wischte sich mit dem Handrücken den Schweiß von der Stirn und sagte: »Gut, ich mach's.«

Noch ehe es vier Uhr schlug, hatte Logan ganz brauchbare E-Fit-Phantombilder der Männer, die Simon McLeod geblendet und DI Steel eine Gehirnerschütterung verpasst hatten. Er hatte gerade Rory in den Zellentrakt zurückgebracht, als DS Pirie aufkreuzte. »Der Chef will dich sprechen.«

Das traf sich ja gut – Logan wollte ihn auch sprechen.

Detective Chief Inspector Finnie hatte eines der größeren Büros im vierten Stock, mit Blick auf den Parkplatz hinter dem Präsidium und auf die Rückseite einer Reihe von Granitbauten. DS Pirie lehnte an der Fensterbank und blätterte in einem Bericht der Spurensicherung, ein süffisantes Lächeln auf den Lippen. Ein paar Drucke des schottischen Malers Eric Auld zierten die Wand hinter Finnies Schreibtisch, und mit ihren fröhlichen Sommerfarben bildeten sie einen harschen Kontrast zur Miene des DCI, als er den Telefonhörer auflegte und Logan finster anstarrte.

»Wie oft müssen wir dieses Gespräch noch führen, Sergeant?«

»Sir?«

»Habe ich mir das nur eingebildet, oder habe ich Ihnen gesagt, dass Sie alles *vorher* mit mir absprechen sollen?«

»Aber Sie haben gesagt –«

»Und nun stellen Sie sich meine Enttäuschung vor, als ich feststellen musste, dass Sie den einzigen Zeugen, den wir für die Ödipus-Überfälle haben, vernommen haben, ohne mich auch nur von seiner Existenz in Kenntnis zu setzen.«

»Wir haben ihn dabei erwischt, wie er versuchte, kleine Kinder –«

»Ich habe sechs Opfer mit ausgestochenen Augen, Sergeant McRae: sechs. Und Sie haben nicht nur auf der ganzen Linie versagt bei dem Versuch, den Täter dingfest zu machen – unterbrechen Sie mich nicht –, nein, Sie haben auch noch einen Zeugen unterschlagen!« Er klatschte ironisch Beifall. »Bravo. Gut gemacht. Sie müssen ja *so* stolz sein. Es ist mir ein Rätsel, warum man Sie noch nicht zum DI befördert hat.«

Er streckte die Hand aus, und Logan hatte plötzlich große Lust, darauf zu spucken.

»Na los«, sagte Finnie, »zeigen Sie mal die Phantombilder her.«

Logan reichte ihm die Ausdrucke, und der DCI betrachtete die am Computer erstellten Porträts. Der eine Mann war vielleicht Mitte dreißig: dichte Augenbrauen, grobe Züge, gebrochene Nase und kleine Schweinsäuglein. Der andere sah aus wie ein alternder Filmstar – einer von denen, die immer noch in Actionfilmen den Helden spielen: graues Haar, stählerner Blick.

»Und wir sollen glauben, dass die Typen tatsächlich so aussehen?«

»Simpson hat schon mal in Peterhead gesessen, er weiß, was ihn erwartet, wenn er wieder hinter Gitter kommt.«

»Sie haben einen Deal mit ihm gemacht?«

»Das glaubt er jedenfalls.«

»Verstehe …« Finnie lehnte sich zurück und legte die Fingerspitzen zusammen, während er eine Weile die Decke anstarrte. »Pirie?«

Sein Adlatus warf nur einen flüchtigen Blick auf die Ausdrucke. »Gefällt mir nicht. Laut Profil suchen wir nach einem männlichen Einzeltäter von Mitte zwanzig.«

»Tja, dann stimmt eben das Profil nicht«, meinte Logan.

Pirie hielt das E-Fit des älteren Mannes hoch. »Bist du *sicher*, dass er so ausgesehen hat?«

Logan machte den Mund auf – und wieder zu. Er hustete. »Genau genommen habe ich keinen der beiden richtig *gesehen* – na ja, irgendwie schon, aber es war dunkel, und ich hatte die Augen voller Pfefferspray. Aber Rory Simpson –«

»Ist ein Pädophiler, der mit einer deftigen Haftstrafe rechnen muss, weil er gegen seine Bewährungsauflagen verstoßen hat. Ich würde ihm nicht eine Sekunde über den Weg trauen. Er erzählt dir genau das, was du hören willst.« Pirie grinste herablassend. Blöder Sack. »Das Profil sagt ganz klar, dass unser Täter von hier ist und allein arbeitet. Deswegen ist das hier –«

»Reden Sie keinen Unsinn, Pirie.« Finnie schürzte die wulstigen Lippen und drehte seinen Stuhl ein paarmal hin und her. »Wir ignorieren doch keine Beweise, nur weil sie nicht zum Profil passen. Mailen Sie diese Porträts Dr. Goulding, und schreiben Sie ihm, dass ich so schnell wie möglich ein überarbeitetes Profil von ihm brauche. Und lassen Sie Plakate drucken – ich will, dass die Dinger bis Dienstschluss in ganz Aberdeen hängen. ›Haben Sie diese Männer gesehen?‹ und so weiter.« Er sah Logan an. »Sonst noch was?«

»Der Ältere hatte einen osteuropäischen Akzent. Er war ganz bestimmt nicht von hier.«

Pirie kräuselte die Oberlippe. »Jedes Mal, wenn es ein neues Opfer gibt, bekommen wir einen anonymen Anruf. Meistens vom Handy des Opfers selbst. Gedämpfte Stimme, slawischer Akzent. Wir sind uns ziemlich sicher, dass der Akzent aufgesetzt ist – er hört sich an wie Mr. Chekov aus *Raumschiff Enterprise*. Dr. Goulding glaubt, dass unser Bursche entweder seine Opfer verhöhnt oder sie als Chiffre benutzt.«

Finnie machte eine wegwerfende Handbewegung. »Oh, vielen Dank, das ist wirklich *sehr* hilfreich. Eine ›Chiffre‹ – das wird uns bestimmt helfen, das Dreckschwein zu fassen.« Er riss Pirie die Ausdrucke aus der Hand und knallte sie in die Mitte des Schreibtischs. »DS McRae, ich will, dass Sie einen Termin mit Dr. Goulding ausmachen. Gehen Sie mit ihm sämtliche Ereignisse des heutigen Tages durch.«

Logan stöhnte. »Aber Sir –«

»So bald wie möglich, Sergeant.« Er starrte einen Moment ins Leere. Dann lächelte er. »Hat schon jemand mit Simon McLeods Angehörigen gesprochen?«

»Äh …« Logan spürte, wie ihm die Röte in die Wangen stieg – diese Aufgabe schob er schon vor sich her, seit er aus dem Krankenhaus zurück war. »Ich dachte, dass das vielleicht … besser jemand vom höheren Dienst übernehmen sollte.«

»Hervorragend.« Finnie hievte sich aus seinem Stuhl hoch. »Ich glaube, es wird Zeit, dass wir uns zur Abwechslung mal mit *richtiger* Polizeiarbeit beschäftigen, finden Sie nicht, meine Herren? Pirie, besorgen Sie einen Wagen. Wir machen einen Höflichkeitsbesuch.«

Der Verkehr war scheußlich – eine endlose Blechlawine, die zentimeterweise vorrückte; alles Leute, die versuchten, der Rushhour zuvorzukommen, und dabei grandios scheiterten. »Faule Säcke«, brummte DS Pirie auf dem Fahrersitz. »Das muss man sich mal anschauen. Wieso arbeitet eigentlich kein Schwein mehr bis fünf Uhr?«

Logan saß auf dem Rücksitz und beobachtete ein blasses Ding in engen Jeans und einem FC-Aberdeen-T-Shirt, dessen käseweiße Haut in der Sonne schimmerte. Die Arme des Mädchens begannen schon krebsrot anzulaufen. Aberdeener waren einfach nicht für sonniges Wetter geschaffen.

Finnie drehte sich auf dem Beifahrersitz um und reichte Logan einen transparenten Beweismittelbeutel mit einem Blatt Papier darin. »Das haben wir heute Morgen mit der Post bekommen.«

Ihr *tut* **immer** **NOCH** nichts!! **IHR SEID** KORRUPT. *IHR* **SITZT** **da** *IN EUREM* **SÜNDENTURM** **und lasst** DIESES **PACK** *frei* **und** UNGESTRAFT **herumlaufen.** **Ihr** *BESCHWERT* *euch,* ***WENN*** *die* **SCHAFE** sich NICHT **benehmen,** **aber** *ihr tut* **nichts** *gegen* **die** ausländischen **WÖLFE!** *Der letzte* **HAT** geschrien *wie* EINE *Frau,* **ALS** **ich** *IHM* die *Augen* rausgeschnitten **HABE.** ***Und*** der **NÄCHSTE** wird *auch* **schreien!!!** **Ihr** WERDET IM **BLUT** **von** **Hunden** *WATEN!!!*

»Fingerabdrücke?«

»Wie bei allen anderen auch.« Pirie klang verbissen, und sein Gesicht hatte einen hässlichen Pinkton angenommen, der sich mit seiner Haarfarbe biss. Er schmollte immer noch – und es passte ihm wahrscheinlich auch nicht, dass Finnie ihn fahren ließ und nicht Logan. »Keine Abdrücke, weder auf dem Brief noch auf dem Umschlag, und auch keine Fasern.«

Finnie gab einen zweiten Beweismittelbeutel nach hinten, in dem der Umschlag steckte. »Vorgestern in Aberdeen abgeschickt.«

Logan las den Brief noch einmal durch. »Also, sollen die Polen nun Hunde oder Wölfe sein, oder was?«

DS Pirie blickte sich kurz um. »Ich glaube, die Tatsache, dass der Kerl dazu neigt, in schiefen Bildern zu sprechen, ist noch das geringste unserer Probleme.«

Finnie feixte. »Na, wollen wir doch mal hören, ob der geniale Detective Sergeant Logan ›Lazarus‹ McRae irgendwelche *verblüffenden* Erkenntnisse hat, die er der Klasse mitteilen möchte. Na los, deswegen habe ich Sie schließlich ins Boot geholt, schon vergessen? Das ist Ihre Chance, Ihren Ruf zu retten.«

»Also … Er ist definitiv nicht richtig im Kopf. Kein normaler Mensch benutzt so viele Ausrufezeichen.«

»Das ist Ihre verblüffende Erkenntnis? Der Mann, der seinen Opfern die Augen aussticht und die Höhlen ausbrennt, ist ›nicht richtig im Kopf‹? Pirie, rufen Sie die *Press and Journal* an, sie sollen die Titelseite freihalten!«

Arschloch.

»Okay … Poststempel. Der hier wurde vorgestern eingeworfen, nicht wahr? Was ist mit den anderen? Gibt es da ein Muster?«

»Pirie?«

Finnies rothaariger Adlatus zuckte mit den Achseln. Er hing an der Stoßstange eines Renault Megane mit einem Aufkleber an der Heckscheibe, auf dem »*Hup, wenn du geil bist!*« stand. »Die Briefe treffen in ganz unregelmäßigen Abständen ein. Dr. Goulding meint, dass sie ein Kompensationsmechanismus sind – indem er uns schreibt, macht er uns quasi zu Mittätern. Deswegen behauptet er immer wieder, dass es unsere Schuld sei: Wenn wir nicht wollten, dass er weiter Menschen blendet, hätten wir ihn längst geschnappt.«

»Wird wohl so sein …« Logan gab Finnie die Plastikbeutel zurück. »Aber wieso vergreift er sich dann an Simon McLeod? Der ist doch gar kein Pole.«

Der DS drückte auf die Hupe: TRÖÖÖÖÖÖÖÖT! »Na

los, fahr schon!« Der Megane schoss nach vorn, und Pirie trat aufs Gas, bis er wieder hinter seinem Vordermann klebte. »Wie will man das wissen bei so einem Irren? Die McLeods haben einen ganzen Stall voller Nutten – vielleicht wollte unser Bursche eine Nummer mit einem netten Schottenmädel schieben und hat stattdessen eine Polin erwischt? Es gefällt ihm nicht, wie unser guter Aberdeener Genpool von diesem schmutzigen Ausländergesocks verdorben wird. Oder vielleicht war Simon McLeod nur zur falschen Zeit am falschen Ort?«

Finnie grinste wieder. »Geschieht ihm verdammt recht – die ganze Familie geht mir schon seit Jahren ganz gewaltig auf die Eier.«

Zwanzig Minuten später parkte DS Pirie vor einem mit Rosen überwucherten Bungalow in Garthdee. Nicht gerade der Ort, an dem man das Hauptquartier eines Gangsterbosses vermutet hätte, und doch hatte Tony McLeod vier Jahrzehnte lang von hier aus die Fäden seiner Organisation gezogen. Bis zu seinem dritten Herzinfarkt. Die Kripo von Aberdeen hatte einen Kranz geschickt und anschließend eine Party geschmissen.

»Na schön«, sagte Finnie und kletterte hinaus in den warmen Nachmittag. »Sergeant McRae, meinen Sie, Sie schaffen es *vielleicht*, da drin die Augen offen und den Mund geschlossen zu halten? Hmmm? Einfach nur mir zuliebe?«

Logan seufzte. »Ja, Sir.«

Sie öffneten das Gartentor und marschierten auf die Haustür zu, umwabert von Rosendüften. Eine kleine alte Frau öffnete nach dem zweiten Läuten und blickte lächelnd zu ihnen auf. Sie trug knallgelbe Gummihandschuhe und roch nach Möbelpolitur.

»Sie wünschen?«

»Hallo, Doris.« Finnie zeigte ihr seinen Dienstausweis, und ihr Lächeln war plötzlich wie weggeblasen. »Ist Agnes in der Nähe?«

Die alte Frau drehte sich um und rief ins Haus hinein: »Mrs. McLeod, die Bullen sind da! *Schon wieder.*«

Simon McLeods Mutter erschien, eine Frau mit harten Zügen und kurzen blonden Haaren, gekleidet in schwarze Kaschmirwolle und weiße Seide. Sie war über und über mit Goldschmuck behängt, funkelnde Ringe an jedem Finger: Brillanten und Saphire, Rubine und Siegelringe. Eine Elster mit Kreditkarte.

Sie musterte Finnie mit einem abfälligen Blick und fragte: »Was zum Teufel wollen Sie von mir?«

»Mrs. McLeod, können wir bitte reinkommen?«

»Haben Sie ’nen Durchsuchungsbeschluss?«

Finnie deutete ein Lächeln an. »Würde ich dann noch fragen?«

»Dann können Sie gleich wieder dorthin verschwinden, wo Sie hergekommen sind.« Sie ließ den Blick vom Chief Inspector zu Logan und Pirie wandern. »*Aye*, und Ihre zwei Gespielen da können Sie auch gleich mitnehmen.«

»Es geht um Simon, Mrs. McLeod.«

Sie verschränkte die Arme und wuchtete dabei ihren Busen ein Stück nach oben. »Sie sollten sich was schämen – da draußen laufen Perverse frei rum, und Sie kommen hierher und belästigen uns. Mein Simon ist ein seriöser Geschäftsmann, und er ist –«

»Er wurde heute Morgen überfallen.«

»Reden Sie keinen Quatsch – wer wäre denn so blöd, meinen –«

»Simon liegt im Krankenhaus. Man hat ihn geblendet.«

Alle Farbe wich aus ihrem Gesicht. »Aber … Wir …«

»Jemand hat ihm die Augen ausgestochen.«

»O Gott …« Mrs. McLeod wankte, und die alte Frau eilte herbei, um sie zu stützen.

Finnies Stimme war jetzt sanfter. »Fällt Ihnen irgendjemand ein, der Ihrem Sohn so etwas antun könnte?«

Doris zog Mrs. McLeod sanft ins Haus zurück und kehrte den Polizisten auf der Schwelle den Rücken zu. »Verschwinden Sie! Sehen Sie denn nicht, dass sie einen fürchterlichen Schock hat?« Und dann knallte sie die Tür zu.

8

Logan schloss seine Wohnungstür auf und stolperte erschöpft über die Schwelle. Er hätte schon vor anderthalb Stunden zu Hause sein sollen, aber dieser blöde Finnie hatte darauf bestanden, dass sie Mrs. McLeod ins Krankenhaus folgten. Nur um sie wissen zu lassen, dass er sie beobachtete. Idiot.

Logan warf einen Blick ins Wohnzimmer mit dem abgedeckten Sofa, dem herausgerissenen Teppichboden, den nackten Glühbirnen und dem Geruch nach Farbe – und beschloss, dass er im Moment wirklich keine Lust auf Renovieren hatte. Fünf Minuten später trat er schon durch die Tür des Archibald Simpson an der Ecke Union Street und King Street, dem Pub, das früher eine Bank gewesen war. Es herrschte reger Betrieb – ein gemischtes Publikum aus Polizisten außer Dienst und anderen Stammgästen suchte hier die Erinnerung an die vergangene Woche mit Bier, Wein und Schnaps zu betäuben.

Logan holte sich ein Pint Stella, setzte sich an seinen Stammplatz und wartete auf seine Champignons Stroganoff. Er hatte noch das ganze Wochenende, um sich als Heimwerker auszutoben, da kam es auf diesen einen Abend nicht an.

Jemand sagte: »He, einsamer Wolf, wo ist denn deine runzlige Freundin abgeblieben?« Logan sah von seinem Bier auf.

Samantha, die einzige Gothic-Frau der Kriminaltechnischen Abteilung, stand vor ihm, in der Hand einen Glaskrug mit einer giftig aussehenden, zweifellos alkoholischen Flüssigkeit. In ihren Ohrläppchen steckten dicke Pflöcke, die an Fotos aus *National Geographic* erinnerten, und darüber funkelten ungefähr ein halbes Dutzend Piercings. Dazu noch ein Ring in der Unterlippe, scharlachroter Lippenstift, schwarz geschminkte Augen, ein Marilyn-Manson-T-Shirt, schwarze Lederjeans, Pixie-Boots… Aber es waren ihre Haare, von deren Anblick Logan sich nicht losreißen konnte.

»Neue Frisur?«

»Gefällt sie dir? Nennt sich ›*Flame Red*‹.«

»Ich dachte, ihr Goths steht nur auf Schwarz, Schwarz und noch mal Schwarz.«

»Du bist ja *so was* von vorgestrig.«

»Leck mich.«

»Hätt'st du wohl gern.« Sie zwinkerte. »Na egal, ich muss jetzt los – Bruce hat Geburtstag, und wir haben vor, ihn nach Strich und Faden abzufüllen. Wodka und Red Bull bis zum Abwinken – Au!« Irgendjemand hatte sich von hinten angeschlichen und sie ungestüm umarmt. »Lass die Flossen von mir, du Trottel!«

Detective Constable Rennie – braungebrannt und grinsend – küsste sie auf die Wange. »Hallo, Engel – scharfe Frisur. Hast du mich vermisst?«

»Nein.« Samantha wand sich los und rollte den Ärmel ihres T-Shirts hoch, wobei ein weißer Gazeverband sichtbar wurde. »Wenn du mein neues Tattoo ruiniert hast, bring ich dich um, Mann!«

»Sorry, hab ich nicht gewusst.« Rennie klimperte mit den Lidern. »Verzeihst du mir?«

»Du bist *so* ein Arschloch.« Sprach's und stürmte davon.

Der Constable sah ihr nach. Und als sie sicher außer Hörweite war, sagte er: »Boah… die würd ich nicht von der Bettkante stoßen, du vielleicht? Ich wette, sie ist total versaut im Bett…« Er schüttelte sich ein wenig. »Na egal, hoch die Tassen – der verlorene Sohn Rennie ist wieder da!«

Drei Minuten später kam er mit zwei Pints Stella und einer Tüte Käse-Zwiebel-Chips zurück. »Im Ernst«, sagte er, während er Logan sein Bier reichte, »du musst unbedingt mal nach Thailand. Es war *nur* genial …« Und dann setzte er zu einem halbstündigen Monolog darüber an, wie toll es war, das echte Land zu sehen und echte Einheimische kennenzulernen und echtes Thai-Essen zu essen und echte Orang-Utans zu sehen und eine echte Massage zu genießen. »Und« – er beugte sich vor – »ich habe jemanden kennengelernt.«

»Was, in Thailand? Hast du dir eine Braut aus dem Katalog bestellt?«

»Frechsack. Nein, sie ist aus Inverness, eine Dozentin.« Der Constable hielt eine Hand hoch. »Und bevor du irgendwas sagst: Ich hab einen Blick in ihren Pass geworfen. Sie ist älter als ich.«

Logan lächelte. »Wie viel älter?«

Achselzucken. »Ein paar Jahre.«

»Zehn, fünfzehn, zwanzig?«

»He, wenigstens hab ich eine Freundin. Im Gegensatz zu manch anderem bemitleidenswerten Zeitgenossen.«

»Touché.«

Zwei Bier später hatte Rennie sich aufs Lamentieren verlegt und jammerte, wie unfair es sei, dass man ihn DI McPherson zugewiesen habe. »Ich meine, der Typ zieht das Pech doch wirklich magisch an, oder? ›Unfallträchtig‹ ist gar kein Ausdruck. Und weißt du, was wir heute gemacht haben? Nach einer Ladung gestohlener Schrotflinten haben wir gefahndet. *Schrotflinten.* Das ist doch eine Katastrophe mit Ansage.« Er leerte sein Glas. »Noch eins?«

»Ich hab morgen frei – dreimal darfst du raten.«

»Komm schon, das wird … das wird bestimmt lustig.« Rennie war nicht mehr ganz sicher auf den Beinen, als sie sich ihren Weg die Union Street hinauf bahnten. Es wimmelte von Menschen, die von einem Pub zum anderen torkelten. Jede Menge glückliche Gesichter und auch ein paar weniger glückliche.

Irgendwo vor ihnen sang eine Gruppe betrunkener Männer den beliebten polnischen Evergreen *Sto lat*, beflügelt von Bier und Wodka. Bald bekamen sie Konkurrenz in Form einer recht wacklig vorgetragenen Version von *Flower of Scotland.*

Die Polen trafen immerhin die Töne.

»Nein, wird es nicht. Es wird bestimmt die Hölle«, sagte Logan, als sie die Straße überquerten und die Belmont Street hinuntergingen, vorbei am Café Drummond, vor dem ein kleines Häuflein verbannter Raucher stand.

»Du wärst ja nicht allein. Wir könnten … wir könnten dich mit einer von Emmas Freundinnen zusammenbringen. Sie kennt *bestimmt* eine, die verzweifelt auf der Suche ist –«

»Ich geh nicht auf eine Dinnerparty.«

Sie stellten sich vor der Dönerbude an.

»Bitte, bitte. Ich hab doch sonst praktisch keine erwachsenen Freunde.«

Ein schlaksiger Typ weiter vorne in der Schlange fluchte laut in sein Handy. »Nein, jetzt hörst *du mir* zu, verdammt noch mal – sag ihm, entweder er kommt auf der Stelle mit dem Zeug rüber, oder ich kill seine Mutter und fick ihre Leiche!« Jeansjacke, zerrissene Jeans, Haare fast bis zum Po, die Wangenknochen so scharf, dass man sie als Käsereibe hätte benutzen können. Heroin – das unfehlbare Schlankheitsmittel.

»Was hast du denn eigentlich gegen Dinnerpartys?«, meinte Rennie. »Ist doch was ganz Normales, jedenfalls für kulti …« – rülps – »kultivierte Menschen.«

Der Mann mit dem Handy war immer noch in vollem Schwung. »Ist mir scheißegal, ob er 'n Herzinfarkt kriegt, Mann! Sag ihm, er soll seinen Arsch hierherbewegen!«

»Wie kommst du eigentlich darauf, dass du mich verkuppeln musst? Bin ich vielleicht ein Fall für die Wohlfahrt …?« Logan verstummte. Vier Männer waren gerade von der Union Street her um die Ecke marschiert. Nicht getorkelt oder geschlurft, sondern marschiert. Sie trugen die übliche Anti-Überwachungskamera-Kluft: Kapuzenpullis und Baseballkappen, die Gesichter im Schatten.

Logan stieß Rennie an. »Schau mal nach links … Das *andere* Links. Die vier Kapuzentypen.«

»Ah ja. Und?«

»Liest du eigentlich nie die Protokolle? Gestern ist in der Thistle Street jemand niedergestochen worden. Die Kameras haben vier Kapuzentypen gefilmt, die sich aus dem Staub gemacht haben.«

»Nein, ich will nicht mit ihm reden! Sag ihm, ich bin nicht mehr da, Mann! … Ja … Mach kein' Scheiß, ja …«

Die vier Kapuzentypen waren jetzt bis auf etwa zehn Schritte herangekommen. Sie gingen direkt auf die Spitze der Schlange und den fluchenden Mann zu.

Kapuze Nummer eins zog etwas aus der Tasche. »Ey, du da, *Spasti*! Ich mein' dich, Kevin Murray!« Er hatte ein Gesicht wie durchwachsener Speck, mit einem riesigen Zinken mittendrin. Der Akzent war reinstes Manchester. »Was hab ich dir gesagt, ey?«

Kevin Murray ignorierte ihn. »Nee, ich geb ihm nicht noch eine Woche, ich will es *jetzt*!«

»Ey, bist du taub, Murray?« Eine schnelle Bewegung aus dem Handgelenk, und das Ding in seiner Hand klappte auseinander – ein Butterflymesser.

Logan fluchte. Das war's dann mit der gemütlichen Kneipentour – wäre er doch bloß zu Hause bei seinen Pinseln und Farbeimern geblieben. Er packte Rennie und ging nach vorne, was ihm ein empörtes »He, das ist 'ne Schlange hier!« von seinem Vordermann einbrachte.

Der erste Kapuzentyp versetzte Murray einen Stoß. Der taumelte, fing sich und starrte den anderen wütend an. »Ich ruf zurück«, sagte er ins Handy, und dann: »Was hast 'n für 'n Problem, Mann?«

Die drei anderen Kapuzen verteilten sich, bereit zur Attacke.

Verflucht… Logan spähte die Straße hinauf und hielt Ausschau nach den vertrauten gelb-weißen Leuchtjacken der Streifenpolizisten von der Nachtschicht. Um elf Uhr am Freitagabend hätte es eigentlich von Uniformierten nur so wimmeln müssen, aber weit und breit war keiner zu sehen. Waren wohl gerade irgendwo damit beschäftigt, eine Schlägerei aufzulösen.

»Ich hab's dir gesagt, Murray, aber du hast ja nicht hören wollen, ey. Musstest dich ja unbedingt blöd stellen.« Er zitterte, und Speicheltröpfchen flogen aus seinem Mund.

Logan kramte seinen Dienstausweis aus der Tasche. »Okay, jetzt wollen wir uns mal alle beruhigen.« Er klappte den Ausweis auf und hielt ihn hoch. »Gibt doch keinen Grund, sich so –«

Murray holte aus und schlug nach Kapuze Nummer eins. Seine Faust segelte weit am Ziel vorbei.

Das Messer des Kapuzenmanns nicht.

»AAAAAAH!« Kevin Murray fiel auf die Knie, die Hände vors Gesicht geschlagen. Blut quoll zwischen seinen Fingern hervor und tropfte auf das Kopfsteinpflaster.

Die Schlange löste sich auf, alle zogen sich zurück, um den Kampf aus sicherer Entfernung zu verfolgen. Niemand ging dazwischen, um die Streitenden zu trennen. So viel zum Thema Zivilcourage.

Logan rief: »POLIZEI! Sie sind alle festgenommen!« Und dann wünschte er, er hätte es nicht getan.

Die drei Kapuzentypen, die Nummer eins als Verstärkung mitgebracht hatte, zogen ihre Waffen – ein Hackbeil, ein Kampfmesser und eine Machete. Und alles, was Logan hatte, war ein betrunkener Detective Constable Rennie.

»Okay, wir haben hier alle schon mehr als genug Stress – macht es nicht noch schlimmer.«

Kapuze Nummer eins lachte. »Kommst dir wohl ganz toll vor, ey? Aber weißt du was? So 'ne Bullenschweine wie dich verputz ich zum Frühstück…« Er fuchtelte mit seinem Messer vor Logans Gesicht herum, hin und her und vor und zurück und im Kreis. Logan sah die selbst gemachten blauen Knast-Tattoos auf seinen Händen.

Sein Magen krampfte sich zusammen. Warum musste es auch ein Messer sein? Warum musste es *jedes Mal* ein Messer sein?

Nun, Logan hatte eine unangenehme Überraschung für ihn parat: Gegen Pfefferspray hatte kein Messerstecher eine Chance. Er griff in seine Tasche – und dann fiel ihm ein, dass die Dose auf seinem Schreibtisch drüben im Präsidium stand und darauf wartete, nachgefüllt zu werden.

Verdammt.

Er hob die Hände und versuchte, seine Stimme ruhig zu halten – versuchte, so zu klingen, als hätte er alles im Griff. »Kommt, Leute, das muss doch alles wirklich nicht sein …«

Murray lag zusammengekrümmt zwischen ihnen auf der Straße und schluchzte. »Mein Gesicht!«

Kapuze Nummer eins grinste, wischte die Klinge seines Butterflymessers an einer KFC-Papierserviette sauber und klappte es zu. »Bis demnächst, Bullenschwein.« Er tänzelte ein paar Schritte zurück, und dann liefen er und seine Truppe johlend und lachend die Belmont Street hinunter und verschwanden in der Dunkelheit.

Logan zog sein Handy aus der Tasche, rief die Leitstelle an und gab durch, dass das Videoüberwachungs-Team Ausschau nach vier weißen Männern in Kapuzenpullis und Baseballkappen halten sollte, die den Schoolhill hinaufliefen.

Und einen Krankenwagen sollten sie auch schicken.

Logan warf Rennie einen finsteren Blick zu. »Du warst ja wirklich eine große Hilfe!«

Der Constable zuckte mit den Achseln. »Weißt du, ich bin ganz schön besoffen.« Er torkelte ein paar Schritte über das blutverschmierte Kopfsteinpflaster. »Wollen wir … wollen wir sie nicht verfolgen?«

»Zu zweit gegen vier bewaffnete Männer? *Super* Idee, wirklich.« Logan zog ein Taschentuch heraus, faltete es zu einem Quadrat, gab es Kevin Murray und ermahnte ihn, fest draufzudrücken.

Im Nu war der weiße Stoff durchtränkt und dunkelrot verfärbt.

Logan schickte Rennie zur Dönerbude, um ein paar Papierservietten zu besorgen, und hockte sich dann neben den Verletzten.

»Willst du mir vielleicht verraten, worum es bei dem ganzen Streit ging?«

»Scheiße, mein Gesicht!«

Logan streifte sich ein Paar Latexhandschuhe über und zog Murrays Hände weg. Seine Nase war gespalten; die untere Hälfte hing nur noch an einem Hautfetzen. Eine klaffende Schnittwunde zog sich quer über seine rechte Wange. Kurz sah Logan tief drinnen den Knochen aufblitzen, und dann verschwand alles in einer dunkelroten Flut.

»Ist es schlimm? Es ist schlimm, oder? Na los, sag schon, Mann!«

»Es … Es ist nur ein Kratzer. Ein paar Stiche, und du bist wieder okay.« Lüge, Lüge, Lüge. »Wer waren die Typen?«

Aber Murray hielt nur seine Nase fest und fing an zu weinen. Die Tränen vermischten sich mit dem Blut, das aus seinem aufgeschlitzten Gesicht strömte.

Rennie kam mit einem großen Stapel Servietten zurück. Besser als gar nichts, aber es dauerte nicht lange, bis nur noch ein Haufen klebriges rotes Pappmaché übrig war.

Als der Krankenwagen eintraf, lag der Patient schon bewusstlos auf dem Kopfsteinpflaster.

9

Das Telefon klang wie ein Aluminium-Igel, der in den Wäschetrockner geraten ist. Logan stöhnte, wälzte sich auf die andere Seite und schielte nach dem Wecker – fast halb zehn. Er ließ den Unterarm quer über seine Augen fallen und wartete darauf, dass der Anrufbeantworter ansprang.

Köstliche Stille.

Und dann legte sein Handy los und dudelte irgendwo am anderen Ende des Zimmers die *Danse macabre.*

»Verdammter Mist…« Er kroch aus dem Bett, tappte über die nackten Dielen und begann in den Klamotten zu wühlen, die er in einem wirren Haufen auf dem Stuhl in der Ecke deponiert hatte. Sein Jackett lag ganz unten, vollkommen zerknautscht und zerknittert. Er zog das Handy aus der Tasche, warf einen Blick aufs Display und fluchte. Es war DI Steel.

»Hallo?«

»Aye, *Laz, wo steckst du denn?*«

Er zog die Schlafzimmervorhänge zurück und kniff die Augen zusammen, als die glitzernden Granitfassaden und der makellose saphirblaue Himmel ihn blendeten. »Es ist Samstagmorgen…« Er gähnte und ließ sich auf die Bettkante sinken. »Ich bin total erledigt. Hab mir bis in die frühen Morgenstunden Überwachungsvideos reingezogen.«

»*Na los, komm in die Gänge. Ich werde entlassen und brauche jemanden, der mich fährt.*«

Er stöhnte, ließ sich rückwärts auf die zerknüllte Bettdecke fallen und starrte an die frisch gestrichene Decke. Er hatte eine Stelle vergessen. »Sag doch Susan, sie soll dich abholen.«

»*Susan hat … sie hat heute Morgen schon was vor.*« Sie senkte die Stimme zu einem heiseren Flüstern. »*Und die Schwestern hier benehmen sich so komisch, als wär' ich 'ne Serienmörderin oder so was.*«

»Aber es ist –«

»*Du kannst mein Auto vom Präsidium abholen. Der Schlüssel liegt in meiner Schreibtischschublade.*«

Logan rieb sich mit dem Handballen die Augen und gab sich einen Moment lang der Vorstellung hin, wie er DI Steel durch einen Häcksler jagte. »Okay«, sagte er schließlich, »in zwanzig Minuten.«

Der Krankensaal war fast leer; nur eine grauhaarige alte Frau lag in der Ecke und brabbelte wirres Zeug: Die IRA benutzte das Aberdeen Royal Infirmary als Tarnung, und irgendwelche Leute mit Vogelköpfen wollten ihr die Kekse stehlen.

Steel stopfte gerade ihre Kleider von gestern in ein kleines rosa Köfferchen und murmelte halblaut vor sich hin.

Logan rief ihr quer durch den Krankensaal zu: »Madame, Eure Kutsche wartet.«

Sie starrte ihn wütend an. »Du kommst aber spät.«

»Du hast ja noch nicht mal fertig gepackt.«

»Kann meinen verdammten Ehering nicht finden.« Sie begann das Bettzeug herunterzureißen. »Muss doch hier irgendwo sein …«

Sie suchte immer noch, als fünf Minuten später eine junge Frau mit einem Rollwagen voller Tee- und Kaffeebecher vorbeikam. Die Dame in der Ecke wurde regelrecht hofiert, Steel dagegen völlig ignoriert – der Rollwagen machte einen großen Bogen um die DI, die suchend unter ihrem Bett herumkroch.

Logan setzte sein gewinnendstes Lächeln auf und fragte, ob er eventuell auch ein Tässchen haben könne.

Die Herrin des Teewagens musterte ihn von Kopf bis Fuß und fragte ihn dann, ob er *das da* – sie wies auf DI Steels wackelnden Hintern – mitzunehmen gedenke.

»Gibt's irgendein Problem?«

»Es war die Hölle mit ihr. Die Kolleginnen von der Nachtschicht mussten wegen der Gehirnerschütterung alle zwei Stunden nach ihr sehen, und alle hat sie in den Hintern gekniffen oder am Busen begrabscht. Und die *Ausdrücke*!«

»Ah …« Er sah zu, wie seine Vorgesetzte sich daranmachte, den Nachttisch auseinanderzunehmen. »Falls es Sie irgendwie tröstet: Ich erlebe das jeden Tag. Na ja, bis auf das Busengrabschen.«

Das brachte ihm einen mitfühlenden Blick, eine Tasse Tee mit viel Milch und einen Vollkornkeks ein.

Um Viertel nach zehn war DI Steel dazu übergegangen, die Abfalleimer zu durchwühlen.

Logan überließ sie ihrem Schicksal und machte einen Rundgang durch das Krankenhaus, wanderte die vertrauten Flure entlang, betrachtete die vertrauten Bilder an den Wänden, spürte die vertraute deprimierende Atmosphäre. Und dabei näherte er sich wie zufällig der kleinen Station, auf die man Simon McLeod zur Beobachtung verlegt hatte.

Der hünenhafte Mann lag im Bett, gestützt auf einen Berg kratziger Krankenhaus-Kopfkissen. Zwei dicke Mullpolster, gehalten von weißen Verbänden, lagen auf seinen Augen … oder vielmehr auf den Stellen, wo seine Augen gewesen waren.

Auf einem Stuhl am Bett saß eine Frau, hielt Simons Hand und schniefte in ein Taschentuch. Anfang dreißig, blond, verschmiertes Make-up, die Nägel knallrot lackiert, jede Menge Goldschmuck. Hilary Brander, Simons Lebensgefährtin, war im Grunde eine jüngere Ausgabe seiner Mutter, was die eine oder andere beunruhigende Frage bezüglich des Liebeslebens der beiden aufwarf, aber wohl erklärte, warum die beiden Sprösslinge von Hilary und Simon so geraten waren, wie sie geraten waren.

Sie war nicht die einzige Besucherin: Auch Simons Bruder war da; er schritt ruhelos auf und ab und bewegte dabei lautlos den Mund. Es sah aus, als ob er auf etwas Bitterem herumkaute.

Colin McLeod hatte die groben Züge seines Vaters geerbt, aber nichts von seinem Charme. Ein Meter fünfundsechzig muskelbepackte Aggressivität, das Haar kurz geschoren, um seine beginnende Glatze zu kaschieren. Die dicht behaarten Arme waren über und über mit Tätowierungen bedeckt: Totenschädel, Dolche, Disteln, ›MUTTER‹, ›FREIHEIT‹ und ›KYLIE.‹

Logan blieb am Fußende des Betts stehen. »Wie geht es ihm?«

Colin McLeod funkelte ihn an. »Was geht Sie das an?«

»He, ich wollte doch nur –«

»Jemand hat ihm die Augen rausgeschnitten – was glauben Sie denn, wie's ihm geht?«

Hilary blickte von ihrem Platz am Bett auf und sagte mit bebendem Essex-Akzent: »Wieso können Sie uns nicht einfach in Ruhe lassen?«

Logan hob die Hände. »Ich wollte nicht stören – wollte mich nur vergewissern, dass alles in Ordnung ist. Wir tun, was wir können, um die Leute zu schnappen, die das getan haben.«

Colin McLeod kam durchs Zimmer auf ihn zugestürmt und blieb erst im allerletzten Moment stehen, wenige Zentimeter vor Logan. Er knirschte mit den Zähnen, die Sehnen an seinem Hals traten hervor wie Taue, und auf seiner Stirn pochte eine dicke Vene. »Das überlasst ihr verdammt noch mal mir, kapiert?« Er stieß Logan den Zeigefinger in die Brust. Auf den Knöcheln waren die Buchstaben »H-A-T-E« eintätowiert. »Das hat euch einen Scheißdreck zu interessieren.«

»Sie wissen, dass wir das nicht machen können, Colin.«

Der Finger stieß erneut zu. »Wenn ihr mir in die Quere

kommt, wird euch das noch verdammt leidtun. Kapiert? Er ist *mein* Bruder.«

Logan trat einen Schritt zurück. »Machen Sie nur keine Dummheiten, okay?«

Simon stöhnte und wälzte sich unter Schmerzen in seinem Krankenhausbett. Hilary drückte seine Hand; eine dicke Träne rann ihr über die Wange und nahm den letzten Rest Mascara mit. Sie wischte sie weg. »Bitte, lassen Sie uns einfach nur in Ruhe.«

Draußen auf dem Flur stieß Logan mit der Krankenschwester von gestern zusammen. Sie hatte dicke dunkle Ringe unter den Augen und eine Bettpfanne in der Hand. »Vorsicht!«, rief sie und bemühte sich, den Inhalt nicht zu verschütten. »Passen Sie doch auf, wo Sie … Oh, Sie sind's.« Sie rückte rasch den Deckel über dem zurecht, was da drin herumschwappte. »Sie sind ja von der schnellen Truppe. Ich hab doch erst vor fünf Minuten angerufen.«

»Angerufen?«

»Diese Frau, die angeschossen wurde – sie ist aufgewacht.«

Die Jalousien in dem kleinen Krankensaal hatte man heruntergelassen, um das Sonnenlicht und die Außenwelt auszusperren. Ein junges Paar saß an einem der anderen Betten; die Frau weinte, der Mann sah aus, als wüsste er nicht so recht, wo er war. Das kleine Kind, das an ein Beatmungsgerät angeschlossen war, regte sich nicht.

Nur ein weiteres Bett war belegt – das mit der angeschossenen Frau. Sie sah nicht sehr viel besser aus als vor fünf Tagen, und sie war immer noch an diverse piepsende und gurgelnde Apparate angeschlossen. Sie schien zu schlafen, doch als Logan sich einen Stuhl heranrückte, zuckten ihre Lider, und sie schlug die Augen auf. Er zog den Vorhang um das Bett zu, um das junge Paar nicht zu stören.

»Wie geht es Ihnen?«

Sie sah ihn eine Weile schweigend an.

Logan versuchte es noch einmal mit dem einfachsten polnischen Satz, den er kannte. *»Dzień dobry?«*

»Durst …« Ihre Stimme war ein schwaches Krächzen.

Er goss aus dem Krug, der an ihrem Bett stand, Wasser in ein Glas. »Hier. Trinken Sie in kleinen Schlucken.«

»Dziękuję.«

Logan lächelte. »Ich habe vergessen, was ›bitte‹ auf Polnisch heißt.« Sie leerte das Glas, und Logan schenkte ihr noch etwas ein. »Nicht zu viel auf einmal, sonst wird Ihnen schlecht. Glauben Sie mir, wenn Sie Nähte im Bauch haben, ist es gar keine gute Idee, sich übergeben. Das tut höllisch weh.«

»Bitte, schieben mich nicht ab …« Ihr Englisch war um Längen besser als Logans Polnisch, aber er musste sich anstrengen, um sie zu verstehen.

»Warum sollten wir das tun?«

»Der … der Mann, der mich gezwungen, Filme zu machen, er hat gesagt, er wird Polizei sagen, dass ich bin Prostituierte, und dann sie stecken mich in Gefängnis. Schieben mich ab. Es tut mir leid …« Ihre Lippen zitterten, und die Tränen stiegen ihr in die Augen. »Bitte …« Sie umklammerte Logans Hand – ihre Finger waren kalt und weiß.

»Glauben Sie mir, niemand wird Sie abschieben …« Er runzelte die Stirn. »Was für Filme?«

»Bitte, ich werden gut sein!« Das Piepsen des Herzmonitors wurde schneller und schneller.

»Beruhigen Sie sich, schsch … Es ist okay, niemand wird Sie abschieben. Was für Filme?«

»Schmutzige Filme. Schrecklich. Ich muss machen … mit Männern … Ist …« Sie begann zu schluchzen, ihre Brust hob und senkte sich zitternd.

Der Herzmonitor hörte sich an, als müsste er jeden Moment explodieren.

Logan griff nach der Schwesternruftaste und drückte mehrmals mit dem Daumen darauf. »Na los, komm schon.«

Er hörte, wie die Tür des Schwesternzimmers aufflog; Gummisohlen quietschten auf dem Linoleum, dann wurde der Vorhang zur Seite gerissen, und eine Schwester stürmte ans Bett. »Ich habe Ihnen doch gesagt, Sie dürfen sie nicht aufregen!«

Das Piepsen wurde unregelmäßig.

Logan stand auf. »Hab ich gar nicht, ich habe bloß –«

»Raus hier! *Sofort!*« Sie strich mit der Hand über die Stirn der Frau. »Schschsch, alles in Ordnung. Sie müssen keine Angst haben. Er wird Ihnen nichts tun.«

Logan stolperte hinaus auf den Flur und wich im letzten Moment einem Arzt aus, der auf den Krankensaal zurannte. Dann fiel die Tür ins Schloss, und Logan war allein.

Hervorragend. Wirklich super gemacht. Tolle Leistung. Da hatte er die einmalige Chance, herauszufinden, ob sie etwas darüber wusste, wer Simon McLeod geblendet hatte, und er versiebte sie. Wenn Finnie das erfuhr …

Er stöhnte und dotzte mit dem Hinterkopf leicht gegen die Wand. Da drin lag eine Frau, deren Zustand äußerst ernst war, und er machte sich Gedanken über diesen blöden Finnie.

Jemand tippte ihm auf die Schulter. »Entschuldigen bitte?«

Logan drehte sich um und erblickte eine kleine, rundliche Frau, die wie eine pensioniere Lehrerin gekleidet war.

»Sie werden wieder gesund, ja? Krystka?«

Oh … Scheiße. »Sie kennen sie? Die junge Polin?«

»Meine *siostrzenica*. Wie sagen bei Ihnen? Tochter von Bruder?«

»Nichte.«

»Nichte? Ja, Nichte. Sie kommen nach Schottland, um zu finden bessere Job. Wohnen bei mir und Fryderyk. Schicken Geld nach Hause zu Familie. Und jetzt, was …« Sie schniefte.

Logan versuchte beruhigend zu klingen. »Ich bin sicher, dass sie wieder gesund wird. Die Ärzte hier sind sehr gut.«

Das hoffte er jedenfalls schwer – er konnte nicht noch mehr Schuldgefühle gebrauchen.

»Ich sehen sie in Zeitung als ›unbekannte Person‹: Tochter von meine Bruder ist ›unbekannte Person‹. Ich schämen mich so.«

Immerhin hatte Finnies Appell an die Bevölkerung etwas gebracht.

»Wissen Sie, für wen sie gearbeitet hat?«

Die kleine Frau zuckte mit den Achseln. »Sie nie wollen drüber sprechen. Zu Hause in Polen sie ist Model für Kleider. Sehr schön. Sehen Sie …« Die Frau begann in einer Handtasche von den Dimensionen eines Kleinstaats zu kramen und fischte einen Umschlag mit der Aufschrift ›FOTOS – NICHT KNICKEN‹ heraus. Sie entnahm ihm ein großformatiges Hochglanzfoto einer jungen Frau, die irgendwo in einem Studio posierte und nur ihre Unterwäsche und ein Lächeln trug. Sie sah umwerfend aus. Schwer zu glauben, dass es dieselbe Frau war, die dort in dem Krankenhausbett lag.

»Wow.«

»Sie war schönste Mädchen in ganz Włoszczowski … Und jetzt, was haben mit ihr gemacht.«

Logan drehte das Foto um. Jemand hatte »KRYSTKA GORZAŁKOWSKA« und eine Handynummer auf die Rückseite geschrieben. »Darf ich das behalten?«, fragte er und fügte hastig hinzu: »Ich bin Polizist«, damit sie ihn nicht für pervers hielt.

Die kleine Frau musterte ihn von oben bis unten. »Sie können behalten.«

»Sind Sie *sicher*, dass Sie nicht wissen, für wen sie gearbeitet hat?«

»Sie nur sagen, dass sie für Krokodilmann arbeiten.«

»Krokodil …« Logan schloss die Augen und fluchte.

Steel wartete auf ihn, als er in die Station zurückkam. Die alte Dame in dem Bett in der Ecke war eingeschlafen – alle viere von sich gestreckt, lag sie unter der Decke und schnarchte.

»Wo zum Henker hast du gesteckt?«

»Hast du deinen Ring gefunden?«

Sie hielt die Hand hoch, und da war er. »Muss letzte Nacht ziemlich durcheinander gewesen sein. Er steckte in einer Dose Antifaltencreme.«

Nach ihrem Aussehen zu urteilen, taugte das Zeug sowieso nichts.

Logan wies mit dem Daumen über die Schulter. »Wir müssen auf dem Nachhauseweg noch einen kleinen Abstecher machen.«

»Ach, du willst mich wohl auf den Arm nehmen? Erst verschwindest du ’ne halbe Stunde lang spurlos, und jetzt willst du –«

»Wir müssen jemanden zu einem Pornofilm befragen.«

Und da erblühte plötzlich ein Lächeln auf Steels Zügen. »Aber warum hast du das denn nicht gleich gesagt?« Sie stürmte an ihm vorbei und zog ihr barbierosa Köfferchen hinter sich her. »Für einen guten Porno ist *immer* Zeit.«

10

Die Firma *ClarkRig Training Films Ltd.* hatte ihren Sitz in einem Gewerbekomplex, der versteckt am Ende einer kleinen Nebenstraße der Hutcheon Street lag. Logan parkte Steels Mazda vor dem Eingang neben einem verbeulten Volvo Kombi, und Steel kletterte hinaus in den Sonnenschein, ohne das Foto von Krystka Gorzałkowska aus der Hand zu legen.

Logan schloss den Wagen ab. »Hast du dich immer noch nicht sattgesehen?«

»Ich seh mich nicht satt, ich sichte das Beweismaterial. Und du brauchst gar nicht so zu tun – ich musste dir das Ding ja mit Gewalt entreißen.« Sie blieb stehen und sah zum Firmenschild von ClarkRig auf. »Bist du sicher, dass sie gezwungen wurde, Pornofilme zu drehen?«

»Das hat sie mir jedenfalls erzählt. Angeblich haben sie gedroht, sie abschieben zu lassen, wenn sie sich weigern sollte.«

Steel machte ein ordinäres Geräusch mit den Lippen. »Dumme Gans. Sie ist Polin – und gehört damit zu unserer ruhmreichen Europäischen Union. Wie sollen wir sie da abschieben? Scheiße, wir können ja noch nicht mal einen verurteilten Terroristen abschieben.«

»Tja, offenbar wusste sie das nicht.«

»Weißt du, was ich glaube? Ich glaube, diese Gorza-lekowska –«

»›Gorzałkowska‹. Das L mit dem Schrägstrich spricht man wie ein englisches W.«

»Ach ja? Vielen Dank, Herr Oberlehrer. Wenn ich Bock auf

’nen Sprachkurs hab, geh ich zur Abwechslung mal in einen von denen, die sie im Präsidium anbieten.« Sie zog ihre Hose stramm. »Also, was ich sagen wollte: Sie hat Pornos gedreht, und jetzt hat sie Angst, dass ihre Familie davon erfahren könnte. Was wird sie also tun – zugeben, dass sie es wegen des Geldes gemacht hat, oder behaupten, ein böser Mann habe sie dazu gezwungen?«

»Wenn sie die Wahrheit sagt –«

»Dann kauf ich dir ein T-Shirt, wo vorn groß und fett draufsteht: ›Ich hab’s ja gleich gesagt‹. Würde dich das glücklich machen?« Steel steuerte schon auf die Eingangstür zu. »Komm jetzt. Der Worte sind genug gewechselt, lasst uns jetzt endlich Pornos sehen.«

Der Empfangraum war groß und hell, die Wände geschmückt mit Auszeichnungen der Lehrfilmindustrie und gerahmten DVDs. In der Mitte des glänzenden Holzbodens standen zwei antike Filmprojektoren, geschützt hinter identischen Vitrinen. Dazu Ledersofas und Couchtische aus Stahl, und alles funkelte und glänzte wie neu. Nirgends war auch nur ein Quadratzentimeter nackte Haut zu sehen.

DI Steel marschierte schnurstracks auf den langen Empfangstresen aus Mahagoni zu, schlug mit der Faust darauf und rief: »KUNDSCHAFT!«

In einer der Türen hinter dem Empfang erschien ein rundes Gesicht mit einem fröhlichen Lächeln darauf. »Was kann ich für Sie tun?« Die Frau war Ende sechzig, mit braun gefärbten Haaren und Armen wie Blutwürste. Als sie auf ihren Stuhl zuwatschelte, sah es aus, als ob ihr Bauch die Besucher mit einer La Ola begrüßte.

Steel starrte sie gebannt an. »Meine Fresse, das ist ja wie –«

Logan schaltete sich ein, ehe Steel dafür sorgen konnte, dass sie beide vor die Tür gesetzt wurden. »Ist Mr. Clark zu sprechen?«

»*Wen* darf ich melden, bitte?«

»Detective Sergeant McRae. Wir haben uns vor ein paar –«

»Ach ja, klar. Ich erinner mich noch gut!« Sie ließ den vornehmen Akzent fallen und strahlte ihn an. »Gehen Sie einfach durch, er ist im Schneideraum.«

Steel zog die Augenbrauen hoch. »Ist doch hoffentlich kein Lehrfilm, oder?«

»O nein.« Sie zwinkerte. »Es ist eine von unseren *speziellen* Produktionen.«

Der Schneideraum bestand im Wesentlichen aus einem Bedienpult mit Tastaturen, Reglern, Knöpfen und Schaltern und einem Dutzend Flachbildschirmen. Auf allen waren nackte Menschen zu sehen, die einander alles Mögliche in die verschiedenen Körperöffnungen steckten. Und aus irgendeinem unerfindlichen Grund sangen sie alle dabei. Bei jedem Kameraschwenk blitzte ein Stück strahlend blauer Himmel oder grüne Landschaft auf.

Steel blieb in der Tür stehen und starrte auf das Wandgemälde aus zuckendem Fleisch. »Ja, brat mir doch einer …«

»Hmm?« Der Mann, der auf dem einzigen Stuhl im Raum saß, schwenkte herum. Er war ein Hüne – groß *und* fett –, hatte eine Brille mit kleinen rechteckigen Gläsern, einen ergrauten Spitzbart und eine trendige Frisur, die aussah, als hätte er sich zum Föhnen quer in einen Windkanal gestellt. Er trank Minestrone aus einem Henkelbecher, und kleine Gemüsebröckchen klebten in seinem Schnurrbart.

Der Mann warf einen Blick auf Logan, und ein breites Grinsen legte sein Gesicht in Falten. »Sergeant McRae! Freut mich *riesig*, Sie zu sehen!«

Steel streckte die Hand aus. »Hi, Mr. Clark, ich weiß nicht, ob Sie sich an mich erinnern, aber wir haben uns letztes Jahr kennengelernt, und es war, na ja, also … und ich war nicht – Aber dann habe ich mir alle Ihre Filme mal in Ruhe angeschaut, und sie waren – also, das kriegen Sie wahrscheinlich ständig zu hören, *absolute* Spitze, und ich höre mich sicher an wie ein Vollidiot, aber sie waren einfach so was von fantastisch.«

Er musterte sie kritisch. »Sind Sie nicht die –«

»Ja, stimmt, tut mir echt leid, aber ich bin ein großer Fan von Ihnen, Mr. Clark, ein Riesenfan.«

Der kritische Blick verwandelte sich in ein Lächeln. »Dann ist alles verziehen. Und sagen Sie doch bitte Zander zu mir. Zander mit Z. Es freut mich immer außerordentlich, jemanden kennenzulernen, der einen Sinn für –«

Logan fiel ihm einfach ins Wort. »Mr. Clark, kennen Sie diese Frau?« Er hielt ihm das Foto hin.

»Natürlich kenne ich die. Krystka Gorzałkowska.« Seine Aussprache war perfekt. »Wirklich jammerschade, sie war eine Augenweide – aber leider eine furchtbar schlechte Schauspielerin. Wenn sie singt, wird im Umkreis von zehn Meilen die Milch sauer.«

»Sie leugnen also nicht, dass sie für Sie gearbeitet hat?«

»Nein, nur dass man es eigentlich nicht ›arbeiten‹ nennen könnte. Bei ihr ist einfach … der Funke nicht übergesprungen. Verstehen Sie? In meinen Filmen haben die Leute nicht Sex, sie machen Liebe. Sie müssen glücklich aussehen, voller Begeisterung, als ob es das Beste wäre, was ihnen je im Leben passiert ist. Die arme Krystka dagegen hat immer ausgesehen, als hätte ihr gerade jemand in ihren Borschtsch geschissen.« Er sank in seinen Stuhl zurück. »Ich habe sie in ein paar Szenen probeweise eingesetzt, aber es hat einfach nicht funktioniert. Ich musste mich von ihr trennen.«

»Sie behauptet, sie sei gezwungen worden, Pornofilme zu drehen.«

»Also, von mir ganz bestimmt nicht!« Er wirbelte herum und drehte an ein paar Knöpfen. Alle Bildschirme wurden zuerst schwarz, dann blau, und dann füllte ein einzelnes Bild alle Monitore aus. Es zeigte zunächst das Logo von Crocodildo Productions und dann die Einblendung: »*Szene 174B*«.

Es war Krystka, und sie kniete auf einem leuchtend blauen Boden, der mit einem Gitter aus kleinen weißen Pingpongbällen markiert war. Eine identische blaue Fläche bildete den Hintergrund. Krystka und eine andere vollbusige Blondine »verwöhnten« einen Mann, der einen Gehrock und einen Zylinder trug. Die Kamera zoomte heran.

Die nackte Haut spiegelte sich in Zanders Augen. »Das wird mein Meisterwerk. Das komplette Set ist digital. Ich habe einen Satz Bladeserver, eine nagelneue Renderfarm und ein halbes Dutzend Top-Computerleute. 3D-Graphik, Animation, die ganze Chose. Sie sollten mal sehen, was wir damit so alles machen. Der *Wahnsinn.*« Er schlürfte noch einen Schluck Suppe. »Ich werde für Aberdeen leisten, was Peter Jackson für Neuseeland geleistet hat.«

Und dann näherte die Szene sich dem Höhepunkt. Ein Ausdruck äußersten Entsetzens breitete sich auf Krystka Gorzałkowskas Gesicht aus, unmittelbar nachdem das andere Zeug sich darauf ausgebreitet hatte.

»*Cut!*« Zander erschien auf dem Bildschirm. Er marschierte ins Bild und sagte: »*Krystka, Schätzchen, du weißt, dass ich dich liebe, aber du kannst das nicht immer wieder bringen. Es ist doch nur Sperma – das ist etwas vollkommen Natürliches, und es wird dir nicht schaden. Kurts ärztliche Bescheinigungen sind alle ganz aktuell. Nicht wahr, Kurt?*«

Kurt verzog das Gesicht. »*Sag nicht, dass wir* schon wieder *von vorn anfangen müssen!*«

Krystka brach in Tränen aus, und Zander nahm sie tröstend in den Arm, wobei er sorgfältig darauf achtete, kein vollkommen natürliches Sperma auf seinen Pulli zu bekommen. »*Komm schon, Schätzchen.* Napij się herbaty. *Wie wär's, hm? Ein schönes Tässchen Tee?*« Und dann führte er sie aus dem Bild.

Es piepste dreimal, und der Bildschirm wurde schwarz.

»Sehen Sie?« Der Regisseur lehnte sich in seinem Stuhl zurück. »Sieht das so aus, als ob *irgendjemand* sie dazu zwingt, *ir-*

gendetwas zu tun, was sie nicht will?« Er schlürfte und schluckte. »Wir haben mit Hilfe der Computer versucht, ihr ein glückliches Gesicht zu machen, aber um ehrlich zu sein, kommt es mich billiger, ihre Szenen einfach mit einer anderen neu zu drehen.«

»Tja ...« Logan steckte das Foto wieder in die Tasche. »Vielleicht hat sie für eine andere Firma gearbeitet? Wer dreht hier in der Gegend sonst noch Pornos?«

»Wir sind das einzige professionelle Studio im Nordosten, also dürfte es sich um irgendeine kleine Billigklitsche handeln. Amateure. Ich kann mal rumfragen, wenn Sie wollen.«

Steel hüstelte. »Können Sie noch mal die Vögelszenen von vorhin draufschalten?«

Der Regisseur zuckte mit den Achseln und drückte ein paar Knöpfe, worauf die Bildschirme sich wieder mit rosa Fleisch füllten. »Ich ...« Er räusperte sich. »Es hat mir ja *so* leidgetan, zu hören, was mit Inspector Insch passiert ist. Wirklich eine ganz furchtbare Geschichte.«

Und eine, über die Logan nun wirklich nicht reden mochte. »Ja, nun ...«

»Geht es ihm wieder besser? Mein guter alter Papa hatte einen Herzinfarkt, und er hat sich davon nie mehr so richtig erholt. Hat sich mehr oder weniger aufgegeben danach.«

»Wir müssen –«

»Ja, und ich habe mir gedacht, falls es Insch helfen würde, wenn er etwas zu tun hat – also, ich könnte ihn hier immer gebrauchen.«

DI Steel schüttelte sich. »Nicht in 'nem Porno! Mann, wer will denn so einem Fettkloß beim Bumsen zugucken?«

»Ich meinte, als Produktionsassistent.« Zander reckte das oberste seiner Kinne in die Höhe, worauf die anderen sich entsprechend spannten. »Und manche Leute *stehen* auf kräftigere Männer, danke vielmals!«

»Ich wollte doch nur –«

»Entschuldigen Sie«, sagte Logan, »aber könnten wir vielleicht auf Krystka Gorzałkowska zurückkommen? Wie haben Sie sie gefunden?«

»Kostchey International Holdings Limited – das ist eine Agentur, die sich auf polnische Schauspielerinnen für Erotikfilme spezialisiert hat. Ein absoluter Glücksfall. Ihre Mädchen sehen fantastisch aus, die meisten können singen, sie können sich ihren Text merken, und schauspielern können sie auch. Ich bekomme einfach keine einheimischen Mädchen, die auch nur *annähernd* so gut aussehen – alle, die einigermaßen attraktiv sind, wollen nur bei so einem Mist wie *Big Brother* oder diesen Castingshows mitmachen.« Er seufzte. »Niemand will mehr Pornostar werden.«

Auf der Fahrt zu ihrem Haus war DI Steel verstörend gut drauf. Sie konnte sich gar nicht vom Anblick der zwei nagelneuen DVDs losreißen, die der Regisseur ihr zum Abschied verehrt hatte: *Mary Potter und die Kammer des Leckens* und *Indiana Jane und der Tempel der Titten*. Die Cover waren überraschend stilvoll gestaltet. »Ich wette, die sind randvoll mit spitzenmäßiger Girl-on-Girl-Action.«

»Ich würde gerne bei der Agentur nachfragen, ob sie Krystka auch an andere Produktionsfirmen vermittelt haben.«

»Du solltest doch das Wochenende frei haben, schon vergessen? Ruf auf dem Präsidium an, und sag Bescheid, dass sie irgendeinen Deppen darauf ansetzen sollen. Wenn Rennie schon zurück ist, können sie den nehmen.«

Steel drehte sich auf ihrem Sitz um und starrte hinaus in den Sonnenschein, während sie sich in Richtung Bridge of Don voranquälten. »Susan konnte mich heute nicht abholen, weil sie …« Steel fummelte noch ein wenig an den DVDs herum. »Sie hatte ein Gespräch mit den Leuten von der Adoptionsvermittlung.«

»Ich dachte, sie mag ihren Job als Buchhalterin?«

»Kein Vorstellungsgespräch, du Trottel. Wegen einer Adoption.« Sie ließ ihr Fenster ein Stück herunter, zündete sich eine Zigarette an und blies einem vorbeikommenden Radfahrer eine Rauchwolke ins Gesicht. »Susan will ein Kind. Sie wollte immer schon ein Kind.«

»Ah.«

»Es ist ihr wirklich wichtig, und ich bin ... Na ja, ich bin wohl nicht gerade eine Kandidatin für die *Mutter des Jahres*, oder? Am Dienstag hab ich einen Termin mit irgend so einer Sozialarbeiter-Tusse. Muss irgendwie überzeugend rüberbringen, dass ich die Sorte Mensch bin, der man ein kleines Baby anvertrauen würde.«

Logan folgte der Blechlawine über die Brücke und lauschte auf die klagenden Schreie der Möwen im Hintergrund. »Das machst du doch mit links. Die werden von dir begeistert sein.«

»Ich kann nun mal nicht mit Kindern! Ich bin eine dreiundvierzigjährige lesbische Kettenraucherin, die flucht wie ein verfickter Kesselflicker und sich jeden Abend volllaufen lässt.«

Logan tat, als könne er es nicht glauben. »Dreiundvierzig?«

»Ach, halt die Klappe.« Sie verbrachte noch ein paar Minuten mit Rauchen und Grimmig-Dreinschauen. »Jeder Flachwichser unter der Sonne kann seine Freundin schwängern, und zack – schon ist er Papa. Egal, ob er ein Junkie, ein Alki oder pervers ist, wenn er bloß einen funktionierenden Schwanz hat, darf er Babys machen. *Dem* stellen die Sozialfuzzis keine blöden Fragen, oder? Und das soll fair sein?« Sie schlug mit der flachen Hand auf das Armaturenbrett, worauf sich eine Aschelawine über das schwarze Plastik ergoss. »Oh, Scheiße ...« Sie wischte das Gröbste mit der Hand auf und warf es aus dem Fenster, doch es blieb ein grauer Schmierfleck zurück. »Keine Ziggis, kein Alk, keine Flucherei. Hört sich das in deinen Ohren nach mir an?«

»Vielleicht wird es ja nicht ganz so –«

»Weißt du was? Scheiß drauf. Wenn ich schon für den Rest

meines Lebens ein anderer Mensch sein soll, dann will ich verdammt noch mal für mein altes Selbst eine krachende Abschiedsparty schmeißen.« Steel schnipste den Rest ihrer Zigarette hinaus in den herrlichen Nachmittag, wo sie von der Seite eines Elektriker-Lieferwagens abprallte. »Trommel die Bande zusammen, Laz: Heute Abend um sieben geben wir uns die Kante, und anschließend geht's in die Stripbar.«

Sehr stilvoll.

Aber niemand sollte Logan vorwerfen können, er sei ein Spielverderber.

11

Bei der Einsatzbesprechung am Montagmorgen herrschte eine regelrechte Volksfestatmosphäre; alle fläzten sich entspannt auf ihren Stühlen und erzählten sich, wo es im Urlaub hingehen sollte. DC Rennie – braungebrannt und selbstgefällig grinsend – verteilte einen Berg Bacon-Sandwiches. Aus den Alu-Verpackungen stieg herzhafter Duft und verbreitete sich in dem voll besetzten Raum. Logans Magen knurrte – und geriet ins Schlingern, als Rennie ihm ein Sandwich unter die Nase hielt und sagte: »Jetzt behaupte noch mal, ich wäre nie nett zu dir!«

»Uääämh – bleib mir mit dem widerlichen Zeug vom Leib!«

Der Constable ließ sich auf den Stuhl neben Logan plumpsen. »Mann, sag bloß, du bist immer noch auf diesem albernen Vegetarier-Trip? Das ist jetzt sieben Monate her, nun komm endlich mal drüber weg.«

»Weißt du, was du mit deinem Bacon-Sandwich machen kannst? Du kannst es dir mitsamt Alufolie in den –«

Die Tür ging auf, und alles setzte sich gerade hin, stellte das Schwatzen ein und sperrte die Ohren auf. Aber es war nicht DCI Finnie, der in der Tür stand, sich mit der einen Hand den BH zurechtzupfte und in der anderen eine Tesco-Plastiktüte hielt – es war DI Steel. Sie hielt inne und starrte sie alle an. »Erzählt mir nicht, dass er *immer* noch nicht hier ist!«

Sie fummelte noch ein wenig an ihrer Garderobe herum und setzte sich dann auf den freien Stuhl neben Rennie. Der Constable lächelte und bot ihr das Sandwich an, das Logan abgelehnt hatte. »Ich hab noch eins extra für Sie reserviert.«

Sie nahm es wortlos und schlug die Zähne hinein, um dann eine Weile kauend und mit finsterer Miene dazusitzen.

Rennie schniefte. »Gern geschehen.«

»Ach, nun spielen Sie nicht gleich die beleidigte Leberwurst.« Steels Worte mussten sich ihren Weg zwischen übervollen Backen hindurchbahnen. »Dauert das hier noch lange? Ich hab nämlich ein Date mit einem Vergewaltiger namens Norman.«

»Übrigens, als ich in Thailand war –«

Steel formte die Finger der linken Hand zu einem Mund und machte: »Bla, bla, bla. Schaut mich an, ich bin Defective Constable Rennie, und ich habe einen Urlaub in Fernost mit Gary Glitter Tours gebucht.«

Der Constable wurde rot. »Das ist nicht witzig.«

»Doch, ist es. Oder, Laz?«

Logan schüttelte den Kopf. »Hast du noch nicht gehört? Rennie hat jetzt eine erwachsene Freundin. Gut zwanzig Jahre älter als er.«

»Ist es seine Mama?«

Rennie machte ein böses Gesicht. »Das ist das letzte Mal, dass ich Bacon-Sandwiches für alle besorgt habe. Undankbares Pack.«

»Macht sie Ihnen jeden Morgen ein Lunchpaket und schärft Ihnen ein, nicht mit fremden Männern zu reden?«

»Lasst mich –«

»Und liest Ihnen abends eine Gutenachtgeschichte vor?«

»Wir –«

»Sicher versohlt sie Ihnen ordentlich den Hintern, wenn Sie nicht brav waren.«

Und da wurde Rennie noch röter im Gesicht.

»Sie tut's!« Steel lachte schallend und versprühte dabei einen Schwall halb zerkauter Brot- und Schinkenspeckbröckchen. »Sie sind mir vielleicht ein Perverser!« Fünf Minuten später hatte sie es offenbar satt, den Sergeant zu triezen, denn sie rief quer durch den Raum: »Eh, Pirie, wo steckt Ihr Herr und Meister?

DCI Finnies Adlatus warf einen Blick auf seine Uhr. »Müsste eigentlich schon hier sein.«

»Ich weiß, wo er sein *müsste* – was ich wissen will, ist, wo er im Moment ist!«

»Ähm …«

»Herrgott noch mal.« Steel marschierte nach vorn. »Okay, wir werden alle nicht jünger, also schießen wir los: Einsatzbesprechung. Alle aufstehen, die gerade an einem Fall arbeiten.«

Totenstille.

»Tante Roberta sagt: Hebt eure Ärsche, ihr faulen Säcke!«

Widerstrebend folgten sie ihrem Befehl, und das Quietschen der gummierten Stuhlbeine auf dem grünen Terrazzoboden erfüllte den Raum.

»Schon besser.« Steel verschränkte die Arme. »Okay, wenn Sie jemanden sehen können, der auch an Ihrem Fall arbeitet und einen höheren Dienstgrad hat, können Sie Ihren Hintern gleich wieder parken.«

Übrig blieben ein halbes Dutzend Detective Constables und Detective Sergeants. Steel ließ sich von jedem einen kurzen Ermittlungsbericht geben: Hintergrund, gegenwärtiger Stand und mutmaßliche Chancen, die Sache nicht völlig zu verbocken. Der Letzte, der noch stand, war DS Pirie.

Er fuhr sich mit der Hand durch sein drahtiges rotes Haar, strich die Anzugjacke über seinem spindeldürren Leib glatt und brachte die Truppe auf den neuesten Stand zur Operation Ödipus. Die Dias waren schon für den abwesenden DCI Finnie vorbereitet, und Pirie fing von vorn an. Das übel zugerichtete Gesicht es allerersten Opfers füllte die Leinwand aus. »Tolek Dobrowski, dreiundzwanzig, Elektriker, geboren in Gdańsk.«

Steel knüllte die Alufolie von ihrem Sandwich zusammen und warf damit nach dem Detective Sergeant. »Lassen Sie den Quatsch, das haben wir doch alles schon durchgekaut. Erzählen Sie uns lieber etwas, was wir noch nicht wissen.«

Die hellen Stellen zwischen Piries Sommersprossen liefen

rot an. »Na schön…« Er blätterte in seinen Notizen. »Das… Da haben wir's: Das Einzige, was alle Opfer bis auf Simon McLeod gemeinsam haben, ist die polnische Staatsbürgerschaft. Und dass sie uns nicht erzählen wollen, was passiert ist oder warum.« Er drehte sich um und deutete auf die Leinwand. »Jemand tut einem *das* an, und man weigert sich, mit der Polizei zu reden?«

Steel schnaubte. »Sie haben Schiss, Sie Idiot. Was glauben Sie, was unser Augenausstecher machen würde, wenn er dahinterkäme, dass sie gesungen haben – ihnen einen Kuchen backen? Los, weitermachen!«

»Äh, ja, also…«

Rennie reckte die Hand hoch. »Warum nennen wir ihn eigentlich Ödipus?«

Pirie straffte die Schultern und fixierte den Störer mit einem bösen Blick. »Wenn Sie aufgepasst hätten, *Constable*, dann wüssten Sie, warum. Und jetzt –«

»Ja, schon, aber Ödipus hat mit seiner Mutter geschlafen, seinen Vater umgebracht und sich dann selbst die Augen ausgestochen. Er hat niemand anderen geblendet.«

Steel schnaubte erneut. »Und wenn jemand weiß, wie es ist, mit seiner Mutter zu schlafen, dann ist es Rennie.«

Gelächter.

Der Constable errötete. »Wenn wir einen passenden Namen suchen, dann sollten wir ihn Cornwall nennen – das ist der, der in *König Lear* den Grafen von Gloucester blendet. Bei Shakespeare, ja?«

Pirie starrte ihn nur an. »Wenn Sie nichts Konstruktives beizutragen haben, *Constable*, dann halten Sie den Mund.«

Rennie nahm die Hand herunter, und Finnies Adlatus nickte. »So, hat sonst noch jemand irgendwelche albernen Kommentare abzugeben…?« Schweigen. »Gut. Das Profil haben wir nach dem Angriff auf DS McRae und DI Steel letzten Freitag von Dr. Goulding aktualisieren lassen – bitte nehmen

Sie sich jeder ein Exemplar und *lesen* Sie es auch. Dr. Goulding geht jetzt davon aus, dass wir nach zwei Männern suchen müssen.« Die E-Fits erschienen auf der Leinwand. »Sie haben diese Gesichter auf den Plakaten gesehen, die überall in der Stadt hängen, aber bedenken Sie, dass sie möglicherweise falsch sind. Ohne DS McRae zu nahe treten zu wollen – aber seine Quelle ist ausgesprochen fragwürdig. Die Plakate sind seit Freitagabend draußen, und wir hatten noch nicht eine einzige eindeutige Identifizierung. Also vergessen Sie die Fahndungsfotos – wir suchen nach zwei Männern zwischen *Mitte und Ende zwanzig*. Der eine dürfte etwas älter sein, wahrscheinlich sehr charismatisch; der Jüngere ist ihm hörig und ist möglicherweise geistig zurückgeblieben.«

Steel riss noch einen Rennie-Witz.

Pirie ignorierte das Gelächter und fuhr fort: »Wir müssen uns unter den bekannten Fällen für die kommunale Fürsorge umsehen. Und herausfinden, ob einer von denen sich in letzter Zeit mit einem älteren Mann angefreundet hat.« Der DS hantierte mit seinen Papieren und ordnete sie zu einem sauberen Stapel. »Ich hätte in diesem Fall eigentlich eine massive Reaktion der polnischen Bevölkerungsgruppe erwartet, angesichts der Tatsache, dass sie ganz offensichtlich die Zielgruppe ist, aber ich habe allmählich den Eindruck, dass diese Leute selbst dann nicht mit uns reden würden, wenn sie etwas wüssten. Wir stoßen da auf eine Mauer des Schweigens. Denken Sie immer daran, wenn Sie einen von ihnen vernehmen – sie trauen uns nicht.«

DI Steel ließ Pirie seine Präsentation abschließen, ehe sie die Tagesbefehle ausgab. »Eine Sache noch«, sagte sie, bevor sich alle aus dem Staub machen konnten. »Die Ausdrucksweise, die in dieser Abteilung herrscht, ist unter aller Sau. Dagegen müssen wir etwas unternehmen.« Sie hob ihre Einkaufstüte vom Boden auf und nahm eine große Dose Quality Street heraus.

Aufgeregtes Gemurmel erhob sich.

»Machen Sie sich keine falschen Hoffnungen, ich hab sie alle aufgegessen.« Sie stellte die Dose auf den Tisch an der Stirnseite des Raums, um dann in einem komischen Singsang, als ob sie zu sehr kleinen, sehr begriffsstutzigen Kindern spräche, zu erklären: »Das ist unsere neue Fluchkasse – ist das nicht *aufregend*? Und jedes Mal, wenn einer von euch ungehobelten Bastarden sich irgendeine verbale Sauerei erlaubt, muss er was springen lassen.«

Alles stöhnte.

»Ruhe im Karton. Wenn die Box voll ist, geht das Geld entweder an eine wohltätige Organisation, oder wir werfen's dem Wirt in den Rachen und geben uns die Kante.«

Sie knüllte ihre leere Einkaufstüte zusammen und steckte sie in die Hosentasche. »Und bevor ich's vergesse: Seit sein Bruder geblendet wurde, ist unser Freund Creepy Colin McLeod offenbar mit seinem kleinen Klauenhämmerchen auf Tournee in der hiesigen Unterwelt. Gestern hat Harry Jordan seine Kniescheibenbehandlung bekommen – das macht sechs. Mir ist schon klar, dass Drogendealer und derlei Gesocks lange nicht so niedlich sind wie kleine Welpen und Kätzchen, aber das heißt noch lange nicht, dass Creepy sie so mir nichts, dir nichts zum Krüppel schlagen darf. Also Augen und Ohren aufgesperrt, Leute!«

Sie zog die Nase hoch und starrte ihre Truppe einen Moment lang an. Keine Fragen. »Gut, das wär's. Jetzt motivieren wir uns noch mit einem schallenden ›Mist bauen? Wir wissen gar nicht, wie das geht‹, und dann können Sie alle mal zur Abwechslung ein paar böse Buben fangen.«

Um halb neun rief Logan im Krankenhaus an, um sich nach Kevin Murray zu erkundigen, dem Mann, dem sie am Freitagabend die Nase aufgeschlitzt hatten. Anscheinend hatten sie ihn mit einer Menge Stiche zusammengenäht, ihm einen Haufen Schmerztabletten gegeben und ihn binnen vierundzwanzig Stunden wieder entlassen.

Von den vier Kapuzentypen, die ihn angegriffen hatten, gab es keine Spur.

»An den meisten Wochenenden ist das der reinste Dschungel da draußen«, sagte der Inspector, der für den Videoüberwachungsraum zuständig war, und bröselte dabei Kuchenkrümel über sein weißes Hemd. »Wir haben die vier Mistkerle auf Video, aber keine Chance, sie zu identifizieren.« Er ließ die Aufnahmen auf einem der Monitore an der Wand hinter dem Kontrollpult ablaufen. »Sehen Sie? Keiner schaut auch nur ein einziges Mal in die Kamera. Sie achten darauf, dass ihre Gesichter nie zu sehen sind.«

Logan stibitzte ein Stück Kokosbiskuit. »Sie haben mit Manchester-Akzent gesprochen, falls das hilft.«

»Tut es nicht.« Der Inspector spulte den Film ein Stück vor, und Logan sah, wie Kevin Murray blutend zu Boden ging. Kapuze Nummer eins tänzelte vor Logan herum, dann machten er und seine Schlägerfreunde kehrt und rannten davon. Das Bild kippte, um ihnen zu folgen, und sprang dann zu einer anderen Kamera um. Und zur nächsten … Und dann bogen sie in eine der kleinen Seitenstraßen der George Street ein und waren verschwunden, verschluckt von Granit und Schatten.

Logan steckte sich den letzten Bissen Kuchen in den Mund. »Ich dachte, Großbritannien hätte mehr Überwachungskameras pro Kopf der Bevölkerung als jedes andere Land der Welt?«

»Fangen Sie bloß nicht damit an – das kriege ich schon ständig von meiner Alten zu hören.« Der Inspector deutete auf einen Stapel VHS-Videokassetten in schwarzen Hüllen. »Ich habe da rund vierzig Stunden mit Messerstechereien und Schlägereien aus der Drogenszene, falls Sie sich die anschauen wollen?«

Logan klopfte ihm auf die Schulter und sagte, er werde darüber nachdenken.

DI Steel hing auf ihrem Bürostuhl, die Füße auf dem Schreibtisch, vor sich eine Tasse Kaffee. Sie nestelte in ihrem Ausschnitt herum, während Logan auf dem einzigen Besucherstuhl Platz nahm, der nicht so aussah, als wäre er mit Urinflecken übersät. »Meine ich das nur«, sagte er, »oder ist Pirie wirklich ein totaler Wichser?«

»Letzteres …« Steel kramte weiter zwischen ihren Brüsten herum.

»Ich meine, das war doch alles Blödsinn, was er da verzapft hat. ›Das Profil sagt dies, das Profil sagt das.‹ Idiot.« Logan griff nach den Kopien der Phantombilder, die auf dem Schreibtisch lagen, und starrte die zwei Gesichter an. »Wir wissen, dass Ödipus nicht Mitte zwanzig ist – Rory hat ihn gesehen, er hatte graue Haare … Und welcher Serientäter ist so bescheuert, sich an Simon McLeod zu vergreifen?«

»Einer mit Selbstmordabsichten?« Sie schaffte es irgendwie, beide Hände in ihrer Bluse verschwinden zu lassen.

»Könntest du bitte damit aufhören?«

»Hab ein Stück Nikotinkaugummi verloren …«

Logan sah sich das Phantombild des älteren Mannes noch einmal eingehend an. Kurze graue Haare, kantiger Kiefer, stechender Blick … »Kommt er dir nicht auch irgendwie … bekannt vor?«

Steel schnappte sich den Ausdruck, ohne dafür die andere Hand aus ihrem Ausschnitt zu nehmen, und musterte das computergenerierte Foto mit zusammengekniffenen Augen. »Nö.« Sie gab es ihm zurück. »Susan und ich haben uns gestern Abend dieses *Indiana Jane und der Tempel der Titten* reingezogen. Genial. Die würde ich jederzeit in meinen verbotenen Palast reinlassen, das sage ich dir.« Steel stellte ihre Ausgrabungen ein, stand auf und zog ihre graue Bluse aus der Hose.

»Wenn du dich hier ausziehst, geh ich raus.«

»Bild dir bloß nichts ein …« Sie hüpfte eine Weile auf der Stelle, bis ein kleiner rechteckiger Kaugummi auf den Teppichboden fiel. »Ah! Hab ich's doch gewusst, dass er da irgendwo steckt.« Sie bückte sich und las ihre Beute vom Boden auf.

»Was, wenn Rory uns bloß verarscht hat?«

»Nee«, meinte Steel, während sie die Flusen von ihrem Nikotingummi wischte und ihn in den Mund steckte. »Der Scheißkerl steht wirklich auf kleine Mädchen.«

»Nein, ich meine, was ist, wenn das hier gar nicht der Typ ist, der uns in dem Haus angegriffen hat? Rory wollte die zwei ja zuerst gar nicht identifizieren, aus Angst, sie könnten es spitzkriegen. Was ist, wenn Rory die Beschreibung verfälscht hat, damit er keine Racheaktionen befürchten muss?«

»Dann bring ich ihn verdammt noch mal um!«

»Vielleicht ist das der Grund, weshalb bisher niemand die Männer auf den Fotos wiedererkannt hat?«

Steel schnappte sich ihre Jacke und steckte die Bluse wieder in die Hose. »Na los, komm – wir statten Mr. Rory Simpson einen Besuch ab. Der miese Drecksack müsste ja noch in der Zelle sein.«

»Und du musst ein Pfund fünfzig in die Fluchkasse einzahlen.«

»Muss ich nicht.«

»O doch. Einmal ›verdammt‹, einmal ›Scheißkerl‹ und einmal ›Drecksack‹. Mach jeweils fünfzig Pence.«

Steel machte den Mund auf und wieder zu. »Du bist ein richtiger …« Ein finsterer Blick. »Na, und *du* hast Pirie einen Wichser genannt!«

Da hatte sie ihn kalt erwischt.

Unten im Zellentrakt hallten die Betonwände von lautem Geschrei wider. »POLIZEIBRUTALITÄT! HILFE! RUFT EINEN ANWALT! IHR DRECKIGEN DRECKSKERLE! HILFE!«

Steel blieb auf der Treppe stehen. »Vielleicht sollten wir ein andermal wiederkommen, wenn es ein bisschen ruhiger ist?«

»Soll ich das übernehmen?«, fragte Logan, eine Hand auf der Klinke der Zwischentür.

»Ach ja, und die ganze Anerkennung einheimsen? Nee, danke.« Sie schob sich an ihm vorbei in den deprimierend grauen Flur.

»POLIZEIBRUTALITÄT!«

Eine der Gewahrsamsbeamtinnen stand in der Mitte des Zellentrakts und knirschte mit den Zähnen.

»Was ist denn hier los?«, fragte Steel. »Haben Sie schon wieder unsere Gefangenen geprügelt? Wie oft muss ich Ihnen noch sagen, dass das Sache des CID ist?«

»SCHEISS-POLIZEIBRUTALITÄT!«

Die Gewahrsamsbeamtin warf einen vernichtenden Blick in Richtung von Zelle 6. »Er behauptet, er hätte ein Schamhaar in seinem Tee gefunden. So 'n Quatsch. Die Kerle können froh sein, wenn sie hier überhaupt Frühstück kriegen. Wenn er das nächste Mal eingelocht wird, furz ich ihm auf sein Croissant.«

»Also, Sie Starköchin, nun verraten Sie uns schon, in welcher Zelle Rory Simpson steckt?«

»Er ist nicht –«

»WAS IST MIT MEINEN VERDAMMTEN MENSCHENRECHTEN?«

Die Aufseherin schlug mit der flachen Hand auf die Zellentür. »HALT ENDLICH DIE KLAPPE!« Einen Moment lang war es wunderbar still. »Rory Simpson war seit Freitagnachmittag hier, deshalb hatte er Anspruch auf einen frühen Gerichtstermin. Sie haben ihn als Ersten drangenommen. Er wurde gegen Kaution freigelassen – der Prozess ist in drei Wochen.«

»Ach du Sch …« Steel bremste sich gerade noch rechtzeitig. »Ach du Schande, wollte ich sagen.« Sie machte kehrt und ging zurück zur Zwischentür. »Rory ist ein Gewohnheitstier, er wird vom Gericht auf dem schnellsten Weg nach Hause gehen und unterwegs nur schnell eine kleine Flasche Brandy und ein Päckchen Vanillekekse kaufen, um sich ein bisschen zu trösten. Wir fahren einfach hin und kassieren ihn ein. Kein Problem.«

Irrtum.

12

Dem Nationalen Polizeicomputer zufolge hatte Rory Simpson eine Mietwohnung im obersten Stock einer Siebzigerjahre-Wohnanlage in Ruthrieston – nicht allzu weit von der Great Western Road entfernt, aber dennoch weit genug von der dortigen Grundschule, um das Näherungsverbot nicht zu verletzen, das ihm als registriertem Sexualstraftäter auferlegt worden war. Das Gebäude war ein dreistöckiger, gesichtsloser weißer Betonklotz mit schätzungsweise zwei Dutzend Wohnungen. Die Fassade war grau verschmiert und hier und da mit grünen Algen- und Moosflecken verunziert.

Nachdem Logan den CID-eigenen Vauxhall auf dem leeren Parkplatz hinter dem Haus abgestellt hatte, machten sie sich auf den Weg zum Vordereingang, vorbei an einer Ansammlung kaputter Mülltonnen, deren Inhalt gerade von einem lärmenden Elsternpärchen kunstvoll über den Asphalt verteilt wurde.

»Wieso brauchen wir eigentlich urplötzlich so eine Fluchkasse?«, fragte Logan.

»Hab ich doch schon erklärt – die Ausdrucksweise in der Abteilung ist einfach schockierend. Wir wollen doch schließlich Profis sein …« Steel brach ab, als sie die Eingangstür des Gebäudes erreichten. Das Schloss war mit Gewalt aus dem Holzrahmen herausgerissen worden. Steel legte die Hand auf die Tür und drückte, worauf sie aufschwang und den Blick in ein schmuddeliges Treppenhaus freigab.

DI Steel spähte hinein. »Denkst du dasselbe wie ich?«

Logan streckte die Hand aus und drückte auf den Klingelknopf mit der Aufschrift »*R. Simpson*«. Irgendwo über ihnen ertönte ein elektronisches Schnarren.

Keine Reaktion.

»Vielleicht sollten wir Verstärkung anfordern?«

»Du immer mit deiner Verstärkung!«

»Na und? – schon vergessen, was letztes Mal passiert ist?«

Steel trat über die Schwelle und begann die Stufen hinaufzusteigen. »Wir werfen nur mal rasch einen Blick rein.«

Logan sah ihr nach, als sie in dem düsteren Flur verschwand, und trabte dann fluchend hinterher. »Ich sage immer noch, das ist keine gute Idee …«

Der Hauseigentümer hatte offensichtlich kein Geld darauf verschwendet, eine einladende Atmosphäre zu schaffen. Treppen und Flure waren aus kahlem Beton, die Wände mit billiger mattweißer Farbe gestrichen.

Rorys Wohnung war genau dort, wo sie laut Computer sein sollte. Die Wohnungstür hing nur noch an einer Angel und stand weit offen, sodass der mit zertrümmerten Möbeln und kaputtem Geschirr übersäte Flur zu sehen war.

»Jetzt reicht's.« Logan zückte sein Handy. »Ich rufe Verstärkung.«

Aber Steel war schon drin.

»Verdammt.« Er schlüpfte hinter ihr durch die Tür, das Telefon ans Ohr gepresst, während er darauf wartete, dass die Leitstelle sich meldete.

Durch den Flur gelangte man in ein Wohnzimmer, das aussah, als hätte eine Bombe eingeschlagen. In dem kleinen Schlafzimmer bot sich das gleiche Bild – die Schubladen aus den Nachttischen herausgerissen, ihr Inhalt im ganzen Zimmer verstreut. Ein chaotisches Mosaik aus Polaroidfotos war von dem umgekippten Bett auf den Boden gerutscht; alle zeigten kleine Mädchen in ihren Schuluniformen. Albyn School, Robert Gordon's, Springbank, Victoria Road, Hamilton … und noch etliche mehr. Rory fotografierte sie offenbar am liebsten, wenn sie auf dem Schulhof herumtollten; zumal, wenn er ein Stückchen von einer weißen Unterhose mit aufs Bild bekam.

Steel bahnte sich einen Weg über das Trümmerfeld zum Fenster und blickte auf die Elstern mit ihrer Sammlung von benutzten Windeln und Hamburger-Kartons hinunter. »Weißt du, was ich glaube? Ich glaube, die unfeinen Angewohnheiten unseres Rory haben ihn schließlich eingeholt. Irgendwelche empörten Eltern finden heraus, dass in ihrer Nachbarschaft ein Pädophiler wohnt, und beschließen, zur Selbsthilfe zu greifen.« Sie betrachtete die Polaroidfotos am Boden. »Was ich ihnen nicht unbedingt verdenken kann.«

Sie durchsuchten die übrigen Räume, doch den Wohnungsinhaber konnten sie nirgends entdecken – auch nicht als blutüberströmte Leiche. Steel erspähte eine kleine Flasche Supermarkt-Brandy auf dem Teppich hinter der kaputten Wohnungstür. »Sie ist unberührt … Wir sollten schleunigst ein paar Uniformierte ranschaffen. Ich will, dass das ganze Haus einem hochnotpeinlichen Verhör unterzogen wird – mit Daumenschrauben und allem Drum und Dran!«

Logan sah sich noch einmal im Wohnzimmer um. »Man sollte doch eigentlich Spuren eines Kampfes erwarten.«

Steel deutete auf die kaputten Bilderrahmen, das umgeworfene Sofa, die zerbrochenen CDs, den Fernseher, in dem das Bein eines Couchtischs steckte. »Du machst Witze, oder?«

»Nein. Wenn du jemanden angreifst, der sich zur Wehr setzt, dann fallen vielleicht ein paar Sachen um und gehen zu Bruch. Aber hier ist alles systematisch kurz und klein geschlagen worden. Wenn sie Rory schon in ihrer Gewalt hatten, wieso dann noch der ganze Aufwand? Und warum ist nirgends Blut zu sehen?«

Sie zuckte mit den Achseln. »Vielleicht … Also … Woher zum Teufel soll ich das wissen?«

»Ich glaube, sie sind hier eingebrochen, haben ihn aber nicht angetroffen und deshalb ihre Wut an den Möbeln ausgelassen.

Rory kommt nach Hause, sieht das Chaos und macht sich vom Acker.«

Steel stöhnte und rieb sich mit ihren nikotingelben Fingern die Augen. »Jetzt haben wir also einen Pädophilen auf der Flucht. Ein gefundenes Fressen für die verfluchten Medien.«

»Versuch doch mal, positiv zu denken – vielleicht liegt er ja auch irgendwo tot im Straßengraben.«

RUMMS – die Tür der SOKO-Zentrale prallte von der Wand zurück, und Finnie platzte herein, mit einem Gesicht wie Tschernobyl an einem Gewittertag. »Ist das Ihre Vorstellung von einem gelungenen Scherz? Hmm? Finden Sie das etwa *komisch*, Inspector? Rory Simpson war einer der Hauptzeugen im Fall Ödipus, und Sie dachten sich, es wäre doch witzig, ihn entkommen zu lassen, wie?«

Steel blickte nicht einmal von der Morgenausgabe des *Aberdeen Examiner* auf, dessen Schlagzeile lautete: WELLE DER DROGENGEWALT ERREICHT HÖHEPUNKT.

»Morgen, Andy.«

»Sparen Sie sich Ihr ›Morgen, Andy‹!« Finnie fuchtelte mit dem Zeigefinger in Logans Richtung. »Und Sie – wieso waren Sie noch nicht bei Dr. Goulding?«

»Morgen Nachmittag, Sir. Er hatte eine Konferenz in Birmingham.«

Steel legte ihre Zeitung auf den Schreibtisch. »Laz, geh doch mal eben Tee holen, ja? Der DCI nimmt Milch und zwei Stück Zucker. Na los, sei ein braver Junge und lauf schon los.«

Das ließ Logan sich nicht zweimal sagen – wenn es krachte, wollte er so weit wie möglich vom Epizentrum der Explosion entfernt sein.

Kaum hatte er die Tür hinter sich zugemacht, ging das Gebrüll los. Er stand noch eine Minute lang da und hörte zu, wie Steel und Finnie sich fetzten, und schlich dann davon, um sich in Sicherheit zu bringen.

Er war oben im CID-Büro und arbeitete sich gerade durch einen Stapel Anzeigen, als Steel endlich auftauchte. Sie sagte kein Wort, steuerte schnurstracks die Fluchkasse an und begann sie zu füttern.

Alle Augen im Raum richteten sich auf Steel, als sie die Münzen einwarf.

Es klimperte und klingelte nur so in der Kasse – den Geräuschen nach mussten es insgesamt gut fünf Pfund sein.

Und dann machte sie auf dem Absatz kehrt und marschierte wieder hinaus, nachdem sie Logan im Vorbeigehen aufgefordert hatte, seinen Hintern in Bewegung zu setzen und mitzukommen.

»Möchtest du darüber reden?« Logan ließ den Wagen wieder ein paar Zentimeter vorwärtsrollen. Am Mounthooly Roundabout, der eher an einen riesigen Grabhügel aus der Bronzezeit erinnerte als an einen Kreisel, herrschte reger Verkehr. Offenbar gab es nicht wenige, die sich um diese Zeit schon in die Mittagspause verdrückten.

»Was glaubst du denn?« Steel verschränkte die Arme und hockte da wie ein runzliger Ölgötze, während Logan auf eine Lücke im Verkehr lauerte.

Steel ruckelte in ihrem Sitz hin und her. »Ich hasse diese neuen Autos. Was war denn an den alten so verkehrt?«

»Die waren alle schrottreif, schon vergessen?«

»Na ja … aber die neuen riechen so komisch.«

»Das liegt daran, dass sie noch nicht jahrelang als Müllkippen benutzt worden sind. Also, ich find's ganz gut, dass man sich zur Abwechslung mal keine Sorgen wegen Ratten unter den Sitzen machen muss …«

Steel warf ihm einen scheelen Blick zu. »Hast du vor, den ganzen Tag hier rumzustehen? Dann kann ich ja gleich aussteigen und zu Fuß gehen.«

Er gab Gas, und sie tauchten in den Verkehrsstrom ein,

der sie um den Kreisverkehr herum auf die andere Seite schwemmte. »Musst du deine schlechte Laune unbedingt an mir auslassen?«

»Weißt du, was dieses schleimige, froschgesichtige Oberarschloch zu mir gesagt hat? – und wenn du mir jetzt erzählst, dass das noch mal ein Pfund für die Fluchkasse ist, semmel' ich dir eine! – Er hat doch glatt behauptet, es sei meine Schuld, dass Rory Simpson abgehauen ist!« Sie ließ Logan ihre patentierte DCI-Finnie-Imitation hören. »›Er war einer der Hauptzeugen im Fall Ödipus, *Inspector*.‹ – ›Wieso haben Sie ihn laufen lassen, *Inspector*?‹ – ›Warum können Sie nie irgendetwas richtig machen, *Inspector*?‹«

Logan hielt den Mund. Besser nicht noch Öl ins Feuer gießen.

»Und dabei ist Ödipus *sein* verdammter Fall!«, rief sie. »Wenn irgendjemand ein Auge auf Rory Simpson hätte haben sollen, dann er.« Sie ließ die Faust auf das Armaturenbrett krachen. »Halt an dem Lädchen da vorn. Scheiß auf das ›neue Ich‹ – ich will jetzt 'ne Schachtel Fluppen.«

Logan fuhr einfach weiter.

»He!«

»Du wirst mir später dankbar sein.«

»Ich werd' dich umbringen, und zwar jetzt gleich!« Sie sah zu, wie der kleine Laden draußen vorbeizog, und ließ sich dann schwer in ihren Sitz zurückfallen, während sie immer tiefer ins finsterste Froghall vordrangen.

Zwei Minuten später deutete Logan durch die Windschutzscheibe. »Das da vorne ist es, das Zweitletzte in der Reihe.«

Die ganze Straße bestand aus Sozialwohnungen, zwei identische Häuserreihen auf jeder Seite, eingeteilt in je sechs Einheiten, verteilt auf zwei Stockwerke. Der weiße Rauputz glitzerte in der Sonne, und bis auf ein paar bösartig aussehende Knirpse, die ein ausrangiertes braunes Sofa als Trampolin benutzten, war die Straße menschenleer.

Steel sah sich um. »Nicht gerade ein Freizeitpark hier, wie?«

Logan parkte, stieg aus, lehnte sich an den Wagen und beobachtete, wie die hüpfenden Bälger ihn beobachteten. Plötzlich reckte eines der Kinder – ein rotznasiges Mädchen von vielleicht sechs oder sieben Jahren – den Mittelfinger in seine Richtung und rief: »Was gibt's denn da zu glotzen, du Pervo?«

Steel knallte ihre Tür zu und brüllte zurück: »Verpiss dich, du hässliche kleine Ratte, sonst komm ich und ramm dir den Stiefel so tief in den Arsch, dass die Zahnfee die nächsten Wochen damit beschäftigt ist, deine Backenzähne einzusammeln!«

Das kleine Mädchen verharrte einen Moment lang mucksmäuschenstill. Und rannte dann heulend davon.

Und da behauptete Steel, sie könne nicht mit Kindern umgehen …

Im Hausflur stank es nicht nach abgestandenem Urin und Desinfektionsmittel – eine willkommene Abwechslung. Logan ging auf die an einen Stahltresor erinnernde Tür von Wohnung C zu und klopfte. Das Geräusch hallte im ganzen Treppenhaus wider. Zweiter Stock – war sicher kein Spaß gewesen für Harry Jordan, sich mit zwei zertrümmerten Kniescheiben hier heraufzuschleppen.

Steel grummelte immer noch vor sich hin. »Dieser Arsch von Finnie – bin schließlich nicht sein Laufbursche –, dem geb' ich gleich ›inkompetent‹ – dieser froschgesichtige, arschkriechende Wichsbeutel …«

Logan klopfte noch einmal an die Tür. »Vielleicht ist ja niemand zu Hause?«

»*Aye*, typisch Finnie, lässt uns für nix und wieder nix hier rausfahren. ›Machen Sie sich nützlich, *Inspector*, sehen Sie doch mal nach Harry Jordan, *Inspector*.‹« Sie machte die internationale Geste für »Wichser«. »Versuch's noch ein Mal, dann verpissen wir uns und gehen mittagessen.«

Logan tat es, und auf der anderen Seite ließ sich eine Stimme vernehmen – weiblich, verängstigt: »Wer ist da?«

»Polizei. Würden Sie bitte die Tür aufmachen?«

»Ich … Ich bin nicht … Worum geht es?«

Steel stellte das Fluchen ein und trat gegen die Tür, dass sie nur so in den Angeln wackelte. »Sag Harry, er soll seinen krüppligen Arsch hier rausbewegen! Ich hab 'nen beschissenen Tag, und ich bin nicht in der Stimmung für irgendwelche Mätzchen!«

Zwei Minuten später standen sie im Wohnzimmer. Drinnen war es erstaunlich geräumig: drei Schlafzimmer, Bad, Küche – und die Schaltzentrale von Harry Jordans kleinem Verbrecherimperium.

Im Wohnzimmer herrschte gedämpftes Licht; die Vorhänge waren zugezogen, und nur eine ramponierte Stehlampe verbreitete einen schwachen Schein. Drei erschreckend dünne Frauen, alle nur äußerst spärlich bekleidet, drückten sich im Hintergrund herum. Sie hatten dunkle Ringe unter den Augen – so ziemlich die einzigen Farbtupfer an ihren ausgemergelten Leibern. Nun ja, ganz ohne Ware konnte ein Zuhälter nun mal kein Zuhälter sein.

Harry Jordan saß mitten im Zimmer in einem Rollstuhl; beide Beine waren gerade ausgestreckt und steckten von der Hüfte bis zu den Knöcheln in Kunststoff-Gipsverbänden. Der Rest von ihm sah auch nicht viel besser aus – die Nase wie eine zerquetschte Pflaume, die ganze linke Gesichtshälfte mit frischen lila und gelben Blutergüssen übersät. Laut seiner Polizeiakte war er erst neunundzwanzig, aber mit seinen strähnigen Haaren und der kahlen Stelle am Hinterkopf sah er aus wie mindestens vierzig.

»Harry!« Steel strahlte ihn an. »Ein kleines Vögelchen hat mir gezwitschert, du hättest 'ne kleine Meinungsverschiedenheit mit Creepy Colin McLeod gehabt.«

Ein Joint glomm zwischen Harrys Lippen, und der Geruch

füllte die ganze Wohnung aus – eine Mischung aus Schweiß, Kräutern und Schokolade. Er kniff die Augen zusammen und blies eine Lunge voll Rauch aus. Seine Pupillen waren dunkel und geweitet. »Das ist rein medizinisch, okay? Ich habe starke Schmerzen …«

»Geschieht dir recht.« Steel machte es sich auf dem riesigen grauen Sofa bequem und legte die Füße auf den Couchtisch.

Logan hatte das Gefühl, dass er mal wieder den »guten Bullen« spielen sollte. »Wir müssen uns mit Ihnen über Colin McLeod unterhalten.«

Der Joint fiel Harry aus dem Mund. »*Aye* … Wa …« Er sah auf die selbstgebaute Tüte hinunter, die auf dem burgunderfarbenen Teppich vor sich hin qualmte, und starrte dann eine der spindeldürren Frauen an. »Hey, bist du blind oder was? HEB DAS AUF!«

Sie sprang herbei, und Logan sah die Einstichnarben auf der bleichen Haut ihrer Arme, als sie den Joint auflas und ihn zwischen Harrys zitternde Finger steckte, wo er hingehörte.

»*Tz, tz*«, machte Steel. »Kannst nicht mal deinen eigenen Spliff aufheben, Harry. Creepy hat's dir ganz schön gegeben, wie?«

Noch ein tiefer Zug. Harry schloss die Augen und wartete darauf, dass das Delta-9-Tetrahydrocannabiol seine Wirkung tat. »Mädels«, sagte er und stieß dabei eine Wolke süßlich riechenden Rauchs aus, »lasst uns allein …«

Steel grinste. »Was ist los, Harry? Hast wohl Angst, die armen Dinger könnten dahinterkommen, dass du doch nicht unbesiegbar bist?« Sie deutete auf den Rollstuhl. »Bisschen spät dafür, oder?«

Harry ließ die Hand auf die Armlehne krachen. »VERSCHWINDET, HAB ICH GESAGT!«

Die Mädchen huschten hinaus und machten die Tür hinter sich zu. Die einzigen Geräusche waren jetzt Harrys schweres Atmen und das Gedudel aus der unteren Wohnung, wo irgendein Trottel *Whitney Houstons Greatest Hits* hörte.

»Also«, sagte Steel und streckte sich, wobei sie mit den Füßen einen Stapel schwedischer Hardcore-Pornos vom Couchtisch stieß, »Colin McLeod ist gestern Abend hier aufgekreuzt und hat dir mit einem Klauenhammer die Kniescheiben zerdeppert? Das muss ja *saumäßig* wehtun!«

Harry nuckelte einfach weiter an seinem Joint, also schaltete Logan sich ein: »Sie sollten im Krankenhaus sein, wo man sich um Sie kümmern kann.«

»Scheißkrankenhäuser, die machen mich ganz kirre, Mann. Hab mich selbst entlassen.« Noch ein Zug. »Außerdem hab ich mir was gegen die Schmerzen und Wodka besorgt, verstehst du?« Er starrte grimmig auf die geschlossene Tür. »Die Schlampen meinen, ich bring's nicht mehr. Aber denen hab ich's gezeigt, was? Niemand legt sich mit Harry Jordan an.«

»Außer Creepy Colin McLeod.« Steel sah ihn an und grinste. »Warum hat er es getan? Hat er sich bei dieser Nutte von dir was eingefangen? Ja, Liebe kann wehtun.«

»Wollt ihr wissen, was passiert ist?« Harry zog noch einmal an seinem Joint und zerbröselte die Überreste zwischen den Fingern. »Okay ... Das ist passiert: Creepy platzt hier rein, spielt den großen Macker, faselt irgendwas von den Augen seines Bruders. Als ob ich irgendwas darüber wüsste –«

»Weißt du was?«

»Gar nix weiß ich. Aber versuch mal, Creepy das beizubringen. Der Arsch fängt an, mich und meine Tussen anzubrüllen.« Harry reckte das Kinn in die Höhe und schob trotzig die lädierte Unterlippe vor. »Konnte ich ihm doch nicht durchgehen lassen, oder? Also knall ich ihm eine. Zack!« Er schlug einen rechten Haken in die Luft und ließ eine linke Gerade folgen. »Zack! Creepy geht zu Boden, und er bettelt mich an, ihn zu verschonen, ja? Also sag ich zu ihm: ›Lass dir das 'ne Lehre sein‹, sag ich, ›man disst Leute nicht in ihrer eigenen Wohnung.‹« Er zog die Nase hoch. »Einfach keine Manieren, der Kerl.«

Steel applaudierte. »Bravo! Mensch, das war ja besser als Harry Potter, echt!«

Harry rutschte in seinem Rollstuhl hin und her, dass das ganze Ding nur so quietschte und wackelte. »Soll das heißen, ich bin 'n Lügner?«

»Hurra, gleich erraten! Du bist echt in Topform heute, Harry!« Sie setzte die Füße auf den Boden, stützte die Ellbogen auf die Knie und dann das Kinn in die Hände. »Na los, beeindruck' mich mit deinen dichterischen Fähigkeiten. Wenn du Colin McLeod eine Abreibung verpasst hast, wie kommt's dann, dass du derjenige mit zwei zermatschten Knien bist?«

»Hab's ihm mit gleicher Münze heimgezahlt, okay?« Aber Harry sah sie dabei nicht an.

»Na klaaaaar hast du das.«

Logan zog ein Blatt Papier aus der Tasche – es war am Morgen per Fax vom Aberdeen Royal Infirmary gekommen. »Der Orthopäde, der Ihre Beine wieder zusammengeflickt hat, sagt, Sie werden nie wieder richtig gehen können. Auch wenn sie Ihnen zwei künstliche Kniegelenke verpassen, werden Sie immer humpeln.«

Achselzucken. »Scheißärzte, was wissen die schon?«

Steel hob eines der heruntergefallenen Pornohefte auf und blätterte es durch. »Folgender Deal, Harry: Mein Chef ist ein sarkastischer, froschgesichtiger Sack, der ganz geil darauf ist, die McLeods hinter Gitter zu bringen. Wenn du also Anzeige erstatten willst –«

»Nein!« Harry setzte sich in seinem Rollstuhl kerzengerade auf. »Nein, ich zeig' keinen an!« Ein Schauder durchlief seinen lädierten Körper. »Es war ein Unfall. Ich bin die Treppe runtergefallen. Wie gesagt – ich hab Creepy vermöbelt, und dann haben wir was getrunken. Ja, wir haben was getrunken. Und ich war so hackedicht, dass ich glatt die Treppe runtergefallen bin.«

»Er hat deine Knie mit dem Hammer bearbeitet, Harry. Hat dich für den Rest deiner Tage zum Krüppel gemacht!«

»Ich hab's doch schon mal gesagt, es war ein Unfall, Mann!« Harry kramte mit zitternden Fingern eine kleine Blechdose aus der Tasche – Papierchen, loser Tabak und ein Klumpen Harz, so groß wie sein Daumen. »Mehr war das nicht – bloß ein Unfall.« Seine Finger wollten einfach nicht lange genug stillhalten – ein Blättchen segelte auf den Teppich, der Tabak wollte auch nicht mitspielen, und kleine braune Krümel flogen durch die Gegend. »Scheißteil …«

»Na, komm …« Steel stand auf und nahm ihm die Dose ab. Sie balancierte sie auf ihrem Knie, während sie ein paar Papierchen zurechtlegte, eine Linie Old Virginia draufschüttete und dann ein Feuerzeug an den Harzklumpen hielt. In der erwartungsvollen Stille stieg ein kleiner schwarzer Rauchkringel auf. »Ich will, dass du mal ganz gründlich darüber nachdenkst, wer deine Freunde sind, Harry.«

Sie bröselte die kleinen dunklen Krümel hinein, rollte das Ganze zusammen und verklebte die Papierchen mit ihrer vergilbten Zunge. »Creepy Colin McLeod ist nicht dein Kumpel, er ist ein Borderline-Psychopath. Heute sind es deine Knie – was wird er dir morgen brechen? Die Arme? Das Rückgrat? Den Schädel?« Steel wuchtete sich vom Sofa hoch. »Das nächste Mal landest du vielleicht als menschliches Gemüse in einem Krankenhausbett und wirst durch einen Schlauch ernährt, bis jemand vorbeikommt und dich abschaltet.«

Sie zündete den Joint an, sog sich die Lunge voll und stand eine Weile schweigend da, die Augen geschlossen. Dann ließ sie den Rauch mit einem Seufzer entweichen. »Gutes Shit …«

Sie steckte Harry den Joint in den Mund. »Denk drüber nach. Wir finden schon allein raus.«

13

Im Flur wartete jemand auf sie. Sie war bestimmt noch keine zwanzig, sah aber wesentlich älter aus. Ihr Gesicht war verkniffen, runzlig wie das einer alten Frau, mit dunkelroten Säcken unter den Augen. Haare wie frittierte Bindfäden, Pickel – und ihr seidiges Negligee war vorn mit getrocknetem Eigelb bekleckert. Wenigstens hoffte Logan, dass es getrocknetes Eigelb war.

Sie wartete, bis er die Tür hinter sich zugemacht hatte. »Hat Harry …« Sie hustete, schlang die Arme um die Brust, trat nervös von einem Fuß auf den anderen. Dann schielte sie verstohlen in Richtung Wohnzimmer und flüsterte: »Kylie ist krank.«

Steel blieb nicht einmal stehen. »Sehen wir aus, als ob wir von der Tripperklinik wären? Benutzt gefälligst Kondome.«

»Nein… es ist …« Wieder hustete sie. Sie packte Logan am Ärmel. »Bitte?«

»Wir –«

»Bitte!« Sie zog ihn zu einer Tür gegenüber der Küche.

Steel marschierte schon zur Wohnungstür hinaus. »Ich warte unten im Wagen.«

Es war ein kleines, helles Schlafzimmer; durch das offene Fenster schien die Sonne herein. Kylie lag im Bett, sie hatte sich auf die Seite gerollt und die Beine angezogen, und zwischen ihren aufgesprungenen, geschwollenen Lippen glomm eine Zigarette.

Blaue Augen, Blutergüsse – es sah aus, als wäre eine Herde Elefanten über ihren Kopf hinweggetrampelt.

Ihre Freundin ließ Logans Ärmel los und wankte ins Zimmer. »Kylie? Kylie, hier ist ein Polizist. Er wird dir helfen, okay?«

Anfangs klang es wie ein sarkastisches Lachen, aber dann artete es in ein pfeifendes Keuchen aus, und Kylie verzog vor Schmerzen das Gesicht. Aschebröckchen kullerten über ihr Kopfkissen.

Logan setzte sich ans Fußende des Betts. »Wer hat das getan?«

Sie schloss die blau verfärbten Lider und schüttelte den Kopf. »Bin hingefallen …« Ihre Aussprache war nuschelig und etwas feucht – es klang, als hätte jemand ihr ein paar Zähne ausgeschlagen.

Das Mädchen in dem mit Ei bekleckerten Negligee förderte von irgendwoher eine Flasche Wodka zutage und goss einen ordentlichen Schuss in einen angeschlagenen Kaffeebecher. *»Beste Tochter der Welt«* stand auf dem Becher, zwischen verblassten Herzchen und Teddybären. Sie half Kylie, sich aufzusetzen, und zupfte fürsorglich ihre Decke zurecht.

»Danke …«

»Hey, wozu hat man schließlich 'ne große Schwester?«

Kylie nahm einen kräftigen Schluck und schüttelte sich. Und dann genehmigte sie sich noch einen.

Logan wartete, bis sie wieder ansprechbar war. »In dieser Wohnung fallen offenbar ständig Leute hin. Erst Harry, dann Sie …«

Diesmal mündete das Lachen in einen qualvollen Hustenanfall. Sie sank auf ihr Kissen zurück, das lädierte Gesicht schweißbedeckt. »Er … er ist nicht gefallen, so 'n Quatsch.« Sie rang nach Luft, stöhnte, nahm noch einen Schluck Wodka. »Creepy ist hier reingeschneit und hat rumgebrüllt wie blöd. Hab ihn noch nie so wütend gesehen … Normalerweise ist er wirklich nett, wissen Sie? Na ja … zu mir ist er jedenfalls nett. Er ist immer nett zu mir.«

Logan sah sie an und runzelte die Stirn. »Moment mal – Kylie? Wie das Tattoo auf seinem Arm?«

Ihre Schwester nickte. »Er sagt immer, er wird sie hier rausholen… aber seine Alte ist dagegen. Verstehen Sie? Als ob Kylie nicht gut genug wär' für ihren hässlichen Bastard.«

»Wir sind wie diese zwei… Romeo und Julia…« Kylie schloss die Augen und lächelte – offenbar tat das flüssige Betäubungsmittel seine Wirkung.

Das Schweigen zog sich fast eine Minute lang hin, und Logan dachte schon, sie sei eingeschlafen.

Und dann seufzte Kylie. »Aber er war *so* wütend, wegen Simons Augen, ja? Total stinkig. Er brüllt Harry an, und Harry immer nur: ›ja, Colin, nein, Colin‹, aber Colin will wissen, wer's war. Und Harry sagt, er weiß es nicht… Und da schlägt Colin ihn zusammen. Und ich versteck mich hinter dem Sofa und seh alles mit an.« Sie kippte den letzten Schluck Wodka in sich hinein und starrte in die Tiefen ihres leeren Bechers. »Harry liegt am Boden, das Gesicht voller Blut, und Colin… Colin zieht seinen Hammer aus der Jacke, okay? Ein Riesenteil, echt.«

Sie schüttelte sich wieder, und ihre Schwester schenkte ihr nach.

»Er haut ihn Harry mit voller Wucht aufs Knie. Und Harry *schreit*. Und dann schlägt er wieder zu, und immer wieder, und Harry windet sich am Boden, aber er kann sich nicht befreien, weil Colin auf ihm hockt. Und auf ihn einschlägt. Und dann ist Harry plötzlich ganz still, er rührt sich nicht mehr, aber Colin macht immer noch weiter. Der Hammer macht so ein widerliches Geräusch, so dumpf und matschig, und Blut und Knochen und alles spritzt durch die Gegend… Und dann sieht er mich…«

Das Mädchen mit dem Eier-Nachthemd nahm einen Schluck direkt aus der Flasche. »Sie werden ihr helfen, nicht wahr? Ihr einen Arzt besorgen oder so?«

»Hat Colin McLeod Ihnen das angetan?«

Kylie schüttelte den Kopf, und bei der Bewegung flogen ein paar Tropfen Wodka auf die Bettdecke. »Nein. Colin liebt mich … Er wollte nur, dass ich ihm einen blase, weil – er war … ganz steif, nachdem er Harry fertiggemacht hatte.« Ihre Aussprache wurde immer undeutlicher. »Sein ganzer Arm war voll mit Harrys Blut, und sein …« Sie wedelte mit der Hand vor ihrem Gesicht herum. »Sommersprossen. Versteh'n Sie? Genau wie Sommersprossen …«

»Und wer hat Sie dann geschlagen?«

Kylies Schwester spuckte aus. »Was glauben Sie denn?« Sie deutete zur Wohnzimmertür. »Harry kommt aus dem Krankenhaus zurück, das war so gegen drei Uhr früh, und fängt an, sich zuzuschütten. Und er tönt, dass er der Boss ist und Creepy dafür bezahlen wird. Dass niemand Harry Jordan rumschubst …« Sie tätschelte Kylies Hand. »Und diese dumme Kuh da fängt an zu lachen. Weil, da hockt er in seinem Rollstuhl und erzählt uns, dass niemand ihn rumschubsen kann. Und er greift ihr voll in die Haare, okay? Damit sie nicht weglaufen kann. Und er fängt an, auf sie einzuschlagen, und brüllt, es wäre ihre Schuld, dass Creepy dauernd hier vorbeikommt … Wir haben versucht, ihr zu helfen, ehrlich, aber er war … Es tut mir leid, Kylie.«

Kylie brachte ein Lächeln zustande, und Logan sah, dass ihr tatsächlich ein paar Zähne fehlten. »Ich weiß, Tracey, ich weiß.«

Logan nahm sein Notizbuch heraus. »Okay, wir machen jetzt Folgendes: Ich rufe einen Krankenwagen. Dann können wir Ihre Aussagen aufnehmen, während wir warten.«

»Nein! Nix da! Keine Aussagen.« Tracey war sofort aufgesprungen. »Und kein Krankenwagen – Harry flippt aus, wenn er das erfährt. Können Sie nicht jemanden herholen, der sie verarztet oder so?«

»Sie wollen, dass er damit *davonkommt*?«

»Ich werde nichts bezeugen. Sie haben gesehen, was er mit Kylie gemacht hat – ich bin doch nicht blöd.«

»Aber –«

»Bitte.« Kylie fing an zu weinen. »Bitte, erzählen Sie es niemandem! Es war nicht Harrys Schuld. Ich hab ihn dazu gebracht. Ich hätte nicht lachen sollen.«

»Kylie, wir müssen –«

»Nein!«

»Na schön.« Logan zog eine Visitenkarte der Grampian Police aus seinem Portemonnaie, drehte sie um und schrieb seine Handynummer auf die Rückseite. »Sollten Sie es sich anders überlegen, rufen Sie mich an.«

Tracey ging mit ihm bis zur Wohnungstür. »Was ist jetzt mit dem Doktor?«

»Ich kenne da eine praktische Ärztin, die mir den einen oder anderen Gefallen schuldet. Ich werde sie anrufen und fragen, ob sie mal vorbeischauen kann.«

»Danke.«

Logan stand in der Tür und sah auf das Mädchen in dem verdreckten Nachthemd hinunter, mit ihren zerstochenen Armen und den eingefallenen Wangen. »Sie müssen doch nicht so leben. Wir können dafür sorgen, dass Sie und Ihre Schwester in ein Rehabilitationsprogramm kommen. Eine therapeutische Wohngemeinschaft – weg von den Drogen, weg von der Straße, und weg von Schweinen wie Harry Jordan.«

»Na klar«, erwiderte sie mit einem halben Lächeln, »und vielleicht lernen Kylie und ich zwei nette Typen kennen und heiraten und kriegen Kinder, und wir wohnen Tür an Tür in Cults, und niemanden juckt es, dass wir früher mal Nutten und Junkies waren. Schöner Traum, echt.«

Steel lehnte rauchend am Wagen und ließ sich von der Sonne bescheinen. »Na, ich will doch hoffen, dass du ein Kondom benutzt hast«, meinte sie, als Logan sich ans Steuer setzte. »Ich fand, die sahen ziemlich abgefuckt aus.«

»Warum machen wir uns eigentlich die Mühe?« Logan ließ

den Motor an. »Ich habe die letzten zehn Minuten damit verbracht, mir anzuhören, wie ein achtzehnjähriges Mädchen namens Kylie Lügen erzählt, um den Zuhälter zu schützen, der sie grün und blau geprügelt hat.«

»Was denn – Harry?« Steel warf einen bösen Blick zurück auf die Wohnung. »Dieser Mistkerl …«

Logan fuhr los und schlug den Weg zurück zum Präsidium ein. »Sie sagt, es war definitiv Colin McLeod, der Harrys Knie mit dem Hammer bearbeitet hat – sie hat ihm dabei zugesehen.«

»Gut. Geschieht ihm recht.«

»Was willst du jetzt machen?«

Steel blies die Backen auf. »Ins Pub gehen und mich in einen seligen Dämmerzustand saufen. Aber ich schätze, wir sollten uns lieber bei unserem großen Herrn und Meister melden, Finnie dem Unwaschbaren.« Sie kramte ihr Handy aus der Tasche und tat genau das, wobei sie immer dann, wenn der DCI sprach, den Mittelfinger in die ungefähre Richtung des Polizeipräsidiums reckte. Und dann legte sie auf, streckte die Zunge heraus und produzierte ein langes, ordinäres Geräusch. »Detective Chief Inspector Froschgesicht ist von unserem Mangel an Fortschritten nicht gerade beeindruckt.« Sie wühlte in ihrer Hosentasche und förderte eine Handvoll Münzen sowie den einen oder anderen zerknüllten Schein zutage. »Wie viel schulde ich der Fluchkasse?«

»Vier Pfund fünfzig.«

»Runden wir auf glatte fünf Pfund auf. Finnie ist ein vollkommener, totaler und kompletter WICHSER!« Und dann drückte sie ihm einen Fünfpfundschein in die Hand, der aussah, als hätte er einen Monat lang den Boden eines Vogelkäfigs ausgekleidet. »Er will, dass wir auf dem schnellsten Weg ins Präsidium zurückkommen. Also fahren wir in die entgegengesetzte Richtung: Turf 'n Track, Laz, und gib den Pferden die Sporen.«

Das Wettbüro war von den Geräuschen eines Windhundrennens erfüllt. Auf den beiden Fernsehschirmen an der Wand sah man sie im Kreis flitzen, ein Durcheinander von gefletschten Zähnen, flatternden Zungen und fliegenden Beinen. Zwei alte Männer mit Hängebacken saßen da, verfolgten das Rennen und reichten dabei eine kleine Flasche Bells-Whisky hin und her.

Mrs. McLeod, über und über mit Schmuck behängt, funkelte hinter dem Tresen vor sich hin, in die Lektüre der *Racing Post* vertieft. Sie blickte auf, als die Tür piepste, und zog eine säuerliche Miene, als sie Logan und DI Steel erkannte. »Was wollt ihr zwei Witzfiguren denn schon wieder?«

Steel knallte ihre Brieftasche auf den Tresen. »Fünfzehn Pfund auf Mary Hinge, drei Uhr dreißig in Chepstow.«

»Warum sind Sie nicht da draußen und fangen das Schwein, das meinen Simon geblendet hat?«

Steel schwang sich auf einen der mit rissigem Kunstleder gepolsterten Barhocker vor den Fernsehern. »Wo ist Colin?«

»Geht Sie einen Dreck an.«

»Kommen Sie, Agnes, Sie und ich, wir wissen beide, dass er hier sein sollte, um sich um sein altes Mütterlein zu kümmern, anstatt sich mit einem Klauenhammer in der Gegend rumzutreiben.«

»Wen zum Teufel meinen Sie mit dem ›alten Mütterlein‹?«

»Lässt Sie hier den Laden allein schmeißen, während er loszieht, um anderen Leuten die Kniescheiben zu zerdeppern – das ist doch keine Art, oder?«

Mrs. McLeod feuerte ihre *Racing Post* über den Tresen. Sie klatschte gegen Steels Brust und fiel auseinander; Rosse und Reiter flatterten auf das klebrige Linoleum hinunter. »Raus!«

Steel rührte sich nicht vom Fleck. »Wenn er wiederkommt, sagen Sie ihm, damit ist jetzt Schluss. Und zwar *auf der Stelle*. Es interessiert mich nicht, ob es nur drogendealende Kotzbrocken sind, die er bearbeitet – ich will, dass er den Hammer an den Nagel hängt.«

»Mein Colin ist ein guter –«

»Ach, hören Sie doch auf, Agnes. Wir haben uns gerade mit einem von den Typen unterhalten, den er zum Krüppel geschlagen hat: Harry Jordan ist bereit, ihn ans Messer zu liefern.« Sie zwinkerte Agnes zu. »*Das* ist ein Hammer, was?« Sie sprang vom Hocker und schlappte zur Tür. »Also, keine Kniescheiben mehr, Agnes. Verstanden?«

Mrs. McLeod starrte sie wütend an. In dem künstlichen Licht war ihr verkniffenes Gesicht fast weiß; die goldenen Ohrringe glitzerten, und ihr Mund war ein harter roter Strich. »Raus aus meinem Laden, sag ich!«

14

Das Archibald Simpson war rammelvoll mit Polizistinnen und Polizisten außer Dienst. Um Viertel nach fünf hatte sich schon fast die komplette Tagschicht eingefunden, um sich das erste Bier des Abends einzuverleiben. Logan schob sich durch das Gedränge zur Bar, zeigte seinen Dienstausweis vor und bekam von dem polnischen Barmann ein Gratis-Pint Stella ausgeschenkt.

Der Geräuschpegel schwoll immer weiter an, bis jemand rief: »Wie Sie wissen…« Neuer Versuch: »RUHE JETZT!« Es wurde tatsächlich still in dem überfüllten Pub. »Schon besser.«

Logan konnte den Sprecher nicht sehen, aber es klang wie Detective Chief Superintendent Bain, der glatzköpfige Leiter des CID.

»Wie Sie wissen, können wir heute einen großartigen Erfolg feiern, dank DI McPherson –«

Hurrarufe und Applaus.

»– hervorragende Arbeit. Er und sein Team haben der Bandengewalt in Aberdeen einen empfindlichen Schlag versetzt.« Bain hob sein Glas. »Meine Damen, meine Herren, liebe Gewahrsamsbeamte: auf DI McPherson und sein Team.«

Und sie tranken alle auf seine Gesundheit, seine Ehre und das umfangreiche Waffenlager in einem Wohnwagen in Stoneywood, auf das er rein zufällig gestoßen war.

»So, meine Herrschaften«, sagte DCS Bain, bevor der Lärm wieder anschwellen konnte, »es liegen noch dreihundert Pfund hinter dem Tresen – wer zuerst kommt, mahlt zuerst!«

Logan saß an ihrem Stammtisch in der kleinen Nische unter dem Fernseher und sah zu, wie DC Rennie sich mit einem Tablett voller Gläser und Chipstüten durch die Masse von Leibern schlängelte.

Der Constable ließ sich auf seinen Stuhl sinken, und alle bedienten sich: ein Pint Stella für Logan, ein Pint Export für DS Beattie, ein großes Glas Eiswürfel und eine Flasche Cider für Gary vom Fingerabdrucklabor, und ein Lager für Rennie selbst. »Ich sag's euch«, begann er, während er eine Tüte mit Krabbencocktail-Chips aufriss, »es war zum Brüllen. McPherson hat gerade seine große Motivationsrede gehalten – Pflichterfüllung, Vertrauen der Öffentlichkeit und der ganze Quatsch –, dann dreht er sich um und will zum Auto zurückgehen, rutscht aus, fällt auf die Fresse und kullert die ganze Böschung runter! Mitten durch ein Dutzend Stechginsterbüsche und einen riesigen Berg Hundescheiße.« Rennie trank einen Schluck Bier, warf eine Handvoll Chips hinterher und redete lautstark kauend weiter. »Da liegt er also da unten, stöhnt und streckt alle viere von sich, total zerkratzt und voll mit Hundekacke, und wir stehen oben und haben Mühe, uns nicht vor Lachen in die Hosen zu machen.«

Noch mehr Lager verschwand auf Nimmerwiedersehen. »Ich also runter, um ihm aufzuhelfen, und was seh ich da? Steht doch da tatsächlich so ein versiffter Wohnwagen rum, versteckt zwischen Bäumen und Gebüsch. ›Oho‹, denkt meinereiner, ›das kommt mir aber arg verdächtig vor.‹ Und als wir das Ding aufbrechen, was sehen da unsere müden Augen? Das Ding ist randvoll mit Kalaschnikows!«

Logan konnte es noch immer nicht glauben. »Du willst also sagen, dass wir das alles dir zu verdanken haben?«

Rennie warf sich in Pose, legte eine Hand auf die Brust und wedelte mit der anderen in der Luft herum. »*I'm a detecting machine!*«

DS Beattie kratzte sich den Bart, wobei eine kleine Schuppenlawine auf sein Hemd niederging. »Ist das nur mein Eindruck, oder muss man allmählich Angst haben, in Aberdeen vor die Tür zu gehen? Wozu brauchen die Typen Maschinengewehre?«

Der Constable schnalzte mit den Fingern. »Vielleicht ist es Al-Qaida? Eh? Vielleicht hab ich gerade einen *verheerenden* Terroranschlag vereitelt.«

»In Stoneywood?« Wieder rieselte der Schnee von Beatties Kinn.

»Wollt ihr wissen, was ich glaube?«, sagte Rennie und rutschte auf seinem Stuhl vor. »Ich glaube –«

Eine Stimme unterbrach ihn: »Was ist denn aus den Gratisdrinks geworden?« Samantha, die Gothic-Frau von der Kriminaltechnik, stand da, die Stirn in Falten gezogen, in der Hand ein Pintglas mit einer gesundheitsschädlich aussehenden dunkellila Flüssigkeit. »Ich musste das hier selber bezahlen!« Sie schnappte sich den einzigen freien Stuhl und bediente sich aus Rennies Chipstüte.

Der Constable riss die Tüte an sich. »Selber schuld, wenn du zu spät kommst.«

»Ist wohl eher so, dass ihr vom CID den Hals nicht voll kriegt. Kaum wittert ihr irgendwo Freibier, lasst ihr sofort alles fallen.«

»Für dich würde ich jederzeit alles fallen lassen, Sam, vor allem die Hose.« Rennie schenkte ihr ein Lächeln, das wohl gewinnend wirken sollte. »Na los, zeig uns mal deine Tattoos.«

Zwei Stunden später hatten sie die Sitzung vom Archie's in den Pizza Express in der Union Street verlegt. Rennies Einlassungen waren inzwischen sogar noch sinnfreier als gewöhnlich, und Beattie sah aus, als hätte er sich eine Tüte getrocknete Kokosflocken übers Hemd geschüttet.

Logan schenkte Samantha den Rest aus der Weinflasche ein und bestellte noch eine. »Und, ist es noch was geworden? Ich meine das Tattoo, das unser Dödel vom Dienst hier zu ruinieren versucht hat?«

Sie lächelte und rollte den Ärmel ihres Totenkopf-T-Shirts hoch. Es war ein lebensgroßer Handabdruck in schwarzer Tinte, ausgefüllt mit kleinen exotischen Kringelmustern, und die Haut drumherum war immer noch ein bisschen rot und entzündet. »Wie findest du es?«

»Das muss ja saumäßig wehgetan haben!«

»Nicht so viel wie das hier.« Sie drehte ihm den Rücken zu und zog den Halsausschnitt ihres T-Shirts weg. »Ist schon okay, darfst ruhig gucken.«

Logan spähte hinein – es war ein chinesischer Drache, und er bedeckte so ziemlich den ganzen Rücken, unterbrochen nur von der schwarzen Linie ihres BH-Trägers. »Wow!«

Samantha sah ihn an und grinste. »Das ist noch gar nichts – warte, bis du den Rest siehst!«

Sie fielen kichernd über die Schwelle und taumelten gleich küssend und fummelnd weiter ins Schlafzimmer, wo sie im Dunkeln über einen Pappkarton stolperten. Logan schaltete die Nachttischlampe ein. »Ich will nur, dass du weißt«, sagte er, bemüht, ernsthaft zu klingen, »dass ich so was normalerweise nicht mache …« Er zog die Stirn in Falten. »Wenn ich's mir recht überlegte, hab ich so was seit …« Er zählte an den Fingern rückwärts – Juni, Mai, April, März …, »seit neun Monaten nicht mehr gemacht!«

Sam pfiff durch die Zähne. »Neun Monate? Hoffentlich kannst du dich noch erinnern, wo was hinkommt. Dann will ich dir mal ein bisschen auf die Sprünge helfen.« Sie zog das T-Shirt über den Kopf, und noch mehr Tätowierungen kamen zum Vorschein. Direkt unter dem BH hielten zwei Skelette ein Spruchband mit der Aufschrift QUOTH THE RAVEN: »NEVERMORE«, und aus dem Bund ihrer schwarzen Lederhose reckte ein exotisches Fantasiewesen sein dürres Bein – es sah aus, als ob eine Riesenspinne aus ihrem Slip zu entkommen versuchte. Beide Arme waren mit Totenschädeln und Herzen und verschlungenen Mustern überzogen.

Sie musterte ihn von Kopf bis Fuß. »Na los, steh nicht einfach nur rum – runter mit den Klamotten!«

Während Logan sich aus seinem Hemd schälte, zog Sam ihre Ringelsocken und die schwarze Lederhose aus, bis sie nur in ihrer Unterwäsche auf dem Bett kniete. Allerdings machte die wesentlich mehr her als Logans leicht ausgebeulte blaue Marks-&-Spencer-Unterhose.

»Oh, *sehr* sexy!«

Logan zuckte mit den Achseln. »Dachte ja nicht, dass irgendjemand sie sehen würde.«

Das spinnenartige Ethno-Tattoo reichte bis zu ihrem linken Knie – dicke schwarze Tintenzacken, für immer in ihre Haut eingebrannt. Es war verstörend und zugleich eigenartig erotisch. Sie löste den Verschluss ihres BHs, ließ sich aufs Bett sinken und sagte: »Was ist, willst du noch ewig da rumstehen?«

Das ließ er sich nicht zweimal sagen.

Sie lagen Seite an Seite und schnauften erst einmal durch. Samantha fuhr mit dem Finger über Logans Bauch – die kleinen Narbenwürmchen glänzten im weichen Licht der Nachttischlampe. »Hat es wehgetan?«

»Nein, du warst sehr behutsam.«

Sie boxte ihn. »Das Messer in den Bauch zu kriegen, du Idiot. Hat es wehgetan?«

»Die ersten sechs oder sieben Male sind am schlimmsten. Danach verschwimmt alles irgendwie ineinander.«

Ihr Finger spazierte zählend über seinen Bauch. »Dreiundzwanzig.«

»Ich glaub, ich hab mir an deinem Nippel-Piercing einen Zahn abgebrochen.«

»Stimmt es, dass du auf dem OP-Tisch schon klinisch tot warst?«

Logan wälzte sich aus dem Bett. Der Versuch, das Thema zu wechseln, war gescheitert, aber das Zimmer zu verlassen würde bestimmt helfen. »Ich hol mir ein Glas Wasser. Für dich auch?«

Sie lächelte. »Ein Mann und seine Geheimnisse, wie? Ich hätte gern eine Cola. Und dann kannst du deinen sexy Narben-Body wieder ins Bett schwingen. Ich hab noch zwei Kondome übrig.«

15

Torry lag direkt südlich des River Dee; mit seinen gewundenen und verschlungenen Straßen, gesäumt von alten Mietshäusern aus Granit und Betonklötzen mit Sozialwohnungen, sah es von oben aus wie ein Fingerabdruck von einem Kilometer Länge in abgestuften Grautönen. Der Tatort war eine Dreizimmerwohnung, ungefähr in der Mitte der Victoria Road, aus deren Fenstern man über die Fischfabriken und Lagerhallen hinweg bis zum Hafen sehen konnte. Dazwischen glitzerten die Schlammbecken und Öltanks in der Sonne, und im Hintergrund schaukelten mehrere riesige, neonorange gestrichene Versorgungsschiffe im blaugrauen Wasser. Es war beinahe hübsch anzusehen.

Zwei weiße Möwen kreisten am wolkenlosen blauen Himmel und kreischten einander Obszönitäten zu.

KLICK – und das kleine Schlafzimmer wurde in grelles Licht getaucht. Grün gemusterte Tapete. Brauner Teppich. Doppelbett. Billiger Kleiderschrank. Leiche.

KLICK.

Drei Gestalten mit Atemmasken und weißen Tatort-Overalls. Ein Schwarm Schmeißfliegen, im Flug eingefangen.

KLICK.

»Und noch eins, weil's so schön ist…« Der Fotograf von der Spurensicherung ging für eine Nahaufnahme in die Hocke.

KLICK.

»Okay, ich wär' dann fertig. Ihr könnt die Leiche umdrehen, wenn ihr wollt.«

Logan schüttelte den Kopf. »Warten wir lieber, bis Doc Fraser da ist.«

»Okey-doke.« Der Fotograf kramte in der Tasche seines weißen Papier-Overalls, zog eine Visitenkarte heraus und reichte sie Logan. »Übrigens, falls du irgendjemanden kennst, der demnächst heiratet, ich nehme auch private Aufträge an, okay? Hochzeiten, Familienfeiern, alles in der Art.«

Logan sah auf die Leiche hinunter, die langsam im Teppich versickerte, und sagte, er würde darüber nachdenken.

Luboslaw Frankowski lag auf dem Bauch, das Gesicht zur Tür gedreht. Er war aufgedunsen, aufgetrieben von den Verwesungsgasen, die sich während der anderthalb Wochen, die er hier ungestört herumgelegen hatte, in seinem Körper gebildet hatten. Die Haut war bläulich schwarz marmoriert und dicht mit weißen Schimmelflecken übersät. Und alles wimmelte von fetten schwarzen Fliegen.

Der unerträgliche, süß-säuerliche Gestank von fauligem Fleisch erfüllte den Raum.

»Ach du Scheiße!«

Logan blickte auf und sah DCI Finnie in der Tür stehen, eine Hand über Mund und Nase gelegt.

»Morgen, Sir.«

Finnie würgte. »Machen Sie ein Fenster auf!«

Logan tat es, aber gegen den Gestank half das herzlich wenig.

Der Chief Inspector starrte auf die Leiche hinunter. »Ist er das?«

»Sieht zumindest so aus.« Logan nahm ein Foto aus der Aktenmappe, die er auf dem Bett abgelegt hatte. Es zeigte Luboslaw Frankowski in einem Krankenhausbett sitzend, nachdem man die Verbände von seinem zerschundenen Gesicht entfernt hatte. Kein schöner Anblick, aber nichts im Vergleich zu seinem jetzigen Zustand. »Sobald Doc Fraser mit ihm fertig ist, nehmen wir die Fingerabdrücke ab.«

»Wer führt da meinen Namen unnütz im Munde?«

Der ältliche Rechtsmediziner lugte um den Türpfosten. Er ging fast unter in seinem Schutzanzug, nur das müde Gesicht schaute aus dem zerknitterten Papierberg hervor – große Nase, zerfurchte Wangen, Triefaugen. Augenbrauen wie ausrangierte Zahnbürsten, deren Borsten in alle Richtungen abstanden. »Na los, raus hier, ich brauch schließlich ein bisschen Platz zum Arbeiten.«

Sie folgten seiner Aufforderung – Finnie allen voran, heilfroh, dem Gestank entfliehen zu können. Aber netterweise wies er vorher noch Logan an, zu bleiben und Fraser zu helfen.

Der Doc ließ sich langsam neben der Leiche in die Hocke sinken. »Ist er schon für tot erklärt worden?«

Logan nickte. »Irgendeine Idee zur Todesursache?«

»Geben Sie mir halt eine Chance. Bin ja gerade erst gekommen.« Er strich mit den Fingerspitzen über den Schädel des Toten. »Keine Anzeichen von stumpfem Trauma, kein Blut an der Kleidung … Helfen Sie mir doch mal, ihn umzudrehen, ja?«

Logan packte das schmutzige Sweatshirt des Mannes und zog. Mit einem schmatzenden Geräusch löste sich die Leiche vom Teppich, ein neuer Schwall von Fliegen brach hervor und hing wie eine dunkle Rauchwolke in der Luft. Logan ließ los, und als der Tote auf den Rücken fiel, entwich das Gas mit einem feuchten Rülpsgeräusch. »Ah … du liebe Zeit!«

Doc Fraser wedelte mit der Hand vor seinem Gesicht herum. »Wenigstens bin ich es diesmal nicht gewesen.« Er betastete die Leiche noch ein wenig, dann richtete er sich auf und streifte die Handschuhe ab. »Also, keine offensichtlichen Anzeichen von äußeren Verletzungen –«

»Bis auf die Augen.«

»– aber Genaueres werde ich erst sagen können, wenn ich ihn auf dem Tisch habe. *Noch* kann ich ein Verbrechen nicht ausschließen, aber wenn ich mal so ins Blaue hinein raten soll« –

der Doc deutete auf eine leere Flasche Supermarkt-Whisky, die neben dem Bett auf dem Boden lag –, »dann würde ich sagen, dass Alkohol im Spiel war.«

»Oh …« Logan starrte noch einmal in das aufgedunsene Gesicht. »Könnten Sie sich nicht mal eben die Augen anschauen, wo Sie schon mal hier sind?«

»Ich habe schon die Handschuhe ausgezogen.«

»Nur ganz schnell. Maximal zwei Minuten. Wir haben nicht den leisesten Schimmer, was für ein Werkzeug er benutzt, um ihnen die Augen auszustechen. Oder sie auszubrennen. Wir müssen doch wissen, wonach wir zu suchen haben.«

Doc Fraser zog die borstigen Brauen zusammen. »Ich bin ja kein Detektiv oder dergleichen, aber mir erschiene es doch das Nächstliegende, die Opfer zu fragen, die noch am Leben sind.«

»Sie wollen nicht mit uns reden. Haben panische Angst vor Racheakten.«

Fraser trat von einem Fuß auf den anderen. »Na schön«, sagte er schließlich. »Zwei Minuten.« Er zog sich frische Handschuhe an und wandte sich wieder der Leiche zu, um das Fleisch um die Augenhöhlen herum zu inspizieren. »Die Haut ist weggeschnitten und wieder zusammengenäht worden … obere und untere Augenlider fehlen größtenteils … das haben sie vermutlich im Krankenhaus gemacht, um das verbrannte Gewebe zu entfernen. Ich kann nicht richtig hineinsehen.«

Er steckte einen Finger in eine der Augenhöhlen und begann kleine zappelnde Würmer herauszuschnipsen. »Ab mit euch!« Und noch ein paar. Dann griff Fraser zu einer kleinen Taschenlampe, leuchtete in das Loch hinein und brummelte eine Weile vor sich hin. »Nein«, sagte er schließlich, »das hat überhaupt keinen Sinn. Das OP-Team hat sämtliche Spuren gründlich vernichtet. Der ganze Bereich ist gereinigt und sterilisiert worden.«

Er versuchte sich aufzurichten, schaffte es aber nicht. »Könnten Sie mir vielleicht mal helfen?«

Logan hievte ihn hoch.

»Danke.« Fraser knipste seine Taschenlampe aus und steckte sie wieder in die Tasche seines Tatort-Overalls. »Wenn Sie mir ein frisches Opfer zeigen würden – ich meine, *bevor* es in die Notaufnahme abtransportiert wird –, dann könnte ich Ihnen vielleicht was sagen …« Achselzucken. »Lassen Sie den hier in die Leichenhalle fahren. Obduktion ist dann so gegen halb eins, eins. Kommt drauf an, was es zum Mittagessen gibt.«

Logan sah zu, wie die Kollegen von der Spurensicherung die aufgeblähten, stinkenden Überreste von Luboslaw Frankowski in einen Leichensack steckten. Irgendwie hatte der Gedanke ans Mittagessen seinen Reiz verloren.

Als er gegen halb zwölf ins Präsidium zurückkam, war sein Appetit noch immer auf null. In der Kantine bereiteten sie sich schon auf den Ansturm vor, und der Duft von Würstchen, Bohnen und Pommes, der durch die Flure wehte, verstärkte noch seine Übelkeit.

Steel saß in ihrem Büro und wühlte in einem Stapel Ausdrucke.

Logan ließ sich mit dem Rücken gegen die Wand fallen. »Hast du Finnie gesehen?«

Steel blickte nicht auf. »Nein, sonst wär ich inzwischen schon pleite. Diese vermaledeite Fluchkasse kostet mich ein Vermögen.«

»Hast du gerade ›vermaledeit‹ gesagt?«

»Ach, halt die Klappe.« Sie warf die Ausdrucke in den Eingangskorb zurück. »Was willst du denn von diesem … Finnie?«

»Wir haben heute Morgen eines der früheren Ödipus-Opfer tot aufgefunden. Doc Fraser glaubt, dass er sich wahrscheinlich zu Tode gesoffen hat.«

»Kann ich ihm nicht verdenken. Wenn *dir* irgendein Ar– … wenn dir jemand die Augen ausstechen würde, würdest du dann nicht auch ein bisschen Trost im Alkohol suchen?«

»Der arme Kerl hat anderthalb Wochen lang mit dem Gesicht nach unten auf dem Teppich gelegen, ehe er gefunden wurde.«

»In dieser Hitze?« Sie starrte Logan an und dann seine Kleider. »Ich dachte mir doch schon, dass da irgendwas ranzig riecht, aber ich war zu höflich, um was zu sagen. Hätte ja auch dein neues Aftershave sein können.« Sie rümpfte die Nase. »Du hast's irgendwie mit verschimmelten Leichen, was?«

»Na ja, diesmal muss ich wenigstens nicht bei der Obduktion dabei sein. Hab einen Termin mit diesem Kriminalpsychologen, Dr. Goulding. Anweisung von Finnie.«

»Ach ja? Da würde ich persönlich noch die Autopsie vorziehen.« Sie stand auf, nahm den Stapel Ausdrucke wieder aus dem Eingangskorb, blätterte sie durch und legte sie auf den Schreibtisch. »Wie wär's mit 'nem Tässchen Tee?«

Logan starrte sie an. »Ist das ein *Rock*, was du da trägst?«

»Milch und zwei Stück Zucker.«

»Das *ist* ein Rock, oder? Du trägst tatsächlich einen Rock.« Er war blau mit kleinen gelben Punkten.

Steel riss eine ihrer Schreibtischschubladen auf und nahm ein Airwave-Handy heraus. »Finnie will, dass das gesamte CID künftig immer eins von diesen Dingern dabeihat. Ist doch ein Hammer, oder? Und nicht bloß das Fußvolk, auch die DIs!«

»Weich nicht dauernd aus. Was ist los mit dir heute?«

Sie holte eine mottenzerfressene Handtasche hervor und warf das Telefon hinein. »Ist, als ob man 'nen Backstein mit sich rumschleppt.«

Und da fiel bei Logan der Groschen. »Ahhh – du hast heute Nachmittag dein Gespräch mit diesem Sozialmenschen wegen der Adoption. Ich hab's dir doch gesagt: Kein Stress, das schaffst du locker.«

Steel lachte, aber es klang nicht sehr fröhlich. »Von wegen. Ich hab seit zwei Tagen nicht mehr geraucht, ich rühre keinen Alkohol an, ich trage einen Rock, und ich darf nicht fluchen.

Hast du auch nur einen *blassen* Schimmer, wie unnatürlich das ist?« Sie zupfte am Kragen ihrer Bluse herum. »Ich komm mir vor wie die Mama von irgendwem.«

»Ich dachte, darum ginge es gerade.«

»Wenn du nichts Besseres zu tun hast, als mir auf die Nerven zu gehen, dann kannst du dich mal um die Fahndung nach Rory Simpson kümmern.«

»Hab ich schon: immer noch keine Spur von ihm. Ich habe sogar mit Dundee, Glasgow, Fraserburgh und Inverness telefoniert – er ist wie vom Erdboden verschluckt.«

Steel kniff die Augen zu, bleckte die Zähne, ballte die Hände zu Fäusten und öffnete sie wieder. »Ich werde nicht fluchen … ich werde nicht fluchen …«

»Ach ja, und diese Kostchey International Holdings habe ich auch überprüft.«

»Was?« Sie klappte ein Auge auf. »Wer ist das denn schon wieder?«

»Diese Firma, die polnische Schauspielerinnen für Pornofilme vermittelt, erinnerst du dich? Im Handelsregister ist sie nicht zu finden. Das heißt, es gibt sie gar nicht.«

»Ach du liebe Zeit. Das – interessiert – mich – nicht. Okay? *Wirklich* nicht. Vergiss es.«

»Aber Krystka Gorzałkowska –«

»Ist eine einfältige Nutte, die zur falschen Zeit am falschen Ort war. Du hast den Film gesehen – da wurde niemand zu irgendetwas gezwungen. Die Crocodildo-Girls drehen gerne schmutzige Filme, ich schaue sie mir gerne an, und Zander mit Z bezahlt sie gerne dafür. Also lass es einfach gut sein, ja?« Sie seufzte. »Schau mich nicht so an – du weißt doch, dass ich recht habe.«

Logan sagte nichts.

»Okay, okay, na *schön.*« Steel knallte ihre Handtasche auf den Schreibtisch. »Du kannst den Hundeblick abschalten, wir gehen der Sache nach, auch wenn es eine *gewaltige* Vergeudung von Dienstzeit ist. Geh zu diesem Idioten McPherson, er ist ja offiziell der Verbindungsmann zur polnischen Polizei. Die sollen sich mal Kotzmich International Sowieso vornehmen, vielleicht ist die Firma ja da drüben registriert.«

»Wird gemacht.«

»Aber wenn Finnie dahinterkommt und ausflippt, sag ich ihm, dass das alles deine Idee war.«

Logan salutierte flüchtig, schlüpfte hinaus und tat so, als hätte er nicht gehört, was Steel ihm nachrief: »Und nicht vergessen: Milch und zwei Stück Zucker!«

DI McPherson hatte sich das mittelgroße SOKO-Büro im hinteren Trakt gesichert, mit seiner eher bescheidenen Aussicht auf die Leichenhalle. Im Moment waren dort sämtliche Flächen mit an die hundert Schusswaffen bedeckt – Maschinengewehre, Schrotflinten, Handfeuerwaffen, Jagdgewehre, alle einzeln versiegelt in transparenten Beweismittelbeuteln.

DC Rennie saß an einem mit halbautomatischen Pistolen überhäuften Schreibtisch. Seine Zungenspitze lugte aus dem Mundwinkel hervor, während er ein Formular ausfüllte.

Logan nahm eine Kalaschnikow vom Schreibtisch daneben und drehte sie in den Händen. Sie war erstaunlich schwer. »Wo ist McPherson?«

»Hm? Ach – du weißt es noch gar nicht?« Der Constable wandte sich wieder seinen Formularen zu. »Ist gestern mit besoffenem Kopf auf die Straße rausgelaufen.«

Logan zuckte zusammen. »Auto oder Bus?«

»Weder noch. Der Trottel hat auf die Freundin von 'nem Typen gekotzt, und der hat ihm eine gelangt. Der Schlag selbst hat gar nicht so viel Schaden angerichtet, aber der Sturz auf den harten Asphalt umso mehr. Gebrochenes Handgelenk und Gehirnerschütterung. Am Freitag sollte er wieder da sein.«

»Und wer macht inzwischen den Verbindungsmann für Polen?«

»Weiß ich nicht, interessiert mich auch nicht.«

Auch gut. Logan legte das Sturmgewehr an die Schulter und nahm den Kopf des Constables ins Visier. »Und … irgendeine Idee, wozu das ganze Zeug hier eingesetzt werden sollte?«

Rennie zog einen Flunsch. »Steht mir nicht zu, darüber zu spekulieren – dazu gibt es schließlich *Sergeants* und *Inspectors*. Constables wie ich sind doch nur dazu gut, an Türen zu klopfen und Formulare auszufüllen. Die doofsten Doofis von Doofmannshausen. Und ziel nicht mit dem verdammten Ding auf mich! Ich weiß nicht mal, ob es geladen ist.«

Logan ließ die Waffe sinken. »Wer hat dir denn ins Bier gespuckt?«

»Was glaubst du denn? – Finnie natürlich. Kommt heute Morgen hier reinspaziert und sagt, er übernimmt den Fall, bis McPherson zurück ist.« Er warf seinen Kuli auf den Schreibtisch. »Ohne mich hätten sie das Zeug hier *nie* gefunden. Und wird das vielleicht anerkannt? Werde ich in Berichten lobend erwähnt und mit attraktiven jungen Gespielinnen überschüttet? Pustekuchen!«

Logan ließ ihn schimpfen und hörte gar nicht richtig zu, als der Constable darüber jammerte, wie ungerecht es in der Welt zuging, dass die Leistungen eines Genies zu seinen Lebzeiten nie gewürdigt würden, und erklärte, Detective Chief Inspector Finnie könne bei Gelegenheit eine von diesen Maschinenpistolen nehmen, sich den Lauf hinten reinstecken und abdrücken.

Zum Abschluss seiner Tirade griff der Constable wieder zum Stift und stach damit auf den Stapel von Formularen ein. »Und ich hab's satt, den ganzen Scheiß hier zu katalogisieren.«

»Hat schon jemand mit den Leuten von der SCDEA geredet?«

»Glaubst du doch selbst nicht, dass das passiert. Es darf schließlich nicht sein, dass die Schottische Behörde zur Bekämpfung von Organisiertem Verbrechen und Drogenkriminalität unserem Darth Finnie den ganzen Ruhm wegschnappt, oder? Das möge der Himmel verhüten!« Er lehnte sich auf seinem Stuhl zurück und stöhnte. »Gehen wir was essen, wie wär's?«

»Kann nicht. Ich habe noch ein Gespräch mit einem gewissen Herrn über ein psychologisches Profil.« Logan sah sich noch einmal im Raum um. »Also, mit den ganzen Knarren könnte man ja einen ausgewachsenen Drogenkrieg vom Zaun brechen.« Er legte die Kalaschnikow auf den Schreibtisch zurück. »Und wenn Terroristen irgendetwas in die Luft sprengen wollen, ist Aberdeen nicht die schlechteste Wahl. BP, Shell, Total – die ganzen großen Konzerne … Da könnte man mit *einem* gezielten Schlag die ganze Nordsee-Ölindustrie ins Wanken bringen.«

Rennie raffte die Sammlung von Handfeuerwaffen auf seinem Schreibtisch zusammen und deponierte sie in einer blauen Plastikkiste in der Ecke. »Was immer es ist, ich bin derjenige, dem sie dafür danken sollten, dass es noch rechtzeitig verhindert wurde.«

Logan wünschte ihm viel Glück dabei.

16

Eine Frau mit nervösen Händen und rot geränderten Augen blickte von ihrem Schreibtisch auf und schenkte ihm ein kleines Lächeln. »Dr. Goulding hätte jetzt Zeit für Sie.«

Goulding hatte sein Büro im Psychologischen Institut der Universität Aberdeen, einem grotesken Sandwich aus Beton und Glas, angeklatscht an das nicht minder unattraktive Audimax der Philosophischen Fakultät – zwei hässliche Schwestern aus den Siebzigerjahren, die gegen die Pracht des King's College aus dem 15. Jahrhundert antraten.

Der Raum war nicht groß, und er war auch nicht mit Blick auf Bequemlichkeit eingerichtet. Klare Linien und verchromte Möbel dominierten: ein schwarzer Ledersessel mit passendem Sofa; ein Schreibtisch mit Glasplatte, übersät mit Papierstapeln und Post-its. Eine Wand war komplett von Bücherregalen eingenommen, an den übrigen hingen gerahmte Diplome und Zeitungsausschnitte.

Dr. Goulding saß am Schreibtisch, stocherte auf einer Computertastatur herum und starrte angestrengt auf zwei Flachbildmonitore. Er blickte nicht auf, als Logan eintrat, sondern sagte nur in seinem monotonen Liverpool-Akzent: »Wenn Sie schon mal Platz nehmen möchten, ich bin gleich so weit …«

Logan ließ sich auf das knarzende Sofa sinken und schaute aus dem kleinen, hohen Fenster hinaus auf einen weiteren hässlichen Betonklotz.

Schließlich stellte der Psychologe das Tippen ein und stand auf. »Entschuldigen Sie bitte.« Er streckte die Hand aus. »Dr.

Dave Goulding.« Er hatte eine Nase wie ein Dosenöffner und kurzes, dunkles Haar, dicht wie ein Tierfell.

Logan nahm die Hand und schüttelte sie. Dabei bemühte er sich, nicht zu auffällig auf die knallgrüne Krawatte mit den zwei aufgestickten roten Riesenwürfeln zu starren. »Ich weiß – wir kennen uns noch von letztem Jahr. Der Fleischer-Fall.«

»Tatsächlich?« Er runzelte die Stirn. »Ach ja, natürlich, ich erinnere mich an Sie: Sergeant McRae. Der arme Kerl, der Menschenfleisch essen musste. Nun ja, vielleicht haben wir ja alle davon gegessen, schwer zu sagen, nicht wahr? Aber wir können wenigstens so tun, als hätten wir keins gegessen – Sie *wissen*, dass Sie welches gegessen haben.« Er ließ Logans Hand los. »Wie hat es geschmeckt?«

»Es … Ich …« Er hustete. »DCI Finnie möchte, dass ich mit Ihnen über die Männer spreche, die wir am Tatort von Simon McLeods Blendung gesehen haben.«

»Sind Sie schon in festen Händen?«

Logan wich ein Stück zurück. »Bitte? Ich meine, ich fühle mich geschmeichelt, aber –«

»Ich rede nicht von einer Beziehung, ich rede von einer Therapie.« Goulding machte es sich in dem schwarzen Ledersessel bequem, schlug die Beine übereinander und faltete die Hände über seinem Wohlstandsbäuchlein. »Es muss sehr schwierig sein, solche Erlebnisse zu bewältigen, wie Sie sie letztes Jahr durchmachen mussten. All das Sterben und das Blut.«

»Äh … Also, ich weiß ja zu schätzen, dass –«

»Leiden Sie unter Schlaflosigkeit? Wachen Sie nachts öfter auf? Alpträume? Vielleicht auch leichte Depressionen?«

»Also –«

»Sie heißen Logan, richtig?«

»Ja, aber –«

»Ich kann Ihnen helfen, Logan. Ich *will* Ihnen helfen. Es ist nicht gesund, solche Emotionen in sich hineinzufressen.«

»Hören Sie, Dr. Goulding –«

Der Psychologe lächelte. »Bitte, nennen Sie mich Dave.«

»Ich will mit Ihnen lediglich über den Ödipus-Fall sprechen. Ich brauche keinen Seelenklempner. Mir geht's gut.«

Der Psychologe saß da und starrte ihn an; seine Miene verriet keine Regung. »Wie ist Ihr Verhältnis zu Ihrer Mutter?«

»DI Steel und ich wurden von zwei Männern angegriffen, von denen einer mit osteuropäischem Akzent sprach.«

»Ja …« Goulding spielte an einem kleinen erhabenen Muttermal an seiner Wange herum. »Das bereitet mir ein wenig Kopfzerbrechen.« Er stand auf und ging zu einer großen Weißwandtafel am anderen Ende des Büros. Sie war über und über mit Notizen in schwarzem Marker bekritzelt, verbunden mit einem dichten Netz farbiger Linien. Flankiert wurde die Tafel von zwei Pinnwänden voller Haftnotizen, Ausdrucke und Zeitungsausschnitte. Goulding löste ein A4-Blatt von der Wand, betrachtete es einen Moment lang stirnrunzelnd und reichte es dann Logan.

Es war eine Kopie eines der ersten Ödipus-Briefe, in dem der Schreiber sich darüber ausließ, dass die polnischen Zuzügler Gott gestohlen hätten.

»Sehen Sie«, sagte Goulding, »diese Botschaften sind eindeutig keine Gemeinschaftsproduktionen, sondern vielmehr Ausdruck der ganz persönlichen Obsession eines Einzelnen. Voller Zorn und Hass. Und das Gleiche gilt für die Blendungen. Es ist *möglich*, dass es zwei Personen sind, die den Opfern gemeinsam die Augen ausstechen, aber dass er auch noch die Augenhöhlen ausbrennt, das ist …« – Goulding fuchtelte mit der Hand in der Luft herum – »exzessiv. Es ist nicht notwendig – die Opfer sind bereits blind. Es hat eine Bedeutung für ihn.«

»Vielleicht ist es eine Warnung?«

»Mag sein. Was würden Sie auf die Frage antworten, wie oft Sie müde sind: ständig, oft, manchmal, selten oder so gut wie nie?«

»Was? Äh, oft – das ist der Schichtdienst. Also, es gibt aber doch immer wieder Paare, die gemeinsam schreckliche Dinge tun: Ian Brady und Myra Hindley, Rose und Fred West … Brad und Angelina.«

»Das ist ja wohl nicht ganz dasselbe, oder? Verbringen Sie oft schlaflose Nächte, in denen Sie über Ereignisse in Ihrem Leben nachgrübeln?«

»Können wir vielleicht bei den Ödipus-Fällen bleiben?«

»Wenn man sich die Briefe und die früheren Opfer ansieht, ist das Muster eindeutig: Wir suchen nach einem männlichen Einzeltäter, möglicherweise im Baugewerbe oder in der Hotelbranche tätig, etwas in dieser Richtung. Mitte zwanzig, seit kurzem arbeitslos.«

»Ja, aber –«

»Die Schuld an der Wende zum Schlechteren in seinem Leben gibt er den polnischen Immigranten, die ihm seinen Job weggenommen haben. Er dürfte ein sehr strenges Über-Ich haben: Er externalisiert seine eigenen Schuldgefühle und projiziert sie auf die Menschen, die er blendet. Seine Taten sind ein Versuch, sich in den Augen einer abwesenden, möglicherweise verstorbenen Vaterfigur zu rehabilitieren.«

»Das ist ja alles schön und gut, aber es hilft uns nicht weiter, oder? Sie waren definitiv zu zweit, ich habe sie *gesehen*. Wir haben einen Zeugen.«

»Ah ja … Ihr Pädophiler.« Goulding verschränkte die Arme und lehnte sich mit dem Rücken an die Pinnwand. »Ihre Kollegen müssten ja nichts davon erfahren, falls es das ist, was Ihnen Sorgen macht? Ich glaube wirklich, dass eine Therapie Ihnen helfen könnte.«

Logan rutschte auf seinem Sessel vor. »Und wenn der Anschlag auf Simon McLeod nun gar nichts mit Ödipus zu tun hatte? Er ist kein Pole – er ist ein hiesiger Gangster der Mittelgewichtsklasse. Was, wenn jemand die Ödipus-Anschläge als Tarnung benutzt hat? Jemand, der sich an Simon rächen wollte und die Tat dem Irren in die Schuhe schiebt, von dem die Zeitungen voll sind?«

»Ah ja – ist ja auch ein anerkannter psychologischer Fachbegriff: ›Irrer‹.«

»Sie wissen, was ich meine.«

»Es würde in der Tat erklären, warum Simon McLeod nicht in mein Opferprofil passt.« Goulding drehte sich zu der vollgekritzelten Weißwandtafel um. »Und wenn wir ihn aus dem Bild herausnehmen, dann heißt das, dass wir immer noch nach diesem männlichen Weißen von Anfang bis Mitte zwanzig fahnden, der seinen Vater verloren hat. Wahrscheinlich wohnt er noch zu Hause bei seiner Mutter. Aber sie ist emotional distanziert…«

Der Psychologe bewegte die Hände über die Tafel, ohne sie zu berühren, als ob er Vibrationen in seinem Netz zu erspüren versuchte. Eine Spinne mit Liverpool-Akzent und scheußlicher Krawatte, die darauf lauerte, dass ihre Beute sich verriet. »Er stammt von hier, das wissen wir, weil er seine Opfer immer in unbewohnte Gebäude verschleppt. Alle in Torry… Wussten Sie, dass in Torry inzwischen so viele Polen leben, dass es schon ›Klein-Warschau‹ genannt wird?«

Goulding fuhr die Umrisse einer Reihe von roten Kästen nach, in denen jeweils eine Adresse notiert war. »Unser Mann kennt sich aus in der Gegend. Er weiß, wohin er sie bringen muss, um ihnen ungestört die Augen ausstechen zu können. All dieses Gerede von wegen ›sie nehmen uns unseren Gott weg‹ bedeutet, dass er sehr religiös ist, oder sich zumindest dafür hält…« Ein lange Pause trat ein. »Faszinierend.«

Der Psychologe trat von der Tafel zurück und lächelte Logan an. »Tee, Kaffee? Vielleicht haben wir sogar noch irgendwo Kekse. Und dann können wir in Ruhe besprechen, wann Sie mit den regelmäßigen Sitzungen bei mir anfangen möchten.«

»Leberversagen.« Doc Fraser stand in seinem Büro, bekleidet nur mit Unterhemd und Unterhose. Seine Haut war so weiß, dass sie fast durchscheinend wirkte – er sah aus wie eine zerschlissene Handpuppe. Sein Schädel war vollkommen kahl, was aber durch die Haarbüschel, die aus seinen Ohren sprossen, mehr als wettgemacht wurde. »Unser Freund Mr. Frankowski hat gesoffen und gesoffen und gesoffen, und dann ist er gestorben. Der Mageninhalt hat nach Whisky gestunken. Wir müssen noch die Ergebnisse des Drogenscreenings abwarten, aber ich wette mit Ihnen um fünf Pfund, dass sein Blut rund 45 Prozent Alkoholgehalt aufweist. Und er hatte eine beträchtliche Menge Schmerzmittel und Antidepressiva eingenommen.«

Logan setzte das Teewasser auf. »Selbstmord?«

»Möglich. Oder ein Unfall. Schwer zu sagen.« Der Rechtsmediziner unterbrach seine Ausführungen, um sich ausgiebig zu kratzen. »So oder so, ich kann's ihm nicht verdenken, nach dem, was mit seinen Augen passiert ist ...«

Das Wasser im Kocher begann zu sprudeln, und Logan machte den Tee, während Doc Fraser wieder in seine gewohnte Kombination aus Cordhose und Strickweste stieg.

»Sonst noch irgendetwas?«

Der Rechtsmediziner konsultierte seine Notizen. »Verschiedene Blutergüsse im Brustbereich, an den Knien, am Rücken und an den Schienbeinen – kein Wunder, wenn er zum ersten Mal in seinem Leben blind durch die Gegend tappen musste. Im linken Lungenflügel hab ich einen kleinen Tumor gefunden ... Und ich muss Sie leider enttäuschen – ich konnte nichts Näheres darüber herausfinden, wie seine Augen herausgeschnitten wurden. Wie ich schon sagte, dazu müsste ich wirklich ein frisches Opfer sehen.«

Logan reichte ihm seinen Tee. »Wenn er jemanden umbringt, werden Sie es als Erster erfahren. Ansonsten kommen sie alle zuerst einmal ins Krankenhaus und nicht in die Rechtsmedizin.«

Doc Fraser schniefte. »Zu dumm ... Na ja, die Hoffnung stirbt zuletzt, wie?«

Wirklich ein aufmunternder Gedanke.

Die Rushhour war in vollem Gange – auf der Esplanade standen sie Stoßstange an Stoßstange, weil alles, was nach Bridge of Don unterwegs war, unbedingt die King Street umgehen wollte. Logan parkte den Wagen am Straßenrand hinter DI Steels kleinem offenen Sportwagen. Und dann blieb er erst einmal sitzen und schaute hinaus in den herrlichen Juniabend.

Der Strand von Aberdeen leuchtete im Schein der Sommersonne, und die Wellen der Nordsee glitzerten wie Millionen kleine Brillanten. Unten am Wasser spazierte ein Paar hinter einem herumtollenden Labrador her; ein alter Mann und ein kleiner Junge kämpften mit einem knallroten Drachen; eine Familie spielte im Sand – zwei kleine Mädchen rannten kreischend bis zum Wasser und wieder zurück.

Der Strand lag rund sechs Meter tiefer als die Straße; dazwischen verliefen eine steile Grasböschung, ein breiter asphaltierter Weg und noch eine weitere Böschung aus großen Betonplatten. DI Steel war nicht schwer auszumachen. Ungefähr zweihundert Meter entfernt saß sie leicht schwankend auf einer Bank an der Promenade und trank Whisky aus der Flasche.

Logan kletterte die Grasböschung hinunter und setzte sich zu ihr. »Finnie sucht dich. Macht einen Riesenstunk wegen irgendeinem Lagebericht.«

Sie drehte sich um und schielte ihn an. »Lazar… Laza… Logan! Wie geht's meinem Lieblings …« Ein Hickser zwang sie zu einer Pause. »Herrlicher Tag, was?« Sie deutete mit einer unsicheren Armbewegung auf die Szenerie. »Soll später noch regnen. Ganz schön bl… blöd, oder?«

Logan griff nach der Whiskyflasche – Macallan, 18 Jahre alt – und schüttelte sie kurz. Gut ein Drittel übrig. »Wie fühlst du dich?«

»Bin ein bisschen… bisschen betrunkt.« Ihr Bauch machte ein ominöses gurgelndes Geräusch. »Oha… Erzähl… erzähl das bloß keinem weiter, okay?«

»Musst du kotzen?«

»Autoschlüssel, Autoschlüssel …« Steel begann in ihrer Handtasche zu kramen und breitete den gesamten Inhalt auf der Bank aus. Angestrengt starrte sie die Sammlung von Kassenbons, Kämmen, Pfefferminzbonbons, Lippenstift, Airwave-Handy, Münzen, Nikotinkaugummis und Flusen an, fischte dann die Schlüssel aus dem Durcheinander und drückte sie Logan in die Hand. »Lass deine Freunde … nie betrunkt Auto fahren.« Sie hickste erneut. »Is' … Wie hassu mich eigentlich gefunden?«

»Dein Airwave. Ich habe die Leitstelle gebeten, dich per GPS zu orten.«

»Pfffffff … Nich' mal … nich' mal verschwinnen kann man mehr. Nich' wie früher … Auch 'n paar Pommes?« Sie sah sich um, runzelte die Stirn und deutete dann auf drei fette Möwen, die sich um eine Burger-King-Tüte balgten. »Oh … kann nicht genug aufpassen.«

»Du bist total besoffen, stimmt's?«

»Ich mag Möwen. Alle … alle *hassen* die Viecher. Aber sie sind bloß … bloß …« Wieder ein Hickser. »Nich' wahr? Was sie eben sind.« Sie breitete die Arme aus, wobei sie Logan aus Versehen in die Brust boxte. »Ich bin eine Möwe! KRAAAAAAAHH!«

Die drei echten Möwen hielten in ihrem Streit um die dünnen frittierten Kartoffelstäbchen inne und starrten sie mit ihren wachsamen gelben Knopfaugen an.

»KRIIIIIIEEEEHH!« Sie setzte die Whiskyflasche an, schluckte und schüttelte sich. »Auch 'n Schluck?«

»Wie wär's, wenn ich dich jetzt nach Hause fahre?«

Sie kicherte und boxte ihn wieder. »Nee, du … Ich bin lesbisch … aber … aber wenn ich's nich' wäre … eh?« Hicks. »Hab ich dir schon gesagt, dass ich 'ne Möwe bin?«

»Kann sein, dass du es erwähnt hast.« Er hielt ihr die Hand hin. »Komm jetzt, Susan macht sich sicher schon Sorgen.«

Die Tränen begannen völlig unvermittelt zu fließen; ihre Brust erbebte unter heftigen Schluchzern, und dazu liefen ihr zwei glitzernde Rinnsale aus der Nase.

Logan nahm den Whisky und drückte den Korken hinein, um dann DI Steel auf die Beine zu helfen. Er führte die schwankende Frau die Böschung hinauf und zum Wagen, begleitet von der an Gewissheit grenzenden Ahnung, dass sie sich darin übergeben würde.

Das Funkgerät begann zu plärren, als er sie gerade auf den Rücksitz bugsierte – die Leitstelle meldete sich mit einem Zwischenbericht zu einem Feuer irgendwo in Sandilands. Feuerwehr vor Ort, zwei Funkstreifen, verdächtige Umstände. Erst als sie die Adresse nannten, wurde Logan hellhörig.

Jemand hatte einen Brandanschlag auf das Turf 'n Track verübt.

»Verdammt.« Er sprang hinter das Steuer. »Chefin?«

Keine Antwort.

Er sah in den Innenspiegel. Sie schlief fest, den Kopf zur Seite gekippt, die Flasche Macallan an die Brust gedrückt wie ein kleines Baby aus Glas mit Whisky im Bauch.

Logan schlug den Weg nach Sandilands ein, schaltete die Sirene ein und gab Gas. Der Dienstagnachmittags-Berufsverkehr teilte sich vor ihnen wie ein zäher Pudding.

Das Turf 'n Track war umstellt von Feuerwehrfahrzeugen in fluoreszierendem Orange und Gelb, die Tausende von Litern Wasser in die bereits schwächer werdenden Flammen spritzten. Dicke schwarze Rauchwolken quollen in den strahlend blauen Himmel hinauf und verbreiteten einen Gestank nach verbranntem Plastik und dem gesammelten Zigarettenteer vieler Jahre. Die Läden zu beiden Seiten waren evakuiert worden, Kunden und Inhaber drängten sich an der Polizeiabsperrung und sahen zu, wie das Wettbüro abbrannte.

Ein Krankenwagen stand halb auf dem Gehsteig und halb auf der Straße. Auf dem Dach kreiste träge das Blaulicht, während die Sanitäter sich hinten im Wagen um eine offenbar verletzte Person kümmerten.

Logan stellte den Wagen so nahe wie möglich am Brandort ab und vergewisserte sich noch einmal, dass DI Steel nicht in der Verfassung für irgendwelche Eskapaden war, ehe er sie einsperrte. Das Brummen der Dieselmotoren war ohrenbetäubend, als er sich seinen Weg über den mit Pfützen und Rinnsalen überzogenen Parkplatz bahnte und an den Löschfahrzeugen vorbei zum Krankenwagen ging. Zwei uniformierte Polizeibeamte versuchten gerade, die Aussagen der hustenden Zeugen zu Protokoll zu nehmen.

Logan winkte einen Constable heran. »Wie ist die Situation?«

Der Beamte deutete auf einen alten Mann in rußverschmierter Strickjacke und Schiebermütze. »Die lügen alle wie gedruckt. Die Leute von dem Zeitungsladen nebenan sagen, sie hätten gesehen, wie ein Mann mit einer Strumpfmaske einen Molotowcocktail zur Tür reingeworfen hat. Aber die Leute aus dem Wettbüro selbst behaupten, das wäre alles Quatsch, es wäre ein defekter Heizofen gewesen.«

»Ach ja?« Logan drehte sich um und sah sich die Kunden des Wettbüros noch einmal etwas genauer an. Zwei alte Männer und ein verdreckter West-Highland-Terrier in einem knallrosa Regenmäntelchen mit kleinen gelben Gänseblümchen. »Wer war hinter dem Tresen – Mrs. McLeod oder Creepy Colin?«

»Die Quasi-Schwiegertochter, Hilary Brander.« Der Beamte deutete erneut auf den Krankenwagen und eine zerrupfte Gestalt mit einer Sauerstoffmaske über Mund und Nase.

Aus der Nähe stank sie nach Rauch; Kleider, Gesicht und Haare, alles war mit einer dünnen schwarzen Schicht verbranntem Wettbüro bedeckt. Die grünen Augen waren rot gerändert.

Logan lehnte sich an den Krankenwagen. »So, so … ein defekter Heizofen, ja?«

Hilary blickte nicht einmal auf. »Ich habe meine Aussage schon gemacht.«

»Was ist mit Colin und Mrs. McLeod?«

»Agnes kümmert sich um die Kinder. Ich …« Sie hustete, rümpfte die Nase und spuckte dann etwas Schwarzes in ein Taschentuch. »Was wollen Sie?«

»Ich will wissen, wer den Laden in Brand gesteckt hat.«

»Das habe ich Ihren Kollegen doch schon gesagt: Es war ein defekter Heizofen.« Ihr Essex-Akzent wurde ausgeprägter, je lauter sie wurde. »Könnt ihr Kerle denn nicht *zuhören*?«

Logan blickte sich nach der schwelenden Ruine des Turf ’n Track um. Das Feuer war offenbar gelöscht; die Feuerwehrleute rollten ihre Schläuche auf und wuchteten sie wieder auf ihre Fahrzeuge. »Wissen Sie, was ich glaube? Ich glaube, irgendjemand hat es gründlich satt, dass Colin ständig irgendwelchen Leuten die Kniescheiben zu Brei hämmert.«

»Sie sollten den Kerl fangen, der meinen Simon geblendet hat, anstatt seine Familie zu schikanieren.«

»Ich schikaniere niemanden, ich versuche nur zu verhindern, dass noch mehr Menschen zu Schaden kommen!«

Der alberne kleine Terrier mit dem Plastik-Regenmäntelchen kam herbeigewetzt und kläffte Logan an. Hilary raffte das Biest auf, nannte es »Mamis kleiner Engel« und drückte es sich fest an die Brust. »Hat der böse Mann dir Angst gemacht?«

Ein stämmiger Kerl in der dick gefütterten braunen Uniform der Feuerwehr trat aus der Tür des Wettbüros. Er trug etwas in seinen behandschuhten Händen. Einer der uniformierten Constables verwies ihn an Logan.

»Sind Sie hier zuständig?«, fragte der Feuerwehrmann.

»Kommt drauf an.«

Der Feuerwehrmann streckte die Hand aus und zeigte ihm eine Flasche, von der nur noch der Hals und die obere Hälfte übrig war. »Riechen Sie mal. Das habe ich gerade drinnen gefunden.«

Logan schnupperte. Der wohlbekannte, süßlich beißende Geruch von Benzin. Er wandte sich an Hilary mit ihrem knurrenden Köter. »Behaupten Sie immer noch, es sei ein defekter Heizofen gewesen?«

»Wollen Sie etwa behaupten, dass ich lüge?«

»Ja. Wir haben Zeugen, wir haben Beweise, und mit ein bisschen Glück werden wir auch Fingerabdrücke haben. Also machen Sie es doch nicht unnötig kompliziert, und sagen Sie mir einfach, was passiert ist, ja?«

Stattdessen sagte sie ihm, er solle sich zum Teufel scheren.

17

Ausnahmsweise war das Glück Logan gewogen: DI Steel hatte sich nicht im Wagen übergeben. Stattdessen wartete sie damit, bis er sie durch den Vorgarten fast bis zu ihrer Haustür geschleift hatte, um dann den Rosensträuchern einen neuen Anstrich in diversen scheußlichen Farbschattierungen zu verpassen.

Während sie vor den vollgekleckerten roten Blüten kniete, klingelte Logan an der Tür. Niemand machte auf. Das Haus war ein großer Granitklotz in einer begrünten Seitenstraße; durch die Erkerfenster konnte man das Wohnzimmer und das Esszimmer sehen, beide in Pastelltönen gehalten. Logan legte die hohlen Hände an die Scheibe und spähte hinein: Kamin, Ledersofas, Klavier, jede Menge Bücherregale. Weit und breit niemand zu sehen.

Er drückte noch einmal auf die Klingel, stand wartend in der Sonne und versuchte nicht allzu genau hinzuhören, während Steel alles, was sie in den letzten sieben Jahren gegessen hatte, von sich zu geben schien. Es nahm einfach kein Ende.

Noch ein Versuch …

Ein Rasseln, die Tür ging auf, und Steels Ehefrau Susan sah ihn fragend an. Klein, blond, recht attraktiv – ein bisschen wie Doris Day nach zu vielen Sahnetörtchen – und mindestens zehn Jahre jünger als Logans Vorgesetzte. Ihre Nase und ihre Wangen waren gerötet, die Augen pink und verquollen. Frisch aufgetragene Mascara auf den Wimpern. Sie schniefte und arrangierte dann ihre Züge zu einem Lächeln. »Logan – nett, dich zu sehen.« Was wahrscheinlich gelogen war. »Wenn du zu Roberta willst, die ist frühestens um …«

Susan verstummte und starrte an Logan vorbei auf das mit Erbrochenem bekleckerte Häufchen Elend in dem hässlichen Rock, das zusammengekrümmt auf dem Gartenweg kauerte.

Logan lächelte schief. »Ich fürchte fast, sie hat die Rosen ruiniert.«

»Das tut mir wirklich leid«, sagte Susan, während sie zusah, wie Logan Steel im unteren Bad ablegte und in die stabile Seitenlage brachte.

»Keine Sorge – wenn sie noch mal brechen muss, kriegst du die Fliesen jedenfalls leichter wieder sauber als den Teppich.«

»Ich meinte, es tut mir leid, dass … na, ist ja egal. Du hast was auf dein Jackett bekommen.«

»Ach, das glaub ich jetzt nicht …« Aber sie hatte recht: Der eine Ärmel war an der Außenseite voll mit Erbrochenem.

»Komm, zieh die Jacke aus, ich wasch's dir rasch raus.«

Susan machte ihm eine Tasse Tee und parkte ihn an der Frühstückstheke, während sie den Ärmel in lauwarmem Wasser mit einem Schwamm schrubbte. Sie stand am Spülbecken und drehte ihm den Rücken zu.

Durch das Küchenfenster konnte Logan eine große graue Katze mit flauschigem Pelz sehen, die sich auf dem Rasen hinter dem Haus in der Sonne räkelte, alle viere von sich gestreckt.

»Wir …« Susan räusperte sich und setzte erneut an. »Ich muss gestehen, es war ein bisschen schwierig in der letzten Zeit.« Sie zog den Stöpsel heraus und ließ das schaumige, säuerlich riechende Wasser abfließen. »Wir kriegen keine künstliche Befruchtung bezahlt.«

Die Katze rollte sich auf den Bauch, als ein weißer Schmetterling taumelnd um ein paar leuchtend gelbe Butterblumen flatterte. Die Katze starrte ihn einen Moment lang an und stürzte sich dann auf ihn. Knapp daneben.

Logan sah zu, wie die Katze auf der Jagd nach dem Schmetterling quer durch den Garten flitzte. »Das tut mir leid.«

»Anscheinend rangieren wir nicht sehr hoch auf der Prioritätenliste. Es gibt offenbar genug nette Heteropaare, die *viel* dringender Babys brauchen als wir.« Sie drehte die Hähne wieder auf und ließ das Becken volllaufen.

Susan ließ den Kopf sinken und seufzte. Als sie weitersprach, war ihre Stimme brüchig vor erzwungener Munterkeit. »Aber was jammere ich dir hier die Ohren voll. Hab ganz vergessen zu fragen, wie's *dir* geht… Hast du mal drüber nachgedacht, es vielleicht noch mal mit dieser Rachael von der Staatsanwaltschaft zu versuchen?«

»Eher nicht – ich glaube, sie ist inzwischen verlobt.« Er wurde tatsächlich rot, obwohl Susan sich die ganze Zeit nicht zu ihm umgedreht hatte. »Erzähl's nicht Ihrer Herrlichkeit, aber ich… äh… ich hab was mit einer Kollegin angefangen.«

»Prima. Gratuliere. Ja. Sehr gut. Du hast jemand Nettes verdient. Du solltest heiraten, eine Familie gründen. Warum nicht? *Du* bist ja schließlich nicht schwul, warum solltest *du* keine verdammten Babys kriegen?« Sie feuerte den Schwamm so heftig ins Spülbecken, dass das Wasser an die Fensterscheibe spritzte. »Das ist so verdammt unfair!«

Da konnte Logan ihr nicht widersprechen.

Als er nach Hause kam, war es in der Wohnung kälter als draußen, also riss er die Wohnzimmerfenster weit auf und ließ den Lärm vom Aberdeener Hafen herein: das Dröhnen der Schiffsmotoren, das Rattern und Poltern der Ladekräne. Ein Radio dudelte blechern vor sich hin, und irgendjemand sang dazu.

Das Sonnenlicht verpasste den grauen Häusern auf der anderen Straßenseite einen goldenen Anstrich, als Logan eine Flasche Belhaven-Bier köpfte. Vielleicht sollte er Samantha anrufen? Ihr sagen, dass es schön gewesen war letzte Nacht. Aber das würde so klingen, als hätte er es ganz furchtbar nötig, oder nicht? Besser, er machte einen auf cool – morgen in der Arbeit könnte er ihr dann irgendwann über den Weg laufen – rein zufällig natürlich …

Das Telefon klingelte. Logan ignorierte es und ließ den Anrufbeantworter anspringen. Er nahm noch einen Schluck Bier und hörte sich selbst zu, wie der dem Anrufer mitteilte, er könne gerne eine Nachricht hinterlassen.

»*Hi, Logan, ich bin's – Sam. Also, ich wollte nur sagen –*«

Logan war mit einem Satz am Telefon. »Hallo?«

Pause. »*Also, eigentlich wollte ich ja einen auf cool machen, aber ehrlich gesagt – ich bin erwachsen, und du bist erwachsen, und ich fand's einfach schön letzte Nacht – also, wozu dann irgendwelche albernen Spielchen spielen?*«

Er drückte auf den Ausknopf des Anrufbeantworters. »Genau das Gleiche hab ich mir auch gerade gedacht.« Lügner. »Hast du schon gegessen?«

»*Nee. Hatte gehofft, dass ein gewisser Detective Sergeant unangekündigt mit ein paar leckeren Sachen bei mir aufkreuzen würde.*« Und dann nannte sie ihm die Adresse eines stationären Wohnwagens an der Mugiemoss Road.

»Ein Wohnwagen?«

»*Jawohl, ein Wohnwagen. Ich wohne in einem Wohnwagen, okay? Und wehe, du reißt auch nur einen dummen Witz über ›Trailer Trash‹ oder so – dann kannst du's dir aber selber besorgen, kapiert?*«

»Aber wie käme ich denn dazu?«

Nicht lange nach acht bog Logan auf einen kleinen Campingplatz am Südufer des River Don ab, gegenüber einem steil ansteigenden Friedhof und knapp hundert Meter in Windrichtung zur Hühnerfabrik von Grampian Country Chickens. Eine Reihe von Bäumen schirmte den Wohnwagenpark vor der Kläranlage am anderen Flussufer ab, aber ihr Laubwerk war nicht dicht genug, um die grellen Lichter des riesigen Tesco-Supermarkts auf der anderen Seite der Brücke auszublenden.

Samanthas Wohnwagen war ein großer, länglicher Kasten – er sah mehr nach einem Baucontainer aus als nach einem der Vehikel, die an einem langen Wochenende im Sommer den Verkehr zum Erliegen bringen. Das Spalier, das sich rings um den Caravan zog, war mit Kletterrosen überwuchert. Immerhin hatte auf diese hier niemand gekotzt. Sie stand in der Tür und wartete auf ihn, während er das mitgebrachte Essen aus DI Steels Auto lud.

»Du hast dir aber Zeit gelassen.«

»Dafür gibt's auch das volle Programm.« Logan hielt zwei weiße Plastiktüten und einen großen quadratischen Karton hoch. »Pizza, Knoblauchbrot, ein Liter Cola und eine Packung Mackies Vanille.«

»Ah ja …« Sie wartete, bis er den Wagen abgeschlossen hatte. »Hätte dich gar nicht so als den Sportwagentyp eingeschätzt.«

»Ich passe nur auf die Karre auf, bis Steel wieder … auf dem Damm ist.« Es war billiger als ein Taxi, und bis Steel nüchtern genug wäre, um wieder fahren zu können, würde es doch noch eine Weile dauern, oder? Und schließlich hatte sie ihm die Schlüssel gegeben.

Drinnen erwies der Wohnwagen sich als fast so geräumig wie Logans Wohnung. Sam machte mit ihm einen kleinen Rundgang: Schlafzimmer, Wohnzimmer, Küche und Bad, alles in verschiedenen Dunkelrot- und Lilatönen gehalten. Jede horizontale Fläche war mit Büchern, Drachen, Totenköpfen aus Zinn, Kelchen und Kristallen vollgestellt. Und das Ganze wurde erhellt von zahllosen flackernden Kerzen. Er kam sich vor wie in einer Geisterbahn.

Logan blieb im Wohnzimmer stehen. »Ist ja richtig … gruftig hier.« Das Einzige, was ein bisschen aus dem Rahmen zu fallen schien, war ein uralt aussehender orangefarbener Teddybär, der einen Ehrenplatz auf einem Stapel Stephen-King-Romane hatte.

»Hast du etwa kleine rosa Einhörner und Laura-Ashley-Tapeten erwartet?«

»Krieg ich Sympathiepunkte, wenn ich sage, die Einrichtung passt zu deinen Haaren?«

»Erst mal her mit der Pizza, Sergeant, dann werden wir schon sehen, was du kriegst.«

Sie quetschten sich nebeneinander auf die Couch und begannen an ihren Kleidern herumzufingern, nestelten an Knöpfen und Reißverschlüssen, befreiten einander von Hemd, T-Shirt, Hosen und Unterwäsche. Logan fuhr mit der Zunge die Kurven ihres Körpers nach, die Umrisse dieses riesigen Ethno-Tattoos in Spinnenform. An der Innenseite ihres Oberschenkels war die Haut unter der schwarzen Tinte von kleinen Wülsten überzogen, die wie Dehnungsstreifen aussahen. Logan küsste sie, und sie bog den Rücken durch, stöhnte … und fluchte, als sein Handy wie verrückt zu piepsen und zu trällern begann.

Sie lagen da im Kerzenschein und lauschten dem schrägen Konzert des Mobiltelefons.

»Na los«, sagte sie. »Geh schon dran.«

»Kommt nicht in Frage.«

»Aber es ist vielleicht dienstlich.«

»Ich weiß.« Logan machte da weiter, wo er unterbrochen worden war, und küsste sie mit jedem Wort noch ein Stückchen weiter oben. »Genau – deshalb – geh – ich – nicht – dran.«

»Oh ja …« Das Handy verstummte. »Oh ja … Mmmmm, o Gott …« Und das Gedudel setzte von Neuem ein. »Oh, verdammte Kacke!«

»Sekunde.« Logan machte die Wohnzimmertür auf, warf seine Jacke in die Diele und machte die Tür wieder zu. »Also, wo waren wir stehengeblieben?«

Sie lagen ineinander verknotet auf dem Boden des Wohnwagens und lauschten den ersten Regentropfen, die auf das dünne Dach trommelten. Die Uhr am DVD-Spieler zeigte 21:15, als Samantha im Kerzenschein sanft mit den Fingerspitzen über das Labyrinth aus Narbengewebe auf Logans Bauch strich, gerade so, als wären seine Messerwunden eins von diesen Rätseln, bei denen man die einzelnen Punkte zu einem Bild verbinden muss.

Es war ein beunruhigendes Gefühl, aber in der wohligen postkoitalen Trance ließ er es sich gefallen.

Draußen in der Diele begann das verbannte Handy schon wieder zu dudeln.

Samantha streckte sich wie eine Katze, wobei sie ihm ihre Tattoos auf verstörend einladende Weise präsentierte. »Irgendwann wirst du drangehen müssen.«

Logan knurrte.

Sie bohrte ihm den Finger in die Rippen. »Na los. Bring's hinter dich; ich hol uns inzwischen ein paar Flaschen Bier, und dann können wir das Eis aufmachen.« Sie stand auf und verschwand in der Diele. »Ich glaube, es ist auch noch ein bisschen Knoblauchbrot da …«

Logan hievte sich hoch und tappte hinaus in die Diele, wo seine Jacke lag. In diesem Moment wurde der Anruf auf die Mailbox weitergeleitet. Köstliche Stille. Er zog das Ding aus der Innentasche. Laut Anzeige hatte er zweiundzwanzig Nachrichten.

Doch bevor er sie abhören konnte, trällerte das Handy schon wieder los.

Er klappte es auf. Die Nummer kannte er nicht. Er drückte die Taste. »McRae.«

Schweigen.

»Wenn Sie sowieso nichts zu sagen haben, hören Sie verdammt noch mal auf, meine Nummer zu wählen. Ich –«

»*Ist das der …*« Pause. »*Sind Sie dieser Polizist, Detective Sergeant McRae?*« Es war eine Frauenstimme, und sie klang jung. Verängstigt.

Logan schlenderte ins Wohnzimmer zurück, wo seine Klamotten über den ganzen Teppich verstreut lagen, und unterdrückte ein Gähnen, während er sich nackt, wie er war, aufs Sofa sinken ließ. »Was kann ich für Sie tun?«

»Sie war'n doch gestern hier. In Harry Jordans Bude, ja? Sie haben gesagt, ich könnt' anrufen …«

Das hatte er völlig vergessen. Er gähnte. »Ist Sheila bei Ihnen gewesen? Die Ärztin?«

»Es ist was passiert, okay? Es …« Ihre Stimme wurde zu einem Flüstern. *»Sie müssen herkommen. Sie müssen sofort kommen, ehe es –«*

»Das kann ich nicht. Ich bin nicht im Dienst. Ich werde Ihnen einen Streifenwagen vorbeischicken und –«

»Nein! Sie müssen selber kommen! Sie müssen! Sie haben Kylie eine Ärztin organisiert. Wir trauen sonst keinem.« Wieder eine Pause, und als die Stimme am anderen Ende weitersprach, klang sie tränenerstickt. *»Bitte, Sie haben's doch versprochen!«*

»Aber –«

»Bitte!«

Logan blickte auf und sah Samantha in der Küchentür stehen. In der einen Hand hatte sie zwei Flaschen Lager, in der anderen eine große Schüssel Vanilleeis. Sie deutete auf das Telefon und sah ihn fragend an. »Dienstlich?«, flüsterte sie.

Er nickte. »Tut mir leid.«

»Na schön, aber wenn du bis Mitternacht nicht zurück bist, läuft bei mir bestimmt nichts mehr.«

Logan sagte der Frau am anderen Ende, er würde in zwanzig Minuten dort sein.

Die Wohnung war still wie ein Grab – irgendwie passend angesichts dessen, was da im Wohnzimmer am Boden lag. Harry Jordans Rollstuhl war umgekippt, der Mann selbst lag auf dem Teppich. Es sah aus, als hätte sich jemand ein Paar Stöckelschuhe angezogen und wäre damit auf seinem Kopf auf und ab gehüpft – er wirkte irgendwie merkwürdig verformt.

Das Gesicht war eine einzige rote und violette Masse, die

Züge vollkommen entstellt; im Dämmerlicht des Raums schimmerte matt der Knochen durch. Ein glänzender Blutfilm war in den Teppich gesickert, machte ihn klebrig und rutschig.

Logan stand in der Mitte des Zimmers und fluchte. So viel zum Thema »vor Mitternacht zurück sein«.

Jemand zupfte ihn am Ärmel und sagte: »Sehen Sie, ich hab's Ihnen doch gesagt, oder? Stimmt doch, ich hab's Ihnen gesagt…« Es war Kylies Schwester Tracey, nur trug sie diesmal kein mit Ei bekleckertes Nachthemd, sondern die volle Montur aus Netzstrümpfen, Strapsen und Torselett. Billiges, glänzend schwarzes Material, besetzt mit roter Spitze. Ihre Haut war blass, und in der Kuhle zwischen ihren kleinen, hochgestemmten Brüsten traten die Rippen hervor. Spindeldürr, ungesunder Teint, die Augen wie schwarze Knöpfe. »Ich hab's Ihnen gesagt.« Sie kaute auf ihren Fingern herum. »Ich hab's Ihnen gesagt – stimmt doch, oder?«

»Sie haben mir nicht gesagt, dass er tot ist!«

»Sie müssen ihn hier rausschaffen.«

Logan zog sein Handy aus der Tasche und rief die Leitstelle an. »Hier DS McRae, ich muss einen verdächtigen Todesfall melden. Ich brauche zwei Streifenwagen, Spurensicherung, Bereitschaftsarzt und Rechtsmedizin. Adresse ist Wohnung C –«

Tracey riss ihm das Telefon aus der Hand. »Was *machen* Sie da? Sie können das doch nicht der Polizei erzählen!«

»Ich *bin* die Polizei.« Er streckte die Hand aus. »Geben Sie mir das Handy zurück –«

»Sie haben versprochen, dass Sie uns helfen!«

»Wer war es?«

»Sie haben's versprochen!«

Logan packte sie an den Armen, wobei er versuchte, die nässenden Einstichwunden nicht zu berühren. »Wer war es?«

»Es…« Sie beäugte Harrys malträtierten Körper, wandte sich rasch wieder ab und starrte stattdessen auf den blutgetränkten Teppichboden hinunter. »Creepy. Es war Creepy.«

18

Tracey saß auf der Armlehne des Sofas, eine glimmende Zigarette zwischen den Fingern, während sie Logan die ganze Geschichte erzählte. Wie Creepy Colin McLeod hereingeplatzt war und Harry Jordan mit einem Klauenhammer den Schädel zertrümmert hatte.

»Er hat die ganze Zeit total rumgebrüllt und geflucht. Irgendwer hat ihm erzählt, was Harry mit Kylie gemacht hat, und das hat er sich nicht gefallen lassen. Und Harry immer bloß: ›Schlag mich nicht!‹, total geheult hat er, und so…« Sie schauderte, zog an ihrer Zigarette und begann wieder an ihren Fingern zu nagen. »Und Creepy hämmert einfach immer weiter auf ihn ein. Das Blut ist nur so durch die Gegend gespritzt, ey. Immer wieder und wieder…«

Logan ging neben der Leiche in die Hocke. »Ich soll also glauben, dass Colin McLeod Harry Jordan umgebracht hat, nur weil der seine Lieblingsprostituierte verprügelt hat?«

Durch einen Schleier aus Zigarettenrauch starrte Tracey ihn böse an. »So war das nicht, okay? Das war ziemlich kompliziert. Creepy liebt sie. Hat sich ihren Namen auf den Arm tätowieren lassen und so. War schon immer ganz verknallt in sie.«

»Sind Sie sicher, dass Sie gesehen haben, wie er auf Harry einschlug?«

Sie biss sich auf die Unterlippe und nickte. »Mhm. Und Laura und Emma haben's auch gesehen. Es war, als wär er… *rasend* oder so.«

»Und wo sind die zwei?«

Tracey starrte auf den Teppich. »Sind abgehauen. Sie dachten, Creepy würde noch mal zurückkommen, okay? Da haben sie gemeint, scheiße, wir verschwinden lieber nach Edinburgh.«

»Und was ist mit Kylie?«

»Die hat nix gesehen.« Tracey deutete zum Flur. »Hat ja kaum ihr Zimmer verlassen, seit Harry sie verprügelt hat, okay?«

Logan sah auf Harrys ruinierten Kopf hinunter.

Besser, er brachte es hinter sich. Er streifte sich ein Paar Latexhandschuhe über, streckte die Hand aus und fühlte nach einem Puls. Der Bereitschaftsarzt oder der Rechtsmediziner würde den Tod feststellen, aber als erster Beamter am Tatort musste Logan sich selbst vergewissern. Die Haut war schon ganz klebrig von getrocknetem Blut. Der Mann konnte unmöglich noch am Leben sein. Nicht mit diesem Kopf, der aussah wie ein geplatztes Haggis.

Da flatterte etwas unter Logans Fingerspitzen.

Harry Jordan war noch am Leben.

Alpha Eins-Neun traf zuerst ein, dicht gefolgt von einem Krankenwagen. Logan wies die uniformierten Beamten an, die Aussagen der Anwohner aufzunehmen, während die Sanitäter Harrys ramponierten Körper auf einer Schaufeltrage festschnallten.

DCI Finnie tauchte auf, als sie Harry gerade in den Krankenwagen luden, dessen blaue und weiße Lichter im Regen blitzten. Der Detective Chief Inspector winkte ihnen munter zu, als sie die Türen zuschlugen und davonrasten.

Dann trabte er auf Logan zu, der vor dem Hauseingang unter dem Vordach aus Beton stand. Überall im Block brannte Licht, und auch in den Nachbarhäusern – gebannt verfolgten die Gesichter in den Fenstern die kleine Tragödie, die sich vor ihren Haustüren abspielte. Wahrscheinlich würde es nicht allzu lange dauern, bis der erste Blumenstrauß vor dem Haus abgelegt wurde und via Nachahmungseffekt die Maschinerie der öffentlich zur Schau gestellten Trauer in Gang brachte.

Finnie klopfte Logan auf die Schulter und strahlte ihn an. »Können wir eventuell damit rechnen, dass Harry Jordan stirbt?«

»Entweder das, oder er wird einen schweren Hirnschaden davontragen.«

»Ehrlich gesagt, würde ich Creepy Colin McLeod lieber wegen Mordes drankriegen, aber zur Not tut's auch ein versuchter Mord. Na schön.« Er klatschte in die Hände. »Mal sehen, ob Sie es schaffen, Klassenbester zu werden, oder ob Sie wieder nachsitzen müssen. Anwohnerbefragung?«

»Läuft: drei Zweierteams, sämtliche Wohnungen in der Straße.«

»Zeugen?«

»Eine: eine Prostituierte, die für Harry Jordan arbeitet. Es gab noch zwei weitere, aber die haben sich nach Edinburgh abgesetzt. Ich habe die Kollegen von Lothian and Borders gebeten, nach ihnen Ausschau zu halten.«

Der DCI nickte. »Fahndungsaufruf für Creepy?«

»Schon erledigt. Bis jetzt nichts.«

»Durchsuchungsbeschlüsse und Haftbefehle?«

»Ich habe die Staatsanwältin angerufen, sie kümmert sich zusammen mit Sheriff McNab darum. Haftbefehl für Colin McLeod, Durchsuchungsbeschlüsse für sein Haus, seinen Wagen und das, was vom Turf 'n Track noch übrig ist.«

Finnies Lächeln verrutschte ein wenig. »Was ist mit den Wohnungen seines Bruders und seiner Mutter?«

»Die Staatsanwältin sagt, ohne hinreichenden Verdacht wird McNab uns wahrscheinlich keine weiteren Durchsuchungsbeschlüsse ausstellen. Wir können froh sein, dass sie uns bei der Beweislage überhaupt so weit entgegengekommen sind.«

Der DCI schien eine Weile darüber nachzudenken. »Nun, in dem Fall will ich Ihnen eine Zwei plus geben. Und jetzt sollten wir uns auf die Suche nach einem gewissen Herrn mit einem Klauenhammer machen, finden Sie nicht?«

Der zivile Einsatzwagen rollte am Bordstein aus. Im Scheinwerferlicht erinnerte der Regen an glühende Nägel, die vom Himmel fielen und sich in den Asphalt rammten. DS Pirie stellte den Motor ab, und dann saßen sie da in der plötzlichen Dunkelheit und lauschten dem Geprassel.

Durch die Vorhänge von Nummer vierzehn – Colin McLeods Haus – drang ein schwacher Lichtschein nach draußen.

Drei Autos weiter gab ihnen ein neu aussehender Vauxhall ein Lichtzeichen.

»Also schön.« Finnie sah auf seine Uhr, griff nach dem Funkgerät und drückte die Sendetaste. »Aufgepasst, alle miteinander. Alle Teams gehen auf mein Zeichen hin rein, beide Anwesen gleichzeitig. Noch nie hatten wir eine so gute Chance, Colin McLeod aus dem Verkehr zu ziehen, also lassen Sie uns doch einfach alle so tun, als wären wir Profis, und wenigstens *versuchen*, keinen Mist zu bauen, okay? Sie haben drei Minuten, um sich in Stellung zu bringen.« Dann lehnte er sich zurück und wartete.

»Äh …« Logan, der auf dem Rücksitz saß, lehnte sich nach vorn. »Meinen Sie nicht, dass wir ein AFO-Team dabeihaben sollten?«

»Ich muss so schon genug Idioten beaufsichtigen, da brauche ich nicht –«

»Aber McPherson hat doch dieses riesige Waffenlager gefunden – wir platzen da vielleicht mitten in einen Drogenkrieg hinein.«

DS Pirie pflichtete ihm bei. »Er hat recht, Chef. Creepy Colin könnte weiß Gott was für Waffen haben.«

»Colin McLeod ist ein Gangster, der gerne mit seinen Händen arbeitet – Klauenhämmer, Schraubenzieher, Kneifzangen, allenfalls noch eine Lötlampe. Aber wenn Sie *Angst* haben, können Sie beide im Wagen bleiben. Ich kann Ihnen auch ein schönes Glas warme Milch und ein paar Kekse bringen lassen, wenn wir fertig sind. Würde Ihnen das gefallen?«

»Nein, Sir.«

Sie kletterten hinaus in den Regen. Nachdem Pirie noch rasch den knallroten Mini-Rammbock aus dem Kofferraum geholt hatte, trabten sie alle auf die Haustür zu, und dann gab Finnie den Einsatzbefehl.

»Zeit für den großen roten Nachschlüssel.«

Pirie brüllte »POLIZEI!« und schwang den Rammbock. RUMMS! Nichts passierte, also versuchte er es noch einmal. Und noch einmal. Und noch einmal. »Diese verdammten doppelt und dreifach verriegelten Hart-PVC-Türen …« Und noch einmal. Nach drei weiteren Versuchen bekam der verstärkte Kunststoff endlich erste Risse, aber da ächzte und stöhnte der Sergeant schon schwer, und sein Schweiß mischte sich mit dem Regen. »Na los, geh schon kaputt, du Scheißding!«

RUMMS, und die Tür fiel auseinander, während der Schließmechanismus intakt blieb. Das gellende Kreischen einer Alarmanlage zerriss die Luft, und blaue Lichter flackerten an dem Kasten, der hoch über der Tür montiert war.

Sie schoben sich durch die Lücke, Finnie voran, dann Logan, und schließlich Pirie, der außer Atem hinterherhumpelte.

Team 2 kam ihnen aus der Küche entgegen. »Da drin ist niemand.«

Finnie baute sich in der Diele auf und brüllte über das Getöse der Alarmanlage hinweg: »Colin McLeod, ich habe einen Durchsuchungsbeschluss für dieses Haus – kommen Sie mit erhobenen Händen heraus!«

Logan sah sich im Wohnzimmer um. Teuer aussehende Ledergarnitur, riesiger Plasmafernseher an der einen Wand, gerahmte Jack-Vettriano-Drucke an den anderen, Couchtisch aus handgeschnitztem Eichenholz …

Pirie steckte den Kopf herein. »Wow. Und da heißt es immer, Verbrechen lohnt sich nicht.« Er ging auf eine elegante Schrankwand zu und öffnete die Türen, hinter denen eine stattliche Ansammlung von Spirituosen, Weinen und Gläsern zum Vorschein kam. »Wie wär's, wenn wir ein paar Flaschen Malt Whisky in Schutzhaft nehmen würden?«

Finnie stand immer noch in der Diele. »KANN VIELLEICHT MAL JEMAND DIE VERDAMMTE ALARMANLAGE AUSSCHALTEN?«, brüllte er.

Pirie schloss die Tür, worauf der Lärmpegel merklich sank. »Ob McLeod wohl noch hier ist?«

»Wohl kaum – es sei denn, er schaltet immer die Bewegungsmelder ein, bevor er ins Bett geht.«

»Der Chef wird nicht gerade begeistert sein.«

»O Gott, wie furchtbar – mir kommen gleich die Tränen.« Logan zog sich Latexhandschuhe an und begann in Creepys Habseligkeiten zu wühlen. »Wir sollten die Spurensicherung herholen und sie die Spülmaschine auseinandernehmen lassen. Wenn ich einen blutverschmierten Hammer zu reinigen hätte, würde ich es als Erstes auf die Weise versuchen.«

»Er ist gar nicht so schrecklich, wie du denkst.« Pirie machte es sich auf der Armlehne eines riesigen Sofas bequem und sah Logan beim Suchen zu. »Finnie ist ein ganz anständiger Kerl, wenn man ihn mal näher kennenlernt.«

»Ach ja? Und deswegen ist er also im ganzen Präsidium verhasst?« Der untere Teil des Barschranks war mit Schuhkartons vollgestopft. Logan zog einen heraus und öffnete ihn. Er enthielt Hunderte von alten Fotos.

»Weißt du, als ich sagte, dass er dich nicht leiden kann – na ja...« Er zuckte mit den Achseln. »Da hab ich dich bloß auf den Arm genommen. Er findet, dass du jede Menge Potenzial hast.«

Logan sah die Fotos durch. Ein kleines hässliches Kind mit einem großen hässlichen Mann. Er hatte Koteletten und trug einen grob gestrickten Pulli zu blauen Shorts. Der Kleine hatte nur eine Badehose an, und im Hintergrund war das Freibad in Stonehaven zu erkennen. »*Tony und Colin – Sommerferien 1975*« hatte jemand in gestochen scharfen Kugelschreiberlettern auf die Rückseite geschrieben.

»Na, dann hat er aber eine seltsame Art, es zu zeigen …« Der ganze Karton war voll mit Familienfotos der McLeods. Geburtstage, Weihnachten, Ferien, Schulsportfeste … alle Farben fast ganz zu einer Art Orange-Grau verblasst.

»Ach komm – was meinst du denn, warum er dich immer zu allen möglichen Einsätzen mitschleppt? Er denkt, wenn er dich unter seine Fittiche nimmt, dann kann noch was aus dir werden. Du könntest eine richtig beeindruckende Erfolgsbilanz vorweisen, wenn du nicht immer wieder Scheiße bauen würdest.«

»Vielen Dank für das Kompliment.« Der nächste Schuhkarton war voller Hochzeitsfotos: Simon McLeods Trauung mit einer attraktiven Rothaarigen, die drei Jahre später verschwand und nie wieder auftauchte. Die Bilder von der Hochzeitsfeier waren ein *Who's who* der Aberdeener Unterwelt, alle in ihren feinsten Anzügen – denen, die sie für Hochzeiten, Beerdigungen und Auftritte vor Gericht reservierten.

Logan stopfte die Fotos wieder in den Karton und schlenderte auf den Anrufbeantworter zu. »Ich glaube, auf Finnie als Mentor kann ich verzichten, wenn's dir nichts ausmacht.«

»Du musst einfach auf Durchzug schalten, wenn er mal wieder ausflippt. So mach ich's immer, wenn –«

DCI Finnie platzte herein und starrte grimmig auf den Barschrank. Hinter ihm in der Diele heulte immer noch der Alarm, und er musste schreien, um sich verständlich zu machen. »Er ist nicht zu Hause. Also, wenn ihr Mädels mit eurer kleinen Cocktailparty fertig seid, könntet ihr dann eventuell mal euren Job machen und mir helfen, diesen verdammten Hammer zu finden?« Er hielt inne und sah zu, wie Logan den Anrufbeantworter inspizierte. »Falls es Ihnen nicht zu viel Mühe bereitet, Sergeant.«

Laut Anzeige hatte Colin drei gespeicherte Nachrichten. Logan drückte die Abspieltaste und musste die Lautstärke voll aufdrehen, damit man etwas verstehen konnte.

»NACHRICHT EINS: *Kchchchch … Col, ich bin's, Dunk. Ruf doch mal zurück, okay? Aber vor sechs, ja? – Shaz und ich geh'n nachher noch aus.*«

Piiieeep.

Finnie knallte die Tür zu und schnitt das Alarmgeheul ab. »Oh, tut mir wirklich leid, Sergeant, ich wusste ja nicht, dass Sie *schwerhörig* sind: Suchen – Sie – diesen – Hammer!«

»NACHRICHT ZWEI: *Du Schwein!*« Eine Männerstimme, die Aussprache undeutlich und verwaschen. »*Ich bring dich um … hörst du? Creepy? Hörst du mich? Niemand pisst Harry Jordan ans Bein! Du nicht und … auch sonst keiner!*«

Piiieeep.

»NACHRICHT DREI: *Colin, hier spricht deine Mum. Du kommst doch nachher noch zum Abendessen vorbei, oder? Die Ärzte sagen, dass Simon morgen nach Hause darf. Wir wollen eine kleine Feier machen, um ihn aufzumuntern. Wir können ja drüber reden, wenn du hier bist, okay? Bis dann.*«

Piiieeep.

»ENDE DER AUFZEICHNUNGEN.«

»Na bitte«, sagte Logan, als der Apparat verstummt war. »Wir haben einen Drohanruf von Harry Jordan vor dem Überfall, und dank Colins Mama wissen wir jetzt, wo er ist.«

Finnie funkelte ihn an, hielt einen Finger hoch und sagte: »Das war Nummer eins.« Sprach's, machte kehrt und marschierte zur Tür hinaus.

19

Als sie vor Mrs. McLeods rosenüberwuchertem Bungalow in Garthdee am anderen Ende der Stadt ankamen, war es kurz nach Mitternacht, und es hatte sich so richtig schön eingeregnet. Das Funkgerät im Einsatzwagen schnatterte vor sich hin – die übliche Symphonie der Straßen von Aberdeen nach Schließung der Pubs: Trunkenheitsdelikte, Erregung öffentlichen Ärgernisses, Körperverletzung, Diebstahl, Vandalismus, noch mehr Körperverletzung. Und dann meldete sich die Stimme von Team 2 mit einem Bericht über die Durchsuchung der Überreste des Turf 'n Track.

Finnie griff nach dem Funkgerät und fragte: »Gar nichts? Sind Sie sicher?«

»Aye, *hier is' absolut nix los. Keine Menschenseele weit und breit, bloß 'ne ausgebrannte Ruine, ja?*«

Der DCI schaltete das Gerät aus und kletterte aus dem Wagen in den strömenden Regen.

»Ähm …«, sagte Pirie, der ihm gefolgt war, »eigentlich haben wir ja gar keinen Durchsuchungsbeschluss für das Haus der Mutter, also –«

»Ich durchsuche nicht das Haus der Mutter; ich bin hier, um ihr mitzuteilen, dass im Haus ihres Sohnes eingebrochen wurde. Und wenn ich den Mistkerl *zufällig* entdecke, während ich da drin bin, dann verhafte ich ihn.« Er blieb am Gartentor stehen und blickte die Straße auf und ab, als suchte er etwas. »Pirie, Sie bleiben vor dem Haus. McRae, Sie sichern nach hinten, falls Creepy versuchen sollte, uns zu entwischen.« Und dann marschierte Finnie schnurstracks auf die Haustür zu und begann sie mit Faustschlägen zu traktieren.

Logan blieb nichts anderes übrig, als durch den Vorgarten zu traben, an der Frontseite des Hauses entlang und um die Ecke … Ein mannshoher Zaun versperrte ihm den Weg, mit einem schmiedeeisernen Tor, das mit einer fetten Eisenkette und einem Vorhängeschloss gesichert war – als ob irgendjemand so dämlich wäre, die heiligmäßige Mutter McLeod bestehlen zu wollen.

Logan setzte einen Fuß in das Spalier an der Hauswand, wuchtete sich hoch und kletterte über den Zaun in den Garten. Schwärzeste Finsternis umfing ihn.

Eine Weile stand er reglos da und wartete, bis seine Augen sich an die Dunkelheit gewöhnt hatten. Der Regen drang durch seine Jacke, lief ihm in den Kragen und rann seinen Rücken hinunter bis in die Unterwäsche. Im Hintergrund konnte er einen Schuppen ausmachen, daneben ein paar Obstbäume, schon schwer beladen mit Pflaumen, ein Klettergerüst und eine Plastikrutsche für die Enkelkinder und ein paar grimmige Gartenzwerge. Es ging das Gerücht, dass der gute alte Tony McLeod jedes Mal, wenn er jemandem über den Jordan geholfen hatte, seiner Frau einen neuen Gartenzwerg gekauft hatte. Von dort, wo Logan stand, konnte er mindestens zehn Stück sehen.

Von der Straßenseite drang Finnies dröhnende Stimme zu ihm. »Machen Sie die Tür auf!«, brüllte er. Falls Colin im Haus war, würde ihn das ganz bestimmt auf die Idee bringen, die Flucht zu ergreifen.

»Kommen Sie, Mrs. McLeod, lassen wir doch die Spielchen sein, ja?«

Logan drückte sich an der Wand entlang und duckte sich, als er am schwarzen Rechteck des Küchenfensters vorbeikam.

Der Regen klatschte auf die Terrassenfliesen und tränkte Logans Schuhe, als er vorsichtig einen Fuß vor den anderen setzte, um sich zwischen Küche und Wintergarten in Position zu bringen. Ein Schritt, und noch einer, und noch einer, und – QUIIIEETSCH!

Er erstarrte zur Salzsäule, mit einem Fuß auf einem kleinen, gummiartigen Etwas.

Irgendwo in der Dunkelheit regte sich etwas.

Ach du Sch … Logan hob langsam den Fuß, und das Ding, auf das er getreten war, machte *QuääääääÄÄÄK!*

Das Etwas in der Dunkelheit begann zu knurren. Es war kein Geräusch, wie es ein kleiner Terrier in einem karierten Regenmäntelchen machte – es war ein ausgewachsenes Riesen-Monster-Ungetüm-Grollen. Winchester – der riesige Schäferhund aus dem Turf 'n Track.

»Braves Hundchen …?« Nein, das war er nicht – Logan hatte das räudige Mistvieh schließlich mit eigenen Augen gesehen. Es war eher ein tollwütiger Fleischwolf auf vier Beinen.

Da flog die Küchentür auf und krachte gegen die Hauswand, und eine Gestalt stürzte hinaus in den Garten. Der Bewegungsmelder schaltete zwei helle Lampen ein, die Creepy Colin McLeod seinen Fluchtweg ausleuchteten, als er auf den Zaun an der Seite des Hauses zurannte.

Vor dem Haus brüllte Finnie: »KOMMEN SIE SOFORT ZURÜCK!« – aber Colin dachte nicht daran. Also setzte Logan ihm nach und betete nur, dass der Schäferhund angekettet war.

War er nicht.

Bei Licht war Winchester sogar noch furchterregender als in der Dunkelheit. Schaumfetzen flogen von seiner grauen Schnauze, als er bellend und schnappend durch den strömenden Regen auf Logan zuschoss.

Colin erreichte den Zaun und war mit einem Satz drüber.

Logan sprintete um sein Leben, setzte über die Plastikrutsche hinweg und hangelte sich am Zaun hoch.

Zu langsam.

Er erstarrte in der Bewegung, ein Bein schon auf der anderen Seite, das andere mit einer halben Tonne wütendem, klatschnassem Schäferhund beschwert.

»LASS MICH LOS!« Er trat aus, doch das Viech schien unbeeindruckt.

Winchester warf den Kopf hin und her – und dann geschah ein Wunder. Mit lautem Ratschen gab Logans Hosenbein nach, und der Hund fiel hinterrücks in einen Rosenstrauch. Rascheln und Knacken, Winseln und Knurren. Logan zog sein Bein über den Zaun und ließ sich in den Nachbargarten fallen, bevor der Hund noch einmal zuschnappen konnte.

Gerade rechtzeitig, um zu sehen, wie Colin McLeod am anderen Ende des Gartens durch eine dunkle Leylandzypressenhecke brach.

Logan setzte ihm nach – durch die nasse, kratzige Hecke und quer durch einen fremden Garten. Über eine Buchsbaumhecke, durch einen weiteren Garten, dann über einen klapprigen Paneelzaun in einen riesigen Gemüsegarten. Im gelben Schein der Straßenlaternen war die Spur der Verwüstung zu erkennen, die sich durch zwei Reihen Kartoffeln, eine Reihe Lauch und ein Brokkolibeet zog. Aber es waren die Stangenbohnen, die Colin McLeod zum Verhängnis geworden waren; er lag zappelnd im Dreck und versuchte verzweifelt, sich aus dem Gewirr von grünen Plastiknetzen und Bambusstangen zu befreien, in dem er sich verheddert hatte.

Fluchend stemmte er sich auf die Knie hoch und glitschte durch den Matsch auf den nächsten Zaun zu, doch da hatte Logan ihn schon eingeholt. Miteinander krachten sie in ein Gewächshaus – Kunststoffscheiben splitterten, als der Rahmen sich verbog, Töpfe mit Tomatenpflanzen fielen mit Getöse zu Boden, und Rechen, Mistgabel und Spaten landeten scheppernd auf den Betonfliesen.

Ein Lichtstrahl fiel in den Garten, als jemand die Küchentür aufriss und schrie: »Macht, dass ihr verschwindet, ihr Halunken! Ich hab ein Gewehr! Habt ihr mich verstanden? Ein Gewehr!«

Logan machte den Mund auf, um »POLIZEI!« zu rufen, doch es kam nur ein gequältes Stöhnen heraus, weil in diesem Moment Colin McLeods Ellbogen in seinem Gesicht landete. Blut floss.

Ein zweiter Ellbogen traf ihn an der Schläfe, und alles begann sich um ihn zu drehen.

Logan ließ los, und Colin rappelte sich auf, schwankte, fing sich wieder. Das Geräusch der Polizisten, die durch die Gärten trampelten, wurde immer lauter – rufend und schimpfend bahnten sie sich im strömenden Regen ihren Weg durch Hecken und über Zäune.

Colin blickte kurz in die Richtung, aus der die Geräusche kamen. Dann drehte er sich wieder um und setzte zu einem Tritt gegen Logans Kopf an.

Aber er kam nicht mehr dazu. Ein gedämpfter Knall, und der kräftige Mann erstarrte in der Bewegung, die Zähne zusammengebissen, die Augen weit aufgerissen. Dann fasste er sich an den Hintern und rief: »Aahh, SCHEISSE!«

»Ich hab euch doch gesagt, dass ich ein Gewehr hab, ihr Mistkerle! Raus aus meinem Garten!« Und dann hörte man, wie ein Luftgewehr gespannt und wieder zugeklappt wurde.

Colin drehte sich um und humpelte auf den Hausherrn zu, während er ihn mit einer Flut von Kraftausdrücken überschüttete.

Peng – aber diesmal hatte er schlecht gezielt, und das Geschoss prallte von dem verbogenen Gewächshaus ab.

»O Gott…«, stammelte der Mann. Er verschwand blitzschnell im Haus und knallte die Tür zu.

Logan tastete blind in der plötzlichen Dunkelheit umher, bekam den regennassen Griff irgendeines heruntergefallenen Gartengeräts zu fassen und hievte sich wankend auf die Beine. »Colin McLeod, ich verhafte Sie wegen versuchten Mordes –«

Creepy ignorierte ihn und humpelte auf das Tor zu, das zur

Straße führte, während er sich mit einer Hand den Allerwertesten hielt.

»– Sie haben das Recht, die Aussage zu verweigern … ach, scheiß drauf.« Logan hob seinen improvisierten Schlagstock. Das Blatt des Spatens blitzte im gelben Laternenlicht auf, als er ausholte und Colin einen Schlag auf den Hinterkopf versetzte.

KLONK.

Der stämmige Mann fiel vornüber in ein matschiges Erdbeerbeet und blieb reglos liegen.

Logan ließ den Spaten fallen und lehnte sich gegen den Zaun, spuckte einen Mundvoll salzig schmeckendes Blut aus. Und hörte, wie DS Pirie sich durch die letzte Hecke kämpfte, während DCI Finnie im gleichen Moment scheppernd durch das Gartentor brach. Sie blieben beide stehen und starrten auf Colin McLeods bewusstlosen Körper hinunter.

Logan hustete, spuckte noch mehr Blut und befühlte die Beule an seinem Kopf. Von dem Ellbogencheck gegen die Schläfe dröhnte ihm der Schädel. Seine Hose war mit Matsch verschmiert, das eine Hosenbein bis zum Knie abgerissen. »Das hat aber gedauert.«

Finnie stupste Colin mit der Schuhspitze in die Rippen und richtete einen finsteren Blick auf Logan. »Das war Nummer zwei.«

Der Hausherr lugte aus dem Fenster seiner Küche, in der er sich verschanzt hatte. »Ich hab die Polizei gerufen!«

»Ich wollte ihn *vernehmen*!«

»Tja nun … er wollte mich umbringen, also –«

»Oh, das tut mir aber leid! Habe ich mich vielleicht nicht klar genug ausgedrückt, Sergeant McRae? Haben Sie vielleicht nicht mehr genau *gewusst*, warum wir hinter Colin McLeod her waren? Oder dachten Sie, es wäre einfacher, ihn zu befragen, wenn er *verdammt noch mal bewusstlos ist?*«

»Was denn? Ich hab ihn schließlich aufgehalten, oder etwa –«

»Wagen Sie es *ja* nicht, mir zu widersprechen! Wenn ich Ihnen sage, dass Sie –«

»Nein!« Logan stieß sich vom Zaun ab und ging wankend auf den DCI zu, bis sie Nase an Nase standen. »Jetzt hören Sie *mir* mal zu: Ich habe Ihren beschissenen Sarkasmus allmählich *satt*! Sie haben mir gesagt, ich soll den Garten sichern – ich habe den Garten gesichert. Und als Colin die Fliege machte, hab ich ihn verfolgt, und ich habe ihn *gestellt*. Wenn ich nicht gewesen wäre, dann wäre der Dreckskerl schon über alle Berge.« Er wurde immer lauter und lauter, bis er Finnie ins Gesicht brüllte: »Und deswegen widerspreche ich Ihnen, wenn es mir verdammt noch mal passt!«

Schweigen.

Der Detective Chief Inspector trat einen Schritt zurück, dann hielt er wieder einen Finger hoch. »Nummer drei.« Und ein Lächeln dehnte seine wulstigen Lippen. »Wurde aber auch langsam Zeit.«

Logan machte den Mund auf und gleich wieder zu. »Was?«

Aber Finnie hatte sich schon zu DS Pirie umgewandt. »Na, hatte ich recht oder nicht? Was habe ich Ihnen gesagt?«

»M-hm.«

»Was haben Sie ihm gesagt?«

Keine Antwort. Der DCI spazierte einfach zum Gartentor hinaus, nachdem er Pirie mit einem Blick auf Colin McLeod angewiesen hatte: »Schaffen Sie mir *das da* aufs Präsidium.« Pirie tat, wie ihm geheißen, und dann stand Logan mutterseelenallein in dem verwüsteten Gemüsegarten und ließ den Regen auf sein Haupt prasseln.

»Was?«

20

»Ach du Schande«, meinte Rennie, »und ich dachte schon, dass Steel übel aussieht.« Es war halb neun am Mittwochmorgen, und der Constable machte die erste Teerunde des Tages. Mit einem Tablett sammelte er die schmutzigen Teetassen im CID-Büro ein.

Logan blickte von seinem Schreibtisch auf, zog eine finstere Miene und bedauerte es augenblicklich. Sein Gesicht tat verdammt weh. Als er heute Morgen den Dienst angetreten hatte, war die ganze linke Seite schon dick geschwollen, und Blutergüsse färbten die Haut in einer psychedelischen Mischung aus Lila, Blau und Grün.

»Nein, im Ernst.« Rennie griff nach dem Becher, der auf Logans Schreibtisch stand, und stellte ihn zu seiner Sammlung, »du siehst aus wie der Elefantenmensch an einem schlechten Tag.«

»Hätte nicht gedacht, dass Steel heute kommen würde.«

»Aber hallo. Riechen tut sie wie ein eingelegtes Stinktier. Verkatert ist gar kein Ausdruck. Ehrlich, ich hab schon Leute gesehen, die waren gerade obduziert worden und sahen besser aus.« Er drehte sich um, als jemand zur Tür hereingeschlappt kam. »Ups – wenn man vom Teufel spricht, kommt seine Großmutter.«

Rennie machte keine Witze – DI Steel sah wirklich zum Fürchten aus. Eine Frisur wie ein geplatztes Frettchen, dicke schwarze Säcke unter den Augen, und eine Gesichtsfarbe, die an etwas erinnerte, das unter die Räder geraten war und eine Woche lang im Straßengraben gelegen hatte. Dazu umwaberte sie eine Duftmischung aus Chanel N°5, extra starken Pfefferminzbonbons und abgestandenem Whisky.

Logan fragte sie, wie es ihr gehe, doch sie knurrte nur und schlurfte an ihm vorbei zur Fluchkasse. Sie nahm die Dose von dem kleinen Kühlschrank in der Ecke und runzelte die Stirn. Schüttelte das Ding. Zog eine finstere Miene. Öffnete die Box. Und fluchte. Ihre Stimme war zirka zwei Oktaven tiefer als gewöhnlich und klang wie in Schotter und Rasierklingen mariniert. »Welches Diebespack hat…?« Sie drehte die Quality-Street-Dose um, doch nicht eine Münze fiel heraus. Sie war leer.

Steel feuerte sie auf den Boden und kickte sie quer durch das CID-Büro. »Ich hab vierzig Pfund da reingesteckt!«

Alles drehte sich um und starrte sie an.

Rennie zuckte zusammen. »Vielleicht –«

»VIERZIG PFUND!«

»Wir könnten –«

»WOZU HAT MAN DENN EINE POLIZEI, WENN IHR DRECKSÄCKE ALLES KLAUT, WAS NICHT NIET- UND NAGELFEST IST?« Sie rieb sich mit den Handballen die Augen und stürmte hinaus, eine Flut von Obszönitäten auf den Lippen.

»Also, das war –«

Aber weiter kam DC Rennie nicht, denn schon steckte Steel wieder den Kopf zur Tür herein. »McRae, in mein Büro – *pronto.* Sie da«, sie deutete auf Rennie, »Kaffee: Milch und zwei Stück Zucker. Und besorgen Sie mir ein paar Kippen.« Dann richtete sie ihren ergrimmten Blick auf DS Beattie. »Und Sie da mit der Matte im Gesicht – Sie sind doch angeblich bei der Kripo. Dann finden Sie doch mal raus, welches diebische Elsterschwein mein Fluchgeld geklaut hat!«

Und dann war sie verschwunden.

Detective Sergeant Beattie wischte sich die Kekskrümel aus dem Bart und sagte: »Also, ich war's jedenfalls nicht.«

Logan seufzte, wuchtete sich hoch und folgte ihr.

Aus der Nähe betrachtet, sah Steel sogar noch schlimmer aus. Ihre Pupillen waren wie Stecknadelköpfe und schwammen in einem rosafarbenen See, der von spinnwebartigen roten Äderchen durchzogen war. Sie ließ sich in ihren Bürostuhl plumpsen und fuhr sich mit den Händen durch die Haare. »Mein Mund fühlt sich an wie 'n Hundearsch.«

»Hätte nicht gedacht, dass du heute Morgen aufkreuzt.«

Sie starrte ihn an. »Du siehst echt scheiße aus.« Dann begann sie in ihrem Eingangskorb zu wühlen. »Wo bleibt bloß Rennie mit den verdammten Kippen? Und wo ist mein Auto?«

»Ich hab es gestern Abend weggefahren. Steht hinten auf dem Parkplatz. War das alles? Ich muss nämlich –«

»Netter Versuch.« Inzwischen hatte sie einen kleinen Stapel Farbausdrucke aus dem Eingangskorb ausgegraben, die sie ihm zuwarf. »Fahndungsfotos von einem Kerl, der seinen Samen in der ganzen Stadt verstreut. Im wahrsten Sinn des Wortes. Dieses Ferkel schmiert sein Sperma auf Geländer und Türklinken. Hat eine besondere Vorliebe für Einkaufszentren.«

»Scheint ja ein echter Künstler zu sein …« Laut den beigefügten Informationen waren die computergenerierten Phantombilder von drei verschiedenen Zeuginnen erstellt worden, die alle erst gemerkt hatten, dass etwas ganz und gar nicht stimmte, als sie schon voll hineingelangt hatten. Der Verdächtige hatte schulterlanges lockiges Haar, ein längliches Gesicht und schiefe Zähne, und er trug eine Sonnenbrille. Alter: um die vierzig.

»Ich verstehe nicht –«

»Lass die an die Sicherheitschefs von sämtlichen größeren Supermärkten der Stadt ausgeben. Und auch an die Einkaufszentren. Der Typ verteilt seine DNS eimerweise in der Landschaft – alles, was wir brauchen, ist jemand, dem wir sie zuordnen können. Sag den Leuten, sie sollen mich auf der Stelle anrufen, sobald dieser abgefuckte Wichser seine hässliche Visage zeigt. Und hak mal nach wegen der Fahndung nach Rory Simpson. Dieser miese kleine Pädo muss doch irgendwo sein.«

»Das wird bis morgen warten müssen. Finnie will, dass ich –«

»Herrgott noch mal, sag diesem blöden Froschgesicht, er kann mich mal. Er –«

»Wir haben gestern Colin McLeod festgenommen: versuchter Mord. Er hat Harry Jordan einen Besuch mit dem Klauenhammer abgestattet.«

Steel lächelte tatsächlich. »Kriegen sie ihn wieder hin?«

»Wahrscheinlich nicht.«

»Gut.« Sie hustete, zog eine Grimasse und setzte dann die Bergungsarbeiten auf ihrem Schreibtisch fort. »Wieso hab ich hier kein Paracetamol …«

»Also, wie gesagt, ich soll bei der Vernehmung dabei sein, und wir müssen eine formelle Identifizierung machen, und –«

Ein Poltern und Krachen – DC Rennie schob sich rückwärts ins Zimmer, in der einen Hand einen Becher Kaffee, in der anderen eine Packung Kekse, eine braune Aktenmappe unter den Arm geklemmt. »Sorry.«

Steel starrte ihn böse an. »Ja, nur zu, machen Sie die verdammte Bude zu Kleinholz. Wo sind meine Kippen?«

»Hab Ihnen drei Silk Cut besorgt. Ich musste sie bei DS Griffiths stibitzen – also, wenn er einen Aufstand macht: Sie wissen von nichts, okay?«

»Los, los, los, her damit!« Sie streckte die Hand aus, und Rennie ließ die Zigaretten hineinfallen. Sie steckte sich eine an, sog den Rauch ein und ließ ihn dann mit einem langen Seufzer der Befriedigung wieder entweichen. »O Mann, das ist schon viel besser.«

Logan sagte Rennie, er solle die Tür schließen, während er selbst das Fenster aufriss. Die Stadt draußen glitzerte – der ganze Staub eines langen, heißen Sommers weggespült vom nächtlichen Regen. Alles glänzte wie frisch gewaschen; nicht eine Pfütze von Erbrochenem auf den Gehsteigen. Selbst der Morgennebel hatte sich in der Sonne aufgelöst.

Rennie warf die Aktenmappe auf Steels Schreibtisch. »Das ist der vorläufige Bericht der Kriminaltechnik über den Brand.«

Steel blickte nicht einmal auf. Sie hing schlaff in ihrem Stuhl und rauchte zur Decke hinauf. »Was für ein Brand?«

»Im Turf 'n Track. Die Brandstiftung. Ist doch Ihr Fall.«

»Echt?«

Rennie tippte auf die Mappe. »Sie waren gestern am Tatort. DS McRae hat Sie als Leitende Ermittlungsbeamtin eingetragen.«

Und jetzt setzte sie sich tatsächlich auf. »Ich war dort?«

»Rein formal gesehen, ja.« Logan nahm die Akte und blätterte sie durch. Die Feuerwehr war bei ihrer ersten Vermutung geblieben: Der Brand war durch einen Molotowcocktail ausgelöst worden, der durch die Eingangstür in den Laden geworfen worden war. »Nichts vom Fingerabdrucklabor?«

Der Constable schüttelte den Kopf. »Die sind vorläufig noch mit den ganzen Knarren beschäftigt, die wir gefunden haben. Sie sagen, sie kommen eventuell morgen dazu, vielleicht auch erst am Freitag.«

Steel riss Logan die Mappe aus der Hand und sah sie grummelnd durch. »*Ich* leite hier die Ermittlungen, schon vergessen? *Ich* stelle hier die Fragen, verdammt.«

»So ist's richtig.« Logan hielt auf dem Weg zur Tür inne. »Willst du immer noch, dass ich dir morgen zur Hand gehe?«

»Wozu brauche ich *dich*, wenn ich unseren Defective Constable Rennie hier haben kann?« Sie hievte sich in die Vertikale, schnippte den kläglichen Rest ihrer Zigarette aus dem Fenster und drückte dem Constable die drei Phantombildausdrucke in die Hand. »Sie wollten doch bestimmt immer schon mal einen Serientäter zur Strecke bringen, Rennie? Gut, dann dürfen Sie sich jetzt auf die Jagd nach dem Sperminator machen.«

»Hinweis für das Tonbandprotokoll«, sagte DCI Finnie und hielt einen transparenten Beweismittelbeutel hoch. »Ich zeige

Mr. McLeod jetzt Beweisstück A: einen Klauenhammer. Wir haben diesen Hammer in Ihrer Garage gefunden, Colin. Möchten Sie uns etwas darüber erzählen?«

Colin McLeod funkelte ihn über den Tisch des Vernehmungsraums hinweg an. Bis auf ein paar Kratzer wies er keine sichtbaren Verletzungen auf, nicht einmal eine Beule an der Stelle, wo Logan ihm mit dem Spaten eins übergezogen hatte.

Logan, der an der Wand lehnte und das Geschehen von dort verfolgte, fand das irgendwie nicht fair. Schon gar nicht in Anbetracht des Zustands, in dem sein eigenes Gesicht sich heute befand.

McLeod würdigte den Inhalt des Beutels kaum eines Blickes. »Das ist ein Hammer. So was benutzt man, um Nägel einzuschlagen.«

»Ja, *ich* würde ihn für Nägel benutzen, aber *Sie* bearbeiten damit Kniescheiben, nicht wahr?«

»Kein Kommentar.«

»Und gestern Abend haben Sie damit Harry Jordans Kopf bearbeitet.«

»Quatsch.«

»Tatsächlich?« Finnie gab DS Pirie Beweisstück A zurück. »Vielleicht möchten Sie sich das noch mal ein wenig durch den Kopf gehen lassen, Colin. Sie müssen nämlich wissen«, fuhr er in einem theatralischen Flüsterton fort und beugte sich über den Tisch, »dass wir dafür verschiedene sogenannte *Zeugen* haben.«

»Ich …« Der kräftige Mann wich zurück. »Ich hab ihn nicht angerührt.«

»Drei Zeugen behaupten das Gegenteil, Colin. Oder darf ich Sie Creepy nennen?«

»Nein, das dürfen Sie verdammt noch mal nicht!« McLeods Gesicht wurde noch hässlicher, als es ohnehin schon war. »Ich will meinen Anwalt, und zwar auf der Stelle!«

»Nun machen Sie mal nicht so ein Theater; Sie wissen doch,

wie es läuft. Sie bekommen einen Anwalt, wenn *ich* es sage, nicht eher.«

»ICH HAB IHN NICHT ANGERÜHRT!«

DS Pirie, der bis dahin geschwiegen hatte, beugte sich vor und flüsterte Finnie etwas ins Ohr.

Der DCI nickte. »Wenn Sie ihn gar nicht angerührt haben«, sagte er, »wie kommt es dann, dass die Kriminaltechnik Spuren von Harry Jordans Blut an Ihrem Hammer gefunden hat?«

»Ich hab Ihnen doch gesagt, das ist nicht mein Hammer.«

»Haben Sie das?« Finnie runzelte demonstrativ die Stirn und fragte in die Runde: »Kann sich jemand erinnern, dass Mr. McLeod gesagt hat, das hier sei nicht sein Hammer?«

»Es ist nicht mein –«

Pirie sah in seinen Unterlagen nach. »Und wieso ist er dann voll mit Ihren Fingerabdrücken?«

»Ich … Scheiße, ich hab ihn nicht *umgebracht*!«

»Oje.« Der DCI verfügte über ein Lächeln, wie man es normalerweise nur von Grizzlybären kannte. »Wir haben kriminaltechnische Beweise, wir haben Zeugen, und dank DS McRae« – er wies über die Schulter auf Logan – »haben wir auch einen Drohanruf des Opfers auf Ihrem Anrufbeantworter. Und wir alle wissen, dass Harry Jordan eine Nutte, in die Sie verknallt sind, grün und blau geprügelt hat. Nicht genug, dass er die Liebe Ihres Lebens für sich anschaffen lässt –«

Es klopfte an der Tür.

»Was ist denn jetzt schon …« Er sah sich um. »McRae, kümmern Sie sich doch drum, ja?«

Logan öffnete die Tür und sah sich einem atemlosen PC Karim gegenüber. Der Constable rang noch einen Moment nach Luft und platzte dann mit seiner Neuigkeit heraus.

In einem leer stehenden Gebäude war ein weiteres Opfer mit ausgestochenen Augen gefunden worden. Ödipus hatte wieder zugeschlagen.

21

Ein Krankenwagen stand mit laufendem Motor mitten auf dem schmalen asphaltierten Streifen, der zwischen den Reihen von Legostein-Häuschen am Burnbank Place verlief. Die Sanitäter lieferten sich einen Wortwechsel mit dem uniformierten Constable, der das Anwesen bewachte. Vor der Haustür stand eine Mulde, randvoll mit Mörtelbrocken, einer alten Spüle und einer Matratze mit Urinflecken.

»Sie müssen uns reinlassen – wir müssen ihn ins Krankenhaus bringen!«

»Ich darf nicht, okay? Ich habe –« In diesem Moment entdeckte der Constable DCI Finnie, der mit Logan und DS Pirie im Schlepptau auf ihn zumarschierte. »Chief Inspector! Sie wollen unbedingt das Opfer mitnehmen und –«

Finnie schob sich an ihm vorbei. »Niemand betritt oder verlässt das Gebäude, solange der Rechtsmediziner nicht hier ist.« Und dann gingen sie hinein.

Es war kein großes Haus – von innen wirkte es genauso kastenförmig und seelenlos wie von außen. Wie das Haus am Primrosehill Drive wurde es zurzeit renoviert. Die Wände waren bis auf die nackten Hohlblocksteine abgezogen, und der Betonfußboden war mit Staub und Gipskartonbrocken bedeckt.

Ein zweiter Constable, vermutlich der Partner desjenigen, der vor der Tür postiert war, trat ihnen an der Schlafzimmertür in den Weg. »Wir können den armen Kerl nicht einfach hier liegen lassen, das ist nicht –«

Finnie brachte ihn mit einer Handbewegung zum Schweigen. »Wieso tragen Sie keinen Schutzanzug? Ich sagte doch, ich will, dass das Haus wie der Tatort eines Mordes behandelt wird.«

»Er hat *Schmerzen*!«

Der DCI starrte den PC einen Moment lang an, dann klopfte er ihm mit den Knöcheln an den Schädel. »Hallo? Hallo? Ist dieses Ding eingeschaltet? Spreche ich zu schnell für Ihr winziges Gehirn? Besorgen – Sie – mir – Schutzanzüge. Ich werde nicht zulassen, dass der Tatort noch mehr kontaminiert wird!«

Einen Moment lang sah der Constable so aus, als sei er im Begriff, seinen Schlagstock in eine intime Region von Finnies Anatomie einzuführen. Dann biss er die Zähne zusammen und würgte ein »Ja, Sir!« hervor. Zwei Minuten später kam er mit einem kleinen Stapel Overalls in Plastikhüllen, ein paar Gesichtsmasken und einer Sammlung blauer Plastik-Überschuhe zurück. »Ich denke trotzdem –«

»Wenn Sie zum Sergeant befördert werden, können Sie so viel denken, wie Sie wollen, aber bis dahin wäre es nett, wenn Sie einfach nur tun würden, was man Ihnen sagt. Und nun gehen Sie, und helfen Sie Ihrem kleinen Freund da draußen, die Tür zu bewachen. Und geben Sie mir sofort Bescheid, wenn der Rechtsmediziner auftaucht!«

Allmählich wurde es eng im Schlafzimmer. Es war ohnehin schon nicht sehr groß, aber nachdem Doc Fraser sich zu ihnen gesellt hatte, konnte man sich kaum noch rühren. Der alte Mann stellte seine Arzttasche an der Tür ab und kauerte sich neben das Opfer.

»Ist der Tod schon festgestellt worden?«

Finnie schüttelte den Kopf. »Sie sagten doch, dass Sie gerne ein lebendes Exemplar sehen würden, bevor das Krankenhaus ihn in die Finger bekommt.«

»Soll das heißen, er...« Der Rechtsmediziner tastete nach einem Puls – und der Mann am Boden stöhnte. Doc Fraser starrte zu Logan auf. »Holen Sie sofort die Sanitäter her! Dieser Mann –«

»Dieser Mann«, unterbrach ihn der Chief Inspector, »ist das einzige Beweismaterial, das wir haben. Ich weiß, es klingt hart, aber wir können es uns nicht leisten, diese Chance zu vergeuden. Also, würden Sie jetzt bitte einmal ein wenig Teamfähigkeit an den Tag legen, nur so lange, bis Sie ihn untersucht haben – oder muss ich jemand anderen herholen lassen?«

»Aber –«

»Nein, Doc, kein Aber. Wenn er in die Notaufnahme kommt, werden die dort sämtliche brauchbaren Spuren vernichten. Und wenn er zu sich kommt, wird er zu verängstigt sein, um mit uns zu reden.«

»Das ist nicht nur unethisch, es ist –«

»Es ist alles, was wir haben! Wollen Sie, dass das immer und immer wieder passiert? Wollen Sie das *wirklich*? Denn es wird immer wieder passieren, so lange, bis wir endlich einen handfesten Beweis haben!«

Das jüngste Opfer, das zu ihren Füßen am Boden lag, zuckte und stöhnte.

Doc Fraser verstummte, die Stirn nachdenklich in Falten gezogen. »Sie holen jetzt als Allererstes einen von den Sanitätern her und lassen diesem Mann ein Schmerzmittel und ein Sedativum verabreichen, sonst gehe ich und rufe auf der Stelle die Interne Dienstaufsicht an. Verstanden?«

Zwei Minuten später zog ein Sanitäter mit ernstem Gesicht eine Nadel aus dem Arm des Opfers, drückte einen Wattebausch auf die Einstichstelle und befestigte ihn mit Heftpflaster. »Das gefällt mir ganz und gar nicht.«

Der Rechtsmediziner verzog das Gesicht. »Da sind Sie nicht der Einzige, glauben Sie mir.« Er drückte Logan ein Diktiergerät in die Hand, streifte sich ein Paar Latexhandschuhe über und legte vorsichtig die Hand unter den Kopf des Opfers, um das Gesicht zu sich zu drehen. Dann zuckte er zusammen. »Gütiger Gott, das ist ja widerlich…« Von den Augen waren nur zwei dunkle Schlitze übrig, inmitten von rotem, entzündetem Gewebe, Fetzen verkohlter Haut und getrocknetem Blut.

»Kommen Sie, Doc«, sagte Pirie, offensichtlich bemüht, die Stimmung aufzuhellen, was ihm aber gründlich misslang. »Sie haben doch schon Schlimmeres gesehen.«

»Nicht bei einem lebenden Menschen…« Er holte tief Luft und versuchte die Augenhöhle mit beiden Händen auseinanderzuziehen. Es gab ein knisterndes Geräusch, und etwas von dem Gewebe bröselte in das Loch. »Oh…« Er beugte sich vor, um besser sehen zu können.

»Es riecht nach irgendeinem Brandbeschleuniger. Geben Sie mir ein Wattestäbchen aus meiner Tasche.«

Der Sanitäter reichte es ihm, und Fraser fuhr damit einmal um die Augenhöhle herum, um es dann in ein kleines Probenröhrchen zu werfen. »Wir können es im Labor testen, aber es handelt sich wahrscheinlich um Benzin oder Feuerzeugbenzin. Er hat Glück gehabt…«

»*Das* nennen Sie Glück?«

»Die Augen befinden sich in unmittelbarer Nähe der Nasengänge und des Rachens – also der Hauptatemwege. Wenn die durch das Ausbrennen zu heiß werden, schwellen sie zu. Dann erstickt man elendiglich.« Er fuhr mit einer behandschuhten Fingerspitze behutsam die Konturen des ausgefransten Lochs nach. »Die Reste des unteren Augenlids weisen Schnittverletzungen auf. Ein Messer vielleicht?« Er sah noch genauer hin. »Eins mit gebogener Klinge, nicht länger als ein Daumen. Und Rechtshänder ist er auch. Geben Sie mir eine Taschenlampe.«

Klick, und ein heller LED-Strahl leuchtete in die verwüstete Augenhöhle.

»Eine chemische Reaktion mit dem Gewebe an der Rückwand der Augenhöhle. Das Ende des Sehnervs ist ausgefranst, also wurde er vermutlich abgerissen und nicht abgeschnitten.« Doc Fraser setzte sich auf. »Ich würde sagen, die Augen wurden mit einem kleinen Messer mit gebogener Klinge aus den Höhlen geschnitten, wobei das Muskelgewebe durchtrennt wurde. Dann hält der Täter das Auge in der hohlen Hand« – er imitierte die Bewegung, damit alle ihm ganz genau folgen konnten –, »sodass der Sehnerv zwischen den beiden mittleren Fingern liegt, und zieht ruckartig, als wollte er eine Kettensäge starten.«

Und das war ein Bild, auf das Logan so kurz nach dem Frühstück wirklich gerne verzichtet hätte.

»Und dann«, fuhr der Rechtsmediziner fort, »nachdem er das linke und das rechte Auge ausgerissen hat, schüttet er Brandbeschleuniger in die Höhlen und zündet ihn an.« Fraser bat Logan, ihm aufzuhelfen. »Machen Sie ein paar Fotos, und dann schaffen Sie diesen Mann hier ins Krankenhaus.« Er drehte sich um und schlurfte mit unsicheren Schritten zur Tür hinaus. »Ich bin hier fertig.«

Etwas später im Präsidium warf die Kriminaltechnikerin einen Blick auf das Foto in Logans Hand und machte ein würgendes Geräusch. »Hättest ja wenigstens warten können, bis ich mit meinem Sandwich fertig bin!« Heute stand auf ihrem T-Shirt: ICH HAB DEINE MUTTER NACKT GESEHEN. Wenn das stimmte, tat sie Logan leid.

Er legte das Foto auf den Tisch neben eine Tüte Chips mit Räucherspeck-Aroma. »Finnie sagt, ihr sollt es so bearbeiten, dass das Opfer so aussieht wie … vorher.«

»Irgendeine Ahnung, welche Farbe seine Augen haben?«

»Er hatte sie nicht dabei, als wir ihn fanden.«

»Meinst du nicht, dass du da ein bisschen viel verlangst?«

»Und ich brauche zirka hundert Plakate mit einem Aufruf an die Bevölkerung. Finnie will, dass wir ganz Torry damit vollkleistern – er hofft, dass wir ihn so identifizieren können.«

»Ich kann nichts versprechen.« Sie warf den Rest ihres Sandwichs in den Mülleimer. »Und wenn du das nächste Mal mit einem Foto von irgend so einem armen Schwein mit ausgestochenen Augen ankommst, warte doch bitte bis *nach* dem Mittagessen, ja?«

Zwei Stunden und einen Stapel Papierkram später klopfte Logan an DI Steels Tür … wartete eine Sekunde … und ging dann einfach rein. Sie war auf ihrem Schreibtisch zusammengesunken, ihr Kopf war zur Seite gerollt, und sie lag leise schnarchend mit der Wange in einer kleinen Pfütze von frischem Sabber. Sehr attraktiv.

Logan machte es sich auf einem der Besucherstühle bequem und schnüffelte ein wenig in ihrem Eingangskorb herum. Das meiste waren nur Spesenabrechnungen und Zeugenaussagen, aber ganz unten lag ein Memo von DCS Bain, in dem er den leitenden Beamten mitteilte, dass die Stelle eines Detective Inspector frei würde, da DI Gray aus gesundheitlichen Gründen aus dem Dienst ausscheide. Sie sollten sich Gedanken über geeignete Kandidaten machen.

Steel gab ein leises Grunzen von sich und räkelte sich im Schlaf. Logan erstarrte – und legte rasch alles wieder dorthin zurück, wo er es gefunden hatte.

Er räusperte sich. »Ähem?« Keine Reaktion. »Chefin?« Immer noch nichts. Er beugte sich vor und rüttelte an ihrer Schulter. »Hallo, aufwachen!«

»Grmmmmmmph?« Steel schlug ein blutunterlaufenes Auge auf, schälte ihr Gesicht vom Schreibtisch ab und zog dabei einen langen Speichelfaden mit. »Wie spät ist es?«

»Nach zwei. Wir haben einen Einsatz: Ein polnischer Lebensmittelladen in der Victoria Road ist verwüstet worden.«

Sie rieb sich mit der Hand übers Gesicht und verformte es dabei völlig. »Uaahh … ich fühl mich total mies.« So sah sie auch aus, aber Logan war zu höflich, um etwas zu sagen.

»Ich habe uns einen Wagen aus dem Fuhrpark besorgt und –«

»Vergiss es, ich fahr nirgendwohin. Du machst das. Nimm diese nutzlose CO_2-Schleuder Rennie mit.« Sie gähnte und ließ dabei eine ganze Reihe schwarzer Füllungen sehen – solide schottische Wertarbeit. »Ich glaub', ich war heute Morgen immer noch ein bisschen betrunken.«

»Finnie sagt, du sollst hinfahren. Er ist –«

Steel schraubte ihre Stimme zu einer quietschigen Parodie im Monty-Python-Stil hoch: »›Finnie sagt dies, Finnie sagt das.‹ Warum heiratest du ihn nicht gleich?«

»Vielleicht würde dir ein bisschen frische Luft ja guttun?«

»Ach, sei nicht so –«

»Und wenn du nicht hier bist, kann der Assistant Chief Constable auch nicht reinplatzen und dich dabei erwischen, wie du schnarchend auf deinem Schreibtisch liegst.«

Sie stemmte sich aus ihrem Stuhl hoch. »Ich hol' nur rasch meine Jacke.«

Logan drehte die Fenster herunter, um den säuerlichen Geruch loszuwerden, so gut es ging. DI Steel hing stöhnend und ächzend im Beifahrersitz und klammerte sich an eine Zweiliterflasche Irn-Bru von der Tankstelle. Dort hatten sie einen Nothalt einlegen müssen, damit sie sich übergeben konnte.

»Muss wohl irgendwas Falsches gegessen haben.«

Die Gemischtwarenhandlung Kraków war in der Victoria Road in Torry, zwischen einer Reinigung und einer Wein- und Spirituosenhandlung. Früher war es ein Zeitungsladen gewesen, aber die Tage der Schmuddelhefte im obersten Regal und der altbackenen Pasteten waren längst Vergangenheit. Jetzt hatte der Laden einen attraktiven neuen Anstrich in leuchtendem Blau bekommen, und das Schaufenster war mit verlockenden ausländischen Spezialitäten und Postern von alten Häusern und verwinkelten Gassen dekoriert.

Drinnen sah es allerdings ein wenig anders aus. Irgendjemand hatte den Laden gründlich auseinandergenommen: Regale und Präsentationsständer waren demoliert worden, die Vitrine lag umgekippt in der Mitte des Ladens, umgeben von einem Chaos aus zerbrochenen Eiern, verbeulten Dosen, zerdrückten Packungen und kaputten Flaschen. Eine Kühltruhe war zur letzten Ruhestätte der Registrierkasse geworden, mit dem Inhalt von drei großen Flaschen Haushaltsbleiche als Grabbeigabe.

Logan blieb in der Tür stehen und verschaffte sich einen Überblick über das Ausmaß der Zerstörung, während Steel im Wagen geblieben war, um »ein paar wichtige Anrufe zu erledigen«. Dazu war es offenbar notwendig, dass sie die Fenster hochdrehte, die Lehne des Beifahrersitzes so weit nach hinten kippte, wie es nur ging, sich die Jacke übers Gesicht zog und in dieser Stellung reglos verharrte.

Ein Mann mittleren Alters stand mit offenem Mund neben der zertrümmerten Vitrine. Er sagte nichts, also musste Logan ihn noch einmal fragen.

»Sind Sie Mr. Wojewódzki?«

Der Mann wandte den Blick nicht von seinem verwüsteten Laden. »Sie müssen später wiederkommen. Wir haben … geschlossen.«

Logan zog seinen Dienstausweis aus der Tasche. »Ich bin von der Polizei, ich bin gekommen …« Er brach ab, als er den Ausdruck von Angst und Argwohn bemerkte, der sich plötzlich auf dem Gesicht des Ladeninhabers ausbreitete. »Es ist okay, ich bin hier, um Ihnen zu helfen. Können Sie mir sagen, wer das getan hat?«

Ein Schnauben. »Tiere. Die haben das getan. *Tiere.*« Er senkte den Blick auf das mit Lebensmitteln übersäte Linoleum. »Ich weiß nicht. Ich war nicht hier. Sie müssen Tür aufgebrochen haben.«

»Na schön …« Logan setzte seinen Fuß vorsichtig zwischen

einen blutroten Fleck aus zerbrochenen Rote-Bete-Gläsern und etwas, das nach Karottensaft aussah. »Sie haben nicht die Polizei gerufen. Wir mussten es von einem Ihrer Kunden erfahren. Gibt es einen Grund dafür?«

»Was kann ich sagen, wenn Leute machen so etwas? Ich arbeite hart, um Geschäft aufzubauen, und jetzt das.« Er lehnte sich an die Wand und fuhr sich mit der Hand durch sein kurz geschorenes, angegrautes Haar. »Zuerst es sind Zeitungen: *Aberdeen Examiner* erzählt allen Leuten, dass polnische Ladenbesitzer weigern sich, Einheimische zu bedienen. Pah. Ist schwer genug, von Geschäft zu leben, muss man nicht noch gutes Geld ausschlagen.« Er trat nach einem Milchkarton. »Engstirnige Leute, die Lügen verbreiten. Bei mir ist *jeder* willkommen. Ich *will*, dass Einheimische kaufen meine Sachen – deswegen ich bin ja hergekommen.«

»Und wer hat nun Ihren Laden geplündert?«

»Pfff.« Wojewódzki warf die Hände in die Luft. »Was interessiert Sie? Sie sind *policja*. Lassen Sie mich in Ruhe. Ich habe hier nichts für Sie.« Er räumte einen kleinen Berg Erbsen in Dosen beiseite und begann an der umgekippten Vitrine zu zerren.

Logan packte am anderen Ende an und legte sich ins Zeug. Die Vitrine wog eine Tonne, aber irgendwie schafften sie es, sie aufzustellen. »Ich habe das ernst gemeint vorhin – ich will nur die Leute erwischen, die das hier getan haben.«

Die Reaktion war ein Knurren. Dann begann Wojewódzki, die heil gebliebenen Flaschen aufzusammeln.

»Hören Sie, Sie haben wahrscheinlich schlechte Erfahrungen mit der Polizei in Polen gemacht, aber –«

»Ich war Hauseigentümer. Hatte neun Häuser drüben in Kraków, alle sehr schön. Und dann kommt diese große Zampano aus Warszawa und sagt, er weiß Geschäftschance für mich. Er hat Cousin, wo arbeitet in Parlament: großes Grundstücksgeschäft, viel Geld drin. Also ich verkaufe Häuser und investiere.«

Der Ladenbesitzer griff nach einem Glas eingelegter Paprikaschoten und drehte es in den Händen. »Pfffff – hat Sprung!« Er ließ es fallen, und es zersprang am Boden in tausend Stücke.

»Zwei Monate vergehen, und nichts passiert: Kein Haus, kein Vertrag, kein Land. Ich frage ihn: Wo ist mein Geld? Und er sagt mir, gibt kein Geld, geh zurück nach Kraków. Als ob ich kleines Kind. Natürlich ich gehe zu *policja*, aber Cousin von Mann war großes Tier in Finanzministerium, als Kommunisten hatten Macht. *Policja* sagt mir, ich soll mein Geld vergessen. Ist futsch.« Er rollte einen schwarzen Müllsack auf und begann ihn mit zerdrückten Knoblauch- und Zwiebelbroten zu füllen. »So ist *policja* bei uns. Niemand kümmert sich. Alle korrupt.«

»Haben Sie noch mehr Müllsäcke?«

Der Ladenbesitzer zuckte mit den Achseln und reichte ihm einen. »Manchmal ich frage mich, warum ich bin gekommen nach Aberdeen. Alle sitzen so auf Geld, haben Angst, neue Sachen auszuprobieren. Sechs Jahre ich habe versucht …«

Sie räumten eine Weile schweigend auf, lasen die Glasscherben auf und kehrten die Cornflakes zusammen. Dann hievten sie die Kasse aus der Kühltruhe. Die Schublade stand offen, der Inhalt war verschwunden.

Er seufzte. »Sie sehen? Sie machen alles kaputt. Sie *stehlen* alles. Was kann ich tun?«

»Sie können mir sagen, wer es war.«

»Vier Männer, sie kommen hier rein. Lärmen, schreien sich an, lachen. Sie werfen Flaschen durch Laden, schmeißen sie auf Boden. Dann sie sagen mir, ich muss ihnen zahlen ›Schadenersatz‹. Wenn nicht, gibt noch mehr Schaden.« Der Ladenbesitzer wölbte die Brust. »Ich sage ihnen, ich habe keine Angst! Und sie zeigen mir Messer.« Er sah weg, schob die Kassenschublade zu. »Ich sage ihnen, ich habe schon bezahlt Schutzgeld für Laden …«

»Und dann haben sie alles kurz und klein geschlagen.«

»Sie sagen, ich muss sie bezahlen, sonst ich kann nie sicher sein. Fünfhundert Pfund jede Woche.«

Logan nahm sein Notizbuch heraus. »Wie haben sie ausgesehen?«

Achselzucken. »Diese Pullis mit Kapuze. Einer hat Tattoo auf Hand. Dünnes Gesicht, große Nase. Hat so raffiniertes Messer zum Aufklappen. Klang nicht schottisch.«

»Englisch?« Logan gab sich Mühe, einen überzeugenden Manchester-Akzent zu produzieren. »Ham die sich vielleicht ungefähr so angehört?«

Wieder zuckte er mit den Achseln. »Für mich alle Engländer klingen gleich.«

Der Ladenbesitzer griff nach einem Besen und fegte einen klirrenden Scherbenhaufen über das Linoleum. »Alles ist Gewalt heutzutage. Alle wollen Geld, aber niemand will arbeiten dafür.«

Logan sah ihm zu, wie er die Überreste seiner Waren zusammenkehrte. Die Paprika-Marinade verwandelte die verschütteten Cornflakes in einen braunen Essigbrei. Der Mann angelte eine Boulevardzeitung aus einem Regal und benutzte sie, um die Schweinerei aufzuwischen. Das Titelfoto, das ein Mädchen in einem unmöglich kleinen Bikini zeigte, verschwamm langsam in dem aufgeweichten Zeitungspapier. Jetzt würden sie nie erfahren, was das »SÜSSE GEHEIMNIS DER FLOTTEN POLEN-PETRA« war. Offenbar war Zander Clark nicht der Einzige, der attraktive Frauen importierte.

Unter einem Stapel durchgeweichter Taschenbücher lag eine Flasche polnischer Brandy. Logan zog sie heraus – sie war sogar noch heil. »Haben Sie schon mal von einer Firma namens Kostchey International Holdings gehört?«

Der Mann erstarrte. »Nein. Niemals.«

»Sind Sie sicher?«

»Ja. Jetzt Sie müssen gehen, ich muss das alles hier saubermachen.«

»Aber wir waren –«

»Bitte, ich habe sehr viel zu tun.«

Logan stellte die Flasche ins Regal zurück. »Okay… Noch eine Sache, dann bin ich weg.« Er nahm drei Ausdrucke aus der Tasche, faltete sie auseinander und hielt den ersten hoch. Es war das Ödipus-Opfer, das sie an diesem Morgen gefunden hatten. Die Kollegin von der Kriminaltechnik hatte die Augen recht geschickt ausgemalt. »Kennen Sie diesen Mann?«

Der Ladenbesitzer nahm den Ausdruck, starrte ihn eine Weile an und gab ihn dann zurück. »Nein.«

»Was ist mit diesen beiden?« Logan zeigte ihm die mit Rory Simpsons Hilfe erstellten Phantombilder der Männer, die Simon McLeod geblendet hatten.

Diesmal blitzte so etwas wie Wiedererkennen in den Augen des Ladenbesitzers auf. »Der da«, sagte er und zeigte auf das Bild des alten Mannes. »Ich kenne ihn!«

Ha – jetzt würde ihn Finnie wohl für diese DI-Stelle empfehlen müssen. »Wer ist es?«

»Ist Clint Eastwood.«

Logan drehte das Blatt um und starrte das Gesicht an. Der Ladenbesitzer hatte recht – es war eindeutig Clint Eastwood.

Wenn Logan Rory Simpson je zu fassen bekäme, würde er ihn eigenhändig erwürgen.

22

Im Wagen herrschte ein fürchterlicher Gestank. Alkohol, Mundgeruch und Schweiß, alles durchdrungen von einem zehennägelaufrollenden Geruch nach altem Erbrochenem. Steel lag schnarchend unter ihrer als Decke zweckentfremdeten Jacke, deren Ärmel in den Fußraum baumelten.

Logan knallte die Autotür zu, und sie schoss von ihrem Sitz hoch, die Jacke immer noch über dem Kopf. »Mmmpff? Was ist los? Hä?«

»Dieser verfluchte Rory Simpson! Er hat uns mit dem Fahndungsfoto angeschmiert!«

Steel gähnte, blinzelte und fuhr sich mit der Hand durch den elektrisch aufgeladenen Mopp, der ihr als Frisur diente. »Wieso schmeckt mein Mund nach Kotze?«

»Clint Eastwood!« Logan zog den Autoschlüssel aus der Hosentasche und rammte ihn ins Zündschloss.

»Ich hab Durst…«

»Das kommt davon, wenn man ganz allein eine Flasche Whisky leert.«

»Stimmt gar nicht…« Sie schloss die Augen und vergrub das Gesicht in den verschränkten Armen. »O Gott, es stimmt doch.«

»Vor deinen Füßen steht eine große Flasche Irn-Bru. Ich fasse es nicht, dass dieser Wichser von Simpson mich angelogen hat!«

»Er ist ein Kinderfummler, nicht George Washington.« Man hörte das unverkennbare Zischen, das eine Plastikflasche mit

Brauselimonade von sich gibt, wenn man den Deckel aufschraubt, und dann das unverkennbare Gefluche einer Person, die sich das Zeug über den ganzen Schoß spritzt. »Aaaah! Verdammtes Scheißteil … Ich hab mich total vollgesaut!«

»Dann halt eben die Flasche aus dem Fenster.«

»Ich bin ganz verklebt!«

Logan drehte sich in seinem Sitz um. »Wir müssen Rory finden. Wir müssen diesen verlogenen Mistkerl zwingen, uns eine korrekte Beschreibung zu liefern.«

Steel nahm einen großen Schluck aus der Flasche und rülpste.

»Vielleicht sollten wir uns an Tayside und Edinburgh wenden?«, meinte Logan. »Wenn er nicht hier ist, muss er ja irgendwo anders sein.«

»Ach, nerv mich nicht mit dem Quatsch!«

»Er hat uns *angelogen*!«

»Und brüll nicht so rum. Mein Kopf tut so schon weh genug.«

»Ich meine doch nur –«

Steel hielt sich die Ohren zu und schrie: »RUHE JETZT! DU BRINGST MEINEN KATER GANZ DURCHEINANDER!«

Draußen auf dem Gehsteig blieben schon die Passanten stehen und starrten den Wagen an.

Steel stöhnte, ihre Züge waren schmerzverzerrt. »Warum musst du mich auch so *provozieren*?«

»Tut mir leid. Ich … Ich hab's bloß satt, dass die Bösewichte immer davonkommen, okay?«

Steel blinzelte ihn von der Seite an. »Ich verzeih dir, wenn du mir Paracetamol und eine Packung Kippen besorgst.« Nach einer Pause setzte sie hinzu: »Und vielleicht ein Bacon-Sandwich?«

Die Granitfassaden der Mietshäuser, die in langen Reihen die Victoria Road säumten, glitzerten in der Sonne, doch der Anblick vermochte Logans Laune kaum zu heben. Warum musste er immer wieder den Laufburschen für irgendwelche DIs machen? Diese blöde Steel. Nur weil sie sich gestern Abend die Kante gegeben hatte, durfte er jetzt Kindermädchen spielen.

Er besorgte das Paracetamol und eine kleine Schachtel Lambert and Butler in einem Eckladen, der noch nicht von Typen mit Kapuzenshirts verwüstet worden war, und kaufte das Bacon-Sandwich ein paar Häuser weiter in der Torry Fish Bar. Es würde wahrscheinlich den Rückwärtsgang einlegen, sobald es in Steels Magen ankam, aber das war ihm egal, solange sie nicht den Wagen vollkotzte. Und wenn doch, konnte sie es gefälligst selbst aufwischen.

Logan kaufte sich eine Portion Pommes – eine kleine Styroporschüssel voll mit dicken, knusprig-goldenen Kartoffelstäbchen, kräftig gesalzen und in Essig getränkt. Er aß sie auf dem Weg zurück zum Wagen, wobei er bewusst einen Umweg nahm. Wenn er sich lange genug Zeit ließ, wäre Steels Bacon-Sandwich kalt, bis er ankam.

Er schlenderte die Walker Street hinunter, bog kurz vor der Grundschule links ab und gelangte durch eine enge Seitenstraße auf die Grampian Road.

Vielleicht könnte er Steel überreden, ihn für diese Beförderung zu empfehlen? Sich bei ihr einschleimen …

Verdammt.

Wahrscheinlich war es doch keine so gute Idee, ihr Bacon-Sandwich kalt werden zu lassen. Er befühlte es durch die Tüte hindurch, die man ihm an der Pommesbude gegeben hatte. Es war nicht mehr richtig heiß, aber wohl noch essbar.

Er stopfte sich die letzten paar Fritten in den Mund und eilte die Grampian Street hinunter in Richtung Wagen.

Und dann blieb er wie angewurzelt stehen, die Augen zu dem festungsartigen Bau von Sacred Heart erhoben.

Die einzige katholische Kirche von Torry wirkte irgendwie spanisch, obwohl sie aus Granit erbaut war und die Terracotta-Dachpfannen mit einer dichten graugrünen Moosschicht bedeckt waren. Sacred Heart stand auf einem kleinen Hügel und schaute grimmig auf die umliegenden Straßen herab wie ein betrunkener Onkel, der seiner versammelten Verwandtschaft ewige Verdammnis androht.

Die Ostfassade der Kirche war hinter Gerüststangen und Planen verborgen, das ganze Gelände mit einem zweieinhalb Meter hohen Bauzaun abgesperrt.

Wie hatte Goulding doch gesagt? »*All dieses Gerede von wegen ›sie nehmen uns unseren Gott weg‹ bedeutet, dass er sehr religiös ist …*« Und dass Ödipus vermutlich ein Einheimischer war, der Torry wie seine Westentasche kannte.

Logan überquerte die Straße.

Am Bauzaun hing ein DIN-A4-Blatt in einer transparenten Plastikhülle. »Wegen Renovierung geschlossen. Ab Oktober wieder für Gottes Werk geöffnet«, stand da, und: »In dringenden Fällen wenden Sie sich bitte an Reverend J. Burnett.« Und darunter anscheinend noch einmal dasselbe auf Polnisch. Ganz unten war eine Aberdeener Telefonnummer vermerkt.

Logan wählte sie, ließ es fast eine Minute lang läuten und hinterließ dann eine Nachricht nach dem Piepton.

Auf dem Gerüst saß ein Mann in einem verschmierten Blaumann. Sechs Meter über der Erde ließ er die Beine baumeln, trank Cola aus einer Dose und rauchte eine Zigarette.

»Entschuldigung?«

Der Mann sah von seinem Aussichtspunkt herunter. »Hallo? Kann ich helfen?« Zweifellos ein Pole.

»Wie lange ist die Kirche schon geschlossen?«

»Drei Monate? Kann sein länger. Ich weiß nicht. Steht Nummer auf Schild, wo man kann anrufen.«

»Hab ich versucht – da geht niemand dran.«

Der Mann grinste. »Sie wollen beichten? Ich habe grade Pause.«

»Nein, danke. Ich –«

»Sie gehen zu St. Peter in Castlegate. Pfarrer Burnett dort. Guter Mann.« Und dann, nachdem er seine Zigarette aufgeraucht hatte, machte er sich wieder daran, die vergammelten Dachpfannen vom Dach zu wuchten.

»Uargh …« DI Steel verzog das Gesicht und nuschelte mit vollem Mund: »Das ist ja kalt.«

»Echt?« Logan manövrierte den Wagen durch den Kreisverkehr auf die Market Road. »Als ich's gekauft habe, war es aber heiß.«

»Also, jetzt ist es jedenfalls kalt.« Steel spülte den Bissen mit einem Schluck Irn-Bru hinunter und schlug dann noch einmal die Zähne in ihr Bacon-Sandwich. Kauend starrte sie zum Seitenfenster hinaus. »Ich bin bei dem Adoptionsgespräch durchgefallen. Ich bin zu alt, haben sie gesagt …«

Logan hielt an der roten Ampel, direkt neben einer riesigen Reklametafel – McLENNAN HOMES: WOHNEN IST UNSERE LEIDENSCHAFT – 400 NEUE HÄUSER FÜR FAMILIEN IM NORDOSTEN! –, und wartete, bis der Konvoi aus Sattelschleppern, die aus der Hafenausfahrt gedonnert kamen, vorbei war.

»Unsinn. Ich kenne ein Paar, die sind beide über sechzig und ziehen immer noch Pflegekinder groß.«

»Pflegekinder sind nicht dasselbe. Susan will ein *eigenes* Baby. Sie ist …« Steel seufzte. »Na, du kennst sie ja.« Sie warf einen Seitenblick auf Logan und starrte dann wieder die Reklametafel an. »Unsere einzige Chance ist, dass Susan schwanger wird.«

»Künstliche Befruchtung? Aber ich dachte –«

»Ja … so was in der *Art.*« Sie hustete. Rutschte auf ihrem Sitz hin und her. Schniefte. »Sag mal … äh … du hättest nicht zufällig Lust, ein bisschen Sperma zu spenden?«

Logan hätte fast den Motor abgewürgt. »Was?«

»Ach, komm schon, wir sind doch praktisch eine Familie, oder?« Die Röte stieg ihr vom Hals in die Wangen und verfärbte sie von einem ungesunden Grau zu einem verschämten Pink. »Wir könnten … du weißt schon …« Sie wandte den Blick nicht von dem riesigen Plakat mit Malcolm McLennans verlogenem Grinsen. »Die Bechermethode.«

Logan klappte ein paarmal den Mund auf und zu, aber es kam kein Ton heraus. Er versuchte es noch einmal. »Also … ich –«

Hinter ihnen gellte eine Hupe, und jemand schrie: »Grüner wird's nicht, du Trottel!«

Zurück im Präsidium, machte Logan sich eiligst aus dem Staub, indem er einen kurzfristig angesetzten Termin bei der Internen Dienstaufsicht vorschob. Es war gelogen, aber vielleicht würde sie ihn ja in Ruhe lassen, wenn sie glaubte, dass er sich einen Anschiss abholen musste.

Er musste irgendwo untertauchen, bis er sich nach Hause verkrümeln konnte. Also machte er sich auf den Weg nach unten ins SOKO-Büro der Operation Ödipus.

Steel hasste Finnie – weshalb sie dort zuallerletzt nach ihm suchen würde.

Finnie hätte Logan fast über den Haufen gerannt, als er zur Tür herausgestürmt kam. Der DCI zog im Gehen sein Jackett über sein zerknittertes rosa Hemd. »Wo haben Sie gesteckt?« Er rümpfte die Nase. »Und was ist das für ein *Gestank*?«

»Sie haben gesagt, ich soll mit DI Steel nach Torry fahren, um –«

»Vergessen Sie's. Ich habe gerade einen Anruf aus dem Krankenhaus bekommen – sie haben Simon McLeod entlassen. Wird der sich freuen, wenn wir ihm einen kleinen Besuch abstatten.«

Logan wollte schon protestierten – die Tagschicht war offiziell in zwei Minuten um –, aber da war schließlich diese DI-

Stelle zu besetzen. Und es könnte nicht schaden, Finnie auf seiner Seite zu haben. »Was ist mit DS Pirie?«

Finnie grinste boshaft. »Sagen wir einfach nur, dass Pirie und die McLeods sich nicht mehr grün sind. Also, zack-zack: Wagen holen.«

Simon McLeod hatte einiges erreicht. Seine exklusive Sechs-Zimmer-Villa war Teil einer kleinen Neubausiedlung am Ortsrand von Cults, direkt am Wald gelegen. Kleiner Garten vor dem Haus, riesiger Garten dahinter. In der Einfahrt stand ein chromblitzender BMW-Geländewagen, daneben ein Porsche Boxster.

Logan setzte in die Einfahrt zurück und parkte so, dass er beide Autos blockierte.

»Na schön«, sagte Finnie und rieb sich die Hände. »Die McLeods sind nicht gerade dafür bekannt, dass sie mit der Polizei kooperieren. Deshalb möchte ich, dass Sie seine Lebensgefährtin bearbeiten, während ich mir Simon selbst vornehme. Wenn wir sie trennen, spuckt er vielleicht etwas aus, zumal, nachdem sein kleiner Bruder sich jetzt wegen versuchten Mordes vor Gericht verantworten muss.«

Sie mussten zweimal klingeln, ehe Simons Lebensgefährtin Hilary Brander ihnen öffnete. Ihr erwartungsvoller Gesichtsausdruck verflog, als sie Finnie erblickte.

Sie verschränkte die Arme vor der Brust und versperrte den Durchgang. »Was wollen Sie?«

»Ich habe gehört, dass die Ärzte Simon heute entlassen haben. Ich müsste ihn mal kurz sprechen.«

»Nach allem, was Sie unserem Colin angetan haben?«

Logan trat vor. »Es ist wichtig, Ms. Brander. Wir müssen denjenigen fassen, der ihn geblendet hat.«

Sie sah Logan an. »Was ist denn mit Ihrem Gesicht passiert?«

Er lächelte schief. »Das war Colins Ellbogen.«

Hilarys Mundwinkel zuckten nach oben, und sie trat einen Schritt zurück ins Haus. »Fünf Minuten, nicht länger. Seine Mutter kommt her, um bei der Vorbereitung der Party zu helfen – da wollen Sie ganz bestimmt nicht dabei sein, glauben Sie mir. Und wenn Simon Ihretwegen einen Anfall kriegt, bringe ich Sie um.«

Sie führte die Besucher ins Wohnzimmer, wo Hilarys alberner kleiner West-Highland-Terrier in einem Bett mit Schottenkarodecke vor dem künstlichen Kamin lag. Heute trug er ein hellgrünes Regenjäckchen mit Schafen.

Die Wände des Wohnzimmers waren mit Gobelins und Urlaubsfotos geschmückt: die Familie beim Skifahren in Aspen; eine Zugreise durch Alaska; Simon und Hilary irgendwo auf Safari mit einem Elefanten im Hintergrund; die Cheopspyramide.

Komisch – dabei schien Simon doch viel eher der Costa-del-Sol-Typ zu sein.

Er saß zusammengesunken in einem großen Liegesessel aus Leder, die Augenpartie hinter dicken weißen Verbänden verborgen, ein halb volles Whiskyglas in den zitternden Händen.

Hilary legte ihm die Hand auf die Schulter, und er zuckte so heftig zusammen, dass er fast seinen Drink verschüttet hätte.

»Entschuldige, Schatz, aber du hast Besuch.«

Simon drehte suchend den Kopf. »Mein Gott, Hilary, ich hab dir doch gesagt, du sollst niemanden ins Haus lassen! Wenn das jetzt …«

»Ist ja gut, ist ja schon gut. Schsch …« Sie strich ihm übers Haar. »Es ist nur die Polizei. Sie wollen wissen, wer dir das angetan hat.«

»Sag ihnen, sie sollen sich verpissen! Oder nein, das mach ich lieber selbst …« Er rappelte sich mühsam auf und ließ dabei sein Glas fallen. »VERPISST EUCH! Habt ihr mich verstanden?« Der Whisky versickerte in dem beigefarbenen Teppich.

Der Westie mit dem Regenmäntelchen begann in seinem Tartan-Körbchen zu knurren.

Hilary packte Simon am Hemd und zerrte ihn in den Sessel zurück. »Jetzt hörst du mir mal zu, Simon Emerson McLeod: Du bleibst jetzt hier sitzen, und du beruhigst dich gefälligst!«

»Aber –«

»Nein! Kein Aber. Du tust, was ich dir sage.« Dann wandte sie sich um und bedachte Finnie mit einem finsteren Blick. »Fünf Minuten, keine Sekunde mehr.« Sie marschierte in die Küche, und der kleine Hund wackelte munter hinterdrein.

Logan wartete ein paar Sekunden, dann folgte er dem Terrier, machte die Tür hinter sich zu und ließ Finnie mit Simon im Wohnzimmer allein. »Möchten Sie eine Tasse Tee?«

»Was habt ihr Bullen nur immer mit eurem Tee?« Sie wandte ihm den Rücken zu. »Ihr seid doch alle wandelnde Klischees.«

»Ich deute das als ein Nein.« Er lehnte sich an die Arbeitsfläche und versuchte, möglichst lässig zu wirken. »Wir haben heute Morgen ein weiteres Opfer gefunden. Genau wie Simon …«

»Das ist nicht unser Problem, okay? Wir haben schon genug am Hals.«

»Hilary, derjenige, der Ihrem Partner *das* angetan hat, ist immer noch auf freiem Fuß. Was wollen Sie tun, wenn er beschließt, zurückzukommen und sein Werk zu vollenden?«

Sie sank auf einen der Holzstühle am Küchentisch. »Er hat mir erzählt, er wollte früher als sonst in die Arbeit fahren. Es ging irgendwie um einen Lieferanten, der ihn bei einer Warenlieferung verscheißern wollte.«

»Einer Warenlieferung?«

»Wir betreiben eine Kette von Hamburgerbuden – nicht dass Sie das irgendetwas anginge. In jedem Industriegebiet von Aberdeen steht eine. Manchmal bekommen wir Rechnungen für Waren, die gar nicht geliefert wurden. Simon sagte, er würde sich darum kümmern.« Sie bückte sich und hob den Hund hoch. »Er sagt, er war gerade im Büro, als jemand an die Hintertür hämmerte. Er geht hin, um aufzumachen – und als er wieder zu sich kommt, liegt er im Krankenhaus …«

»Weiß er, wer es war?«

»Wenn er es wüsste, wäre derjenige jetzt tot.«

Da hatte sie wohl recht.

»Was ist mit Konkurrenten? Wir haben Gerüchte gehört, wonach jemand versucht hat, in sein Revier einzudringen.«

»Er hat kein ›Revier‹, er ist ein –«

»Ein seriöser Geschäftsmann. Ja, ja, das hat er mir auch erzählt.« Logan starrte sie eine Weile schweigend an, bis sie sichtlich nervös wurde. »Wir wissen beide, dass das nicht stimmt, Hilary. Ich glaube, dass in Aberdeen ein ausgewachsener Revierkrieg tobt, und irgendjemand hat dafür gesorgt, dass Simon nicht zurückschlagen kann.«

»Es war dieser verrückte Serientäter, von dem die Zeitungen voll sind! Er –«

»Nein, der war es nicht. Simon passt nicht in das Muster: Er ist kein Pole, er wurde nicht in Torry gefunden, wir haben nicht einmal einen Anruf bekommen. Irgendjemand hat den Medienrummel gesehen und sich gedacht, dass er die Sache ausnutzen könnte, um seine Spuren zu verwischen. Also, wer versucht, ihm sein Territorium streitig zu machen? Die Polenmafia? Die Russen? Wir wissen, dass Manchester schon die Fühler ausgestreckt hat.«

Sie streichelte den Hund. »Ich kann nichts sagen, okay?«

»Sie müssen.«

»Ich habe ihn noch nie so verängstigt erlebt.«

»Hilary, Sie dürfen nicht zulassen, dass diese Leute ungestraft davonkommen. Sie haben es mit Colins Methode versucht, und es hat nicht funktioniert, oder? Einfach irgendwelchen Leuten die Kniescheiben zertrümmern? Und nach dem, was er mit Harry Jordan gemacht hat –«

»Das war er nicht!« Sie rieb sich mit der Hand über die Augen. »Er war es nicht. Diese Schlampen *lügen*.«

»Auch ohne ihre Zeugenaussagen hätten wir immer noch die Spuren am Tatwerkzeug –«

»Er war doch gar nicht dort.« Hilary schlug die Kapuze des Hundes zurück und kraulte ihn zwischen den Ohren. »Die arme kleine Skye leidet am Cushing-Syndrom, nicht wahr, Schätzchen? Das Fell fällt ihr in großen Büscheln aus, und sie bekommt hässliche kahle Stellen, die sich entzünden. Deshalb muss sie dieses alberne Mäntelchen tragen.«

»Hilary, das ist wichtig.«

Sie blickte über die Schulter in Richtung Wohnzimmer. »Die Ärzte können nichts für ihn tun. Er wird immer blind bleiben.« Eine dicke Träne rollte ihr über die Wange und tropfte dem Westie auf den Kopf.

»Wir –«

»Er kann noch nicht einmal Glasaugen tragen – die würden nicht drinbleiben … Jemand hat ihm die Augenlider versengt. Was ist das für ein Mensch, der *so* etwas tut?«

Logan beugte sich über den Küchentisch und nahm ihre Hand. »Dann helfen Sie mir, diese Leute zu fassen.«

Dafür erntete er ein kleines, verbittertes Lachen. »Sie wollen, dass diesen Typen das Handwerk gelegt wird? Diesen *Schweinen?* Sie wollen, dass sie aufhören, Menschen zu verstümmeln? Dann lassen Sie Colin laufen.«

23

Da er Samantha weder zu Hause noch auf ihrem Handy erreichen konnte, machte Logan sich nach Dienstschluss nicht gleich auf den Heimweg. Stattdessen fuhr er, nachdem er sich ausgetragen hatte, auf gut Glück mit dem Aufzug hinauf ins Labor der Kriminaltechnik im dritten Stock.

Dafür, dass ein so großer Teil der Polizeiarbeit auf den Erkenntnissen der Forensik beruhte, war das Labor geradezu winzig. Es war kaum größer als Logans Wohnzimmer, und im Moment stapelten sich auf jeder verfügbaren Fläche Plastikkisten voller Feuerwaffen. Eine einsame Gestalt im weißen Kittel stand am Vakuumtisch und stäubte eine Kalaschnikow mit Fingerabdruckpulver ein. Das Radio war voll aufgedreht, um das Dröhnen des Motors zu übertönen. Gerade sprach der Polizeipräsident in den Lokalnachrichten von Northsound Two:

»*… muss uns der jüngste Anstieg der Drogenkriminalität alle mit Sorge erfüllen. Die Kriminellen scheinen zu glauben, dass Aberdeen ein weiches Ziel für ihre harten Drogen ist, aber ich sage Ihnen hier und heute, dass die Herrschaften sich da gewaltig irren. Unsere Beamten haben Anfang der Woche eine beträchtliche Menge Heroin sichergestellt, mit einem Straßenverkaufswert von über 200 000 Pfund …*«

Logan blieb am Tisch in der Mitte des Labors stehen. »Hallo?«

»*… überheblich werden. Sollten Sie also irgendetwas Verdächtiges bemerken, dann rufen Sie die Hotline an, wo unsere engagierten Mitarbeiter …*«

Nächster Versuch. »HALLO?«

Samantha drehte sich um, nahm die Schutzbrille und die Atemmaske ab und schrie zurück: »WO BIST DU DENN GESTERN ABEND ABGEBLIEBEN?«

»WAS?«

Logan stellte das Radio leiser, als die Nachrichtensprecherin sagte: »*Und zuletzt noch eine gute Meldung für den Arbeitsmarkt im Nordosten: Der Präsident von McLennan Homes, Malcolm McLennan, hat heute Pläne für eine weitere Luxus-Golfanlage bekanntgegeben …*«

»Du bist ganz verschmiert.«

»Hör bloß auf. Dieses blöde Fingerabdruckpulver geht durch alles durch …« Samantha schaltete den Abzug aus, und der Motor lief mit einem jaulenden Geräusch aus. »Du siehst aus, als hätte dir jemand einen Vorschlaghammer über den Schädel gezogen.«

»Hättest du Lust, später noch was zu unternehmen?«

Sie deutete auf die Kisten voller Waffen. »Lust hätte ich schon. Aber Roz hat Urlaub, Mark hat die Scheißerei, Davie ist auf Fortbildung, und Tracy muss in Glasgow bei einem Prozess aussagen. Ich muss den Laden also ganz allein schmeißen.« Sie wuchtete die Kalaschnikow auf einen Ständer, um sie zu fotografieren. »Andererseits kann ich die Überstunden auch ganz gut gebrauchen.«

»Oh.«

»Aber weißt du was …« Sie zog ihre blauen Nitrilhandschuhe aus. »Wo du schon mal hier bist, kannst du mir ein bisschen im Lagerraum zur Hand gehen.«

So hatte Logan sich den Abend zwar nicht unbedingt vorgestellt, aber es war wohl immer noch besser, als nach Hause zu gehen und die Wohnzimmerdecke zu streichen.

Zehn Minuten später war eine laute Stimme zu hören, die Tür des Lagerraums wurde aufgerissen, und DI Steel platzte herein. »Wo zum Teufel steckt ihr alle …« Sie blieb stehen und sah mit großen Augen zu, wie Logan und Sam hastig ihre Kleider richteten. »Kein Wunder, dass das Labor mit der Arbeit nicht nachkommt, wenn die verdammte Kriminaltechnik die ganze Zeit mit dem CID rumvögelt.«

»Wir haben nicht *gevögelt.*« Sam wurde knallrot im Gesicht. Sie griff sich wahllos irgendein Gerät aus einem der Wandregale. »Ich habe das hier gesucht, und dabei habe ich etwas ins Auge gekriegt –«

»In die Unterhose wohl eher.«

»Es ist nicht –«

»Ach, ist mir doch egal. Geben Sie mir einfach nur die Ergebnisse von diesem DNS-Test, den ich gestern raufgeschickt habe, und dann könnt ihr meinetwegen weiterbumsen.«

»Wir haben nicht gebumst!« Sam schob sich an Steel vorbei ins Labor, marschierte zum Aktenschrank und riss eine Schublade heraus.

»Und wo Sie schon mal dabei sind«, sagte Steel, »sehen Sie doch mal nach, ob Sie irgendwas über diesen Brand im Turf 'n Track haben.«

»Wir sind noch nicht dazugekommen. Wir hatten alle Hände voll damit zu tun, das Zeug da auf Fingerabdrücke zu untersuchen.« Sie deutete auf die Berge von Schusswaffen.

»Alle Hände voll damit zu tun, unseren Detective Sergeants an die Wäsche zu gehen, wollten Sie wohl sagen.«

Samantha starrte Logan zornig an. Er räusperte sich. »Äh … Wie wär's, wenn ich mich darum kümmere und Ihnen die Ergebnisse runter in Ihr Büro bringe, Ma'am?«

Steel stand eine Weile schweigend da, zuckte dann mit den Achseln und schlenderte zur Tür hinaus, die Hände in den Hosentaschen, wobei sie die Melodie des Groucho-Marx-Songs *Lydia the Tattooed Lady* pfiff.

Sobald die Tür ins Schloss gefallen war, lehnte Samantha sich gegen die Wand und vergrub das Gesicht in den Händen.

»O Gott… spätestens morgen weiß das ganze Präsidium Bescheid…«

Logan versuchte es mit einem beschwichtigenden Lächeln. »Könnte schlimmer sein, oder?«

»Die Frau ist ein Alptraum. Ein ausgewachsener Alptraum von der Sorte, wo du mitten in der Nacht schweißgebadet aufwachst und vor Angst fast ins Bett machst.«

»Ärger dich nicht über sie.« Er streichelte Samanthas Nacken und spürte, wie die weichen, flaumigen Härchen sich unter seinen Fingern aufrichteten. »Was ist denn schon so schlimm daran, wenn alle über uns Bescheid wissen?«

»Du hast gut reden – du wirst ja auch nicht als ›die tätowierte Schlampe, die es im Lagerraum mit Detective Sergeants treibt‹ in die Geschichte eingehen.«

»Ich werde mit ihr reden. Sie ist wirklich nicht so schlimm, wie alle denken. Und außerdem…« Er drehte sich zur Tür um und unterdrückte einen Schauder. »Außerdem will sie, dass ich ihr einen Gefallen tue.«

Sie fanden die Überreste der Brandbombe aus dem Turf 'n Track unter einem Stapel Beweismittelbeutel. Es dauerte gerade einmal fünf Minuten, bis sie von der zerbrochenen Flasche drei gestochen scharfe Fingerabdrücke abgenommen hatten.

Samantha machte mit der Digitalkamera des Labors ein paar Fotos, ehe sie die Abdrücke mittels Klebstreifen auf eine Acetatfolie übertrug, die sie Logan in die Hand drückte.

»Versprich mir nur«, sagte sie, während sie die Formulare ausfüllte, »dass du keinem erzählst, dass ich dir zuliebe diese Geschichte vorgezogen habe, okay? Wenn sich rumspricht, dass ich Gefälligkeiten gegen Sex gewähre, haben wir hier bald 'ne Schlange vor der Tür, die einmal ums ganze Präsidium reicht.«

24

Auf dem Schild an der Tür stand SCHOTTISCHER FINGERABDRUCKDIENST, BÜRO ABERDEEN – ziemlich hochtrabend angesichts der Tatsache, dass es sich nur um ein paar Räume am Ende des Flurs im dritten Stock handelte. Eine Wand wurde von einem riesigen Kiefernholzregal mit Schubfächern beherrscht, in denen Hunderte altmodischer Fingerabdruckmappen lagerten. Der restliche Raum wurde von Arbeitsplätzen mit Leuchtkästen eingenommen.

Logan fand jemanden im Computerraum, der eigentlich nur aus einer Nische mit einem Scanner, einem Terminal und einem Laserdrucker bestand. Der Fingerabdrucktechniker hockte mit hängenden Schultern auf seinem Drehstuhl, stöhnte, rieb sich die Augen und zog dann einen Bogen Acetatfolie aus dem Scanner, um gleich den nächsten vom Stapel zu nehmen und einzulegen.

Er machte ein paar Mausklicks und warf dann einen flüchtigen Blick auf Logan. »Was immer du von mir willst, die Antwort ist Nein. Ich ersaufe in Arbeit.«

»Wer hat denn gesagt, dass ich etwas will? Vielleicht schaue ich ja auch nur vorbei, um Hallo zu sagen.«

»Ach ja? Und wieso hast du dann einen Fingerabdruckbogen in der Hand?«

Logan legte den Bogen ganz oben auf den Stapel. »Ach, komm schon, Bill. Ich brauche nur –«

»Nein! Ich hab eh schon drei Millionen Abdrücke von Finnie abzuarbeiten. Eigentlich sollte ich längst zu Hause sein und mit meiner Frau ein romantisches Dinner genießen…« Während er sprach, bewegte sich der Mauszeiger unablässig über den Bildschirm, klickte hier etwas an und zog dort etwas an eine andere Stelle.

Logan setzte sich auf die Schreibtischkante. »Unglaublich, dass sie dich hier ganz allein die ganze Arbeit machen lassen. Ist doch einfach nicht fair, oder?«

»Komm mir bloß nicht mit deinem gespielten Mitgefühl.« Er klickte noch einmal auf die Schaltfläche und schickte damit den Abdruck zum Abgleich an die Datenbank.

»Auch nicht, wenn ich ›bitte, bitte‹ sage?«

Bill seufzte theatralisch, nahm den Bogen aus dem Scanner und fing dann mit dem nächsten Satz Fingerabdrücke von vorn an. »Wenn ich mit dem hier fertig bin, gehe ich mir einen Kaffee holen. Solange ich weg bin, kannst du dich hier nach Herzenslust austoben. Hauptsache, du machst nichts kaputt.«

»Aber –«

»Letztes Angebot.«

»Okay.«

So kompliziert konnte es doch nicht sein, oder?

Wie sich herausstellte, war es um einiges komplizierter, als es aussah. Das Einscannen des Abdrucks war noch einfach gewesen, aber den Kontrast zu erhöhen, ohne dass die Details der ganzen Wirbel, Schleifen und Ellipsen verlorengingen, war schon schwieriger. Nachdem er fünf Minuten lang an den Einstellungen herummanipuliert hatte, schien Logan endlich ein brauchbares Ergebnis zu haben. Nun versuchte er, der Anleitung zu folgen, die Bill ihm auf einen Zettel gekritzelt hatte: Den Fingerabdruck so drehen, dass das richtige Ende nach oben zeigt, dann mit der Maus die charakteristischen Merkmale markieren. Das Ende einer Leiste finden, mit einem Pfeil kennzeichnen, dann an der Linie entlangziehen, und dann das Ganze noch einmal von vorn, und noch einmal, und noch einmal.

Als schließlich der ganze Bildschirm mit kleinen roten Kreisen und blauen Linien angefüllt war, versuchte Logan den Computer dazu zu bringen, nach einer Übereinstimmung zu suchen. Und fluchte ausgiebig, als der Computer sich einfach weigerte. Er klickte gerade wahllos auf irgendwelchen Schaltflächen herum, als Bill mit einem riesigen Pappbecher Kaffee aus der Kantine zurückkam.

»Bist du immer noch nicht fertig?«

Logan haute noch einmal auf die Maustaste. »Das blöde Teil funktioniert nicht…«

»Du hast dich nicht an die Anleitung gehalten, oder?« Bill schob ihn beiseite, klickte zweimal, tippte ein paar Zahlen ein und drückte dann auf »ERGEBNISSE BEARBEITEN«. »Siehst du – ist doch kinderleicht.«

»Wie lange dauert das jetzt?«

»Kommt drauf an. Die Maschine vergleicht nicht die Abdrücke selbst, sondern die relativen Abstände zwischen verschiedenen Punkten und die Ausrichtung der Leistenenden. Hunderte verschiedene Permutationen werden analysiert und mit sämtlichen Fingerabdrücken in unserer Datenbank verglichen.« Er zog Logans Bogen aus dem Scanner und ersetzte ihn durch den nächsten auf dem Stapel. »Eine Stunde kann's schon dauern.«

»Ich komme morgen früh noch mal vorbei.« Logan schaute noch einmal ins Labor, um Samantha gute Nacht zu sagen – die Zungen ließen sie dabei drin –, und machte sich auf den Weg nach unten zu DI Steels Büro.

Sie saß auf einem der Besucherstühle und blätterte einen Stapel Anzeigen durch, wobei sie sich mit rotem Kugelschreiber vollkommen unleserliche Notizen machte.

Logan warf die DNS-Akte, die Samantha ihm gegeben hatte, auf Steels Schreibtisch. »Wir haben einen DNS-Treffer.«

»Hä?« Sie blickte von ihren Papieren auf. »Oh… und wer ist es?«

Er blätterte die Akte durch, bis er zur Zusammenfassung der Ergebnisse am Schluss kam. »Ein gewisser Derek Allan.«

»Ach du Scheiße, das hat mir gerade noch gefehlt.« Sie kramte in ihrer Hosentasche und förderte eine Fünfzig-Pence-Münze zutage. »Da, steck das in die Fluchkasse. Unterste Schreibtischschublade.«

Logan warf das Geldstück in die Quality-Street-Dose. »Hattest du nicht gesagt, dass du diese ganze Sache mit dem ›neuen Ich‹ aufgeben wolltest?«

»Ja, na ja ...« Sie zog die Nase hoch und vertiefte sich wieder in ihre Berichte. »Hast du noch mal nachgedacht über ... diese Sache, über die wir neulich geredet haben?«

»Ach, das – meinst du nicht, dass du mit Rennie besser bedient wärst?«

»Rennie? Nicht gerade erstklassiges genetisches Material, oder?«

»Ich meine ja nur – es wäre doch ...« *Entsetzlich* war das erste Wort, das ihm in den Sinn kam. »Es wäre doch irgendwie schwierig – wir arbeiten schließlich zusammen, und wenn du dann auf einmal ... die Mutter meines Kindes wärst ...?«

»*Susan* wäre die Mutter.«

»Und was wärst du dann – der Vater?«

»Die ... woher soll ich denn das wissen? Ich bitte dich doch lediglich um einen kleinen Becher voll Sperma. So viel hast du wahrscheinlich vorhin im Lagerraum schon vergeudet –«

Logans Handy klingelte, und er ergriff den Rettungsanker. »McRae?« Er hörte eine Minute lang schweigend zu, und ein Lächeln breitete sich langsam auf seinen Zügen aus. Dann dankte er dem Mann am anderen Ende und beendete das Gespräch. »Das war Bill vom Fingerabdruckdienst. Wir haben einen Treffer für den Molotowcocktail. Kevin Murray – er wurde letzten Freitag Opfer einer Messerattacke. Vier Kapuzentypen haben ihm fast die Nase abgeschnitten.«

Steel schnappte ihre Jacke von der Stuhllehne. »Okay, hol einen Wagen – wollen doch mal sehen, was er zu seiner Verteidigung vorzubringen hat.«

Logan trat einen Schritt zurück. »O nein, kommt nicht in Frage – ich hab seit zweieinhalb Stunden Feierabend. Ich gehe jetzt nach Hause.«

»Ach, sei doch nicht so ein Weichei. Verkrümele ich mich etwa, sobald es nach Arbeit riecht, hm?«

»Du hast doch den ganzen Tag nur deinen Rausch ausgeschlafen! Ich habe heute immerhin das eine oder andere *erledigt*!«

Sie musterte ihn mit zusammengekniffenen Augen, und Logan konnte beinahe hören, wie die kleinen Rädchen in ihrem durchtriebenen Hirn arbeiteten. »Wäre doch zu schade«, sagte sie schließlich, »wenn irgendjemand dahinterkommen würde, dass du und unsere nette Goth-Tussi von nebenan es im Labor der Kriminaltechnik getrieben habt wie zwei geile Teenager.«

»Damit erreichst du gar nichts.«

»Die ganzen Beweismittel ruiniert, nur weil ihr eure niederen Triebe nicht im Griff habt …«

»So gemein bist nicht mal du. Und es war alles fein säuberlich in Beweismittelbeuteln verpackt, danke der Nachfrage.«

Steel trommelte mit den Fingern auf dem Schreibtisch. »Ich unterschreibe auch für deine Überstunden, okay?«

»Ich bleibe dabei – wir hätten uns einen Haftbefehl besorgen sollen.« Logan blickte zu der kleinen Doppelhaushälfte auf und schloss den Wagen ab.

»Wääh-wääh, ich will einen Haftbefehl, ich will Verstärkung, meine Schicht ist um – ich will heim, buuh-huuh.« Steel steckte sich eine Zigarette an und blies eine kleine Rauchwolke in den Abendhimmel. »Wenn wir erst ewig auf einen Haftbefehl gewartet hätten, wären wir um Mitternacht noch hier.« Sie marschierte auf die Haustür zu. »Na, komm schon; ich will dich ja nicht unnötig lange von deiner rothaarigen Samendiebin fernhalten.«

»Würdest du bitte damit aufhören?«

»Ist ja nicht so, als ob du das Zeug für irgendwas brauchen würdest, oder?«

Logan lehnte sich gegen die Türklingel. »Das ist sexuelle Belästigung.«

Drrrrrrrrrrinnnnggg…

Von drinnen kam eine gedämpfte Stimme: »Sekunde, ich komm ja schon.« Gleich darauf ging die Tür auf, und sie erblickten eine kleine Frau mittleren Alters mit breitem Gesicht und unvorteilhafter Frisur. Aber ihr Lächeln war allerliebst. »Kann ich Ihnen behilflich sein?«

DI Steel nickte. »Können Sie – ist Kevin Murray da?«

Die Frau musterte zuerst Steel und dann Logan von Kopf bis Fuß. »Was hat er denn jetzt wieder angestellt?«

»Er hat im Lotto gewonnen«, sagte Steel, »und wir sind gekommen, um ihm seinen großen Pappscheck zu überreichen.« Sie sog noch einmal an ihrer Zigarette und schnipste die Kippe in den Rinnstein. »Ist er zu Hause?«

Die Züge der Frau verhärteten sich – die Augen wurden zu dünnen Schlitzen, die Mundwinkel bogen sich nach unten. Sie ging ins Haus zurück und bedeutete ihnen, ihr zu folgen. Aus dem Wohnzimmer drang unerträglich fröhliches Gedudel. Zwei kleine Kinder, ein Mädchen und ein Junge, saßen auf dem Teppich vor dem Fernseher und verfolgen mit gebannter Aufmerksamkeit das Duett eines Warzenschweins und eines Erdmännchens.

Kevin Murray lümmelte auf dem Sofa; eine Dose Bier zwischen den Fingern der einen Hand, die schlaff über die Armlehne hing.

Die Frau stellte sich so vor ihn, dass sie ihm die Sicht auf den Fernseher nahm. »Kevin, es ist die Polizei.«

Kevin hob den Kopf, runzelte die Stirn und versuchte seinen Blick zu fokussieren, gab es aber gleich wieder auf und nahm noch einen Schluck aus seiner Dose. Seine Nase war dick verbunden – ein Packen Verbandmull auf den Nasenlöchern, gehalten von zwei Binden, die sich einmal um seinen ganzen Schädel zogen, der nur aus Haut und Knochen zu bestehen schien. Ein zweites Mullkissen war auf seiner Wange festgeklebt. Der weiße Stoff war gelblich verfärbt, mit dunkelroten Flecken. »Ich hab dir doch gesagt, du sollst keinem die Tür aufmachen, Ma.« Er hörte sich an, als ob er schwer erkältet wäre. »Könnte doch weiß Gott wer sein.«

»Wir hatten eine Abmachung, Kevin: Du darfst hier wohnen bleiben, solang du keinen Ärger machst.«

Er zuckte mit den Achseln. »Ich mach keinen Ärger, Ma, wirklich nicht. Ich halt mich schön aus allem raus. Okay?«

Steel sah den Kleinen eine Weile beim Fernsehschauen zu. Dann sagte sie: »Können wir uns kurz in der Küche unterhalten, Kevin?«

Kevin leerte seine Bierdose und rülpste. »Ich sitz hier ganz bequem.«

»Wir wollen das doch nicht vor den Kindern bereden.«

»Hey, niemand zwingt Sie zu irgendwas. Ich hab keine Geheimnisse vor meinen kleinen Engeln. Wollen Sie mich verhaften? Dann machen Sie's gleich hier.«

Seine Mutter schlug ihm mit der flachen Hand auf die Schulter. »Kevin, du hast's mir versprochen!«

»Ich hab doch gar nix gemacht!«

Steel steckte die Hände in die Hosentaschen. »Was wird Ihre Kleinen wohl eher neben die Spur bringen – die Tatsache, dass Sie verhaftet wurden, oder die Tatsache, dass Sie sie gezwungen haben, dabei zuzuschauen?«

Kevins Mutter versetzte ihm noch einen Schlag. »Was hat er diesmal ausgefressen?«

»Au! Ich hab's dir doch gesagt, ich hab nix –«

»Wir haben einen Molotowcocktail, der mit seinen Fingerabdrücken übersät ist. Gefunden wurde er in der ausgebrannten Ruine eines Wettbüros.«

»Kevin!« Die Mutter zog ihm eins über den Hinterkopf und zerrte ihn dann am Ohr vom Sofa weg.

»Aaaah! Loslassen! Ma, du tust mir –«

»Kevin Murray, du hast beim *Grab* deines Vaters geschworen, dass du dich benehmen wirst, wenn ich dich aufnehme! Was gibst du denn Britney und Justin für ein Beispiel?«

Britney und Justin drehten sich nicht einmal um, als ihre Großmutter ihren Vater in den Hausflur hinauszerrte und aus Leibeskräften auf ihn einzuprügeln begann. Ein Hagel von Schlägen ging auf seinen Kopf nieder, während er sich in die Ecke neben der Haustür duckte. »Was –« *klatsch* »– hab –« *klatsch* »– ich –« *klatsch* »– dir –« *klatsch* »– gesagt?«

Steel machte die Wohnzimmertür zu und sperrte die singenden Tiere aus. »Wissen Sie, Mrs. Murray, eigentlich verprügeln wir unsere Verdächtigen lieber selbst – wenn Sie also nichts dagegen haben …«

Kevins Mutter versetzte ihm eine letzte schallende Ohrfeige. »Na los, sag ihnen schon, was passiert ist. Und sag die Wahrheit, sonst vergesse ich mich noch!«

»Aber ich hab nix –«

Seine Mutter hob wieder die Hand.

»Okay, okay! Ich war's.« Er sah kurz zu Logan und Steel auf und schlug gleich wieder die Augen nieder. »Es war nicht … Ich hab's nicht gewollt. Aber sie haben gesagt, sie wissen, wo ich wohne, und sie würden kommen und meine Kinder und meine Ma aufschlitzen, wenn ich den Laden nicht abfackle.«

Logan zückte sein Notizbuch. »Wer waren diese Leute?«

Kevin hielt den Blick auf den Teppich gerichtet. »Kann mich nicht erinnern, okay?«

Seine Mutter versetzte ihm noch einen Schlag.

»Hör auf! Es waren dieselben Typen, die das hier gemacht haben …« Er deutete auf die dicken Verbände, die seine aufgeschlitzte Nase bedeckten. »Ja, okay, ich hab den Mollie in das Wettbüro geschmissen.«

Steel stieß einen Pfiff aus. »Das müssen ja wirklich verdammt furchteinflößende Typen sein, Kevin. Ein Brandanschlag auf das Turf 'n Track? Bist du nicht auf die Idee gekommen, dass die McLeods ein klein wenig sauer sein könnten, wenn sie dahinterkämen?«

»Schon, aber die McLeods sind noch vom alten Schlag. Wenn ich denen was antue, knöpfen sie sich *mich* vor, aber nicht meine Kinder. Oder meine Ma. Was hatte ich denn für 'ne Wahl? Hm?« Er stand aufrecht da, während seine Mutter ihm den Arm tätschelte. »Wenn Sie Kinder hätten, würden Sie das verstehen.«

Während DI Steel Kevin Murray auf den Rücksitz des Wagens bugsierte, rief Logan Finnie an, um ihm zu sagen, dass sie den Mann verhaftet hatten, der für den Brandanschlag auf das Turf 'n Track verantwortlich war.

»*Hervorragend.*« Der DCI ließ sich einen detaillierten Bericht geben und stellte dann die entscheidende Frage: »*Wird er uns diese Manchester-Heinis ausliefern, die ihn dazu angestiftet haben?*«

Logan sah zu, wie Kevin Murray sich mit Steel stritt.

»Wahrscheinlich nicht.«

Schweigen am anderen Ende. Und noch mehr Schweigen, und –

»Sir?«

»*Ich will, dass Sie mich anrufen, sobald Sie mit ihm im Präsidium ankommen. Verstanden? Sie sagen mir augenblicklich Bescheid, wenn Sie hier eintreffen.*«

»Okay, ich –«

Steel steckte den Kopf aus dem Autofenster. »Wir haben nicht den ganzen Tag Zeit, Sergeant – machen Sie hin!«

»Ich ruf Sie zurück.«

Logan parkte den Wagen in der Nähe des Hintereingangs. Der Parkplatz lag unter einem Schleier aus bläulichen Schatten; die Außenbeleuchtung war schon eingeschaltet, obwohl es erst halb neun war. Der Himmel über ihnen hatte die Farbe von lackierten Enteneiern, und unten auf der Erde zankte sich DI Steel immer noch mit Kevin Murray, während sie ihn vom Rücksitz zerrte.

»O doch, das wirst du!«

Kevin schüttelte den Kopf. »Nee. Nix da. Kommt nicht in Frage. Ich sag kein Wort. Ich hab den Laden ganz allein abgefackelt. Da war niemand sonst beteiligt.«

Logan rief Finnie an, um ihm wie vereinbart zu melden, dass sie zurück waren.

»*Okay*«, sagte Finnie, »*geben Sie mir fünf Minuten, und dann bringen Sie ihn in Nummer drei.*«

Steel bohrte Kevin den Finger in die Rippen, als Logan auflegte. »Sei doch kein Idiot. Du kriegst die Höchststrafe aufgebrummt, und wenn du dann rauskommst… in schätzungsweise *vier Jahren*… dann kommen die McLeods und hämmern dir die Kniescheiben ein, dass sie hinten wieder rauskommen.«

»Sind Sie taub? Ich sag nix! Die Schweine greifen sich meine Kinder, wenn ich sie verpfeife!«

»Nun stell dich doch nicht so an.« Steel schob ihn auf die ramponierte Hintertür zu, wo ein paar Hilfskräfte Chips futterten und Zigaretten rauchten.

»Nein! Das ist nie passiert! Ich hab gelogen, okay?« Seine Stimme wurde lauter und lauter. »Ich hab den Laden abgefackelt, weil ich sauer auf Creepy war. Sie können mir nix nachweisen…«

»Du kennst mich noch nicht richtig, wie?«

»Ich verpfeif' die nicht!«

So ging es immer weiter, während sie seine Personalien aufnahmen, während sie ihn fotografierten und ihm die Fingerabdrücke abnahmen – nur einmal war er kurz still, als Steel ihm das Wattestäbchen für die DNS-Probe in den Mund steckte. Kevin protestierte immer noch, als Logan ihn über den Flur in Richtung Vernehmungsraum 3 zerrte.

»Ich hab's Ihnen doch gesagt, *ich* war's. Ganz allein. Niemand hat mich zu irgendwas gezwungen.«

Steel machte noch einen Versuch. »Polizeischutz für dich, deine Mutter und die Kleinen. Niemand kommt an euch ran.«

»O ja – so weit kommt es noch, dass ich mich *euch* anvertraue. Polizeischutz, wie? Ich hab doch gesehen, was mit Big Rob Barkley passiert ist, und das passiert *mir* bestimmt nicht.«

Steel boxte ihn in den Arm. »Das war ein Unfall.«

»Lässt sich beschwatzen, Malk the Knife zu verpfeifen, und ehe er weiß, wie ihm geschieht – batsch, liegt er unter einem Sattelschlepper.« Kevin blickte sich argwöhnisch auf dem Flur um, und als er weitersprach, war seine Stimme ein Flüstern. »Hören Sie mal, ihr Bullen nehmt doch fast alle Bakschisch, stimmt's? Ich meine, das weiß doch jedes Kind. Also, wie wär's, wenn wir die ganze Geschichte einfach vergessen, und Sie kriegen von mir zwei … nein, *drei* Riesen. Hm?«

Diesmal boxte Steel ihn nicht nur in den Arm, sondern stieß ihn heftig gegen die Wand. »Ich will mal so tun, als hätte ich das nicht gehört, Kevin. Denn nicht mal *du* kannst so saublöd sein und ernsthaft glauben, du könntest mich kaufen – für drei« – sie knallte ihn gegen die Wand – »lächerliche« – und noch einmal – »Riesen!«

»Ich mein' ja nur.«

»Ich bin nicht käuflich, du widerliche kleine Ratte!«

Die Tür des Vernehmungsraums ging auf, und DS Pirie zerrte einen Mann in Handschellen auf den Gang hinaus. Kurze Stachelfrisur, Dreitagebärtchen, gepiercte Augenbraue, das eine Ohr mit Verbandmull bedeckt, ein dunkelroter Fleck auf der Schulter seines weißen T-Shirts, breiter Manchester-Akzent. »Finger weg, ey! Ihr Scheißhaggisfresser seid doch allesamt gleich …«

Der Mann verstummte und starrte Kevin Murray an. »Du! Du dreckiges *Arschloch*!«

Kevin wich panisch zurück. »Nee-nee-nee-nee-nee …«

Der Typ im T-Shirt wollte sich auf ihn stürzen, doch Pirie hielt ihn zurück.

»Du hast gesungen, stimmt's? Du hast uns verpfiffen.«

»Ich hab kein Wort gesagt, ich schwör's! Es –«

Der linke Fuß des T-Shirt-Typen schnellte vor – wahrscheinlich hatte er Kevins Weichteile im Visier, aber der Turnschuh knallte stattdessen gegen seinen Oberschenkel. »Du bist 'n toter Mann, hast du mich verstanden? 'n toter Mann, ey. Du und deine ganze Scheißfamilie! Du –«

DS Pirie drehte ihn herum und versetzte ihm einen Stoß, sodass er der Länge nach hinfiel. Und *dummerweise* mit dem Kopf auf den grünen Terrazzoboden knallte.

»Aaaaah … du mieses Dreckschwein …« Und im nächsten Moment saß Pirie auf ihm und drückte ihm das Knie ins Kreuz. »Lass mich los!«

»Schnauze, und stillgehalten, du hässliches kleines Stück Scheiße!« Pirie sah grinsend zu Logan und Steel auf. »Den hier haben wir dabei erwischt, wie er einen Türsteher in der Bon Accord Street windelweich geprügelt hat. Hat ihm nicht gepasst, dass sie ihn rausgeschmissen haben.« Er drückte noch fester zu, und der Typ stieß einen gellenden Protestschrei aus. »Hat versucht, einer Clique von besoffenen Mädels Heroin anzudrehen. Stimmt's?«

Logan konnte die Antwort des T-Shirt-Typen nicht verstehen, aber sie klang ziemlich ordinär.

Die Vernehmung von Kevin Murray war ein ziemlicher Schlag ins Wasser. Nach der Begegnung mit dem Schläger aus Manchester war er gerade noch bereit, seinen Namen und seine Adresse für das Tonband zu bestätigen. Danach war es so gut wie unmöglich, noch irgendetwas aus ihm herauszubekommen.

DI Steel versuchte es eine geschlagene Stunde lang, ehe sie aufgab und Logan aufforderte, ihr Kevin aus den Augen zu schaffen.

Unten in Zelle 6 humpelte Kevin Murray neben der Pritsche auf und ab, die nur aus einem schmalen Betonsims an der Wand mit einer dünnen Matratze bestand.

»Sie müssen's ihm sagen«, flehte er, als Logan die Handschellen einsteckte. »Ich hab sie nicht verpfiffen, okay? Sagen Sie ihm das?«

»Ich weiß nicht, ob das irgendetwas bringt. Würden Sie mir glauben, wenn Sie an seiner Stelle wären?«

Kevin brach auf der Matratze zusammen und vergrub den Kopf in den Händen. »Die werden meine Kinder umbringen …«

Logan setzte sich neben ihn. »Sagen Sie mir, wer sie sind, dann kann ich Ihnen vielleicht helfen, okay?«

Der dünne Mann drehte sich mit dem Gesicht zur Wand und zog die Knie bis zur Brust hoch. »Ich bin keine Petze.«

Es klopfte an der Tür, und Kevin zuckte zusammen. »Das sind sie!«

»Seien Sie nicht albern. Sie sind hier in einem Polizeirevier!«

Kevin wich von der Tür zurück. »Ich weiß doch, wie das läuft! Sie stecken da mit drin – ihr steckt alle unter einer Decke!«

Die Tür ging auf, und im Schein einer Neonröhre zeichnete sich DCI Finnies Silhouette ab. Er rieb sich die Hände und nickte Kevin zu. »Wollte mich nur mal überzeugen, dass mit Ihrem Zimmer alles in Ordnung ist, Mr. Murray. Ist das Bett bequem? Genießen Sie die Aussicht?« Es gab gar keine – das einzige Fenster der Zelle bestand aus drei Reihen Milchglassteinen, knapp zwei Meter über dem Boden. »Wünschen Sie eine Tageszeitung oder vielleicht den Weckdienst?«

Kevin setzte sich auf der dünnen blauen Matratze auf. »Ich hab die Typen nicht verpfiffen.«

Finnie trat in die Zelle. »Ich kann das hier übernehmen, Sergeant. Warum machen Sie nicht schon mal Feierabend? Wie ich höre, organisiert DI Steel einen Besuch im Pub – vielleicht wollen Sie ja einen auf das Wohl unseres Kevin hier trinken. Würde Ihnen das gefallen, Kevin?«

Der dünne Mann sah ihn böse an und zog die Stirn über seiner bandagierten Nase in Falten. »Sie sind ein richtiges Arschloch.«

Finnie baute sich vor ihm auf. »Oh, Sie haben ja *keine* Ahnung.«

25

»Haste mal ’n bisschen Kleingeld?«

Logan blieb abrupt stehen und sah auf die Gestalt hinunter, die an der Einmündung des Lodge Walk kauerte, eines kleinen Durchgangs, der zwischen dem Tollbooth-Museum und dem Pub an der Ecke verlief und das Polizeipräsidium mit der Union Street verband. Es war eine Abkürzung, die von Uniformierten wie von Kripoleuten regelmäßig benutzt wurde. Normalerweise kein Standplatz für Bettler. Und um fünf vor sieben am Donnerstagmorgen war es auch noch ein bisschen früh dafür.

Sie hockte im Schneidersitz auf einem verdreckten orangefarbenen Parka Marke »Kenny aus *South Park*« und blickte mit Pandaaugen zu ihm auf. Sie hatte sich alle Mühe gegeben, sie gleichmäßig zu schminken, aber das linke war ganz geschwollen, und auch die dicke Schicht Schminke und der reichlich aufgetragene Eyeliner konnten den Bluterguss nicht ganz verdecken. Das Weiße des Auges war von einem Netz roter Äderchen überzogen – die Iris sah aus wie eine Smaragdinsel in einem Tabasco-Meer. Es war Tracey – das Mädchen, das Creepy Colin McLeod beschuldigt hatte, Harry Jordan mit einem Hammer den Kopf eingeschlagen zu haben.

Sie trug einen kurzen schwarzen Rock und ein Spitzentop, an dem noch an der Seite das Sicherheitsetikett baumelte, dazu hochhackige Stiefeletten und Seidenstrümpfe voller Laufmaschen. Jemand hatte ihr die Nase gebrochen.

»Oh«, sagte sie, »Sie sind’s …« Tracey streckte die Hand aus, und Logan hievte sie hoch, bis sie schwankend auf ihren Zehn-Zentimeter-Absätzen stand. Als sie sich bückte, um den Parka aufzuheben, auf dem sie gesessen hatte, sah er ein Stück Haut zwischen ihrem Rock und dem Top aufblitzen. Es war eine Collage aus blauen Flecken und Striemen.

»Ich wart' hier schon 'ne halbe Ewigkeit.« Sie fuhr sich mit der Hand durch das blondierte Haar. »Sie haben nicht zufällig 'ne Zigarette? Ich brauch ganz dringend was zu rauchen.«

»Hab schon vor Jahren aufgehört. Was ist denn mit Ihrem Gesicht passiert?«

Sie wandte sich ab und starrte über die Union Street hinweg auf einen kleinen Schwarm Tauben, die sich um einen fallen gelassenen Döner balgten. »Ich hab mich geirrt, okay? Als ich Ihnen erzählt hab, was passiert ist. Es … es war nicht Colin McLeod, der Harry zusammengeschlagen hat.«

»*Was?*«

»Er war's nicht. Es war jemand anders. Colin hat ihn nicht angerührt.«

»Sie können doch nicht einfach so Ihre Aussage ändern –«

»Ich hab mich geirrt – muss irgendwie total bedröhnt gewesen sein, okay? Colin war überhaupt nicht in der Nähe, als Harry das Gesicht eingeschlagen bekam.«

»Und auf einmal heißt er ›Colin‹ und nicht mehr ›Creepy‹? Sagen Sie mal, Tracey, das hat nicht zufällig etwas mit Ihrem frischen Veilchen da zu tun?«

»Ich hab mich geirrt, okay? Colin war's nicht, Sie müssen ihn freilassen!«

»Wir haben in Colin McLeods Garage einen Klauenhammer mit Spuren von Harry Jordans Blut gefunden.«

»Es … Wir …« Sie rieb sich die Arme. »Den müsst ihr ihm untergeschoben haben. Ist doch klar, oder? Um ihm das Ding anzuhängen.«

»Sie hatten gestern Abend Besuch von Agnes McLeod, hab ich recht? Entweder von ihr oder von ein paar *Geschäftspart-*

nern ihres Sohnes, und die haben Ihnen geholfen, Ihre Meinung zu dem Vorfall zu überdenken.«

»Nein! Es ist bloß so, dass ich mich jetzt besser erinnere. Es war nicht Colin. Er war's nicht …« Sie fasste Logans Hand. »Sie müssen ihn freilassen.«

»Das können wir nicht machen, es –«

»Wie wär's mit 'nem Blowjob? Jetzt gleich, aufs Haus sozusagen? Nein? Ich hab ein paar Freundinnen – wir könnten, na ja, wir könnten was für dich organisieren, ja? Eine Orgie oder so? Du kannst *alles* mit uns machen, wozu du Lust hast, wir erzählen's auch keinem …« Sie leckte sich die aufgesprungenen Lippen, auf denen ein Film aus Spucke zurückblieb. Der Effekt war nicht gerade erotisch. »Du weißt doch, dass du es willst …«

»Nein, ich will's verdammt noch mal nicht.«

Logan holte sich aus der Kantine einen Cappuccino und ein Rowie mit Butter und Marmelade. Und da ein Rowie im Grunde nichts anderes als ein Croissant war, das sich so richtig hatte gehen lassen, war es genau genommen ein kontinentales Frühstück. Kauend machte er sich auf den Weg zur morgendlichen Einsatzbesprechung.

Mit ein bisschen Glück würden die Unmengen Salz und gesättigte Fettsäuren ihn umbringen, bevor er Finnie beibringen musste, dass Tracey ihre Aussage geändert hatte.

Logan war auf halbem Weg nach unten, als sein Handy klingelte. Er jonglierte den heißen Kaffeebecher und das fettige Gebäckstück, während er sich meldete: »Hallo?«

»*Hallo? Ja, bitte?*« Eine Männerstimme. »*Spreche ich mit Detective Sergeant Mackie?*«

»McRae.«

»*Ach ja. Oh, tut mir leid. Hier ist Father John Burnett von Sacred Heart … oder inzwischen von Saint Peter, um genau zu sein. Äh … ich weiß, es ist früh am Morgen, aber Sie haben eine Nachricht hinterlassen und um Rückruf gebeten?*«

Zwei Minuten später eilte Logan zum Hinterausgang hinaus, im Schlepptau einen protestierenden Constable Karim.

»Aber ich soll bei der Einsatzbesprechung dabei sein – du kennst doch Finnie!« Karim trug die Standarduniform der Grampian Police: schwarzes T-Shirt, schwarze stichfeste Weste, schwarze Schirmmütze, schwarze Hose, schwarze Stiefel – und eine leuchtend gelbe Weste mit der Aufschrift POLIZEI auf dem Rücken, die den Effekt des ganzen Ninja-Ensembles irgendwie verdarb.

An dem Tor, das zum Lodge Walk führte, tippte Logan den Code ein. »Wir sind in einer Viertelstunde zurück.«

»Aber –«

»Du kannst es auf mich schieben, wenn es dich irgendwie tröstet.«

»Davon kannst du aber ausgehen, dass ich's auf dich schieben werde.« Er folgte Logan durch die schummrige Gasse hinaus auf die Union Street. Die Sonne war blendend hell. »O Mann!« Karim griff an seine Mütze und zog sie so weit herunter, bis seine Ohren im rechten Winkel abstanden, um sein Gesicht mit dem Schirm zu beschatten. »Ist ja wie in 'ner Mikrowelle hier draußen.«

Sie überquerten die Straße und schlugen den Weg zum Castlegate ein, einem freien Platz mit Kopfsteinpflaster und Taubenkacke, in dessen Mitte das Mercat Cross, das alte Marktkreuz, thronte wie ein verdrecktes Kinderkarussell aus Granit. An dem Bauzaun, hinter dem sich die Zitadelle der Heilsarmee verbarg, lungerten ein paar Obdachlose herum und ließen sich Spiritus und Zigaretten zum Frühstück schmecken. Sie winkten und johlten, als PC Karim vorbeiging.

Logan winkte zurück. »Wusste gar nicht, dass du Verwandte in Aberdeen hast.«

»Ha, ha, sehr witzig.« Der Constable rümpfte die Nase. »Das sind Dirty Bob und sein Kumpel Richard. Die hab ich letztes Jahr davor bewahrt, zusammengeschlagen zu werden. Mag sein, dass sie stinken, aber immerhin sind sie dankbar, anders als *gewisse* andere Leute. Gestern Abend hab ich eine Schlägerei vor dem McDonalds aufgelöst – zwei Junggesellinnencliquen waren aneinandergeraten. Die sogenannte Brautjungfer hat mich ›Pakischwein‹ geschimpft und mich mit einem Plastiktablett zu köpfen versucht. Ich solle gefälligst dorthin zurückgehen, wo ich herkomme.«

»Was denn – an die exotischen, sonnenverwöhnten Gestade von Fraserburgh?«

»Da ist man doch gleich richtig stolz, Schotte zu sein, nicht wahr?«

Die katholische St. Peter's Church stand versteckt am Ende des Castlegate, zwischen einem Schreibwaren- und Kopierladen und einem ehemaligen Friseurladen. Durch eine schmale Lücke zwischen den Häusern gelangte man in einen kleinen Innenhof, der nach Bleiche und Desinfektionsmittel stank.

Seitlich versetzt war eine große blaue Doppeltür zu sehen, unter einem Lanzettfenster mit einfachem, ungefärbtem Glas. An der Tür hing die in diesem Teil der Stadt übliche Begrüßung: »HINWEIS: DIESES GELÄNDE WIRD VIDEOÜBERWACHT.«

Karim ging an der Doppeltür vorbei und steuerte zielsicher die ramponierte Holztür des Pfarrhauses an. Dahinter verbarg sich ein sauberer, aber heruntergekommener Hausflur: von den blassgelben Wänden und der weißen Decke blätterte die Farbe ab, sodass der graue Putz darunter zum Vorschein kam. Das Ganze wirkte auf Logan unerwartet verwahrlost. Es war meilenweit entfernt von der üppigen Prachtentfaltung des Vatikan. Wie ein im Sterben liegender Verwandter, über den niemand reden mochte, von Besuchen ganz zu schweigen.

Der Constable öffnete eine teilverglaste Tür, die in den Haupttrakt des Gebäudes führte, und rief: »Ist jemand zu Hause?«

Von irgendwo antwortete eine Stimme: »Hallo? Ich bin in der Küche.«

Logan folgte Karim in einen großen Raum, der von einem

langen Holztisch beherrscht wurde. Die Küchenschränke und -geräte hatten auch schon bessere Zeiten erlebt. Möglicherweise während des Krimkriegs.

Ein Mann saß an dem Tisch, vor sich einen aufgeklappten Laptop. Anfang vierzig; fülliges Haar mit etwas Grau an den Schläfen; dünne blaue Strickjacke über einem schwarzen Priesterhemd; Brille. »Constable! Freut mich sehr, Sie wiederzusehen. Haben Sie ihn erwischt?«

Er streckte die Hand aus, und Karim schüttelte sie lächelnd.

»Noch nicht, Father Burnett.«

»Oh, wie schade… Aber ich bin sicher, Sie geben Ihr Bestes.« Er erhob sich halb von seinem Stuhl und bot auch Logan die Hand. »Kennen wir uns?«

»DS McRae. Sie sind Father Burnett?«

»Kann's nicht leugnen. Na, dann nehmen Sie beide doch mal Platz, und dann können wir uns in Ruhe unterhalten.«

Logan und PC Karim saßen da und lauschten dem Grummeln und Poltern des Wasserkochers, während Pfarrer Burnett im Kühlschrank stöberte.

»Das Problem ist: Wir haben hier eine Politik der offenen Tür, und die Leute lassen einfach *grundsätzlich* die Milch draußen stehen. Ah, hervorragend…« Er zog einen Plastikkarton halbfette Milch heraus. »Wo war ich stehengeblieben?«

Logan deutete auf ein gerahmtes Foto an der Küchenwand, das Father Burnett in vollem Ornat vor der Kirche Sacred Heart in Torry zeigte.

»Ja, richtig. Also, die Kirche war jahrelang in ziemlich schlechtem baulichen Zustand, aber endlich hatten wir doch das Geld für eine gründliche Renovierung zusammen. Und solange Sacred Heart wegen der Bauarbeiten geschlossen ist, helfe ich eben hier aus. Am Freitag werden es vier Monate.«

Teebeutel, heißes Wasser, Milch. Er hielt Logan einen Becher hin. »Hat der in etwa die richtige Farbe für Sie?«

»Perfekt. Und was ist mit Ihrer Gemeinde?«

»Ah, das ist eine lange Geschichte…« Er brachte die Teebecher an den Tisch und holte dann noch eine Dose Keksmischung von Marks & Spencer. »Letztes Jahr haben wir angefangen, die Messe auf Polnisch zu lesen, zweimal die Woche – wir dachten, es würde unseren osteuropäischen Freunden helfen, sich ein wenig mehr zu Hause zu fühlen, wenn sie den Gottesdienst in ihrer Muttersprache feiern können. Dass es ihnen helfen würde, sich zu integrieren. Das Problem ist, dass sie bald schon nur noch zu den polnischen Messen gingen. Und anstatt sie mit den Einheimischen in Kontakt zu bringen, erreichten wir letzten Endes nur, dass sich eine isolierte katholische Gemeinde bildete, die ganz unter sich blieb.«

Er schlürfte seinen Tee. »Um es kurz zu machen: Als wir Sacred Heart für die Renovierung schlossen, dachten wir uns, jetzt starten wir noch einen Versuch. Wir halten die Messe halb auf Englisch und halb auf Polnisch, viermal pro Woche.«

»Und funktioniert das?«

»Bis jetzt ja. Die Kirche platzt aus allen Nähten. Man sollte annehmen, dass die meisten Leute lieber in die Kathedrale gehen würden, aber… nun ja, deren Verlust ist unser Gewinn.« Father Burnett nahm sich einen Schokoladenkeks. »Eine alte Dame aus meiner Gemeinde bringt jede Woche eine Dose vorbei. Ganz im Vertrauen – ich habe ja den Verdacht, dass es sich um Beute aus Ladendiebstählen handelt, aber die Dame ist über achtzig, was will man da machen?« Er bot ihnen noch einmal von den Keksen an. »Aber ich nehme doch nicht an, dass Sie gekommen sind, um über die Integration der polnischen Einwanderer und stibitzte Kekse zu sprechen?«

»Nun ja«, erwiderte Logan, »in gewisser Weise schon. Ist Ihnen eventuell aufgefallen, dass in der Zeit, seit die Polen hier die Messe besuchen, jemand plötzlich nicht mehr gekommen ist? Jemand, der sonst regelmäßig in Sacred Heart zur Messe ging?«

Er runzelte die Stirn. »Nicht dass ich wüsste.«

»Wohnt bei seiner Mutter? Vater lebt nicht mehr? Hat wahrscheinlich in einer Bar, in einem Hotel oder auf dem Bau gearbeitet?«

Father Burnett stellte seinen Teebecher ab. »Worum geht es hier eigentlich?«

»Sie wissen doch, wer Ödipus ist?«

»Griechische Tragödie: Er ermordete seinen Vater und schlief mit seiner Mutter – ein bisschen wie Fraserburgh –«

Karim sprang fast von seinem Stuhl auf. »He!«

»Nichts für ungut. Und dann hat er sich mit einem Löffel die Augen ausgestochen.«

Logan nahm einen Satz Fotos aus der Tasche und breitete sie auf dem Tisch aus. Alles Gesichter von Ödipus-Opfern, die Augen nur leere, vernarbte Höhlen. »Ich glaube, dass derjenige, der das getan hat, ein aktives Mitglied der Gemeinde von Sacred Heart war.«

Der Priester starrte die Bilder an und bekreuzigte sich. »Lieber Gott…«

»Hat irgendjemand etwas gesagt? Bei der Beichte, meine ich?«

Dafür erntete Logan einen strengen Blick. »Das Beichtgeheimnis ist unantastbar, Sergeant. Ich *könnte* es Ihnen gar nicht sagen, selbst wenn ich wollte.«

Logan griff scheinbar wahllos ein Foto heraus. »Luboslaw Frankowski hat sich sechs Wochen, nachdem diese Aufnahme gemacht wurde, zu Tode getrunken. Die Krankenschwester, die ihn betreute, war zwei Wochen selbst krank. Als sie wiederkam, war Luboslaw schon neun Tage tot. Allein in seiner Wohnung, und das Mitte Juni… Der Gestank war unerträglich.«

Father Burnett zuckte zusammen. Dann seufzte er. »Ich weiß, es ist schwer zu akzeptieren, aber ich *kann* das Beichtgeheimnis nicht verletzen.«

»Das heißt, wenn jemand hierherkäme und Ihnen erzählte,

dass er sieben Menschen geblendet und ihnen anschließend die Augenhöhlen ausgebrannt hat… was würden Sie mit dem machen: ihm drei Ave Maria aufbrummen und ihm alle seine Sünden vergeben?«

»Nun«, antwortete der Priester und drückte den Deckel auf die Keksdose, »ich würde mein Bestes tun, ihn dazu zu überreden, dass er zur Polizei geht und sich stellt. Aber das ist hier unerheblich, weil niemand irgendetwas in der Art gebeichtet hat. Und ich dürfte es Ihnen zwar nicht sagen, wenn jemand so etwas gebeichtet hätte, aber dass es *nicht* so war, das *darf* ich Ihnen sagen.«

Draußen in der Eingangshalle ertönte ein Summen, und Father Burnett blickte zu dem Überwachungsmonitor auf, der auf dem Kühlschrank stand. Das Bild schwenkte langsam von links nach rechts durch den Innenhof vor dem Eingang. »Es kommt immer wieder vor, dass die Leute uns in den Hof pinkeln, wenn sie spätabends aus dem Pub kommen…«

Vor der Eingangstür schob sich ein kahler Schädel ins Bild.

Father Burnett schob seinen Stuhl zurück und stand auf. »Würden Sie mich bitte einen Moment entschuldigen?«

Logan wartete, bis er hörte, wie die Haustür geöffnet wurde und gedämpftes Stimmengemurmel einsetzte, ehe er sich an PC Karim wandte. »Glaubst du ihm?«

»Wüsste nicht, was dagegen spräche. Er ist ein ganz netter Kerl. Das letzte Mal, als ich hier war, ging es um einen Einbruch. Jemand hatte auf der Chorempore eine Verbindungstür aufgebrochen und das Pfarrhaus geplündert. Der Pfarrer saß gerade in der Badewanne. Der arme Kerl musste, nur mit Schaum und einem Lächeln bekleidet, auf den Kerl einreden. Wie auch immer – er ist schließlich Priester, du kannst ihm vertrauen.«

»Tausende von Chorknaben dürften da anderer Ansicht sein.« Logan ging zum Fenster und blickte hinaus in einen ummauerten Garten. Rosensträucher am hinteren Ende, in der

Mitte ein Taufbecken, und in einer Ecke ein Haufen Plastiktüten, die der Wind zusammengeweht hatte. »Wenn Ödipus wirklich zur Gemeinde von Sacred Heart gehörte, wieso sagt dann Father Burnett die Beschreibung nichts?«

»Zu vage?«

»Entschuldigen Sie bitte.« Der Pfarrer kam zurück, in den Händen eine braune Papiertüte. Er entnahm ihr eine Batterie von Einmachgläsern, die er in einen der Küchenschränke räumte. »*Gołabki* – polnische Kohlrouladen. Ich liebe das Zeug – bin auf den Geschmack gekommen, als ich in Krakau gearbeitet habe. Mr. Wołoskowski bringt mir immer welche vorbei, wenn sein Neffe zu Besuch kommt.«

Father Burnett machte die Schranktür zu. »Es sind gute Menschen, Sergeant. Sie kommen hierher, weil sie sich ein besseres Leben für ihre Familien erhoffen; sie arbeiten schwer – und ja, ich weiß, dass manche sich auch gerne mal betrinken und ein bisschen randalieren, aber tief in ihren Herzen … Was ich sagen will: Wenn jemand es auf diese Menschen abgesehen hat, dann möchte ich gerne helfen. Okay?«

»Okay.«

Father Burnett schob sie sanft hinaus in die Eingangshalle. »Ich werde es heute Abend in der Messe ansprechen. Mal sehen, ob wir ein paar Informationen für Sie auftreiben können.«

An der Schwelle blieb er stehen und schüttelte ihnen beiden noch einmal die Hand, wobei er die von Logan noch eine Weile festhielt. »Ich weiß, dass es mir wahrscheinlich gar nicht zusteht, aber mir ist jetzt wieder eingefallen, dass ich Sie kenne. Ich habe letztes Jahr über Sie und den Fleischer-Fall gelesen.«

Logan machte den Mund auf, um zu protestieren, doch der Pfarrer redete einfach weiter. »Und ich weiß, dass Sie das wahrscheinlich gar nicht hören wollen, und offensichtlich sind Sie auch gar nicht katholisch, aber wenn Sie irgendwann einmal das Bedürfnis haben, zu reden – bitte. Sie haben meine Telefonnummer.«

Als sie ins Präsidium zurückkamen, war der Besprechungsraum verwaist – nur ein leichter Geruch nach Kaffee und Käsefüßen verriet, dass er bis vor einer Viertelstunde noch voll mit CID-Beamten und Uniformierten gewesen war. Logan ließ PC Karim am Empfangsschalter stehen und machte sich auf den Weg nach oben in Finnies Büro. Besser, er brachte es möglichst schnell hinter sich …

Pirie war auch dort; er notierte etwas auf einer Weißwandtafel, die schon über und über mit Fotos, Diagrammen und Zetteln behängt war. Die Operation Ödipus lief auf Hochtouren – nur leider bislang ins Leere.

Finnie blickte von einem Bericht auf, als Logan die Tür hinter sich zumachte.

»Ah …« Er wandte sich wieder seinen Akten zu. »DS McRae, wie *freundlich* von Ihnen, dass Sie uns heute Gesellschaft leisten. Darf ich raten: Sie waren heute Morgen zu sehr damit beschäftigt, Ihre Matratze zu verhören, um an meiner Einsatzbesprechung teilnehmen zu können?«

Pirie kicherte. »Ha, ›Ihre Matratze zu verhören‹, das ist –«

Finnie fuhr ihm über den Mund. »Wenn ich jemanden brauchte, der alles wiederholt, was ich sage, würde ich mir einen Papagei zulegen.«

Piries Ohrläppchen verfärbten sich knallrot. »Tut mir leid, Sir.«

»Nun, DS McRae, möchten Sie mir vielleicht verraten, was Sie so *Wichtiges* zu erledigen hatten?«

Augen zu und durch … »Tracey Hamilton will ihre Aussage zurückziehen. Sie sagt, es war nicht Colin McLeod, der Harry Jordan den Schädel eingeschlagen hat.«

Er lieferte Finnie einen detaillierten Bericht, doch anstatt zu fluchen und ihn anzubrüllen, lehnte der DCI sich nur in seinem Stuhl zurück, legte die Fingerspitzen zusammen und sagte: »Hervorragend.«

»Meinen Sie das ernst?«

Der DCI deutete auf Pirie. »Wie lange bin ich schon hinter den McLeods her? Fünf, sechs Jahre?«

Sein Adlatus nickte. »Mindestens.«

»Und jetzt zahlt sich die ganze Arbeit endlich aus. Die Zeugen können mir gestohlen bleiben – wir haben genug Beweise, um Creepy Colin für mindestens vierzehn Jahre hinter Gitter zu bringen. Simon ist außer Gefecht und blind wie ein Maulwurf. Und falls Ihr kleines Flittchen gezwungen wurde, ihre Aussage zu ändern, dann könnten wir gleich die Gelegenheit nutzen, die alte McLeod wegen Nötigung und Zeugenbeeinflussung dranzukriegen.« Er spielte einen kleinen Trommelwirbel auf seinem Schreibtisch. »Das wird ein Festtag, meine Herren!«

»Ach ja, apropos Nötigung …« Pirie räusperte sich. »Diese Sanitäter von gestern haben offiziell Beschwerde eingelegt. Sie sagen, wir hätten sie genötigt …«

»Hobel und Späne, sage ich da nur – Hobel und Späne.« Der DCI schwang seinen Stuhl herum und starrte die Ödipus-Tafel an, dann drehte er sich weiter zu einer kleineren Tafel, auf der stand: »WOHNWAGEN VOLLER WAFFEN – TERRORISTEN? – DROGEN – BANKRAUB?« Das Wort »DROGEN« war dreimal unterstrichen.

»Pirie – ich will, dass Sie sich mit Ihren Kontaktleuten in Verbindung setzen. Yardies, Triaden, Northfield Massive, Kincorth Groove Brigade und alles, was Ihnen sonst noch so einfällt. Ich will wissen, wer da versucht, sich im Revier der McLeods breitzumachen. McRae, wir haben gestern so ein Dreckstück aus Manchester aufgegriffen, das versucht hat, einer Weiberclique Heroin anzudrehen. Steve Preston. Schaffen Sie ihn in einen Vernehmungsraum, und dann wollen wir mal sehen, was er so zu seiner Verteidigung vorzubringen hat.«

Logan rührte sich nicht von der Stelle. »Ich dachte, den hätte Pirie gestern schon vernommen.«

»Nein, ich habe ihn gestern nur von Pirie in einen Vernehmungsraum schaffen lassen, damit er rein *zufällig* Kevin Murray über den Weg laufen konnte. War das nicht eine nette Überraschung für alle Beteiligten?«

»Sie haben das mit *Absicht* gemacht?«

»Unser Freund Mr. Preston hat Vorstrafen wegen Drogenbesitzes und Messerstechereien. Sie sagten, Murray sei von Drogenhändlern aus Manchester bedroht worden, die ihm das Gesicht zerschnitten hätten.« Finnie hob beide Hände. »Ist doch wohl nicht so schwer, da eins und eins zusammenzuzählen, oder?«

»Aber die Typen haben gedroht, Kevin Murrays Kinder umzubringen!«

»Bringen Sie einfach nur Steve Preston in Nummer drei, und lassen Sie den Rest meine Sorge sein.«

»Ähm, Sir«, sagte Pirie, »eigentlich hatte ich gehofft, bei der Vernehmung dabei sein zu können –«

»Sie haben Wichtigeres zu tun.« Der Detective Chief Inspector war aufgestanden und ging schon zur Tür. »Da draußen bricht gerade ein Drogenkrieg los, und wir haben einen Wohnwagen voller automatischer Waffen gefunden. Ich werde *nicht* zulassen, dass ein Haufen hergelaufene Gangster meine Stadt in ein Basra des Nordens verwandeln.«

»Stellen Sie sich nicht dümmer, als Sie sind.« Finnie stützte sich mit beiden Händen auf dem Tisch ab und starrte den Gefangenen grimmig an. »Wir wissen, dass Sie es waren.«

Logan konnte sich des Eindrucks nicht erwehren, dass Steve Preston sich gar nicht zu verstellen brauchte – seine Dummheit war echt.

»Ich sag gar nix ohne mein' Anwalt.« Um acht Uhr morgens klang der Manchester-Akzent ein bisschen rau, aber er passte zu dem grauen Gesicht und den blutunterlaufenen Augen. Was immer er am Tag zuvor eingeworfen hatte, die Wirkung war längst verpufft, und jetzt musste er sich ganz allein der Wirklichkeit stellen.

Finnie verschränkte die Arme und formte die wulstigen Lippen zu einem Flunsch. »Och, tut mir wirklich leid – habe ich Ihr kleines Gehirn überfordert, als ich Ihnen die Sache die ersten *vier* Male erklärt habe? Sie bekommen einen Anwalt, wenn *ich* es sage, nicht eher.«

»Nee, Mann, ich bin schon x-mal verhaftet worden, ich kenn' meine Scheißrechte!«

Der Chief Inspector schloss die Augen und knirschte mit den Zähnen. »Herrgott noch mal … McRae?«

Logan versuchte es noch einmal. »Das schottische Rechtssystem ist anders, Steve. Sie können erst mit Ihrem Anwalt sprechen, wenn wir hier fertig sind.«

»Ich kenn' meine Rechte!«

»Warum haben Sie Kevin Murray dazu angestiftet, das Turf 'n Track abzufackeln?«, fragte Finnie.

»Kevin Mornay? Nie gehört, den Namen.«

»Nein? Da erzählt Kevin Murray uns aber etwas anderes. Er sagt, Sie und Ihre Freunde hätten gedroht, seine Mutter und seine Kinder umzubringen, wenn er nicht täte, was Sie sagten. Wir haben seine Aussage hier …« Finnie nahm ein Blatt Papier aus einer Aktenmappe und knallte es auf die zerkratzte Resopal-Tischplatte.

Pause.

»Der blöde Wichser lügt, okay?«

Logan tippte auf die Tischplatte. »Sie erinnern sich nicht an mich, Steve, oder? Ich war dabei, als Sie und Ihre Kapuzenfreunde Kevin Murray das Gesicht aufgeschlitzt haben.«

Steve rutschte auf seinem Stuhl hin und her. »Nee … Ich war überhaupt gar nich' in der Gegend.«

Logan starrte die Hände des Mannes an. In dem Hautlappen zwischen Daumen und Zeigefinger war eine selbstgemachte Tätowierung zu erkennen. Sie war viel zu klein, um ihn als Kapuze Nummer eins zu identifizieren, und zudem an der falschen Hand, aber … was soll's, dachte er. »Natürlich waren

Sie da. Ich glaube sogar, dass *Sie* derjenige waren, der ihn mit dem Messer attackiert hat.« Logan wandte sich an Finnie. »Was kriegt man inzwischen für Körperverletzung mit einer tödlichen Waffe?«

Finnie dachte darüber nach. »Acht Jahre. Zehn, wenn man an Sheriff McNab gerät, der ist ein richtig harter Hund.«

»Ich hab keinen mit dem Messer attackiert!«

»O doch«, erwiderte Logan. »Und wissen Sie was? Detective Constable Rennie hat Sie auch gesehen. Zwei Polizeibeamte als Zeugen, das wird den Geschworenen allemal genügen.«

»Ich bin's nicht gewesen! Baz war's …« Und dann weiteten sich seine Augen, und er klappte den Mund zu. »Ich mein', ich war nicht da. Und sonst auch keiner.«

Logan schrieb in großen Blockbuchstaben »ES WAR BAZ« in seinen Notizblock, und zwar so, dass Steve es unmöglich übersehen konnte.

»Was? Nee, das können Sie nich' schreiben – ich hab nie behauptet, es wär' Baz gewesen!«

»Wir können das Band zurückspulen und es überprüfen, wenn Sie wollen.«

Finnie nahm noch ein zweites A4-Blatt aus der Akte. »Wo wohnen Sie zurzeit, Steve?«

»Ich hab nie behauptet, es wär' Baz gewesen! Sagen Sie ihm das!«

»Hier steht, dass Sie sich jeden Mittwochmorgen bei Ihrem Bewährungshelfer zu melden haben. In Manchester.« Finnie sah auf seine Uhr. »Oje, das werden Sie kaum schaffen, wie's aussieht. Denken Sie, dass er enttäuscht sein wird, wenn ich ihm erzähle, dass Sie in Aberdeen wegen Drogenhandels und versuchten Mordes verhaftet worden sind?«

»Versuchter Mord? Waas? Nee, das war ich nich'. Sie ham doch gesagt, ich hab den Typ bloß mit'm Messer verletzt –«

»Der Verdächtige sagte: ›Ich hab den Typ bloß mit dem Messer verletzt …‹« Logan notierte den Satz.

»Sagen Sie dem, er soll damit aufhören!«

Finnie sog die Luft durch die Zähne ein, wie ein Automechaniker, bevor er mit der schlechten Nachricht herausrückt. »Sieht nicht gerade rosig aus, was, Steve?«

»Ich hab nix gemacht!«

»Ich habe einen Vorschlag: Wie wär's, wenn wir uns Ihren guten Freund Baz alias Barry Hartlay vorknöpfen ... ach, nun tun Sie doch nicht so geschockt – ich habe gestern mit den Kollegen aus Manchester gesprochen, und sie haben mir eine Liste Ihrer bekannten Komplizen gegeben.«

»Was? Nein, ich –«

»Wenn wir ihm diese Stelle vorspielen, wo Sie ihn verpfeifen, ob er dann wohl den Anstand besitzt, alles zu gestehen und Ihnen aus der Patsche zu helfen? Wie es sich für einen guten Freund gehört?«

Steve schwitzte, sein Blick zuckte zwischen Logan und Finnie hin und her. »Ich ... Ich ... Sie können nicht ... Nein ... Er ...«

Logan hörte sich sein Gestammel eine Zeitlang an, und dann kam ihm eine Idee. Er beugte sich über den Tisch und tätschelte Steve den Arm. Steve zuckte zurück.

»Haben Sie gewusst, dass der Laden von dem Polen videoüberwacht war?« Es war eine Lüge, aber einen Versuch war es wert.

»Welcher Pole?«, sagten Finnie und Steve wie aus einem Mund.

»Muss ja ein Riesenspaß gewesen sein, den Laden zu demolieren. So hat es jedenfalls ausgesehen. Wie die Gläser auf dem Boden zerplatzt sind und alles mit eingelegtem Gemüse versaut war.« Logan stieß einen Pfiff aus. »Und der blöde Gesichtsausdruck von dem Polen, als die Vitrine auf den Boden geknallt ist ... Köstlich.«

Der plötzliche Themenwechsel schien Steve zuerst zu verwirren, und dann breitete sich allmählich ein Ausdruck des

Entsetzens auf seinen Zügen aus. »Da waren *Kameras* und so Zeug?«

»O ja.« Logan beugte sich vor und senkte die Stimme zu einem lauten Flüstern. »Wir haben eine spitzenmäßige Aufnahme von Ihnen, wie Sie Sachen zerdeppern.«

»Aber da war'n doch angeblich gar keine Kameras ...«

»Und der Ladenbesitzer hat mir übrigens erzählt, ihr wärt alle totale Weicheier. Er meinte, mit euch wird er noch fertig, wenn man ihm eine Hand auf den Rücken bindet. Von dem kriegt ihr keinen Penny.«

Steve sackte auf seinem Stuhl zusammen und hielt sich die Hände vors Gesicht. »›Kommt nach Aberdeen‹, sagt er. ›Ist 'n Kinderspiel, da was abzugreifen‹, sagt er ...«

»Er meinte, das nächste Mal, wenn Sie mit Ihrer Schwuchteltruppe bei ihm auftauchen, wird er euch allen mal richtig den Hintern versohlen.«

»Ach ja?« Steve ließ die Hände sinken und starrte Logan finster an. »Na, wenn er so mutig ist, dann klären wir die Sache doch gleich heut' Nachmittag. Woll'n doch mal sehen, ob er den Mumm hat, sich hinzustellen und ... Was grinsen Sie denn so?« Er lehnte sich zurück und sah Logan und Finnie verwirrt an. »Was ist?«

26

Finnie saß auf dem Beifahrersitz und beobachtete Logan aus dem Augenwinkel. »Da war überhaupt keine Videokamera in dem Laden, oder?«

»Nö.« Logan grinste und wechselte die Spur, um einen Gelenkbus zu überholen, der eine Haltestelle anfuhr. »Der Ladenbesitzer sagte, vier Kapuzentypen hätten seinen Laden demoliert. Ich dachte mir, man kann's ja mal versuchen. So, wie Sie es mit Kevin Murray gemacht haben.«

Der DCI nickte. »Sie lernen dazu, gut.« Er ließ das herablassende Kompliment eine Weile im Raum stehen. »Und Sie sind sicher, dass diese Kapuzentypen bewaffnet sein werden?«

»Messer und Macheten.«

»Gut. Gibt nichts Schlimmeres, als um ein AFO-Team zu betteln und hinterher zuschauen zu müssen, wie die Jungs rumsitzen und Däumchen drehen.« Er kramte etwas aus seiner Jackentasche und drückte es Logan in die Hand, als sie an einer Ampel hielten. Es war die Kopie eines Ödipus-Briefs. »Ist heute Morgen gekommen.«

Ich kann euch nicht MEHR helfen!!!
Ich HABE es wieder UND WIEDER VERSUCHT,
aber ihr HÖRT EINFACH nicht zu! Ich
STECHE ihnen ihre SCHMUTZIGEN Augen

AUS, ihr aber TUT NICHTS!! IHR seid taub, und sie sind BLIND! Was JETZT PASSIERT, ist EURE Schuld!!! ICH bin das Feuer GOTTES, und die Erlösung wird mein SEIN!

Logan gab Finnie das Blatt zurück, als die Ampel auf Grün sprang. »Elf Ausrufezeichen – er wird immer schlimmer.«

»Das ist der dritte Brief in drei Tagen. Davor waren es ein bis zwei pro Woche. Dr. Goulding sagt, unser Knabe schaukelt sich allmählich hoch.«

Es war eine Weile still.

Und dann räusperte Finnie sich, sah aus dem Fenster und sagte: »Ich bin für alle Anregungen offen.«

»Äh …«

»Ganz gleich, wie bescheuert sie sich anhören.«

Logan fuhr die Mid Stocket Road hinauf und überquerte den Anderson Drive, um den Weg nach Mastrick einzuschlagen. »Ich habe heute Morgen mit einem Pfarrer von St. Peter gesprochen.« Er berichtete dem DCI von seinem Gespräch mit Goulding über die Möglichkeit, dass es sich bei Ödipus um einen religiösen Spinner handelte. »Sie wissen ja, wie die Situation hier in Aberdeen ist. Wir waren immer die weltlichste Stadt in ganz Schottland, aber von diesen Osteuropäern sind viele sehr fromm. Für die katholischen Kirchen war das ein unverhoffter Glücksfall – endlich hatten sie wieder Zulauf. Goulding glaubt, dass unser Bursche sich an den Rand gedrängt fühlt.«

Finnie starrte ihn an. »Ob Sie's glauben oder nicht, daran hatte ich *tatsächlich* auch schon gedacht. Pirie hat jede Kirche, jede Moschee und jede Synagoge in Aberdeen überprüft. Ohne Erfolg.«

Verdammt. Jetzt würde Logan sich etwas anderes einfallen lassen müssen, wenn er wollte, dass der DCI ihn für diese Beförderung vorschlug. »Tja … wie wär's dann mit den Opfern? Wir könnten sie ein bisschen unter Druck setzen – vielleicht sind sie dann bereit, mit uns zu kooperieren?«

Finnie machte eine Handbewegung, als wollte er einen unangenehmen Geruch wegwedeln. »Das lasse ich Pirie schon regelmäßig machen, aber die Leute bleiben stur. Die haben panische Angst.« Er zeigte auf die Kreuzung vor ihnen. »Biegen Sie hier rechts ab.«

Sie parkten im Schatten eines Hochhauses. Mastrick war für Logan nicht unbedingt ein Ort angenehmer Erinnerungen, aber im Sonnenschein sah es doch wesentlich schöner aus als in seinen Alpträumen. Ein Windstoß erfasste einen kleinen Haufen leerer Chipstüten und zerknitterter Seiten aus einem Schmuddelheft und verwirbelte sie zu einem munteren Ringelreihen aus gesalzenen Kartoffelscheiben und halbnackten Frauen.

Zwei alte Männer schlurften die Straße hinunter und zerrten einen unglücklich aussehenden Terrier hinter sich her. Der Hund winselte und versuchte vergeblich, sich im Asphalt festzukrallen.

Logan sperrte den Wagen ab und sah sich um. »Wieso sind wir eigentlich hier?«

»Überlassen Sie einfach mir das Reden«, sagte Finnie und ging über ein kleines Rasenstück voran. »Und versuchen Sie um Himmels willen, niemandem ans Bein zu pissen.«

Sie gingen auf eine kleine Gruppe von gedrungenen Betonbauten zu, die von einem rostigen Maschendrahtzaun umschlossen war. Eine Autowerkstatt, eine Garage, ein zweistöckiges Bürogebäude mit zu wenigen Parkplätzen, und ein paar Lagerhallen. In der Werkstatt stand ein flaschengrüner Jaguar XJS auf der Hebebühne, und ein grellblauer Funkenregen zeigte an, dass hier gerade heftig geschweißt wurde. Im Hintergrund war altmodische Akkordeonmusik zu hören.

Und dann war es plötzlich still.

Ein blasses Gesicht lugte hinter dem Wagen hervor und beobachtete sie, und dann trat der zugehörige Mensch hinaus in den Sonnenschein. Er war ein Koloss, ein Fleischberg von mindestens zweieinhalb Zentnern, verpackt in einen dreckigen Blaumann. Er kam auf sie zugewatschelt und wischte sich dabei die Hände an einem Lappen ab. »Ja?« Das Gesicht des Mannes war eine Landkarte aus Fett und zahllosen Narben, die von seinem schütteren Bart nur unzureichend verdeckt wurden. Er stank nach Motoröl und Ozon.

Finnie begrüßte ihn mit einem Nicken. »Reuben, ist Wee Hamish in der Nähe?«

Der Fleischberg musterte sie von Kopf bis Fuß. »Kommt drauf an, oder?«

»Würd' gern mit ihm reden.«

»*Aye*, kann ich mir vorstellen …« Er starrte sie noch etwas länger an und wälzte sich schließlich schwerfällig auf das schäbige Bürogebäude zu. Sie machten Anstalten, ihm zu folgen, doch da blieb der Dicke plötzlich stehen, drehte sich um und zeigte mit dem Finger auf Logan. »He, wo willst du denn hin, ey?«

»Ich –«

»Nix da. Du bleibst schön hier.«

Finnie klopfte Logan auf den Rücken. »Sie sollten sich an seinen Rat halten. Mikado mag es nicht, wenn Leute in seinem Hof herumspazieren.«

Logan zog fragend eine Braue hoch, worauf der DCI in das düstere Innere der Werkstatt zeigte, wo der rechteckige Kopf eines Rottweilers sie aus dem Schatten anstarrte. »Er heißt Mikado, weil er auf jeden losgeht, der nicht absolut stillhält.«

Logan stand im Hof und versuchte keine abrupten Bewegungen zu machen. Verdammter Mist: Wee Hamish Mowat …

Mikado, der Rottweiler, kam zur Werkstatttür getrottet und pflanzte sich in die Sonne. Er war riesig. Und im Gegensatz zu dem gebrauchten Schäferhund der McLeods sah Mikado aus, als könnte er es im Sprint mit einem untrainierten Detective Sergeant allemal aufnehmen. Und ihn dann auffressen.

Es waren wahrscheinlich nur zehn Minuten, aber es kam ihm vor wie Stunden, bis endlich Reuben der Fleischberg wieder auftauchte und mit einem ölverschmierten Daumen über die Schulter auf das Bürogebäude wies. »Du da: Rein mit dir.« Und dann wandte er sich wieder seinen Schweißarbeiten zu.

In Wee Hamish Mowats Büro kam man sich vor wie in einem alten englischen Herrenhaus – Holzvertäfelung, Drucke von Jagdszenen an den Wänden, Bücherschränke, zwei Chesterfield-Sofas aus braunem Leder und ein Mahagonischreibtisch von der Größe der Schweiz.

Finnie saß auf einem der Sofas, dem Besitzer des Büros direkt gegenüber.

Graue Haare, Hakennase, Hände wie Geierkrallen und Augen wie Feuersteinsplitter. Er blickte zu Logan auf, und ein verirrter Sonnenstrahl wurde von seiner rechteckigen Brille reflektiert. »Ah, Detective Sergeant Logan McRae, ich habe ja so viel von Ihnen gehört.« Die Stimme war heiser und rau, mit Aberdeener Färbung und einem Hauch Elite-Internat. »Ihr Chief Inspector hat mir gerade von seinem kleinen Problem erzählt.«

Das Leder unter Finnies Hintern knarzte, als er verlegen hin und her rutschte. »Tja, nun …«

Wee Hamish stand auf und ging zu einer antiken Anrichte, der er eine Flasche Whisky und drei Gläser entnahm. »Macallan, dreißig Jahre alt. Ich nehme doch an, dass Sie mir Gesellschaft leisten?« Er deutete auf eines der Sofas.

Logan setzte sich.

Der alte Mann goss in jedes Glas zwei Fingerbreit Whisky.

»*Slainte mhar.* Oder vielleicht sollten wir neuerdings ›*Na zdrowie*‹ sagen, bei den vielen Polen, die wir hier haben.«

Sie erwiderten den Toast und nippten schweigend an ihren Drinks.

»Also«, Finnie drehte den Kristalltumbler in den Händen, »was diesen Wohnwagen betrifft …?«

»Sagen Sie mir, Logan, was halten Sie von dem Whisky?«

Logan setzte sein Glas auf dem großen Couchtisch aus Holz ab. »Sehr fein.«

»Gut.« Wee Hamish lächelte, wobei er ein makelloses weißes Gebiss sehen ließ. »Ich mag Männer, die einen guten Malt zu würdigen wissen. Ich denke, wir werden uns blendend verstehen.«

Was nicht gerade das Beruhigendste war, was Logan je gehört hatte.

Der alte Mann trank noch einen Schluck. »Wenn ich das richtig verstanden habe, war dieser Wohnwagen voll mit Maschinengewehren und Munition.« Das Lächeln schwand. »Manche Leute verstehen einfach nicht, wie das Geschäft hier oben läuft. Sie schauen alle diese tollen amerikanischen Filme, mit den ganzen Schießereien und Explosionen, und sie glauben, dass es in der wirklichen Welt auch so zugeht.«

Finnie nickte.

»Das hier«, fuhr Wee Hamish fort und tippte mit dem Finger auf seine Couch, »ist nicht irgendein verdammtes Dritte-Welt-Land. Schusswaffen sind etwas für Profis, *nicht* für blutige Amateure. Sind Sie da nicht meiner Meinung, Logan?«

Logan schielte zu Finnie hinüber, aber von dort war keine Hilfe zu erwarten. »Ich glaube, diese Art von Ärger kann Aberdeen nicht gebrauchen.«

»Gut gesagt, Logan. Gut gesagt. Wissen Sie, Ihr Polizeipräsident hat recht – ich habe ihn neulich im Radio gehört: Die Leute schauen auf Aberdeen, und sie sehen ein fettes Schwein, gemästet mit Ölgeld und reif zum Schlachten.« Er beugte sich vor. »Das Bemerkenswerte an Schweinen ist aber, dass sie alles verschlingen. Haut, Haare und Knochen. Und wenn Sie nicht *sehr* vorsichtig sind, könnten Sie Ihre irdische Existenz irgendwann als großer Haufen Schweinemist beschließen.«

Schweigen.

Logan räusperte sich. »Ist es das, was Simon McLeod passiert ist? War er nicht vorsichtig genug?«

Finnie hätte sich fast an seinem Whisky verschluckt.

»Das war eine furchtbare Sache, ganz furchtbar. So geblendet zu werden ...« Der alte Mann starrte über den Couchtisch hinweg. »Den Zeitungen zufolge suchen Sie nach einem Serienmörder, der seine Opfer nicht ermordet?«

Der DCI schoss einen bösen Blick auf Logan ab. »Sie müssen Sergeant McRae entschuldigen, er –«

»Unsinn.« Wee Hamish wedelte mit einer leberfleckigen Klaue, ohne den Blick von Logan zu wenden. »Ich will hören, was Logan zu sagen hat. Ich habe gelesen, dass Ihr Irrer etwas gegen Polen hat. Was jammerschade ist; ich persönlich finde, dass das wunderbare Menschen sind. Einer von denen fliest zufällig gerade mein Bad neu.«

»Warum sollte Ödipus sich an Simon McLeod vergreifen? Er ist kein Pole, er ist einer von Aberdeens größten –«

»Unternehmern«, warf Finnie ein. »Einer der größten *Unternehmer.*«

Wee Hamish lachte. »Ach, seien Sie doch nicht so empfindlich, Chief Inspector. Wir wissen doch alle, was Simon ist.« Dann richtete der alte Mann seine funkelnden grauen Augen wieder auf Logan. »Fahren Sie fort.«

»Ich glaube, dass es da um etwas Geschäftliches ging.«

Diesmal zog sich das Schweigen unbehaglich lange hin, bis Finnie es brach, indem er ansetzte: »Ich möchte mich für DS McRae entsch–«

Wee Hamish ignorierte ihn. »Sie glauben also, dass es jemand war, der sich im Revier der McLeods breitmachen will?«

»Ja.«

»Vielleicht jemand, der gesehen hat, was mit diesen armen Polen passierte, und fand, dass das eine ideale Gelegenheit wäre, sich eines Rivalen zu entledigen?«

»Würden Sie das nicht auch so sehen?«

Wieder trat ein unangenehmes Schweigen ein.

Dann ließ Wee Hamish noch einmal sein Gebiss aufblitzen. »Sie haben Mumm, Logan, das gefällt mir.« Er leerte sein Glas und stand auf. »Wenn Sie mich jetzt bitte entschuldigen würden, meine Herren, ich habe noch zu tun.«

Draußen in der Sonne lehnte Reuben an der Werkstattmauer und rauchte eine Selbstgedrehte. Ein pickliger Jüngling mit grünen Haaren tauchte neben ihm auf und reichte ihm einen Becher Tee, und dann starrten sie beide Logan und Finnie an, bis sie vom Grundstück verschwunden waren.

Logan blickte sich zu dem kleinen Bürogebäude mit der Reihe dunkler Fenster um. »Was hat er denn gemeint, als er sagte, er hätte schon viel von mir gehört?«

Finnie gab keine Antwort, sondern marschierte geradewegs über das kleine Rasenstück zurück zu ihrem Wagen. Er wartete, bis Logan die Türen entriegelt hatte, und stieg dann auf der Beifahrerseite ein.

»Okay …« Logan setzte sich ans Steuer und ließ den Motor an. »Wohin jetzt?«

»Was war denn an dem Satz ›Halten Sie die Klappe und überlassen Sie mir das Reden‹ so *furchtbar* schwer zu verstehen?«

»Ich habe –«

»Was zum Teufel haben Sie sich dabei gedacht?« Finnie drehte sich in seinem Sitz um; seine Augen waren zu Schlitzen verengt, die Hängebacken bebten. »Wee Hamish zu beschuldigen, Simon McLeod geblendet zu haben? Dachten Sie *wirklich*, das wäre eine gute Idee? Oder hat Sie als Kind mal jemand auf den Kopf fallen lassen?«

»Aber er –«

»Damit das ein für alle Mal klar ist, *Sergeant*: Hamish Mowat ist nicht wie Simon McLeod oder die ganzen anderen Schmalspurganoven, mit denen Sie sonst zu tun haben. Wee Hamish Mowat frisst Sie mit Haut und Haaren und spuckt nur noch die Knochen aus!«

»Es war eine berechtigte Frage. Er –«

»Diese entzückende kleine Geschichte über die Schweine ist nicht *bildlich* gemeint, Sergeant. Mowat hat überall im Nordosten seine Schweinefarmen. Wenn er Simon McLeod loswerden wollte, würde Simon McLeod verschwinden.« Er zog sich den Gurt über und rammte ihn in das Schloss. »Mit diesem Mann *legt* man sich nicht an, kapiert?«

Logan fuhr an. »Okay, er kann also Leute verschwinden lassen, aber vielleicht wollte er das ja gar nicht? Vielleicht hat er Simon McLeod am Leben gelassen, um zu demonstrieren, was einem blüht, wenn man ihm in die Quere kommt.«

»Das ist doch albern.«

»Wirklich?« Logan lenkte den Wagen zurück in Richtung Innenstadt. »Sie haben es selbst gesagt: Simon McLeod zittert vor Angst. *Simon McLeod.* Vor wem sonst sollte einer wie der sich dermaßen fürchten?«

»Erstens«, sagte Finnie und hielt einen Finger hoch, »wenn Wee Hamish den McLeods eine Lektion erteilen wollte, würden wir ihre Leichen niemals finden. Zweitens: Die Beziehungen zwischen den McLeods und den Mowats reichen *zwei Generationen* zurück. Wee Hamish lässt die Jungs in Ruhe ihre Geschäfte machen, weil er früher eine Schwäche für ihre Mama hatte.«

Ein dritter Finger gesellte sich zu den ersten beiden. »Drittens: SIE SIND EIN IDIOT!« Er ließ die Hand sinken. »Sie können froh sein, dass er Sie mag.«

Aber irgendwie konnte Logan sich nicht so recht freuen.

27

»Und?« Finnie blickte von seiner Zeitung auf, als Logan wieder einstieg.

»Käse mit Brauner Sauce oder Ei mit Mayonnaise?« Um halb ein Uhr mittags kam man sich in der Victoria Road eher vor wie an einem idyllischen Plätzchen in Südfrankreich, nicht wie in einer Straße in Torry. Der warme Granit schimmerte in der Sonne, und eine angenehme Brise von der Nordsee sorgte dafür, dass die Hitze nicht zu drückend wurde.

»Ei.« Der Chief Inspector streckte die Hand aus, und Logan drückte ihm die eine Sandwichpackung hinein, dazu eine Tüte Chips mit Zwiebelgeschmack und eine Dose Irn-Bru, auf deren Oberfläche Kondenswasser glitzerte. »Danke.« Finnie riss die dreieckige Plastikverpackung des Sandwichs auf, kaute eine Weile schweigend und starrte die Straße hinunter auf die blaue Fassade der Gemischtwarenhandlung Kraków. Er schluckte, trank schlürfend aus seiner Dose und sagte dann: »Das war mein voller Ernst, was ich über Wee Hamish gesagt habe.«

Logan beäugte argwöhnisch das ihm verbliebene Sandwich – nur Käse und keine Spur von Brauner Sauce. Das passte irgendwie zu seiner Stimmung. »Wenn er so gefährlich ist, wieso haben wir ihn dann aufgesucht?«

»Weil… weil die Welt nun mal nicht nur schwarz und weiß ist, Sergeant. Manchmal muss man auch mit verschiedenen Graustufen arbeiten.«

»Und Wee Hamish Mowat ist so eine Graustufe?«

Achselzucken.

Logan probierte sein Sandwich. Es war genauso trocken, wie es aussah. »Urgh …«

Finnie schlug mit dem Handrücken gegen die aufgeschlagene Zeitung, dass es knallte. »Wir kriegen schon wieder so einen blöden Golfplatz. Malk the Knife hat schon die Baugenehmigung – ist das denn zu fassen? Diese verdammten Idioten. Das Ganze ist bestimmt eine einzige große Geldwaschaktion …« Er nahm einen Schluck Irn-Bru und schwenkte die süße Brause im Mund wie einen edlen Wein. »Wundert mich sowieso, dass heutzutage noch irgendjemand zum Golfspielen hierherkommt.«

Der DCI hielt Logan die Titelseite unter die Nase. »Lesen Sie das.«

Die Schlagzeile auf Seite eins des *Aberdeen Examiner* von diesem Morgen lautete: »STRASSEN SIND NICHT MEHR SICHER – POLIZEI VERLIERT KONTROLLE«, mit den Untertiteln »SERIENTÄTER BLENDET OPFER – PÄDOPHILER VERMISST – DROGENGEWALT SCHLIMMER DENN JE – FRAU IN PARK VERGEWALTIGT«.

Finnie kaute eine Weile. »Und jetzt stellen Sie sich mal vor, was uns blüht, wenn die auch noch das mit den ganzen Maschinengewehren spitzkriegen …«

Logan gab seinem Käsesandwich ohne Braune Sauce noch eine Chance, aber es schmeckte nach wie vor scheußlich. Er stopfte es in das Plastikdreieck zurück, knüllte es zusammen und deponierte es auf der Ablage. »Sie haben Kevin Murray dazu gebracht, eine Aussage zu machen.«

»Man muss nur wissen, wo man den Hebel ansetzt, Sergeant. In dem Moment, als er unseren kleinen Freund aus Manchester aus dem Vernehmungsraum kommen sah, war er geliefert.«

Logan starrte geradeaus durch die Windschutzscheibe. »Was ist mit seinen Kindern? Und seiner Mutter? Was ist –«

»Ach, nun tun Sie doch nicht so melodramatisch. Wenn Ihre Kapuzentypen aus Manchester heute Nachmittag aufkreuzen, um sich ihr Schutzgeld abzuholen, verhaften wir sie. Verstoß gegen die Bewährungsauflagen, Körperverletzung mit einer tödlichen Waffe, Bedrohung Minderjähriger, Widerstand gegen die Festnahme – die kommen *niemals* gegen Kaution frei. Und nun sagen Sie mir, Sergeant, wer Kevin Murrays Kindern etwas antun soll? Die *Rachefeen* vielleicht? Der große böse Zauberer? Hmm?«

Darauf gab Logan keine Antwort.

»Genau.« Finnie blätterte raschelnd zum Sportteil zurück.

Logan kam schlagartig zu sich. Sofort richtete er sich kerzengerade im Fahrersitz auf und blinzelte. Klappte den Mund ein paarmal auf und zu und schmeckte ranzigen Käse. »Was? Was ist los? Ich bin wach ...«

Finnie ließ Logans Arm los und deutete die Victoria Road hinunter. »Da.«

Drei Männer in Kapuzenpullis marschierten schnurstracks auf die Gemischtwarenhandlung Kraków zu. Der Chief Inspector schaltete sein Airwave-Funkgerät ein, als sie im Laden verschwanden. »Alles bereithalten – Zugriff auf mein Kommando. Und falls Sie sich nicht so ganz sicher sein sollten – wir spielen heute nicht *Polizei trifft Bürger*. Okay? Haben wir uns verstanden?« Er sah Logan von der Seite an. »Wir haben unsere Abschussquote für dieses Jahr schon ausgeschöpft.«

Im Eingang des Ladens kam es zu einer tumultartigen Szene, und eine alte Dame wurde unsanft hinaus auf den Gehsteig geschubst. Sie strauchelte, fing sich, drehte sich um und schickte eine Flut von Verwünschungen durch die Tür.

Einer der Kapuzenmänner erschien, drückte ihr eine Flasche Whisky in jede Hand und forderte sie auf, zu verschwinden.

Finnie griff wieder zum Funkgerät. »In Ordnung, fertigmachen ...«

Laute Stimmen waren zu hören.

Und dann kam die Registrierkasse durch das Ladenfenster

geflogen. PENG, und die Scheibe zerstob in tausend winzige Splitter, die in der Sonne glitzerten. KRACH, und die Kasse blieb im Seitenfenster eines Citroëns stecken. Und dann zerriss das Heulen der Autoalarmanlage die Luft.

Einer der Kapuzenmänner flog mit dem Kopf voran durch das Loch im Fenster, das die Kasse gerissen hatte, und landete unsanft auf dem Gehsteig.

Finnie blaffte: »GO! GO! GO!«

Auf der anderen Straßenseite flogen die Hecktüren eines nicht gekennzeichneten Ford Transit auf. Vier bewaffnete Beamte des AFO-Teams torkelten hinaus in den sonnigen Nachmittag und trabten schwerfällig mit ihren Maschinenpistolen im Anschlag über die Straße. Nach dreieinhalb Stunden in der stickigen Hitze des Transporters sahen sie ziemlich fertig aus. Dass sie ganz in Schwarz gekleidet waren, war sicher auch nicht gerade hilfreich.

Logan sah zu, wie Sergeant Caldwell keuchend und schnaufend an die Spitze ihres Teams lief, es in einer Reihe antreten ließ und das Zeichen gab. Im Gänsemarsch verschwanden sie im Inneren des Gemischtwarenladens.

»Sind Sie sicher, dass vier genug sind?«

Finnie kletterte hinaus in den Sonnenschein. »Drei Kapuzentypen mit Messern gegen vier ausgebildete Beamte mit Maschinenpistolen. Ich denke doch, dass wir da keine Probleme kriegen werden, hm?«

Die Stimmen aus dem Laden wurden immer lauter. Polnisch, Manchester-Englisch, und über das ganze Gewirr hinweg hörte man Caldwell brüllen: »AUF DEN BODEN! ICH SAG'S NICHT NOCH EINMAL!«

Logan und Finnie sprinteten zum Laden.

28

Logan kam schlitternd auf dem mit Glassplittern übersäten Gehsteig zum Stehen und spähte durch die zertrümmerte Scheibe hinein. Der kleine Laden war ein Durcheinander aus zappelnden Leibern, fliegenden Fäusten, Gezerre und Geschiebe und deftigen Kraftausdrücken. Mr. Wojewódzki lehnte kraftlos an der Wand und starrte auf seinen Bauch hinunter, aus dem ein Messergriff ragte. Sein weißes Hemd verfärbte sich rapide grellrot.

Vier AFOs, zwei Kapuzentypen … und zwei unbekannte Männer.

Der eine – ein kleiner, drahtiger Typ – knallte gerade einen der Kapuzenmänner mit dem Kopf gegen die Theke, dass das Blut nur so spritzte und die KitKat-Riegel auf den Boden prasselten. Der andere war ein Koloss: mindestens eins neunzig groß und so breit wie lang, mit einem Haarschnitt, den man nur als Vokuhila mit sehr wenig Vo beschreiben konnte. Im ersten Moment dachte Logan, die beiden seien vielleicht Kunden, die in das Handgemenge verwickelt worden waren, aber dann sah er die Waffe. Es war eine halbautomatische Pistole – groß, klobig und schwarz –, und der Kleiderschrank hielt sie in seiner Pranke.

Die Hälfte des AFO-Teams lag am Boden und rang mit dem Kapuzentypen, der Kevin Murray das Gesicht aufgeschlitzt hatte, aber die beiden übrigen Beamten hatten ihre Maschinenpistolen auf die hohe Stirn des Hünen gerichtet. Sergeant Caldwell schrie über das Kreischen der Autoalarmanlage hinweg: »ZWINGEN SIE MICH NICHT, SIE ZU ERSCHIESSEN!«

Der Kleiderschrank grinste höhnisch. »*Nie wierzę w to ...*« und dann ein böser Blick auf den blutenden Ladenbesitzer – »*Okłamałeś mnie!*«

»LEGEN SIE DIE WAFFE WEG!«

»*Nie rozśmieszaj mnie.*«

»ICH SAG'S IHNEN NICHT NOCH EINMAL: LEGEN SIE DIE WAFFE –« Weiter kam sie nicht, denn der kleine, drahtige Mann ließ plötzlich den Kapuzenmann fallen, mit dessen Kopf er auf den Tresen eingedroschen hatte, schnappte sich eine Flasche Büffelgras-Wodka und schlug sie Caldwell ins Gesicht. Ihre Schutzbrille bekam einen Sprung, und die Flasche brach ihr die Nase, ehe sie an der Kante ihres Helms zerschellte. Glassplitter und Schnaps spritzten durch die Gegend.

Caldwell wankte, rutschte aus und landete krachend auf dem mit Blut und Wodka verschmierten Boden.

Ihr Kollege blickte sich nur einen Sekundenbruchteil lang um, doch das genügte. Mit einer blitzartigen Bewegung schlug der Kleiderschrank die Maschinenpistole weg und rammte ihm den Lauf seiner halbautomatischen Pistole unters Kinn.

»O Gott ...«

Logan stieg über den Kapuzenmann hinweg, der stöhnend auf dem Gehsteig lag, und trat die Tür auf. Der Kleiderschrank schwang die Pistole herum.

BLAMM!

Logan ließ sich fallen, während hinter ihm das Sicherheitsglas der Tür in einem Regen von Splittern explodierte.

Alles erstarrte.

Der AFO hob seine MP5 wieder an ... dann schrie er auf, und das Blut schoss aus einer klaffenden Schnittwunde in seinem Gesicht. Der kleine Drahtige hatte ihn mit dem gezackten Ende der kaputten Wodkaflasche attackiert. Der Polizist ließ die Maschinenpistole fallen und hielt sich die Wange. Um ihn herum war schon alles voller hellroter Spritzer.

Der Kleiderschrank riss eine Tür im hinteren Teil des Ladens auf und stürmte hinaus. Sein Partner schwang sich über die Theke, rannte ihm nach und schlug die Tür hinter sich zu.

Finnie schrie auf die beiden Polizisten ein, die immer noch mit Kapuze Nummer zwei am Boden rangen. »Was zum Teufel machen Sie da? Ihnen nach, los!«

Sie ließen von ihrem Gefangenen ab.

Ein Fehler.

Kapuze Nummer eins rammte dem einen Beamten den Ellbogen ins Gesicht und dem zweiten das Knie in die Weichteile und rannte los. Er sprang durch das zerschmetterte Schaufenster, landete auf dem mit Glassplittern übersäten Gehsteig, kletterte über den Citroën mit der gellenden Alarmanlage und sprintete auf die Straße hinaus, mit fliegenden Armen und Beinen, wie ein olympischer Sprinter. Ein schwerer Lastwagen bremste im letzten Moment und kam ächzend und zischend auf dem heißen Asphalt zum Stehen. Es fehlten keine fünfzehn Zentimeter.

Logan rappelte sich auf und rannte auf die Tür hinter der Theke zu. Gerade noch rechtzeitig, um ein leises metallisches Klicken zu vernehmen. Die Klinke ließ sich keinen Zentimeter bewegen.

Finnie kam in den Laden gestürmt. »Machen Sie die verdammte Tür auf!«

»Sie ist abgeschlossen.«

»Dann treten Sie sie ein!«

RUMMS – Logan ließ seinen Fuß mit voller Wucht auf das Holz direkt unter dem Schloss krachen. Nichts. RUMMS – noch einmal. RUMMS – die ganze Tür bebte in den Angeln, weigerte sich aber, nachzugeben. »Da tut sich nichts …« Noch ein Versuch: RUMMS. Diesmal war das Ächzen und Knirschen von splitterndem Holz zu hören.

Hinter sich vernahm Logan, wie Finnie jemanden anwies, den flüchtigen Kapuzenmann zu verfolgen.

Ein letztes Mal: RUMMS. Die Tür sprang auf, und Logan torkelte in einen langen Flur, der mit Kisten und Kartons voller Gläser, Flaschen und Dosen aus Polen gesäumt war. Der Notausgang am anderen Ende stand offen.

Er machte zwei Schritte, blieb stehen und eilte zurück in den Laden.

Finnie starrte ihn an. »Was wollen Sie denn *jetzt* –«

»Eine Waffe.« Logan schnappte sich die Heckler-&-Koch MP5 des Polizisten mit dem zerschnittenen Gesicht und lief damit zur Tür hinaus und den Gang entlang. Draußen blieb er auf den Stufen stehen. Vor sich erblickte er einen großen Garten, umschlossen von zweieinhalb Meter hohen Mauern, zwischen denen kreuz und quer schwer behängte Wäscheleinen gespannt waren. Auf einer Seite verlief eine Reihe von Schuppen, die zu einem alten Waschhaus mit Spinnweben vor den Fenstern führte.

Von den beiden Männern keine Spur.

Logan lief die Stufen hinunter auf den Rasen und tauchte unter einer Kollektion von Damenunterwäsche hinweg. Die ganzen Kleider und Laken beschränkten seine Sichtweite auf vielleicht einen Meter. Er ging in die Hocke, ließ den Blick dicht über dem Rasen im Kreis schweifen und hielt Ausschau nach Füßen und Beinen. Immer noch nichts.

Wie sollte er da … Logan erstarrte.

Hinter sich hörte er ein Schnaufen und Stöhnen, das immer lauter wurde. Er fuhr herum und riss die MP auf Schulterhöhe hoch – gerade rechtzeitig, um einen AFO mit grimmiger Miene die Stufen herunterhumpeln zu sehen. Mit der einen Hand hielt er seine Waffe, mit der anderen seinen Schritt, während er mit zusammengebissenen Zähnen den Wäscheleinen-Hinderniskurs absolvierte.

»Alles okay?«

Der Polizist verzog das Gesicht. »Voll in die Eier, Mann …«

Plötzlich ein Scheppern und etwas, das wie ein polnischer Fluch klang – es schien vom hinteren Ende des Gartens zu kommen. Logan wühlte sich durch die Jeans und Handtücher, umwabert vom künstlichen Blumenduft des Weichspülers, doch als er an der hinteren Gartenmauer ankam, war dort niemand zu sehen.

»Verdammter Mist!«

Vielleicht hatten sie kehrtgemacht, oder sie versteckten sich in einem der Schuppen, oder –

Vom Nachbargrundstück ertönte ein Schrei.

»Wie sind die denn …« Logan hielt inne und starrte das alte Waschhaus an. Die Dachschindeln waren mit einer dünnen graugrünen Moosschicht bedeckt – durchbrochen nur von ein paar dunkelgrauen Kratzspuren, die sich im grellen Sonnenschein deutlich abhoben.

Der Kollege vom Schusswaffenteam schloss humpelnd zu ihm auf. »Was sollen wir –«

»Mach mir mal eine Räuberleiter.« Logan deutete auf das Waschhaus und setzte dann den Fuß in die verschränkten Hände des Polizisten, um auf das schräge Dach zu klettern. Von dort konnte er in den Nachbargarten sehen.

Eine Frau saß mit hochgezogenen Schultern auf einer Sonnenliege und hielt sich ein Handtuch vor die nackte Brust. »Verschwindet, ihr dreckigen Spanner!«

Der Kleiderschrank und sein Kumpan erklommen bereits die Mauer am anderen Ende des Gartens, hinter der die Straße lag.

»Verdammt.«

»Was? Was ist los? Hilf mir hoch!«

Logan ignorierte ihn. Er lief die Dachschräge hinauf, sprang auf der anderen Seite hinunter und landete in einem kleinen Gemüsebeet. Über dicke, violette Brokkoliköpfe hinweg stakste er auf den Rasen und rannte weiter. Hinter sich konnte er das Gefluche des Kollegen hören, der sich mühte, das Dach des Waschhauses zu erklimmen.

Die Mauer am anderen Ende war nur mannshoch. Logan sprang, schwang einen Ellbogen auf die andere Seite und zog sich hoch, während im gleichen Moment der AFO kopfüber in einem dampfenden Komposthaufen landete. »Aaaaaah!«

Logan ließ sich auf den Gehsteig fallen.

Er war auf der Grampian Road: parkende Autos, Bäume mit smaragdgrünem Laub, viergeschossige Mietshäuser aus Granit mit identischen Gärten und von der Sonne vergilbtem Rasen. Im Hintergrund ragte die massige Silhouette der katholischen Sacred-Heart-Kirche auf, die Fassade immer noch eingerüstet.

Auf der Straße war nicht viel los – nur ein alter Mann, der seinen Hund ausführte, eine junge Frau mit einem Kinderwagen und ein blonder Junge auf einem Skateboard.

Und – die beiden Männer aus dem Laden, die gerade im Laufschritt die Straße überquerten.

Logan schrie: »STOPP, POLIZEI! *POLICJA!* KAPIERT?«

Es funktionierte nicht. Es funktionierte *nie*.

Logan rannte ihnen nach und hob die ausgeliehene Heckler-&-Koch MP5 auf Schulterhöhe. »STEHENBLEIBEN, ODER ICH SCHIESSE – ICH MEIN'S ERNST!«

Der kleine Drahtige riss die Fahrertür eines verbeulten Mini-Coopers auf und sprang hinein. Der Kleiderschrank schwenkte herum und zielte mit seiner Pistole genau auf Logans Gesicht.

Logan erschoss ihn.

Oder versuchte es jedenfalls.

Die MP5 machte nur *klick*.

»Verdammte Scheiße!«

Der Kleiderschrank hatte solche Probleme nicht – seine Pistole funktionierte einwandfrei. Die Kugel prallte kaum einen Meter neben Logans Kopf vom Dach eines Fiat Punto ab.

Die Frau mit dem Kinderwagen packte ihr Kind und rannte auf das nächste Haus zu. Der alte Mann versteckte sich hinter einem rostigen Geländewagen. Aber der Junge auf dem Skateboard rollte einfach weiter mitten auf der Straße vor sich hin, der Blick leer, der Mund offen.

Ein Ächzen, und der Kollege vom Schusswaffenteam landete mit klirrender Ausrüstung neben Logan auf dem Gehsteig. Er stank – Eierschalen und Reste von vergammeltem Gemüse klebten an seiner Uniform. Eine zweite Kugel schlug in den Punto.

Der AFO erwiderte das Feuer, aber der Kleiderschrank hatte sich schon auf den Beifahrersitz gezwängt. Der Mini fuhr mit quietschenden Reifen vom Bordstein weg und ließ eine Wolke pulverisierten Gummis zurück.

»SCHIESS AUF DIE REIFEN!«

Sie liefen auf die Straße hinaus. Logan hantierte noch am Verschlusshebel seiner MP5 herum und versuchte die klemmende Hülse auszuwerfen, während sein Kollege zwei weitere Schüsse abfeuerte. Beide schlugen in der Heckklappe des Autos ein, das mit Vollgas davonraste.

Der Mini hielt direkt auf den Jungen mit dem Skateboard zu.

Im letzten Moment scherte er aus und fuhr so dicht an dem Jungen vorbei, dass dessen roter Trainingsanzug im Fahrtwind flatterte. Der Junge sah dem Auto verdattert nach.

»Mist …«, brummte der AFO und schaltete seine MP5 mit einer Daumenbewegung auf Feuerstoß. *Brrrrrrrrrrt.* Eine Kaskade von Messinghülsen prasselte auf den Asphalt, während ein Kugelhagel in den Kofferraum des Minis einschlug. Logan machte einen Satz und schlug den Lauf der Waffe nach oben.

Plötzlich war es ganz still. Das einzige Geräusch war jetzt das Quietschen der Reifen, als der Wagen mit schlingerndem Heck um die Ecke in die Glenbervie Road bog und verschwand.

Der AFO drehte sich zu Logan um. »Was sollte das denn, Mann?«

»Du hast deine Waffe auf Feuerstoß gestellt – im Freien, und mit Zivilisten in der Schusslinie. Bist du noch ganz bei Trost?«

»Wieso ich? *Du* hast sie doch entkommen lassen!«

29

Der erste Rettungswagen fuhr von der Gemischtwarenhandlung Kraków los und raste mit Blaulicht in Richtung Krankenhaus davon. Der zweite folgte dreißig Sekunden später, und das Sirenengeheul verlor sich in der Ferne.

Zwei Streifenwagen hielten auf der anderen Straßenseite, ihre flackernden Rundumleuchten waren in der grellen Nachmittagssonne kaum zu sehen. Zwei der Uniformierten sperrten gerade die Straße um den Laden herum ab, indem sie eine Rolle blau-weißes Band mit der Aufschrift POLIZEI zwischen einer Reihe orangefarbener Leitkegel spannten.

Was für ein Desaster…

Logan wandte sich von dem zertrümmerten Schaufenster ab.

Das Innere des Ladens war ein einziges Chaos aus Glasscherben, Blutflecken und umgeworfenen Vitrinen und Regalen. In den roten Pfützen lagen osteuropäische Cornflakes-Packungen und quollen langsam auf.

Finnie legte die Hand über das Mikrofon seines Telefons und sah Logan finster an. »Und?«

»Der Zustand des Ladenbesitzers ist sehr kritisch; er hat viel Blut verloren, aber wenn er bis zum OP durchhält… hat er eine Chance. Die Kapuzentypen haben beide eine Gehirnerschütterung, und einer –«

»Seh ich etwa aus, als ob mich die verdammten Kapuzentypen interessieren? Was ist mit dem AFO-Team?«

»Oh… natürlich. Sergeant Caldwells Nase ist gebrochen,

aber abgesehen davon fehlt ihr nichts. Mit Banks sieht es nicht ganz so gut aus. Der Sanitäter meinte, er muss auf jeden Fall genäht werden, vielleicht braucht er sogar eine Hauttransplantation. Er hat sogar noch Glück gehabt – wenn die zerbrochene Flasche zwei Zentimeter tiefer reingegangen wäre, hätte sie die Halsschlagader aufgerissen.«

Finnie fluchte und kickte eine Packung Klopapierrollen quer durch den Laden. »Das ist ja voll in die Hose gegangen! Na los doch« – er zeigte auf Logan – »Sie können's ruhig *laut* sagen.«

»Was soll ich sagen?«

»›Ich hab's ja gleich gesagt.‹ Ich hätte ein größeres AFO-Team anfordern sollen. Hätte mehr Uniformierte als Verstärkung hinzuziehen sollen. Hätte verdammt noch mal eine Straßensperre errichten sollen, um die Dreckskerle an der Flucht zu hindern.« Eine Packung Kekse folgte dem Toilettenpapier und zerplatzte an der gegenüberliegenden Wand. »Aber *nein*, ich wollte ja unbedingt einen Großeinsatz vermeiden.« Er sah sich nach etwas anderem um, dem er einen Fußtritt versetzen konnte.

»Wie konnten wir wissen, dass da Schusswaffen im Spiel sein würden? Wir haben doch nur mit drei Kapuzentypen aus Manchester gerechnet, wir konnten nicht –«

»Ach nein? *Konnten* wir nicht? Sie sagten, der Ladenbesitzer hätte schon Schutzgeld bezahlt; was dachten Sie denn, was er tun würde, wenn die Kerle in seinen Laden platzen und alles kurz und klein schlagen? Ihnen einen Kuchen backen? Wozu bezahlt man denn Schutzgeld, wenn man den Schutz dann nicht in Anspruch nimmt?«

Finnie erteilte einer Packung Kräuter-Zahncreme eine Flugstunde. Dann wandte er sich wieder seinem Telefongespräch zu. »Hallo? Hallo? Natürlich bin ich noch da, was dachten Sie denn – dass ich von Außerirdischen entführt wurde?«

Logan ließ ihn weiter auf seinen Gesprächspartner einschimpfen und trat wieder an das zerbrochene Schaufenster.

Eine schwarz gekleidete Gestalt kam keuchend die Victoria

Road heraufgetrabt, den Helm unter den Arm geklemmt, das Gesicht knallrot und schweißtriefend. Es war der AFO, den Finnie hinter Kapuze Nummer eins hergeschickt hatte.

Er blieb wankend vor der Gemischtwarenhandlung Kraków stehen und lehnte sich erschöpft an die Hauswand. »Ah … Mann …« Ächz, schnauf. Er zog ein Taschentuch heraus und wischte sich damit über die schweißglänzende Stirn.

Logan blickte sich um, doch von Kapuze Nummer eins war weit und breit nichts zu sehen. »*Bitte* erzähl mir nicht, dass du ihn hast entwischen lassen.«

»Ich hab … Ich hab niemand … nichts …«

»Wie konnte er dir durch die Lappen gehen?«

»Er … er hatte … er hatte Turnschuhe an …«

»Willst du mich ver…« Logan schloss die Augen und fluchte. »Turnschuhe? Das ist alles? Er trug *Turnschuhe*?«

Der AFO klopfte auf seine schusssichere Weste und rasselte mit seiner Heckler-&-Koch-MP5-Maschinenpistole. »Hast du irgend– … irgendeine Ahnung … was dieser ganze … Krempel … wiegt?« Keuch, hust. Er wedelte mit seinem Helm vor Logans Gesicht herum. »Und alles ist schwarz! Ich geh echt ein in der Montur …«

»Oh … meine Nerven.« Logan fischte eine Flasche polnisches Mineralwasser aus der umgekippten Kühlvitrine und reichte sie dem verschwitzten Kollegen. »Bitte.«

Der Mann schraubte die Flasche auf und trank gierig.

»Besser?«

»Der kleine Scheißkerl ist mir am Abbey Place entwischt – hab noch versucht, ihm zu folgen, aber er war plötzlich spurlos verschwunden. Muss inzwischen über alle Berge sein.«

Logan sah sich verstohlen nach Finnie um. Der DCI telefonierte immer noch und lamentierte darüber, dass die Spurensicherung so lange brauchte, um mit ihrem verdreckten Transit aufzukreuzen. Dann klappte er sein Handy zu, und Logan überbrachte ihm die schlechte Nachricht.

Finnie trat nach einem Paket Waschpulver. »Wieso bin ich eigentlich nur von Volltrotteln umgeben? Habe ich vielleicht beim Roomservice das falsche Kästchen angekreuzt? Ich wollte Rühreier auf Toast, aber gebracht haben sie mir eine Familienpackung *Idioten*!«

Der AFO warf seine Plastikflasche auf den Boden. »Es war nicht meine Schuld! Er war –«

»Warum haben Sie nicht einfach auf ihn geschossen, Mann?«

»Ich –«

»Glauben Sie, wir rüsten Sie nur so zum *Spaß* mit Schusswaffen aus? Und Sie –« Finnie stocherte mit dem Finger auf Logan ein. »Wieso habe ich von Ihrem Team Dauerfeuer gehört?«

Logan deutete mit dem Kopf auf den Polizisten, der ihn bei der Verfolgungsjagd begleitet hatte. »Da müssen Sie unseren Rambo hier fragen.«

»Ach ja?« Der Constable wölbte die Brust. »Wenigstens hab ich es geschafft, einen Schuss abzufeuern, im Gegensatz zu einem *gewissen* Kollegen.«

»Meine Waffe hatte Ladehemmung!«

»Dein Hirn wohl eher!«

Finnie warf die Hände in die Luft. »DAS REICHT!«

Schweigen.

»Und was *genau* haben wir als Resultat dieses kleinen Fiaskos von heute Nachmittag vorzuweisen? Zwei Beamte im Krankenhaus; einen Ladenbesitzer mit einem Messer im Bauch; zwei Kapuzentypen, die ich nicht vernehmen kann, weil sie eine Gehirnerschütterung haben – und ihr …« – Finnies Gesicht zuckte wild –, »ihr Haufen von unfähigen *Flaschen* lasst den Rest auch noch entkommen!«

Niemand mochte ihm in die Augen sehen.

Der DCI deutete auf die Ladentür. »Gehen Sie mir aus den Augen.« Doch als Logan sich in Bewegung setzte, packte Finnie ihn am Arm. »Mit Ihnen bin ich noch nicht fertig.«

Die beiden AFOs schlichen hinaus, überquerten die Straße und kletterten in ihren ungekennzeichneten Transporter. Eine Möwe hatte in der Zwischenzeit die Windschutzscheibe dekoriert. Finnie war also nicht der Einzige, der ihnen aus großer Höhe auf den Kopf schiss.

Während der Transporter davonfuhr, ließ sich der Chief Inspector gegen die Theke sinken und verschränkte die Arme. »Ich hatte Besseres von Ihnen erwartet, McRae.«

»Und was *genau* hätte ich Ihrer Meinung nach tun sollen?«

»Die Mistkerle abschießen! Wieso ist das denn so schwer zu begreifen?«

»Da war ein Kind in der Schusslinie! Können Sie sich vorstellen, was die Presse mit uns veranstalten würde, wenn der Junge eine Kugel abbekommen hätte?«

Finnie klappte den Mund ein paarmal auf und zu. »Da haben Sie natürlich recht.« Er stocherte mit der Schuhspitze in einem kleinen Haufen Waschpulver herum. »Wird so oder so schlimm genug …« Ein leiser Anflug von Hoffnung erhellte seine Miene. »Sie sind nicht zufällig noch mit diesem Schmierenjournalisten befreundet?«

Logan schüttelte den Kopf. »Die sind im Urlaub – drei Wochen Malediven. Ich gieße die Blumen.«

Der hoffnungsvolle Ausdruck verflog. »Dann sind wir geliefert.«

30

Es wurde auch nicht besser, nachdem sie wieder im Präsidium waren. Eine halbe Stunde nach ihrer Rückkehr vom Ort des Geschehens wurde Logan zur Internen Dienstaufsicht zitiert. Er saß auf einem quietschenden orangefarbenen Plastikstuhl vor Superintendent Napiers Büro und kaute auf der Innenseite seiner Wange herum, während er sich das Hirn darüber zermartete, wie er die Ereignisse irgendwie in einem positiven Licht darstellen könnte.

Wenigstens war diesmal niemand angeschossen worden. Vielleicht könnte er –

Sein Handy bekam einen elektronischen Tobsuchtsanfall, und er zog es aus der Tasche. Stirnrunzelnd las er die Nummer und meldete sich. »McRae?«

»*Hallo? Ja, also – Sie sagten doch, ich soll mich rühren, falls es etwas gibt.*«

»Habe ich das?«

»*Sie erinnern sich doch? Father John Burnett, früher Sacred Heart, jetzt aushilfsweise in Saint Peter am Castlegate. Ich mache mir Sorgen um Ihr Seelenheil.*«

O Gott.

»Das ist sehr freundlich von Ihnen, Father Burnett, aber ich denke wirklich nicht –«

»*Ich glaube, Sie sollten zur Beichte kommen.*«

»Aber ich bin doch gar nicht katholisch, ich –«

»*Jetzt wäre ein* wirklich *guter Zeitpunkt, Sergeant. Glauben Sie mir …*«

Logan drückte sich in der Tageskapelle herum, während das Häuflein Besucher der Donnerstagabendmesse zum Ausgang strebte. Er bewunderte die Buntglasfenster mit Darstellungen der Schutzheiligen Aberdeens und stellte fest, dass nach den meisten inzwischen irgendein Einkaufszentrum benannt war. Sein Handy hatte sich schon zweimal gemeldet, und beide Male war Superintendent Napiers deprimierend vertraute Nummer auf dem Display erschienen. Wahrscheinlich wollte er wissen, warum Logan nicht vor dem Büro der Internen Dienstaufsicht saß und darauf wartete, zusammengeschissen zu werden.

Logan schaltete das Ding aus und ließ es in seine Tasche gleiten.

Eine Wand der Tageskapelle war bis auf Hüfthöhe mit dunklem Holz getäfelt, und durch die Klarglasscheiben der Lanzettfenster darüber konnte er direkt ins Kirchenschiff sehen. Am anderen Ende stand ein Altar, und dahinter erblickte er ein kunstvoll geschnitztes Gebilde aus reich vergoldetem Mahagoni, das sich, angeleuchtet von einem Punktstrahler, von der schlichten weißen Wand dahinter abhob.

Die in drei Blöcken angeordneten Bankreihen boten vielleicht vierhundert Besuchern Platz, aber im Moment waren die meisten leer. Ein grauhaariger Mann saß, den Kopf im Gebet gesenkt, im mittleren Block, Father Burnett und eine kleine alte Dame in einem der Seitenblocks. Trotz der Außentemperaturen von mindestens zwanzig Grad trug sie eine dicke Winterjacke und eine Wollmütze, und ihre Finger nestelten eifrig an einem Rosenkranz herum.

Schließlich stand der Priester auf und vollführte mit der Hand eine religiös aussehende Geste. Er trug eine weiße Robe, auf der vorn in leuchtendem Rot eine Art auf dem Kopf stehendes Peace-Symbol prangte. Sehr schick. Er half der kleinen alten Dame auf, worauf sie ihm den Arm tätschelte und sich an der Lehne der Vorderbank entlanghangelte, tief gebeugt unter einem geradezu grotesken Hexenbuckel.

Logan trat durch die Tür in den Hauptraum der Kirche.

Er kam an der kleinen alten Dame vorbei, als sie den Gang erreichte und Richtung Ausgang schlurfte. Sie strömte einen säuerlichen Geruch aus, wie von Wäsche, die zu lange in der Maschine gelegen hat.

Father Burnett streckte die Hand aus, und Logan war sich nicht ganz sicher, ob er sie nun schütteln oder küssen sollte. Er entschied sich für Ersteres. »Ich dachte, Sie hätten gesagt, die Kirche sei immer brechend voll?«

Der Priester zuckte mit den Achseln. »Kommen Sie morgen wieder. Die Donnerstagsmesse ist immer auf Englisch, da kommen kaum Polen. Nur unsere Stammkunden, wie Gladys.« Er wies auf die alte Dame, die schwerfällig den Gang entlangkroch. »Armes altes Weiblein …« Er schniefte.

»Also … woher dieses plötzliche Interesse an meinem Seelenheil?«

Pfarrer Burnett zog eine Brille mit Drahtgestell aus der Tasche, putzte sie mit einem Zipfel seines Gewands und setzte sie sich auf die Nase. »Ich möchte Sie mit jemandem bekanntmachen.« Er führte Logan zum mittleren Bankblock und blieb dort stehen, bis der grauhaarige Mann aufblickte. »Tut mir leid, Sie bei Ihrer Andacht zu stören, Marek, aber ich möchte Ihnen Detective Sergeant Logan McRae vorstellen.«

Der Mann stand auf und lächelte, wobei der buschige Schnauzbart seine schiefen Zähne halb verdeckte. »Freut mich, Sie kennenzulernen, Sergeant.«

Logan sah den Priester an und dann wieder den alten Mann. »Äh, ganz meinerseits. Ich wollte sagen, *dzień dobry*.«

»Ich habe Marek gefragt, ob sich in letzter Zeit irgendjemand über Übergriffe oder Beleidigungen beklagt hat.«

Marek nickte. »*Tak* – ja, da ist diese Mann, groß mit rote Haare und …« Er sah Father Burnett fragend an. »Was ist ›*pieg*‹?«

»Sommersprossen.«

»Ja, rote Haare und Sommersprossen. Er manchmal wartet draußen nach Messe, folgt Leuten nach Hause. Ich kenne Mann, wo hat ihn weggejagt. Hat ihn auf Nase geboxt. Ist seitdem nicht mehr gekommen.«

Logan ließ sich eine komplette Beschreibung geben und hielt sie in seinem Notizbuch fest. »Okay, also, Sie müssten dann mit aufs Präsidium kommen, damit wir ein Phantombild machen können und –«

»Und da ist andere Mann, singt in Kneipe mit Maschine?« Der alte Mann wandte sich wieder hilfesuchend an den Priester. »Wie heißt?«

»Karaoke?«

»Oh … ist gleiche auf Polnisch. Also, Karaoke-Mann fängt gerne Streit an. Viele, viele Leute. Sehr betrunken.«

Logan machte sich wieder eine Notiz. »Er ist also –«

»Dann da ist Frau, wo arbeitet in Café. Wir wissen, dass spuckt in unsere Getränke. Wir beschweren, aber niemand tut etwas.«

»Wirklich? Sind Sie ganz sicher, dass sie tatsächlich –«

»Dann da ist Taxifahrer, wo weigert sich, zu fahren Polen. Sagt, wir sind dreckig. Wir trinken zu viel und kotzen seine Auto voll.« Marek kramte einen Zettel aus der Innentasche seiner Jacke. »Sind noch mehr. Ich machen Liste.«

»Ah, ja …« Logan nahm das Blatt. »Danke.«

Marek zuckte mit den Achseln. »Wenn ich kann helfen, ist gut.«

Der Priester tätschelte dem alten Mann die Schulter. »Danke Marek, Sie haben uns sehr geholfen.« Dann wechselten die beiden noch ein paar Worte auf Polnisch und endeten, wie es sich anhörte, mit einem schmutzigen Witz.

Der Priester stand auf und sah dem alten Mann nach, während er immer noch in sich hineinlachte. Logan überflog die Liste der Einheimischen, die etwas gegen Polen hatten. Es waren bedrückend viele.

»Das wird ja ewig dauern.«

»Nicht gerade ein herzlicher Empfang, wie?« Father Burnett ging auf eine kleine Tür in der Apsis der Kirche zu. Dahinter verbarg sich ein kleiner Raum mit einem abgetretenen burgunderfarbenen Teppich, einem Safe, einem alten Küchentisch und einem klapprigen Schrank. Der Priester streifte sein Gewand über den Kopf und hängte es auf. »Sie haben gefragt, ob irgendjemand plötzlich nicht mehr zur Messe gekommen sei. Nun, spontan fiel mir niemand ein. Erst als ich mich mit Marek unterhielt, erinnerte ich mich wieder daran.«

Er schloss die Schranktür. »Vor langer Zeit – es ist jetzt gut zwanzig Jahre her – lebte hier ein Mann namens Daniel Gilchrist. Daniel arbeitete auf einem Fischkutter. Er war kein besonders liebeswürdiger Mann – er trank zu viel, und gelegentlich hatte er seine Gefühle und seine Fäuste nicht ganz im Griff, aber jeden Sonntag kam er mit seiner Frau und seinem Sohn zur Messe.«

»Das wird doch hoffentlich nicht eine von diesen Geschichten, wo Sie am Ende sagen, dass das Ganze ein bisschen an Jesus erinnert, oder?«

»Daniel bekam Krebs und konnte nicht mehr hinausfahren. Als er starb, bestand er nur noch aus Verbitterung und Tumoren. Ich habe ihm die Letzte Ölung gespendet.«

Logan lehnte sich an die Wand. »Na, dann können wir ihn ja wohl ohne Bedenken von unseren Nachforschungen ausschließen.«

»Sein Sohn hielt die Familientradition aufrecht. Jeden Sonntag erschien er mit seiner Mutter in Sacred Heart.« Father Burnett griff nach einem großen, stachligen Etwas aus Gold und Silber – wie eine Sonne mit einem Kreuz obendrauf – und hüllte es in ein Seidentuch. »Ich war natürlich ein paar Jahre lang drüben in Polen, aber als ich wiederkam, war er immer noch da, saß immer noch jeden Sonntag in der Bank neben seiner Mutter. Und eines Tages kam er plötzlich nicht mehr.«

Der Priester öffnete den Safe, legte seine Utensilien hinein und schloss ab. »Ich glaube, seine Mutter wurde krank oder etwas in der Art. Ich habe sie seitdem nicht mehr gesehen.«

»Das ist interessant.« Logan ging noch einmal Mareks Liste durch. Wahrscheinlich nahmen sie sich am besten zuerst die Beschwerden über tatsächliche Gewalttaten vor und setzten ein Team darauf an, die Täter zu identifizieren. Dann konnten sie sie zur Vernehmung aufs Präsidium bringen und ein bisschen in ihrer Vergangenheit herumstochern.

»Daniels Sohn hat rote Haare und Sommersprossen.«

Wer hätte gedacht, dass es in Aberdeen so viele rassistische Arschlöcher gab? »Dafür kann ich ihn aber schlecht verhaften.«

»Er ist derjenige, der den Leuten nach der Messe nach Hause folgt.«

Und jetzt hatte Father Burnett Logans ungeteilte Aufmerksamkeit. »Wann hat er aufgehört, in die Kirche zu kommen?«

»Vor einem halben Jahr. Kurz bevor Sacred Heart wegen der Renovierung geschlossen wurde.«

Genau zu der Zeit, als das mit den Ödipus-Briefen losging.

31

Logan hörte, wie Finnies Handy mit einem Piepsen auf die Mailbox schaltete. Er hinterließ eine Nachricht, als er den Castlegate-Platz in Richtung Präsidium überquerte. Dann versuchte er es im Büro des DCI. Wieder kein Glück. Laut der Uhr hoch oben im Turm des Town House war es kurz vor halb sieben. Inzwischen war die Tagschicht seit fast neunzig Minuten um, und nach dem nachmittäglichen Fiasko in der Gemischtwarenhandlung Kraków hatte Finnie es wahrscheinlich aufgegeben und war nach Hause gegangen.

Oder ins nächste Pub. Er hatte als Erster bei Superintendent Napier und den Hampelmännern von der Internen Dienstaufsicht antanzen müssen. Danach hätte auch Logan erst einmal eine kleine flüssige Stärkung nötig gehabt.

Vielleicht sollte er Pirie anrufen?

Aber da war diese neu zu besetzende DI-Stelle, und es wäre vielleicht unklug, die Lorbeeren mit jemandem zu teilen, der hinter derselben Beförderung her war. Falls es nicht ohnehin reine Zeitverschwendung war. Also versuchte er es bei DI Steel. Er ließ es dreimal klingeln, dann überlegte er es sich anders und legte auf.

Finnie wollte Eigeninitiative. Damit konnte Logan dienen.

Er lief rasch zum Präsidium zurück.

Der dicke Gary war am Empfang, er kaute auf einem blauen Kuli herum, während er den Dienstplan studierte. »Verdammte Mistkacke, verfluchte …« Er kritzelte etwas in die Kladde, dann sah er auf und entdeckte Logan. »O nein – erzählen Sie mir bloß nicht, dass Sie extra zurückgekommen sind, weil Sie vergessen haben, sich auszutragen?«

»Ich brauche ein paar Uniformierte – ist jemand frei?«

Der füllige Sergeant verdrehte die Augen. »Haben Sie irgendeine Vorstellung, wie Sie mir mein Überstundenkonto durcheinanderbringen? Ich soll schließlich –«

»Rennie würde es schon tun, falls er in der Nähe ist.«

»Nein. Sie können keinen haben. Wir schmeißen eine Überraschungsparty für ein paar Yardies, und ich brauche alle Mann zum Papierschlangen-Aufhängen und Luftballons-Aufblasen.«

»Kommen Sie schon, Gary. Bloß einen. Wer, ist mir egal, Hauptsache, er kann gleichzeitig gehen, reden und Kaugummi kauen.«

»Alles auf einmal?« Seine Augenbrauen schnellten in die Höhe. »Meine Güte, wir sind aber gar nicht anspruchsvoll, wie?«

»Eine Stunde. Maximal zwei.« Logan setzte seinen bewährten Hundeblick auf. »Bitte?«

Der Dicke seufzte, und seine massigen Schultern hoben und senkten sich so heftig, dass die Knöpfe seines weißen Hemds abzuplatzen drohten. »Okay, okay. Sie können Guthrie haben. Aber diesmal bringen Sie ihn mir bitte heil wieder, ja?«

»Danke.« Logan sah sich kurz im Empfangsbereich um. PC Karims Lieblings-Stadtstreicher, Dirty Bob, saß zusammengesunken auf einem der Ecksitze und schlief fest. Ein Rinnsal aus Spucke versickerte in der dichten Matte seines schwarzen Rauschebarts. Ansonsten waren sie allein. »Haben Sie irgendwas über diese frei werdende DI-Stelle gehört?«

Der dicke Gary notierte etwas in seinem Dienstplan. »Rechnen sich wohl Chancen aus, wie?«

»Vielleicht?«

»Bei *Ihrem* Ruf?«

»Ha, ha, sehr witzig. Na los, sagen Sie schon – was haben Sie gehört?«

Der Sergeant lehnte sich über den Tresen, wobei eine Speckrolle seines Bauchs die Kladde unter sich begrub. »Pirie ist klarer Favorit, falls Sie auch mal Ihr Glück versuchen wollen? Oder ich könnte Ihnen zwei zu eins auf Beattie anbieten?«

Logan hatte nicht vor, sein Geld aus dem Fenster zu werfen. DS Beattie würde eher die Miss-World-Wahl gewinnen als zum DI befördert werden. »Und was ist mit mir?«

»Achtzehn zu eins.«

Logan stieß sich vom Empfangstresen ab. »Ihr seid alle ein Haufen Arschlöcher, wisst ihr das?«

»Man tut, was man kann.«

Guthrie beugte sich über das Geländer und spähte nach unten, wo am Fuß des Treppenschachts ein Fahrrad angekettet war. »Wie tief ist das wohl, was meinst du?«, fragte er. Er klang immer noch ein klein wenig verschnupft, aber immerhin hatten sie ihm inzwischen die Heftklammer aus der Nase operiert. »Fünfzehn Meter? Zwanzig?«

Er sammelte Spucke, ließ sie fallen und beobachtete, wie sie immer kleiner wurde. Logan sagte ihm, er solle aufhören, auf anderer Leute Fahrräder zu spucken.

»Wollt's ja nur mal ausprobieren.«

»Lass es einfach bleiben, ja?« Logan vergewisserte sich, dass sie an der richtigen Adresse waren: die oberste Wohnung in einem kleinen Block an der Balnagask Road, eines von sieben identischen Gebäuden mit Blick auf bräunlich grüne Sportplätze, das Industriegebiet von East Tullos und den mit Farn überwucherten Hügel dahinter.

Sie hatten sich Zugang verschafft, indem sie einfach irgendwo geklingelt und einer schwangeren Frau mit einem rotznasigen Kind weisgemacht hatten, sie seien gekommen, um die Feuerlöscher zu überprüfen.

Guthrie warf noch einen Blick über das Geländer. »Bist du sicher, dass wir keinen Haftbefehl brauchen? Und keine bewaffnete Verstärkung? So was in der Art?«

»Wir stellen nur ein paar Fragen.« Logan drückte auf die Klingel. Es tat sich nichts. »Außerdem gehen wir bloß einem Hinweis nach, weiter nichts.« Und sowieso hätte man ihm niemals ein AFO-Team zur Verfügung gestellt – nicht nach der desaströsen Vorstellung in der Gemischtwarenhandlung Kraków heute Nachmittag.

Irgendwo unter ihnen schaute jemand *EastEnders* – Stimmen mit Cockney-Akzent drangen durch das Treppenhaus zu ihnen herauf. Auf den Fensterbänken stapelten sich Wurfsendungen: Werbung für Treppenlifte, *50-plus*-Lebensversicherungen und Vorrichtungen, die einem helfen sollten, unfallfrei in die Badewanne und wieder heraus zu kommen.

Logan klingelte noch einmal.

Immer noch nichts.

»Vielleicht ist er nicht zu Hause? Wir könnten –«

»Schsch!« Logan hob einen Finger. Er legte das Ohr an die Tür, und nach kurzem Zögern tat der Constable es ihm gleich. In der Wohnung lief Musik – irgendetwas mit zu viel Bass und zu wenig Melodie. So standen die beiden rund eine Minute da, bis eine laute Stimme hinter Logan ihn zusammenfahren ließ.

»Kann ich Ihnen helfen?«

Er drehte sich hastig um und erblickte eine Frau von Mitte fünfzig mit feuerrot gefärbten Haaren, die an den Wurzeln grau nachwuchsen und am Scheitel ausfielen. Sie war schwer mit Einkaufstaschen beladen.

»Wir … haben versucht, zu klingeln.« Logan zeigte auf die Klingel.

»Die ist kaputt.« Sie schrie fast. Dann musterte sie die beiden von Kopf bis Fuß, besonders aufmerksam PC Guthrie in seiner schwarzen Uniform. »Sind Sie von den Zeugen Jehovas?«

»Äh … nein. Wir sind von der Polizei.«

»Wir hatten schon ewig keine Zeugen Jehovas mehr hier. Ich glaube, unser Daniel hat sie verschreckt. Jetzt ist er zwar tot, aber von solchen Kleinigkeiten hat er sich noch nie abhalten lassen.« Sie kramte in ihrer Handtasche und förderte einen großen Schlüsselbund zutage, mit dem sie herumhantierte, bis sie den Schlüssel gefunden hatte, der ins Schloss der Wohnungstür passte. »Bitte sehr.«

Sie betraten eine kleine Diele. Eine Garderobe, behängt mit Fleecejacken und Mänteln, ein Schirmständer mit drei Golfschlägern. Ein Muttergottesbild. Eine Tür führte ins Bad, das eine Explosion in Pink war, die andere in ein kleines Wohnzimmer mit Kochecke.

Die Musik war jetzt lauter. *Bmmm-tschhhh, bmmm-tschhh, bmmm-tschhhh …*

Logan sah der Frau zu, wie sie ihre Sammlung von Einkaufstüten auf die Arbeitsfläche hievte. »Mrs. Gilchrist, wir würden uns gerne mit Ihrem Sohn unterhalten, wenn Sie nichts dagegen haben?« Pause. »Mrs. Gilchrist?«

Jetzt räumte sie eifrig Maisdosen in einen Schrank.

Logan tippte ihr auf die Schulter. »Mrs. Gilchrist?«

Sie zuckte zusammen. Fuhr herum und starrte ihn an. »Kenne ich Sie? Wie sind Sie in mein Haus gekommen?«

»Sie haben uns reingelassen, gerade eben erst. Erinnern Sie sich nicht? Sie dachten, wir wären Zeugen Jehovas.«

Sie lächelte. »Wir hatten schon ewig keine Zeugen Jehovas mehr hier. Ich glaube, unser Daniel hat sie verschreckt. Jetzt ist er zwar tot, aber von solchen Kleinigkeiten hat er sich noch nie abhalten lassen.« Sie deutete mit dem Kopf auf ein gerahmtes Porträt auf der Fensterbank, das einen Mann mit strengen Zügen und Augen wie Brandmale von Zigaretten zeigte. »Manchmal geht er mit mir einkaufen.«

Logan sah an dem Bild vorbei aus dem Fenster. Von hier aus konnte man die kastenförmigen Häuser am Burnbank Place sehen. Er ließ den Blick die Reihe entlangwandern, bis er das mit der Schuttmulde davor gefunden hatte – das, in dem Doc Fraser ein lebendes Ödipus-Opfer obduziert hatte. »Wir müssen mit Ihrem Sohn sprechen, Mrs. Gilchrist.«

Sie sah einen Moment lang verständnislos drein. »Sie müssen entschuldigen, ich bin ein bisschen taub. ›Taubdumm‹, hat mein Daniel immer gesagt. Er ist jetzt tot.« Sie kramte ein klobiges beigefarbenes Hörgerät aus einer Küchenschublade und schwenkte es. »Möchten Sie eine Tasse Tee? Zeugen Jehovas dürfen doch Tee trinken, oder?«

»Wir sind nicht…« Logan brach ab. »Ja, das wäre sehr nett, danke.«

»Wie schön. Wir hatten schon ewig keine Zeugen Jehovas mehr hier. Ich glaube, unser Daniel hat sie verschreckt.«

»Können wir mit Ihrem Sohn sprechen, Mrs. Gilchrist?«

»Jetzt ist er natürlich tot. Hatte ja Krebs, nicht wahr? Ganz schlimme Sache… Er war doch immer so ein liebenswürdiger Mann.«

»Ihr Sohn, Mrs. Gilchrist?«

»Hmm? Ricky?« Sie schien sie aus sehr weiter Ferne anzustarren. »Oh, der ist bestimmt in seinem Zimmer.« Sie deutete auf eine Tür mit einem kleinen Totenkopf-Aufkleber. »Möchten Sie vielleicht ein Tässchen Tee?«

Logan drückte die Klinke – die Tür war nicht abgeschlossen. Er öffnete sie und erblickte ein schäbiges kleines Schlafzimmer. Die Vorhänge waren zugezogen, aber ein riesiger Fernseher tauchte das zugemüllte Zimmer in flackerndes rötliches Licht: benutzte Teller, Berge von Schmutzwäsche, ein kleiner Stapel Zeitungen, ein paar Erotikmagazine, Laptop, Monitor und Drucker. Aus einem CD-Spieler auf dem Bücherregal wummerte etwas, das entfernte Ähnlichkeit mit Musik hatte.

Ricky Gilchrist, dem das Zimmer gehörte, lümmelte auf einem Sitzsack vor dem Fernseher. Kopfhörer auf den Ohren, die Hose bis zu den Knöcheln heruntergelassen, beackerte er einhändig seine Erektion.

Neben der Tür war ein Lichtschalter. Logan knipste ihn an, und strahlend weißes Licht flutete den Raum, einen Augenblick später gefolgt von einem gellenden Schrei, als Ricky von seinem Sitzsack aufsprang und den riesigen Fernsehbildschirm mit seinem halbnackten Körper zu verdecken suchte. Seine Haut hatte die Farbe von Joghurt, gesprenkelt mit dunkelroten Sommersprossen, und die Rippen traten deutlich hervor. Er zerrte hektisch an seiner Hose und rief: »Herrgott, Mum, du *darfst* hier nicht rein!«

Logan zückte seinen Dienstausweis. »Zeugen Jehovas – wir haben Hinweise darauf, dass Sie sich möglicherweise ungehörigen Gedanken hingeben.«

Ricky fuhr so schnell herum, dass sein Schwanz im Fahrtwind schlenkerte, eingebettet in ein orangerotes Dickicht aus Schamhaaren. »Sie … was … NEIN!« Er bedeckte seine Blöße, blieb aber vor dem Fernseher stehen. Dann nahm er seine Kopfhörer ab. »Sie dürfen hier nicht reinkommen, dazu haben Sie kein Recht!«

»Detective Sergeant Logan McRae, Grampian Police.« Logan versuchte nicht hinzusehen, als Ricky seinen Reißverschluss hochzog. »Ich gebe Ihnen nicht die Hand, wenn's recht ist.«

Rickys bleiches Gesicht lief knallrot an. »Ist schließlich nicht verboten, oder? Das ist meine Privatsache … Unverletzlichkeit der Wohnung … Ich werde Sie verklagen.«

»O ja, lassen Sie uns alle vor den Kadi ziehen, und dann können Sie den Geschworenen erzählen, wie wir reingeplatzt sind, als Sie sich gerade einen runtergeholt haben. Ist bestimmt sehr vorteilhaft für Ihren Ruf.« Er lehnte sich an den Türpfosten. »Mir ist zu Ohren gekommen, dass Sie polnische Mitbürger belästigt haben, Ricky. Sie sollen Ihnen nach der Messe nach Hause gefolgt sein und sie schikaniert haben.«

Der junge Mann zog ein T-Shirt über seine klapperdürre Brust. »Das sind Lügner. Alles verdammte Lügner.« Er zeigte auf sein Gesicht, wo noch letzte Spuren eines verblassten Veilchens zu sehen waren. »Sie haben mich geschlagen. Ich wurde angegriffen. Eigentlich sollte ich Anzeige erstatten!«

Aber Logan hörte ihm schon nicht mehr zu – als Ricky sich

bückte, um nach seinem T-Shirt zu greifen, hatte Logan einen ungehinderten Blick auf den Fernsehbildschirm gehabt. Er erkannte Krystka Gorzałkowska sofort – die Frau, die Guthrie aus Versehen angeschossen hatte. Sie war auf den Knien, biss sich auf die Lippen, um nicht laut schreien zu müssen. Tränen liefen ihr übers Gesicht, während die beiden Männer hinter ihr ungerührt ihre Nummer abzogen. Krystka war nackt, die Männer aber trugen billige Halloween-Masken – eine Bulldogge und ein Schäferhund.

Logan packte das Kopfhörerkabel und riss es aus der Buchse.

»He, Sie können doch nicht einfach –«

Eine Männerstimme dröhnte aus den Lautsprechern des Fernsehers: »*Das gefällt dir, du Schlampe, was? Hm?*« Ein schallender Schlag. »*So ist's richtig, wir besorgen's dir, du dreckige Hure!*«

Krystka ließ einen Schluchzer entweichen, aber das schien die Männer nur noch mehr zu erregen. »*Ja, du stehst auf so was! Sag's mir, du Schlampe, SAG'S MIR!*«

»Wo haben Sie das her?«

Ricky grabschte nach der Fernbedienung, und der Bildschirm wurde schwarz. »Man wird sich doch wohl noch amüsieren dürfen, okay? Das ist Privatsache. Sie können nicht einfach –«

Logan versetzte Ricky einen harten Stoß, sodass er auf den Sitzsack zurückfiel. »Sie wird vergewaltigt! Ist das Ihre Vorstellung von ›Amüsement‹? Wie?«

Ricky wich seinem Blick aus; seine Stimme wurde von der Musik fast übertönt. »Die verdammte Polenschlampe hat's doch nicht anders verdient, oder?«

Logan schloss die Augen; er musste sich sehr beherrschen, um nicht auf den Mann loszugehen und ihn nach Strich und Faden zu verdreschen. Stattdessen wandte er sich ab und starrte den Laptop in der Ecke an. Die Wand dahinter war mit Zeitungsausschnitten gepflastert, alle über die Ödipus-Fälle.

Pressefotos der Opfer aus dem *Aberdeen Examiner*, die Augen dick mit rotem Kugelschreiber übermalt. »Sie haben etwas gegen Polen, stimmt's, Ricky?«

Keine Antwort, nur das *Wump-wump-wump* eines weiteren scheußlichen Songs. Logan stellte die CD ab und ging dann auf den Fernseher zu. Oben auf dem Gerät stand ein DVD-Spieler, überzogen von einer dicken grauen Staubschicht. Logan drückte die Auswurftaste, und eine glänzende, offenbar selbstgebrannte Scheibe glitt heraus. Ein Rohling, wie man ihn in jedem Supermarkt kaufen konnte. Auf dem lasergedruckten Label stand: »KRYSTKA WIRT GEIL IN ALLE 3LÖCHER GEF*KT!!!*!«

»Wo haben Sie die her?«

»Ich hab nichts getan!«

Logan zog Handschuhe an und ließ die DVD in einen Beweismittelbeutel gleiten. »Das wissen wir doch, Ricky.«

Eine lange Pause trat ein. Und dann sagte der blasse Mann: »Das sind Tiere. Die laufen auf der Straße rum und markieren ihr Revier. Schlimmer als Hunde. Irgendjemand musste da endlich was tun.«

Logan nickte. »Ich möchte, dass Sie mit mir aufs Präsidium kommen, Ricky.«

»Irgendjemand musste dafür sorgen, dass die Straßen wieder sicher sind.« Er stemmte sich aus seinem Sitzsack hoch. »Irgendjemand musste es ihnen heimzahlen.«

»Kommen Sie freiwillig mit?«

»Brauche ich einen Anwalt? Ich habe keinen Anwalt.«

»Wir nehmen Sie nicht fest, Sie kommen freiwillig mit aufs Präsidium.«

»Oh …« Er schien einen Moment darüber nachzudenken. »Ich bin's gewesen. Alles.« Er streckte die Hände aus, die Handgelenke aneinandergelegt, als wartete er auf die Handschellen. »Ich habe ihnen die Augen ausgestochen. Ich bin's. Ich bin Ödipus. Ich habe es getan, weil *ihr* es nicht tun wolltet.«

32

Als sie mit Ricky Gilchrist fertig waren – Fotos, Fingerabdrücke und DNS-Abstrich –, hatte die Nachricht schon im ganzen Präsidium die Runde gemacht. Eine Handvoll Uniformierte und CID-Leute lungerten auf dem Flur herum und sahen zu, wie Logan ihn in den Vernehmungsraum 2 führte.

Eine Stunde später klopfte es an der Tür. Eine Gewahrsamsbeamtin steckte den Kopf herein und sagte, jemand wünsche DS McRae zu sprechen.

Logan wies PC Guthrie an, die Vernehmung zu unterbrechen. Gilchrist blickte nicht einmal auf, er ließ ungerührt weiter sein Manifest über ein polenfreies Aberdeen vom Stapel.

Draußen auf dem Flur wies die Aufseherin mit einem Kopfnicken zur Beobachtungssuite. »Er ist da drin.«

Es war DCI Finnie. Er saß über den winzigen Monitor gebeugt, der an die Kameras in Raum 2 angeschlossen war. Wer immer das Ding »Beobachtungssuite« getauft hatte, musste einen schrägen Sinn für Humor haben. Es war ein enges Kabuff mit kahlen Betonwänden, in dem gerade mal eine Art Küchentresen, zwei klapprige Plastikstühle und je ein Monitor pro Vernehmungsraum Platz hatten.

Normalerweise roch es hier drin nach Achselschweiß und alten Socken, aber heute Abend wurde das alles von durchdringenden Alkoholausdünstungen überlagert, deren alleinige Quelle Detective Chief Inspector Finnie war. Er sah zu Logan auf und klopfte mit der flachen Hand auf den Plastikstuhl neben seinem.

Logan setzte sich. »Sir, ich habe versucht, Sie anzurufen, aber –«

Finnie hob eine Hand. »Ich weiß, ich weiß. Hatte mein Handy ausgeschaltet, als ich bei der Internen Dienstaufsicht war.« Die Worte waren in Whiskydunst eingehüllt. »Diese verdammten Schnüffler haben mich drei Stunden da drin festgehalten. Aber Sie haben's geschafft!« Er grinste und klopfte Logan auf den Rücken. »Sie haben's geschafft. Sie haben ihn geschnappt.«

»Ich habe wirklich versucht –«

»Unsinn. Ehre, wem Ehre gebührt. Gut gemacht haben Sie das. Sie sind einfach losgezogen, und Sie haben ihn geschnappt! Ich habe mir *monatelang* an dem Fall die Zähne ausgebissen und bin keinen Schritt weitergekommen. Aber Sie, Sie kommen, sehen und – ZACK!« Er schlug mit der Faust auf die Tischplatte, dass das Bild auf dem Monitor wackelte. Ricky Gilchrist war immer noch nicht fertig mit seinem Sermon über den drohenden Untergang Aberdeens. »Sehen Sie – genau *deswegen* habe ich Sie an Bord geholt.«

Finnie stieß das körnige Bild mit dem Daumen an, als wollte er eine Wanze zerquetschen. »Hat er alles gestanden?«

»Alles. Sämtliche Opfer, sämtliche Briefe. Er hat uns die Originaldateien auf seinem Computer gezeigt. Goulding hatte recht – er wollte, dass wir ihn erwischen, und jetzt, nachdem wir ihn haben, ist er die Kooperation in Person.«

»Gute Arbeit. Nein, das meine ich wirklich ganz ernst: *hervorragende* Arbeit. Normalerweise wäre ich ja bei der Vernehmung dabei, aber ich habe getrunken.« Er lehnte sich weit zu Logan herüber, der sich beherrschen musste, um nicht zurückzuweichen. »Ganz im Vertrauen«, flüsterte der DCI, »der Kollege, der für DI Insch gekommen ist, hört wegen Überlastung auf. Kommt mit dem Tempo nicht klar. Wir werden jemanden befördern.« Er klopfte Logan wieder auf den Rücken. »Diesmal können die Sie unmöglich übergehen. Nicht nach diesem Erfolg.«

Der DCI legte Logan den Arm um die Schultern und ruckelte ihn hin und her. »Sie und ich, wir werden diese CID-Abteilung am Hosenboden packen und sie so richtig auf Vordermann bringen!«

Entzückendes Bild, wirklich.

Als Logan endlich nach Hause wankte, war es fast Mitternacht. Er schloss die Tür ab, feuerte auf dem Weg zur Toilette seine Schuhe in die Ecke, putzte sich die Zähne und schleppte sich ins Schlafzimmer. Das Licht schaltete er gar nicht erst ein – das Zimmer war sowieso ein Saustall. Zugestellt mit Kisten und Sachen aus dem Wohnzimmer, die alle darauf warteten, dass er endlich mit dem Streichen fertig wurde und sie wieder an ihre angestammten Plätze zurückdurften.

Er zog sich aus, warf seine Klamotten auf den Stuhl in der Ecke, kroch ins Bett und kreischte: »WAS 'N HIER LOS?«

»Mmmmmpff?«

Er tastete hektisch nach dem Schalter der Nachttischlampe. *Klick*, und er erblickte Samanthas Gesicht neben sich im Bett. Sie hatte sich nicht abgeschminkt, und der weiße Gesichtspuder war schon mit dem schwarzen Eyeliner und dem dunkellila Lippenstift verlaufen.

»Was machst du denn hier?«

Sie blinzelte und setzte sich auf, das Laken glitt herunter, und darunter kam ein schwarz-weiß gestreiftes Korsett zum Vorschein. Die Bettdecke war mit Rosenblüten bestreut. »Wo bin ich …? Wie spät ist es?«

»Wie bist du reingekommen?«

»Wollte dich überraschen. Hatte auch Champagner besorgt, aber den hab ich schon getrunken.« Sie gähnte und ließ dabei ihre Füllungen sehen. »Uargh … oh, muss pinkeln.«

»Die Tür war abgeschlossen. Ich bin *sicher*, dass ich sie abgeschlossen hatte.«

»Moment mal.« Sie wälzte sich aus dem Bett und stakste ins

Bad – wie es aussah, auf Lackstiefeln mit sehr hohen Absätzen.

Logan ließ sich aufs Bett fallen, bedeckte sein Gesicht mit den Händen und versuchte nicht hinzuhören, als sie ihr Geschäft verrichtete und dann spülte. Zehn Minuten später war sie wieder da und brachte zwei Wassergläser mit einer dunkelbraunen Flüssigkeit und klimpernden Eiswürfeln mit. Ihr Make-up war wieder perfekt – sie sah aus wie eine tote Barbiepuppe, und die Tattoos schimmerten dunkel auf ihrer bleichen Haut.

»Da.« Sie reichte ihm ein Glas.

Logan nippte daran: Jack Daniels mit Cola.

»Das Beste, was ich auf die Schnelle zaubern konnte.« Sie legte einen hochhackigen Fuß aufs Bett, neben sein Bein. »Das ist deine Glücksnacht, Sergeant McRae: Ich bin heute endlich mit diesen verdammten Knarren fertig geworden, und jetzt bin ich in *Feierstimmung*!«

»Aber wie bist du reingekommen?«

»Hab das Schloss geknackt. Eins meiner vielen Talente.« Sie nahm ihm das Glas aus der Hand und drückte ihn aufs Kissen zurück. »Soll ich dir noch ein anderes demonstrieren?« Sie steckte sich einen Eiswürfel in den Mund und zog eine Spur von kalten Küssen über seinen Hals und seine Brust. Fuhr mit ihrer eisigen Zungenspitze das wirre Gitternetz von Narben nach, das seinen Bauch bedeckte. »Die schmecken nach Eisenspänen.«

Logan zog die Stirn in Falten. »Sam, ich bin seit sieben Uhr früh im Dienst. Ich bin fix und fertig. Können wir nicht… uuuuh.«

Sie hatte sich in Richtung Süden vorgearbeitet. Und mit einem Mal war Logan gar nicht mehr so müde.

33

Der Tag fing irgendwie merkwürdig an – um Punkt sieben wurde Logan wegen des gestrigen Zwischenfalls mit Schusswaffengebrauch vor der Gemischtwarenhandlung zu einem Gespräch mit der Internen Dienstaufsicht zitiert, das mehr oder weniger auf einen Anschiss hinauslief, und um Punkt sieben Uhr dreißig saß er im Büro des Polizeipräsidenten und holte sich seine Belobigung ab.

»Ausgezeichnete Arbeit.« Chief Constable Brian Anderson alias Brian der Haarlose stand mit dem Rücken zum Raum an einem Panoramafenster und ließ den Blick wohlgefällig auf seinem Reich ruhen. Granitfassaden und Schieferdächer funkelten im Schein der Morgensonne, während die drittgrößte Stadt Schottlands einem neuen Tag entgegensah. »Ist das nicht ausgezeichnet, Finnie?«

Der DCI reichte Logan eine Ausgabe des *Aberdeen Examiner* von diesem Morgen: »POLIZEI FASST ÖDIPUS – POLNISCHE MITBÜRGER KÖNNEN SICH ENDLICH WIEDER SICHER FÜHLEN.«

Finnie rümpfte die Nase. »Dieses ›endlich‹ wäre ja nicht unbedingt nötig gewesen, aber es ist trotzdem ein gewaltiger Fortschritt, wenn man bedenkt, wie die vorher mit uns umgesprungen sind.«

Der Polizeipräsident wippte auf den Fußballen. »In der Tat. Und es ist nicht nur die Lokalpresse, die die Story aufgegriffen hat. Wir haben es auf die Titelseiten von *Scotsman*, *Times*, *Observer* und einer ganzen Reihe von Boulevardblättern geschafft. Der *Guardian* hat meinen Namen falsch geschrieben, aber sei's drum … Nichts geht über gute Publicity.« Er drehte sich zu ihnen um und schenkte Logan ein Lächeln. »Und wie ich höre, haben Sie ihn ohne richterlichen Beschluss und ganz ohne Verstärkung gefasst?«

»Ja …« Er war sich nicht sicher, ob das eine Falle war oder nicht. »Wir waren einer Klage wegen Belästigung aus den Reihen der polnischen Gemeinde nachgegangen. Gilchrists Mutter ließ uns in die Wohnung, und Beweismaterial, das in seinem Schlafzimmer gefunden wurde, ließ mich vermuten, dass er in die jüngste Serie von Ödipus-Blendungen verwickelt sein könnte … Sir.«

»Hmm.« Der Polizeipräsident neigte den Kopf zur Seite und betrachtete Logan eine Weile. »Ich schlage vor, dass Sie noch ein bisschen daran arbeiten, bevor der Fall vor Gericht kommt.«

Logan errötete. »Ich … Ja, Sir.«

»Nun denn – aber er hat inzwischen alles gestanden, sagen Sie?«

Finnie hielt eine braune Aktenmappe hoch. »Wir werden das alles noch heute Morgen mit der Staatsanwältin besprechen. Unser forensischer Psychologe kommt um halb drei, um den Fall aufzuarbeiten. Gilchrist kommt da nicht mehr raus.«

»Gut. Sehr gut.« Der Polizeipräsident wandte sich wieder dem Stadtpanorama zu. »Lassen Sie sich bitte nicht aufhalten, meine Herren.«

DI Steel legte die Füße auf ihren Schreibtisch, streckte die Zunge heraus und prustete abfällig. »Wenn du gekommen bist, weil du den Hintern geküsst kriegen willst, Mr. Superknabe, dann kannst du lange warten.« Sie griff nach einem leeren Plastikbecher, hielt ihn hoch und wackelte damit. »Es sei denn, du möchtest gerne eine Spende abgeben? In dem Fall …« Sie spitzte die Lippen und machte Kussgeräusche.

Logan ignorierte sie.

Sie stellte den Becher auf den Schreibtisch zurück. »Außerdem dachte ich, du spielst heute Morgen mit deinem neuen Freund Finnie.«

»Nee. Ich habe Gilchrist gestern vernommen, heute Morgen übernimmt ihn Finnie, und heute Nachmittag, wenn Goulding dazukommt, nehmen wir ihn uns mit vereinten Kräften vor. Er soll gar nicht erst zu sich kommen.«

Logan ließ sich auf einen Besucherstuhl sinken. »Ich habe gestern etwas gefunden, das könnte dich interessieren.« Er warf eine frisch gebrannte DVD auf Steels Schreibtisch. »Ich habe im Labor eine Kopie für dich machen lassen.«

»Ach ja?« Steel beäugte die silbrige Scheibe argwöhnisch und ließ sie dann aus der transparenten Plastikhülle gleiten. »Das bist aber nicht zufällig du mit deiner Tattoo-Tussi beim Rammeln in der Besenkammer, oder? Ich hab nämlich eben erst gefrühstückt.«

»Erstens: Nein. Und zweitens: Schnauze.«

»Treib's nicht zu weit.« Steel schob die DVD in ihren Computer und klickte eine Weile mit der Maus herum. »Wie krieg ich das Ding in Gang?«

»Rück mal rüber.« Logan startete die DVD, und dann saßen sie da und schauten sich gemeinsam die Eingangssequenz an. Viel passierte da nicht: Eine Frau, an Händen und Füßen gefesselt und mit einem Kissenbezug über dem Kopf, wurde auf ein hellbraunes Ledersofa geworfen. Das war auch schon das ganze Vorspiel.

Die Szene war in einem Wohnzimmer aufgenommen: cremefarbener Teppich, rote Wände, Couchtisch aus Glas und Chrom, ein gerahmter Druck mit einer Darstellung der Union Street von der Hand eines nicht allzu begnadeten Künstlers.

Steel runzelte die Stirn. »Du bringst Pornos mit in die Arbeit?«

»Schau einfach nur hin.« Logan schaltete auf schnellen Vorlauf und drückte auf Pause, als einer der Hundemasken-Männer der Frau den Kissenbezug vom Kopf zog. Sie war mit silberfarbenem Klebeband geknebelt. Die Kamera ging ganz nahe heran, als der Bulldoggenmann ihr seine Erektion ins Gesicht klatschte. Und dann riss er den Knebel ab.

Logan hielt den Film erneut an. »Das ist sie, ganz eindeutig. Hier …« Er warf ein Hochglanzfoto auf Steels Schreibtisch: eine junge Frau posierte in irgendeinem Studio, bekleidet nur mit Unterwäsche und einem Lächeln. »Krystka Gorzałkowska.«

Steel starrte das Foto an und dann wieder den Bildschirm.

Sie presste die Lippen zusammen, und ihre Miene wurde hart. »Wo zum Teufel hast du das her?«

»Von Ricky Gilchrist. Er hat es sich gerade reingezogen, als ich ihn einkassiert habe.«

»Ich will ihn *auf der Stelle* in einem Vernehmungsraum haben, damit ich ihm die verkommene Seele aus dem Leib prügeln kann!«

Logan schüttelte den Kopf. »Finnie lässt niemanden in seine Nähe.«

Steel tippte mit einem nikotingelben Finger auf den Bildschirm. »Das ist kein Porno, das ist eine *Vergewaltigung.*« Sie lehnte sich wieder zurück und nestelte an ihrer Katastrophenfilm-Frisur herum. »Na schön«, sagte sie schließlich, »Finnie lässt *mich* vielleicht nicht an Gilchrist ran, aber dich wird er wohl kaum daran hindern, oder? Doch nicht jetzt, wo ihr zwei so dicke Freunde seid.«

Um Viertel vor zehn drückte sich Logan vor der Tür von Vernehmungsraum 1 herum und wartete darauf, dass Finnie eine Pause einlegte. Der DCI saß da drin mit Ricky Gilchrist und ließ sich ein ums andere Mal dieselbe Geschichte erzählen, klopfte sie auf Schwachstellen ab, um ganz sicherzugehen, dass Gilchrists Geständnis vor Gericht Bestand haben würde. Logan hatte schon eine halbe Stunde lang von der Beobachtungssuite aus zuschaut, eingeklemmt zwischen vier CID-Kollegen, von denen einer ganz dringend seinen Knoblauchkonsum reduzieren musste.

Falls Gilchrist vorhatte, auf Unzurechnungsfähigkeit zu plädieren, stellte er sich ausgesprochen geschickt an. Sobald man ihm die Gelegenheit gab, sich frei auszusprechen und die Sache aus seiner Sicht zu schildern, tauchte er in eine Fantasiewelt ab, in der er eine Art strahlender Ritter und die polnische Gemeinde der letzte Abschaum war.

Logan hätte sich nicht gewundert, wenn der Typ irgendwann angefangen hätte, in die Möbel zu beißen.

Aber schließlich hielt er die Knoblauchausdünstungen nicht mehr aus und zog sich aus der Beobachtungssuite auf den Flur zurück. Er nahm sein Airwave-Funkgerät aus der Tasche, tippte DS Piries Dienstnummer ein und hörte zu, wie es läutete.

Und dann: »*McRae? Was willst du – mir deinen Triumph unter die Nase reiben?*«

»Nein, ich –«

»*Wir hätten ihn früher oder später auch geschnappt, das ist dir doch wohl klar, oder?*«

»Krystka Gorzałkowska.«

Pause. »*Was ist mit ihr?*«

»Ich habe damals im Krankenhaus bei ihr einen Vaginalabstrich veranlasst.«

»*Ach ja? Das ist mein Fall, vergiss das nicht. Finnie hat ihn dir entzogen.*«

»Stell dich nicht so an – wie war das Ergebnis?«

»*Na schön …*« Ein fernes Rascheln drang aus dem Hörer. »*Nicht, dass es dich was anginge: Blutergüsse im Vaginalbereich … Spuren eines Spermizids … keine DNS. Wieso fragst du?*«

»Hat sie irgendetwas darüber gesagt, wer sie vergewaltigt hat?«

»*Weiß nicht, hab vergessen, sie danach zu fragen.*« Pause. »*Natürlich hat sie nichts gesagt, was denkst du denn? Sonst hätte ich das Schwein ja längst verhaftet. Sie will überhaupt nicht reden, hat panische Angst. Wieso willst du das wissen?*«

»Weil –« Die Tür des Vernehmungsraums ging auf. »Oha,

ich muss Schluss machen.« Logan legte auf, als Finnie auf den Flur hinaustrat.

Der DCI musterte ihn fragend. »Was gibt's?«

»Nichts, ich habe nur –«

»Ist es, weil Sie nicht bei der Vernehmung dabei sind? Ich dachte, wir wären uns da einig? Was denn, ist Ihr Ego so empfindlich, dass Sie es nicht *ertragen* können, mal zwei Minuten lang nicht im Rampenlicht zu stehen? Hmm? Heute Nachmittag dürfen Sie wieder mitspielen, schon vergessen?«

»Also, Sir«, sagte Logan, bemüht, nicht auf die Provokation einzugehen, »eigentlich wollte ich Sie ja wegen der Schießerei in der Gemischtwarenhandlung Kraków auf den neuesten Stand bringen. Wir haben einen Fingerabdruck auf einer Geschosshülse sicherstellen können, und zwar von dem Mann, der geschossen hat – der Kräftige mit der Vokuhila-Frisur.«

»Oh…« Finnie brauchte einen Moment, um die Information zu verarbeiten. »Tut mir leid. Je länger ich mit unserem durchgeknallten Freund da drin rede, desto mehr habe ich das Gefühl, mit dem Kopf gegen eine Betonwand zu rennen. Also, was –«

»Ich mein's ernst«, tönte Ricky Gilchrists Stimme aus dem Vernehmungsraum. »Ich halt's echt nicht mehr aus!«

Finnie rollte die Augen zur Decke und rief dann nach hinten: »Machen Sie sich halt so lange 'nen Knoten rein!« Er wandte sich wieder Logan zu. »Wo war ich stehengeblieben? Ah, okay. Was sagt die Datenbank?«

»Kein Treffer.«

»Dann sind wir –«

»Ich platz gleich!«, schrie Gilchrist.

»Ich hab Ihnen doch gesagt, machen Sie 'nen Knoten rein!«

»Aber ich *kann nicht*!« Es klang wie das Geheul der Verdammten.

»Okay, okay – ich lass jemanden mit Ihnen auf die Toilette gehen.«

Logan blickte den Flur auf und ab. »Ich kann das machen,

wenn Sie wollen. Sie wissen schon – den guten Cop markieren, Mitgefühl zeigen und so? Könnte doch ganz nützlich sein, Gilchrist in dem Glauben zu wiegen, er hätte einen Freund, wenn wir heute Nachmittag die Vernehmung mit Goulding fortsetzen?«

»Gute Idee. Sehen Sie nur zu, dass er in …« – Finnie sah auf seine Uhr – »in fünfzehn Minuten wieder hier ist. In der Zeit kann ich rasch ein paar Anrufe erledigen.«

Logan lehnte mit dem Rücken an der Zellenwand und las das Werbeplakat der Organisation *Crimestoppers* an der Zellendecke über dem Bett, während Ricky Gilchrist sich die Seele aus dem Leib pinkelte.

»Ah, Mann …« Es hörte sich an, als hätte er einen Stausee leergesoffen.

»Übrigens«, sagte Logan, als der Niagarafälle-Soundtrack zu einem Tröpfeln verebbte, »Sie haben uns noch gar nicht erzählt, warum sie eigentlich dort war.«

»Puh, das war aber höchste Zeit …« *Ritsch.*

»Die Frau damals in dem Bürogebäude: Krystka Gorzałkowska.«

Ein dumpfes Klackern. »Die ist ja immer noch kaputt! Gestern hat die Spülung auch schon nicht funktioniert – ich hab gleich Bescheid gesagt. Die haben *gesagt*, sie würden sie reparieren!«

»Die Toilettenspülung soll gar nicht funktionieren. Damit die Gefangenen keine Beweisstücke verschwinden lassen können, die sie verschluckt oder sich in die Backentaschen gesteckt haben.«

»Aber die haben gesagt, sie würden's reparieren!« Gilchrist torkelte aus der Toilettennische heraus und wischte sich die Hände an seiner Jeans ab. »Ist doch unhygienisch, oder?«

»Erzählen Sie mir was über Krystka Gorzałkowska.«

Ein verständnisloser Blick.

»Die Frau auf der DVD. Die Frau, die Sie in dem Bürogebäude zurückgelassen haben, wo sie Lubomir Podwoiski die Augen ausgestochen haben.«

Gilchrist ließ sich auf die blaue Plastikmatratze sinken und zog die Knie an die Brust. »Die Namen hab ich mir nie gemerkt. Die verdienen gar keine Namen. Sind doch bloß Tiere, alle miteinander …«

Aus irgendeinem unerfindlichen Grund hatte Logan plötzlich das dringende Bedürfnis, diesen kleinen Scheißkerl an seinem roten Schopf zu packen und seinen Kopf ein paarmal gegen die Wand zu knallen. »Wo haben Sie die DVD her, Ricky? Haben Sie die selbst gefilmt? Oder sind Sie einer von den Männern mit den Hundemasken?«

»Die nehmen sich *alles.* Da fällt so ein Polackenschwein bei uns in der Straße besoffen auf die Schnauze und bricht sich ein Bein – in zehn Minuten ist der Krankenwagen da. Meine Mum hatte 'nen *Schlaganfall*, und wie lange hat der Krankenwagen bei *ihr* gebraucht? Hm? Eine halbe Stunde!«

»Haben Sie Krystka Gorzałkowska vergewaltigt?«

Er sah zu Logan auf, mit einem Gesicht voller Sommersprossen und Abscheu. »Haben Sie sie noch alle? Ich würde mich niemals so *beschmutzen.* Haben Sie ein Ahnung, wie viele *Krankheiten* die mit sich rumschleppen? Ich hab's Ihnen doch gesagt – das sind Tiere!«

»Und wo haben Sie dann die DVD her?«

»Von so einem Typen im Pub.« Er sah in die andere Richtung.

»Wer war der Typ?«

»Weiß ich nicht mehr.«

»In welchem Pub?«

»Kann mich nicht erinnern.«

Logan starrte ihn an. »Warum war sie da, als Sie Lubomir Podwoiski geblendet haben?«

Gilchrist lächelte, seine Stimme war leise und unangenehm. »Jeder muss schließlich irgendwo sein.«

34

»Ach komm schon, nur ein bisschen Sperma! Das wirst du doch noch entbehren können, oder?«

Logan stellte den Motor ab. »Könnten wir vielleicht mal *einen* Tag lang nicht über Sperma reden?«

Der Parkplatz von *ClarkRig Training Films* war heute fast komplett belegt. Logan musste den Vauxhall aus dem CID-Fuhrpark zwischen einen Nissan Skyline und einen verdreckten Minibus quetschen, in dessen Schmutzschicht jemand mit dem Finger »*BRUDAS* – STARKES TEAM!!!« geschrieben hatte. Es war gerade noch genug Platz, um die Türen aufzumachen.

»Sei doch nicht so ein Weichei.« Steel steckte sich noch ein kleines weißes Nikotingummikügelchen in den Mund und kaute mit offenem Mund, während sie auf den Eingang zumarschierten.

Die alte Dame am Empfang erklärte ihnen, Zander sei heute nicht in seinem Schneideraum – er *drehe.* Dann führte sie die Besucher nach hinten ins Studio.

Es hatte große Ähnlichkeit mit einem umgebauten Lagerhaus, was daran lag, dass es ein umgebautes Lagerhaus war. In der Mitte war eine große Filmbühne aufgebaut – alles im gleichen leuchtend blauen Farbton gestrichen und mit einem Gitternetz aus kleinen gelben Markierungen überzogen. Das Set bestand aus einer gewölbten Brücke in halber Originalgröße, einer Reihe von Kisten, die als Flussufer dienten, und ein paar viktorianischen Straßenlaternen, wie man sie im Baumarkt für den Garten kaufen konnte. Unter der Decke hing eine riesige Beleuchtungsanlage, die alles in einen goldenen Schein tauchte.

Das Einzige, was *nicht* in Chroma-Key-Blau gestrichen war, waren die drei Menschen auf der Brücke. Zwei Frauen und ein Mann, alle splitternackt und mit vollem Körpereinsatz zugange.

Steel blieb wie angewurzelt stehen. »Uuuh … das ist ja ’n Ding …«

Eine Kamera schwebte am Ende einer langen, mit einem Gegengewicht versehenen Stange heran, bedient von zwei Typen, die in einem Zookäfig nicht weiter aufgefallen wären.

Jemand drückte eine Taste, und Musik dröhnte aus einem Ghettoblaster.

Logan sah zu, wie ein kleines Ruderboot unter der Brücke hervorkam. In dem Boot saßen kleine Männer. Kleine Männer in weißen Latzhosen, braunen Rollkragenpullis und weißen Handschuhen. Kleine Männer mit orangefarbenen Gesichtern, weißen Augenbrauen und grünen Haaren.

Logan blinzelte zweimal, aber sie waren immer noch da. »Oh, das soll doch wohl ein Witz sein …«

Und dann fingen die kleinen Männer an zu singen.

»Wer je die Syph gehabt, der kennt’s –
Es juckt im Schritt, beim Pinkeln brennt’s.
Drum hüll in Gummi stets dein Glied,
Und sing mit uns dies schöne Lied:
Humpa lumpa …«

Steel stand da, Mund und Nase offen, und gluckste leise in sich hinein.

Als das Lied zu Ende war, rief jemand: »*Cut!* Gut gemacht, Leute; dann wollen wir jetzt mal das Set für die nächste Szene aufbauen.« Zander Clark hievte sich von seinem Platz hinter einem Monitor hoch und marschierte auf die Brücke mit den drei Nackedeis zu.

»Doug, ich will, dass du immer an deine Motivation in dieser Szene denkst, okay?«

Doug hielt in seiner Tätigkeit inne und wandte sich zu dem Regisseur um. »Wieso bin ich eigentlich der Einzige, der keinen Song hat?«

Logan folgte Steel aufs Set, während der Regisseur eine Weile herumdruckste. »Na ja, das musst du verstehen, Doug… also, ich *persönlich* finde dich ja *fantastisch*… aber es ist –«

»Verzeihen Sie, Mr. Clark«, sagte Logan und blieb in einigem Abstand von dem fantastischen Doug stehen, der an seinem Arbeitsgerät herumspielte. »Könnten wir Sie kurz sprechen?«

Zander warf die Hände in die Luft und machte ein Geräusch wie ein Ballon, dem die Luft ausgeht. »Wie soll man da kreativ arbeiten, wenn…« Er brach ab. »Die Stimme kenne ich doch.« Der Regisseur drehte sich um und grinste übers ganze Gesicht. »Sergeant McRae, Inspector Steel – freut mich *außerordentlich*, Sie wiederzusehen. Haben Ihnen die Filme gefallen?«

»Ich meine, es muss ja kein großer Song sein, sag ich mal«, warf Doug ein, der immer noch seine untere Etage manuell bei Laune hielt. »Ich will bloß –«

»He!« Steel beäugte Dougs Erektion und verzog das Gesicht. »Zielen Sie nicht mit dem Ding auf mich. Am Ende geht das noch los.«

»Na, wie auch immer.« Zander klatschte in die Hände. »Ich will ja nicht unhöflich sein, aber wir haben einen ziemlich engen Drehplan. Also…«

»Ach so, ja.« Logan zog die Kopie der DVD aus der Tasche. »Wir möchten, dass Sie sich das mal ansehen.«

»Ach ja?« Er drehte die Scheibe in seinen Wurstfingern, sodass die silbrige Oberfläche im Scheinwerferlicht blitzte. »Ich denke, ich kann heute Abend mal einen Blick reinwerfen, wenn Sie wollen?« Und dann runzelte er die Stirn, als er die Aufschrift las. »Ah.«

»Wir würden Sie nicht darum bitten, wenn es nicht wichtig wäre.«

Der fantastische Doug hüstelte. »Wird das länger dauern?« Er wies mit dem Kopf in Richtung des Notausgangs und deutete mit seiner freien Hand das Rauchen einer Zigarette an. »Ich meine ja nur.«

Der Regisseur nickte, ohne den Blick von der DVD zu wenden. »Aber pass diesmal auf, dass dein Bademantel zubleibt – nicht, dass wieder alle Welt sieht, wie du ›Schwänzchen in die Höh'‹ spielst.« Zander wandte sich an die Schauspieler und die Crew. »Wir machen eine kurze Pause, Leute. In vierzig Minuten ist alles wieder startbereit am Set, okay?«

Es war dunkel im Schneideraum bis auf den flackernden rosa Schein der Reihe von Bildschirmen, auf denen Zander Clark »KRYSTKA WIRT GEIL IN ALLE 3LÖCHER GEF*KT!!!*!« abspielte. Schließlich wurden die Monitore schwarz, und er knipste eine Schreibtischlampe an.

»Das war furchtbar. Und ich meine nicht nur die Qualität der Produktion – die übrigens absolut *unterirdisch* war –, sondern die ganze Geschichte. Wer in aller Welt will sich so etwas *anschauen*?«

»Haben Sie jemanden erkannt?«, fragte Steel.

»Abgesehen von Krystka?« Er zupfte am Nagelhäutchen seines Daumens. »Die Männer sind beide Amateure. Haben den Cumshot *total* vermasselt. Die haben nicht mal eine hochauflösende Kamera benutzt, sondern wahrscheinlich irgendeinen 08/15-Camcorder. Eine ganz üble Amateurproduktion. Und ganz offensichtlich illegal: Auch wenn die Vergewaltigung nur simuliert sein sollte – es gibt weder einen Abspann noch ein Siegel von der Filmbehörde.«

Steels Stimme klang bedenklich ruhig. »Sie glauben, das ist gestellt? Die haben nur so *getan*?«

Zander stellte seine Kaffeetasse ab und rieb sich das Gesicht. »Ich wünschte, es wäre so. Aber so eine gute Schauspielerin ist die gute Krystka nun mal leider nicht.« Er sackte in sich zusammen. »Ich hätte sie nie gehen lassen dürfen.«

Logan tippte auf einen der Bildschirme. »Sie haben keine Ahnung, wer das gedreht haben könnte?«

»Nein. Und glauben Sie mir – wenn ich es wüsste, würde ich es Ihnen sagen. Das können wir nun wirklich nicht gebrauchen, dass widerliche Stümpereien wie diese die ganze Erotografie-Branche in Verruf bringen. Weiß Krystka denn nichts?«

»Sie will nicht reden – sie hat Angst.«

»Tja ... können Sie den Film denn nicht analysieren? Haben Sie bei der Polizei keine Spezialisten für solche Sachen?«

»Schon«, meinte Steel, »wenn wir bereit sind, drei Monate zu warten.«

»Okay.« Der Regisseur atmete tief durch, zog die Stirn in Falten und schob die Lippen vor. Dann begann er auf seiner Steuerkonsole herumzutippen. Auf jedem der Bildschirme erschien eine andere Szene aus der DVD, und Zander ließ sie alle gleichzeitig ablaufen.

Aus den Lautsprechern drang wirres Geplapper, durchsetzt mit Stöhnen und Flüchen. Er schaltete den Ton aus. »Ich kann Ihnen die Tonspur als separate Datei abspeichern und die Hintergrundgeräusche rausfiltern. Vielleicht können Sie ja mit den Stimmen etwas anfangen.«

Seine Augen zuckten zwischen den Bildschirmen hin und her, das rosa Fleisch spiegelte sich in seinen modischen rechteckigen Brillengläsern.

Steel schniefte und zerrte an ihrem Hosenbund. »Warum sind –«

»Schsch ...« Zanders Blick war auf die Bilder der Vergewaltigung von Krystka Gorzałkowska geheftet. »Die Gesichter der Männer werden nie gezeigt – sie tragen immer diese Hundemasken ...«

»Das können wir auch selber sehen, danke!«

Er drückte auf eine Taste, und einer der Bildschirme wurde schwarz. Dann der nächste, und noch einer, bis nur noch einer ein Bild zeigte. Er hielt es an, spulte es zurück. Drückte noch einmal auf Pause, dann auf Abspielen.

Als die Szene anlief, tönte eine Männerstimme aus den Lautsprechern. »*Gib's ihr, der Schlampe! Gib's ihr! Güüüüüüüübss …*« Das letzte Wort dehnte sich endlos und wurde immer tiefer, je weiter Zander die Wiedergabe verlangsamte, bis es schließlich ganz verhallte. Und dann das Ganze rückwärts: »*ÖÖÖÖÖpmalsch red ri sbig …*« Pause. »*… Schlampe! Gib's …*«

»Da.«

Steel starrte den Monitor an, das Gesicht in konzentrierte Falten gezogen. Krystka lag hilflos eingeklemmt auf dem Sofa, Tränen liefen ihr übers Gesicht, während der Mann mit der Bulldoggenmaske sich an ihr verging. »Wo?«

»Wie gesagt, die Männer halten ihre Gesichter immer bedeckt, aber …« Er markierte mit der Maus eine Ecke des Bildes und zoomte sie heran. Jetzt sahen sie eine körnige Nahaufnahme des mittelmäßigen Gemäldes der Union Street. Im Glas spiegelte sich das Gesicht eines Mannes. »Der Kameramann war nicht so vorsichtig.«

Steel starrte weiter angestrengt den Bildschirm an. »Der sieht ja aus wie Bernd das Brot! Was zum Teufel sollen wir damit anfangen?«

»Was wir damit anfangen? Wir schicken es meinen Computerfreaks. Die nehmen sich die nächsten rund zwanzig Einstellungen vor und sortieren sämtliche Pixel aus, die zu dem Gemälde gehören. Der Rest wird zusammengesetzt, bearbeitet – und fertig ist der Vergewaltiger.«

»Ich kann's immer noch nicht glauben, dass sie euch auf *der* Grundlage einen Haftbefehl ausgestellt haben.« Rennie parkte den zivilen Einsatzwagen und stellte den Motor ab. Das Haus lag am Ende einer heruntergekommenen Sackgasse; in seinem von Gras und Unkraut überwucherten Garten rostete ein alter Fahrradrahmen vor sich hin. Die Häuser links und rechts davon waren noch schlimmer: vernagelte Fenster, davor der Kadaver einer Waschmaschine; ein Berg geplatzter Müllsäcke, deren verstreuter Inhalt im hohen Gras veschwand.

DI Steel saß auf dem Beifahrersitz und sog grimmig an einer Zigarette. »Tja, Sheriff McNab mag ein scheinheiliger alter Sack sein, aber so eine Chance lässt nicht mal er sich entgehen.«

Sie kletterten hinaus in den morgendlichen Sonnenschein.

Logan sah sich in der Straße um. Die einzige Bewohnerin, die sich blicken ließ, war eine grau-weiße Katze, die sie vom Dach eines Plastik-Spielhauses aus skeptisch beobachtete.

Rennie ging um den Wagen herum und wuchtete den »großen roten Haustürschlüssel« aus dem Kofferraum. »Sauschwer, das Teil …«

»Gejammert wird nicht.« Steel ging den Gartenpfad entlang auf die Haustür zu, und Rennie trottete grummelnd hinterdrein.

Logan stapfte unterdessen durch das kniehohe Gras ums Haus herum in den Garten. Wenigstens musste er hier nicht über Zäume klettern oder sich gegen geifernde Hundeungetüme zur Wehr setzen. Hier gab es nur eine Wäschespinne mit mindestens dreißig Grad Schlagseite und eine Ansammlung vergammelter Gartenmöbel. Er nahm seine Position ein und wartete darauf, dass es losging.

Drei donnernde Schläge des Rammbocks auf Hart-PVC. Rufe. Ein dumpfes Krachen.

Logan griff nach der Klinke der Hintertür – sie war nicht verschlossen.

Er stürmte durch die Küche in den Flur, wo ihm ein Mann in einem braunen T-Shirt und Boxershorts entgegenkam, just in dem Moment, als hinter ihm die Haustür aus den Angeln flog. Der Mann erblickte Logan und bremste ab, schlitterte aber auf seinen Socken noch ein ganzes Stück über das Linoleum.

»STOPP, POLIZEI!«, brüllte Rennie.

»Geben Sie auf, Gary«, sagte Logan.

»Scheiße!«, sagte Gary. Er machte kehrt und rannte die Treppe hoch, mit Rennie dicht auf seinen Fersen. Logan lief hinterher und erreichte den oberen Treppenabsatz gerade rechtzeitig, um zu sehen, wie Rennie sich in Rugbyspieler-Manier auf den Fliehenden warf.

Der Constable kollidierte mit Gary, und sie gingen beide zu Boden. Fäuste, Füße und Schimpfworte flogen durch die Luft. Ein Bügelbrett kippte um, und zerknitterte Klamotten ergossen sich über den Boden.

Ein Gezappel und Gerangel, und dann machte es *klonk* – Gary hatte Rennie das Bügeleisen über den Schädel gezogen. Der Constable ließ los, wankte noch einen Moment und brach zusammen.

Logan kramte in seiner Tasche nach dem Pfefferspray, während Gary sich aufrappelte, das Bügeleisen immer noch in der Hand.

»Ich hab nix getan!« Er war vielleicht nicht der hässlichste Mann von ganz Aberdeen, aber er war zumindest in der engeren Auswahl. Eine einzige buschige Augenbraue, ein Gesicht wie geronnene Milch, schütterer Bart.

»Sie haben gerade einen Polizeibeamten tätlich angegriffen.«

»Er ist in mein Haus eingebrochen!«

»Kommen Sie, Gary, machen Sie's nicht noch schlimmer. Legen Sie das Bügeleisen weg.«

Gary ließ es fallen, machte kehrt, rannte los und knallte die Schlafzimmertür hinter sich zu. Logan stieg über Rennie hinweg und trat die Tür auf. Doppelbett. Schwarze Laken mit verkrusteten weißen Flecken. Verspiegelte Decke. Filmscheinwerfer auf Stativen. Gary hockte auf einer Kommode am Fenster und fummelte am Riegel herum.

»Das schaffen Sie nicht, Gary. Geben Sie's auf.«

Gary fluchte und stieg herunter. Mit hängendem Kopf schlich er über den Teppich auf Logan zu. »Das Scheißding war abgeschlossen.«

»Tja, wenn Sie gleich ohne Murren mitgekommen wären –«

Gary rammte Logan das Knie genau zwischen die Beine.

O Gott. Er klappte zusammen wie ein Taschenmesser und hielt sich den Unterleib, während Gary sich an ihm vorbeischob und zur Treppe lief. »Unnnnnnnnnnnnnnnnngh …«

Und dann tönte Steels herrische Stimme aus dem Treppenhaus: »O nein, das hättest du dir wohl so gedacht!«

35

Logan schleppte sich mit schmerzverzerrtem Gesicht hinaus auf den Flur. Die Badtür war geschlossen, aber von drinnen kam lautes Gefluche und Geplätscher – es hörte sich an, als ob jemand die Toilettenspülung betätigte, den Spülkasten volllaufen ließ, wieder spülte …

Er stand da, hielt sich an der Wand fest und versuchte, trotz der brennenden Schmerzen in seinen Hoden ruhig und gleichmäßig zu atmen, wie sie es ihm in der Schmerzklinik beigebracht hatten. Dann klopfte er an die Tür.

»Chefin?«

Spülen, Pusten, Fluchen – etwas Schweres knallte auf den Badezimmerboden.

»Roberta, alles okay?« Er drückte die Klinke, und die Tür ging auf.

Sie saß auf dem Rand der Badewanne, hielt Gary am Kragen gepackt und drückte seinen Kopf in die Kloschüssel. Seine Beine zappelten wild, als das Wasser über ihn hinwegrauschte. Die Arme hatte er um die Schüssel geschlungen – sie hatte ihn mit Handschellen an den Siphon gefesselt.

Als das Wasser durchgelaufen war, riss sie seinen Kopf wieder hoch.

»Ich frag dich nicht noch einmal.«

»Aaaaah, Mann!« Er bekam einen Hustenanfall.

»Wer waren sie?«

»Sie können nicht –«

Steel steckte seinen Kopf wieder in die Schüssel, und es

machte *klonk*, als Garys Schädel gegen das Porzellan knallte. »Aaaaah! Aufhören!«

Steel betätigte wieder die Spülung, doch es gab nur ein gurgelndes Geräusch – der Spülkasten war noch nicht ausreichend gefüllt. »Wer waren sie?«

»Ich weiß es nicht!« Seine Stimme hallte verzerrt aus der Kloschüssel. »Ehrlich!«

Logan erstarrte. »Was tust du da?«

Sie blickte auf. »Was machen die Eier?«

»Tun weh. Du kannst doch nicht –«

Sie schlug Gary mit der flachen Hand auf den nassen Hinterkopf. »Du solltest beten, dass sie heil geblieben sind! Wehe, wenn er meine Frau nicht schwängern kann …« Der Spülkasten war wieder voll.

Sie spülte.

»Aaaaaah!« Und dann nur noch Gurgeln.

»Hör auf damit!« Logan humpelte in den winzigen Raum hinein. »Was ist denn in dich gefahren?«

»So macht man das doch mit Scheiße – man spült sie ins Klo.« Sie zog Garys Kopf über den Toilettenrand hinaus. »Ich sagte: Wer – waren – sie?«

»Ich kann nicht, die würden mich um–« Gurgeln, Zappeln, Gurgeln.

Logan sprang auf Steel zu und packte ihren Arm, zog sie von ihm weg. Gary tauchte wieder auf und würgte Klowasser hoch.

»Bitte …«

»Lass mich los, du blöder –«

Logan zog sie hoch. »Das reicht.«

Gary heulte jetzt, Tränen und Rotz liefen ihm über das nasse Gesicht. »Sie soll damit aufhören. Bitte … sie soll aufhören …«

Steel riss sich los und gab ihm einen Tritt in den Hintern. »Wer waren sie?«

»Allan Rait und Duane Cowie. Okay? Allan und Duane …« Er hustete wieder.

Noch ein Tritt. »Wer hat euch das Mädchen verkauft?«

»Aaaaah – wir haben sie nicht gekauft! Sie war bloß … gemietet …«

Und diesmal konnte nichts Steel aufhalten. Sie machte einen Satz nach vorn und tunkte Garys Kopf wieder in die Kloschüssel, hielt ihn verbissen fest, während Logan sie wegzuzerren versuchte.

»Sie ist ein MENSCHLICHES WESEN!«

Prust, gurgel.

»Aufhören!« Und dann machte Logan etwas wirklich Dummes – er gab ihr eine Ohrfeige. Genauso, wie sie es im Kino immer machten. Nur dass Steel sich nicht berappelte und sagte: »Danke, das habe ich gebraucht.« Nein, Steel schlug zurück. Und zwar so fest, dass seine Lippe aufplatzte.

»Scheiße, Mann, was fällt dir ein?«

Aber wenigstens hatte sie Gary losgelassen. Er tauchte auf wie ein Delfin aus den Fluten, nur nicht ganz so attraktiv, und begleitet von einem unverkennbaren Geruch nach vergammeltem Hundefutter.

Diesmal förderte sein Würgen gut einen Liter Wasser zutage, gefolgt von etwas, das wohl einmal ein Frühstück gewesen war. Gary legte den Kopf auf den Rand der Schüssel und heulte wie ein kleines Kind.

Steels Kieferknochen traten hervor, und der Abdruck von Logans Hand begann sich rosarot auf ihrer linken Wange abzuzeichnen. »Wenn du mich noch *ein Mal* schlägst –«

»Das kannst du nicht machen, okay? Das geht nicht!«

»Die haben dieses Mädchen vergewaltigt –«

»Das ist nicht die Art, wie wir Probleme lösen!«

»Sollte es aber vielleicht sein.« Sie rieb sich die Wange, und dann versetzte sie Gary noch einen Tritt.

Gary rang abgehackt nach Luft, Tränen und Toilettenwasser troffen von seinem Gesicht. »Es tut mir leid, es tut mir so leid …«

Logan schob sich an Steel vorbei und stellte sich zwischen sie und Gary, ehe sie noch mehr Schaden anrichten konnte. »Wer war es? Wer hat Krystka Gorzałkowska vermietet wie einen verdammten Transporter?«

»Wir… wir hatten sie von diesem Bekannten von Allan. Irgend so ein Pole…«

»Name.«

»Weiß ich nicht…«

»*Den Namen*, Gary. Ich will einen Namen und eine Adresse, sonst gehe ich weg, und Sie können mit Ihrer Schwimmstunde weitermachen.«

»Ich weiß es nicht! Ich schwör's beim Grab meiner Mutter! Ich hab ihn nie gesehen, das hat alles Allan erledigt.« Gary zog einen Mundvoll von irgendetwas Unappetitlichem hoch und spuckte es in die Schüssel. »Er sagte, das wäre so eine Firma, die Pornodarstellerinnen und so vermietet.«

»Was für eine Firma?« Logan hatte das beklemmende Gefühl, dass er schon wusste, worauf das hier hinauslief.

»Cochise Interna oder so ähnlich… Sie hat zweihundert Pfund am Tag gekostet…«

»Kostchey International Holdings Limited.«

Steel saß hinten im Garten auf einer Schubkarre, die umgedreht im langen Gras lag, und rauchte schmollend eine Zigarette. Die Klänge von Radio One wehten vom übernächsten Nachbarn herüber – irgendein Möchtegernstar aus einer Fernseh-Talentshow, der einen Elvis-Song massakrierte.

Logan lehnte sich gegen die Wand. »Das war nicht in Ordnung.«

»Vergewaltigung ist eine scheußliche Sache, Laz. Solltest du vielleicht mal ausprobieren – wirst schon sehen, ob du hinterher immer noch so tolerant bist.« Sie schnipste einen kleinen Aschewirbel in die windstille Morgenluft.

»Du kannst nicht einen Verdächtigen in Polizeigewahrsam

tätlich angreifen. Denk doch nur dran, was mit DI Insch passiert ist.«

»Na ja, genau genommen ist er ja noch gar nicht in Gewahrsam. Er hatte bloß ein kleines toilettentechnisches Missgeschick.« Sie nahm einen tiefen Zug von ihrer Zigarette. »Wird er uns verklagen?«

Logan sah weg. »Ich habe mit ihm geredet.«

»Ach ja?«

»Ich habe immer noch einen ganzen Haufen von diesen Polaroidfotos aus Rory Simpsons Wohnung: lauter kleine Mädchen, die rumlaufen und ihre Unterhosen aufblitzen lassen. Ich habe Gary gesagt, es wäre doch zu dumm, wenn wir bei der Durchsuchung seiner Wohnung welche davon finden würden. Käme vielleicht nicht so gut bei seinen Zellengenossen an, wenn er ins Gefängnis muss.«

»Danke.«

»Du bist mir was schuldig.«

»*Aye*…« Die grau-weiße Katze war wieder da, sie balancierte über den Zaun an der hinteren Grundstücksgrenze. Steel kramte in ihrer Hosentasche und förderte einen Fünfpfundschein zutage. »Da.« Sie reichte ihn Logan. »Für die Fluchkasse. Eigentlich wären's drei fünfzig, aber ich habe vor, Gary noch ein paarmal einen widerlichen Kotzbrocken zu nennen.«

Logan sah zu, wie die Katze vom Zaun sprang und im hohen Gras verschwand. »Das kannst du nicht noch einmal bringen, das ist dir doch klar, oder?«

»Wie du schon sagtest, ich bin dir was schuldig.« Steel drückte ihre Zigarette auf der Schubkarre aus und warf die Kippe in den Dschungel. »Wie geht's Rennie?«

»Hat ein Bügeleisen über den Schädel gekriegt. Kann sein, dass er einen Hirnschaden davonträgt, aber wer würde schon den Unterschied bemerken?«

Sie wuchtete sich hoch und wischte sich den Staub und die Spinnweben vom Hosenboden. »Du solltest mal deinen fetten

Pornofilmer-Freund anrufen. Ich will wissen, wer diese Kostchey-International-Fuzzis sind und wo ich sie finden kann.«

»Schon passiert. Er ging nicht dran, also hab ich eine Nachricht hinterlassen.«

Sie nickte. »Gut, dann wollen wir mal sehen, was unsere kleine Meerjungfrau so zu erzählen hat.«

Gary saß im Wohnzimmer in einem abgewetzten braunen Sessel und starrte ins Leere, die Haare an den Kopf geklatscht, das T-Shirt bis zum Nabel durchnässt.

Rennie hockte auf dem Sofa und hielt sich eine Tüte tiefgefrorenen Mais an die Schläfe. Er sah auf, als Steel sich neben ihm auf das quietschende Polster sinken ließ, und reichte ihr sein Notizbuch. »Die Handynummer.«

Gary schniefte. »Wir mussten da anrufen, nachdem wir mit dem Mädchen fertig waren.« Er hob seine mit Handschellen gefesselten Hände und rieb sich die geröteten Augen. »Die bringen mich um, wenn sie das rauskriegen.«

»Ach ja? Das wäre aber wirklich *jammerschade.*« Steel zückte ihr Handy, wählte mit dem Daumen und hielt es sich ans Ohr. »Es läutet …«

Gary wischte sich mit dem Ärmel die Nase. »Sie müssen mich in dieses Zeugenschutzprogramm aufnehmen, okay?«

»Ach, stell dich nicht so an. Die sind doch bloß –« Steel brach ab und sprach dann ins Telefon. »Hallo?« Pause. »Ja, also ich habe Ihre Nummer von einem Freund. Er meinte, Sie würden … *Frauen* vermieten. Sie wissen schon, für Filme und so? … Wie er heißt? … *Aye*, schon gut, nun regen Sie sich mal ab, es war Duane Cowie. Sie … Hallo? Hallo?«

Sie schob das Handy zusammen, spitzte die Lippen und sagte dann: »Aufgelegt. Manche Leute haben echt keine Manieren.« Sie versetzte Gary noch einen Schlag auf den Hinterkopf, dass die kleinen Tröpfchen nur so flogen. »Heb deinen Arsch hoch, Klojunge. Auf dich wartet eine schöne warme Zelle.«

Es blieben ihm nur zehn Minuten, bevor Dr. Goulding eintreffen würde, um Ricky Gilchrist einer psychologischen Untersuchung zu unterziehen. Aber Logans Magen hörte sich an, als hätte er einen wütenden Bären verschluckt, und so machte er sich, nachdem er die Tonbandaufzeichnungen der Vernehmung versiegelt und in die Asservatenkammer gebracht hatte, auf den Weg in die Kantine. Vielleicht hatte er ja Glück, und es war noch etwas Essbares übrig.

Die Vernehmung war ungewöhnlich glatt verlaufen. Gary war ein braver Junge gewesen und hatte für das Tonband alles wiederholt, was er ihnen über seine Mitverschwörer erzählt hatte, und darüber, wo er das Mädchen herhatte. Über sein Unterwasserabenteuer hatte er dagegen kein Wort verloren. Es war schlimm genug, dass er im Gefängnis landen würde – da wollte er es nicht auch noch riskieren, mit einem selbstgebastelten Messer »PÄDOSCHWEIN« in die Stirn geritzt zu bekommen.

Logan holte sich ein Eiersandwich mit Mayonnaise und eine Packung Salt-&-Vinegar-Chips und aß beides auf dem Weg nach unten zu den Vernehmungsräumen.

Goulding hatte sich verfrüht – Logan hörte ihn in der Beobachtungssuite mit DCI Finnie plaudern. Heute trug der Psychologe einen schicken, kragenlosen Anzug und eine Krawatte, die an einer Kirmesorgel nicht weiter aufgefallen wäre. Er lächelte Logan an und schüttelte ihm die Hand. »Ah, Sergeant McRae. Sie haben ihn gefasst! Tolle Sache.«

»Na ja ... Sie wissen schon ... Teamarbeit.«

Finnie schnaubte. »Nein, das war es nicht, Sie – Mist.« Sein Handy klingelte. Er entschuldigte sich und nahm den Anruf draußen auf dem Flur an. »Was? Ja ... Was soll das heißen, sie wollen nicht reden?« Er schloss die Tür.

Goulding deutete auf einen der Monitore in der Beobachtungssuite. Ricky Gilchrist war schon in Nummer zwei, er saß allein am Tisch, und ein stämmiger Constable stand hinter ihm am Fenster. »Er ist faszinierend, nicht wahr?«

Der Psychologe zog einen der klapprigen Plastikstühle heraus und ließ sich darauf nieder. »Er passt perfekt ins Profil. Vater tot, Mutter emotional distanziert – ich weiß, das ist nicht ihre Schuld, nach dem Schlaganfall und so weiter, aber es stimmt trotzdem. Ricky ist ein alleinstehender Weißer, Mitte zwanzig, und er war als ungelernter Arbeiter auf einer Baustelle beschäftigt, bis die Firma ihn entließ und stattdessen polnische Migranten einstellte …« Goulding legte die Fingerspitzen auf den Bildschirm, genau wie er es bei seiner Weißwandtafel gemacht hatte. »Faszinierend.« Eine nachdenkliche Pause. »Wissen Sie, ob er schon früher durch Gewalttätigkeit aufgefallen ist? Brandstiftung? Tierquälerei?«

Logan sah in der Akte nach. »Nichts, wofür er verhaftet worden wäre.«

»Nun, ich bin sicher, es wird alles im Laufe der Zeit ans Licht kommen.« Goulding tippte auf das Videobild von Gilchrist. »Ich kann es gar nicht erwarten, in dieses Köpfchen hineinzuschauen und herauszufinden, wie es tickt … Haben Sie bemerkt, dass er keines seiner Opfer je beim Namen nennt? Es ist das Gleiche wie mit seinen Briefen – er hat sie komplett entmenschlicht.«

»Mir hat er gesagt, sie verdienten keine Namen. ›Das sind bloß Tiere.‹«

»Ich weiß …« Und dann: »Wie steht es mit Ihnen? Schlafen Sie inzwischen besser?«

»Hm? Was hat das denn –«

»Sie sehen müde aus.«

»War ein langer Tag gestern.«

Goulding drehte sich um und starrte ihn an. »Ich habe das vollkommen ernst gemeint: Eine Therapie könnte Ihnen wirklich helfen.«

»Könnten wir uns einfach auf Ricky Gilchrist konzentrieren? Bitte?«

»Es wäre absolut vertraulich. Sie könnten den Leuten erzählen, dass Sie mit mir an Täterprofilen arbeiten, wenn Ihnen das lieber ist?«

Die Tür ging auf, und Finnie kam mit finsterer Miene herein. »Okay – McRae, ich habe einen Job für Sie.«

Puh – Logan atmete insgeheim auf. »Guter Cop oder böser Cop?«

Der DCI hielt einen Moment inne. »Weder noch – ich möchte, dass Sie DS Pirie zur Hand gehen. Er kommt mit Harry Jordans Nutten einfach nicht weiter.«

»Was? Aber ich –«

»Hören Sie zu: Sie haben Gilchrist gefasst, und Sie haben ihn dazu gebracht, zu gestehen. Das ist ganz allein Ihr Verdienst. Was wir jetzt machen, sind lediglich die Aufräumarbeiten. Und seien wir doch ehrlich, Pirie hat in letzter Zeit nicht gerade mit Großtaten geglänzt, oder?« Finnie tätschelte Logans Schulter. »Ich brauche einen verlässlichen Mann, der Resultate erzielt.«

Harry Jordans schäbige Bordellwohnung war eine einzige Müllkippe. Nicht bloß verdreckt, sondern vollkommen ruiniert. Als hätte dort jemand mit einem Vorschlaghammer gewütet. Sämtliche Möbel waren zertrümmert: die grauen Sofas in Stücke geschlagen und zerrissen, die Füllung in großen Fetzen über die blanken Spanplatten des Bodens verteilt. Der Geruch nach extrastarker Bleiche trieb Logan die Tränen in die Augen, trotz der offenen Fenster.

Detective Sergeant Pirie versetzte einem zerfledderten Taschenbuch einen halbherzigen Tritt. »Ich brauch hier keinen, der mir die Hand hält.«

Logan lehnte sich ans Fensterbrett, das mit toten Schmeißfliegen übersät war. »Das war nicht meine Idee, okay? Beschwer dich bei Finnie.«

»Du bringst verdammt noch mal Unglück, weißt du das?«

»Vielen Dank, mir macht's auch wahnsinnig viel Spaß, mit dir zu arbeiten.«

»Ach, leck mich doch –«

Die Wohnzimmertür ging auf, und Kylies Schwester Tracey schlurfte herein. Sie rieb sich die Armbeuge. »Das hatten wir doch schon geklärt«, sagte sie. Ihr Blick zuckte nervös im Zimmer umher, und sie fuhr sich mit der Zungenspitze über die Lippen. Sie zitterte, und ihre Haut glänzte feucht. »Das war nicht Creepy, der Harry den Schädel eingeschlagen hat, okay? Das war so'n Schwarzer.«

Logan wies auf das Trümmerfeld. »Hatten Sie die Handwerker da, seit wir das letzte Mal hier waren?«

Sie zog die Nase hoch und starrte auf den Spanplattenboden. »Da waren welche von der Gesundheitsbehörde hier. Haben den ganzen Teppichboden rausgerissen wegen … na ja … wegen dem Blut halt.«

»Haben die auch die ganzen Möbel demoliert?«

»Wir hatten eine Party.«

»Na klar«, meinte Pirie. »Einladung zum fröhlichen Möbelzertrümmern. Brechstangen bitte selbst mitbringen.«

Sie streifte ihn mit einem Blick und starrte wieder auf den Boden. »Muss der unbedingt hier sein?«

»Natürlich muss ich hier sein, du blöde F–«

Logan fiel ihm ins Wort. »Vielleicht könnte DS Pirie uns allen ein schönes Tässchen Tee machen?«

Pirie grinste höhnisch. »Sonst noch was? Wenn hier jemand –«

»Und zwar am besten *jetzt gleich.*«

Pirie schien etwas sagen zu wollen, dann aber steckte er nur die Hände in die Hosentaschen und brummte beleidigt: »Na schön.« Er machte kehrt und stapfte hinaus.

»Ist 'n richtiges Arschloch, der da. Echt.«

Logan zuckte mit den Achseln. »Aber seine Frage war berechtigt. Entweder haben Sie hier schon *sehr* lange nicht mehr aufgeräumt, oder es hat jemand alles kurz und klein geschlagen.«

Sie wich seinem Blick aus. »Das war nicht … Wir …« Sie atmete tief durch. »Es war nicht Creepy, okay? Ich hab's Ihnen doch gesagt, er war's nicht.«

»Sind Sie sicher?« Er wartete, bis das Schweigen unangenehm wurde. »Ich habe das ernst gemeint, Tracey: Ich kann Ihnen helfen. Ich kann dafür sorgen, dass Sie von alldem wegkommen.« Seine Geste umfasste das ganze Elend, die ganze Verwüstung.

Sie rieb sich wieder den Arm. »Ich kann nicht …«

»Wenn Sie mir helfen, Colin McLeod hinter Gitter zu bringen, dann sorge ich dafür, dass Sie *und* Kylie Zeugenschutz bekommen. Sie könnten irgendwo anders noch einmal von vorn anfangen. Wo immer Sie wollen.«

Zum ersten Mal hob sie den Blick. »Also, wir sind immer nach Lossiemouth gefahren, als ich und Kylie klein waren.« Dann richteten ihre Augen sich wieder auf den Fußboden, und ihre Fingernägel kratzten so lange an einer schorfigen Stelle an ihrem Handgelenk herum, bis es blutete. »Da waren wir glücklich …«

»Also schön, Lossiemouth. Sie müssen nichts weiter tun, als eine Aussage zu machen und diesmal auch dabei zu *bleiben.* Wir könnten Ihnen sogar ein Rehabilitationsprogramm vermitteln, wenn Sie wollen?«

Tracey schniefte und wischte sich die Nase mit dem Ärmel ab. »Wir sind ja praktisch schon auf Entzug. Die haben uns den Hahn abgedreht. Niemand darf uns mehr Stoff verkaufen … wegen dem, was wir über Creepy gesagt haben.«

Sie bückte sich, kramte in der kaputten Anrichte herum und zog eine Literflasche billigen Wodka hervor. »Da waren diese zwei Typen, die sind mit Mrs. McLeod hier aufgekreuzt. ›Das kommt davon, wenn man Lügen über meine Familie verbreitet‹, tönt die Alte. Und dann haben die Typen angefangen, alles kaputtzuschlagen, okay? Und dann fragt die alte Schachtel, ob wir unsere Lektion schon gelernt hätten. Und Kylie sagt: ›Ja‹, ne?«

Sie knackte den Schraubverschluss der Wodkaflasche und nahm einen Schluck. »Und Mrs. McLeod sagt: ›Nein, das habt ihr nicht. Aber ich werd's euch schon noch beibringen.‹ Und der eine Schlägertyp packt Kylie und schlägt auf sie ein.« Traceys Stimme wurde immer leiser. Sie setzte die Flasche noch einmal an. »Dabei war sie doch immer noch ganz grün und blau von damals, wo Harry sie geschlagen hat, wissen Sie – wegen diesem Witz mit dem Rollstuhl? Also geh ich dazwischen, und sie lässt's stattdessen an mir aus …« Sie starrte die Flasche in ihren Händen an. »Hat bei unserem Stiefvater auch immer funktioniert.«

»Und Mrs. McLeod war die ganze Zeit dabei?«

»Sie ist's doch gewesen, die gesagt hat, dass sie noch mal kommen würden, wenn wir der Polizei nicht sagen, dass das mit Harry jemand anders war.« Tracey kippte sich noch einen Schluck hinter die Binde. »Aber so war's nicht, okay? Creepy war's – ich hab's doch selbst *gesehen.*«

Logan ließ sein Notizbuch in die Tasche gleiten. »Dann müssen Sie nichts weiter tun, als mit mir aufs Präsidium zu kommen. Wir tippen alles ordentlich in den Computer und drucken's aus, dann können Sie es unterschreiben, und ich kläre alles mit dem Zeugenschutzprogramm. Okay?«

Die Wohnzimmertür schwang knarrend auf, und herein kam DS Pirie mit drei dampfenden Bechern. »Die Milch war verdorben, deshalb gibt's bloß irgend so einen Sojascheiß.« Er knallte die Becher so heftig aufs Fensterbrett, dass der dünne Kaffee überschwappte und sich über den verstaubten Lack ergoss.

Logan nahm sich einen Becher. Am Rand waren Lippenstiftflecken, und innen zeigte ein dünner brauner Strich einen früheren Hochwasserstand an. Er stellte den Becher wieder hin. »Nichts für ungut, aber ich glaube, ich warte lieber, bis wir wieder im Präsidium sind. Was ist mit Ihnen, Tracey? Möchten Sie Kylie holen, dann können wir gleich losfahren?«

Sie sah zu Pirie auf und senkte den Blick gleich wieder auf den Boden. »Ich will nicht mehr hierher zurück, okay? Hinterher, meine ich.«

»Packen Sie alles ein, was Sie brauchen. Wir haben keine Eile.«

Pirie setzte sich auf die Kante des kaputten Sofas, die Hände in den Hosentaschen, das Gesicht zum Fenster gedreht. Draußen rannten ein paar kleine Kinder fröhlich kreischend auf der Grünfläche herum. »So«, sagte Pirie, »du hast sie also zum Reden gebracht.«

Logan zuckte mit den Achseln. »Tja, nun ...«

»Dabei baust du doch angeblich immer nur Scheiße.«

»Danke.«

Pirie räusperte sich. Schwieg einen Moment. »Ich ...« Wieder eine Pause. »Finnie wird einer abgehen, wenn er das erfährt.«

Vom Flur her kamen gedämpfte Stimmen – Kylie und ihre Schwester, die aus den Trümmern ihrer Wohnung zu bergen versuchten, was noch irgendwie zu gebrauchen war.

Logan beobachtete, wie einer der Jungen draußen auf dem Rasen sich im Laufen zu seinem Kameraden umdrehte, der ihn jagte, und mit vollem Karacho gegen eine eiserne Wäschestange knallte. *Klongggggggg*... Er fiel der Länge nach auf den Rücken, und dann heulte er los. »Wieso hat Finnie sich so auf die McLeods eingeschossen?«

»Du meinst, abgesehen von den bewaffneten Raubüberfällen, den Strafaktionen mit Schlägertrupps, den Drogen, dem Kreditwucher, der Prostitution und dem Tabakschmuggel ...? Es gibt doch nichts, wo die nicht ihre Finger drinhaben.«

»Was ist mit Wee Hamish Mowat?«

»Ach... tja.« Pirie fuhr sich mit der Hand durch seine roten Locken. »Sagen wir einfach nur, es ist *kompliziert*.«

»Soll das heißen, Finnie hat Dreck am Stecken?«

»Was? Nein ...« Er war eine Weile still. »Bei Wee Hamish

muss man wissen, dass er so ähnlich wirkt wie Hintergrundstrahlung. Man kann über Generationen damit leben, und eines Tages fallen einem plötzlich alle Zähne aus.« Er räusperte sich wieder. »Hör mal, es tut mir leid, dass ich mich vorhin so beschissen benommen habe, okay? Ich habe… Dieser verdammte Wohnwagen mit dem Waffenlager – ich trete total auf der Stelle. Und ich bin einfach…« Pirie seufzte, zuckte mit den Achseln und steckte die Hände in die Hosentaschen. »Na ja, du weißt schon.«

Draußen auf der Grünfläche war inzwischen die Mutter des heulenden Knaben eingetroffen. Sie nahm ihren Liebling in den Arm und küsste ihn ab, aber sein Geschrei wurde eher noch lauter.

Pirie stieß die Überreste des Couchtischs mit der Schuhspitze an. »Hast du von dieser DI-Stelle gehört, die frei wird?«

»Gray hört wegen Überlastung auf.«

»Ja, also«, sagte Pirie, »ich war klarer Favorit… Aber das spielt wohl inzwischen keine Rolle mehr. Finnie wird dich vorschlagen, oder?«

»Keine Ahnung.«

»Er wäre ja verrückt, wenn er's nicht täte.« Der Rest des Couchtischs brach zusammen. Eine Handvoll DVDs und eselsohrige Schmuddelhefte rutschten auf den Boden. »Mist…« Er bückte sich und hob ein Magazin mit dem Titel *Versaute Nonnen 2: Unterm Schleier geht's heiß her* auf. »Dann müssen wir uns wohl alle angewöhnen, nett zu dir zu sein. Nur für alle Fälle.«

Logan lächelte. »Schaden kann's nicht.«

Zehn Minuten später standen sie wieder draußen in der Sonne. Pirie half Tracey und ihrer Schwester, ihre Sachen in den CID-Wagen zu laden, während Logan an seinem Handy hing und sich DI Steels Gejammer anhören musste.

»Ich hoffe, du bist jetzt glücklich«, sagte sie. Sie klang außer Atem. *»Ich musste diesen Trottel Beattie mitnehmen…«* Es ra-

schelte im Hintergrund, und dann sagte sie zu jemandem: »*Na los, Mann, klingeln Sie schon!*«

Im Hintergrund hörte Logan das Läuten einer Türglocke. »Wo bist du?«

»*Was glaubst du denn? Ich hab einen Haftbefehl für die Vergewaltiger-Freunde von Gary dem Kameramann. Hast du schon die Adresse von diesen Kostchey-International-Dingsbums-Leuten rausgekriegt?*«

»Noch nicht.«

Es trat eine Pause ein.

»*Gut, gleich morgen früh werden wir – He! Du da! Bleib sofort stehen!*« Wieder Geraschel, und dann hüpfte Steels Stimme plötzlich wild auf und ab. *»Komm … sofort … zurück … du … mieser … Scheißkerl!«* Schnaufen und Stöhnen, und dann ein Geräusch wie von Meereswellen, die sich rhythmisch an einem felsigen Ufer brachen.

Wahrscheinlich hatte sie ihr Handy in die Tasche gesteckt.

Logan lauschte noch eine Minute lang, aber er hört nur das Reiben des Stoffs am Mikrofon des Handys. *Swiiisch-Swuuuusch …* Er legte auf. Wenn es wichtig wäre, würde sie es später noch einmal versuchen.

36

Es war Viertel nach sechs, als Logan sich endlich an den Bericht über ihren Besuch in Harry Jordans demoliertem Bordell machen konnte. Die Vernehmung war nicht das Problem gewesen – was so richtig Zeit gekostet hatte, war das Gefeilsche mit den Leuten vom Zeugenschutz. Und dann das Ausfüllen der zig Formulare, die sie verlangten. Aber schließlich waren Tracey und ihre Schwester von einem auffällig unauffälligen Beamten in Zivil mit einem verbeulten Citroën Picasso abgeholt worden.

Die beiden spindeldürren Junkies hatten Logan zum Abschied ganz fest gedrückt.

Und jetzt wartete der Papierkram auf ihn.

Er hatte gerade zwei Seiten geschafft, als DS Piries grinsendes Gesicht in der Tür des CID-Büros erschien. »Komm doch mal runter, das musst du dir unbedingt anschauen.«

Die Hecktüren des Polizeitransporters flogen auf, und zwei uniformierte Beamte zerrten eine alte Dame heraus: Mrs. McLeods Haushälterin. Die Hände hinter dem Rücken gefesselt, das Gesicht rot und angeschwollen von einer ordentlichen Dosis Pfefferspray, trat sie wild um sich und protestierte kreischend.

»IHR DRECKIGEN DRECKSCHWEINE, ICH BRING EUCH ALLE UM!«

Pirie winkte ihr nach, als die Kollegen sie den Flur entlangschleiften. »Ist sie nicht entzückend? Als die Jungs die Haustür eingetreten haben, ist sie mit einem Küchenmesser auf sie losgegangen.«

Als Nächste wurde Mrs. McLeod selbst aus dem Transporter geholt. Sie trug wieder ihr schwarz-weißes Ensemble aus Seide und Kaschmir, und als sie aus dem Wagen stieg und das Polizeigebäude betrat, glitzerte ihr Geschmeide im Neonlicht.

Gleich nach ihr spazierte Finnie zur Tür herein. »O doch, Agnes, Sie werden sich hier bestimmt wie zu Hause fühlen. Die Zimmer sind zwar ein bisschen kompakt, aber die Aussicht ist grandios.« Er schloss mit einem kleinen Hüpfer zu ihr auf und zwinkerte ihr zu. »Aber vergessen Sie nicht, dem Pagen ein Trinkgeld zu geben, ja? Sonst tut er Ihnen am Ende noch Popel in den Tee.«

Sie hielt einen Moment inne, sah ihn von oben bis unten an und spuckte aus. »Mein Tony war zehn von eurer Sorte wert!«

Finnie wischte sich mit einem Papiertaschentuch den Speichelbatzen von der Lederjacke. »Vielen Dank, Agnes, aber die DNS-Probe nehmen wir Ihnen erst ab, *nachdem* wir mit den Fingerabdrücken fertig sind.« Er wandte sich an die beiden Constables, die sie eskortieren. »Geleiten Sie Mrs. McLeod zur Penthouse-Suite, meine Herren.«

Die beiden packten ihre Arme, doch sie blieb resolut stehen. »Ich kann selber gehen!« Sie klopfte sich den Staub von den Kleidern und ließ sich schließlich abführen.

»Ahhhh …« Während die Polizisten mit Mrs. McLeod die Treppe zum Zellentrakt hinuntergingen, lehnte DCI Finnie sich an die Wand, die Augen geschlossen, den Kopf in den Nacken gelegt. »Davon träume ich schon seit *Jahren.*« Dann stieß er sich ab und klatschte in die Hände. »Na schön, und jetzt wollen wir –«

Er brach ab, als draußen tumultartiger Lärm einsetzte – laute Stimmen, dazwischen das schrille Gekläffe eines kleinen Hundes. Dann die Stimme eines Polizisten, der sagte: »Tut mir leid, Madam, aber Sie dürfen hier nicht rein.«

Eine Frauenstimme rief: »Dazu haben Sie verdammt noch mal kein Recht!«

Finnies Grinsen wurde noch breiter. »Sehen Sie doch mal nach, wer das ist, Pirie.«

Der DS tat, wie ihm geheißen, und riss die Tür weit auf. Es war Hilary Brander mit ihrem räudigen Terrier. Heute trug der Hund ein blaugrün gemustertes Regenmäntelchen mit kleinen Schafen. Er zerrte an seiner Leine und blaffte den Uniformierten an, der ihnen den Weg versperrte. »Alle Anfragen sind an den diensthabenden Beamten am Empfangsschalter zu richten.«

»Das ist schon in Ordnung, Constable«, sagte Finnie. »Lassen Sie die nette Dame herein.«

Sie stürmte ins Gebäude und steuerte schnurstracks auf den DCI zu. »Sie mieses, hinterhältiges, verschlagenes Dreckstück!«

»Ah, Ms. Brander – freut mich *sehr*, Sie zu sehen. Falls Sie Ihre Schwiegermutter suchen, die haben Sie gerade verpasst. Aber keine Sorge, wir werden sie nur so lange hierbehalten, bis wir sie dem Richter vorführen können.« Er sah auf seine Uhr. »Was am Montag der Fall sein wird.«

»*Montag?* Das können Sie nicht machen!«

»Es tut mir ausgesprochen leid, Ms. Brander, aber das Gericht ist samstags und sonntags geschlossen, deshalb wird Ihre Schwiegermutter leider bis dahin unsere Gastfreundschaft genießen müssen. Es ist wirklich *jammerschade*, aber was soll ich machen?« Er hob theatralisch die Schultern und machte sich gar nicht erst die Mühe, das Grinsen von seinen wulstigen Lippen zu verbannen.

»Sie sollten sich was schämen – eine alte Frau einzusperren, deren Sohn geblendet wurde!«

»Ich weiß – ist ein Wunder, dass ich überhaupt noch schlafen kann.« Der DCI verschränkte die Arme und beugte sich vor, bis er nur noch Zentimeter von ihrem Gesicht entfernt war. »Also, möchten Sie uns jetzt vielleicht verraten, wo Sie am Mittwochabend waren?«

»Was?« Sie wich einen Schritt zurück. »Ich war zu Hause, bei Simon.«

»Tatsächlich? Wie schade …«

»Was heißt hier *schade*? Er ist *blind*, Sie Trottel!«

»Tja, wissen Sie, ich habe schon Colin wegen Mordversuchs drangekriegt und seine Mutter wegen Strafvereitelung, und jetzt fehlt mir nur noch Simon, um meine Sammlung zu komplettieren.«

»Sie sind ein Arschloch.«

»Aber Ms. Brander – solche Ausdrücke aus dem Mund einer jungen Dame!« Finnie stieß sich von der Wand ab. »Wie auch immer, ich würde ja *liebend* gern noch weiter mit Ihnen plaudern, aber ich muss jetzt wirklich los. Es wird sich bestimmt jemand finden, der Sie hinausgeleitet. McRae, in mein Büro – in zehn Minuten.« Er machte auf dem Absatz kehrt und schlenderte davon, eine fröhliche Melodie auf den Lippen.

Kaum war Finnie verschwunden, stellte der Terrier das Bellen ein.

Pirie gab Logan einen Klaps auf den Rücken. »Sie gehört dir, Kumpel«, sagte er und eilte dem DCI nach.

Unbehagliches Schweigen machte sich breit.

»Ich muss mich entschuldigen«, sagte Logan. »Chief Inspector Finnie ist manchmal ein wenig –«

»Er ist ein widerlicher Kotzbrocken.«

Der kleine Terrier kläffte, und Logan bückte sich, um ihm das wuschelige Fell zwischen den Ohren zu kraulen. »Wie geht es Simon?«

»Was glauben Sie denn? Er ist blind!« Sie raffte den Hund auf und drückte ihn an ihre Brust. »Und ihr Haufen von nutzlosen Versagern solltet die Schweine jagen, die ihm das angetan haben, anstatt seine Mutter einzusperren!« Ihre Stimme wurde immer lauter und lauter. Der Terrier begann wieder zu bellen.

Logan hob die Hände. »Hören Sie, es tut mir leid, aber wir –«

»Ihr solltet lieber … diese Schweine jagen …« Sie kämpfte gegen die Tränen an, doch in ihren grünen Augen glitzerte es schon feucht. Sie atmete tief durch, und ihre Schultern bebten. »Hinter denen solltet ihr her sein.«

»Dann sagen Sie mir, wer Simon sein Revier streitig zu machen versucht.«

»Ich hab es Ihnen doch schon mal gesagt, er ist ein seriöser –«

»Wie sollen wir die Kerle schnappen, wenn Sie nicht mit uns kooperieren?«

Sie bleckte die Zähne. »Ach, jetzt ist es also *meine* Schuld? Das ist ja wieder mal typisch. Den *Opfern* die Schuld in die Schuhe schieben!«

»War es Wee Hamish Mowat?«

Hilary stand da und starrte ihn an. »Sie sind ein Idiot. Kein Wunder, dass ihr es nicht schafft, die Typen zu fangen, die meinen Simon überfallen haben. Ihr schimpft euch Polizisten? Ihr Versager könntet ja nicht mal eine Schnecke mit Gipsbein fangen!«

»… und PC Buchan sagt: ›Hör mal zu, Alte, du lässt jetzt schön das Messer fallen, sonst …‹« Finnie unterbrach seine Anekdote, als Logan eintrat. Der DCI hatte die Füße auf den Schreibtisch gelegt und die Hände im Nacken verschränkt. »Ah, McRae – pünktlich wie die Maurer. Hat Ms. Brander Ihnen noch Schwierigkeiten gemacht?«

»Nein, nur die Ohren vollgelabert.«

»Oh … na ja, was soll's, man kann nicht alles haben. Ein tätlicher Angriff auf einen Polizeibeamten, das wäre noch das i-Tüpfelchen auf dem Tag gewesen.« Er bedeutete Logan, auf einem der Besucherstühle Platz zu nehmen. »Ich habe Pirie gerade von der Schlacht um Mrs. McLeods Wohnzimmer erzählt.«

Es klopfte an der Tür.

»Herein.«

PC Karim erschien und hielt eine Plastiktüte mit dem Logo einer Wein- und Spirituosenhandlung hoch. »Eine Flasche Champagner aus der Kühlvitrine …« Er stellte sie auf den Schreibtisch des Inspectors. Dann kramte er in seiner Hosentasche und förderte ein paar Pfundmünzen und etwas Silber zutage. »Und Ihr Wechselgeld.«

Finnie nahm die Flasche aus der Tüte. »Heidsieck Monopole, Jahrgangs-Champagner. Gute Wahl.«

»Danke, Sir.« Karim blieb vor dem Schreibtisch stehen und sah erwartungsvoll zu, wie DS Pirie drei Kristallgläser aus der untersten Schublade hervorholte und den Staub wegblies.

Finnie riss die Goldfolie vom Korken ab. Plötzlich hielt er inne und starrte den Constable an. »War noch irgendetwas?«

Karim wurde rot. »Nein, Sir.« Er stapfte zur Tür hinaus, und Logan schnappte gerade noch auf, wie der Constable irgendetwas über diese verdammten Geizkragen vom CID in seinen Bart brummte.

Finnie ließ den Korken knallen und schenkte schwungvoll ein. Der Schaum schoss in den Gläsern hoch, der edle Champagner lief über und tränkte den Ballistikbericht, der als Untersetzer diente.

Der DCI erhob sich. »Meine Herren, ein Toast: auf den McLeod-Clan. Mögen sie im Knast verrotten!«

»Mögen sie im Knast verrotten«, wiederholten sie im Chor, dann tranken sie.

Pirie schmatzte genüsslich mit den Lippen. »Gar nicht mal so übel.«

Finnie schenkte allen nach, setzte sich und schwang die Füße wieder auf den Schreibtisch. »Wissen Sie was, ich hätte heute Abend mal Lust auf ein Curry. Kommt jemand mit? Geht auf meine Rechnung.«

Logan nahm noch einen Schluck Champagner und unterdrückte ein Rülpsen. »Wollen Sie nicht Mrs. McLeod vernehmen?«

»Nee. Die alte Schreckschraube soll ruhig bis morgen früh in ihrem eigenen Saft schmoren. Sie ist schon unter Anklage gestellt, also hat es keine Eile. Bis Montag kommt sie hier nicht mehr raus. Ein Wochenende im Zellentrakt wird ihr *irrsinnig* guttun. Und wenn sie dann verknackt wird, hat sie wenigstens schon ein bisschen Übung.« Er grinste. »Ach, und ehe ich's vergesse – es gibt *noch* einen Grund zum Feiern. Baz Hartley, unser flüchtiger Kapuzentyp aus Manchester, hat gestern versucht, Kevin Murrays Mutter umzubringen. Ist bei ihr zu Hause eingebrochen und wollte mit einem Butterflymesser auf sie losgehen. Rache dafür, dass Kevin sie verpfiffen hat.«

»O Gott.« Logan sank auf einen der Stühle nieder. »Was ist mit den Kindern?«

»Sind erst aufgewacht, als der Krankenwagen eintraf. Unser Freund Baz war zur Tatzeit offenbar ziemlich zugedröhnt – ist beim Einsteigen durchs Küchenfenster ausgerutscht und mit dem Kopf auf die Arbeitsplatte geknallt. Mrs. Murray kommt rein, sieht ihn benommen in der Küche rumtorkeln und schlägt ihn mit einem Brotkasten aus Edelstahl bewusstlos. Tolle Frau.« Finnie hob sein Glas und drehte es, sodass es das Neonlicht reflektierte. »Ödipus ist erledigt, die McLeods sind hinter Gittern, Gott ist eine gute Frau, und die Welt ist wieder in Ordnung. Na ja … bis auf diesen Wohnwagen voller Schusswaffen.«

Finnie hob erneut sein Glas. »Auf Detective Sergeant Logan McRae. Ob Sie's glauben oder nicht, Sie haben tatsächlich meine Woche gerettet.«

37

Der Wecker klingelte um Viertel nach sechs – wie üblich. Logan schlug auf den Ausknopf, drehte sich um und vergrub sich noch tiefer unter der Decke. Ein freier Samstag war ein kostbares Geschenk. Erst als sein schmerzender Schädel und seine volle Blase sich gegen ihn verschworen, kroch er aus dem Bett. Sie hatten die Champagnerflasche geleert und die Sitzung dann ins Light of Bengal verlegt: Garnelen Jalfrezi und vier Pints Cobra-Bier. Dann zu Filthy McNasties: zwei Pints Stella. Dann ins Bells: noch zwei Pints und ein Whisky zum Nachspülen … Danach wurde alles ein bisschen schwurbelig.

Waren sie als Nächstes ins Howff gegangen oder in den Grill? Wahrscheinlich beides, so wie Logan sich fühlte: In seinem Kopf fuhren zwei übergewichtige Nashörner zu sehr lauter Rapmusik Skateboard, und seinem Magen ging es auch nicht viel besser.

Nach zwei Aspirin, einem Karton Orangensaft, zwei Paracetamol und einer ergebnislosen Suche im Kühlschrank schlich Logan mit verkniffener Miene zur Tür hinaus und machte sich auf den Weg ins Archibald Simpson, um dort zu frühstücken.

Es war nicht viel los im Pub, nur ein paar alte Männer, die an ihrem Samstagvormittagsbier nuckelten. Logan bestellte das vegetarische Pfannenfrühstück und eine große Tasse Tee.

Er wischte gerade den letzten Rest Eigelb mit einem Stück Tofuwurst auf, als PC Karim sich auf den Stuhl gegenüber plumpsen ließ.

»Mann, das ist die Hölle da draußen …«

Er war nicht in Uniform, weshalb Logan darauf verzichtete, ihn zum Teufel zu jagen. »Warst wohl einkaufen?«

Karim verzog das Gesicht. »Ein Hochzeitsgeschenk für die Schwester von meiner Alten. ›Ach‹, meint sie, ›du kannst doch rasch noch was besorgen, wenn du mit der Nachtschicht fertig bist.‹« Er seufzte. »Ich sag's dir, heirate niemals. Ich dachte, ich bekomme eine Partnerin, die ich lieben und ehren kann, bis dass der Tod uns scheidet, und sie dachte, sie kriegt einen Taxifahrer, eine Bank und einen privaten Einkaufsservice in einer Person.« Er wuchtete eine Plastiktüte von John Lewis auf den Tisch. »Pass doch mal kurz darauf auf, ja? Ich muss nur eben für kleine Constables.«

Logan überlegte, ob er einen Blick riskieren sollte, zog aber stattdessen sein Handy aus der Tasche. Er schaltete es ein und rief Samantha an. Hörte eine Weile zu, wie es tutete. Und dann meldete sich eine verschlafene Stimme.

»*Hmmm?*«

»Hab ich dich geweckt?«

»*Wassiss …?*« Gähnen. »*Wie spät ist … ach du Kacke!*«

»Sorry, ich kann später noch mal anrufen, wenn du –«

»*Ich mein ja gar nicht dich. Ich muss in fünfundzwanzig Minuten in dem Scheißlabor sein. Bin erst um drei nach Hause gekommen. Uääh – Sambuca …*« Wieder ein ausgiebiges Gähnen. »*Wo bist du denn gestern Abend abgeblieben? Hab versucht, dich anzurufen.*«

»Teambuilding mit Finnie und Pirie. Wie sieht's heute Abend aus? Ich hab heute frei, und –«

»*Alles klar … O Gott, schon so spät!*« Und weg war sie.

Karim kam mit zwei Tassen Kaffee an den Tisch zurück. »Hier.« Er stellte einen vor Logan hin. »Siehst aus, als könntest du den gebrauchen.«

»Danke.«

Der Constable sank auf seinen Stuhl. »Mann, was für ein Abend. Wenn die Pubs schließen, kommst du dir in der verdammten Union Street vor wie in Beirut.« Er schüttelte sich und tunkte seinen Keks in den Kaffee. »Ach übrigens, kleiner Tipp: Wenn du Steel kommen siehst, *lauf*! Sie hat eine absolute Scheißlaune. Dieser Typ, hinter dem sie her war – du weißt schon –, der wurde letzte Nacht gefunden: Arme, Beine und Kiefer gebrochen.«

Logan knallte seine Tasse auf die Untertasse, stand auf, bedankte sich für den Kaffee und eilte ins Präsidium.

Sergeant Eric Mitchell saß am Empfang; tief über die Morgenausgabe des *Aberdeen Examiner* gebeugt, malte er den Leuten mit einem Kugelschreiber Schurrbärte. Aber so viel Tinte konnte er gar nicht verbrauchen, dass er dem haarigen Monster auch nur annähernd gerecht geworden wäre, das da unter seiner eigenen Nase hockte – ein ausgewachsener Stalin-Schnauzer.

Er blickte auf, als Logan keuchend und schnaufend vor ihm abbremste.

»Ich dachte, Sie haben dieses Wochenende frei?«

Logan hielt sich an der Kante des Empfangstresens fest und mühte sich verzweifelt, seine Lunge mit Sauerstoff zu füllen. »Ich … ahh … es …«

»Mein Gott, von wo sind Sie denn hergerannt – von Inverness?«

»Vom Arch … Archies.«

»Das ist doch gleich um die Ecke! Wie untrainiert muss man sein, um –«

»Karim hat mir gesagt … Rory Simpson … wäre letzte Nacht … gefunden worden.«

Ein verständnisloser Blick.

Logan versuchte es noch einmal. »Zusammengeschlagen? Arme und … Beine gebrochen?«

Sergeant Mitchell griff nach seinem Journal und blätterte darin. Er runzelte die Stirn. »Nee … Niemand hat Ihren kinderlieben Freund gesehen, seit er sich abgesetzt hat.«

Also hatte Karim ihm einen Bären aufgebunden, dieser blöde Sack.

»*Was* wir allerdings haben«, sagte Mitchell und strich mit einem Finger über die Formschnitthecke in seinem Gesicht, »ist ein Duane Cowie. Anonymer Anruf von einem Münztelefon in einem Pub – der Anrufer sagte, er hätte gesehen, wie ein Mann auf dem Kings-Links-Golfplatz unten am Strand überfallen wurde. Alpha Eins-Sechs hat ihn knapp zweihundert Meter von der Tankstelle entfernt gefunden.«

»Duane Cowie? Wer zum Teufel ist Duane Cowie?«

»Keine Ahnung.« Sergeant Mitchell tippte etwas in eine Tastatur unter dem Tresen ein. »Hier steht, dass Steel eine Fahndung nach ihm ausgelöst hat. Irgendwas mit einem polnischen Mädchen, das in einem Pornofilm vergewaltigt wurde?«

»Verdammt. Hab doch gewusst, dass es zu schön war, um wahr zu sein.«

»Tja nun, da ist Duane Cowie mit Ihnen sicher einer Meinung.« Er machte sich wieder daran, seine Zeitung zu verunstalten. »Apropos Steel – sie wollte Sie sprechen, falls Sie zufällig in der Nähe wären.«

»Bin ich nicht. Sie haben mich nicht gesehen.« Logan wandte sich zum Gehen. Dann hielt er inne und drehte sich noch einmal zum Tresen um. »Wie stehen die Wetten für die neue DI-Stelle?«

Sergeant Mitchell grinste. »Sie hätten setzen sollen, als Sie bei achtzehn zu eins standen. Steel hat es so gemacht.« Er zog eine Braue hoch. »Wenn man vom Teufel spricht …«

Die Seitentür flog auf, und DI Steel kam in den Empfangsbereich gestürmt, mit einem Blick, bei dem sich schier das Linoleum aufrollte. »Wo zum Henker hast du gesteckt?«

Logan bewegte sich unauffällig in Richtung Ausgang. »Heute ist mein freier Tag. Ich bin bloß gekommen, um –«

»In mein Büro! SOFORT!«

Steel warf sich hinter ihren Schreibtisch und funkelte Logan an. »Das ist alles deine Schuld!«

»Was? Wie kommst du darauf –«

»Unterbrich mich nicht. Du hast dich gestern verpisst, und ich musste DS Beattie mitnehmen, diesen Arsch mit Bart. Da ist ja die Kontinentaldrift noch schneller als dieser Fettsack. Duane Cowie ist uns durch die Lappen gegangen.«

»Ja, aber Eric sagte, er –«

»Was ist denn an dem Satz ›Unterbrich mich nicht‹ so verdammt schwer zu verstehen?«

Logan klappte den Mund zu.

»Wenn du dabei gewesen wärst, dann wäre Duane Cowie nicht entwischt, und dann wäre er auch nicht zu Brei geschlagen worden, und ich hätte wenigstens einen Verdächtigen, den ich in die Mangel nehmen könnte!« Sie kramte eine Mappe aus ihrem Eingangskorb und warf sie ihm über den Schreibtisch zu. »Lesen.«

Logan schlug die Mappe auf und fand ein Vernehmungsprotokoll. Anwesende: DI Steel, DS Beattie und Allan Rait. Der andere Hundemasken-Vergewaltiger. Logan überflog es. »Das macht ein Pfund – ›Arsch‹ und ›verdammt‹ zählen als Schimpfwörter.«

»Tun sie verdammt noch mal nicht, du Arsch!«

Laut Allan Raits Aussage hatte Krystka Gorzałkowska nur geschauspielert. Es hatte keine Vergewaltigung stattgefunden. Es war alles nur Show. Die Magie des Kinos. Logan steckte das Protokoll in die Mappe zurück. »Was sagt Krystka selbst?«

»Was glaubst du denn, Mann? Das ist, als ob man Marcel Marceau vernimmt.« Steel lehnte sich zurück. »Wenn sie die Kerle angezeigt hätte, könnte ich sie festnageln, aber so haben wir einen verd-… haben wir absolut gar nichts in der Hand.«

Sie starrte eine Weile finster vor sich hin und trommelte mit den Fingern auf ihrer Stirn herum. Dann fragte sie: »Was ist mit der Firma, die sie vermietet hat?«

»Kostchey International Holdings Limited.«

»*Aye* – hast du schon die Adresse ermittelt?«

»Äh …« Logan nahm sein Handy aus der Tasche und sah nach, ob er irgendwelche Nachrichten von Zander Clark hatte. »Nein.«

»Herrgott noch mal! Jetzt bist du bei mir aber hochoffiziell schlecht angeschrieben.«

»Ach, komm, das ist nicht fair –«

»Heul, schluchz. Das Leben ist nun mal nicht fair.«

»Ich habe heute frei –«

»Willst du wissen, wie du es schaffen kannst, bei mir wieder *gut* angeschrieben zu sein?« Sie nahm den leeren Plastikbecher und stellte ihn auf den Tisch.

Logan stöhnte. »Nicht schon wieder die Sperma-Geschichte!«

»O doch, *schon wieder* die Sperma-Geschichte. Du hast Millionen von den wuseligen kleinen Kerlchen, da wirst du doch wohl noch auf zwei Esslöffel voll verzichten können, oder?«

»*Esslöffel?*«

»Ach, nun zick doch nicht so rum.« Sie steckte eine Hand in ihre Bluse und begann an ihrem BH-Träger zu zerren. »Susan raubt mir echt den letzten Nerv. Jetzt will sie unsere sämtlichen Sparkonten auflösen und *mein* Auto verkaufen, um sich in den Staaten eine künstliche Befruchtung zu kaufen.«

»Na ja, ist vielleicht keine so schlechte –«

»Wenn ich Rennies Sperma nicht haben will, wieso sollte ich dann das von irgendeinem amerikanischen Wichser wollen? Der Genpool ist sowieso schon mies genug.«

Ein unbehagliches Schweigen trat ein.

Logan stand auf. »Also, ich muss dann mal los. Wie gesagt, ich hab heute frei, und –«

»Nicht so schnell. Was haben wir noch über Kostchey International Dingsbums?«

Achselzucken. »Nichts.«

»Was ist mit dieser Handynummer, die wir von Gary dem Toilettentaucher haben?«

»Prepaid-Handy – keine Angaben zum Besitzer.«

Sie zuppelte eine Weile an ihrem BH herum. »Was hat die polnische Polizei gesagt?«

»Hm?«

»Du solltest dich doch mit denen in Verbindung setzen. Hast du wohl vollkommen verschwitzt, gib's zu!«

»Na ja … McPherson ist der Verbindungsbeamte, und er ist immer noch krankgeschrieben …«

Steel sprach betont langsam und deutlich: »Und du bist nicht auf die Idee gekommen, selbst mal dort anzurufen?«

»Äh … also, ich –«

»Herrgott noch mal, und du schimpfst dich Detective Sergeant!«

»Aber wenn Krystka Gorzałkowska nicht Anzeige erstatten will, wie soll –«

»Sei doch kein Idiot – die Hälfte von den Mädchen, die die Kerle ins Land schleusen, kommen wahrscheinlich aus Weißichwosistan. Illegale Einwanderinnen. Menschenhandel. Und die Schmuddelfilmindustrie boomt nicht gerade hier in Aberdeenshire, oder? Also, was passiert mit den armen Mädels, die es nicht zum Pornostar bringen?« Sie tippte mit dem Finger auf ihren Schreibtisch. »Sagt dir der Begriff ›Zwangsprostitution‹ irgendwas?«

Logan machte den Mund auf, aber Steel kam ihm zuvor. »Und bevor du irgendetwas sagst: Du rufst da an, weil ich's dir verdammt noch mal sage. Merk dir's endlich: Ich Leierkastenfrau, du Äffchen.«

Schweigen.

»Und jetzt raus aus meinem Büro.«

Das Büro von Detective Inspector McPherson war ein einziges Durcheinander von Aktenordnern, Butterbrotpapieren und fliegenden Zetteln. Auf allen möglichen horizontalen Flächen standen Kaffeebecher herum, angefüllt mit bräunlich grünem Schleim, in dem sich dank der voll aufgedrehten Heizung ganz eigene Lebensformen entwickelten. Die Luft im Raum roch muffig und abgestanden.

Logan räumte den *Aberdeen Examiner* vom Montag vom Stuhl und nahm vorsichtig am Schreibtisch Platz, um in McPhersons Papierstapeln und wild wuchernden Haftnotizen nach den Kontaktdaten des polnischen Verbindungsbeamten zu suchen. Sie mussten hier irgendwo sein.

Nicht dass Logan darauf erpicht gewesen wäre, irgendetwas anzufassen.

In der obersten Schublade fand er einen halb aufgegessenen Marsriegel und einen Stoß uralter Quittungen. Nächste Schublade: Notizbuch, Heftklammern, Stifte, Hunderte bunt gemischter Visitenkarten. Er zog die unterste Schublade auf. Sie war eigentlich für Akten bestimmt, aber McPherson schien sie als Rumpelkammer für Papiere aller Art zu benutzen.

Ganz oben lag das gleiche Memo, das er auf Steels Schreibtisch gesehen hatte – das, in dem zu Nominierungen für die frei werdende Stelle eines Detective Inspector aufgerufen wurde. Bla-bla-bla, müssen wir Ihnen leider mitteilen, dass DI Gray aus dem Dienst ausscheidet; bla-bla-bla; Gelegenheit, ausgezeichnete Leistungen zu belohnen; bla-bla-bla; Vorschläge bitte bis nächsten Mittwoch einreichen.

McPherson hatte mit rotem Kugelschreiber »BEATTIE?« an den Rand gekritzelt.

Idiot.

Logan legte das Memo in die Schublade zurück. Detective Sergeant Beattie könnte nicht mal seinen eigenen Hintern festnehmen, auch nicht mit drei Streifenwagen und einem Haftbefehl.

Die Kontaktdaten für Polen waren nirgends zu finden, also fuhr Logan McPhersons Computer hoch. In die Mails des Inspectors zu gelangen, war nicht sonderlich schwierig – der Trottel hatte eine Haftnotiz mit dem Passwort am Monitor hängen lassen. DI Gray war nicht der Einzige, für den dringend Ersatz gebraucht wurde.

McPhersons virtuelle Ordner waren genauso ungeordnet wie die aus Papier, aber schließlich fand Logan einen, der mit »STABSUNTEROFFIZIER CYREK ŁUKASZEWSKI – POLPRÄS WARSCHAU« betitelt war, mit Telefonnummer und E-Mail-Adresse.

Logan war versucht, einfach eine schnelle Mail abzuschicken und sich zu verdrücken, aber damit würde er Steel nur wieder einen Anlass zum Meckern liefern. Also griff er nach dem Telefon, vergewisserte sich, dass nichts Ekliges am Hörer klebte, und wählte die polnische Nummer.

Seltsame, ausländisch klingende Piepstöne, die kein Ende nehmen wollten, und dann eine gelangweilte Stimme: »*Posterunek Policji, Kryminalne Biuro Słedcze, słucham.*«

Logan gab sein Bestes. »Hallo? Ich meine: *dzień dobry, czy pan mówi po angielsku?*«

»*Ja, ich spreche Englisch.*«

Gott sei dank. »Hier Detective Sergeant McRae, Grampian Police. Könnte ich bitte Stabsunteroffizier Cyrek…« Er unternahm einen tapferen Versuch, den Nachnamen auszusprechen. »Wu-ka-schefski sprechen?«

»*Łukaszewski?*«

»Ja, genau, Łukaszewski.« Hurra.

»*Nein. Ist Samstag. Versuchen Sie Montag noch mal.*« Doch nicht hurra.

»Oh… Kann ich eine Nachricht hinterlassen? Ich brauche Informationen zu einer Firma namens ›Kostchey International Holdings Ltd.‹«

Der Beamte am anderen Ende lachte. »*Sie machen Witze, ja?*«

»Nein. Wieso sollte ich –«

»*In Polen, Kostchey ist Herr von Unterwelt. Kostchey der Unsterbliche.*«

»Es gibt sonst niemanden bei Ihnen, der Kostchey heißt?«

Noch mehr Gelächter. »*Kriminelle und Gangster alle wollen Kostchey der Unsterbliche sein. Denken wohl, hört sich irgendwie tough an. Ist nicht richtige Name.*«

Wieder eine Sackgasse. Logan hielt die Hand über den Hörer und fluchte. Steel würde nicht begeistert sein.

»*Hallo?*«

»Einen Augenblick, bitte…« Auf dem überfüllten Schreibtisch lag eine Notiz von Finnie, in der er McPherson aufforderte, endlich in die Gänge zu kommen und wegen der Liste der Ödipus-Opfer bei der polnischen Polizei nachzuhaken. Oben auf dem Zettel hatte McPherson notiert: »GLEICH MONTAG FRÜH ERLEDIGEN!!!« Und dann hatte er »MONTAG« durchgestrichen und dafür »DIENSTAG« hingeschrieben. Aber zu der Zeit hatte der Dussel wahrscheinlich schon in einem Krankenhausbett vor sich hin geschnarcht und sich von seiner Gehirnerschütterung erholt. Was vermutlich bedeutete, dass es immer noch nicht erledigt war.

»*Hallo? Sind Sie noch da?*«

»Ja, tut mir leid. Also, wir hatten hier in letzter Zeit eine Serie von Blendungen –«

»*Blen-dungen?*«

»Blendungen – die Augen ausgestochen und ausgebrannt.«

Logan konnte fast hören, wie der andere mit den Schultern zuckte.

»Sämtliche Opfer waren Polen, und wir müssen wissen, ob es zwischen ihnen irgendeine Verbindung gab. Könnten Sie mir den Gefallen tun und jemanden damit beauftragen, die betreffenden Personen zu überprüfen?« Dann ging er die Liste der Namen durch und ließ sie sich von dem Mann am anderen Ende wiederholen.

»*Okay, ich sage* Łukaszewski, *wenn er Montag kommt.*« Und dann legte der polnische Kollege auf.

So viel zu dem Thema. Logan fuhr den Computer herunter,

knipste das Licht aus und machte die Tür von McPhersons Augiasstall hinter sich zu. Jetzt musste er Steel die schlechte Nachricht überbringen.

Zum Glück war sie nicht in ihrem Büro, also schrieb er ihr rasch einen Zettel und legte ihn auf ihren Schreibtisch: »DIE POLNISCHEN KOLLEGEN GLAUBEN, DASS ›KOSTCHEY‹ EIN SCHERZNAME IST. SIE RUFEN AM MONTAG ZURÜCK.«

Und dann nichts wie weg.

38

Der Sonntagmorgen dämmerte … und wurde ignoriert. Es war schon halb elf, als Logan und Samantha endlich aus den Federn krochen, zerzaust und immer noch angenehm erschöpft vom Abend zuvor.

Er setzte schon mal das Wasser auf, während sie in der Dusche zugange war.

Zum Frühstück gab es Croissants, Frischkäse, Räucherlachs von Marks & Spencer, frisch gemahlenen Kaffee aus einem kleinen Laden in der Little Belmont Street und ein staubiges Glas Kirschmarmelade, das er ganz hinten im Schrank gefunden hatte. Er stellte alles auf den Couchtisch im Wohnzimmer, riss das Abdecktuch vom Sofa und hängte es über die Trittleiter in der Ecke.

Samantha kam aus dem Bad; sie trug gestreifte Kniestrümpfe und ein schwarzes T-Shirt, auf dem ein toter Teddybär abgebildet war. Mit einem Handtuch frottierte sie sich die feuerroten Haare. »Ich bin beeindruckt. Hätte gedacht, dass du eher der Eier-mit-Speck-Typ bist.«

Logan schenkte Kaffee ein. »Mein Körper ist ein Tempel.«

»Ja, sicher.« Sie machte es sich im Schneidersitz auf dem Sofa bequem.

Es war keine schlechte Art, einen Vormittag zu verbringen – essen, Kaffee trinken und dabei die Sonntagszeitungen lesen. Zuschauen, wie ein Rechteck aus Sonnenlicht langsam von links nach rechts über die kahlen Fußbodenbretter und die leeren Farbeimer kroch. Ein bisschen knutschen.

Und dann klingelte das Telefon.

Logan blieb, wo er war, die Lippen auf Samanthas Lippen geklebt, eine Hand unter ihrem T-Shirt. Endlich hörte es auf zu klingeln, und der Anrufbeantworter sprang an. Und dann fing das Klingeln von vorn an.

Er fluchte. »Ist wahrscheinlich –«

Sie zog ihn wieder an sich. »Lass es klingeln.«

Der Anrufbeantworter machte Piep. Das Klingeln hörte auf. Und fing wieder an. Sie seufzte. »Na, geh schon hin.«

»Verdammter Mist.« Logan schnappte sich das Telefon. »Was ist?«

»*Wieso gehen Sie eigentlich nie beim ersten Mal ans Telefon?*« Es war der dicke Gary.

»Was denn, sind Sie etwa allergisch gegen Anrufbeantworter?«

»*Ich hab da jemanden von der polnischen Polizei für Sie in der Leitung –*«

»Ich bin nicht im Dienst.«

»*Und ich vögel nicht mit Keira Knightley, aber beklage ich mich vielleicht darüber?*«

»Es ist mein freier Tag! Ich –«

»*Bitte sehr …*«

Eine neue Stimme meldete sich: Eine Frau, und sie klang, als ob sie am anderen Ende eines tropfnassen Seils in eine Blechdose spräche. »*Hallo? Hallo?*«

Dieser verdammte Gary.

Logan gab sich redlich Mühe, nicht so genervt zu klingen, wie er war. »Detective Sergeant McRae. Was kann ich für Sie tun?«

»*Sie haben gestern im Polizeipräsidium von Warschau angerufen?*« Der Akzent war ganz leicht osteuropäisch gefärbt, aber ihr Englisch war perfekt, wenngleich ein wenig gestelzt.

»Ja. Sind Sie Stabsunteroffizier Łukaszewski?«

»*Łukaszewski ist sechsundfünfzig. Und ein Mann.*«

Also definitiv nicht Łukaszewski.

»*Mein Name ist Wiktorja Jaroszewicz.*« Sie wiederholte den Namen noch einmal langsam und deutlich: »*Ja-ro-sche-witsch. Und bevor Sie fragen: Nein, weder verwandt noch verschwägert.*«

Verwandt mit wem? Logan hatte keinen Schimmer. Im Zweifelsfall half es immer, das Thema zu wechseln. »Haben Sie etwas über Kostchey International Holdings herausgefunden?«

»*Sie fragten nach Blendungen – Männer, denen die Augen ausgestochen und die Augenhöhlen ausgebrannt wurden? Wir haben hier ebenfalls Opfer.*«

Jetzt war Logan schon wesentlich aufmerksamer. »Tatsächlich?«

»*Möchten Sie kommen und mit ihnen sprechen?*«

Detective Chief Superintendent Bain saß hinter seinem Schreibtisch und hörte sich an, wie Logan detailliert wiedergab, was Polizeihauptmeisterin Wiktorja Jaroszewicz ihm am Telefon gesagt hatte. Finnie saß auf einem der Besucherstühle, DS Pirie auf dem anderen; alle waren sie an ihrem freien Tag hergeholt worden und trugen Freizeitklamotten anstelle der üblichen billigen Anzüge.

»Damit wir uns richtig verstehen«, sagte DCS Bain, dessen Glatze im Schein der Sonntagnachmittagssonne glitzerte, »Sie sagen also, es ist der gleiche Modus Operandi: Die Augen ausgestochen und ausgebrannt?«

Logan konsultierte seine Notizen. »Der letzte Fall ereignete sich 2004. Laut Jaroszewicz begannen die Überfälle um 1974, aber es könnte auch früher gewesen sein. Sie sagt, unter dem kommunistischen Regime war die Polizei mehr daran interessiert, subversive Elemente auszumerzen, als eigentliche Verbrechen aufzuklären. Und nach dem Fall des Kommunismus sind viele Akten einfach verschwunden.«

»Die haben ihre Spuren verwischt, um möglichen Konsequenzen zu entgehen«, meinte Finnie.

»Verstehe …« DCS Bain legte die Fingerspitzen aneinander,

tippte sich damit an die Lippen und wandte sich dann an Finnie. »Sagen Sie, Chief Inspector, wieso hat es eigentlich bis jetzt niemand für nötig befunden, mit der polnischen Polizei Kontakt aufzunehmen?«

»McPherson hätte es schon vor *Wochen* tun sollen. Pirie hat zwei-, dreimal am Tag bei ihm nachgehakt.«

Pirie nickte. »Jedes Mal hatte er eine andere Ausrede parat, er –«

»Und außerdem ist es sowieso unerheblich, seit wir Ricky Gilchrist in Gewahrsam haben. Er kann unmöglich 1974 schon Menschen geblendet haben – er war 1974 noch gar nicht *geboren*. Nein, das hier ist etwas anderes.«

»Vielleicht ist es eine Familiensache?« Pirie sah sich Zustimmung heischend im Raum um. »Sein Vater war Hochseefischer, wer weiß, wo der überall herumgekommen ist?«

»*Oder*«, warf Logan ein, »er hat die Überfälle in Polen als Vorlage benutzt.«

»Was sagt unser Haus- und Hofpsychologe?«

Finnies Miene verfinsterte sich. »Den kann ich nicht erreichen, Sir. Offenbar ist ihm seine *Cricketpartie* wichtiger.«

»Verstehe …« Der Leiter der Kriminalabteilung schwieg eine Weile. »Nun, wir haben ein Geständnis, und Sie sagen, Gilchrist verhält sich kooperativ?«

»Absolut. Er will nicht mal einen Anwalt. Er ist stolz auf seine Taten.«

»Ich möchte trotzdem, dass jemand hinfliegt und diese Opfer befragt, um zu klären, ob wir eine Verbindung zu Gilchrist herstellen oder aber endgültig ausschließen können. Das fehlte noch, dass irgendein schleimiger Strafverteidiger gezielt Verwirrung stiftet, wenn die Sache vor Gericht kommt.«

Finnie stemmte sich von seinem Stuhl hoch. »Ich fliege morgen mit der ersten Maschine nach Warschau und –«

»Ich brauche Sie hier – Sie müssen an der Sache mit dem Waffenlager im Wohnwagen dranbleiben. Nachdem Ödipus erledigt ist, hat dieser Fall für uns oberste Priorität. Was immer da im Gange ist, ich will, dass dem ein Riegel vorgeschoben wird, bevor sich die rivalisierenden Banden auf der Union Street Feuergefechte liefern.«

»Aber –«

»Sie werden *hier* gebraucht, Chief Inspector. Schicken Sie jemanden, dem Sie vertrauen können.«

Pirie rückte auf seinem Stuhl vor. »Ich mach das. Ich kann –«

»Nein«, unterbrach ihn Finnie. »Sie müssen diese Drogendealer in Bucksburn finden, *falls* Ihnen das entfallen sein sollte.« Er verschränkte die Arme vor der Brust und nickte in Logans Richtung. »McRae hat Gilchrist gefasst, *und* er ist auf die Spur nach Polen gestoßen. Er sollte fliegen.«

»Warschau?« Samantha stand in der Tür und sah ihm beim Packen zu. »Du Glücksschwein. Die weiteste Dienstreise, die ich je machen durfte, war nach Thurso, und das war nicht gerade ein Vergnügen.«

»Es ist ja nur für ein paar Tage.«

Er durchwühlte sämtliche Schubladen seiner Kommode – wo zum Teufel waren die ganzen sauberen Socken geblieben?

Samantha setzte sich auf die Bettkante. »Das war die Geschichte mit diesem Bauern, der mit der Schrotflinte ins Postamt von seinem Dorf marschiert ist und ’nem alten Mann den Schädel weggepustet hat. Anschließend macht er dasselbe mit der Frau am Schalter. Und *dann* steckt er sich selbst den Lauf in den Mund. Die ganze Decke war mit Blut und Hirn bespritzt.«

Logan sah im Kleiderschrank nach. »Und Polen ist in der EU, also werde ich noch nicht mal zollfrei einkaufen können.«

»Zwei alte Damen, eine alleinerziehende Mutter und ihr Kind standen direkt daneben. Haben alles gesehen. Und auch das meiste abgekriegt …«

»Du hast nicht zufällig irgendwo einen Haufen Socken gesehen, oder?«

»Angeblich hat er nur einen Satz gesagt, bevor er sich die Kugel gegeben hat: ›Hat ja keiner behauptet, dass es ein Spaß wäre.‹ Und dann – *peng*.«

Wie konnten drei Dutzend Socken einfach so verschwinden?

»Hat Tage gedauert, bis wir sämtliche Fitzelchen eingesammelt hatten.«

Schließlich fand Logan die Socken unter dem Bett, wo sie sich vor dem Dreck und der Farbe versteckt hatten. Vier Paar wanderten in den kleinen Koffer, gefolgt von gerade so vielen Klamotten, wie er für den Kurzaufenthalt brauchte. »'tschuldigung.« Er schob sich an Samantha vorbei, ging ins Bad und begann seinen Toilettenbeutel zu packen.

»Nun mach mal hin«, sagte sie und sah zu, wie er im Schrank nach einer Tube Zahnpasta kramte. »Es ist schon halb sieben. Was wollen wir zu Abend essen?«

»Holen wir uns was vom Inder?«

»Wir könnten doch auch weggehen. Ein bisschen einen draufmachen?«

Der Toilettenbeutel wanderte in den kleinen Koffer. »Wär besser, wenn's heute nicht so furchtbar spät würde – ich hab morgen früh um sieben Einsatzbesprechung.«

»Oh.«

»Tut mir leid.« Er zog den Reißverschluss des Koffers zu und wuchtete ihn vom Bett herunter. Dann machte er sich auf die Suche nach seinem Pass.

Samantha zupfte am Saum des behelfsmäßigen Abdecktuchs herum, das über den Schrank drapiert war. »Es gibt schon wieder Gerüchte, dass das Labor geschlossen werden soll. Angeblich wollen sie alles nach Dundee verlagern, in dieses neue Gebäude.«

Logan unterbrach die Jagd nach der Zahnpasta. »Welcher Idiot ist denn auf *die* glorreiche Idee gekommen? Wie sollen wir denn ohne Labor zurechtkommen?«

»Ein paar Kriminaltechniker werden sie hier behalten müssen, für die Tatortarbeit und so, aber wir wären bloß bessere Aushilfen. Den Kram einsammeln, einpacken und nach Dundee schicken – fertig.«

»Und was wird aus dir?«

Schulterzucken. »Keine Ahnung. Von Stellenstreichungen war bis jetzt noch nicht die Rede.«

Logan gab die Suche auf, um sie in den Arm zu nehmen und zu küssen.

Später. Trunkene Gesänge wehten von der Straße herauf und zum offenen Schlafzimmerfenster herein. Sie lagen im Bett, Logan auf dem Rücken, die zerwühlte Bettdecke über den Knien, Samantha neben ihm auf der Seite. Sie hatte den Kopf auf seine Brust gelegt und fuhr mit dem Finger das Muster der Narben auf seinem Bauch nach.

Logan starrte mit gerunzelter Stirn an die Decke, als sie sich vorbeugte, um eine der Narben zu küssen. »Sam?«

»Mmmh?« Noch ein Kuss.

»Warum machst du … Ich meine … das mit meinen Narben. Ich finde das irgendwie beunruhigend.«

Sie erstarrte. »Was?«

»Ist das irgend so ein Goth-Ding?«

Sie setzte sich auf. Keine Küsse mehr. »Ich kann nicht glauben, dass du das gerade gesagt hast.«

Er sah zu ihr auf. Ihre Silhouette zeichnete sich vor dem Fenster ab, und im schwachen Licht schimmerte ihr rotes Haar golden, als stünde es in Flammen. »Also … ist es so?«

»Ich bin ein Freak – ist es das, was du sagen willst?«

»Das habe ich nicht gesagt.«

»Aber du denkst es.«

Logan zog sich die Decke bis über die Brust. »Immer, wenn wir nackt sind, spielst du damit. Ich mach mir nun mal allmählich Gedanken deswegen, okay?«

»Du bist *so* ein Arschloch, McRae.« Sie wischte sich mit der Hand übers Gesicht und stieg aus dem Bett. »Ich fass es echt nicht.«

Er knipste die Nachttischlampe an. Sie kämpfte gerade mit ihrer Unterhose. »Ich muss jetzt los.«

»Sam, nun sei doch nicht so, ich –«

»Wo ist mein Scheiß-BH?«

»Ach, Mensch. Es tut mir leid, okay?«

»Wie konnte ich nur ernsthaft glauben, du wärst anders?« Sie raffte ihr T-Shirt vom Boden auf und zog es sich über den Kopf. Dann packte sie ihre Lederhose und die Stiefel, stürmte hinaus und knallte die Tür hinter sich zu.

Logan ließ sich aufs Bett zurückfallen, hielt sich die Hände vors Gesicht und machte »AAAAAAAAAAAAAAAAHH!« War ja wohl zu viel verlangt, dass er sich mal jemand *Nettes* und *Normales* anlachte, oder? Nein, er musste sich immer zielsicher die aussuchen, die ihn todunglücklich machten.

Die Schlafzimmertür flog auf, und sie war wieder da.

»Willst du's wirklich wissen? Ja?« Samantha warf ihre Lederhose auf den Boden und stapfte aufs Bett zu. Sie packte seine Hand und klatschte sie auf das gezackte Ethno-Tattoo, das sich von der Innenseite ihres linken Oberschenkels bis zu ihrem Bauch hinaufschlängelte. »Da, fühl mal. Na los, mach schon! Genau hier.«

»Was meinst du? Ich fühle n–«

»Nicht da, du Idiot, *hier*!«

Eine Ansammlung kleiner Wülste, zehn bis fünfzehn Zentimeter lang. Kurven, gerade und gezackte Linien. Narbengewebe, verborgen unter der schwarzen Tinte der Tätowierung. Die Wülste, die Logan für Dehnungsstreifen gehalten hatte. Dann schlug sie seine Hand weg und stieg in ihre Hose. »Jetzt weißt du, warum.«

Wieder knallte sie die Tür zu, und diesmal kam sie nicht mehr zurück.

39

Der Großteil der Einsatzbesprechung am Montagmorgen ging für die Ermittlung zu dem Wohnwagen voller Schusswaffen drauf, der sie inzwischen den Codenamen »Operation Rückstau« verpasst hatten. Es folgten Lageberichte und Warnungen zum Thema Bandenkriminalität, und dann durfte Finnie sich noch ein bisschen damit brüsten, dass Agnes McLeod das ganze Wochenende in der Arrestzelle verbracht hatte. Zum Schluss wurden noch alle darüber informiert, dass Logan zu einer drei- bis viertägigen Vergnügungsreise nach Polen aufbrechen würde.

DI Steel schnappte sich Logan, als er sich gerade davonstehlen wollte. »Was zum Teufel hast du dir dabei ge-…« Sie merkte, dass der Leiter der Kriminalabteilung sie beobachtete, hielt inne, lächelte und nickte grüßend, um dann Logan auf den Gang hinauszubugsieren. »Polen? Du hast wohl vergessen, dass wir saumäßig viel Arbeit haben?«

»Aber Bain hat gesagt –«

»Was ist mit diesen Kostchey-Idioten – hast du da endlich eine Adresse?«

»Ja.«

Eine Pause. Steel starrte ihn an. »Und? Willst du vielleicht damit rausrücken, oder soll ich etwa raten, hm?«

Logan nannte ihr die Adresse, die Zander Clark ihm gemailt hatte – ein Firmengebäude in der Greenwell Road, im Industriegebiet East Tullos.

»Okay.« Sie zog ihre Hose hoch. »Organisier uns einen Wagen, wir observieren das Gebäude und –«

»Kann nicht. Mein Flug geht um fünf vor elf, ich muss eine Stunde vorher am Flughafen sein.«

»Na schön. Flieg ruhig nach Polen, ist mir doch egal.« Sie bohrte ihm einen nikotingelben Finger in die Brust. »Aber wenn ich Detective Sergeant Beattie, diesen Bart mit Ohren, mitnehmen muss, dann mache ich dich persönlich verantwortlich, kapiert?«

Rennie schlich mit schmerzverzerrtem Gesicht ins CID-Büro. Gesicht, Hals und Ohren glänzten knallrot. Sogar auf den Handrücken hatte er einen Sonnenbrand. Mit der blonden Stachelfrisur obendrauf sah er aus wie ein riesiger, reifer Pickel. Er setzte sich ganz vorsichtig auf die Kante von Logans Schreibtisch und sagte: »Au …«

»Schön braun bist du geworden.«

»Das ist nicht witzig.«

»Hättest dich halt besser mal eingecremt, nicht wahr?«

Rennie lockerte seinen Kragen und fächelte sich mit einer Einbruchsanzeige Luft in sein krebsrotes Gesicht. »Wie wär's, geh'n wir ein Eis essen? Ich glühe total.«

Logan schickte Dr. Gouldings neuestes Gutachten an den Drucker in der Ecke und fuhr seinen Computer herunter. »Kann nicht – muss gleich nach Hause und meinen Koffer holen. Finnie hat einen Streifenwagen bestellt, der mich in zwanzig Minuten zum Flughafen bringt.«

»Na dann … Bringst du mir 'nen Wodka mit, ja?«

»Apropos Finnie« – Logan nahm sich den Ausdruck – »ist er in der Nähe?«

Rennie dachte angestrengt nach – Logan merkte es an dem Geruch nach verbranntem Staub.

»Nein«, antwortete der Constable schließlich. »Er hat einen Anruf bekommen und ist sofort losgedüst. Zum Hinterausgang, glaub ich.«

Logan verabschiedete sich, trug sich aus und schlenderte hinaus, auf das mit einem Zahlenschloss gesicherte Tor zu, das zum Lodge Walk führte.

Das Tor war nur angelehnt. Logan stieß es auf und tauchte aus dem hellen Sonnenschein in die bläulichen Schatten des Gässchens ein.

DCI Finnie drehte sich gerade zum Präsidium zurück und ließ einen braunen Umschlag in der Innentasche seiner Jacke verschwinden. Er blickte auf, entdeckte Logan und zog die Stirn in Falten. »Was machen –«

»Muss noch meinen Koffer holen.«

»Ah, ja.« Finnie sagte irgendetwas über die abteilungsübergreifende Zusammenarbeit mit der polnischen Polizei, aber Logan hörte nicht richtig zu. Er spähte über die Schulter des Chief Inspector nach einem pickligen Jüngling, der gerade die düstere Gasse entlang zur Union Street ging. Kurz leuchteten seine knallgrünen Haare im Sonnenlicht auf wie elektrisches Gras. Dann war er verschwunden.

Eine Hand fiel schwer auf Logans Schulter. »Viel Glück.«

»Oh, natürlich … danke, Sir.«

»Ich zähle auf Sie. Und sobald Sie zurück sind, will ich Sie bei der Operation Rückstau dabeihaben. Es wird wahrscheinlich noch ein paar Tage dauern, bis wir es offiziell bekanntgeben können – das mit der Beförderung, meine ich –, aber ich will, dass Sie so bald wie möglich ein Team leiten. Okay?«

Und dann klingelte Finnies Handy. Der DCI zog es aus der Tasche und schlug den Weg zurück zum Präsidium ein. »Was? … Nein, *natürlich* macht es mir nichts aus, *drei Tage* auf einen Haftbefehl zu warten. Er wird ja schließlich nur wegen *bewaffneten Raubüberfalls* gesucht, das ist ja nichts *Schwerwiegendes* …«

Logan blieb stehen und starrte durch die Gasse zu dem hellen Stückchen Straße am anderen Ende. Grüne Haare. Pickel. Und ein brauner Umschlag.

Kein Zweifel: Hintergrundstrahlung konnte eine sehr gefährliche Sache sein.

40

Immerhin hatte er einen Fensterplatz ergattert. Logan war auf halbem Weg über die Nordsee, vor sich ein fragwürdiges Käse-Pesto-Sandwich und eine winzige Flasche Weißwein. Die kurzatmige alte Frau auf dem Platz neben ihm hatte gerade einmal fünfzehn Minuten durchgehalten, ehe sie eingeschlafen war. Jetzt zuckte sie im Traum wie eine Katze.

Das Gutachten, das er sich ausgedruckt hatte, bevor er das Büro verlassen hatte, war nicht gerade eine prickelnde Lektüre. Goulding ließ sich in epischer Breite über »Verhaltensindikatoren« und »potenzielle Stressoren« aus – für Logan alles polnische Dörfer.

> Gilchrist weigert sich nach wie vor, über seine Opfer zu sprechen oder auch nur deren Existenz einzugestehen. Indem er sie ihrer Augen beraubte, nahm er ihnen den Inbegriff ihrer Menschlichkeit. In vielen Kulturen gelten die Augen als Tor zur Seele, und indem Gilchrist dieses Tor versperrte, verödete er sie spirituell – ein wichtiges Kriterium für einen Menschen mit Gilchrists starken, wenngleich pervertierten religiösen Überzeugungen (*s. Anhang B, Abschnitt 3.2*). Dadurch büßen sie für ihn jegliche Bedeutung ein.
>
> Es würde mich nicht überraschen, sollte Gilchrist zu einem späteren Zeitpunkt gestehen, dass er sich die Augen einverleibt hat, möglicherweise als Teil eines Rituals, das auf seiner einigermaßen idiosynkratischen Auffassung des Sak-

raments der Kommunion beruht, mit dem Ziel, die unsterbliche Seele seines Opfers in sich aufzunehmen.

Dies ist allerdings vorläufig noch spekulativ.

Bla-bla-bla… Logan blätterte ein paar Seiten weiter. Das Ganze war ein einziger dampfender Haufen Spekulationen, soweit er das beurteilen konnte.

Gewiss stellt Ricky Gilchrist eine sehr reale Gefahr für die Öffentlichkeit dar, und während es derzeit keine Hinweise auf eine suizidale Tendenz gibt, empfehle ich, ihn unter strenger Beobachtung zu halten.

Womit er auf umständliche Weise zu sagen schien, was sie alle von Anfang an gewusst hatten: Ricky Gilchrist hatte einen an der Waffel.

Logan legte das Gutachten weg und starrte auf die glitzernde blaue Fläche der Nordsee hinunter.

Hätte er mal besser ein Buch eingesteckt.

Die Frau neben ihm hatte aufgehört zu zucken, dafür schnarchte sie jetzt, wobei es ihr nicht ganz gelang, die Triebwerke des Flugzeugs zu übertönen.

Logan leerte seine Miniflasche Weißwein, ließ sich noch eine bringen und machte sich dann mit Entschlossenheit ans Grübeln. Zuerst über Samantha. Und dann über Detective Chief Inspector Andrew »Brauner Umschlag« Finnie.

Und danach grübelte er noch mal ein bisschen über Samantha nach.

An seinen Narben rumspielen und dann so tun, als ob *er* es wäre, der ein Problem hatte. Logan rutschte auf seinem Sitz herum. Okay, gut, er hatte ein Problem… Aber das gab ihr noch lange nicht das Recht, ihn anzuschreien und einfach zu verschwinden.

Er war auf dem Weg zu einem Kurzurlaub in Polen, mit zwei

hochkarätigen Verhaftungen auf dem Konto und der Aussicht auf die Beförderung zum DI, auf die er weiß Gott lange genug gewartet hatte – und dann musste *das* passieren. Und ihm alles verderben.

Er legte eine Hand auf seinen Bauch und drückte so lange, bis er das altbekannte Ziehen des vernähten Gewebes spüren konnte, die Stiche, die Monate im Krankenhaus.

Dieser verdammte Angus Robertson – nach all den Jahren gelang es ihm immer noch, in Logans Leben hineinzupfuschen.

Za Naszą I Waszą Wolność
(Für unsere und eure Freiheit)

41

Logan unterdrückte ein Gähnen und reihte sich in die Schlange ein, die langsam zur Passkontrolle vorrückte. Dieser Ort war sogar noch seelenloser als der Flughafen von Aberdeen. Und dazu kamen die ganzen Sicherheitsleute mit ihren olivgrünen Militäruniformen und MPs im Anschlag. Auch nachdem er sein Schusswaffentraining absolviert hatte, machte ihn der Anblick von bewaffneten Polizisten immer noch irgendwie nervös.

Er holte seinen Koffer ab und schlappte in die Ankunftshalle, einen großen, kahlen Saal mit weißen Wänden und Glasdecke. Ein paar Männer hielten handgeschriebene Zettel mit unleserlichen Namen hoch. Eine Handvoll kleiner Kinder wuselten kreischend um einen Geschäftsmann herum, während ihre Mutter sich im Hintergrund hielt. Ihre Miene verriet Unmut, ihr Bauch eine weit fortgeschrittene Schwangerschaft.

Weit und breit niemand, der nach einem »Stabsunteroffizier Łukaszewski« oder einer »Polizeihauptmeisterin Wiktorja Jaroszewicz« aussah.

Typisch.

Logan setzte seinen Koffer ab, und dann stand er eine Weile da und schaute dumm aus der Wäsche. Bis ein Mann mit lichtem Haar und abgetragenem grauem Pullover an ihn herantrat und sagte: »Sie Tourist? Sie brauchen Taxi, ja?«

Alarmglocken.

Logan zückte seinen Dienstausweis. »*Policja.*«

Der Mann wich zurück und stammelte: »*Przepraszam, pomy-*

lilem się…« – und dann erstarrte er, als eine Hand sich auf seine Schulter legte.

Die Frau, die hinter ihm stand, war höchstens eins fünfundsechzig groß, Mitte dreißig, mit blondem, zu einem strengen Pferdeschwanz zurückgebundenem Haar. »Kann man wohl sagen, dass du dich geirrt hast!« Immerhin sprach sie Englisch.

Der Typ mit dem zerschlissenen Pulli schloss die Augen und zuckte zusammen. »*Cholera jasna…*«

Sie drehte ihn zu sich herum. »Wie oft habe ich dir das schon gesagt?«

»*Przepraszam* – Entschuldigung, tut mir leid…«

»Du kannst von Glück sagen, dass ich zu tun habe, Radosław.« Sie ließ ihn los. »Na los, verschwinde, du dreckiger *zboczeniec*.«

Ein Lächeln stahl sich auf seine Züge. »*Dziękuję, dziękuję bardzo!*«

Und dann suchte er fluchtartig das Weite, während die Worte, die sie ihm hinterherrief, durch den Flughafen hallten: »Wenn ich dich das nächste Mal erwische, wirst du mir nicht danken – du wirst dir die Eier halten und heulen wie ein Baby! Wehe, ich erwisch dich noch mal im Flughafen!«

Dann war es still, während ihre Drohung verhallte und alle Augen sich auf Logan und die Frau richteten. »Kommen Sie.« Sie packte Logans Koffer und schritt auf den Ausgang zu. »Mein Wagen steht draußen.«

Sie traten durch die automatische Tür und befanden sich nun unter einer Art Überführung, auf allen Seiten von grauem Beton umschlossen. Regenwasser lief eine Treppe hinunter. Fernes Donnergrollen. Willkommen in Warschau.

Der Wagen war ein schmuddeliger silberfarbener Opel-Dreitürer mit Rechtslenker. Sie warf Logans Gepäck in den Kofferraum und setzte sich ans Steuer. Erst als Logan um den Wagen herumging, um auf der Beifahrerseite einzusteigen, sah er den Schaden – die ganze Seite war eine einzige Aneinanderreihung von Dellen und Kratzern. Die Tür quietschte, als er sie aufzog, und ächzte, als er sie zuzog.

Die Frau schüttelte den Kopf. »Sie müssen sie fest zuschlagen, sonst geht sie jedes Mal auf, wenn wir über ein Schlagloch fahren.«

Logan folgte ihrer Anweisung.

»Schrottkarre, was?« Sie legte den Gang ein und trat das Gaspedal durch.

»Herrje …« Logan hielt sich an dem Handgriff über der Tür fest, als sie um die Ecke schoss und um ein Haar auf einen Bus auffuhr.

Sie schien es gar nicht zu bemerken, schaltete nur herunter und umkurvte den Bus, wobei sie kurz über den Bordstein rumpelte. Und dann tauchten sie aus dem Tunnel auf, und der graue Beton wich einem noch graueren Himmel.

Der Regen prasselte auf den Asphalt, der im Scheinwerferlicht schimmerte – dabei war es erst zehn vor fünf am Montagnachmittag.

Sie nahm eine Hand vom Steuer und hielt sie Logan hin. »Polizeihauptmeisterin Wiktorja Jaroszewicz. Sprechen Sie mir nach: Ja – ro – SCHE – witsch.«

»Ich weiß, das haben Sie mir schon gesagt, als –« Logan versuchte die Augen offen zu halten, als sie schwungvoll den Kreisverkehr umkurvte und auf eine von Bäumen gesäumte vierspurige Straße fuhr, ohne dafür seine Hand loszulassen. »Detective Sergeant Logan McRae.« Er musste seine Stimme mit Gewalt die zwei Oktaven nach unten zwingen, die sie in die Höhe geschnellt war.

»Schauen Sie sich diesen Trottel an …« Sie drückte auf die Hupe und klebte sich an die Stoßstange des gammligen Volvo Kombi vor ihnen. »Aus dem Weg, Opa!« TRÖÖÖÖÖÖÖÖÖT! »Kaum zu glauben, was sich in der Rushhour so alles auf der Straße rumtreibt.«

Und dann trat sie aufs Gas und schoss vorbei, genau in die

kleine Lücke zwischen einem Sattelschlepper und einem Telekom-Transporter. »Sie hatten Glück, dass ich rechtzeitig aufgetaucht bin«, sagte sie, während sie wieder auf die rechte Spur wechselte. »Radoslaw hätte Sie bis auf den letzten Heller ausgenommen.«

»Ich hatte nicht vor –«

»Er treibt sich am Flughafen rum, spielt den hilfsbereiten alten Taxifahrer, und wenn Sie mit ihm fahren, landen Sie am Ende auf der falschen Flussseite.«

»Also kein besonders guter Taxifahrer?«

»Nein, es sei denn, es macht Ihnen Spaß, mit vorgehaltener Waffe ausgeraubt zu werden. Wir glauben, dass er im Monat zwei bis drei Touristen abzockt, aber nachweisen können wir ihm nichts.«

Ein Blitz zuckte über den schlammfarbenen Himmel und tauchte die Bäume und die hässlichen Gebäude zu beiden Seiten der Straße in ein grelles Licht. Dann folgte das tiefe Bassgrollen des Donners.

Polizeihauptmeisterin Jaroszewicz reckte den Kopf über das Lenkrad. »Verdammter Regen. Wo ist bloß der Sommer geblieben?«

Sie ließ eine Schimpftirade auf das Wetter im Allgemeinen und im Besonderen folgen, aber Logan hörte nicht richtig zu – er war zu sehr damit beschäftigt, sich ängstlich an den Haltegriff zu klammern, während sie wild die Spuren wechselte.

Jemand hupte sie an, doch Jaroszewicz ignorierte es. »Ich habe mir die Akten noch einmal angesehen. Wir hatten dreiundzwanzig Opfer seit 1974; die meisten Fälle ereigneten sich, nachdem wir die Kommunisten in die Wüste geschickt haben. Ich habe alles dabei, was ich finden konnte; Sie können es im Zug lesen.«

»Im Zug? Ich dachte, wir fahren –« Er kniff die Augen zu, als urplötzlich das Heck eines Lastwagens vor ihnen auftauchte. »O Gott.«

Die Reifen quietschten auf der nassen Straße. Jaroszewicz drückte auf die Hupe: TRÖÖÖÖÖÖÖÖT! »Arschloch! Willst du uns alle umbringen?«

Und dann überholte sie rechts und zeigte der alten Dame am Steuer des Lasters den Stinkefinger. »In Warschau gibt es keine überlebenden Opfer mehr, deshalb fahren wir nach Krakau.«

»Können Sie vielleicht ein bisschen langsamer fahren?«

»Nein.«

Logan versuchte, nicht darüber nachzudenken, wie sein Körper aussehen würde, wenn es der polnischen Feuerwehr endlich gelänge, ihn aus dem Wrack herauszuschneiden. »Was ist mit den anderen Opfern?«

»Alle tot. Bei dem einen war es ein Unfall, andere wurden krank, wieder andere sind an Altersschwäche gestorben, und ein paar haben sich das Leben genommen.« Sie zuckte mit den Achseln. »Muss schwer sein, damit zu leben.«

Die gesichtslosen Wohnblocks aus der Zeit des Kommunismus blieben zurück und gaben den Blick auf das Zentrum von Warschau frei. Wolkenkratzer beherrschten das Bild, riesige Klötze aus Glas und Stahl, die sich in den verregneten Himmel reckten. Im Hintergrund thronte ein großes Marriott Hotel; die sieben obersten Stockwerke waren eine einzige Lichtreklame, die ihre wechselnden Botschaften über die düstere, regennasse Stadt aussandte. Die übrigen Hochhäuser waren nicht ganz so geschmacklos, aber neben dem gewaltigen Kulturpalast verblasste alles andere zur Bedeutungslosigkeit: eine monströse Hochzeitstorte aus regengeschwärztem Sandstein, die die ganze Skyline beherrschte.

Jaroszewicz musste gesehen haben, wie er das Ding anstarrte, denn sie erklärte: »Ein Geschenk von Väterchen Stalin. Haben Sie Hunger?«

»Ein bisschen. Wollen wir –«

»Wir essen im Zug.«

Der Kulturpalast erhob sich in der Mitte eines weiten Platzes, umgeben von Gebäuden, die aussahen, als hätte ein Stadtplaner sie nach ein paar Wodkas zu viel ausgekotzt. Und je näher sie Väterchen Stalins Geschenk kamen, desto langsamer kamen sie voran, bis sie sich schließlich nur noch im Schneckentempo vorwärtsbewegten. Der Regen trommelte aufs Dach, und die Scheibenwischer schufteten im Akkord, während die Menschen auf dem Gehsteig an ihnen vorüberhasteten.

Alle sahen akut selbstmordgefährdet aus.

Aberdeen im Regen konnte deprimierend sein, aber das war *gar nichts* im Vergleich zu Warschau.

Jaroszewicz riss das Steuer herum, fuhr mit quietschenden Reifen an einer roten Ampel vorbei und schlängelte sich durch eine enge Gasse. Sie kamen im Hinterhof eines vorsintflutlich aussehenden Hotels heraus, wo sie neben den Mülltonnen parkte.

»So«, sagte sie, während sie hinter sich griff und eine große Schultertasche vom Rücksitz wuchtete, »jetzt sind wir am Bahnhof.«

Sie holten Logans Gepäck aus dem Kofferraum und stapften im strömenden Regen zurück zum Hauptplatz, überquerten die vierspurige Straße und stiegen die Treppe hinunter in den Bahnhof.

Von außen sah es gar nicht so schlimm aus, aber drinnen war es das reinste Tollhaus. Sie bahnten sich ihren Weg durch ein Labyrinth von Gängen mit niedrigen Betondecken, gesäumt von Kiosken, an denen alles Mögliche feilgeboten wurde, von Science-Fiction-Romanen über Donuts bis hin zu harten Pornos. Es roch nach Dönerfleisch und heißen Falafel, Würstchen und gebratenen Zwiebeln. Stimmengewirr, Rufe und Schreie; Gedränge und Geschiebe, gelbe und rote Blinklichter an sämtlichen Ladenfronten.

Bis dahin war es noch gar nicht so schlimm gewesen – nicht

viel anders als jede andere moderne europäische Großstadt –, aber nun war Polen plötzlich ein sehr fremdes Land.

Jaroszewicz steuerte einen Schalter an. Auf einem handgeschriebenen Zettel, der mit Tesa an die Scheibe geklebt war, stand »*Nie Informacja*«. Keine Information. Er verstand kein Wort von der lautstarken Auseinandersetzung, die sich zwischen Jaroszewicz und dem Mann hinter dem Schalter entspann, aber am Ende marschierte sie mit zwei Fahrscheinen und zwei Platzreservierungen vom Schlachtfeld.

»Saftladen.« Sie schob sich durch die Scharen von Passanten und schloss sich einer kleinen Schar von Menschen an, die alle ein Plakat mit einer verwirrenden Auflistung von Bahnhöfen und Uhrzeiten anstarrten. Zwei Minuten später sagte sie: »*Perron* fünf.« Sie ging voran zu einer schmutzig grauen Rolltreppe, die zu einem schmutzig grauen Bahnsteig hinunterführte.

Logan eilte ihr nach. »Was wissen Sie über die Opfer?«

Sie zuckte mit den Achseln und lehnte sich an eine Hinweistafel. »Vor 1989 war es offenbar politisch motiviert. Wir haben kaum detaillierte Informationen, aber alle Opfer wurden beschuldigt, das kommunistische Regime zu unterwandern: Gewerkschaftsführer, Geistliche, Aktivisten, solche Leute. Nach 1989 klafft eine Lücke, und dann fängt es wieder an. Jetzt sind es meistens Kleinkriminelle.«

Der Bahnsteig füllte sich allmählich mit Menschen, hauptsächlich Studenten und Geschäftsleute.

Jaroszewicz stellte ihre Tasche ab. »Was ist mit Ihren?«

Logan ging die Ödipus-Opfer eins nach dem anderen durch und schloss mit der Tatsache, dass sie sich allesamt weigerten, mit der Polizei zu sprechen. »Sie haben immer noch panische Angst, obwohl wir den Kerl schon in Gewahrsam haben.«

Sie zuckte mit den Achseln. »Überrascht mich nicht.«

Aus den Lautsprechern am Bahnsteig schepperte eine Durchsage, und alles begann zur Bahnsteigkante vorzurücken. Dann kam eine ramponierte grüne Diesellok aus dem Tunnel gerumpelt, die zehn lila-weiß gestrichene Waggons mit dem orangefarbenen Logo »ICC PKP Intercity« hinter sich herzog.

Ein schriller Pfiff, und die Türen gingen auf. Jaroszewicz nahm ihre Fahrkarten heraus und studierte sie mit zusammengekniffenen Augen. Dann zerrte sie Logan den Bahnsteig entlang zu Wagen Nummer neun.

Drinnen kam man sich vor wie in einem Eisenbahnmuseum. An einer Seite des Wagens verlief ein Gang, über den man eine Reihe kleiner Achterabteile mit Schiebetüren aus Glas erreichte.

Jaroszewicz warf noch einen Blick auf die Fahrscheine, zog eine der Türen auf und trat ins Abteil. Es war schon fast voll besetzt. Sechs Studenten fläzten sich lachend auf den Sitzen und ließen einen Laib Brot herumgehen, von dem sie Fetzen abrissen und sich in den Mund stopften.

Jaroszewicz fluchte, wuchtete ihre Tasche ins Gepäcknetz und forderte einen Mann mit langen braunen Haaren auf, ihren Platz freizumachen. Und dann verscheuchte sie seine Freundin von Logans Platz. Die beiden zuckten nur mit den Achseln und räumten das Feld.

Logan murmelte Entschuldigungen, während er sich an der Reihe von Knien vorbei zu seinem Fensterplatz zwängte und seinen Koffer ins Netz bugsierte.

Wieder eine Durchsage. Dann ein dumpfes Klacken. Und ganz langsam setzte der Zug sich in Bewegung, fuhr durch einen weiteren Tunnel und hinaus in den verregneten Abend.

Polizeihauptmeisterin Jaroszewicz plauderte eine Weile über dies und das, hauptsächlich über Filme, die sie gesehen hatte. Schließlich verstummte sie und starrte aus dem Fenster, wo mit Graffiti besprühte Gleisanlagen vorüberzogen.

Gegenüber von Logan saß ein Mädchen. Sie war auf ihrem Sitz nach vorn gerutscht, sodass ihr Rock den Blick auf ihre blassen Oberschenkel freigab. Aus dem V-Ausschnitt ihres Pullis lugten Tattoos hervor.

Samantha. Woher hätte er wissen sollen, dass sie ganz oben an den Innenseiten ihrer Oberschenkel Narben hatte? War er vielleicht ein Hellseher? Er rutschte auf seinem Sitz hin und her. Und überhaupt, wie schaffte man es, an dieser Stelle Narben zu bekommen?

Die Studentin schaute auf und sah, dass er ihre tätowierte Brust anstarrte. Ihre Blicke trafen sich, und Logan schlug verlegen die Augen nieder. Na toll, jetzt musste sie glauben, er sei ein Perverser.

»*Bilet.*«

Logan blickte auf. Ein offiziell aussehender Typ in dunkelblauer Uniform stand vor ihm.

»Ähm …«

Jaroszewicz kramte in ihrer Handtasche. »Er will Ihren Fahrschein sehen.«

»Ah, okay …«

Der Schaffner machte die Runde durch ihr kleines Abteil und stempelte die Tickets, um dann wieder auf den Gang hinauszutreten und die Glastür hinter sich zuzuziehen. Kaum war er weg, stand Jaroszewicz auf und begann wie ein Maschinengewehr auf Polnisch auf die Studenten einzureden.

Sie beschwerten sich, aber das schien sie nicht zu kümmern. Sie zog einen Polizeiausweis aus der Tasche und zeigte ihn den Studenten, und dann redete sie noch eine Weile auf sie ein.

Die Studenten standen auf und schlurften unwillig zur Tür hinaus, nicht ohne böse Blicke über die Schultern zu werfen und »*Kurwa, komucha …*« vor sich hin zu murmeln.

Jaroszewicz wartete, bis sie die Tür hinter sich zugezogen hatten, ehe sie ihre Tasche aus dem Gepäcknetz zog und sich grinsend wieder auf den Sitz fallen ließ. »Sie sagen, ich bin eine Kommunistenhure.« Sie zog eine dicke grüne Aktenmappe aus ihrer Tasche und reichte sie Logan. »Das ist alles, was ich finden konnte.«

Logan streifte den Gummi ab, der die Mappe zusammenhielt, und schlug sie auf. Ganz vorn war ein Packen Fotos eingeheftet – alles drastische Nahaufnahmen entstellter Gesichter. Die meisten waren noch vor der Einlieferung ins Krankenhaus entstanden, und bei dem Anblick schlingerte Logans Magen im Takt mit dem Zug auf den Schienen. Die Verletzungen waren identisch mit denen der Aberdeener Opfer – Ricky Gilchrist hatte den Modus Operandi perfekt kopiert.

Er blätterte weiter und fand Dutzende von Berichten, Zeugenaussagen und Vernehmungsprotokollen ... Irgendwo in diesem Wust musste die Verbindung zwischen Gilchrist und dem Kerl, der diese armen Schweine verstümmelt hatte, zu finden sein.

Und Logan konnte kein Wort davon lesen.

42

Aus den Zugfenstern sah man nur Felder und Bäume. Ab und zu kamen sie an einem Dorf vorbei – kaum mehr als eine Handvoll Häuser mit Holzschuppen und Scheunen, die sich resigniert zu ducken schienen. Hühner staksten im Matsch umher.

Eine Stunde hinter Warschau hatte der Regen aufgehört, doch die Landschaft lag immer noch unter einer schweren grauen Wolkendecke.

»Und das war der Letzte.« Jaroszewicz tippte auf die Akte, die Logan in der Hand hielt. »Ein Bäcker aus Sromowce Niżne. Zweimal wegen Drogenhandels verhaftet. Sie fanden ihn in der Garage, sechs Monate, nachdem er geblendet worden war. Er hatte sich erhängt.«

Eine Kopie seines Abschiedsbriefs war beigeheftet, dazu ein Polizeifoto der Leiche, die von einem Deckenbalken baumelte.

Logan steckte beides in die Mappe zurück. »Dreiundzwanzig Opfer seit 1974. Wenn es also ein und derselbe Täter ist, dann muss er jetzt so um die … Mitte fünfzig, Anfang sechzig sein, oder?«

»*Wenn* es derselbe Täter ist.« Jaroszewicz nahm ihm die Mappe ab und steckte sie wieder in ihre Tasche. »Vor 1989 waren alle unsere Opfer Dissidenten, und seit 1989 sind es alles Kriminelle.« Sie klappte ihre Tasche zu und hievte sie ins Gepäcknetz. »Ich glaube, dass die Leute, die dahinterstecken, nur nachahmen, was unter dem Kommunismus passiert ist. Es ist eine Warnung an alle, die nicht tun, was man ihnen sagt. Hier in Polen haben wir es nicht mit einem Serientäter zu tun, sondern mit brutaler Bandenkriminalität.«

Um Viertel nach acht saßen sie im Speisewagen, wo die vertriebenen Studenten ihnen böse Blicke zuwarfen. Jaroszewicz saß mit dem Rücken zu ihnen an einem der fünf langen Tische, die von einer Längswand des Waggons in den Raum ragten, sodass nur ein schmaler Durchgang für die Kellnerin blieb, die das Essen aus der kleinen Küche neben der Tür brachte. Ein Duft nach gebratenem Hähnchenfleisch lag in der Luft.

Am anderen Ende ihres Tisches saßen zwei Geschäftsmänner, die auf ihren Laptops tippten und dazu Bier aus Flaschen tranken. Alle mussten auf kleinen Barhockern sitzen, die am Boden festgeschraubt waren, während der Zug schwankend und ratternd durch Polen zockelte.

»Bis wir in Krakau ankommen, ist es zu spät, um noch jemanden zu erreichen«, sagte Jaroszewicz, »deswegen sollten wir gleich morgen früh loslegen. Wir gehen zu den Kollegen vor Ort und bitten sie um Informationen.«

»Informationen?«

»Die Adressen der Krakauer Opfer.« Sie nahm noch einen Schluck von dem Bier mit dem unaussprechlichen Namen. »Die einzigen Unterlagen, die ich in Warschau bekommen konnte, sind veraltet. Sie …« Sie brach ab, als eine lächelnde Frau mit Schürze ihr Essen an den Tisch brachte – panierte Hähnchenschnitzel, Kartoffelpüree mit Dill und saure Gurken. Serviert auf Papptellern mit Plastikbesteck.

Welten entfernt von den Sandwiches von British Rail.

Draußen ging die Sonne unter – ein großer roter Feuerball, der in der Lücke zwischen den Wolken und den Feldern aufblitzte. Ihre goldenen Strahlen fielen auf ein dreistöckiges Haus, ganz aus Hohlblocksteinen erbaut, das einsam auf weiter Flur stand.

Logan lud sich noch einen Klumpen Püree auf die Gabel.

»Wenn die Unterlagen so veraltet sind, woher wissen Sie dann, dass die Opfer noch leben?«

»Das weiß ich eben nicht.« Sie sah Logans Gesichtsausdruck und lachte. »Entspannen Sie sich – sie können nicht alle tot sein. Ich habe gestern mit dem *Komisarjat Policji* gesprochen: Es gibt zumindest einen, von dem sie kürzlich noch gehört haben. Und jetzt essen Sie Ihr Schnitzel.«

Das Erste, was sie von Krakau sahen, war der Name des örtlichen Fußballclubs, der mit roter Farbe auf ein baufälliges Gebäude neben den Bahngleisen gesprüht war, gerade noch zu erkennen im schwindenden Licht der untergehenden Sonne. Das ferne Funkeln von erleuchteten Fenstern wich riesigen Wohnblocks aus Beton, während im Hintergrund die Schornsteine eines gewaltigen Stahlwerks in den Himmel ragten, gekrönt mit blinkenden roten und weißen Lichtern als Warnung für Flugzeuge.

Es folgten Kilometer über Kilometer mit dicht gepackten Häusern und Wohntürmen, die unter der Last der dicken grauen Wolken zu stöhnen schienen.

Die Studenten wagten sich noch einmal ins Abteil zurück, um ihr Gepäck zu holen und noch ein bisschen zu motzen, während der Zug in den Bahnhof einfuhr. Aber um Polizeihauptmeisterin Jaroszewicz in die Augen zu sehen, reichte ihr Mut nicht ganz.

Logan folgte ihr nach draußen. Ein kalter Windstoß fegte eine weggeworfene Zeitung vom Bahnsteig hoch und jagte sie über die endlose graue Betonfläche. Warschau war deprimierend gewesen, und im Moment sah Krakau auch nicht viel besser aus.

Das Taxi setzte sie vor einem Hotel in der Altstadt ab, in einer belebten Straße mit Bars und Dönerbuden. Die hohen Häuser und engen Straßen hielten den Wind weitgehend ab, und es war beinahe mild. Touristen spazierten in T-Shirts und kurzen Hosen im Dämmerlicht umher und fotografierten eifrig.

Logan konnte es ihnen nicht verdenken – es war wirklich ziemlich beeindruckend; ganz so, wie man sich eine alte osteuropäische Stadt vorstellte. Kopfsteinpflaster, reich verzierte Fassaden … ein bisschen wie die Kulisse eines Sechzigerjahre-Gruselfilms. Nun ja, abgesehen von den ganzen Neonreklamen und den blitzenden Fotoapparaten.

Jaroszewicz drückte das schmiedeeiserne Tor auf und betrat das Hotel, und nach kurzem Zögern folgte Logan ihr. »Also, wie sieht denn das Programm für den Abend aus?«, fragte er in der leisen Hoffnung, dass es irgendetwas mit Bier zu tun hätte.

Sie blies die Backen auf und machte ein Geräusch wie ein angestochener Reifen. »Ich werde ein Bad nehmen und dann ins Bett gehen.« Sie sah auf ihre Uhr. »Wir können uns um acht Uhr zum Frühstück treffen.«

Oben in seinem Zimmer zog Logan die Gardinen auf und blickte auf die Straße hinunter. Er hatte schon alles ausgepackt und verstaut, mit dem Zimmersafe herumgespielt, den Inhalt der Minibar in Augenschein genommen, darüber nachgedacht, die kleinen Plastikfläschchen mit Shampoo und Haarspülung zu klauen, und sämtliche Sightseeing-Prospekte gelesen.

Und dann fiel ihm ein, dass er sein Handy wieder einschalten sollte. Er hatte drei Nachrichten von DI Steel, die dringend um einen Rückruf bat.

Er sah auf seine Uhr: halb zehn. Das hieß, dass es zu Hause jetzt halb neun war. Er wählte Steels Nummer, lehnte sich mit der Stirn an die Fensterscheibe und sah zu, wie zwei betrunkene Mädels unten aus einem Laden torkelten, dem Anschein nach eine Wein- und Spirituosenhandlung.

Dann blaffte Steels Stimme aus dem Hörer: »*Wieso hat das so lange gedauert, Mann?*«

»Hatte mein Handy ausgeschaltet. Ist Vorschrift im Flugzeug.«

»Bla-bla-bla. Ich hab mir diese Adresse angeschaut, die du von deinem fetten Pornofilmer hast, und weißt du, was ich gefunden habe?«

Draußen rutschte eines der Mädchen aus und knallte mit dem Hintern auf das Kopfsteinpflaster. Ihr Freundin fing an zu lachen. »Keine Ahnung.«

Steel prustete verächtlich in den Hörer. *»Ich verrat's dir: Gar nichts hab ich gefunden. Das ganze Ding steht leer.«*

»Bist du sicher, dass du die richtige Adresse –«

»Beende diesen Satz, und ich verpasse dir eine kostenlose Darmspiegelung mit meiner Schuhspitze. Natürlich waren wir an der richtigen Adresse: ein klappriger kleiner Baucontainer in der Greenwell Road, direkt an den Bahngleisen. Kein Namensschild, und keine Sau weit und breit. Ein Heim für Spinnen und tote Wespen!«

»Oh ... tut mir leid.«

»Tja, das hilft Krystka Gorzałkowska herzlich wenig, dass es dir leidtut, oder?«

Logan schloss die Augen und zählte bis zehn.

»Bist du noch da?«

»Hast du mich nur deswegen so *dringend* um einen Rückruf gebeten, damit du mich zur Sau machen kannst?«

»Werd nicht frech.« Pause. *»Susan möchte, dass du mal zum Essen vorbeikommst, wenn du zurück bist.«*

Er wusste genau, was das bedeutete. »Wollt ihr euch jetzt gegen mich verschwören?«

»Ach was. Bloß ein nettes Essen im kleinen Kreis, ein paar Fläschchen Wein – und wenn du immer noch keine Lust hast, Susan zu schwängern, kannst du es ihr selber sagen.« Und dann legte sie auf.

Logan klappte sein Handy zu, fluchte und dotzte mit dem Kopf leicht gegen die Scheibe.

Scheiß drauf. Er war nicht über 2000 Kilometer geflogen, um in einem Hotelzimmer herumzuhocken. Es wurde Zeit, dass er die Krakauer Kneipenszene einer eingehenden Prüfung unterzog.

Der Weckton seines Handys klang, als ob jemand versuchte, einem Huhn ein Xylophon hinten reinzuschieben. Halb acht. Logan blinzelte vorsichtig und machte sich darauf gefasst, dass der Kater einsetzte. Er hatte bis gegen Mitternacht in der nächsten Kneipe gesessen, das hiesige Bier getrunken und mit verschiedenen Sorten von aromatisiertem Wodka experimentiert, bis der Laden zugemacht hatte. Eigentlich hätte er sich heute Morgen hundeelend fühlen müssen. Tat er aber nicht.

Schnell geduscht und rasiert, und dann runter zum Frühstück. Und die ganze Zeit wartete er darauf, dass ihn die Strafe für den gestrigen Abend doch noch ereilte.

Polizeihauptmeisterin Jaroszewicz saß schon an einem Zweiertisch und aß eine große Schüssel Müsli. Sie zeigte mit ihrem Löffel auf ihn. »Ihre Haare sind nass.«

Er bediente sich am Büfett, wobei er den Aufschnitt ignorierte und sich stattdessen Käse, Gurken und Brot auf den Teller lud; dann setzte er sich hin, um die Speisekarte zu studieren. Nachdem er vergeblich nach einem vegetarischen Pfannengericht gesucht hatte, entschied er sich für das Rührei mit Pilzen.

»Ich habe mich gefragt«, begann er, während Jaroszewicz sich wieder ihrem Müsli widmete, »wie viele Leute eigentlich von diesen Blendungen wussten?«

Sie kaute eine Weile. »Keine Ahnung.«

»Ich meine, wie hätte jemand aus Aberdeen davon erfahren können?«

»Über das Internet?«

»Das habe ich gestern vor meiner Abreise noch ausprobiert, und ich konnte nichts finden.« Eine Kellnerin kam mit seinem Rührei. »Oh, vielen Dank… ich wollte sagen: *Dziękuję.*« Die junge Frau lächelte ihm zu und verschwand wieder. Dann sah Logan, was sie ihm da hingestellt hatte.

Jaroszewicz bemerkte, wie er das Gesicht verzog. »Was ist?«

»Das ist doch kein Rührei ... Das sieht aus, als hätte jemand auf den Teller geniest.« Statt eines locker flockigen gelben Haufens breitete sich da eine sämige, zähflüssige Mischung aus Eiweiß und Eigelb mit braunen Klümpchen drin auf dem Teller aus. Nicht gerade appetitlich.

»Gleich nach dem Frühstück gehen wir auf die Polizeiwache.«

Er probierte todesmutig. Eigentlich schmeckte es gar nicht so schlecht. »Müssen wir mit Kompetenzstreitigkeiten rechnen?«

»Kompetenz ... ?«

»Dürfen Sie hier überhaupt Leute vernehmen? Oder muss uns immer ein Kollege aus Krakau auf die Finger gucken?«

»Pfffff. Warschau und Krakau vertragen sich nicht besonders gut. Wir nennen sie ›Landeier‹, und sie nennen uns ›blöde Yuppies‹. Sie sind immer noch beleidigt, weil Krakau früher mal die Hauptstadt von Polen war, und jetzt ist es Warschau.« Sie schaufelte sich noch einen Löffel voll in den Mund und kaute. »Von der hiesigen Polizei dürfen wir uns kaum Unterstützung erwarten. Würde mich wundern, wenn sie überhaupt die Adressen der Opfer rausrücken.«

Irgendwie erfüllte das Logan nicht gerade mit Zuversicht.

Auf der Straße vor dem Hotel war wesentlich weniger los als am Abend zuvor. Die Dönerbuden waren dunkel und verrammelt, die Touristen schliefen noch oder genossen gerade ihr Frühstück, das nur ganz entfernt Ähnlichkeit mit Rühreiern hatte.

Vor dem Hotel wandte Jaroszewicz sich nach rechts und ging zum Marktplatz, der im Schatten der hohen roten Backsteintürme der Marienkirche lag. Der Himmel wölbte sich kristallblau über ihnen, und die Sonne wärmte bereits die Pflastersteine. Vor den kleinen Cafés, die den Platz säumten, wurden schon die Markisen ausgefahren und die Sonnenschirme aufgeklappt. Ein Geruch nach Holzkohlefeuer und gegrillten Würstchen lag in der Luft. Er kam von einem halben Dutzend Imbissbuden, die zu dem ständigen Markt vor den Tuchhallen gehörten, einem imposanten, langgezogenen Bau mit kunstvoll gestalteter Fassade.

Jaroszewicz führte Logan hinüber zur anderen Seite des Marktplatzes und ging auf eine kleine, unscheinbare Ladenfront im Erdgeschoss eines gelb verputzten Hauses zu. Die Einfassungen der Fenster in den oberen Stockwerken waren reich verziert, doch die Polizeiwache selbst erinnerte von außen eher an eine Taxizentrale, nur dass sie noch gesichtsloser war. Wäre da nicht das kleine rote Schild über dem dunklen Schaufenster gewesen, auf dem KOMISARIAT POLICJI I wKRAKOWIE stand, hätte man sie niemals hier vermutet.

Jaroszewicz blieb ein paar Meter vor dem Eingang stehen. »Sie warten besser draußen. Gehen Sie so lange Kaffee trinken oder so.« Und dann marschierte sie hinein.

Logan schlenderte zu einem nahen Café, suchte sich einen Platz im Schatten eines grünen Heineken-Sonnenschirms und bestellte eine Tasse Kaffee.

Er sah auf seine Uhr: zwanzig nach neun. Zwanzig nach acht in Aberdeen. Er überlegte, ob er Finnie anrufen und ihn fragen sollte, ob bei Gilchrists Vernehmung gestern irgendetwas Brauchbares herausgekommen war, aber das hätte wahrscheinlich so geklungen, als hätte er nichts Besseres zu tun. Es schien ihm ratsamer, erst anzurufen, wenn er konkrete Resultate von seinem Besuch in Krakau vorzuweisen hatte. Also schickte er stattdessen Rennie eine SMS, und dann saß er da und überlegte, ob er Samantha auch eine schicken sollte. Aber was sollte er schreiben? »TML, DASS ICH GESAGT HAB, DU WÄRST N FREAK – MISS U – LGN.« Nicht besonders romantisch, oder?

Sein Handy quäkte: Rennie hatte schon geantwortet.

»0,0 FORTSCHR – STL IS NE BLD ZIKE :-(FNI ISN ALO :-(BT

ISN WXR :–(WIE LFTS IN POLEN?« Das war ja noch mal ein Stück sinnloser als das, was er normalerweise so von sich gab. Vielleicht hatte sich durch den Schlag mit dem Bügeleisen in dem großen Hohlraum zwischen Rennies Ohren irgendetwas gelockert?

Logan tippte rasch eine Antwort, in der er etwas von Wodka und Go-go-Girls faselte. Dann trank er seinen Kaffee und sah zu, wie zwei bewaffnete Polizisten von ihren Fahrrädern stiegen, um an einem kleinen runden Kiosk Zigaretten zu kaufen.

Er überlegte gerade, ob er noch einen Kaffee bestellen sollte, und dazu vielleicht ein süßes Teilchen, als Jaroszewicz endlich herauskam.

Sie deutete mit dem Daumen über die Schulter. »Sie waren ganz brav und haben mir drei Adressen gegeben, bei denen wir es versuchen können.«

Logan stand auf. »Wie kommen wir da hin?«

»Geht bei Ihnen alles auf Spesen?«

»Ja.«

»Dann nehmen wir uns ein Taxi, und Sie können bezahlen.«

Um halb zwölf war aus dem angenehm sonnigen Morgen ein drückend heißer und schwüler Vormittag geworden. Logan lehnte schwitzend am Dach des Taxis, als Jaroszewicz eine alte Holztür hinter sich zuschlug und wieder auf die Straße trat.

Die Gebäude in diesem Teil der Stadt sahen genauso aus wie die um das Hotel herum, nur schäbiger, mit verblichenen Farben und abblätterndem Lack, als ob die Bewohner schon vor langer Zeit resigniert hätten. Manche Häuser waren so schmutzig, dass man unmöglich die ursprüngliche Farbe ausmachen konnte. Es hätte pittoresk sein können, mit einem gewissen altertümlichen Charme, aber es war einfach nur trist und bedrückend. Kein Wunder, dass hier *Schindlers Liste* gedreht worden war.

»Kein Glück?«

Jaroszewicz blickte sich mit finsterer Miene zu dem Haus um, aus dem sie gerade gestürmt war. »Der Nachbar sagt, dass die Wohnung schon seit sechs Jahren leer steht. Er meinte, Mr. Gibowski sei nach dem Tod seiner Frau zu seiner Tochter nach Amerika gezogen. Ohne seine Augen kam er allein nicht mehr zurecht.«

»Drei von drei.«

Sie drehte sich einmal langsam im Kreis und ließ den Blick über die heruntergekommene Straße schweifen. »Das war's. Ich weiß nicht mehr, was wir noch machen sollen.« Als sie sich wieder Logan zuwandte, glänzten ihre Augen feucht. Und ihre Unterlippe zitterte. »So viel Zeit vergeudet …«

Und Logan wusste nicht, was er noch sagen sollte. Also versuchte er es mit: »Sind Sie sicher, dass Ihre Krakauer Kollegen Ihnen alle Informationen gegeben haben, über die sie verfügen? Ich meine, wenn Gibowski schon vor sechs Jahren ausgewandert ist?«

Ein Schniefen. Sie wischte sich mit dem Handrücken über die Augen. »Ich habe Ihnen doch gesagt, dass die ›blöde Yuppies‹ wie mich hassen.«

Der Taxifahrer steckte den Kopf aus dem Fenster und sagte etwas. Er sprach zu schnell, als dass Logan irgendetwas verstanden hätte, aber Jaroszewicz ratterte eine gereizt klingende Erwiderung herunter. Dann stieg sie auf den Rücksitz und fragte: »Haben Sie Hunger?«

Sie aßen in einem verwinkelten Restaurant namens Chłopskie Jadło zu Mittag, fünf Gehminuten vom Marktplatz entfernt. Vor dem Eingang hielt eine aus dunklem Holz geschnitzte Hexenfigur Wache. Sie hatten das Lokal fast für sich; die einzigen anderen Gäste waren eine Frau und ein kleines Kind, die sich mit Teigtaschen vollstopften. Jaroszewicz wählte einen Tisch in einem anderen Saal, weit weg von dem lodernden Kaminfeuer.

Sie sank auf ihren Stuhl nieder und griff seufzend zur Speisekarte. »Das war's dann also, wir sind am Ende. Sie haben die Reise umsonst gemacht. Es tut mir leid.«

»Sie scheinen das sehr … persönlich zu nehmen.«

Sie zuckte mit den Achseln, während sie die Karte überflog. »Sie sollten die *pierogi* probieren, das sind Teigtaschen mit Kartoffelfüllung. Sehr gut.«

»Ich bitte Sie, Sie sind vorhin fast in Tränen ausgebrochen.«

»Ich …« Pause. »Das ist ein großer Fall für mich. Wenn ich … Mein Sergeant sagt, wenn ich den nicht erfolgreich abschließe, ist meine Karriere erledigt.« Sie drehte die Speisekarte in den Händen. »Wollen Sie was trinken? Ich hätte Lust, was zu trinken. Bestellen wir uns was zu trinken.«

Wieder trat eine Pause ein, und dann streckte Logan die Hand aus. »Lassen Sie mich noch einmal einen Blick in diese Akten werfen.«

»Warum?«

»Weil ich nicht nach Hause fahren werde, ohne eine Verbindung zwischen Ricky Gilchrist und dem, was hier passiert ist, gefunden zu haben. Und wenn sie noch so vage ist – irgendetwas muss es da geben. Es kann kein Zufall sein, dass unser Mann haargenau so vorgeht wie die Gangster bei Ihnen.«

Sie kramte die Mappe aus ihrer geräumigen Handtasche hervor. Dann widmete sie sich wieder der Speisekarte.

Logan verteilte die einzelnen Fallakten auf dem Tisch. Es war eine Auswahl aus dem riesigen Stapel, den er auf der Zugfahrt von Warschau gesichtet hatte; sie hatten sämtliche Opfer, die nicht aus Krakau waren, aussortiert. Fünf Opfer, alles Männer.

Er ordnete den Rest chronologisch. »1973, 1981, 1993, 1997 und 2004. Fünf Opfer. Gibowski ist in Amerika, Wisniewski ist tot, und Bielatowicz ist seit 2003 nicht mehr gesehen worden. Bleiben Gorzkiewicz '81 und Löwenthal '97.«

Der Ober erschien, aber Logan hatte noch gar keinen Blick in die Speisekarte geworfen, also ließ er Jaroszewicz für sich mitbestellen. Dann nahm er sich die zwei verbliebenen Akten vor und versuchte, sich an die Einzelheiten zu erinnern. Löwenthal war angeblich in Menschenhandel von Russland nach Großbritannien verwickelt gewesen, daneben hatte er sich gelegentlich als Waffenschieber betätigt. Alte Bestände der Sowjetarmee, billig aufgekauft von Soldaten, die seit Monaten keinen Sold bekommen hatten, und dann mit gewaltigem Preisaufschlag an Banden in ganz Europa verhökert.

Gorzkiewicz war ein ganz anderer Fall. Er hatte unter den Kommunisten als Obergefreiter in der polnischen Armee gedient und war nach einem nicht näher beschriebenen Unfall als dienstunfähig entlassen worden. Ein gesetzestreuer Bürger, dessen einziges Vergehen darin bestand, dass er Anfang der Achtzigerjahre in der Solidarność-Bewegung aktiv gewesen war.

Logan zog Löwenthals Akte heran. »Okay, das ist der Typ, auf den wir uns konzentrieren müssen.«

Sie schniefte. »Warum er? Warum nicht Gorzkiewicz, der käme doch viel eher –«

»Nein, käme er nicht. Gorzkiewicz wurde 1981 geblendet, als die Kommunisten noch an der Macht waren. Alles, was er uns erzählten könnte, wäre seit fast dreißig Jahren überholt. Und wenn es sich tatsächlich um Strafaktionen von irgendwelchen Banden handelt, dann würde es uns ohnehin nicht weiterhelfen. Aber Löwenthal wurde 2004 überfallen. Was *er* weiß, könnte immer noch wertvoll sein.«

»Aber wir haben keine Ahnung, wo er –«

»Wir versuchen es über das Grundbuchamt, das Melderegister, die Telefonbücher. Wir sprechen mit Informanten, mit polizeibekannten Komplizen.«

Sie lehnte sich zurück und runzelte die Stirn. »Oh… Das hatte ich nicht… Ja. Natürlich.«

Der Ober kam mit zwei großen Gläsern Bier, einem Holzbrett mit Unmengen von Brot, einem Topf mit einer Art Schweineschmalz und einem riesigen Messer. Jaroszewicz dankte ihm und reichte Logan sein Bier. Ihre Finger berührten sich an dem kalten Glas. Etwas Kondenswasser lief an der Seite hinunter und tropfte auf den Tisch.

»Äh... danke.« Logan nahm einen Schluck und tat so, als hätte er nicht gesehen, wie Polizeihauptmeisterin Jaroszewicz errötete. »Nach dem Essen rufe ich meinen DCI an; er soll sich mit dem verantwortlichen Beamten in Krakau in Verbindung setzen. Sie weigern sich vielleicht, mit der Warschauer Polizei zusammenzuarbeiten, aber es könnte ja sein, dass sie bereit sind, mit Aberdeen zu kooperieren.«

Sie nahm sich ein Stück Brot und bestrich es mit Schmalz. »Sagen Sie ihm aber, dass er auf keinen Fall meinen Namen erwähnen soll. Wenn die denken, dass eine von diesen blöden Yuppies Aberdeen benutzt, um Druck auf sie auszuüben, dann werden sie sich völlig querstellen.«

43

Es war einfach zu heiß, um konzentriert arbeiten zu können. Durch drei riesige, schmutzige Fenster fiel Sonnenlicht in den muffigen Raum. Stickig und einschläfernd. Das üppige Mittagessen, bestehend aus Rote-Bete-Suppe und Kartoffel-Teigtaschen, trug auch seinen Teil dazu bei. Das Städtische Archiv von Krakau wurde offenbar gerade renoviert, und so waren tonnenweise Akten und Dokumente in ein schmuddeliges vierstöckiges Gebäude ausgelagert worden, das in einer Reihe anderer schmuddeliger vierstöckiger Gebäude stand und eine Aussicht auf zwei Baustellen und eine Trambahnhaltestelle bot.

Die Stadtverwaltung hielt offensichtlich nichts von Klimaanlagen: In der Mitte des Saals stand ein einsamer elektrischer Ventilator, der unermüdlich hin und her schwenkte – ssssssssssss-*klick*, sssssssssss-*klick*, ssssssssssss-*klick* – und in der drückenden Sommerhitze lediglich ein bisschen Staub aufwirbelte. Das einzige andere Geräusch waren die gedämpften Stimmen amerikanischer Touristen, die Stapel alter Stadturkunden nach ihren Vorfahren durchforsteten.

Logan riss ruckartig den Kopf hoch. Blinzelte, schüttelte sich, gähnte.

Jaroszewicz blickte nicht auf – sie brütete über einem Stapel Zeitungen von 2004, auf der Suche nach Meldungen über die Blendung Löwenthals. Wenn sie Glück hätten, könnten sie so wenigstens herausfinden, in welchem Teil der Stadt sie suchen mussten. Und ein Abgleich mit den Löwenthals im Krakauer Telefonbuch würde sie dann vielleicht tatsächlich zum Ziel führen.

Das alte Holz knarrte, als Logan sich auf seinem Stuhl reckte. »Sind Sie sicher, dass ich nichts machen kann?«

»Wie kommen Sie darauf?« Sie blätterte weiter die vergilbten Zeitungsseiten um. »Haben Sie vielleicht Polnisch gelernt, seit Sie das letzte Mal gefragt haben? Oder die vier Male davor?«

Logan seufzte. »Ich sitze hier nur rum und tue nichts.«

Er konnte sehen, wie sie die Zähne zusammenbiss. »Dann gehen Sie und tun Sie etwas anderes. *Bitte.* Und lassen – Sie – mich – in – Ruhe – arbeiten!«

Er fand ein kleines Internetcafé in einer Seitenstraße des Marktplatzes, bezahlte zwanzig Zloty und rief seine E-Mails ab. Es waren die üblichen Rundmails und Dienstanweisungen; Zeugenaufrufe; ein paar Vermisstenfälle; eine Einladung zu einer Abschiedsfeier für DI Gray im Archie's nächsten Freitag; eine Nachricht von den Zeugenschutzleuten, die schrieben, dass Kylie und ihre Schwester Tracey im Rehabilitationsprogramm erstaunliche Fortschritte machten; eine Mail von Gary, der Logan Ärger androhte, wenn er nicht bis Ende der Woche seine Spesenabrechnung einreichte; und eine lange E-Mail von Stabsunteroffizier Łukaszewski mit angehängten Hintergrundinformationen zu allen Aberdeener Opfern. Logan verbrachte fünf Minuten damit, den Wust von Daten zu sichten, und leitete dann alles an Finnie weiter. Der konnte ruhig auch mal etwas tun.

Zuletzt war da noch eine Mail von Rennie, der darüber jammerte, dass sie ihm DI Steels »Sperminator«-Ermittlung aufs Auge gedrückt hatten. Dann lud er Logan noch ein, am Samstag mit ihm und der halben Kriminalabteilung Fußball zu schauen und den Abend mit einer Runde Autoscooter, Curry und ganz viel Bier zu beschließen.

Keine Nachrichten von DI Steel oder Finnie. Und auch

nichts von DCS Bain … Allerdings konnten ja noch bis morgen Nominierungen für den Ersatz für DI Gray eingereicht werden, was bedeutete, dass Bain das Ergebnis wahrscheinlich nicht vor nächster Woche bekanntgeben würde.

Logan klickte auf »NEUE E-MAIL« und schrieb eine Nachricht an Samantha. Löschte sie und fing von vorn an. Löschte auch die zweite.

Dann antwortete er stattdessen auf Rennies Einladung.

Zwei Minuten später hatte er eine Antwort:

> wo hastn gesteckt? fußball kannste vergessen, ist schon wieder einer mit ohne augen gefunden worden! komme grad von der eisnatzbesprechung – schon wiedern pole!!! der ACC flippt aus – totale ulraubssperre. ups, muss schluss machen, finny is aufm kriegspfad. von pirie sieht man nur noch die füße, so tief steckt er im arsch vom DIC!!!! LOL
> ;-)

Logan las die Mail dreimal. Versuchte sich einzureden, dass Rennie ihn bloß auf den Arm nahm. Es gab nicht wirklich ein neues Ödipus-Opfer. Es *konnte* kein neues Ödipus-Opfer geben – Ricky Gilchrist saß in Untersuchungshaft, er hatte gestanden, und verdammt noch mal, sie hatten die Drohbriefe auf seinem Computer gefunden.

Logan nahm sein Handy heraus und rief Finnie an. »Ist das wahr? Es ist wieder jemand geblendet worden?«

»*Nein, das hab ich mir nur so zum Spaß ausgedacht.* Natürlich *stimmt es. Wo sind Sie?*«

»In Krakau.« Er sagte dem DCI, dass es in Warschau keine überlebenden Opfer mehr gab, und fügte hinzu, was Polizeihauptmeisterin Jaroszewicz von der hiesigen Polizei hielt. »Die Kollegen sind nicht gerade kooperativ.«

»*Und was* genau *soll ich da Ihrer Meinung nach tun? Denken Sie vielleicht, ich hätte nicht* genug *Probleme, ohne dass Sie mir noch welche draufpacken? Meinen Sie, mein Leben ist noch nicht aufregend genug, jetzt, wo ich den falschen Mann in Gewahrsam habe?*«

»Den falschen Mann?«

»*Ricky Gilchrist. Was haben Sie denn gedacht, wen ich meine – Ronald McDonald?*«

»Na ja … es …« Logan schlug mit der flachen Hand auf den Tisch. Heureka! »Dieses neue Opfer – das könnten doch die Leute gewesen sein, die Simon McLeod überfallen haben?«

»*Mensch, das ist ja* genial, *Sergeant! Darauf wäre ich* nie *gekommen. Boah, was für eine* brillante *Idee, vielleicht war es* derselbe Täter. *Nur dass Opfer Nummer acht ein polnischer Ölarbeiter bei BP ist. Und er wurde auf einer verlassenen Baustelle in Torry gefunden. Wir haben sogar den üblichen Anruf bekommen, in dem er sich mit der Tat brüstet. Es ist zweifelsfrei Ödipus.*«

»Mist.«

»*Das ist noch eine Untertreibung. Die Presse hat noch nicht Wind davon bekommen, aber wenn das passiert …*« Finnie war einen Moment still. »*Was für ein Desaster.*«

»Wir lassen Gilchrist doch nicht laufen, oder?«

»*Seh ich etwa aus wie ein* Idiot*? Goulding macht schon die Papiere für seine Zwangseinweisung fertig. Er wird den Rest seines unnatürlichen, perversen, armseligen Lebens entweder im Gefängnis oder in einer geschlossenen psychiatrischen Einrichtung verbringen.*« Logan hörte, wie sich die Hintergrundgeräusche veränderten – das Stimmengewirr verstummte, und in der Stille, die folgte, hallte es merkwürdig. Finnie war wohl aus dem Büro hinaus auf den Flur getreten. Inzwischen klang der DCI beinahe verzweifelt. »*Sie müssen da drüben unbedingt etwas finden, okay? Was, ist mir egal, aber finden Sie mir* irgendetwas, *womit ich dieses Schwein packen kann.*«

»Wir gehen gerade verschiedenen Informationsquellen nach und versuchen, zwei mögliche Überlebende ausfindig zu machen. Aber wie ich bereits sagte, die hiesigen Kollegen sind nicht besonders kooperativ. Kann nicht schaden, wenn Sie da vielleicht mal ein gutes Wort einlegen …?«

»*Sonst noch was?*«

»Es wäre vielleicht besser, wenn Sie den Namen von Polizeihauptmeisterin Jaroszewicz nicht erwähnen. Anscheinend sind Warschau und Krakau sich nicht besonders grün.«

»*Ich rufe gleich dort an. Sehen Sie nur zu, dass Sie mir irgendetwas* finden, *verstanden?*«

Und dann legte der DCI auf.

Laut der Anzeige des Computers reichte Logans Geld noch für weitere fünf Minuten, also öffnete er eine neue Mail und zwang sich, etwas an Samantha zu schreiben. Eine Entschuldigung, aber nicht zu kriecherisch. Und diesmal schaffte er es sogar, sie abzuschicken.

Dann nahm er seine Jacke und spazierte hinaus in den Sonnenschein.

Es war kurz nach fünf, und die Straßen belebten sich allmählich – Einheimische, die von der Arbeit nach Hause gingen; noch mehr Touristen mit Kameras; kleine alte Damen, die an den Ecken standen und geräucherten Käse in absonderlichen, leicht phallischen Formen feilboten. Er schlenderte zum Hotel zurück und blieb vor jedem Restaurant stehen, um die Speisekarte zu studieren, als plötzlich sein Handy klingelte. Es war Jaroszewicz.

»*Ich habe jemanden gefunden! Ich kann es gar nicht glauben!*«

Logan hörte schweigend zu, während sie sich wortreich darüber ausließ, wie schwierig es gewesen sei und wie viele Zeitungen sie habe lesen und wie viele Anrufe sie habe tätigen müssen.

»Also«, sagte er, als sie endlich Luft holen musste, »wer ist es denn nun?«

»*Löwenthals Bruder. Und wissen Sie, was das Beste ist? Er trifft sich heute Abend mit uns! Um neun Uhr!*«

Es war Viertel vor zehn, und noch immer war er nicht aufgetaucht. Logan und Jaroszewicz warteten in einer kleinen Kellerbar in der Floriańska, nur ein paar Schritte vom Hotel entfernt – ein Backsteingewölbe mit roten Tischdecken und weißen Servietten, Kerzenlicht, Separees aus rot gebeiztem Fichtenholz, die Farbe an den Kanten schon ein wenig verblasst. An der Wand hing ein großes Ölgemälde eines kahlköpfigen Mannes mit Schnauzbart und gewaltigen Koteletten, der eine Art Militäruniform und einen grünen Kokardenhut trug.

Die Luft war von Zigarettenrauch geschwängert.

Jaroszewicz saß über ein halb leeres Pintglas Guinness gebeugt und schnipste eine einsame Erdnuss über den Tisch. »Er hat gesagt, er würde kommen.«

Logan trank sein Bier aus und deutete auf ihr Glas. »Möchten Sie noch eins, während wir warten? Vielleicht ein kleines?«

Sie zuckte mit den Achseln, und er ging nach vorn zur Bar, wo er den Goldfischen zusah, die in einem winzigen Aquarium mit Bierreklame herumschwammen, während der Barmann ihm noch ein großes Tyskie und ein kleines Guinness vom Fass zapfte.

Hinter sich hörte er Stimmen.

Logan drehte sich um und sah, dass Jaroszewicz aufgestanden war und mit einem Mann redete, auf dessen Schnauzer jedes Walross stolz gewesen wäre.

Jaroszewicz stellte ihn vor. »Das ist Henryk Löwenthal.«

Sie gaben sich die Hand, und Logan sagte. »Guten Abend.«

Der Mann sah ihn verwirrt an, und Jaroszewicz zuckte mit den Achseln. »Er spricht kein Englisch.«

»Oh … okay.« Logan versuchte es mit: »*Dobry wieczór.*«

»Ah!« Ein Lächeln, ein Nicken. »*Dobry wieczór.*«

Sie setzten sich an den Tisch, unter den wachsamen Augen des in Öl gemalten Militärs. Löwenthal räusperte sich, atmete tief durch und ratterte dann eine lange Rede herunter, von der Logan kein Wort verstand.

Jaroszewicz dolmetschte: »Er sagt, wir dürfen nicht vergessen, dass seine Familie keine Ahnung von den Machenschaften seines Bruders hatte. Keiner von ihnen hatte vorher je mit der Polizei zu tun gehabt. Es sind anständige Leute, und sie schämen sich sehr.«

»Fragen Sie ihn, wo sein Bruder jetzt ist.«

Sie starrte ihn an. »Was glauben Sie, was ich gerade tun wollte?«

»Okay, okay. Entschuldigung.«

Sie feuerte noch eine Frage ab und bekam einen weiteren Sermon zur Antwort.

»Er sagt, er weiß es nicht.«

»Herrgott noch mal …« Er seufzte. »Fragen Sie ihn, ob er eine Telefonnummer oder eine E-Mail-Adresse hat.«

Eisiges Schweigen. »Warum ist mir das bloß nicht eingefallen?«

»Ich wollte nicht –«

Aber sie redete schon weiter. Löwenthals Bruder antwortete etwas, und beide lachten.

»Was? Was hat er gesagt?«

»Er sagt, ihr Briten seid alle gleich – ihr macht euch nie die Mühe, irgendwelche Fremdsprachen zu lernen. Ihr glaubt, ihr könnt immer noch die Welt beherrschen, indem ihr ganz laut und ganz langsam auf die Eingeborenen einredet.«

»Was hat er wegen der Telefonnummer gesagt?«

Ein weiterer Wortwechsel auf Polnisch.

»Er sagt, sie haben schon vor Jahren den Kontakt zu seinem Bruder abgebrochen. Er war ständig betrunken und gewalttätig, und er hat gestohlen.«

Von da an ging der Abend immer weiter den Bach runter. Jaroszewicz und Löwenthals Bruder unterhielten sich auf Polnisch, während Logan wie das fünfte Rad am Wagen dasaß, Bier trank und auf die Übersetzungen wartete. Zwischendurch drängte er sie immer wieder, weitere Fragen zu stellen.

Schließlich drehte sie sich zu ihm um, starrte ihn mit einem Blick wie ein geschliffenes Messer an und sagte: »Sergeant McRae, ich bin durchaus in der Lage, einen Zeugen zu befragen, ohne dass Sie mir alle paar Minuten vorsagen, was sich sowieso von selbst versteht. Also seien Sie jetzt bitte still, verhalten Sie sich ruhig, und konzentrieren Sie sich darauf, hübsch auszusehen, okay?« Sie schenkte ihm ein fieses Lächeln, dann wandte sie ihm den Rücken zu und scherzte weiter auf Polnisch mit Mr. Löwenthal.

So viel zum Thema internationale Zusammenarbeit.

44

Sieben Uhr dreißig am Mittwochmorgen. Logan lag auf dem Rücken und starrte die Decke seines Hotelzimmers an. Wirklich eine *geniale* Idee, diese Reise. Er schaltete den Weckton seines Handys aus und sank in die Kissen zurück. Die Frau war ein Alptraum. Je später der Abend, desto schlimmer war es geworden, bis Logan irgendwann das Gefühl bekommen hatte, dass er ebenso gut ganz allein in einer anonymen Kneipe in einem fremden Land hätte sitzen können. Nur dass das hier noch wesentlich unangenehmer war, denn er war sich ziemlich sicher, dass Ihre Hochnäsigkeit Polizeihauptmeisterin Jaroszewicz und Löwenthals Bruder ihn ausgelacht hatten. Und das nicht etwa hinter seinem Rücken, sondern vor seinen Augen.

»Ich bin Profi«, versicherte er der Nachttischlampe. »Ich verspreche, dass ich nicht schmollen werde.«

Ja, ja, von wegen.

Er schleppte sich in die Dusche und schlappte nach unten in den Frühstücksraum, wo zu seiner Enttäuschung Jaroszewicz schon am Tisch saß und wieder Müsli in sich hineinstopfte. Einen kurzen Moment lang überlegte er, ihr die kalte Schulter zu zeigen und sich an einen anderen Tisch zu setzen, aber er hatte es der Nachttischlampe schließlich versprochen.

Die Rühreier waren sicher wieder genauso eigenwillig wie gestern Morgen, aber er bestellte sie trotzdem.

Jaroszewicz sah ihm eine Weile zu, wie er schweigend aß. »Ich habe mir gedacht, dass ich gestern wohl unfair zu Ihnen war.«

»Tatsächlich.«

»Es ist ja nicht Ihre Schuld, dass Sie unsere Sprache nicht sprechen.« Sie zuckte mit den Achseln. »Aber Sie können die Dokumente nicht lesen, und Sie können die Zeugen nicht befragen. Also …« Sie griff in ihre geräumige Handtasche und zog einen Stapel Sightseeing-Prospekte heraus. »Unternehmen Sie doch etwas. Schauen Sie sich Krakau an. Löwenthals Bruder hat mir ein paar Adressen gegeben, bei denen ich es probieren kann. Ich rufe Sie an, wenn ich irgendetwas herausfinde.«

Logan war zu eingeschnappt, um ihr zu widersprechen. Die Nachttischlampe konnte ihn mal kreuzweise.

Die Sonne war ein goldener Splitter, der zwischen Bahnen weißer Wolken hervorblitzte. Logan saß auf einer Parkbank und fluchte halblaut vor sich hin. Für wen hielt die sich eigentlich? Schickte ihn zum Sightseeing, als wäre er ein kleines Kind, das gefälligst zu verschwinden hatte, damit die Großen sich unterhalten konnten. Messer, Gabel, Schere, Licht sind für kleine Sergeants nicht.

Er riss noch einen Fetzen von dem Brotlaib ab, den er einer alten Frau mit braunem Gesicht an einer Straßenecke abgekauft hatte, und warf ihn nach einem Grüppchen dämlich glotzender Tauben. Gab sich alle Mühe, eine von ihnen zu treffen, verfehlte sie aber kläglich. Blöde Jaroszewicz-Zicke.

Eine Schar Nonnen trippelte vorbei, angetan mit den traditionellen schwarz-weißen Pinguinkostümen, wie man sie in Schottland gar nicht mehr sah. Nein, in Aberdeen liefen sie inzwischen alle in grauen Twinsets und solidem Schuhwerk herum.

Wie sagte man eigentlich zu diesen Kostümen? Talar? Robe?

Logan beobachtete, wie die Nonnen stehenblieben und einem jungen Mann, der seine McDonalds-Tüte auf den Parkweg geworfen hatte, eine Strafpredigt hielten. Der Typ hielt das ganze dreißig Sekunden durch, dann las er seine Tüte auf und lief zum nächsten Abfalleimer.

Vielleicht doch eher »Kampfanzug«?

Logan unternahm noch einen Versuch, eine Taube mit einem Stück Brotrinde zu steinigen.

Der Park wäre eigentlich ein nettes Plätzchen gewesen, wo man einfach dasitzen und die Welt an sich vorüberziehen lassen konnte, wenn Logan nicht so eine miese Laune gehabt hätte. Es war ein drei Kilometer langes, staubig grünes Band, das sich rings um die Altstadt zog, gesäumt von mächtigen Bäumen, durch deren dichtes Laub nur vereinzelte Sonnenstrahlen drangen. Fast war es schon ein bisschen kühl auf der Bank, wo Logan saß und unschuldige Vögel bombardierte.

Das nächste Brotstück prallte vom Kopf einer Taube ab, und Logan gab sich zwanzig Punkte. Das war eine solche Zeitverschwendung. Er war schließlich Polizeibeamter, da musste es doch *irgendetwas* geben, was er tun –

Sein Handy klingelte. Wahrscheinlich Jaroszewicz, die sich vergewissern wollte, ob er auch ein braver Junge war und schön Sehenswürdigkeiten abklapperte. Aber nein, es war Finnie: »*Wo waren Sie? Ich versuche schon seit einer Stunde, Sie zu erreichen.*«

»Ich sitze hier und drehe Däumchen. Jaroszewicz lässt mich nicht –«

»*Ich habe mit der Krakauer Polizei gesprochen, und dort liegt nichts vor zu … Gorz-kie-wicz?*« Er sprach den Namen langsam und stockend aus. »*Ist zu lange her – soweit die Kollegen wissen, guckt er irgendwo die polnischen Radieschen von unten an. Aber sie wissen alles über Löwenthal.*«

Logan klemmte sich das Handy zwischen Ohr und Schulter und kramte Notizbuch und Stift hervor. »Ich höre.«

»*Sie haben ihn vor acht Monaten aus dem Fluss gefischt. Wie sich herausstellte, hat er irgendwen bei einer Lieferung von Panzerabwehrraketen nach Frankreich übers Ohr gehauen. Sie haben ihn mit seinem eigenen weißen Stock zu Tode geprügelt.*«

»Oh.« Demnach hatte Logan gestern Abend die ganzen Demütigungen umsonst über sich ergehen lassen. »Dann bleiben uns keine Opfer mehr übrig. Sie sind alle entweder tot oder verschwunden.«

»*Na, das ist ja wirklich allerliebst. Wir geben ein Vermögen aus, um Sie nach Polen zu schicken, und was haben wir davon? Gar nichts. Erledigen Sie, was Sie noch zu erledigen haben, und nehmen Sie die nächste Maschine zurück. Wir werden versuchen, so zu tun, als hätte es dieses ganze Fiasko nie gegeben.*«

»Es gibt nichts mehr zu erledigen. Ich –«

Aber Finnie hatte schon aufgelegt.

Logan klappte sein Handy zu, starrte es eine Weile grimmig an und steckte es wieder in die Tasche. Wunderbar. Das würde sicher einen wahnsinnig guten Eindruck machen, wenn die da oben über die Besetzung des DI-Postens entschieden. *Ich weiß, was wir machen – geben wir den Job doch diesem Logan, der gerade ein paar tausend Pfund für eine sinnlose Reise nach Polen verpulvert hat.*

Gibowski war in Amerika. Wisniewski war tot. Bielatowicz – seit Jahren vermisst. Löwenthal – tot. Und was aus Gorzkiewicz geworden war, wusste kein Mensch.

Verdammter Mist.

Logan zerfetzte den letzten Rest Brot und warf die Brocken nach den Tauben, trotzig und von Hass auf die Welt erfüllt. Und dann meldete sich sein schlechtes Gewissen. Er stand auf, entschuldigte sich bei den Tauben und schlurfte zurück in Richtung Altstadt. Wenigstens würde er sich nicht länger mit Polizeihauptmeisterin Jaroszewicz herumärgern müssen. Er würde sich verabschieden, seine Sachen packen und in den nächsten Zug nach Warschau steigen. Sollte sie ruhig hierbleiben und ihre Zeit vergeuden – er jedenfalls würde sich auf den Heimweg machen.

Als er zum Marktplatz zurückkam, stieg würzig duftender Holzrauch von den Grills der Imbissbuden auf. Er kaufte sich eine Portion gegrillten Räucherkäse, serviert auf einem kleinen Pappteller mit einem Klacks Kirschmarmelade.

Nachdem er alles aufgegessen hatte, zerknüllte er seinen Teller und warf ihn brav in einen Abfalleimer – schließlich wollte er keinen Anschiss von zufällig vorbeikommenden Nonnen riskieren. Und dann blieb er wie angewurzelt stehen. Da lag ein Flugblatt im Müll, das für ein Konzert warb. Der Text war für ihn reinstes Kauderwelsch, aber eines erkannte er klar und deutlich: Der Name der Band war mit den gleichen roten, wulstigen, ineinanderfließenden Großbuchstaben geschrieben, wie man sie vom Solidarność-Logo kannte. Und da war sogar diese kleine hingekritzelte Flagge über dem N im Namen, genau wie bei der Gewerkschaft.

Gorzkiewicz – in seiner Akte hieß es, er sei unter dem kommunistischen Regime in der Solidarność aktiv gewesen.

Logan blickte über den Marktplatz und dann wieder auf das Poster hinunter. Ein Lächeln stahl sich auf seine Züge. Vielleicht könnte er ja doch noch verhindern, dass diese Reise ein komplettes Desaster wurde.

45

Es dauerte länger, als er gedacht hatte, aber endlich gelang es Logan doch, das örtliche Solidarność-Büro ausfindig zu machen – ganz in der Nähe des Krakauer Marktplatzes. Und was das Beste war: Die Frau am Empfang sprach Englisch.

Sie bot Logan einen Stuhl und eine Tasse Kaffee an und sagte ihm, dass der Mann, an den er sich wenden müsse, in fünfzehn Minuten herunterkommen würde. Und so war es.

Gerek Płotkowski sah so aus, wie man sich einen polnischen Gewerkschafter vorstellte – vierschrötig, angegrautes Haar, mächtiger Schnauzer und ein Händedruck wie ein Stahlarbeiter. Er lud Logan ein, mit ihm auf ein Bier in ein nahes Café zu gehen. »Hier in Büro gibt nur *herbata* und Kaffee. Wenn so heiß ist, braucht man etwas Kühles. Nein?«

Doch.

Sie setzten sich an einen Tisch am Rand des Marktplatzes, nicht weit von einem Typen, der sich mit Goldfarbe angemalt hatte und reglos auf einem umgedrehten Eimer stand, als wäre er eine Statue. Płotkowski bestellte bei einem Kellner zwei Bier und starrte die lebende Statue finster an. »Wir kämpfen jahrelang gegen kommunistische Unterdrückung, und wofür? Damit *idiota* wie der da existieren können.« Er nahm einen großen Schluck Bier und verzierte dabei seinen Schnauzbart mit Schaum. »Was wollen Sie wissen?«, fragte er.

»Man hat mir gesagt, Sie seien von Anfang an bei Solidarność dabei gewesen. Ich bin auf der Suche nach einem Mann, der in den frühen Achtzigerjahren Mitglied der Gewerkschaft war.«

»Ah…« Ein Schleier legte sich über die grauen Augen des kräftigen Mannes. »Das war gute Zeit. War schwer, aber wir standen Seite an Seite. So…« Er legte beide Fäuste aneinander und hielt sie hoch. »Wir waren wichtig.«

»Dieser Mann, den ich suche, heißt Gorzkiewicz. Rafal Gorzkiewicz. Kannten Sie ihn?«

Der verschleierte Blick schlug in ein hartes Starren um. »Warum?«

»Ich bin von der Polizei.« Logan zog seinen Dienstausweis aus der Tasche und schob ihn über den Tisch. »Gorzkiewicz wurde 1981 überfallen – jemand hat ihm die Augen ausgestochen.«

»Ich kenne nicht diese Mann, von was Sie reden.« Er schlang die mächtige Pranke um sein Bierglas und kippte die Hälfte in einem Zug hinunter. »Ich muss zurück in Büro.«

Logan fasste den Mann am Ärmel… erntete einen grimmigen Blick und ließ wieder los. »Bitte, es ist wichtig. Dort, wo ich herkomme, werden Menschen verstümmelt, genau wie damals Gorzkiewicz. Jemand sticht ihnen die Augen aus und brennt die Höhlen aus. Ladenbesitzer, Geschäftsleute, Familienväter.«

Płotkowskis Blick wanderte wieder zu der lebenden Statue. »Müsste verboten sein, solche Leute auf Marktplatz. Ziehen alles in Dreck, wofür wir haben gekämpft.«

Logan ließ das Schweigen anwachsen.

»Wir…« Płotkowski hustete, trank noch einen Schluck. »Nicht alle waren dafür, Kommunisten zu bekämpfen nur mit politische Protest. Manche dachten, bewaffneter Kampf ist einziger Weg. Eine Revolution. *Solidarność* in Blut auf Pflaster von Kraków geschrieben.« Der stämmige Mann schüttelte den Kopf. »Gorzkiewicz – er war Sprengstoffexperte in Armee. Kommunisten haben ihn achtundsiebzig nach Afghanistan geschickt… Zwei Jahre später er kommt zurück mit faustgroße Loch in Oberschenkel. Verbittert. ›Politisch ist zu langsam‹, sagt er. »›Blut ist einzige Sache, wo diese russische Schweine verstehen.‹«

Płotkowski trank sein Bier aus und bestellte ein zweites – und gleich noch eins für Logan mit, obwohl der noch längst nicht mit seinem ersten fertig war. Und dazu noch zwei Wodka.

Der kräftige Mann sagte nichts mehr, bis die Drinks kamen. Dann reichte er Logan ein Schnapsglas, so kalt, dass es in der warmen Nachmittagssonne dampfte. »*Na zdrowie!*«

Er kippte seinen Wodka in einem Zug, und Logan tat es ihm gleich.

»Gorzkiewicz wollte, dass Solidarność-Führung zum bewaffneten Widerstand aufruft, aber sie haben sich geweigert. Zu viel Gewalt, und Russland würde Vorwand nutzen, um einzumarschieren, wie in Afghanistan. Sowjetsoldaten mit sowjetischen Panzern und Kanonen… Wir wollten unsere Freiheit, aber nicht auf diese Weise.« Er schwieg eine Weile, den Blick nicht auf Logan gerichtet, sondern auf die Zeit vor dreißig Jahren. »Er wollte alles in Luft sprengen, was kommunistisches Regime stützt. Und er hatte genug Freunde, um gefährlich zu sein.« Er schien ein wenig in sich zusammenzusinken. »Am 26. November 1980 gab große Explosion in SB-Zentrale.«

Logan musste verwirrt geschaut haben, denn Płotkowski erklärte: »SB steht für *Służba Bezpieczeństwa*. War Sicherheitsdienst von Innenministerium. Kommunistische Geheimpolizei – hat allen nach Leben getrachtet, die Regime die Stirn bieten.« Er lehnte sich zur Seite und spuckte auf den Boden. »Als SB-Zentrale in Luft geflogen, Regierung sprach von Gasunfall; Leute sollten nicht erfahren, dass in Wirklichkeit war Bombe. Also haben angefangen, Mitglieder von Solidarność zu verhaften… Leute wurden verprügelt. Sind verschwunden.« Seine massigen Schultern hoben und senkten sich. »Zwei Wochen später Polizeiwache in Kazimierz fliegt in Luft, und Kommunisten rufen *stan wojenny* aus – Kriegsrecht. Grenzen geschlossen, Ausgangssperre, unsere Post zensiert, unsere Telefone angezapft, Lehrer verhaftet, Zeitungsredaktionen geschlossen. Dann Unruhen brechen aus.«

Er starrte tief in sein Glas. »Leute auf Straße erschossen … Es war zu früh, wir haben das nicht *gewollt*. Aber Gorzkiewicz sagt: ›Das ist Fortschritt! Jetzt wir werden Freiheit bekommen.‹ Er wollte noch mehr Polizeiwachen in Luft sprengen … Wir hatten keine Wahl.«

Der alte Mann trank schweigend sein zweites Bier aus.

Logan nahm Notizbuch und Stift heraus und legte beides auf den Tisch. »Wissen Sie, wo Gorzkiewicz jetzt ist?«

Płotkowski schrieb eine Adresse auf, stand auf und ging wortlos davon.

Logan schleppte sich zurück zum Stadtarchiv. Jaroszewicz saß immer noch am selben Schreibtisch, und der elektrische Ventilator machte immer noch sein einschläferndes »ssssssssssss-*klick*, ssssssssssss-*klick*, ssssssssssss-*klick*« …

Er zog einen Stuhl auf der anderen Seite des Tischs heraus und setzte sich. »Was gefunden?«

Sie starrte ihn finster an. »Nichts. Ich bin zu allen Adressen gefahren, die Löwenthals Bruder genannt hat, und niemand weiß, wo er ist.«

»Das liegt daran, dass Löwenthal tot ist. Sie haben seine übel zugerichtete Leiche vor acht Monaten aus dem Fluss gefischt.«

Jaroszewicz knallte das Dokument, das sie gelesen hatte, auf den Tisch und fluchte. »Dann stimmt es doch«, sagte sie. »Das war alles eine einzige verdammte Zeitverschwendung.«

Logan zog sein Notizbuch aus der Tasche, schlug die entsprechende Seite auf und legte es vor ihr auf den Tisch.

Sie griff danach, las und runzelte die Stirn. »Was ist das?«

»Die Adresse von Rafal Gorzkiewicz.«

Und Jaroszewicz begann wieder zu fluchen.

»Warum schauen Sie mich so an?« Jaroszewicz rückte zwei Schritte in der Schlange vor.

Logan blickte zu den hohen Türmen der Marienkirche auf.

Die mächtige Basilika aus rotem Backstein stand schräg versetzt am Rand des alten Marktplatzes, umschwärmt von Touristen, umwabert von Grilldüften. »Wollen Sie noch einmal beten, bevor wir zu Gorzkiewicz fahren?«

Sie rückte noch einen Schritt vor. »Sie halten sich wohl für unfehlbar.«

»Da, wo ich herkomme, gehört das nicht unbedingt zur normalen Vorgehensweise bei einer Ermittlung.«

»Sie sind aber nicht da, wo Sie herkommen. Sie sind da, wo *ich* herkomme, und so machen *wir* es nun einmal.«

»Ich dachte, Sie hätten gesagt, dass Sie aus Warschau stammen.«

»Ich bin als kleines Mädchen dorthin gezogen. Geboren wurde ich ganz in der Nähe von Krakau.« Sie hatten den Eingang fast erreicht – eine massive Doppeltür aus Holz in einem reich verzierten sechseckigen Vorbau. »Sind Sie katholisch?«

»Nein.«

»Dann dürfen Sie diesen Eingang nicht benutzen. Er ist nur für Kirchgänger. Sie müssen draußen warten.«

Logan blickte sich zum Marktplatz um, der in der Sonne brütete. »Wird es lange dauern? Ich meine nur, weil hier draußen so eine Bullenhitze ist.«

»Dann gehen Sie eben ein Bier trinken oder einen Kaffee oder *irgendwas.*« Und dann trat sie in die düstere Vorhalle und ließ Logan draußen stehen, allein mit der Schlange von Gläubigen und wieder einer von diesen blöden lebenden Statuen.

Logan schlenderte an der Seite der Kathedrale entlang und folgte einem Grüppchen amerikanischer Touristen zu einem Schild, auf dem stand, dass Besucher den Seiteneingang benutzen dürften. Vorausgesetzt, sie erstanden eine Eintrittskarte. Warum nicht?

Drinnen hätte der Kontrast zu St. Peter in Aberdeen nicht größer sein können. Statt nüchterner weißer Wände empfing ihn eine leuchtende Farbenpracht in Blau und Gold, und es wimmelte von Statuen, Figurenfriesen und Heiligenbildern. Es mussten Hunderte sein.

Das Kirchenschiff war mit hüfthohen hölzernen Schranken in zwei Hälften geteilt, um die Gläubigen im hinteren Teil fein säuberlich von den Heiden im vorderen zu trennen. Logan suchte die Gesichter der Menschen ab, die ins Gebet versunken in den Bänken aus dunklem Holz knieten, doch von Jaroszewicz war weit und breit nichts zu sehen. Wahrscheinlich stand sie noch in der Schlange, oder vielleicht zündete sie irgendwo eine Kerze an.

Er suchte sich einen freien Platz und sank darauf nieder, um die unglaubliche Anhäufung von Glanz und Prunk ringsumher zu bewundern. Biblische Szenen schmückten die Wände, alle direkt auf das Mauerwerk gemalt. Die Kanzel war über und über mit Strahlen verziert und troff vor Gold. Ein riesiges Kruzifix hing zwischen dem Kirchenschiff und dem Altarraum, der noch reicher mit Gold und leuchtenden Farben ausgeschmückt war als der Rest. Man kam sich vor wie in einer knallbunten Jahrmarktsattraktion, nur mit Bildern von Märtyrern und Madonnen anstelle von abgekupferten Disney-Figuren.

So etwas hatte er im Leben noch nicht gesehen.

Logan blickte sich vorsichtig um … Da war sie – sie kniete gerade im Beichtstuhl Nummer 14 nieder, wie er auf einem kleinen beigefarbenen Schild lesen konnte, das am Gitter hing. Irgendwie passend, dachte er, denn vermutlich war Gott der Einzige, der wusste, was in sie gefahren war. Logan jedenfalls wusste es nicht. Seit er ihr Gorzkiewicz' Adresse gezeigt hatte, war sie auffallend nervös und gereizt.

Wahrscheinlich war das kein gutes Zeichen. Aber es war zu spät, um sich deswegen noch Gedanken zu machen.

Jaroszewicz murmelte vor sich hin, den Kopf gesenkt, die Hände zum Gebet gefaltet … und dann sah er, dass sie in Wirklichkeit auf ihrem Handy herumtippte. Simsen während der Beichte – war das der moderne Katholizismus?

Fünf Minuten später begann sein Hintern allmählich einzuschlafen, also stand er auf und zog heimlich sein eigenes Handy aus der Tasche. Wenn die wahren Gläubigen das durften, durfte er es allemal. Rasch machte er ein paar Fotos, während der Mann, der die Leute genau daran hindern sollte, gerade wegschaute. Dann schlenderte er wieder hinaus in den Sonnenschein. Kurz darauf trat Jaroszewicz auf ihn zu.

»Okay«, sagte sie und schob die Hände tief in die Taschen, »wir müssen noch rasch zwei Sachen holen, und dann können wir fahren.«

Der erste Zwischenstopp war ein Spirituosengeschäft gegenüber dem Hotel, wo sie eine Literflasche guten Wodka erstand, der zweite war das Hotel selbst. Sie bat ihn, in der Halle zu warten, und verschwand im Lift. Als sie zurückkam, war ihre Miene so entschlossen wie die einer Märtyrerin auf einem Wandgemälde.

Das Taxi peste in östlicher Richtung die Schnellstraße entlang, mit der Sonne im Rücken. Es war halb sieben, und der Verkehr ließ allmählich ein wenig nach – die Straße allerdings auch: Das Taxi schlingerte über die holprige Piste wie ein Schiff auf stürmischer See. Der Fahrer drehte sich um und grinste Logan an. Anfang zwanzig, lange Dreadlocks, hageres Gesicht und gepiercte Nase. »In Polen Sie wissen immer gleich, wenn Fahrer ist betrunken – fährt immer geradeaus, weicht nie Schlaglöchern aus. Ha!« Der Wagen rumpelte über ein Schlagloch.

Jaroszewicz, die neben ihm auf dem Rücksitz saß, war schon bedenklich grau im Gesicht.

»Geht es Ihnen gut?«

Sie streifte ihn mit einem Blick und sah gleich wieder aus dem Fenster. »Es ist wahrscheinlich nichts. Kein Grund zur Sorge. Absolut nicht.«

»Wenn mir jemand sagt, ich soll mir keine Sorgen machen, dann mache ich mir erst recht Sorgen.«

»Es ist nun mal nicht das beste Viertel von Krakau …«

Der Taxifahrer lachte wieder. »Ist überhaupt nicht Kraków – ist Nowa Huta!« Erneut drehte er sich grinsend zu Logan um. »Wo Sie kommen her? Amerika? Wie in *Friends*? Wie Joey und Chandler?«

»Nein, Schottland – wie Sean Connery …«

»Ah! James Bond. Sehr gut. Geschüttelt, nicht gerührt.« Und wie um seine letzte Bemerkung zu unterstreichen, rumpelte der Wagen über eine Reihe von Spurrillen. »Nowa Huta heißt ›Neue Stahlhütte.‹ Geschenk von Väterchen Stalin für Krakauer. Als Strafe, weil waren dekadente Bourgeois.« Er hupte wild und stieß eine Flut von Verwünschungen aus, als ein kleiner schwarzer Trabi auf der rechten Spur vorbeituckerte. »Wollen Sie in Milchbar gehen? Ich kenne gute Adresse.«

Jaroszewicz machte eine wegwerfende Geste. »Bringen Sie uns einfach zu dieser Adresse.«

Er zuckte mit den Achseln, und der Wagen geriet wieder ins Schlingern.

Sie starrte weiter aus dem Fenster, ihre überdimensionale Handtasche fest an die Brust gedrückt.

Logan bekam allmählich ein verdammt schlechtes Gefühl bei der ganzen Sache.

46

Das Taxi wendete schlitternd auf der breiten, von Bäumen gesäumten Straße, stiebte in einer öligen Rauchwolke davon und ließ sie vor dem Wohnblock stehen. Fünf Stockwerke schmutzig grauer Beton mit weiß gestrichenen Fensterrahmen. Neben einem Torbogen, der in eine Art Innenhof führte, war mit roter Farbe das Wort »*HUTNIK*« an die Wand gepinselt.

»Ist es das?«

Jaroszewicz sah auf dem Zettel nach, den er ihr gegeben hatte, und ging durch den Torbogen. Er folgte ihr und fand sich in einer kleinen Grünanlage mit Bäumen und einem heruntergekommenen Kinderspielplatz mit wacklig aussehenden Geräten in einer Ecke. Ein Gehweg aus Steinplatten führte über die Grünfläche, die auf allen Seiten von identischen, gesichtslosen Wohnungen umgeben war.

Die eine Hälfte des Innenhofs sah viel sauberer aus als die andere, und als Logan nach dem Grund fragte, zuckte Jaroszewicz nur mit den Achseln, murmelte etwas über den Wind, der mal so und mal so von den Stahlwerken her wehte, und marschierte über den Hof auf eine schlichte blaue Tür zu.

Sie warf einen Blick über die Schulter auf die leeren Fenster, die sie umringten. »Stalin hat es bewusst so gebaut, damit die Leute ihre Nachbarn ausspionieren können. Von jeder Wohnung kann man in mindestens ein Dutzend andere sehen.« Sie kramte in ihrer Handtasche, nahm einen Gegenstand heraus, der in ein Taschentuch mit Paisleymuster eingeschlagen war, und drückte ihn Logan in die Hand. »Da.«

Das Ding war schwer. Und fühlte sich beunruhigend vertraut an.

Logan schlug eine Ecke des Tuchs zurück und deckte sie gleich wieder darüber.

»Wozu brauche ich eine Pistole?«

»Behalten Sie sie einfach bei sich…« Sie deutete auf seine Tasche. »Für alle Fälle.«

»Was geht hier vor, Jaroszewicz?«

»Bitte, sagen Sie Wiktorja zu mir.«

»Entweder sagen Sie mir jetzt, was hier vorgeht, oder ich mache auf der Stelle kehrt und fahre wieder zurück.«

Sie nahm noch ein zweites Bündel aus ihrer Handtasche und ließ es in ihre Manteltasche gleiten. »Dieser Mann, dieser Gorzkiewicz – er ist gefährlich.«

»Er ist blind.«

»Er kennt gefährliche Leute. Und gefährliche Leute sind hinter ihm her.« Sie errötete. »Ich… ähm… ich will nicht, dass Ihnen etwas zustößt.«

Sie überflog die Namensliste an der Gegensprechanlage und fuhr leicht mit dem Finger über die handgeschriebenen Klingelschilder. »Er ist nicht hier – kein Gorzkiewicz.«

»Nun ja, wenn gefährliche Leute hinter ihm her sind, wird er ja wohl kaum seinen richtigen Namen aufs Klingelschild schreiben, oder?«

Ihr Finger hielt jäh über einem Namen inne. »*Zegarmistrz*… Ah.« Und dann drückte sie auf den Klingelknopf.

Stille. Dann ein Rauschen. Dann wieder Stille.

Logan drückte gegen die Tür. Sie schwang auf.

Es dauerte einen Moment, bis seine Augen sich an die Dunkelheit gewöhnt hatten. Von einem kurzen Flur mit mehreren Reihen von Briefkästen an der pistaziengrünen Wand gingen drei Wohnungstüren ab. Das Treppenhaus war aus Beton, das Geländer aus Schmiedeeisen mit einem verschrammten hölzernen Handlauf.

Jaroszewicz – Wiktorja – wies nach oben und begann die Stufen zu erklimmen.

An jedem Absatz waren in Kniehöhe kleine quadratische Fenster in die Wand eingelassen, aber das wenige Licht, das durch sie einfiel, betonte nur, wie düster es hier war. Die Wohnungstüren waren alle verschieden, manche sogar auffallend individuell gestaltet, wie um ein kleines Gegengewicht zur eintönigen Architektur dieses kommunistischen Arbeiterparadieses zu schaffen.

Wenigstens stank es in diesem Treppenhaus nicht nach Urin.

Logan blieb wie angewurzelt stehen. »Moment mal – woher wissen Sie, dass gefährliche Leute hinter ihm her sind?«

Sie stieg weiter nach oben. »Es stand in der Akte.«

»Aber wieso haben Sie das nicht erwähnt?«

»Ich dachte, es wäre nicht wichtig – wir waren uns doch einig, dass sein Fall zu lange zurückliegt, oder nicht? Wir haben uns auf Löwenthal konzentriert. Also, jetzt kommen Sie …«

Im fünften Stock blieben sie vor einer Tür stehen – der einzigen, die nicht individuell gestaltet war. Nur ein schlichtes, schwarz gestrichenes Rechteck. »Da wären wir.«

Wiktorja griff in ihre Tasche – die mit der Pistole. Dann klopfte sie.

Von drinnen kam eine gedämpfte Stimme: »*Otwarte.*«

Sie ergriff die Türklinke. Ein Knarren, und dann schwang die Tür auf, mit einem Geräusch wie aus dem Soundtrack eines Horrorfilms.

Der Flur dahinter war dunkel und mit Gerümpel zugestellt – Stapel alter Zeitungen, eine kaputte Nähmaschine, Schuhkartons, Backsteine, ein altes Radio, aus dem die Röhren hervorschauten. Das Wirbelmuster der Siebzigerjahre-Velourstapeten verschwand im Halbdunkel; die einzige Lichtquelle war eine verschlungene Lichterkette aus winzigen weißen Birnchen.

Die Stimme von vorhin meldete sich wieder – offenbar kam

sie aus einem Zimmer am Ende des Flurs. Irgendetwas mit *pierogi*?

Wiktorja legte einen Finger an die Lippen und rückte in den düsteren Flur vor, wobei sie vorsichtig die Hindernisse umkurvte. Logan folgte ihr und drückte die Wohnungstür hinter sich zu, durch die wenigstens noch ein bisschen Tageslicht aus dem Treppenhaus hereingekommen war. Jetzt konnten sie sich nur noch an der Lichterkette orientieren.

Es war unmöglich, geradeaus zu gehen; die Berge von Plunder machten den engen Flur zu einem regelrechten Hindernisparcours. Klaustrophobisch.

Wiktorja hob eine Hand und blieb stehen, um durch eine offene Tür in das Zimmer dahinter zu spähen. Sie trat ein und bedeutete Logan, ihr zu folgen.

Es war ein Wohnzimmer, in dem die Zeit stillgestanden hatte, und es war genauso düster wie der Flur. Noch mehr Gerümpel, noch mehr Christbaumbeleuchtung. Und als Logans Augen sich allmählich an die Dunkelheit gewöhnten, sah er die gestreifte Tapete, das Wirbelmuster des Teppichs, die Anrichte mit Teakfurnier, das alte Bakelit-Telefon, die gerahmten Bilder von Jesus, Papst Johannes Paul II. und der Jungfrau Maria. Die mit Brettern vernagelten Fenster. Den kaputten Radiowecker, der auf einem Stapel Kartons stand.

Und den Mann, der im Sessel saß und mit einer Pistole auf sie zielte.

Er hatte graues Haar und Leberflecken, massige, runde Schultern und Hände wie Suppenteller. Ein Bär mit Strickjacke und Sonnenbrille. Auf einem Tisch neben seinem Sessel stand eine zu drei Viertel geleerte Wodkaflasche. Da saß er inmitten seines Labyrinths aus Plunder, ein Minotaurus mit einer halbautomatischen Pistole.

Er schwenkte die Pistole in ihre Richtung. »*Co zrobiliście Zytka?*«

Wiktorja antwortete ihm auf Englisch. »Wir haben Zytka

nichts getan.« Langsam zog sie die Hand aus der Tasche – mit ihrer Pistole. »Wir sind nicht –«

»Stopp, keine Bewegung.« Sein Akzent war eine eigenartige Mischung aus Polnisch und Amerikanisch. Als hätte er sein Englisch aus Hollywoodfilmen gelernt. »Sonst knalle ich Sie ab.«

Sie erstarrte. »Ich tue doch gar nichts.«

Er hob den Arm und zielte genau auf ihre Brust. »Legen Sie das Ding auf den Boden.«

Sie blickte sich zu Logan um und tat dann, was er verlangte. Mit einem dumpfen Poltern ließ sie die Pistole auf den abgetretenen Teppich fallen.

»Gut, und jetzt setzen Sie sich. Da drüben, auf den Stuhl.« Wieder wedelte er mit der Pistole, diesmal in Richtung eines klapprigen Esszimmerstuhls, der ganz an die Wand geschoben war. Er hielt die Waffe auf sie gerichtet, bis sie saß; Logan ignorierte er. »Sagen Sie diesem *cholernik* Ehrlichmann, dass ich kein Idiot bin. Wenn er Zytka auch nur ein Haar krümmt, dann bombe ich ihn und seine ganze *pierdolony* Familie in die Steinzeit zurück. Verstanden?«

»Ich … Ich weiß nicht, wer Ehrlichmann ist.«

Logan trat ins Zimmer. »Sie sagt die Wahrheit.« Und da schwang die Pistole herum. O Gott … Er blickte direkt in den Lauf. Er hob die Hände. »Wir sind nicht gekommen, um irgendjemandem etwas zuleide zu tun.«

»Wo ist Zytka?«

Logan warf Wiktorja einen Blick zu und trat einen Schritt näher. »Wir wissen es nicht. Wir haben niemanden gesehen, seit wir hier angekommen sind.«

Der Mann knurrte. »Und was wollen Sie dann?«

»Wir sind von der Polizei«, sagte Wiktorja.

Er schwang die Pistole wieder herum. »*Pierdolona suka!*«

Logan stürzte sich auf ihn.

47

Er rauschte in einen Stapel Bücher, die durch das abgedunkelte Zimmer flogen. Das Kabel mit den kleinen weißen Lämpchen verfing sich an seiner Hüfte und riss Gegenstände von den Wänden des Gerümpel-Labyrinths – eine Lampe aus Glas fiel herunter und zerbrach –, aber Logan ließ sich nicht aufhalten.

Die Pistole schwenkte wieder herum. Der Alte war *schnell* … aber Logan war schon zu nahe.

Er duckte sich unter Gorzkiewicz' Arm hindurch, packte die Wodkaflasche auf dem Tisch und schwang sie wie einen Tennisschläger, mit dem Kopf des Mannes als Ball.

Und er hätte ihn auch getroffen, wäre er nicht mit dem Fuß auf einem der verstreuten Bücher gelandet und mitten im Schlag weggerutscht. Die Flasche verfehlte ihr Ziel und erwischte nur Gorzkiewicz' Sonnenbrille, während Logan in einen weiteren Haufen Krempel krachte und auf dem Rücken liegenblieb. Etwas Spitzes bohrte sich in sein Rückgrat.

»*Kurwa!*«, fluchte der alte Mann, und Logan starrte wieder in die Mündung der Pistole. Gorzkiewicz hing schräg in seinem Sessel und klammerte sich an der Lehne fest. Er zitterte, und unter der verrutschten Sonnenbrille kam ein Gewirr von Narbengewebe zum Vorschein, dort, wo einmal das Auge gesessen hatte. »Du hast einen *großen* Fehler gemacht, *piździelec*! Ich puste dir deinen verdammten Schädel –« Er brach mitten im Satz ab.

Polizeihauptmeisterin Wiktorja Jaroszewicz hatte ihm eine klobige halbautomatische Pistole aus sowjetischer Produktion in die Wange gerammt – so fest, dass seine Züge zu einem schiefen Grinsen verzerrt wurden. »Nein«, sagte sie und bohrte den Lauf noch tiefer ins Fleisch, »du wirst jetzt die Waffe fallen lassen und beten, dass ich die Wände von deiner miesen kleinen Bruchbude nicht mit deinem Hirn tapeziere!«

Die Küche war ein weiteres Stück eingefrorene Vergangenheit – altmodische Schränke, gestrichen in einem widerlichen Avocado-Ton, schimmerten aus dem Halbdunkel hervor; der gelbe Linoleumboden war fast bis auf die Dielen durchgetreten; eine rechteckige Mahagoni-Uhr stand auf zwanzig vor zwei; die Küchengeräte sahen aus, als stammten sie aus der frühen Eisenzeit. An dem winzigen Tisch war gerade eben Platz für drei. Auch hier verbreiteten Lichterketten ihren schwächlichen Schein, und bis auf das gurgelnde Brummen eines uralten Kühlschranks war alles totenstill.

Gorzkiewicz öffnete eine Flasche Wodka und schenkte drei Doppelte ein, ohne einen Tropfen zu verschütten, indem er einen Finger an den Rand des Glases hielt.

Er hob sein Glas. »Mögen wir lange genug leben, um unsere Feinde zu begraben.«

Logan und Wiktorja stimmten in den Trinkspruch ein. Sie kippte ihren Wodka in einem Zug hinunter, Logan probierte zuerst ganz vorsichtig und kam zu dem Schluss, dass es besser wäre, das Zeug auf dem Weg nach unten nicht zu schmecken. Er hustete und keuchte, als der scharfe, bittere Schnaps durch seine Kehle rann.

Sie klopfte ihm auf den Rücken. Dann fragte sie Gorzkiewicz, warum alle Fenster vernagelt seien. »Ich meine«, fuhr sie fort, während sie die Gläser wieder auffüllte, »ich weiß ja, dass Sie blind sind, aber haben Sie es nicht gern, wenn Ihnen die Sonne ins Gesicht scheint?«

»Auch der beste Scharfschütze muss sein Ziel sehen, um es zu treffen.« Der alte Mann kippte seinen Wodka, dann nahm er seine Sonnenbrille ab. Beide Augenhöhlen waren leer und von tiefen Narben durchzogen. »In meinem Job ist es nicht gut, wenn die Leute einen sehen können, während man sie selbst nicht sehen kann.«

»Aha …« Logan blickte sich in der engen Küche um. »In Ihrem Job, das heißt …?« Was immer es war, es konnte nicht sehr lukrativ sein.

Gorzkiewicz lächelte und ließ dabei Zähne sehen, die zu perfekt waren, um echt zu sein. Ein Gebiss. »Man nennt mich *Zegarmistrz* – den Uhrmacher.«

Logan drehte sich zu den vernagelten Fenstern um. »Und wieso muss ein Uhrmacher sich vor Scharfschützen fürchten?«

»Es ist ein hart umkämpfter Markt.«

Logan starrte ihn an. Diese ausgebrannten Höhlen waren das Verstörendste, was er seit langem zu Gesicht bekommen hatte … und das wollte etwas heißen. Je länger er sie anschaute, desto mehr war er überzeugt, dass sie zurückstarrten. Er unterdrückte ein Schaudern. »Wer ist Ehrlichmann? Macht er auch Uhren?«

»Ehrlichmann ist ein deutscher … Geschäftsmann. Er ist nicht wichtig.« Gorzkiewicz hob den Kopf zu der stehengebliebenen Uhr. »Wie spät ist es?«

Logan sah auf seine Armbanduhr. »Neunzehn Uhr dreiundvierzig.«

Stirnrunzeln. »Zytka müsste längst hier sein.«

»Wir möchten mit Ihnen über den Mann sprechen, der …« Logan suchte nach einer taktvollen Formulierung, fand aber keine. »Der Sie geblendet hat.«

Gorzkiewicz tastete wieder nach der Wodkaflasche und schenkte nach. »Es wird erzählt, dass vor langer Zeit die reichsten Familien Krakóws Uhrentürme bauten, um aller Welt zu zeigen, wie groß und bedeutend sie waren. Aber immer, wenn eine Familie einen neuen Turm einweihte, ließ jemand anders eine noch schönere Uhr bauen.« Er kippte seinen Wodka. »Und da ließ eines Tages das Oberhaupt des größten Hauses von ganz Kraków den besten Uhrmacher der Welt kommen und trug ihm auf, ihm eine so prächtige Uhr zu machen, dass keine andere ihren Glanz je übertreffen würde. Und der Uhrmacher tat, wie ihm geheißen. Er machte eine Uhr, so wunderschön, dass die Engel zu singen aufhörten, nur um sie schlagen zu hören.«

Er ließ seine Narben wieder hinter der Sonnenbrille verschwinden. »Aber das Oberhaupt der Familie war ein eifersüchtiger Mann. Er wusste, dass die nächste Uhr des Uhrmachers noch schöner sein würde. Und dann wäre *seine* nicht mehr die schönste im ganzen Land. Also ließ er den alten Mann zu sich kommen und brannte ihm mit einem glühenden Schürhaken die Augen aus. So würde die Uhr seiner Familie für alle Zeiten die beste bleiben.«

Wiktorja schüttelte den Kopf. »Das ist nie passiert.«

»Trotzdem ist es eine gute Geschichte.« Er wandte sich zu Logan. »*Deshalb* nennen sie mich den Uhrmacher.«

»Nur dass Sie keine Uhren gemacht haben, oder?«

Wieder lächelte er. »Manchmal machen die Dinger, die ich baue, tick-tick… BUMM!« Gorzkiewicz ließ die Faust so heftig auf die Tischplatte krachen, dass die beiden anderen zusammenzuckten. Er lachte. »Jedenfalls erzählen das die Leute.«

»Wer war es? Wer hat Sie geblendet?«

Es war lange still. Dann schob Gorzkiewicz die Finger unter seine Sonnenbrille und rieb sich die Stellen, wo seine Augen gewesen waren.

»Die SB – die Schweine von der Geheimpolizei – sind mitten in der Nacht in mein Haus eingedrungen und haben mich auf einen Lastwagen geworfen. Meine Frau und meine Tochter habe ich nie wiedergesehen. Jemand hat mir erzählt, sie wären davongelaufen. Ein anderer meinte, sie wären nach Warschau geschickt und an so einen *skurwysyn* vom Politbüro verkauft worden. Und wieder ein anderer sagt, sie hätten sie einfach zum Stahlwerk rausgefahren und erschossen. Meine Frau und meine Tochter, in den Hochöfen verheizt, um noch mehr sowjetischen Stahl zu produzieren …«

Er goss sich noch einen Wodka ein. »Der SB hat mich tagelang verprügelt. Angelogen haben sie mich – haben mir erzählt, meine Kameraden hätten mich verraten, weil ich zu einem Risiko für Solidarność geworden wäre – zu gefährlich.« Er lachte – es klang kalt und hart. »Alles *Lügen*! Der SB wollte, dass ich mich zu den Bombenanschlägen in Kraków bekenne und ihnen verrate, wer noch daran beteiligt war. Aber ich habe ihnen *nichts* verraten!«

Gorzkiewicz schauderte. »Dann kam *er*. Er …« Es war einen Moment still, während der alte Mann auf seinem Stuhl hin und her rutschte. »Er kam mit seinen Messern und Zangen. Und ich habe geredet. Ich habe geschrien wie ein Weib, und ich habe ihm alles gesagt, was er wissen wollte.« Diesmal schwappte der Wodka über den Rand des Glases und sickerte in die rot-weiß karierte Tischdecke. »Dann hat er mir die Augen ausgestochen und die Höhlen ausgebrannt.«

Wiktorja fluchte und legte eine Hand auf die des alten Mannes.

Er schien es nicht zu bemerken. »Zwei Stunden später hat der SB meine Freunde abgeholt. Sie wurden nie mehr gesehen. Und als dieser Dreckskerl mit mir fertig war, hat er mich nach Nowa Huta zurückgefahren und mich auf die Straße geworfen, wo alle mich sehen konnten. Mit einem Schild um den Hals, auf dem ›Kommunistenspitzel‹ stand.« Wieder leerte er sein Glas in einem Zug. »Ich konnte die Leute hören, wie sie schrien und Verwünschungen ausstießen … Sie haben mich an einen Baum gebunden und mich verprügelt, bis alles nur noch Blut und Dunkelheit war. Haben mir beide Beine gebrochen. Den Kiefer. Den Arm. Haben mich zwei Tage dort hängen lassen, ohne Essen und Wasser, bis mein Bruder gekommen ist und mich losgeschnitten hat.«

Logan wich entsetzt zurück. »Du lieber Gott…«

»Es war 1981 in der Volksrepublik Polen. Da gab es keinen Gott, da gab es nur Lenin.« Er leerte die Flasche. »Ich an deren Stelle hätte so einen wie mich ja umgebracht… Aber das wäre vielleicht zu gnädig gewesen.«

»Aber wieso sind Sie dann hiergeblieben?«, fragte Wiktorja. »Warum sind Sie nicht woanders hingegangen, irgendwo ganz weit weg von den Leuten, die Ihnen das angetan haben?«

»Weil Nowa Huta meine Heimat ist. Ich habe für diese Straßen gekämpft, ich habe für sie getötet. Ich wurde für sie *geblendet.* Es sind meine Straßen. Deshalb bleibe ich hier.«

»Wer war er? Dieser Mann?«

Gorzkiewicz stand auf und humpelte zu dem ratternden Kühlschrank. Als er die Tür aufmachte, wurde die Küche jäh in kaltes weißes Licht getaucht, und dann saßen sie wieder im Halbdunkel. Der alte Mann kam mit einer neuen Flasche Wodka und einem Glas Mixed Pickles an den Tisch zurück. »Es war der Gottseibeiuns. Der König der Unterwelt. Kostchey der Unsterbliche.«

48

Wiktorja warf den Kopf in den Nacken und lachte. »Der *Teufel* hat Ihnen die Augen ausgestochen?«

Gorzkiewicz zuckte mit den Achseln und schenkte noch drei Schnäpse ein. »So hat er sich damals genannt – Kostchey der Unsterbliche. Aber sein richtiger Name war Wadim Michailowitsch Krawtschenko. Er war Major in der Armee, als ich in Afghanistan war und für dieses Russenpack kämpfen musste. Ich hatte Krawtschenko nie kennengelernt, aber ich hatte von ihm gehört. Jedes Mal, wenn ein Gefangener verhört werden sollte … Die Schreie waren tagelang zu hören.«

Der alte Mann kippte seinen Wodka. »Schließlich landete er beim SB, wo er für die Jagd auf Dissidenten und antikommunistische Sympathisanten zuständig war. Und solche Leute wie ich – Leute, die er geblendet hatte – waren seine Warnung. An uns konnte man sehen, was einem blühte, wenn man sich dem Regime widersetzte.«

»Wo ist er heute?«

»Wenn ich das wüsste, wäre er längst tot. Mir ist einmal ein Gerücht zu Ohren gekommen, wonach er für irgendwelche Gangster in Warschau arbeitete, aber das ist schon viele Jahre her.« Gorzkiewicz fischte ein kleines gelbes Kürbisstückchen aus dem Glas. »Die Ladenbesitzer bei Ihnen in Aberdeen, die werden auch geblendet, ja? Die Augen ausgestochen, die Höhlen ausgebrannt?«

»Wie sieht Krawtschenko aus?«

Der alte Mann schwieg lange. Dann nahm er seine Sonnenbrille ab und ließ Logan noch einmal die wüste Narbenlandschaft sehen, wo seine Augen hätten sein sollen. »Ich habe ihn seit 1981 nicht mehr gesehen, schon vergessen?«

Blöde Frage. »Tut mir leid.«

»Allerdings …« Er schob seinen Stuhl zurück und humpelte zur Tür hinaus. Es war verblüffend, wie souverän er den Hindernisparcours aus Gerümpel bewältigte. Zehn Minuten später kam er mit einer zerfledderten braunen Aktenmappe zurück. Er hielt sie hoch, und Wiktorja nahm sie. »Das«, sagte er, »ist alles, was ich über den Mann weiß. Ich hatte einem russischen *Unternehmer* einen Gefallen getan – er hatte ein Problem mit einem Konkurrenten, das sich mit sechzehn Pfund Semtex aus der Welt schaffen ließ. Er sorgte dafür, dass Krawtschenkos Akte im Politbüro verlegt wurde. Und er fing an, für mich Fragen zu stellen.«

Wiktorja blätterte die Dokumente im Halbdunkel durch. Plötzlich stieß sie einen Pfiff aus, nahm ein Foto aus der Mappe und zeigte es Logan. »Erkennen Sie ihn wieder?«

Es war eine Schwarzweiß-Porträtaufnahme eines Mannes in Militäruniform, der in die Kamera starrte. Harte Augen. Schiefe Nase. Kurzes, schwarzes Haar. Eine kleine Narbe unten am Kinn.

»Nie gesehen, den Mann.«

Ein summendes Geräusch ertönte vom Flur her, und Gorzkiewicz hob ruckartig den Kopf, als wolle er Witterung aufnehmen. »Warten Sie hier.« Und dann war er wieder verschwunden.

»Eines wüsste ich gerne«, sagte Logan und streckte die Hand nach der Mappe aus, »wie zum Teufel macht ein blinder Mann Bomben?«

»Ganz vorsichtig.«

»Ihr spinnt doch alle.«

Das Krawtschenko-Dossier war nicht allzu umfangreich. Zwanzig oder dreißig A4-Seiten, alles auf Russisch und Polnisch, eine Handvoll verblasster Fotos und eine Haarsträhne. Logan nahm sie heraus und drehte sie im Dämmerlicht. Lang und blond – die gleiche Farbe wie Wiktorjas Haar –, zusammengehalten von einem roten Seidenband.

»Es gehören zu seine Tochter.« Ein junges Mädchen stand in der Küchentür. Sie war vielleicht dreizehn oder vierzehn, viel zu heftig geschminkt, und sie hielt einen eigenartigen mehrstöckigen Kochtopf in den Händen. Ihre Augen waren riesig, die Pupillen in der Dunkelheit so geweitet, dass von der Iris fast nichts mehr zu sehen war. »Haben Sie machen Unordnung in Zimmer von Onkel Rafal? Jetzt ich muss viel lange aufräumen.«

Logan ließ die Haarsträhne wieder in die Hülle gleiten. Jetzt hatte er fast schon ein schlechtes Gewissen, weil er sie angefasst hatte. »Bist du Zytka?«

Das Mädchen wuchtete den Topf auf die Arbeitsplatte und löste den Verschluss des Deckels. Eine Dampfwolke entwich mit einem Zischen, und warme Essensdüfte füllten die Küche. »Ich bin für ihn sorgen.«

Von irgendwo in der Wohnung kam das Geräusch einer Toilettenspülung.

Zytka öffnete einen Schrank und nahm zwei Teller heraus. »Sie jetzt müssen zu gehen. Ist er alt und müde.«

»Und hungrig.« Das kam von Gorzkiewicz, der gerade seinen Gürtel zuschnallte. »*Jakie mosz pierogi?*«

»*Ruskie.*«

Was immer das hieß, es war offenbar gut, denn der alte Mann lächelte.

Logan hielt die Akte hoch. »Dürfen wir uns die ausleihen?« Dann fiel ihm ein, dass Gorzkiewicz seine Geste ja gar nicht sehen konnte. »Die Akte von Krawtschenko, meine ich.«

»Nein. Aber Zytka macht Ihnen morgen eine Kopie. Geben Sie ihr Ihre Adresse.«

Logan kramte eine seiner Grampian-Police-Visitenkarten

hervor und schrieb die Adresse ihres Hotels auf die Rückseite.

Sie gingen und ließen den alten Mann am Tisch sitzen, wo er sich über einen Teller voll weißlicher Teigtaschen hermachte.

Das Mädchen brachte sie zur Tür. Sie umkurvte das Labyrinth aus Büchern und Zeitungen in dem dunklen Flur ebenso mühelos wie zuvor der alte Mann. Logan und Polizeihauptmeisterin Jaroszewicz stolperten hinterdrein und versuchten, nicht über irgendetwas zu fallen.

An der Tür blieb Zytka stehen und sah sie durchdringend an. Ihre dunklen Augen glitzerten im Schein der Lichterketten wie die eines wilden Tiers. »Sie müssen diese Krawtschenko zu finden, und Sie müssen ihn zu töten.«

»Wie bitte?« Wiktorja baute sich vor dem jungen Mädchen auf. »Wir sind *Polizisten*, wir gehen nicht einfach hin und knallen –«

»Onkel Rafal ist Held von Polen. Krawtschenko – er verdienen tot zu sein für was er getan. Und wenn Sie nicht töten ihn, Krawtschenko töten Sie. Und jetzt Sie gehen und lassen Onkel Rafal in Frieden.« Sie knallte die Tür hinter ihnen zu.

Sie standen draußen im Treppenhaus und hörten das Rasseln und Klackern von Ketten und Riegeln. »Na«, meinte Logan, »die war ja … nett.«

Wiktorja wandte sich ab und begann die Treppe hinunterzusteigen. »Wenigstens haben wir ein Opfer gefunden, das noch am Leben ist.«

»Ja, einen blinden Bombenbastler, der Leuten mit Semtex einen Gefallen tut und will, dass wir für ihn einen sadistischen Exgeheimpolizisten umbringen.« Im Treppenhaus war es jetzt noch düsterer als zuvor, und durch die geschlossenen Wohnungstüren konnten sie Musik hören. »Und haben Sie gesehen, in welchem Zustand die Wohnung ist? Er ist nicht ganz richtig im Kopf.«

Unten angekommen, traten sie aus der Haustür in die schwüle

Abendluft. Der Himmel hatte die Farbe von Feuer, und die hohen Wolken vor dem roten Hintergrund waren wie in glühendes Gold getaucht. Der Innenhof lag in blaugrauem Halbdunkel da, nur aus einigen Fenstern fiel gelbes Licht.

Nach ein paar Schritten blieb Wiktorja auf dem Betonplattenweg stehen und begann in ihrer Handtasche zu kramen. Sie zog die Literflasche Wodka heraus, die sie gekauft hatte, bevor sie ins Taxi gestiegen waren. »Ich habe vergessen, ihm die zu geben.«

»Tja, jetzt ist es zu spät. Es sei denn, Sie wollen noch mal raufgehen und –«

Die Flasche explodierte in ihren Händen. Gerade war sie noch heil gewesen, im nächsten Augenblick lag sie schon auf dem Boden, eine große Pfütze mit tausend kleinen Glassplittern, und Wiktorja hielt nur noch den abgebrochenen Hals in der Hand. Sie standen beide da und starrten auf den Boden, wo der Wodka zwischen den sonnenwarmen Betonplatten versickerte.

»Ist das normal, dass –«

Diesmal hörten sie es: ein gedämpftes *Krack*. Und als Logan sich umdrehte, sah er ein Loch in der Haustür, das vorher noch nicht da gewesen war. Ein Einschussloch.

»Ich glaube, da will jemand –«

Wiktorja schrie. Sie starrte auf ihren rechten Arm, auf den blutgetränkten Stoff ihres Jackenärmels. Logan packte sie und tauchte mit ihr hinter einem kastenförmigen Kleinwagen ab.

»Sind Sie okay?«

Sie biss die Zähne zusammen; die Tränen strömten ihr über die Wangen, und Blut tropfte von ihrer zitternden Hand. Mit der anderen hielt sie ihren Oberarm umklammert, um die Blutung zu stillen. »*Cholera jasna …*«

Logan lugte über die Motorhaube des Autos und suchte den schattigen Hof ab. Kein Mensch zu sehen. Wieso konnten sie keine Schüsse hören?

Ein Stück von einer Betonplatte spritzte weg, und sie hörten das Pfeifen eines Querschlägers.

Wiktorja zuckte zusammen und drückte sich an den Wagen. Dann hielt sie inne, und Entsetzen malte sich auf ihren Zügen. »Wir müssen hier weg!«

»Was? Wohin denn? Das hier ist die einzige Deckung weit und –«

»Das ist ein Trabant! Die Karosserie ist aus Kunststoff – da gehen die Kugeln glatt durch!«

Und wie aufs Stichwort klaffte plötzlich ein faustgroßes Loch in der Karosserie, direkt neben Logans Kopf. »Mist!«

»Schießen Sie zurück!«

»Auf was denn? Ich kann doch nichts sehen.«

PLOK – das nächste Loch.

»SCHIESSEN SIE EINFACH!«

»Herrgott …« Er begann in seinen Jackentaschen zu kramen, suchte verzweifelt nach Latexhandschuhen und fand nur Beweismittelbeutel, ein Notizbuch und kleine gelbe Spurensicherungsaufkleber … Krempel, der sich im Laufe der Zeit an Dutzenden von Tatorten angesammelt hatte. Ganz unten steckte ein Paar Handschuhe in einer sterilen Plastikverpackung. Er stopfte das ganze Zeug wieder in die Taschen zurück, riss die Packung auf und streifte sich die Handschuhe über.

»Was zum Teufel tun Sie da?«

»Denken Sie, ich lasse meine Fingerabdrücke auf einer wildfremden Waffe zurück?« Er wickelte das Ding aus dem Taschentuch mit Paisleymuster aus. Es war irgendein halbautomatisches Monstrum, und es wog eine Tonne. Kein Vergleich mit der angenehm leichten Glock 9-mm, mit der er bei seiner Schusswaffenausbildung gelernt hatte. Logan klinkte das Magazin aus, vergewisserte sich, dass es voll war, und ließ es wieder einrasten. Er zog den Schlitten zurück und ließ ihn wieder nach vorn schnellen. Fertig.

»Und?« Wiktorja war schon ganz blass, und ihre Lippen hatten sich schon leicht blau verfärbt. Sie konnte unmöglich schon so viel Blut verloren haben – also war es wahrscheinlich der Schock. »Worauf warten Sie noch?«

»Ich kann doch nicht einfach aufs Geratewohl in die Dunkelheit ballern! Am Ende treffe ich noch jemanden!«

»Das ist doch der Sinn der Sache!«

PLOK – das nächste Loch klaffte im Trabant.

Er rollte das gemusterte Tuch zu einem dünnen Strick zusammen und band es um das Loch in ihrem Arm. »Werden Sie mir jetzt bloß nicht ohnmächtig, okay?«

Sie packte ihn am Revers, auf dem ein blutiger Handabdruck zurückblieb. Und dann küsste sie ihn. »Das bringt Glück.« Eine Pause. »Wie in *Star Wars*, weißt du?«

Er hatte recht gehabt – sie waren alle verrückt.

Logan schnellte hoch, versuchte eine Stelle im Halbdunkel auszumachen, wo er am wenigsten Gefahr lief, jemanden aus Versehen durchs Wohnzimmerfenster zu erschießen, und drückte den Abzug. Nichts geschah. Natürlich – es war ja auch keine Glock. Er schob den Sicherungshebel zur Seite, während im selben Moment ein Regen von Glasbröckchen über sie hinwegspritzte – die Trümmer der Windschutzscheibe. Wieder drückte er ab, und diesmal gab es einen Donnerschlag, die Waffe schlug aus wie ein Maulesel, und mit einem *Ping* flog die Hülse gegen die Plastik-Motorhaube.

BAMM!

»Das Ding ist ja eine Kanone!«

Die Antwort waren zwei weitere Schüsse. Einer zertrümmerte den Außenspiegel, der andere schlug ganz in der Nähe in einen Baumstamm ein. Und diesmal hörte Logan tatsächlich ein *Fffutt* in der Dunkelheit. Schalldämpfer. Er gab noch zwei Schüsse ab und versuchte, in die Richtung des Geräuschs zu zielen.

BAMM! BAMM!

Es dröhnte in seinen Ohren, als er sich wieder duckte und

die andere Seite das Feuer erwiderte. Der Trabant sah allmählich aus wie ein Schweizer Käse aus DDR-Produktion.

Stimmen in der Dunkelheit – sie riefen Anweisungen.

»Was sagen sie?«

Wiktorja schloss die Augen. »Sie … sie werden uns von zwei Seiten attackieren.«

»Wie viele sind es?«

Sie zuckte mit den Schultern und sog gleich darauf vor Schmerzen die Luft durch die Zähne. »Drei. Vielleicht vier.«

»Gottverdammte Scheiße.« Er reckte den Kopf wieder über die Motorhaube und suchte das Dunkel ab. Inzwischen standen die Leute schon an den Fenstern und gafften. Eins nach dem anderen erloschen die Lichter. Niemand kam heraus, um zu helfen. »Wir müssen versuchen, zum Haus zurückzulaufen, okay? Schaffst du das?«

Wiktorja biss sich auf die Unterlippe und nickte.

»Gut, ich zähle bis drei. Eins, zwei …« Logan sprang auf, um ihr Feuerschutz zu geben. Da kam ein Mann auf sie zugestürmt: Mitte dreißig, großer Schnauzbart, dunkles, lockiges Haar, Lederjacke. Pistole. Logan schoss ihn ab.

Der Mann prallte nicht zurück, wie sie es im Film immer taten. Er klappte einfach zusammen, hatte aber noch so viel Schwung drauf, dass er in die andere Seite des Trabis krachte. Das ganze Auto wackelte, als er mit der Plastikkarosserie kollidierte.

»O Gott.«

Der Mann fing an zu schreien.

Wiktorja packte Logan am Ärmel und versuchte ihn zum Eingang des Gebäudes zu zerren. »Lauf!«

»Ich hab ihn erschossen …«

Die Heckscheibe des Wagens zersprang in tausend Splitter.

»Komm jetzt!«

Logan wich ein paar Schritte zurück. »Ich … Ich habe noch nie auf einen Menschen geschossen …«

Wieder zerrte sie an seinem Ärmel, während Brocken von Backstein und Putz von der Wand hinter ihnen wegspritzten. »Sie kommen näher.«

Logan machte Anstalten, auf den Mann zuzugehen. »Wir müssen ihm einen Krankenwagen rufen!«

»SEI STILL UND LAUF!«

49

Sie retteten sich ins Treppenhaus des Wohnblocks. Die Schreie hinter ihnen erstarben, als Logan Wiktorja die Treppe hinaufzog. Jetzt war das einzige Geräusch das Pochen des Bluts in seinen Ohren, das Getrappel ihrer Sohlen auf den Betonstufen und die wütenden Rufe draußen vor dem Eingang. O Gott, der Mann, auf den er geschossen hatte, war tot. Er hatte einen Menschen getötet. Oder vielleicht war der Mann nur bewusstlos? Bitte, lieber Gott, mach, dass er nur bewusstlos ist.

Noch ein Stockwerk, und dann standen sie wieder vor Gorzkiewicz' Wohnungstür. Logan hämmerte gegen das schlichte hölzerne Türblatt. Drinnen lief Musik, irgendeine fröhliche, beschwingte Melodie. Von unten kamen schon die trampelnden Schritte ihrer Verfolger.

»GORZKIEWICZ, MACHEN SIE DIE VERDAMMTE TÜR AUF!«

Nichts.

Die Schritte kamen näher.

Logan ging bis ans Geländer zurück, um Anlauf zu nehmen, und trat mit voller Wucht gegen die Tür, direkt neben das Schloss. Der Rahmen brach, als der Riegel aus der Verankerung gerissen wurde, doch die Kette hielt. Er trat noch einmal zu – diesmal riss die Kette, und Splitter spritzten in alle Richtungen.

Er stieß Wiktorja in die dunkle Wohnung, dann drehte er sich um und feuerte aufs Geratewohl zweimal in den Treppenhausschacht hinunter. BADAMMM! BADAMMM!

Draußen war die Pistole schon laut gewesen, aber hier drinnen, wo die massiven Wände den donnernden Knall zurückwarfen, war sie ohrenbetäubend.

Von unten ertönten Flüche.

Logan stürzte hinter Wiktorja in die Wohnung, drückte die Tür hinter sich zu und sah sich nach etwas um, womit er sie verbarrikadieren konnte… oder hätte es getan, wenn er denn etwas gesehen hätte. Die Lichterkette war ausgeschaltet, und da alle Fenster mit Brettern vernagelt waren, war es in der Wohnung stockfinster.

Die fröhliche Musik wummerte aus einem Lautsprecher irgendwo weiter hinten in der Wohnung – Katrina and the Waves sangen *Walking on Sunshine*. Nicht gerade passend.

Wo zum Teufel steckten Gorzkiewicz und seine blutrünstige Nichte?

Das Gerümpel – die Wohnung war doch voller Krempel, den sie benutzen konnten, um die Tür zu verbarrikadieren. Logan griff nach dem ersten Teil, das er zu fassen bekam, und schleppte es zum Eingang. Dann ging ihm plötzlich auf, wie albern das war – sie hatten nicht die Zeit, aus alten Zeitungen und Trödelkram eine Barrikade zu bauen. Die Männer würden einfach darüber hinwegtrampeln und sie töten. Und Logan hatte keine Lust, in einer schäbigen Rumpelkammer mit Siebzigerjahre-Tapeten zu sterben.

»Gorzkiewicz?« Wiktorja war weitergegangen; er hörte, wie sie durch den vollgestellten Flur tappte. Logan eilte ihr nach, stolperte im Dunkeln über etwas und fiel der Länge nach hin. Die Pistole sprang ihm aus der Hand und schlitterte über die Dielen davon.

»MIST!«

Er kroch auf Händen und Knien über den Boden und tastete nach dem verdammten Ding.

Wiktorja murmelte etwas auf Polnisch, und Logan erstarrte.

»Was?«

Er konnte hören, wie die trappelnden Schritte vor der Tür abbremsten. Die bewaffneten Männer hatten sie eingeholt.

Wiktorjas Stimme war schrill und zittrig. »Hier drin ist etwas …«

Draußen vor der Tür fing jemand an zu brüllen. Das einzige Wort, das Logan verstand, war »Ehrlichmann«, aber es war klar, was gemeint war: Komm raus, oder wir bringen dich um. Oder eher: Komm raus, *und* wir bringen dich um.

Nein, danke.

Er stieg über etwas, das sich wie ein Stapel Zeitschriften anfühlte, und taumelte ins Wohnzimmer.

Hier war es nicht völlig dunkel – ein schwaches rotes Glimmen kam von einem Gegenstand in der Mitte des Zimmers. Ein Radiowecker – der, von dem er gedacht hatte, er sei kaputt. Der, der auf dem hohen Stapel Kartons in Reichweite von Gorzkiewicz' Sessel stand. Der, dessen Uhr gerade von sechzig rückwärts zählte. Von hier kam die Musik.

00:00:58

»Ach du Schsch …«

Wiktorja stand vor dem Ding; im roten Schein konnte er gerade eben ausmachen, wie sie es mit offenem Mund anstarrte.

00:00:56

Bombe. Bombe. BOMBE!

Logan packte Wiktorja am Kragen und riss sie zurück. Sie krachten gegen die Wand, und er tastete hektisch nach ihrer Handtasche.

00:00:54

»Was machst du da?«

00:00:53

»Die Pistole! Gib mir deine Pistole!«

»In meiner Jackentasche … in der anderen!«

Wieder so ein schweres Teil aus sowjetischer Produktion. Diesmal dachte Logan wenigstens daran, den Sicherungshebel umzulegen.

00:00:49

Er zerrte Wiktorja aus dem Wohnzimmer heraus und krachte mit ihr in einen Stapel von irgendwelchem Schrott, der polternd umfiel. Im Flur war es nach wie vor stockfinster. Die Männer draußen vor der Tür begnügten sich immer noch damit, Drohungen auszustoßen; wahrscheinlich mussten sie sich erst Mut machen, ehe sie eine Wohnung stürmten, in der ein bewaffneter Mann sie erwartete.

Logan unternahm einen Versuch, sie von ihrem Vorhaben abzubringen, indem er zwei Schüsse durch die Tür feuerte. Der Knall war so laut, dass es sich anfühlte wie ein Schlag gegen den Kopf. Plötzlich leuchtete neben ihm ein schwaches Licht auf. Logan starrte es an. »Wieso hast du mir nicht gesagt, dass du eine Taschenlampe hast?«

»Wir müssen hier raus!«

»Wohin ist Gorzkiewicz verschwunden? Im Treppenhaus ist er uns nicht entgegengekommen …« Logan schnappte sich die Taschenlampe.

»He!«

Er schwenkte den Lichtstrahl durch den Flur. Neben dem Wohnzimmer war ein Raum, dessen Tür nur angelehnt war. Logan stieß sie ganz auf und erblickte ein kleines Schlafzimmer – auf der einen Seite ein Einzelbett, auf der anderen ein sargartiger Schrank.

»Was sollen wir tun?«

Logan starrte den Schrank an – er war irgendwie schief; eine Ecke ragte ins Zimmer hinein. »Komm rein!«

Er nahm die Taschenlampe zwischen die Zähne, steckte die Pistole in die Tasche und zerrte an dem Schrank. Das Teil rumpelte über den zerschlissenen Teppich, und dahinter kam ein Loch im Putz zum Vorschein. Es reichte bis auf die Mauersteine. Und dann sah er die schwere Stahltür, übersät mit Schweißnähten und Nieten.

Logan packte den Griff und zog mit aller Kraft, aber nichts

rührte sich. Gorzkiewicz hatte dafür gesorgt, dass niemand ihm folgen würde. »Scheiße! Wieso mussten wir auch in die Wohnung von einem gottverdammten Bombenbastler einbrechen?« Das Licht der Taschenlampe wurde schon schwächer; die Batterien würden es nicht mehr lange tun.

Das Gebrüll und die Flüche draußen im Treppenhaus wurden lauter, und dann gab es einen dumpfen Knall. Eine Kugel durchschlug die Tür und hinterließ einen kreisrunden Lichtfleck. Eine Schaufensterpuppe, die an der Wand lehnte, wackelte, als ihr halber Brustkorb sich in einem Regen von Plastiksplittern auflöste.

Logan wankte in die Küche, strauchelte über noch mehr Gerümpel, während Katrina and the Waves weiter ihr fröhliches Liedchen trällerten.

Er schüttelte die Taschenlampe in der Hoffnung, sie wieder zum Leben zu erwecken. »Wie lange noch?«

»Wie lange was?«

»Was denkst du denn?«

»Oh…«

Er tastete blind umher, versuchte das vernagelte Küchenfenster zu finden.

Und dann plötzlich das Licht: grell und weiß.

Logan wartete auf die Druckwelle der Explosion, aber es war nur der Kühlschrank. Wiktorja hatte die Tür aufgemacht.

Immerhin konnte er jetzt sehen, was er tat… Und dass es verdammt aussichtslos war. Das Fenster war von einer dicken Sperrholzplatte verdeckt, die an die Einfassung genagelt war. Um sie loszubekommen, würde er einen Klauenhammer und eine halbe Stunde Zeit brauchen.

Sie mussten sterben.

Wiktorja deutete auf den Kühlschrank. »Hier rein! Wir könnten reinklettern und –«

»Das ist ein verdammter Kühlschrank und kein Luftschutzbunker. Die Explosion wird ihn in Stücke reißen.«

DENK NACH!

»Die Badewanne!« Er packte ihre Hand, zerrte sie wieder hinaus in den Flur – gerade in dem Moment, als die Wohnungstür aufflog. Im schwachen orangefarbenen Schein der untergehenden Sonne, der durch die winzigen Treppenhausfenster drang, waren die Umrisse von drei Gestalten zu sehen.

Logan hechtete durch die Badtür und gab im Fallen einen einzelnen Schuss ab. Das Mündungsfeuer war so grell, dass es ihm in den Augen brannte. Jetzt konnte er im Dunkeln endgültig nichts mehr sehen. Er bekam gerade noch mit, wie sich eine der Gestalten ans Bein fasste und fluchend zu Boden ging. Und dann erwiderten die beiden anderen das Feuer – das *Ffuttt* ihrer Schalldämpfer fast übertönt von Logans Tinnitus.

Die ersten Schüsse gingen über ihn hinweg und schlugen in die Rückwand des Badezimmers ein, direkt über dem fleckigen Porzellan-Spülkasten. Hätte Logan aufrecht gestanden, dann hätten sie ihn knapp über dem Nabel getroffen.

Das Bad war nicht sehr groß – nur die Toilette, ein Holzstuhl, ein Stapel Handtücher auf dem Boden und ein Sortiment grauer Herrenunterhosen, die tropfend über einer großen, altmodischen Emaille-Badewanne hingen.

»In die Wanne, schnell!«

Er gab rasch hintereinander zwei weitere Schüsse ab. Die Pistole bockte in seiner Hand und füllte das Bad mit grellen Lichtblitzen. Auf jedes BADAMMM folgte ein helles Klickern, wenn die Geschosshülse über das Linoleum rollte, im Takt mit der Musik. Dazu der beißende Geruch des Kordits.

Die Silhouetten duckten sich. Logan rappelte sich auf und trat mit voller Wucht gegen die Badtür, sodass sie in den Angeln ächzte. Noch ein Tritt, und die obere Angel gab nach.

Eine Kugel prallte neben seinem Kopf von der Wand ab, als Logan die Tür mit beiden Händen packte und vollends losriss.

Ffuttt.

Er wankte unter dem Gewicht, als etwas dumpf in das Holz einschlug.

»Logan!«

Er stieg in die Wanne und versuchte die Tür wie einen Deckel über sich und Wiktorja zu ziehen. Es war verdammt eng, Ellbogen und Knie bohrten sich unangenehm in diverse Körperteile – ein einziger Wirrwarr von Armen und Beinen. Die Tür war sperrig und schwer.

Er konnte die Silhouetten der Männer in der offenen Wohnungstür sehen. Jetzt stürmten sie in Gorzkiewicz' Sperrmüll-Labyrinth. Logan fluchte und zerrte die Tür ganz über die Wanne.

»Was heißt ›Bombe‹ auf Polnisch?«

»Was?«

»WAS HEISST ›BOMBE‹ AUF POLNISCH?«

Flammen.

Blendendes Licht.

Eine Druckwelle.

Ohrenbetäubendes Getöse.

Sechs Tage später

50

Eine graue Wolkendecke hing über Aberdeen und verhieß Regen, schaffte es aber irgendwie nicht, das Versprechen wahrzumachen. Vor der Grundschule jagten zwei Plastiktüten einander über den Asphalt, wirbelten eine Weile durch die Luft und flogen dann über den Zaun auf den leeren Pausenhof.

»Mmh.«

Logan lehnte den Kopf ans Lenkrad und hielt das Handy ans Ohr gedrückt, als Samantha sagte: »*Und ich hab mir gedacht, wir könnten doch am Freitag einen trinken gehen. Ein bisschen feiern, dass du wieder im Dienst bist?*«

»Mhm.«

»*Rennie will mitkommen. Und Steel. Vielleicht auch der dicke Gary und Eric?*«

»Mhm.«

Pause.

»Mhm.«

»*Alles okay mit dir?*«

»Was? Oh, entschuldige – doch, doch.« Er setzte sich auf und rieb sich die verklebten Augen. »Du weißt ja, wie das ist. Das kommt von dem Lack – die ganzen Dämpfe und so.«

»*Bist du etwa immer noch mit der Renovierung zugange?*«

Er sah über die Straße nach dem gesichtslosen Granitklotz der Sunnybank-Grundschule. »Ich lasse bloß den Wohnzimmerboden noch ein zweites Mal ein.«

»*Der Arzt hat gesagt, du sollst dich noch eine Zeitlang schonen.*«

Schweigen.

»Logan?«

»Entschuldige.«

»Belagert dich dieser bescheuerte Journalist etwa immer noch?«

Ein leichter Windstoß erfasste das Laub in den Baumkronen über ihm und ließ kleine Ovale aus Sonnenlicht über die schmutzige Motorhaube tanzen. »Was? Ach so … nein. Hat wahrscheinlich Wichtigeres zu tun, als irgend so einem Typen nachzustellen, der so blöd war, sich in die Luft jagen zu lassen.«

Wieder eine Pause. *»Logan, bist du sicher, dass alles in Ordnung ist?«*

»Tut mir leid, es ist bloß … Oh, da klingelt jemand an der Tür, ich muss Schluss machen, okay?«

Sie verabschiedeten sich, und er legte auf. Schob das Handy in die Tasche zurück. Beäugte finster sein Ebenbild im Innenspiegel. »Du bist ein mieser Lügner.« Und ein hässlicher dazu: Sein Gesicht war von Kratzern und weißen Nähten übersät. Dunkelviolette Säcke unter den Augen, farblich abgestimmt auf die Blutergüsse auf Stirn und Kinn. Dazu ein Sechstagebart – er konnte sich nicht rasieren, ohne sich an einem halben Dutzend Stellen den Schorf abzuschaben.

Logan beugte sich vor und nahm die Schachtel Zigaretten aus dem Handschuhfach, die er im Laden an der Ecke gekauft hatte. Irgendetwas war mit dem Feuerzeug nicht in Ordnung – es hielt einfach nicht still, die zitternde Flamme verfehlte immer wieder das Ende der Zigarette, solange er es nicht mit beiden Händen hielt. Er sog den Rauch tief in seine vernarbte Lunge.

Er hustete. Spuckte.

Und drehte dann das Fenster herunter.

Wenigstens war es zur Abwechslung ein bisschen kühler. Gestern war das klapprige kleine Auto, das er für zweihundert Pfund auf dem Thainstone Mart erstanden hatte, noch wie ein Backofen gewesen. Sein allererstes Auto – und es war ein schrottiger Fiat-Dreitürer in Kackbraun, der nach alter Frau, abgestandenem Zigarettenrauch und Schimmel roch. Aber er war billig gewesen, und er erfüllte seinen Zweck.

Logan saß da und ließ den Rauch zum Fenster hinausziehen. Er musste sich beherrschen, um nicht zu zittern, dabei war es doch gar nicht so kalt. Zu dumm.

Er traute der Uhr am Armaturenbrett nicht – die halbe Elektronik war im Eimer –, also sah er stattdessen auf seine Armbanduhr. Kurz vor halb elf.

Dieser blöde Arzt. Was wusste der schon? Nicht dienstfähig, so ein Quatsch. Nicht ihn sollten sie nach Hause schicken, sondern Beattie, diesen Vollidioten. Detective Inspector Bartgesicht Beattie. Wie *konnten* sie bloß Beattie befördern? Welcher Trottel war nur auf *die* glorreiche Idee gekommen?

Die Zigarette schmeckte wie verbranntes Fleisch, also drückte Logan sie im Aschenbecher aus, wo schon die Leichen ihrer halb aufgerauchten Schwestern lagen.

Er hielt sich die Hand vor den Mund, als ein gewaltiges Gähnen sich Bahn brach. Dann ruckelte er auf dem durchgesessenen Sitz hin und her und versuchte, eine bequeme Position zu finden. Zwei volle Tage vor einer geschlossenen Schule im Auto herumhocken. Er musste verrückt sein …

Alles ist plötzlich taghell.

Das Getöse setzt einen Sekundenbruchteil später ein, und dann die Hitze – die Farbe platzt von der Tür ab, Flammen lodern vom Flur herein. Schreie –

Logan setzte sich kerzengerade auf und knallte mit dem Knie gegen das Lenkrad. »Scheiße!« Er sank in den Sitz zurück.

Dann saß er da und hielt sich das Bein; sein Herz hämmerte, ihm war schlecht, und er rang nach Luft.

In der Einkaufstüte zu seinen Füßen war eine Packung Koffeintabletten. Er spülte vier Stück mit einer Dose Red Bull hinunter. Schüttelte sich. Fluchte. Zündete sich noch eine von diesen zittrigen Zigaretten an.

Herrgott noch mal …

Jedes.

Mal.

Dasselbe.

Auf der anderen Seite schlurfte eine Gestalt den Gehsteig entlang, den Kopf gesenkt, Einkaufstüten in den Händen. Gebeugt unter der Last der Welt mit all den bösen Menschen darin. Logan prostete ihm mit der Red-Bull-Dose zu. »Scheiß auf sie alle.«

Der abgerissene alte Mann bückte sich, um seinen Schuh zu binden. Dann richtete er sich auf und starrte über die Straße auf das leere Schulgebäude.

Er trug eine braune Cordjacke mit ausgefransten Manschetten, dazu eine verwaschene Jeans mit Aufschlägen. Schütterer Bart. Graue Haare, die wild in alle Richtungen abstanden. Brille.

»Ah …« Logan lächelte. »Wurde aber auch Zeit, dass du dich blicken lässt.«

Er wartete, bis der alte Mann über die Straße gezockelt war, und stieg dann aus. Das Abschließen sparte er sich – welcher Dieb, der etwas auf sich hielt, würde es riskieren, beim Klauen einer solchen Rostlaube erwischt zu werden?

Der alte Mann blieb am Zaun des Pausenhofs stehen und blickte sehnsüchtig durch die Gitterstäbe auf das dunkle, stille Gebäude dahinter. Und dann wandte er sich ab und ging weiter.

»Hast du Lust, kleine Hundchen anzuschauen, Rory?«, rief Logan.

Der alte Mann ließ seine Tüten fallen und rannte los.

Er kam nicht weit. Logan kriegte ihn am Kragen zu fassen und stieß ihn so heftig gegen den nächsten Baum, dass die Brille des Mannes in den Rinnstein flog.

»Aaaaaah … lassen Sie mich los! Ich bin nicht –«

»Die Schulen sind seit letzter Woche geschlossen, du Trottel – Sommerferien. Hat sich was mit Kiddies-Schauen.« Logan zog ihn heran und stieß ihn noch einmal so fest an den Baum, dass er mit der Stirn gegen die Borke knallte.

»Aaaaah! Mann …«

Als Logan ihn losließ, sank Rory Simpson auf den Gehsteig nieder und hielt sich den Kopf, als hätte er Angst, er könne platzen. Er stank nach Schweiß, fettigen Haaren und ungewaschenen Klamotten.

»Du siehst scheiße aus.«

Rory blickte wütend zu Logan auf. »Sie sollten ganz still sein … so auf unschuldige Bürger loszugehen …«

»Unschuldig?«

»Ich glaube, ich blute. Blute ich? Ich muss ins Krankenhaus.« Er nahm die Hände von der Stirn und suchte sie nach Blutspuren ab. Nichts. »Wahrscheinlich hab ich eine Gehirnerschütterung. Ich – He!«

Logan zog ihn hoch. »Hast wohl gedacht, mit der Brille erkennt dich niemand, was, Rory? Für wen hältst du dich eigentlich – für Clark Kent? Mit solchen Mätzchen kannst du vielleicht die braven Bürger von Metropolis an der Nase rumführen, aber du bist hier in Aberdeen.«

Der kleine Mann massierte wieder seine Stirn. »Das ist Polizeibrutalität, Mann.«

»Wir nennen das Widerstand gegen die Festnahme.« Er packte Rorys Kragen noch fester und schleifte ihn zum Wagen.

»Halt, warten Sie! Meine Einkäufe! Meine Brille …« Er gestikulierte wild in Richtung seiner am Boden liegenden Habseligkeiten.

Logan ließ ihn nicht los, aber er ließ ihn immerhin seine Sachen auflesen. Dann führte er ihn zu dem verlotterten kleinen Fiat. »Einsteigen.«

Rory blieb stehen, spähte durchs Fenster hinein und rümpfte die Nase. »Sieht aber nicht sehr sauber aus.«

Logan riss die Tür auf, klappte den Fahrersitz nach vorn und versetzte Rory einen Stoß zwischen die Schulterblätter. Rory fiel vornüber auf den Rücksitz.

»Hände über Kreuz auf den Rücken!«

»Aber –«

»Mach mir keinen Ärger, Rory. Ich hab 'ne beschissene Woche hinter mir, und ich kann es nicht erwarten, es an irgendwem auszulassen. Kapiert? Und jetzt tu gefälligst die Hände auf den Rücken, aber plötzlich!«

Rory gehorchte, und Logan legte ihm die Handschellen an.

»Aua! Müssen Sie so grob sein?«

Logan klappte den Sitz wieder zurück und setzte sich ans Steuer, während Rory sich hinten mühsam aufrichtete. »Wohin fahren wir?«

»Verstoß gegen die Bewährungsauflagen, Nichterscheinen vor Gericht und Widerstand gegen die Festnahme. Was glaubst du denn?«

»Nein!« Er rutschte nach vorn, und Logan sah seine weit aufgerissenen Augen im Rückspiegel. »Sie dürfen mich nicht aufs Revier bringen! Die warten doch nur auf mich!«

Ja, was denn sonst?

»Na klar – die werden dich mit Gummibärchen und Eis empfangen, weil du doch so wahnsinnig beliebt bist.« Logan ließ den Motor an – er klang wie eine Waschmaschine voller Schrauben und Muttern – und kämpfte dann mit dem ächzenden Getriebe. »Jetzt sitz gefälligst still, und halt den Mund.«

Rory schaffte es ganze zwei Minuten lang, sich an die Anweisung zu halten. Dann beugte er sich wieder vor und steckte den Kopf zwischen den Vordersitzen durch. Seine Unterlippe zitterte. »Bitte! Ich flehe Sie an – Sie dürfen mich nicht dorthin zurückbringen. Bitte!«

Logan fuhr an die Kreuzung heran und hielt vor der roten Ampel. »Keine Chance, Rory.«

»Bitte ... Es war ... Ein Polizist hat versucht, mich umzubringen.«

»Quatsch.«

»Deswegen bin ich weggerannt. Ich schwör's beim Grab meiner seligen Mutter. Ein Polizist und dieser Russe, hinter dem Sie her waren – die haben versucht, mich umzubringen!«

Der Wind hatte aufgefrischt. Logan saß auf dem Fahrersitz und sah zu, wie die Nordseewellen sich am Strand brachen, während er noch eine Zigarette rauchte, die er eigentlich gar nicht wollte. Draußen auf dem Gehsteig wackelte eine Möwe vorüber und warf ihm einen bösen Blick zu, ehe sie weiter ihren wichtigen Geschäften zustrebte.

Ein Klopfen am Beifahrerfenster, und DI Steel spähte herein. »Wo hast du denn den Schrotthaufen her? Im Container gefunden?«

Logan stieg aus. »Du hast aber lange gebraucht.«

»Komm mir bloß nicht damit – das muss ich mir oft genug von DCI Froschfresse anhören.« Sie deutete auf die glimmende Zigarette zwischen seinen Fingern. »Ich dachte, du lässt inzwischen die Finger von den Sargnägeln?«

Logan zuckte mit den Achseln und nahm noch einen Zug. »Willst du mir jetzt deswegen einen Vortrag halten?«

»Nicht, wenn du mir eine spendierst.«

Er tat es. Sie steckte sich die Zigarette an und blies eine lange Rauchwolke über das Wagendach. »Du weißt schon, dass das Zeug dich umbringen kann?«

»Dann soll es sich gefälligst hinten anstellen.« Logan ging zum Kofferraum des Fiat. »Ich hab ein Geschenk für dich.«

Sie folgte ihm und trat neugierig näher, als Logan die Hecktür aufsperrte und hochklappte. Sie spähte hinein. Sah Logan an. »Wieso liegt da ...?« Sah wieder in den Kofferraum. Dort lag Rory Simpson auf der Seite, eingeklemmt unter der Hutablage, direkt neben dem abgefahrenen Ersatzreifen. Die Hände immer noch hinter dem Rücken gefesselt. Er schielte zu ihnen herauf und kniff die Augen zusammen, als das helle Licht ihn blendete.

Steel stupste ihn an. »Mensch, Rory, du Dussel – normale Menschen setzen sich nach vorn auf die Sitze. Der Kofferraum ist nur für Leichen.« Sie spitzte die Lippen und schwieg einen Moment. Dann sagte sie zu Logan: »Na ja, wir könnten ihn natürlich irgendwo in die Pampa rausfahren, da würden wir der Welt einen Gefallen tun. Ich hab 'ne Schaufel im Auto.«

Rory blinzelte, murmelte etwas von eingeschlafenen Beinen und versuchte dann, sich aufzusetzen. Steel drückte ihn wieder nach unten und schlug die Heckklappe zu.

»Laz, kannst du mir erklären, wieso du einen miesen kleinen Kinderfummler gefesselt im Kofferraum von deiner Schrottkiste liegen hast?«

Steel ließ sich in den Beifahrersitz sinken, klopfte sich den Rost und den Staub von den Händen und sagte: »So, dann bin ich mal gespannt.«

Von hinten kam Rory Simpsons quengelige Stimme: »Ich krieg hier gleich 'nen Krampf!«

Logan drehte sich zu ihm um – sie hatten einen der Rücksitze heruntergeklappt, um in den Kofferraum sehen zu können. »Hör auf zu jammern und erzähl DI Steel, was du mir erzählt hast.«

Der alte Mann wand sich – wahrscheinlich, weil er ziemlich unbequem lag. »Können Sie mir nicht wenigstens die Dinger abnehmen?«

Steel steckte sich einen Nikotinkaugummi in den Mund. Kauend und gleichzeitig rauchend antwortete sie: »Die Uhr tickt, Rory.«

»Na schön …« Ein Seufzer. »Sie haben auf mich gewartet, als ich nach Hause kam. Vom Gericht, meine ich. Die Haustür war eingetreten. ›Oha‹, denk ich, ›da haben wohl wieder irgendwelche Jugendlichen randaliert.‹ Und dann geh ich rauf und sehe, dass in meine Wohnung eingebrochen wurde.« Er schüttelte sich. »Wenn ich nicht auf dem Nachhauseweg noch was eingekauft hätte …«

»Hättest mal besser die Polizei gerufen.«

Damit erntete sie einen bösen Blick. »Ich konnte hören, wie sich zwei Männer im Wohnzimmer unterhielten, und ich wollte mich gerade wieder verdrücken – nur für den Fall, dass es … na ja, hätten ja besorgte Eltern sein können oder so –, und da hör ich plötzlich, dass sie darüber reden, wie sie meine Leiche beseitigen wollen. Meine Leiche! Als ob ich schon tot wäre … Der eine hat russisch geklungen, aber der andere war ein Polizist.«

»Wer?«

Rory schwieg und starrte auf den schmuddeligen Bezug des Rücksitzes.

»Rory, wer war es?«

»Ich hab ihn nicht gesehen.«

»Du bist ein verdammter Lügner.« Steel zog ihren Kaugummi mit der Zungenspitze lang und ließ ihn knallen. »Wenn du ihn gar nicht gesehen hast, woher willst du dann wissen, dass es ein Polizist war?«

»Weil der andere Mann es gesagt hat, okay? *Daher* weiß ich das. Er hat gesagt: ›Du willst Polizist sein und kannst nicht mal einen miesen kleinen …‹ Er hat das böse Wort mit P benutzt. Und der andere hat geantwortet, dass er mit Streifenwagen nach mir suchen lässt. Also hab ich mich wieder rausgeschlichen und bin davongerannt.«

Rory wälzte sich wieder hin und her. »Sind Sie sicher, dass Sie mir nicht die Handschellen abnehmen können?«

»Ganz sicher«, erwiderte Steel.

»Aber meine Nase juckt so.«

»Ich soll also glauben, dass irgendein Russe und ein korrupter Polizist dich umbringen wollten?«

»Nicht irgendein Russe – ich habe ihn doch *gesehen*. Als ich wieder draußen war, habe ich zur Wohnung hochgeschaut. Der Russe hat am Fenster gestanden und telefoniert. Das war er – der Mann aus dem Haus, wo dieser Gangster geblendet wurde. Graue Haare, Augen wie ein Vergewaltiger.«

Etwas schlug dumpf auf der Motorhaube auf, und Logan drehte sich um. Eine fette Möwe starrte sie durch die Windschutzscheibe an. Logan hupte, aber der Vogel ließ sich nicht aus der Ruhe bringen. »Du hast gelogen, als wir dieses elektronische Phantombild gemacht haben, stimmt's?«

»Ich wollte da nicht reingezogen werden. Und jetzt haben wir den Schlamassel …« Er sackte in sich zusammen, bis sein Kopf auf dem Ersatzreifen ruhte. »Wenn Sie mich aufs Revier mitnehmen, werden sie mich umbringen.«

Steel kaute eine Weile schweigend. Dann drehte sie sich wieder nach vorn um. »Für mich hört sich das an wie ein Haufen Schwachsinn.«

Logan räusperte sich. »Also … ich glaube eigentlich, dass er die Wahrheit sagt.«

»Du Schlaffi.« Sie nahm den Kaugummi aus dem Mund, drehte ihr Fenster herunter und warf mit dem Kügelchen nach der Möwe. Dann warf sie eine Zigarettenkippe hinterher. Beide Geschosse verfehlten ihr Ziel. »Na schön, dann wollen wir ihm mal glauben.« Steel drehte sich wieder um und starrte Rory finster an. »Ist anscheinend dein Glückstag heute. Aber wenn du mich angelogen hast, dann schaufelst du dir draußen in der Pampa dein *eigenes* Grab, kapiert?«

51

Der Parkplatz hinter dem Präsidium war fast leer – bis auf den schicken neuen Audi des Polizeipräsidenten, DI Steels Mazda MX-5 und ein paar Streifenwagen. Logan fuhr auf einen der freien Plätze und stellte den Motor ab. In das Stottern und Röcheln mischte sich ein gedämpftes Flüstern von hinten. »Wo sind wir?«

»Polizeipräsidium.«

»Was?« Das Flüstern schlug in ein panisches Kieksen um. »Nein! Das war nicht abgemacht! Sie haben es doch versprochen!«

»Psssssst! Wir warten hier nur, bis Steel mit dem Leiter der Kriminalabteilung gesprochen hat.«

»WAS?«

»Willst du unbedingt, dass jemand dich hört?«

Und schon flüsterte er wieder: »Sie soll mit niemandem reden! Was ist, wenn das der Polizist ist, den ich gehört habe?«

Logan drehte sich um und zeigte dem Mann im Kofferraum den Mittelfinger. Rory konnte ihn zwar nicht sehen, da sie den Sitz wieder hochgeklappt hatten, aber er fand, dass der gute Wille zählte. »Detective Chief Superintendent Bain war *nicht* in deiner Wohnung, und er hat *nicht* zusammen mit einem russischen Gangster deine Ermordung geplant, okay? Er ist …« Logan verstummte, als er sah, wie Steel den Kopf zum Hinterausgang hinaussteckte und ihn zu sich winkte. »Es ist so weit.« Er schnallte sich ab. »Bleib, wo du bist, und verhalt dich ruhig.«

»Aber –«

»Nein. Und hör auf, so rumzuwackeln, am Ende sieht dich noch jemand.«

Logan stieg aus, schloss den Wagen ab und folgte DI Steel ins Gebäude.

Aus dem Zellentrakt tönten trunkene Gesänge herauf, unterbrochen von einer Stimme, die rief: »HALT'S MAUL, DU NERVENSÄGE!«

»Okay«, sagte Steel, während sie den Flur entlangmarschierten, »es hat ein bisschen Überzeugungsarbeit gekostet, aber Bain ist damit einverstanden, dass wir Rory an einem sicheren Ort unterbringen. Sprich: bei dir zu Hause.«

»Was? Nein! Wieso kann er nicht in einer von unseren sicheren Wohnungen untergebracht werden?«

»Weil es am besten ist, wenn möglichst wenige Leute wissen, dass wir ihn haben. Er wohnt bei dir.«

»Keine Chance.« Logan folgte ihr durch eine Doppeltür. »Ich habe eine Zweizimmerwohnung, wo soll er denn da schlafen? Ihr habt ein riesiges Haus, wieso könnt ihr ihn nicht aufnehmen?«

»Ja, klar, da wäre Susan bestimmt hellauf begeistert. ›Schatz, ich bin da! Ich weiß, du wünschst dir inständig ein Kind, aber ich habe uns stattdessen einen Pädophilen mitgebracht – der wird jetzt eine Weile hier wohnen.‹ Ich wette, es dauert keine zwei Minuten, bis sie ihm die Eier mit einer Kneifzange wegoperiert.«

»Dann sag ihr nichts.«

»Ich hab nicht vor –«

»Zu mir kommt er jedenfalls nicht!«

Steel warf die Hände in die Luft. »Na schön! Benimm dich ruhig wie ein kleines Kind, ist mir doch egal!« Sie stampfte mit dem Fuß auf, drehte sich um und bohrte Logan den Finger in die Brust. »Aber wenn er hinterher mit abgerissenen Eiern dasteht, ist es *deine* Schuld.« Sie stürmte weiter. »Los, geh den Laptop besorgen.«

Logan stieg die Treppe hinauf, gab den Türcode ein und trat in den Empfangsbereich. Der dicke Gary saß am Schalter, kaute an einer Scheibe Knäckebrot herum und sah todunglücklich aus.

Logan lehnte sich auf den Tresen. »Ich wäre vorsichtig mit dem Zeug – Sie fallen noch ganz vom Fleisch …« Er brach ab. Schnupperte. Und verzog das Gesicht. Es stank erbärmlich. »Was zum …«

Der dicke Gary deutete auf die Stuhlreihe am Fenster, wo PC Karims bester Kumpel Dirty Bob hockte, in seinem Bart herumpulte und das, was er dort fand, aufaß.

»Du lieber Himmel …«

»Wem sagen Sie das? Er ist seit halb elf hier.«

»Dann schmeißen Sie ihn doch raus!«

Der beleibte Sergeant seufzte. »Geht nicht – sein Kumpel Richard ist letzte Nacht gestorben. Er muss hier warten, bis der große Detective Inspector Beattie sich herablässt, ihn zu vernehmen.« Garys Kopfschütteln ließ seine mit bläulichen Stoppeln verzierten Kinne erbeben. »Ist das denn zu glauben? DI Bartgesicht Beattie. So viele Kandidaten für die Beförderung, und sie nehmen ausgerechnet *den*!«

Er biss noch einmal in sein Knäckebrot und kaute krachend. »Was machen Sie überhaupt hier? Ich dachte, Sie sind noch bis morgen krankgeschrieben?«

»Ich muss etwas für Steel abholen.«

»Sie sehen übrigens beschissen aus.«

»Wenigstens esse ich keine trockene Pappe.«

Der massige Sergeant trank schlürfend einen Schluck Tee und verzog das Gesicht. »Welcher Idiot hat eigentlich den Kamillentee erfunden?« Er stellte die Tasse ab. »Was brauchen Sie denn?«

»Einen Laptop mit E-Fit-Software drauf.«

»*Aye*, Sekunde.« Er verschwand im Hinterzimmer, wo Logan ihn eine Weile ächzen und schnaufen hörte, ehe er mit einem zerkratzten Laptop in der Hand wieder auftauchte. Er knallte ihn vor Logan auf den Tresen und zwängte ihn unter der Trennscheibe hindurch. »Ein Laptop.« Dann schob er noch ein Klemmbrett hinterher. »Da unterschreiben. Und keine Verarsche, ja? Ich hab's satt, dass immer irgendwelche Scherzkekse mit ›Micky Maus‹ oder ›Adolf Hitler‹ unterschreiben …«

»Welche Laus ist Ihnen denn über die Leber gelaufen?«

»Ist schließlich nicht mein Job, oder? Kann nur hoffen, dass die bald mit der verdammten Renovierung fertig sind.« Er riss das Klemmbrett an sich und warf einen prüfenden Blick auf Logans Unterschrift. »Gut, das Ding gehört Ihnen. Und bevor Sie verschwinden …« Er holte einen Stapel Haftnotizen hervor. »Ihre Nachrichten.«

»Ich bin krankgeschrieben, schon vergessen? Ich hol sie morgen ab, und –«

»Nix da – das Zeug liegt schon lange genug auf meinem Schreibtisch rum.«

Logan nahm den Wust von gelben Klebezetteln an sich. »Sie waren wesentlich amüsanter, als Sie noch Süßigkeiten gegessen haben.«

Logan saß mit einer Zigarette im Mundwinkel auf der Motorhaube seiner Schrottkiste und las seine Nachrichten, während er auf Steel wartete. Einen nach dem anderen klebte er die Post-its auf den rostigen braunen Lack neben sich, wo sie sich zu einem Schachbrettmuster zusammensetzten. Zwei von Father Burnett, der Logan daran erinnerte, dass er in St. Peter stets willkommen sei, falls er je das Bedürfnis hätte, über irgendetwas zu reden. Drei von Hilary Brander, die verlangte, dass er sie zurückrief. Eine von *DI* Bartgesicht Beattie, der ihm versicherte, wie sehr er sich auf ihre künftige Zusammenarbeit freue, nachdem er nun ja befördert worden sei. Wichser. Drei von Rennie, der sich darüber beklagte, dass der besagte Wichser ihn wie seinen persönlichen Sklaven behandelte. Eine von Tracey und ihrer Schwester Kylie, die von Lossiemouth schwärmten und ihm versicherten, dass sie ihm ganz doll dankbar seien, echt.

Und vier von Dr. Dave Goulding.

Logan las die Nachrichten des Psychologen zuletzt, die Zigarette zwischen die Zähne geklemmt, Rauchschwaden in den Augen. Auf allen Zetteln stand mehr oder weniger dasselbe: Goulding wollte sich mit ihm treffen, um über einen fiktiven Fall zu sprechen. »ERINNERN SIE SICH AN DIESE VERGEWALTIGUNGEN, ÜBER DIE WIR GESPROCHEN HABEN? ICH GLAUBE WIRKLICH, DASS ICH IHNEN HELFEN KANN.« Alle endeten gleich, mit den Worten »ICH KANN IHNEN HELFEN« und der Telefonnummer des Psychologen. Sehr subtil.

Logan holte sein Handy hervor und wählte.

Eine muntere Stimme mit Liverpooler Akzent meldete sich. »*Dave Goulding, hallo?*«

»Was haben Sie für ein Problem?«

Es war einen Moment still. Und dann: »*Wer ist da?*«

»Wollen Sie ein Kontaktverbot provozieren? Ist es das?«

»*Hören Sie, ich weiß nicht, wer Sie sind, aber ich bin sicher, dass ich Ihnen helfen kann. Warum kommen Sie nicht –*«

»Nein, das können Sie nicht, okay? Sie können mir verdammt noch mal nicht helfen!«

Pause. »*Sie müssen mir sagen, wer Sie sind, sonst kann ich –*«

»Lassen Sie mich verdammt noch mal in Ruhe!« Logan trennte die Verbindung.

Er nahm die Zigarette aus dem Mund. Seine Finger zitterten so stark, dass er sich über und über mit Asche vollbröselte. Jetzt würde er vielleicht –

Sein Handy klingelte. Logan warf einen Blick auf die angezeigte Nummer und fluchte: Dr. Goulding rief zurück.

Er ließ es klingeln.

Nahm noch einen zittrigen Zug aus seiner Zigarette.

Und ging dran. Warum nicht? Er war in angriffslustiger Stimmung.

Die Stimme des Psychologen hatte nichts von ihrer aufreizenden Fröhlichkeit eingebüßt. »*Logan, Dave Goulding.*« Er sagte es so, als wäre alles ein Wort: LoganDaveGoulding.

»Wenn Sie –«

»*Ich wollte nur kurz mit Ihnen über Ricky Gilchrist sprechen.*«

»Sie …« Logan brach ab. Das war nicht das, was er erwartet hatte. »Ricky Gilchrist?«

»*Genau – Ich dachte mir, ich sollte Sie auf dem Laufenden halten; wir haben uns ja nicht mehr gesprochen, seit Sie in Polen waren.*« Womit er diplomatisch die Tatsache ignorierte, dass sie erst vor dreißig Sekunden miteinander gesprochen hatten. »*Ich arbeite mit Gilchrist seit seiner Festnahme – wir haben schon echte Fortschritte gemacht. Ein faszinierender Charakter.*«

Logan zupfte die Haftnotizen von der Motorhaube, während der Psychologe weiterschwafelte, und stapelte sie wieder zu einem Block.

»*Heute Morgen hat er sich an eine Geschichte erinnert, die sein Vater immer erzählte, über Rickys Urgroßmutter, die im Zweiten Weltkrieg ihre drei Kinder im Stich gelassen hatte und mit einem polnischen Flieger durchgebrannt war. Ist es nicht merkwürdig, wie so etwas noch nach so vielen Jahren in einem Menschen nachhallen kann? Generationen der Verbitterung, alles destilliert in Ricky Gilchrist. Können Sie sich vorstellen, wie es ist, sein ganzes Leben lang so etwas eingeimpft zu bekommen?*«

»Und deswegen hat er es getan?«

»*Nun, es dürfte wohl noch mehr dahinterstecken, aber das ist doch schon ein fantastischer Anfang, finden Sie nicht?*«

»Sie haben Gilchrist geholfen, also können Sie auch mir helfen. Läuft es darauf hinaus?« Logan rieb sich mit dem Ballen der freien Hand die Augen. »Sie hinterlassen mir andauernd irgendwelche Nachrichten.«

»*Wir hatten natürlich seit seiner Verhaftung ein weiteres Ödipus-Opfer, das macht alles komplizierter. Gilchrist behauptet jetzt, er habe dreizehn Jünger, die sein gottgefälliges Werk weiterführten.*«

Logan zog noch ein letztes Mal an der Zigarette und drückte den Stummel auf der Motorhaube aus. »Ich will, dass Sie mich in Ruhe lassen. Ich brauche keine Hilfe.«

»Es ist möglich, dass er mit einem Komplizen gearbeitet hat, aber ich bezweifle es – Gilchrist ist nicht der Typ dafür. Er ist ein Fantast; ich glaube, er wollte nur das Verdienst für die Tat in Anspruch nehmen.«

»Haben Sie gehört, was ich gesagt habe?«

Pause. *»Es nennt sich Posttraumatische Belastungsstörung. Lassen Sie mich raten: Sie leiden unter Schlafstörungen? Alpträumen? Übersteigerten Angstgefühlen? Sie sind reizbar, haben Probleme, sich zu konzentrieren, fühlen sich wie betäubt? Das ist vollkommen normal. Und ich weiß, dass Sie es jetzt gerade nicht hören wollen, aber es ist nicht nötig, dass Sie sich so fühlen. Es* wird *Ihnen helfen, wenn Sie darüber reden.«*

»Es gibt nichts zu reden. Mir geht es gut.«

»Sie müssen sich nicht jetzt entscheiden. Denken Sie einfach nur darüber nach. Ich hätte morgen Zeit – nun ja, ich werde an dem revidierten Ödipus-Profil arbeiten, aber wenn Sie mir dabei zur Hand gehen möchten, würde es mich freuen …«

Logan drückte ihn wieder weg.

52

Logan parkte auf der Straße vor DI Steels Haus und blieb im Auto sitzen, während er darauf wartete, dass sie mit ihrem kleinen Sportwagen nachkam. Das Sonnenlicht, das durch das Laubwerk der alten Buchen fiel, tanzte auf der Straße und auf dem Gehsteig.

Eine Stimme tönte aus dem Kofferraum des Fiat: »Okay, ich bin dran. Ich seh etwas, was du nicht siehst, und das ist schwarz.«

»Ersatzreifen. *Schon wieder.*«

Ein gurgelndes Dröhnen – Steel kam angebraust und hielt vor ihm am Straßenrand. Sie hatte das Verdeck offen, und ihre Haare waren wüst durcheinandergewirbelt. Sie sprang hinaus, fischte eine zerfledderte Einkaufstüte aus dem Fußraum vor dem Beifahrersitz und marschierte zur Garage, um das schwere rote Tor hochzuwuchten.

Logan legte den Rückwärtsgang ein, setzte in die Einfahrt zurück und manövrierte seinen verdreckten alten Fiat in die dunkle Öffnung.

Die Garage war eine Rumpelkammer voller Pappkartons, verstreuter Werkzeugteile und halb leerer Farbeimer, an denen eingetrocknete Emulsionstränen klebten.

Steel zog das Garagentor zu, schaltete das Deckenlicht ein und ging zum Kofferraum des Fiat, um die Klappe zu öffnen. Eine kleine Wolke von Rostkrümeln regnete auf Rory Simpsons zusammengerollte Gestalt herab. Seine Hände steckten immer noch in Handschellen.

»Auf geht's, Rory.« Sie hielt die schmuddelige Tüte hoch. »Streck dein linkes Bein aus.«

»Augenblick noch … Au … Uuuh … Oaah …«

»Wir haben nicht den ganzen Tag Zeit!« Steel packte Rorys rechtes Fußgelenk und zerrte daran.

»Aaaaaaah!«

»Was ist denn jetzt schon wieder?«

»Das kribbelt.«

»Ach, nun sei nicht so ein Weichei.« Sie zog Rorys Socke herunter, kramte eine elektronische Fußfessel aus der Plastiktüte und legte sie ihm um das Fußgelenk. Dann befestigte Logan die Fessel mit der Spezialzange und vergewisserte sich, dass sie schön fest saß. Steel zog noch einmal kräftig daran, für alle Fälle.

»Au! Nicht so grob!« Rory rollte sich zur Kofferraumkante und zappelte dort herum, bis Logan mit beiden Händen in seine braune Cordjacke griff und ihn heraushob. Rory humpelte ein paar Schritte und blieb stehen. »Ich seh immer noch nicht ein, warum das nötig ist.«

»Dann bist du noch blöder, als du aussiehst.« Steel schlug die Heckklappe zu, und wieder stob eine Rostwolke auf. »Dieses Ding wirst du nur wieder los, wenn du dir den ganzen Fuß abreißt. Sobald du dich mehr als dreißig Schritte von diesem Haus entfernst, sagt mir ein kleiner Mann mit einem großen Computer *haargenau*, wo du bist. Und wenn ich dich dann lange genug grün und blau geschlagen habe, schleife ich dich an deinem einen verbliebenen Ei aufs Revier.«

»Aber …« Rory sah auf seinen Schritt hinunter und dann wieder zu Steel auf. »Ich hab doch zwei Hoden.«

»Nicht, wenn ich mit dir fertig bin.«

»Oh.«

Steel schob ihn auf die schlichte Holztür in der Seitenwand der Garage zu. »Und wenn du *irgendwie* meine Frau ärgerst, wenn du auch nur an kleine Mädchen *denkst* oder es verdammt noch mal wagst, im unpassenden Moment zu *niesen*, dann mach ich dich fertig. Verstanden?«

Die Spülmaschine gurgelte in der Ecke der Küche, beladen mit dem schmutzigen Geschirr vom Mittagessen, das aus aufgewärmten Käsemakkaroni und Backofenfritten bestanden hatte. Anschließend setzten sie sich mit einer Kanne Tee an die Frühstückstheke, und dazu gab es einen Teller Schokokekse. Alles höchst kultiviert.

Sie tranken schweigend. Rory tunkte die Kekse in seinen Tee und leckte dann sorgfältig mit seiner gelblichen, an eine Nacktschnecke erinnernden Zunge die ganze Schokolade ab.

Steel rümpfte die Nase und drehte sich zu Logan. »Jetzt mal raus mit der Sprache, Sherlock: Wie hast du ihn gefunden?«

»Du sagtest, er sei ein Gewohnheitstier, also musste er früher oder später an dieser Schule auftauchen. Ich musste einfach nur warten.«

»Tatsächlich?« Rory ließ die Schultern hängen. »Hätte nicht gedacht, dass ich so berechenbar bin.«

Steel nahm ihm den Keksteller weg. »Und außerdem stinkst du wie die Achselhöhle von ’nem Frettchen.«

»Ich hab auf der Sraße gelebt – in Schuppen geschlafen, in öffentlichen Toiletten und so weiter. Ist nicht gerade ein Lebensstil, den ich empfehlen kann.« Er hob einen Arm und schnupperte an seiner Achselhöhle. »Ist es wirklich so schlimm?«

»Noch schlimmer. Oben ist ein Gästebad; geh duschen, ehe wir hier noch alle ersticken.«

»Aber ich habe keine sauberen –«

»Keine Sorge.« Sie schenkte ihm ein boshaftes Lächeln. »Ich finde schon was für dich zum Anziehen.«

Rory betrachtete sich im Spiegel. Runzelte die Stirn. Und zupfte an dem zitronengelben Sweatshirt, das DI Steel ihm gegeben hatte. »Sind Sie sicher, dass Sie nichts anderes haben?«

Logan feixte. »Ich finde, es steht dir.«

»Aber …« Wieder zog er an dem Sweatshirt. Mitten auf der Brust prangte ein großes rosa Dreieck mit den Worten »Out, Loud, Gay and Proud!« in Negativschrift. Das Ensemble wurde durch eine Jogginghose in Pastellrosa komplettiert, von der ein Bein über der elektronischen Fußfessel hochgekrempelt war. »Aber ich bin doch gar nicht schwul. Was ist, wenn die Leute mich jetzt für schwul halten?«

Steel versetzte ihm einen Schlag auf den Hinterkopf. »Du bist ein verdammter Pädo! Die Welt wäre ein glücklicherer Ort, wenn du schwul geboren wärst. Was machst du denn für ein Gesicht?«

Rory war knallrot angelaufen, und sein Doppelkinn zitterte im Takt mit seiner Unterlippe. »Ich mag das P-Wort nicht; es … es ist schrecklich.«

»Wenn du es nicht magst, dann solltest du dich eben nicht an kleinen Mädchen vergreifen, oder?« Sie packte ihn an seinem gelben Sweatshirt und zerrte ihn zur Tür. »Komm jetzt, *Gaylord.* Wird Zeit, dass du was tust für dein Geld.«

»Mein Gott, wieso dauert das denn so lange?«, sagte Steel. Sie lag auf dem Sofa und hatte ihre graubesockten Füße über die Armlehne gehängt.

Sie hatten sich im Wohnzimmer niedergelassen; Logan und Rory arbeiteten am Couchtisch, während Steel sich wie eine missratene Katze in der Ecke fläzte. »Da waren die ollen Ägypter ja schneller mit den Pyramiden fertig!«

Rory leckte sich die Lippen. »Na ja, vielleicht würde mir die Arbeit ja mit einer kleinen flüssigen Stärkung leichter von der Hand gehen. Ein Brandy zum Beispiel …?«

»Wenn ihr fertig seid, nicht eher.« Sie hob den Kopf und warf ihm einen bösen Blick zu. »Und jetzt mach dich wieder an die Arbeit, sonst kriegt dein Arsch eine Stärkung in Form von meinem Schuh.«

Logan ging sämtliche Kombinationen von Nase, Augenbrauen, Ohren, Mund und Kinn durch, die von der E-Fit-Software angeboten wurden, bis sie am Ende zwei Gesichter zusammengestellt hatten. Das eine war kantig, mit breiter Stirn und schulterlangen Haaren, die vorn schon etwas schütter waren. Der andere hatte einen harten Blick, eine nach links gebogene Nase und kurzes graues Haar.

»Ganz sicher?«, fragte Logan mit dem Mauszeiger über dem »Speichern«-Button.

»Hmm … Na ja … Vielleicht … Nein. Der hier hatte eine Art Narbe am Kinn. Ungefähr …« – er beugte sich vor und tippte auf den Bildschirm – »… da.«

Logan wählte aus dem Menü eine Narbe aus und zog sie an die Stelle. »Etwa so?«

»Perfekt.« Rory, der immer noch sein gelb-rosa Ensemble trug, sprang aus seinem Sessel, warf sich in eine exaltierte Pose und rief: »Und nun wünschen Seine Majestät Rory die Teilzeit-Schwuchtel einen Brandy!«

Steel wälzte sich von der Couch. »Wollen erst mal sehen, ob du einen verdient hast.« Sie sah Logan über die Schulter und besah sich die Phantombilder. »Kennst du die Typen?«

Er klappte den Laptop mit einem leisen Klicken zu. »Ich glaube, wir brauchen jetzt *alle* einen Drink.«

»Sie haben sich ja verdammt viel Zeit gelassen!« Steel bedachte Detective Constable Rennie mit einem finsteren Blick, als er in die Küche wankte, ächzend unter der Last einer riesigen, ausgebeulten Reisetasche.

Er ließ sie auf den Boden fallen. »Kriegt man hier vielleicht auch ein Tässchen Tee? Ich bin am Verdursten!«

»Seh ich vielleicht aus wie ein Dienstmädchen?« Sie wies mit dem Daumen auf den Wasserkocher. »Sie wissen doch, wo alles ist.«

Logan stieß die Tasche mit dem Fuß an. Es klapperte. »Was ist das?«

»Videos und DVDs. Und damit ihr's wisst, ich bin so schnell gekommen, wie ich konnte.« Rennie ging zur Spüle und füllte den Wasserkocher. »Ihr habt schließlich erst vor einer halben Stunde angerufen. So lange braucht man ja schon, um einen verdammten Parkplatz zu finden.«

Steel beäugte die Tasche. »Videos, hm? Wehe, das sind Pornos… Sind es Pornos? Wenn es Pornos sind, können Sie sie hierlassen.«

»Es sind keine Pornos, es sind Überwachungsvideos, und Sie können sie gerne behalten.« Er hängte einen Teebeutel in einen sauberen Becher. »Noch jemand?«

Steel stand auf. »Wer weiß, dass Sie hier sind?«

»Niemand. Voll die Geheimoperation. Die denken, ich befrage irgendwelche Wachleute wegen der Sperminator-Fälle. Beattie ist allerdings alles andere als glücklich darüber. Der blöde Sack meint, ich hätte nichts Besseres zu tun, als den ganzen Tag hinter ihm herzudackeln. Rennie, mach dies, Rennie, mach das – als ob ich sein Lakai wäre, Mensch!«

»Heul, schluchz.« Sie nahm ihre Autoschlüssel vom Haken neben dem Kühlschrank und rief: »RORY!«

Von oben kam eine gedämpfte Stimme: »Bin auf dem Klo.«

»HIER IST EIN NETTER CONSTABLE, DER SICH UM DICH KÜMMERN WIRD. LASS IHN NICHT EWIG WARTEN!«

Man hörte die Toilettenspülung. »Okay.«

»UND KLAPP DIESMAL GEFÄLLIGST DIE BRILLE RUNTER!«

Klonk.

Rennie kramte wieder in den Schränken. »Falls du ins Präsidium zurückfährst – Finnie sucht nach dir.« Er fand eine Packung Jaffa-Kekse. »Ich sag's dir, seit dieser verdammten Drogenrazzia am Freitag ist er absolut unausstehlich.«

»Also, Punkt eins«, entgegnete Logan, »seit wann benutzt du Wörter wie ›unausstehlich‹?«

»Emma sagt, ich muss an meinem Wortschatz arbeiten, wenn –«

»Und Punkt zwei: Welche Drogenrazzia?«

»Eine große Heroinlieferung aus Leeds. Zwei alte Knacker, die mit einem Wohnmobil voll von dem Zeug durch die Gegend kurven. Alle paar hundert Meilen haben sie Dealer mit Stoff beliefert. Finnie hat sie erwischt, als sie unseren netten Triaden von nebenan die Ware übergeben wollten.«

Logan runzelte die Stirn. »Tatsächlich?«

»*Aye* – die Metropolitan Police und das Sonderdezernat Organisierte Kriminalität flippen schier aus – die versuchen seit drei Jahren vergeblich, diese Nachschubkette zu sprengen. Finnie kommt sich so toll vor, dass es nicht mehr auszuhalten ist!«

Steel packte Logan und zog ihn Richtung Tür. »So, die Sitzung des Froschgesicht-Fanclubs ist beendet. Wir haben zu tun.«

»Und Sie sind sich Ihrer Sache ganz sicher?« Detective Chief Superintendent Bain lehnte sich an die Fensterbank in seinem Büro und verschränkte die Arme.

Logan nickte und legte die Phantombilder nebeneinander auf den Schreibtisch des DCS. »Ganz sicher.« Er tippte auf das Bild des Typen mit der Vokuhila-Frisur. »Das ist der Mann, der in Torry auf uns geschossen hat.«

»Und der andere?«

»Ich kann es nicht mit absoluter Sicherheit sagen, aber ich glaube, dass das der Mann ist, vor dem wir in Polen gewarnt wurden. Kurz vor der … Also …« Er hustete. Versuchte ruhig zu bleiben. Ein Bein fing an zu zittern. »Der … äh … Das einzige Foto, das ich gesehen habe, war vierzig Jahre alt. Aber …« Achselzucken. »Er könnte es sein. Die Augen passen.«

»Name?«

»Wadim Michailowitsch Krawtschenko. Hat unter den Kommunisten für die Geheimpolizei in Krakau und Nowa Huta gearbeitet und Dissidenten gefoltert. Angeblich erledigt er heute Auftragsarbeiten für Warschauer Gangster.«

»Hmm …« Bain fuhr sich nachdenklich mit der Hand über den glänzenden Schädel. »Inspector?«

»Klingt plausibel. Wir hören seit Jahren Gerüchte, wonach Osteuropäer auf den hiesigen Markt drängen. Simon McLeod will nicht klein beigeben, also stechen sie ihm die Augen aus und versengen die Höhlen. Der gleiche Mist, den sie bei sich zu Hause schon seit den Siebzigerjahren abziehen. Das ist keine Rache, das ist eine Warnung an alle anderen.«

»Okay.« Der DCS griff nach seinem Telefon und begann zu wählen. »Holen wir Finnie her und –«

Logan legte rasch den Finger auf die Gabel, um die Verbindung zu trennen. »Verzeihung, Sir – aber ich denke, es wäre besser, diese Sache nicht an die große Glocke zu hängen.«

Bain starrte ihn an. »Sergeant McRae, mir ist ja bewusst, dass Sie in letzter Zeit so manches durchgemacht haben, aber wir müssen DCI Finnie hinzuziehen.«

»Sie können nicht –«

»Erstens: Er leitet die Ödipus-Ermittlungen. Und zweitens: Solange DI McPherson noch krankgeschrieben ist, ist Finnie auch für den Waffenfund in dem Wohnwagen zuständig.«

»Das hat nichts damit zu –«

»Die Untersuchung der Fingerabdrücke auf sämtlichen Waffen aus diesem Lager ist abgeschlossen. Der Abdruck, der von der Geschosshülse in der Gemischtwarenhandlung Kraków genommen wurde, stimmt mit latenten Abdrücken von den Waffen *und* dem Wohnwagen überein. Wenn Sie einen Verdächtigen identifiziert haben, muss Finnie darüber informiert werden.« Bain sah auf das Telefon hinunter und fixierte dann Logan. »Und jetzt nehmen Sie den Finger weg.«

»Wir …« Logan fuhr sich mit der Zungenspitze über die Lippen. »Ich glaube, dass Finnie korrupt ist.«

»Machen Sie sich nicht lächerlich –«

»Ich habe gesehen, wie einer von Wee Hamishs Schlägern ihm einen braunen Umschlag zugesteckt hat. Der Typ ist um die zwanzig, grüne Haare, Pickel im Gesicht.«

Steel stieß einen Pfiff aus. »Johnny Urquhart? Ich dachte, der sitzt noch im Jugendknast?«

Bain legte den Hörer auf. »Beschuldigen Sie *ernsthaft* Detective Chief Inspector Finnie, von Hamish Mowat Bestechungsgelder anzunehmen?«

Schweigen.

»Ich weiß, was ich gesehen habe.«

»Finnie hat die höchste Erfolgsrate bei Drogenrazzien in der gesamten Truppe; er ist der reinste Spürhund. Erst letzte Woche – Heroin im Wert von einer Dreiviertelmillion bei diesem Wohnmobil-Fall. Wenn er sich schmieren lässt, wieso verhaftet er dann so viele Leute?«

»Ich weiß nicht… vielleicht ein Fall von Überkompensation.«

»Ach ja?«, warf Steel ein, »und wie kommt es dann, dass er so einen schrottigen Mondeo fährt? Einen Kombi noch dazu!«

DCS Bain schüttelte den Kopf. »Ich kann mir das nicht vorstellen.«

»Aber… was ist mit Rory Simpson? Er sagte, er hätte gehört, wie Krawtschenko mit einem Polizisten redete, als sie seine Wohnung verwüsteten, und –«

»Sergeant McRae, ich bin nicht bereit, polnische Gangster in meiner Stadt Amok laufen zu lassen, nur weil ein gesuchter Pädophiler ein bisschen unter Verfolgungswahn leidet. Ich habe Ihnen alle Freiheiten gelassen, als ich Ihnen erlaubte, Rory Simpson in DI Steels Haus zu verwahren, aber was zu viel ist, ist zu viel. Wenn wir diese Sache nicht im Keim ersticken, werden wir hier bald einen offenen Bandenkrieg erleben. Mit Maschinengewehren!«

»Aber –«

»Ich sagte *Nein*, Sergeant.«

»Das ist doch albern!« Logan wurde immer lauter. »Sie müssen –«

»Nein, ich muss nicht!« Bain war aufgesprungen und stützte sich auf seinen Schreibtisch. »Ich frage mich langsam, ob Sie wirklich schon wieder fit für den Dienst sind.«

Logan machte den Mund auf, doch Steel legte ihm die Hand auf den Arm, ehe er etwas sagen konnte.

»Weißt du was, Laz«, sagte sie, »wie wär's, wenn du uns allen eine schöne Tasse Tee holen gehst?«

»Ich will aber keinen –«

»Dann eben Kaffee. Oder ein Rowie mit Marmelade. Meinetwegen ein Foto von Gloria Hunniford, auf dem man ihre Titten sieht. Mir egal, Hauptsache, du verschwindest für zehn Minuten.«

»Na schön.« Logan stand auf, stapfte hinaus und knallte die Tür hinter sich zu.

Grollend marschierte er hinaus auf den Parkplatz, wo er sich in dem einzigen Winkel, der noch von der Spätnachmittagssonne beschienen war, eine Zigarette anzündete. Es war fünf vor fünf, und die Kollegen von der Tagschicht trudelten nach und nach ein. Fußstreifen stiegen die Stufen von der Straße herauf, Streifenwagen und CID-Vauxhalls stritten sich um den ersten Preis im täglichen Wettbewerb »Wer kann am schlechtesten einparken?«.

Logan rauchte seine Zigarette bis zum letzten Stummel auf, während er Leute, die er kannte, mit einem Brummen und einem Nicken begrüßte. Die, die er nicht kannte, ignorierte er. Und die ganze Zeit grübelte er über DI Steel und DCS Bain nach. Wahrscheinlich heckten sie da oben gerade einen Plan aus, wie sie ihn permanent krankschreiben lassen könnten.

Unbefristete Freistellung, ein Händedruck, ein paar bedauernde Worte zum Abschied und eine Teilrente.

Er trat den Rest seiner Zigarette mit der Schuhspitze in den Asphalt.

Vielleicht wäre es überhaupt das Beste. Scheiß auf die Polizeiarbeit. War ja nicht gerade die Traumkarriere, oder? Dauernd angeschrien, angespuckt und bedroht zu werden … und das waren erst die Vorgesetzten – die Zivilbevölkerung war noch viel schlimmer.

Sie konnten ihm allesamt den Buckel runterrutschen.

Er sah auf seine Uhr. Elf Minuten, seit sie ihn aus Bains Büro verbannt hatten. Zeit, wieder nach oben zu gehen und sich dem Unvermeidlichen zu stellen.

53

Er sparte sich das Anklopfen und platzte einfach in Bains Büro. Der Leiter des CID saß mit grimmiger Miene hinter seinem Schreibtisch, der Mund verkniffen wie der Hintern eines missgestimmten Huhns.

Aber Steel lächelte, als Logan eintrat. »Ah, wurde aber auch Zeit.« Sie stand auf. »Also, wir sind dann mal weg. Keine Sorge, Bill, Sie haben die richtige Entscheidung getroffen.«

Und als sie hinausgingen, hätte Logan schwören können, dass er den Mann hinter seinem Schreibtisch mit den Zähnen knirschen hörte.

Steel marschierte voran zu ihrem eigenen Büro. Kaum hatten sie die Tür hinter sich zugemacht, sackte sie zusammen wie ein undichter Heißluftballon. »Mannomann …«

»Was ist passiert?«

»Hast du zufällig noch 'ne Fluppe da?« Sie wedelte ungeduldig mit den Händen. »Na los, schneller, schneller.«

Logan gab ihr die Zigarette, sie zündete sie an und sog den Rauch tief in ihre Lunge, ehe sie das Fenster kippte. »Du und ich«, sagte sie über die fernen Verkehrsgeräusche hinweg, »wir ermitteln jetzt separat gegen diese polnischen Gangster. Finnie weiß nichts davon, und auch sonst wird es niemand erfahren.«

Logan setzte sich auf die Kante ihres Schreibtischs. »Wie hast du das denn hingekriegt?«

Sie schauderte. »Frag lieber nicht. Aber du bist mir einen fetten Gefallen schuldig, ist das klar? Vielleicht auch zwei.«

»Was hast du ihm gesagt?«

Sie zog noch einmal an der Zigarette und schnitt eine Grimasse. »Wenn du das nächste Mal einen Rückfall hast, versuch's doch mal mit richtigen Männerzigaretten, ja? Die hier schmecken ja wie die Schamhaare von meiner Oma.« Sie zupfte sich einen Tabakfaden von der Lippe. »Du kannst echt froh sein, dass ich Bain daran gehindert habe, dich zu feuern – bei den widerlichen Luschen, die du mir andrehst…«

Was sie nicht daran hinderte, die Dinger zu rauchen.

»Wie geht's jetzt weiter?«

»Normalerweise würde ich von euren Phantombildern riesige Plakate machen lassen, sie überall aufhängen und in den Zeitungen bringen… vielleicht auch im Fernsehen. Aber diesmal?« Sie rauchte und zog die Stirn in Falten. »Mit verdeckten Fahndungen hab ich null Erfahrung.«

Die nächsten zwanzig Minuten verbrachten sie damit, sich zu überlegen, wie sie die Ermittlung ohne Ressourcen, ohne Personal und ohne Verstärkung durchführen konnten, und auch noch so, dass niemand etwas davon mitbekam. »Es ist schlicht unmöglich«, meinte Steel, die Füße auf den Schreibtisch gelegt, während Logan Stichworte an die Weißwandtafel schrieb. »Wir brauchen mindestens einen Uniformierten. Wer soll denn sonst Tee kochen?«

»Wir könnten wahrscheinlich Rennie bekommen. Er weiß sowieso schon Bescheid über Rory.«

»*Und*«, sagte Steel, »Detective Inspector Bartgesicht Beattie wird stinksauer sein, wenn wir ihm sein Spielzeug wegnehmen – es hat also nur Vorteile!«

Logan warf ihr einen finsteren Blick zu und schrieb ein sehr unanständiges Wort an die Tafel.

Sie seufzte. »Ist ja nicht so, als hätte ich's nicht versucht. Okay? Abgesehen von allem anderen hätte ich ein Vermögen gewonnen, wenn du befördert worden wärst.«

»Beattie. Die haben *Beattie* befördert. Der kann ja nicht mal mit einer Rolle Klopapier in seinem eigenen Arsch ermitteln!«

»Ich habe mir bei Bain den Mund fusslig geredet – und Froschgesicht Finnie übrigens auch – aber …« Sie zuckte mit den Achseln.

»Wer hat Gilchrist geschnappt? Wer hat Rory Simpson gefunden? Wer hat die Typen identifiziert, die Simon McLeod geblendet haben? Und was ist mit diesen Amateur-Pornofilmern? Wer hat die erwischt?« Logan hieb regelrecht mit dem Stift auf die Tafel ein und unterstrich das unanständige Wort wieder und wieder. »Was hat Beattie *je* geleistet? Hm? Was hat er –?«

»Es reicht, okay? Ich hab's kapiert – Beattie ist eine totale Niete. *Geschenkt.* Aber du …« Sie wandte sich ab. »Diese ganze Scheiße mit dem Fleischer letztes Jahr, und die Pechsträhne von sieben Monaten, und die ganze Sache mit deiner … *Einstellung.*«

»Aber Beattie –«

»Du bist ein guter Polizist, Laz, wirklich, aber im Verhältnis zu deinen Geniestreichen baust du ganz schön oft Scheiße. Und Bain …« Sie hielt inne. Runzelte die Stirn. Zog ein Gesicht, als hätte sie sich gerade in die Hose gemacht. »O Gott, wie spät ist es?«

Logan drückte die Kappe heftig auf den Marker. »Lenk nicht ab.«

Steel suchte hektisch nach ihrer Armbanduhr. »Aaaaah!«

Sie schnappte ihre Jacke und sprintete zur Tür, bremste schlitternd auf der Schwelle ab und packte Logan am Ärmel. »Wir müssen zurück zu mir!«

»Was? Aber –«

»Rory Simpson! Was wird Susan sagen, wenn sie nach Hause kommt und ein Pädoschwein im Wohnzimmer findet?«

»Was kann ich denn dafür, dass halb Aberdeen eine Baustelle ist?« Logan folgte Steel über den Gartenpfad zu ihrem Haus.

»Ich hab doch gesagt, du sollst die Sirene einschalten!«

Hoch über ihnen zog ein Flugzeug einen weißen Kondensstreifen wie die Schleimspur einer Schnecke über den blauen Himmel. Von den Nachbargrundstücken kam Rasenmäherlärm und der Duft von frisch geschnittenem Gras. Und von DI Steel kam ein langer Schwall halblaut gemurmelter Obszönitäten, während sie ihre Taschen nach dem Schlüssel durchwühlte.

»Wenn er mit abgerissenen Klöten im Bad liegt, geht das auf deine Kappe, verstanden?«

Sie schloss die Haustür auf und eilte hinein. »Susan? Susan, ich kann alles erklären!«

Durch den Flur, vorbei an Wohn- und Esszimmer, vorbei an der Treppe und am unteren Bad und hinein in die Küche …

Rory Simpson saß mit DI Steels Frau an der Frühstückstheke bei einer Kanne Tee. Sie trug noch ihr Arbeitskostüm, Rory steckte immer noch in seinem gelb-rosa Ensemble und zog anscheinend immer noch seine Tunten-Nummer ab.

Er breitete die Arme aus und rief: »Inspector Steel, meine *Liebste*, wie schön, Sie wiederzusehen!«

Susan lächelte nur. »Erklären – was denn erklären?«

»Ich … Wir …«

»Ist schon in Ordnung.« Rory zwinkerte ihr zu. »Ich hab ihr alles erzählt.«

»Tatsächlich?«

Susan schüttelte den Kopf und goss Tee in drei frische Becher. »Du immer mit deiner Heimlichtuerei – ich würde doch niemals weitererzählen, dass wir einen Hauptbelastungszeugen in einem großen Londoner Unterweltprozess bei uns aufgenommen haben.«

»Es … London?«

»Ich finde das wirklich sehr mutig von Rory: Es gehört schon was dazu, gegen die Leute auszusagen, die seinen Freund erschossen haben.«

Rory grinste kokett. »Ach, mutig würde ich das *im Grunde*

nicht nennen – mir war es nur wichtig, dass Barrys Tod nicht umsonst war. Wir müssen uns gegen diese Leute zur Wehr setzen, Susan – was wird sonst aus unserer Gesellschaft?«

Steel lächelte gezwungen. »Rory, können wir mal kurz reden? Draußen auf dem Flur. *Sofort.*«

Der alte Mann sprang von seinem Hocker. »Aber sicher. Und wenn ich wiederkomme, Susan, müssen Sie mir unbedingt das Rezept für diesen *fantastischen* Karottenkuchen geben!«

Steel schleifte ihn aus dem Zimmer, und Logan blieb mit Susan zurück.

»Tja …« Susan stellte ihm einen Becher Tee hin. »Wie geht's dir denn so? Wir haben uns ja nicht mehr gesehen seit … na ja, seit Polen.« Sie legte ihm die Hand auf den Arm. »Geht es dir gut?«

Logan zeigte auf sein Gesicht mit dem Flickenteppich aus Schorf und Stichen, den Blutergüssen und den schweren dunkellila Säcken unter den Augen, den Bartstoppeln. »Sieht schlimmer aus, als es ist.«

»Bleibst du zum Abendessen?«

»Danke, aber ich kann nicht.«

»Unsinn, du bleibst, keine Widerrede. Du siehst aus, als hättest du eine Woche lang nichts gegessen. Ich mache Fischauflauf.« Sie runzelte die Stirn. »Fisch isst du doch noch, oder?«

»Ich muss wirklich –«

Die Tür ging auf, und Rory tänzelte herein. »Habt ihr mich vermisst? … He!«

Steel schob ihn zur Seite. »Ist doch okay, wenn Laz zum Essen bleibt, oder? Und vielleicht kann er auch hier schlafen?«

»Was? Nein, das geht nicht, ich –«

Susan nickte. »Ist schon alles geklärt.«

»Aber ich kann nicht –«

»*Doch*, du *kannst.*« Steels Lächeln war nicht freundlich. Kaum hatte Susan ihnen den Rücken zugedreht, packte sie Logan und zog ihn zur Terrassentür, die Stimme zu einem zornigen Flüstern gesenkt. »Kommt gar nicht in Frage, dass du dich verpisst und mich die ganze Nacht mit Rory Simpson allein lässt! Noch mehr von diesem klischeehaften Tuntengehabe, und er verbringt die Nacht im Leichenschauhaus!«

»Rory will einfach nur witzig sein, du kennst ihn d–«

»Ich *bringe* ihn um.« Sie trat zurück, klopfte Logan auf die Schulter und sagte in normaler Lautstärke: »Wir richten das andere Gästeschlafzimmer her, dann kannst du da schlafen.«

»Aber ich habe schon was vor.« Das stimmte tatsächlich – er hatte vor, nach Hause zu fahren, sich ins dunkle Wohnzimmer zu setzen und sich bis zur Bewusstlosigkeit mit Wodka zuzuschütten. So, wie er es jeden Abend gemacht hatte, seit er aus Polen zurück war.

»Ist mir egal – du bleibst hier, basta!«

Rory trollte sich gleich nach dem Abendessen ins Bett. Kaum war die Küchentür hinter ihm ins Schloss gefallen, sprang Steel auf. »Okay ...« Sie hustete, leckte sich die Lippen, trat von einem Fuß auf den anderen. Wechselte einen Blick mit Susan. »Wie wär's mit 'nem kleinen Wodka?«

Sie ließen das schmutzige Geschirr stehen und setzten sich auf die Terrasse, wo sie Wodka pur aus kleinen Schnapsgläsern tranken. Die Flasche kam frisch aus dem Gefrierfach, mit einem dünnen Überzug aus Reif stand sie dampfend in der lauen Abendluft, während Steel und Logan für jedes Glas, das Susan trank, drei in sich hineinschütteten.

Eine Zitronengraskerze zischte und knisterte jedes Mal, wenn wieder eine Mücke oder Fliege im heißen Wachs Selbstmord beging.

Steel schenkte noch eine Runde ein, hob ihr Glas zu einem Toast – »Auf die Freundschaft!« – und kippte ihren Wodka in einem Zug hinunter.

»Übrigens ...«, begann Susan und drehte eine Haarsträhne um den Finger, »wir ...« Sie brach ab.

Steel schenkte Logan nach. »Wir kriegen keine Adoption genehmigt.«

Logan erstarrte, das Glas an den Lippen. »Müssen wir –«

»Die Kasse bezahlt uns keine künstliche Befruchtung«, fuhr sie fort, »und privat können wir es uns nicht leisten.«

Susan schniefte. »Na ja, wir könnten das Haus verkaufen.«

»Das Haus wird nicht verkauft!«

»Ich meine ja nur –«

»Das ist seit drei Generationen im Besitz meiner Familie.«

»Tja, aber es wird keine weiteren Generationen mehr geben, wenn wir es nicht schaffen, schwanger zu werden!«

Unbehagliches Schweigen.

Steel kippte ihren nächsten Wodka und schenkte allen nochmals ein. »Hab ich dir eigentlich mal von diesem Sperminator erzählt, Susan? Der Typ schmiert seine Soße überall in den Einkaufszentren auf Klinken und Geländer. Du müsstest bloß den Slip ausziehen und in ganz Aberdeen die Treppengeländer runterrutschen – spätestens irgendwo zwischen Markies und John Lewis würdest du wahrscheinlich schwanger werden.« Sie lachte, verstummte aber, als sie sah, dass Susan rot anlief und in ihren Augen Tränen glitzerten.

»Ich muss abspülen.« Susan nahm die Teller, stapelte sie geräuschvoll, stapfte wortlos ins Haus und knallte die Terrassentür hinter sich zu.

Logan schenkte sich noch einen Wodka ein und holte dann seine Zigaretten hervor. Die Flamme des Feuerzeugs loderte grell in der Abenddämmerung.

Steel ließ sich gegen die Stuhllehne sinken. Schloss die Augen. Und fluchte. »Großartig, nicht wahr? So was muss ich jeden Tag aushalten.«

Er erwiderte nichts, schenkte nur beiden Wodka nach und schüttete seinen in sich hinein. Allmählich war er schon ganz angenehm benebelt.

»Also …« Steel schien plötzlich höchst interessiert an dem Gartenhaus hinter Logans Rücken. »Wir könnten doch … äh … einen flotten Dreier … Davon träumt ihr Männer doch alle, oder?«

Logan prustete, dass der Wodka ihm aus der Nase sprühte und seine Augen tränten. »Ich … Mit …«

Steel warf mit einem Untersetzer nach ihm. »Oh, vielen Dank – ich fühl mich wirklich tierisch geschmeichelt!«

»Es ist bloß –«

»Das war Susans Idee, okay?« Die Stuhlbeine scharrten über die Fliesen, als sie aufsprang. »*ICH* – ICH WÜRD' DICH NICHT MAL MIT 'NEM BAUKRAN ANFASSEN!« Und dann war Logan ganz allein.

54

Feuer – lodernde Flammen, die durch die Wände und den Boden schlugen, die mit grellgelben Zungen über die Decke leckten. Hitze. Schmerzen. Ein Krachen, als würde die ganze Welt zerbersten –

Das Klirren von splitterndem Glas.

Logan wachte mit einem Ruck auf. Sein Herz raste. Mit weit aufgerissenen Augen starrte er in die Dunkelheit. Alles war nass. Oh verflucht… er hatte sich in die Hose gemacht.

Nein, es war nur Schweiß. Er verschränkte die Arme vor dem Gesicht und stieß einen erstickten Schrei aus. Dann ließ er sich in den Stuhl zurückfallen, starrte zu dem dunkelorangefarbenen Himmel auf und wartete darauf, dass sein Herzschlag von Thrash Metal auf langsamen Walzer herunterfuhr.

Jede – verdammte – Nacht.

Er versuchte aufzustehen, aber seine Beine wollten nicht recht gehorchen. Schließlich schaffte er es, sich hochzustemmen, und musste sich schwer auf den Tisch stützen, um in der Vertikalen zu bleiben. Etwas knirschte unter seinen Sohlen. Es war die Wodkaflasche, die, in glitzernde Scherben zersprungen, auf den Terrassenfliesen lag. Nur gut, dass sie leer gewesen war.

Er blinzelte. Schluckte. Schielte so lange auf seine Armbanduhr, bis er etwas erkennen konnte. 3 Uhr 45. Wahrscheinlich war er noch ein bisschen betrunken. Aber allzu schlecht fühlte er sich nicht. Durst hatte er, und hier und da zwickte es, weil er auf dem schmiedeeisernen Gartenstuhl eingeschlafen war. Aber abgesehen davon war er… war er…

In diesem Moment setzte die Übelkeit ein.

Logan taumelte auf die Terrassentür zu. Die Küche flog verschwommen an ihm vorüber, dann wankte er auch schon zur anderen Tür hinaus auf den Flur.

Er musste kotzen, musste kotzen, musste kotzen, musste …

Ein dünner Lichtstreifen schimmerte unter der Tür des unteren Bads hervor, aber Logan scherte sich nicht darum. Er riss die Tür auf.

Und blieb wie angewurzelt stehen.

Da stand Rory, tief über das Waschbecken gebeugt. Die Hose hing ihm um die Knöchel, und er war in voller Fahrt. Dann erstarrte er, die eine Hand um seine Erektion geschlossen, in der anderen einen dicken Katalog. Kinderkleider. Kleine Mädchen, die fröhlich herumsprangen und in die Kamera grinsten. »Es … Es ist nicht, was Sie denken …«

Logan ging hinein und machte die Badtür hinter sich zu.

55

»*… ist im Zusammenhang mit der anhaltenden Haushaltskrise der Stadt Aberdeen heute Morgen mit weiteren Protesten zu rechnen. Dazu nun unser Wirtschaftskorrespondent Craig Connel …*«

»Noch eine Tasse Tee?« Susan saß auf der anderen Seite der Frühstückstheke. Sie reichte Logan einen Teller mit Blumenmuster, auf dem eine Scheibe warmer Toast mit Butter lag. Dann sah sie ihm zu, wie er ein winziges Eckchen abbiss. »Geht es dir gut?«

Logan zuckte mit den Achseln. Schwieg einen Moment. »Ich glaube, ich kriege eine Erkältung.«

Immerhin ließ Susan ihm die Lüge durchgehen.

Der Typ im Radio erzählte jetzt etwas von »*Streikmaßnahmen*« und »*Störungen des öffentlichen Lebens*«.

Logan kaute auf seinem Toast herum und suhlte sich in seinem Kater. DI Steel hatte das Haus längst verlassen, als er aus dem Gästebett gekrochen war und sich in die Dusche geschleppt hatte. Jetzt zeigte die Uhr am Mikrowellenherd 7:30 – vor einer halben Stunde hätte er seinen Dienst antreten sollen, aber Rennie war noch immer nicht aufgetaucht, um auf Rory aufzupassen. Und Logan konnte ja einen gesuchten Pädophilen schlecht sich selbst überlassen.

»Ich …« Susan stellte ihre Tasse ab. »Es tut mir leid wegen gestern Abend. Es ist nur … Wir … Na ja, wir machen gerade eine etwas schwierige Phase durch.«

Er schüttelte den Kopf. »Ist schon in Ordnung.«

»Ich weiß nicht, was ich sonst machen soll. Sie will das Haus nicht verkaufen. Blöd, nicht wahr? In einem Haus wie dem hier sollten eigentlich Kinder herumlaufen.« Susan wischte sich mit dem Handrücken über die Augen und verschmierte ihre Wimperntusche. »Es ist so ungerecht.«

Logan nahm ihre Hand. Die Radionachrichten waren zu Ende. »Sie liebt dich wirklich.«

»Ich weiß, es ist nur … Wir wünschen uns das *so* sehr.« Sie starrte ihn an, mit einem flehenden Ausdruck in ihren geröteten Augen. Es war der gleiche Blick, den er schon Tausende Male gesehen hatte, meistens von ausgemergelten Junkies, die ihm am Vernehmungstisch gegenübersaßen und nach dem nächsten Schuss gierten.

Er ließ ihre Hand los.

Der DJ sagte etwas von einem Konzert in der Music Hall heute Abend, und dann legte er eine Platte auf: *Walking on Sunshine* von Katrina and the Waves.

Schwindel. Mund voller Bienen. Herzklopfen. Übelkeit.

Logan wankte von der Frühstückstheke zurück; der Hocker ging polternd zu Boden. »Mir ist ein bisschen komisch …« Er machte kehrt und rannte ins Bad, schloss sich ein und hängte sich über die Schüssel, als auch schon ein Schwall von Tee und Toast aus seinem Mund hervorschoss. Würgend und zitternd gab er seinen gesamten Mageninhalt von sich, bis nur noch ein bitterer Geschmack übrig war.

Gott, wie viel hatte er gestern Abend eigentlich getrunken?

Er lag auf dem Badezimmerboden und wartete darauf, dass das Zittern aufhörte.

Sicher war mit dem Wodka etwas nicht in Ordnung gewesen.

Er schloss die Augen und ließ sich mit der Wange auf die kühlen Fliesen sinken. Bestimmt der Wodka …

Der ganze Raum bebt, schwere Betonbrocken krachen gegen die Wanne, dass sie dröhnt wie eine Glocke. Es riecht nach brennendem Plunder und abgeplatzter Farbe. Nach angesengten Haaren. Das ohrenbetäubende Getöse, das einfach kein Ende nehmen will, und –

Er fuhr auf und knallte mit dem Kopf gegen die Unterseite der Toilettenschüssel. Dann rollte er sich auf den Rücken, hielt sich den schmerzenden Kopf und fluchte.

Vom Flur kam eine Stimme. »Logan? Logan, ist alles in Ordnung?«

Er lag da, und die Tränen quollen ihm aus den Augenwinkeln. »Alles klar, mir fehlt nichts.«

Susan war einen Moment still. »Ich muss jetzt in die Arbeit … kommst du auch klar?«

Er biss die Zähne zusammen. »Alles bestens.«

»… Okay, wenn du ganz sicher bist.«

Logan klopfte an die Schlafzimmertür. Er wartete einen Moment und versuchte es dann noch einmal. »Rory?«

Es hatte fast eine Viertelstunde gedauert, bis das Zittern und das Heulen sich gelegt hatten. Fünfzehn Minuten, die er auf dem Badezimmerboden gelegen hatte und sich wie ein Idiot vorgekommen war.

»Rory? Bist du wach?«

Die Antwort war ein gedämpftes »Lassen Sie mich in Ruhe«.

Logan machte die Tür auf und tauchte in einen plüschigen rosa Kokon ein. Alles war rosa: Wände, Decke, Bettzeug, Schrank, Vorhänge, Tisch, Sessel. Selbst der Teppich war rosa. Es war irgendwie unheimlich – als wäre man im Körper eines anderen Menschen, aber auf eine eher unschöne Weise. Das Einzige, was nicht rosa war, war ein verblasstes Poster der Bay City Rollers mit ihrem Popstar-Zahnpastalächeln, den Siebzigerjahre-Föhnfrisuren und den tartanverbrämten Outfits.

Rory Simpson war nur als Gebirge unter der Bettdecke zu erkennen, kein Teil seiner Anatomie ragte in die rosa Landschaft hinaus.

Logan setzte sich ans Fußende des Betts. »Ich hab dir eine Tasse Tee gebracht.«

Schweigen.

»Rory, es tut mir leid… Ich hätte das nicht tun sollen.«

»Sie haben mich geschlagen.«

»Ich weiß. Es tut mir leid, es war –«

»Sie sind genau wie all die anderen.«

»Du hast einen Katalog mit kleinen Mädchen als Wichsvorlage benutzt!«

Rorys Kopf lugte unter der Decke hervor. Sein linkes Auge war fast zugeschwollen, die Haut hatte die Farbe einer reifen Aubergine. Ein weiterer Bluterguss zierte die rechte Hälfte seines Gesichts, was ihm ein merkwürdig unsymmetrisches Aussehen verlieh, als ob sein Kopf falsch anmontiert wäre. »Ich kann nichts dafür, okay? Es tut mir leid, aber ich kann es nicht ändern.« Er schniefte und drehte sein Gesicht zum Kissen. »So bin ich nun mal.«

»Willst du frühstücken?«

»Ich glaube, Sie haben mir einen Zahn abgebrochen.«

»Rory, ich habe doch gesagt, es tut mir leid.«

»Gehen Sie weg.« Der alte Mann vergrub seinen Kopf wieder unter der rosa Decke. Zog sich in sein Schneckenhaus zurück. »Bitte… lassen Sie mich einfach in Ruhe.«

Es war schon halb neun, als Rennie endlich auftauchte. Eine zierliche Brünette in einem Jaguar mit offenem Verdeck setzte ihn vor DI Steels Haustür ab. Die Fahrerin gab dem Constable einen langen, ausführlichen Kuss, worauf er hinaussprang, nach hinten ging und die gleiche Sporttasche aus dem Kofferraum hob, die er am Tag zuvor angeschleppt hatte. Er winkte, und der Wagen brauste davon. Die Fahrerin warf ihm noch eine Kusshand zu, ehe sie um die Ecke verschwand.

Rennie stand eine Weile da und grinste dämlich, dann schlang er sich den Gurt der prall gefüllten Tasche über die

Schulter. Als er sich umdrehte, sah er Logan Tee trinkend und rauchend in der Haustür stehen.

»Morgen.«

Logan zog noch einmal an seiner Zigarette und schnipste den Stummel auf die Straße. »War das eben deine Mutter?«

Rennie zeigte ihm den Finger. »Du siehst übrigens scheiße aus.«

»Du kommst spät.«

»Tja nun, da musst du dich bei Steel beschweren.« Er stapfte den Gartenweg hinauf. »Sie ist heute Morgen echt übel drauf. Was hast du mit ihr gemacht?«

»Gar nichts.«

»Ich meine nur, weil sie andauernd kleine Logan-Püppchen aus Blu-Tack bastelt und ihnen mit dem Tacker in die Eier schießt.«

Logan schlürfte den letzten Schluck Tee, drückte Rennie die leere Tasse in die Hand und ging zur Garage. »Pass heute Morgen gut auf Rory auf, okay? Er ist ein bisschen angeschlagen.«

Er zog das Tor hoch und schlüpfte hinein.

Rennie folgte ihm.

Der schrottige Fiat schien über Nacht noch gealtert zu sein. Er war mit einer dünnen Staubschicht überzogen, und neue Spinnweben spannten sich zwischen den Außenspiegeln und den Fenstern.

»Ist das deiner?« Rennie ging um Logans Auto herum und trat gegen die Reifen. »Hübsche Farbe – sieht aus wie ein Scheißhaufen auf Rädern.«

»Er war billig. Und du hältst jetzt die Klappe.« Logan setzte sich ans Steuer. Der Schlüssel tanzte eine Weile um das Zündschloss herum, ehe er hineinglitt. Dann erwachte der Motor mit einem langgezogenen, mahlenden Geleier zum Leben. Und verreckte gleich wieder.

Rennie lehnte sich ans Dach und sah zum Fahrerfenster herein. »Soll ich anschieben?«

»Verpiss dich.«

»War doch nur nett gemeint.« Er wich zurück, als der Motor des Fiat endlich mit einer lauten Fehlzündung und einer schwarzen Rauchwolke von den Toten auferstand. »Meine Fresse, die Karre braucht keine Starthilfe, die braucht eher ’ne anständige Beerdigung.« Er wedelte den Rauch weg und hustete. »Und ehe ich’s vergesse – im Präsidium wartet jemand auf dich. Eine Frau namens Branding oder so.«

»Branding?«

»Branding, Branson – so ähnlich. Blond, hübsch, ungefähr *so* groß, netter Vorbau. Hat ’nen kleinen Hund mit so ’nem albernen Jäckchen.«

Wunderbar. Als ob der Tag nicht schon schlimm genug zu werden drohte.

Sie ging im Empfangsbereich auf und ab und knibbelte an ihren blutrot lackierten Fingernägeln herum. Der Terrier trippelte hinter ihr her, wedelte mit dem Schwanz und beschnupperte jeden, der vorbeikam. Heute war sein Mäntelchen pastellblau mit hellgrünen Rauten – als ob er vorhätte, später noch eine Runde Golf zu spielen.

Sämtliche Vernehmungsräume waren belegt, also komplimentierte Logan sie zur Tür hinaus in den Sonnenschein.

Sie spähte die Straße auf und ab. »Können wir nicht irgendwohin gehen, wo wir unter uns sind?«

»Sie haben mir immer noch nicht gesagt, was Sie hier wollen.«

»Eine volle *Stunde* habe ich warten müssen!« Sie bückte sich, klaubte ihren Terrier auf und drückte ihn an ihre Brust. »Was ist, wenn mich jemand mit Ihnen reden sieht?«

»Hilary, was – wollen – Sie?«

»Es …« Sie sah ihren Hund an, dann ein vorbeifahrendes Auto, dann den komischen kleinen Laden auf der anderen Straßenseite mit dem Schaufenster voller Schuhe, Stiefel, Jacken und Hüte. Nur Logan sah sie nicht an. »Sie müssen Colin laufen lassen.«

»Nein, das muss ich nicht.« Er sprang von der Mauer, auf der er gesessen hatte, und ging zum Eingang zurück. »Wiedersehen, Hilary.«

»Warten Sie!« Sie packte ihn am Ärmel. »Er war es nicht – er war nicht einmal dort. Er war … Er war bei mir.«

»Es ist eine Straftat, jemandem ein falsches Alibi zu verschaffen, das wissen Sie doch hoffentlich? Das nennt sich Strafvereitelung – denken Sie nur daran, was mit Ihrer Schwiegermutter passiert ist.«

»Ich will gar nichts vereiteln, wir waren *zusammen*, okay?« Sie lief rot an, vom Ausschnitt bis hinauf zum Haaransatz. »Simon lag noch im Krankenhaus, und wir … Es war …« Sie verstummte.

»Ihr Mann liegt mit ausgestochenen Augen im Krankenhaus, und Sie treiben es zu Hause mit seinem Bruder?«

Sie ließ Logans Ärmel los und wandte sich ab. »So war das nicht.«

»Wie lange geht das schon?«

»Sie dürfen es keinem Menschen erzählen. Er bringt mich um, wenn er dahinterkommt. Und das meine ich ganz wörtlich. Er wird mich *umbringen*.«

Logan klatschte ironisch Beifall, und sie starrte ihn an.

»Das muss ich Ihnen lassen, Hilary – das war eine fantastische Vorstellung. ›Er wird mich *umbringen*!‹ Der Klassiker. Das nächste Mal sollten Sie aber versuchen, noch ein paar Tränen abzudrücken – wirkt realistischer.«

»Es ist *wahr*!«

»Nein, ist es nicht. Sie lügen, um Colin freizubekommen. Ihr McLeods seid doch alle gleich. Wenn er wirklich die ganze Nacht bei Ihnen war und das alte Rein-Raus-Spielchen gespielt hat, wieso hatte er dann einen Hammer in seiner Garage, an dem Harry Jordans Blut klebte?«

»Weil… Das war von damals, als…« Sie starrte wieder zu dem Laden gegenüber. »Als er Harry die Knie zertrümmert hat.«

»Sie sagen also, Colin hat ihn zum Krüppel geschlagen, aber für den Nachschlag ist er nicht verantwortlich?«

Hilary lachte, kurz und bitter. »Wenn es so wäre, dann läge Harry jetzt nicht im Koma, sondern im Sarg.«

Logan rieb sich das stopplige Kinn. »Ich kann immer noch nicht glauben, dass Sie eine Affäre mit Creepy Colin McLeod haben sollen.«

»Sechs Jahre, mit Unterbrechungen. Es war… Es ist nicht gerade leicht mit Simon als Partner. Die Leute denken immer, Gangster wären so brutal und männlich, aber er…« Ihre geröteten Augen schimmerten feucht. »Zum Glück gibt's ja Viagra, nicht?«

»Nun ja –«

»Er wacht jetzt immer mitten in der Nacht schreiend auf. Das geht so, seit…«

Logan legte ihr die Hand auf die Schulter. »Kommen Sie, lassen Sie uns reingehen. Sie können Ihre Aussage zu Protokoll geben und –«

»Nein! Kein Protokoll!« Sie umklammerte ihren räudigen Köter noch fester, und die Kreatur kläffte Logan an. »Ich hab's Ihnen doch gesagt: Er wird mich umbringen!«

»Was hat es für einen Sinn, Colin ein Alibi geben zu wollen, wenn Sie sich weigern, es richtig zu tun?«

»Können Sie nicht… Sie wissen schon – ein bisschen nachforschen oder so? Wenn Colin es nicht war, muss es doch jemand anders gewesen sein. Den sollten Sie wegen versuchten Mordes verknacken, nicht ihn!«

56

Im CID-Büro war niemand außer Logan und einer einsamen Schmeißfliege. Sie brummte und dotzte gegen die Fensterscheibe, und schließlich verschwand sie hinter der Jalousie, deren Plastiklamellen das Geräusch noch verstärkten. Laut dem Dienstplan an der Weißwandtafel waren sämtliche Kollegen irgendwo im Außeneinsatz: Einbrüche, Überfälle, Brandstiftungen, Drogengeschäfte, Körperverletzung, Prostitution. Das ganze bunte Spektrum des Großstadtlebens.

Logan machte sich eine Tasse Tee und sank auf seinen Schreibtischstuhl. Der Papierkram hatte sich angestaut, während er krankgeschrieben war – stapelweise Formulare, Berichte, Tabellen und Statistiken, die alle dringend seiner Aufmerksamkeit bedurften, damit irgendein Idiot bei der Regierung so tun konnte, als gingen sie hart gegen das Verbrechen vor…

Aber eigentlich versteckte Logan sich nur vor DI Steel.

Und überhaupt, für wie blöd hielt diese Hilary Brander ihn eigentlich? Sie und eine Affäre mit Creepy Colin McLeod? Das konnte sie ihrer Großmutter erzählen. Es war doch allgemein bekannt, dass der Mann auf Junkie-Prostituierte stand. Sie war nicht einmal eine gute Lügnerin.

Logan trank einen Schluck Tee, warf einen Blick auf den Stapel Papierkram, zog die Nase hoch und machte sich an die Arbeit.

Eine halbe Stunde später fiel ihm ein wattierter Umschlag in die Hände, der an DETECTIVE SERGEANT LOGAN MCRAE, GRAMPIAN POLICE, POLIZEIPRÄSIDIUM,

QUEEN'S STREET, ABERDEEN, SCHOTTLAND adressiert war, in sorgfältig gemalten Großbuchstaben, wie von einem Kind geschrieben.

Er kämpfte sich durch die Zwangsjacke aus Tesafilm und schüttete den Inhalt auf seinem Schreibtisch aus. Es waren Kopien von Schriftstücken in polnischer und russischer Sprache. Rafal Gorzkiewicz' Dossier über den Mann, der ihn geblendet hatte: Wadim Michailowitsch Krawtschenko.

Es war sogar eine Kopie des Armee-Fotos dabei, das sie in der Wohnung gesehen hatten. Rory hatte ihn mit seinem Phantombild genau getroffen. Krawtschenko hatte sich nicht sehr verändert. Natürlich war er älter und hatte ein paar Falten dazubekommen, aber abgesehen davon sah er noch haargenau so aus wie auf dem Bild, bis hin zu der Narbe am Kinn.

»Na, lebst du noch?«

»Hmmm?« Logan drehte seinen Stuhl herum.

DS Pirie stand in der offenen Tür und fuhr sich mit der Hand durch die roten Locken. »Du hast nicht zufällig Rennie gesehen?«

Logan griff nach einem Stoß Einbruchsanzeigen, die oben auf dem Stapel lagen, und deckte die Krawtschenko-Akte damit zu. »Nein. Also, jedenfalls seit heute Morgen nicht mehr. Ich glaube, er ist wieder unterwegs, um für DI Steel irgendwelche Wachleute zu befragen. Oder so was in der Art.«

»Ah … Das wird Finnie aber nicht gefallen. Er ist sowieso schon angefressen, weil *du* ihr Vollzeit zugewiesen worden bist. Er sagt, das fördert nur die grassierende Krankmeldungskultur – es täte uns allen besser, wenn wir öfter ins kalte Wasser geworfen und nicht dauernd verhätschelt würden.«

»Wie nett.«

»Wenn das hier der Erste Weltkrieg wäre, würde er dich wahrscheinlich abführen und erschießen lassen.« Pirie lehnte sich an den Türpfosten. »Aber Spaß beiseite: Geht's dir wirklich gut?«

»Wieso stellen mir alle ständig diese Frage?«

»Na ja, vielleicht, weil du aussiehst wie ein Haufen Scheiße mit 'nem Kater.«

Logan spannte sich an. »Ich bin erkältet!«

Der DS schnaubte spöttisch. »Ja, klar – viel Erfolg mit der Geschichte. Würde aber vielleicht besser funktionieren, wenn du eine Packung Mentholbonbons frisst, um deine Schnapsfahne zu überdecken.« Er richtete sich gerade auf. »Wir wissen alle, dass Beattie früher oder später einen Bock schießen wird. Und wenn es so weit ist, dann werden sie das Bartgesicht wieder zum Sergeant degradieren, und dann ist der DI-Posten wieder frei. Zwanzig Pfund, dass ich ihn kriege.«

»Ich setze dreißig dagegen.«

Pirie nickte. »Wird mir ein Vergnügen sein, dein Geld zu kassieren, McRae.« Und dann marschierte er davon und zog im Gehen sein Handy aus der Tasche, um irgendjemanden am anderen Ende anzubrüllen.

Logan horchte, bis Piries Stimme auf dem Flur verhallte.

Stille.

Er grub die Krawtschenko-Akte wieder aus. Für ihn war das alles immer noch Kauderwelsch, aber ganz unten lag ein Blatt blasslila Notizpapier, bedeckt mit der gleichen kindlichen Handschrift wie die Adresse auf dem Umschlag.

»Sehr geehrter Mr. Sergeant,

Onkel Rafal tut leid, dass Sie sind ~~expoldiert~~ explodiert. Er sagt war Unfall, sollte zu sein für böse Männers mit Pistolen was wollten zu töten Onkel Rafal. Er freudig das Sie noch lebendig. Ich auch freudig das Sie noch lebendig. Das ist Kopie von Akte von *kurwa mac* Krawtschenko. Wenn Sie ihm zu finden, bitte zu töten ihm und zu schicken mir Foto. Danke.

Gruss, Zytka x

P.S. Onkel Rafal sagt gibt Schiff was fahren zu wo Sie

WOHNEN, MIT VIELE WAFFEN FÜR KRAWTSCHENKO. ES HEISSEN SICH ›BUCKIE BALLAD‹ UND ES FAHREN ABERDEEN 15. JULI.

P.P.S. BITTE ZU DENKEN AN FOTO.«

Logan lehnte sich auf seinem Stuhl zurück und pfiff durch die Zähne. Eine Schiffsladung Waffen auf dem Weg nach Aberdeen … Vermutlich Ersatz für die, die sie in diesem Wohnwagen in Stoneywood gefunden hatten. Das würde Finnie nicht gefallen und seinem Zahlmeister auch nicht: Wee Hamish Mowat. Ein offener Drogenkrieg rückte näher, und viele Unschuldige würden ins Kreuzfeuer geraten.

Aber das *Schlimmste* an der Sache war, dass Logan mit DI Steel reden musste.

Sie war in ihrem Büro. Als Logan eintrat, beladen mit zwei Tassen Kaffee und einem Friedensangebot aus der Kantine, starrte sie grimmig auf ihren Computerbildschirm. »Ich hab dir ein Bacon-Sandwich mitgebracht.«

Sie beäugte das in Alufolie eingeschlagene Päckchen und zog die Nase hoch. »Du hast dich total beschissen benommen gestern Abend.«

Er setzte sich auf den Besucherstuhl. »Wenn du keinen Hunger hast, kann ich es auch jemand anderem geben.«

Sie schnappte nach dem Sandwich. »Das hab ich nicht gesagt, oder?«

Er sah zu, wie sie die Zähne in ihr Sandwich schlug und wie die Tomatensauce aus ihren Mundwinkeln zu entkommen suchte, ehe er seine eigene Vormittags-Cholesterinbombe auswickelte. Ein Imbiss wie eine Sprengfalle: Zwei Spiegeleier in einem Butterbrötchen – da musste man jederzeit mit einer verheerenden Dotter-Explosion rechnen.

Sie aßen eine Weile schweigend, dann holte Logan sein Notizbuch hervor und blätterte mit mehligen Fingern, bis er die richtige Seite gefunden hatte. »Die *Buckie Ballad.* Ein Fischtrawler, registriert in Peterhead; gehört einem gewissen Gerry McKee. Ist seit letzten Dienstag auf See und wird am frühen Freitagmorgen zurückerwartet.«

Steel spülte einen Mundvoll Sandwich mit einem Schluck Kaffee hinunter. »Ist ja 'n Ding. Wir sind hier in Aberdeen, Mann – hier legen ständig Fischtrawler an und ab.«

»Aber nicht mit einem Laderaum voller Waffen aus Beständen der Sowjetarmee.«

Sie hielt mitten im Zubeißen inne. »Im Ernst?«

»Im Ernst.« Er legte einen transparenten Beweismittelbeutel auf ihren Schreibtisch – Zytkas Brief. »Ich habe vorhin mit dem Hafenmeister gesprochen – die *Buckie Ballad* läuft immer ein, wenn sonst niemand in der Nähe ist. Ich habe ihn gebeten, die Überwachungsvideos von ihrem letzten Besuch durchzugehen, und er sagt, da sind Typen zu sehen, die mitten in der Nacht Fischkisten ausladen und sie direkt in einem Transit ohne Aufschrift verschwinden lassen.«

Steel griff nach dem Brief und starrte ihn an. »Ein Schiff voller Waffen? Verdammte, gottverfluchte, beschissene …« Sie runzelte die Stirn, schlang den Rest ihres Sandwichs hinunter und lutschte eine Weile an ihren Zähnen. »Das Kennzeichen von dem Transporter?«

»Das Bild ist zu unscharf.«

»Du tropfst mir Eigelb auf den Schreibtisch.« Sie schwenkte ihren Stuhl hin und her, während Logan die runzligen gelben Tropfen mit dem Daumen wegwischte. »Na schön – wer weiß noch von der Sache?«

»Nur du und ich. Und du schuldest der Fluchkasse zwei Pfund.«

»Oh … verdammte Scheiße!« Ihre Miene verfinsterte sich wieder. »Gestern hab ich den ganzen Tag geflucht, wieso hast du da nicht gemeckert?«

»Da war ich nicht im Dienst. Und jetzt sind es zwei fünfzig – das zweite ›verdammt‹ lass ich dir durchgehen.«

Die nächsten zwanzig Minuten brachten sie damit zu, die »Operation Schleppnetz« an der Weißwandtafel auszuarbeiten. Anschließend überließ Steel es Logan, alles abzutippen und die Spuren zu beseitigen, während sie zur Toilette ging. Er wischte gerade die Tafel sauber, als sie zurückkam. Alles andere war schon erledigt: Anforderungsformulare, Risikoabschätzung, Notfallplan und Anträge auf Durchsuchungsbeschlüsse und Vollmachten. Sie sah alles durch und machte sich dann auf die Suche nach dem Leiter des CID.

Logan sagte ihr nicht, dass ihr ein rund dreißig Zentimeter langes Stück Toilettenpapier hinten aus der Hose hing.

Um nicht untätig im Büro herumzusitzen und auf sie zu warten, schlenderte er hinaus, um eine zu rauchen. Auf dem Parkplatz hinter dem Gebäude standen ein paar Uniformierte herum, tranken Tee und lachten, also ging Logan zum Vorderausgang hinaus und spazierte die Queen Street hinunter, begleitet vom Dröhnen des Verkehrs und dem Kreischen der Möwen.

Er zog seine Zigaretten aus der Tasche, aber seine Finger zitterten so, dass die verdammten Dinger kreuz und quer durch die Gegend flogen. Die halbe Schachtel lag vor seinen Füßen auf der Straße. Die würde er ganz bestimmt nicht mehr rauchen.

War sowieso eine saublöde Angewohnheit. Es machte ihm ja noch nicht mal Spaß.

Vorsichtig fummelte er die letzte verbliebene Zigarette aus der Schachtel und steckte sie sich zwischen die Lippen. Dann griff er in die Jackentasche und holte das Feuerzeug hervor. Er drehte am Rädchen, doch nichts passierte. Er versuchte es noch einmal. Schüttelte das Feuerzeug. Diesmal flogen Funken aus der Öffnung, winzige Explosionen, grell und schmerzhaft, und dann schlug eine Flamme heraus.

Logan schauderte.

Schloss die Augen.

Lauschte auf das Pumpen und Rauschen des Bluts in seinen Adern.

Und rümpfte die Nase, als es plötzlich neben ihm nach Urin roch.

»Brauchste die nich' mehr?«

Logan schlug die Augen auf und erblickte einen abgerissenen Typen: geschwollene Nase, rote Augen, buschiger schwarzer Bart; eine kahle Stelle am Hinterkopf wie eine Tonsur; blauer Parka, an dem der halbe Pelzbesatz fehlte, dazu eine Hose, die schon bessere Tage gesehen hatte und mit Ketchupflecken verziert war, und verdreckte graue Turnschuhe. Robert Danavell, besser bekannt als Dirty Bob.

»Was willst du, Bob?«

PC Karims Lieblingsberber grinste und ließ Logan seine Zahnlücken sehen. »Deine Kippen.« Er deutete mit einem schmutzigen Finger auf die heruntergefallenen Zigaretten. »Die brauchste doch nich' mehr?«

»Nur zu.«

»Ah, danke, Mann, bist 'n feiner Kerl.« Dirty Bobs Gelenke knackten, als er sich bückte. »Nich' wie dieser Fettsack gestern. Sagt, ich stink ihm den Empfang voll. Ich! Wo mein bester Kumpel tot im Leichenschauhaus liegt …«

Logan sah zu, wie Bob die Zigaretten aus dem Rinnstein auflas. Es war ein armseliges Leben, aber Dirty Bob wusste immerhin, was ihm wichtig war: Schnaps, Zigaretten und hier und da mal eine halb aufgegessene Portion Fish and Chips oder ein weggeworfener Döner – was immer er im Abfall so finden konnte.

Keine Entscheidungen über Leben und Tod. Keine moralischen oder ethischen Dilemmas. Keine Heul- und Zitteranfälle, bloß weil irgendein blöder Song im Radio kam.

Es sagte wohl etwas über das eigene Leben aus, wenn man anfing, Leute wie Dirty Bob zu beneiden.

Bob hockte inzwischen auf dem Gehsteig. Er hatte eine der

Zigaretten, in deren Besitz er unverhofft gelangt war, zwischen die Lippen geklemmt und klopfte seine Taschen ab, bis er ein kleines Streichholzheftchen gefunden hatte. Mit einem bekümmerten Lächeln steckte er sich die Zigarette an. Er sah zu Logan auf. »Haste nich' noch 'n bisschen was über für 'nen alten Mann, der gern zum Andenken an seinen besten Kumpel einen heben würd'?«

»Alter Mann? Du bist zweiundvierzig, Bob, nicht siebzig.«

Dirty Bob zuckte mit den Achseln. »*Aye*, aber in Berberjahren is' zweiundvierzig schon viel älter. Guck dir bloß den armen Richard an.« Er schniefte und wischte sich mit dem Ärmel über die Nase, auf der ein beinahe sauberer Streifen zurückblieb. »In der Blüte seiner Jahre …«

Halb elf. Ein paar der Pubs am Regent Quay hatten sicher schon seit Stunden geöffnet, als Service für alle Nachtschichtarbeiter und Vormittagstrinker. Verlockend. Logan zückte seine Brieftasche und zog einen Fünfpfundschein heraus. Dann überlegte er es sich und wählte stattdessen einen Zwanziger. »Da.«

Dirty Bob beäugte den Schein argwöhnisch. Dann grinste er und schnappte ihn sich. »*Aye*, das gibt 'ne würdige Gedenkfeier für Richard.« Er rappelte sich ächzend auf, salutierte flüchtig vor Logan, machte kehrt und humpelte in seinen verdreckten Turnschuhen davon.

Mit zwanzig Pfund würde ein langjähriger Berufsalkoholiker wie Dirty Bob nicht weit kommen, jedenfalls in einem Pub. Aber wahrscheinlich bekam man dafür Unmengen Spiritus.

Logan rieb sich das Kinn und spürte die kratzigen Stoppeln. Vielleicht hatte Bob ja gar nicht so unrecht, wenn er seine Sorgen in einer Flasche versenkte. Einfach auf die Welt draußen scheißen. Alles um sich herum vergessen …

Und wenn es sonst schon nichts brachte, würde er so vielleicht wenigstens seinen Kater loswerden.

Logan schlenderte auf die Union Street hinaus, überquerte

die Straße und ging die Marischal Street hinunter in Richtung Hafen. Das Regents Arms war eine schäbige kleine Kneipe, deren Fensterscheiben mit einer dicken Schicht schwarzer Farbe bedeckt waren. Wenn man aus der grellen Morgensonne in das schummrige Kunstlicht des Lokals trat, kam man sich vor wie in einer Gruft. Hinter der Theke hing eine Sammlung von Apostrophen – Postkarten, Fotos, geklaute Plastik-Exemplare von Ladenschildern, alles als Ausgleich für den fehlenden Apostroph im Namen des Pubs.

Die Kneipe war fast leer. Nur zwei alte Männer hockten in der Ecke neben dem Zigarettenautomaten und hielten sich an ihren Pintgläsern fest, und eine hagere Frau in einem sehr kurzen schwarzen Rock saß über die Theke gebeugt auf einem Barhocker, die Finger um ein leeres Glas geschlungen, eine glimmende Zigarette in der Hand. Die Haut weiß wie Milch, bläulich schimmernde Venen in den Tiefen ihres Dekolletees. Sie blickte auf, als Logan sich ans andere Ende der Theke setzte, und lächelte ihn an. Wenigstens hatte sie daran gedacht, ihr Gebiss einzusetzen.

»Hallo Süßer, du siehst einsam aus.«

»Heute nicht, Carol.«

Sie kniff die Augen zusammen, dann kramte sie eine zerkratzte Brille aus ihrer Handtasche hervor. »Oh, Scheiße …« Sie hob die Stimme. »Es sind die Bullen!« Die beiden Alten schien das nicht zu jucken, also wedelte sie mit ihrer Zigarette in Logans Richtung, wobei eine Aschelawine auf die Theke niederging. »Was ist, willste mich jetzt verhaften, weil ich eine rauche? Hä? Wohl nix Besseres zu tun?«

Er zuckte mit den Achseln. »Carol, du kannst dir hier meinetwegen auch ’nen Schuss setzen, das geht mir voll am Arsch vorbei. Tu dir keinen Zwang an.«

Ein bierbäuchiger Barmann lugte durch die Tür hinter der Theke. »Was ist denn hier …« Er sah Logan an, trat von einem Fuß auf den anderen und wandte sich dann zu der alternden

Prostituierten. »Du darfst hier drin nicht rauchen, das ist gegen das Gesetz.«

Sie erdolchte Logan mit Blicken, ließ die Zigarette in ihr leeres Glas fallen und schwenkte es, bis die Kippe in den halb geschmolzenen Eiswürfeln zischend ihr Leben aushauchte. »Zufrieden jetzt? Scheißfaschos.«

Logan deutete auf die Zapfhähne. »Ein Pint Stella und einen doppelten Grouse.«

Der Barmann starrte ihn einen Moment lang an. »Ja, Sir.« Er zapfte das Lager und füllte dann zwei Messbecher Famous Grouse in ein Whiskyglas. Nach kurzem Zögern gab er noch einen dritten dazu. Er stellte die beiden Gläser vor Logan hin und sagte. »Geht aufs Haus.«

Logan streckte die Hand aus und berührte das Pintglas. Spürte die Kälte an seinen Fingerspitzen, sah Perlen von Kondenswasser herabrinnen und in einen welligen Bierdeckel einsickern. Gott, war er durstig… Als er das letzte Mal in diesem Pub gewesen war, hatte jemand gedroht, ihn mit einem Billardqueue zu köpfen, kaum dass er als Polizist erkannt worden war. Und jetzt bekam er hier Drinks spendiert.

»Ich weiß das Angebot zu schätzen«, sagte er, während er seinen Geldbeutel zückte und zwei Fünfpfundscheine auf den Tresen legte. »Aber ich bezahle lieber.« Logan griff nach dem Whiskyglas. Es war noch nicht elf, er war den ersten Tag zurück im Dienst, und er war im Begriff, sich die Kante zu geben.

Das Glas zitterte, als er es an die Lippen hob.

Ein Polizist, der morgens schon Whisky trank. Bravo, nur weiter so. So wurde man zum wandelnden Stereotyp. Detective Sergeant Klischee.

Das Zittern wurde schlimmer. Er hielt das Glas mit der anderen Hand fest.

Schloss die Augen.

Versuchte, nicht an Feuer, berstenden Beton und abplatzende Farbe zu denken.

Logan knallte das Glas auf die Theke und sprintete zur Toilette, stieß die Tür auf und tauchte in den beißenden Gestank von abgestandenem Urin ein. Er packte das Waschbecken mit beiden Händen und übergab sich, spritzte das mit Brandflecken übersäte Porzellan voll, bis nichts mehr in seinem Magen war. Dann stand er da und zitterte am ganzen Leib.

Er spuckte, drehte das kalte Wasser auf und spülte sich den Mund aus. Ließ es laufen, bis auch das letzte Bröckchen im Abfluss verschwunden war.

Er zog sein Handy aus der Tasche, fand im Speicher die Nummer, die er brauchte, und rief an.

Gouldings verhuschte Assistentin führte Logan in die Höhle des Psychologen, ließ ihn wissen, dass der Doktor gleich da sein würde, und fragte ihn, ob er eine Tasse Tee wolle.

Milch und drei Stück Zucker.

Der Tee, den sie ihm brachte, war so süß, dass es ihn schüttelte, aber wenigstens half er gegen den bitteren Geschmack in seinem Mund. Und außerdem hieß es doch immer, das sei das Beste bei einem Schock: eine Tasse heißer, süßer Tee. Ja, der gute alte britische Geist aus den Tagen des Blitzkriegs. Blödsinn.

Er sah sich im Büro um.

Das war eine bescheuerte Idee. Nur die letzte in einer langen Liste von bescheuerten Ideen.

Er sollte gar nicht hier sein.

Logan stellte seine leere Tasse auf dem Couchtisch aus Glas und Chrom ab und stand auf. Zum Teufel damit. Er *brauchte* keine Hilfe. Er würde –

Die Tür ging auf, und Dr. Goulding sprang dynamisch herein. Ein Liverpooler Tigger mit hässlicher Krawatte. »Sergeant McRae – Logan, super, dass Sie kommen konnten. Ich arbeite gerade an dem neuen Profil, da könnte ich Ihre Hilfe gut gebrauchen.« Er streckte die Hand aus. »Wie geht's Ihnen denn so?«

Logan hustete. »Ich… ich kann nicht lange bleiben – enger Dienstplan, Sie wissen schon. Wollte nur mal sehen… wie Sie so vorankommen.«

»Okay, alles klar; setzen Sie sich doch.« Der Psychologe trat an seine vollgekritzelte Weißwandtafel und ging nahtlos zu einer Präsentation seiner neuen Ödipus-Theorien über, die der Tatsache Rechnung trugen, dass Ricky Gilchrist jetzt aus der Sache raus war. Goulding war so begeistert, dass Logan es nicht übers Herz brachte, ihm zu sagen, dass er komplett danebenlag. Ödipus war Wadim Michailowitsch Krawtschenko, und er war es von Anfang an gewesen. Gut, Logan hatte zwar keinen Schimmer, *warum* ein von Warschauer Gangstern bezahlter Schläger polnische Ladenbesitzer foltern und verstümmeln sollte, aber es konnte niemand anderes sein – das wäre ein allzu großer Zufall.

Goulding kam zum Ende seines Vortrags und hielt eine Weile inne, als ob er Applaus erwartete. Dann nahm er in dem zur Couch passenden schwarzen Ledersessel Platz. »Ich habe heute Morgen mit der Staatsanwältin gesprochen; wir lassen Gilchrist am Freitag auf Bewährung frei. Ich habe beantragt, ihn unter Aufsicht stellen zu lassen, und es muss sichergestellt sein, dass er regelmäßig zur ambulanten psychologischen Beratung kommt, aber…« Achselzucken. »Das ist natürlich nicht der wahre Grund, weshalb Sie hier sind, oder?«

»Was? Natürlich ist das –«

»Es ist doch völlig in Ordnung, Hilfe in Anspruch zu nehmen, Logan. *Besonders* nach allem, was Sie durchgemacht haben.«

»Ich brauche keine Hilfe. Es geht mir gut.«

Der Psychologe lehnte sich zurück, legte die Finger zu einem kleinen Zelt zusammen, neigte den Kopf zur Seite und sagte: »Sie vertrauen mir nicht. Das ist in Ordnung, ich verstehe das. Vielen Menschen macht der Gedanke an eine Therapie Angst –«

»Ich habe keine Angst, und ich brauche keine –«

»– es ist Ihnen nicht wohl bei der Vorstellung, sich jemandem zu öffnen, den Sie kaum kennen. Dieser erste Schritt ist besonders schwer, also sollten wir uns auf halbem Weg entgegenkommen, finden Sie nicht?« Goulding rückte mit seinem Sessel näher an Logan heran. »Sie geben doch zu, dass Sie unter Schlafstörungen leiden?«

Es hatte wohl keinen Zweck, das zu leugnen – er sah fürchterlich aus, und er wusste es. »Und?«

»Ich werde Ihnen ein leichtes Beruhigungsmittel verschreiben, damit Sie besser einschlafen. Keine Sorge, das ist schon okay – da ist einfach nur Zopiclon drin. Nehmen Sie zwei Stunden vor dem Zubettgehen eine Tablette, und lassen Sie die Finger vom Alkohol. Die Dinger hauen Sie nicht um, aber sie helfen Ihnen, ein bisschen zur Ruhe zu kommen. Sie werden sich wesentlich besser fühlen.«

»Ich will keine Schlaftabletten.«

»Und ich werde Ihnen ein paar Atemübungen beibringen, die gegen Angstzustände und Stimmungsschwankungen helfen.« Goulding streckte die Hand aus, um einen BlackBerry von seinem Schreibtisch zu angeln, und tippte auf dem Monitor herum. »Wir sollten einen regelmäßigen Termin ausmachen … Wie passt Ihnen Donnerstagvormittag?«

»Sind Sie taub? Ich habe Nein gesagt!«

Goulding steckte die Kappe auf seinen Stift. »Logan, wir wissen beide, dass Sie nicht hergekommen wären, wenn Sie nicht dazu bereit wären.« Der Psychologe hob demonstrativ die Schultern. »Wenn Sie natürlich mit Ihrem derzeitigen Zustand *glücklich* sind – wenn Sie *wollen*, dass es Ihnen so schlecht geht –«

Das Mittagessen bestand aus einem in der Mikrowelle erhitzten Pilzrisotto, das wie Milchreis mit zerschnittenen Schnecken schmeckte. Ein fabrikmäßig hergestelltes Fertiggericht, dessen

Erfinder einen tief sitzenden Groll auf die ganze Welt hegen musste. Logan schob die klebrigen Reiskörner in dem Plastikbehälter herum – er hatte sich nicht einmal die Mühe gemacht, den dickflüssigen Schleim auf einen Teller zu tun. Den hätte er ja doch nur wieder spülen müssen.

Die Wohnung war eine Müllkippe, überall Farbeimer und Pinsel, Abdecktücher und allerlei unidentifizierbarer Schrott aus dem Baumarkt. Er hatte ein Fleckchen in der Küche freigeräumt, gerade eben genug Platz für seine Mikrowellenpampe und die Pillen, die er auf dem Nachhauseweg in der Apotheke besorgt hatte.

Logan starrte die Packung Schlaftabletten an. Las die Liste der möglichen Nebenwirkungen durch: Verwirrungszustände, Halluzinationen, Gedächtnisstörungen, Atembeschwerden. Wäre vielleicht gar nicht so schlecht. Einfach alle auf einmal schlucken und mit der Flasche Wodka runterspülen, die er im Supermarkt gekauft hatte.

Er stand auf und warf sein Mittagessen in den Mülleimer.

Dann holte er den Wodka aus dem Gefrierfach.

57

»Verdammt, wo hast du denn gesteckt? Und bevor du was sagst: ›Verdammt‹ zählt nicht, weißt du noch?« DI Steel war an Logans Seite aufgetaucht wie ein Flaschengeist. Von einer Sekunde auf die andere stand sie plötzlich im CID-Büro neben ihm, als hätte sie sich hergebeamt. Sie rümpfte die Nase. »Wieso riechst du wie die Unterhose von 'nem alten Weib?«

Logan kaute knirschend auf seinem Mentholbonbon herum. »Ich bin erkältet.« Er putzte sich die Nase, um überzeugender zu wirken. »Die Kollegen vom Labor haben nach dir gefragt. Sie sagen, dein Sperminator-Knabe hat AIDS-Vollbild. Susan sollte also lieber ihren Slip anlassen. Wenn sie in der Stadt die Treppengeländer runterrutscht, meine ich …«

Steel tippte ihm auf die Schulter, beugte sich über ihn und hüllte ihn in eine Chanel-N°5-Wolke ein. »Hast du getrunken?«

Er zuckte mit den Achseln. »Ich hab einen Haufen Papierkram zu erledigen.«

»Du *hast* getrunken, hab ich recht? Du bist voll wie 'ne –«

RUMMS – die Tür flog auf, und Finnie stürmte herein, flankiert von DS Pirie auf der einen und PC Karim auf der anderen Seite. Finnie machte eine dramatische Pause und zeigte dann mit dem Finger auf Steel. »Ah, Inspector, wie *gütig* von Ihnen, uns mit Ihrer Gesellschaft zu beehren.«

Sie zog ihre Hose stramm und starrte ihn mürrisch an. »Ich hatte zu tun.«

»Ach, tatsächlich? Sagen Sie, könnten Sie sich *eventuell* vorstellen, fünfzehn Minuten von Ihrem aufregenden Privatleben zu opfern, um an dem Strategiegespräch teilzunehmen, zu dem ich Sie eingeladen habe?«

»Sind Sie –«

»Dem Gespräch über Möglichkeiten der Abwendung eines Drogenkriegs? Oder ist das etwa nicht wichtig genug, als dass jemand von Ihrem Kaliber sich damit abgeben würde?«

Sie reckte das Kinn, sodass die schlaffe Haut an ihrem Hals sich straffte. »Fünf Minuten.«

Finnie vollführte eine kleine Verbeugung. »Ich bin sicher, dass alle hocherfreut sein werden, Sie zu sehen.« Und dann wandte er sich an Logan. »Schön, dass Sie wieder da sind, Sergeant. Ich hoffe, es wird nicht mehr allzu lange dauern, bis Sie wieder fit genug für *richtige* Polizeiarbeit sind.« Dann machte er kehrt und marschierte hinaus, nicht ohne sich im Gehen noch einmal umzudrehen und zu rufen: »Fünf Minuten, Inspector!«

DI Steel sagte etwas, das sie drei Pfund fünfzig kostete.

Zwanzig Minuten später saß sie in ihrem Büro, knirschte mit den Zähnen und paffte eine von Logans Zigaretten. »Dieser aufgeblasene, sarkastische Schei…nheilige Typ.«

Logan stand am Fenster und sah zu, wie die Dächer der Autos und Busse auf der Broad Street in der Sonne funkelten. In seinem Kopf lichtete sich allmählich der Wodkanebel vom Mittag, und zurück blieben Müdigkeit und Kopfschmerzen. Und Durst.

»Weißt du«, sagte Steel und schnippte Asche auf den fleckigen Teppich, »ich hoffe bei Gott, dass du recht hast, und dass dieses knautschgesichtige Arrr-… Dass er wirklich korrupt ist. Das hoffe ich *wirklich*. Wäre mir ein innerer CSD, ihm beim Sturz von seinem hohen Ross ein bisschen nachzuhelfen.«

»Kann ich dir was aus der Kantine mitbringen – Tee, Kaffee?«

»Und was dich betrifft: Kommst hier mit Schlagseite in die Arbeit – was zum Teufel hast du dir dabei gedacht?«

»Hattest du jemals mit Wee Hamish Mowat zu tun?«

Sie schniefte und schwang die Füße auf den Schreibtisch. »Hinter dem faltigen alten Sack sind wir schon her, seit ich denken kann.«

»Wie kommt's dann, dass wir über ihn nichts in den Akten haben?«

»Weil wir ihn nie wegen irgendwas drangekriegt haben. Nicht *ein* Mal. Und Gerüchte und Andeutungen dürfen wir nun mal nicht zu den Akten nehmen, das verbietet das bescheuerte Datenschutzgesetz.« Sie hob eine Hand und zählte die Punkte an ihren nikotinfleckigen Fingern ab. »Wir wissen, dass er hinter jedem zweiten krummen Ding steckt, das in Aberdeen gedreht wird, aber wir können es nicht beweisen. Niemand wagt es, vor Gericht gegen ihn auszusagen, und wer so blöd ist, es zu versuchen, verschwindet auf Nimmerwiedersehen. Er hat diese Schweinefarm draußen in der Nähe von Rhynie – wir haben nie eine einzige Leiche gefunden. Wir haben null Komma gar nix gegen ihn in der Hand.«

»Oh …«

»Alle denken, in Aberdeen hätte es kein Verbrechen gegeben, bevor das Ölgeld in die Stadt geschwappt ist, dass es ein friedliches kleines Städtchen mit blitzsauberen Straßen und glücklichen Menschen war. So ein Quatsch – Wee Hamishs Opa hat schon mit Schutzgelderpressung und Kreditwucher sein Geld verdient, als Königin Victoria noch auf dem Thron saß. Er wurde ›Big Hamish‹ genannt. Unter seinem Sohn – ›Hamish junior‹ – kamen noch Schmuggel und Prostitution hinzu.«

Sie steckte sich eine Zigarette in den Mundwinkel und kratzte sich unter dem Arm. »Tja, und mit dem Tod seines Vaters hat Wee Hamish auf einen Schlag ein über zwei Generationen aufgebautes Verbrechensimperium geerbt. Dann kommt das Öl, und alle haben plötzlich die Taschen voller Geld. Wee Hamish expandiert in den internationalen Markt. Und wir kommen ums Verrecken nicht an ihn ran.«

»Aber nach so langer Zeit müsste er doch längst mal bei *irgendetwas* erwischt worden sein.«

»Vergiss es – Bain ist schon hinter Wee Hamish Mowat her, seit ich denken kann. Der Typ, der vor ihm das CID geleitet hat, war fünfzehn Jahre an der Sache dran. Und sein Vorgänger auch, und dessen Vorgänger auch. Oben im Büro des Chief Constable steht eine Flasche dreißig Jahre alter Knockdhu, der ist für denjenigen reserviert, der Mowat schnappt. Basher Brooks war am dichtesten dran, 1975 war das – Überfall auf ein Postamt. Der einzige Zeuge ist verschwunden, und die Staatsanwaltschaft hat das Verfahren eingestellt. Keine Beweise.«

Logan wusste, was das bedeutete. »Die Schweinefarm.«

»Genau, die Schweinefarm.« Sie blies eine lange Rauchfahne über den Schreibtisch. »Und jetzt troll dich nach Hause, bevor sonst noch jemand merkt, dass du hackedicht bist!«

Logan zuckte mit den Achseln und hievte sich in die Senkrechte. Er unterdrückte ein Gähnen und rieb sich mit beiden Händen das Gesicht. »Soll ich heute Abend noch mal vorbeikommen?«

»Nach der Vorstellung von gestern Abend? Nein danke, ich verzichte.«

Logan war es nur recht. Er schnappte sich seine Jacke und ging zur Tür. In der Wohnung wartete eine halbe Flasche Wodka auf ihn.

Steel rief ihm nach: »He! Falls du doch was über Wee Hamish rausfindest, sag mir Bescheid. Vielleicht teil ich sogar den Whisky mit dir.«

58

Jemand sagte: »Wach auf!«

Logan fuhr hoch und strampelte mit Armen und Beinen die Bettdecke weg. Dann tat es einen dumpfen Schlag, und er lag auf dem Boden. In seinem eigenen Schlafzimmer. In seiner eigenen Wohnung. Nicht in einem Trümmerhaufen irgendwo in Polen.

»Mein Gott, du bist ja klatschnass…« Samantha kniete sich neben ihn auf den Boden und strich mit der Hand über seine Brust. Schweißperlen rannen durch das zerklüftete Narbengelände.

Er holte zitternd Luft. »Scheiße…«

»Du hast geschrien.«

»O Gott…«

Sie ließ ihren Finger weiter nach unten gleiten, fuhr die kleinen Wülste aus Narbengewebe nach. Die Hinterlassenschaften des Messers.

Logan ergriff ihre Hand. »Mach das bitte nicht, okay? Bitte… lass es einfach.«

Samanthas Stimme verlor sich in der Dunkelheit. »Ich bin kein Freak.«

Jetzt ging das schon wieder los.

Logan stöhnte. »Können wir das jetzt bitte lassen?«

»Ich dachte, du würdest das verstehen… als ich… als ich dich meine Narben hab fühlen lassen.« Es war lange still, und er registrierte, wie sie sich aufrichtete und auf die Kante der Matratze setzte. »Ich hab damit angefangen, als ich zwölf war – mit dem Ritzen. Nie an einer Stelle, wo es jemand sehen konnte, aber … Weiß auch nicht, wieso; damals fand ich es irgendwie sinnvoll.«

Logan sah sie an, wie sie da im schwachen grünen Schein des Radioweckers saß. Es war kurz nach drei Uhr früh.

Samantha schniefte und schlang die Finger ineinander. »Es war ja nicht so, als ob meine Eltern mich geschlagen hätten oder so, es ist bloß … ich weiß nicht. Die Schnitte haben so glänzende Spuren auf meiner Haut hinterlassen. Verstehst du, was ich meine?«

Sie griff in das Fleisch an der Innenseite ihres Oberschenkels und inspizierte die schwarze Tinte der Ethno-Spinne. »Sobald ich alt genug war, hab ich angefangen, mir Tattoos drübermachen zu lassen.«

»Sam –«

»Und dann hab ich deine gesehen und mir gedacht … Ich hab gedacht, es würde uns … verbinden oder so.« Sie zuckte mit den Achseln und ließ sich seitwärts auf das Bett sinken. »Blöd, nicht wahr?«

Er kroch zu ihr auf die Matratze. »Seien wir doch ehrlich: Du *bist* ein Freak, und ich bin auch einer. Es gibt gar keine normalen Menschen. Das ist ein Mythos, den wir Freaks in die Welt setzen, um uns zu quälen. Noch so eine Erwartung, der wir nicht gerecht werden können.«

Sie boxte ihn in den Arm. »Ich bin kein Freak.« Aber er konnte das Lächeln in ihrer Stimme hören.

Zwanzig Minuten später stand Logan in der dunklen Küche vor dem offenen Kühlschrank. Sie hatten miteinander geschlafen und dann schweigend dagelegen, bis Samantha wieder weggedämmert war. Da hatte Logan sich aus dem Bett geschlichen. Er nahm drei Paracetamol und spülte sie mit einem halben Liter Orangensaft hinunter, den er direkt aus der Tüte trank. Dann drehte er sich um und starrte den Küchentisch an.

Die Schlaftabletten lagen immer noch unberührt da, im bleichen Licht des Kühlschranks.

Okay, er wachte also jede Nacht schreiend auf, genau wie Simon McLeod, aber wenigstens bekam er ihn noch hoch. Ganz ohne Viagra.

Logan nahm noch einen Schluck Orangensaft und schwenkte ihn im Mund herum. Schade, dass der Wodka alle war.

Armer alter Simon McLeod. Was würde er sagen, wenn er dahinterkäme, dass seine Frau herumerzählte, er sei impotent? Ausflippen würde er …

Das Grinsen in Logans Gesicht verflog.

Sandilands 1998: Andy Howard, ein kleiner Drogendealer mit einer großen Klappe, hatte Simon McLeod eine »fette Schwuchtel« genannt und anschließend ein halbes Jahr lang sein Essen durch einen Schlauch einnehmen müssen. Nie im Leben würde Simon zulassen, dass Hilary den Leuten erzählte, sein Schwanz funktioniere nicht mehr richtig, und sie triebe es deshalb mit seinem Bruder. Nicht einmal, wenn es darum ginge, Colin aus dem Knast zu bekommen.

Also war das Ganze entweder auf Hilarys eigenem Mist gewachsen, oder sie sagte die Wahrheit über sich und Creepy.

Verdammt.

In den Straßen von Froghall war alles still. Das schwache gelbliche Licht der Straßenlaternen spiegelte sich in dunklen Fenstern und funkelte auf dem Lack der parkenden Autos. Zwanzig nach vier – viel zu früh, um sich an einem verlassenen Tatort herumzutreiben, aber genau das tat Logan.

Er schlüpfte unter dem blau-weißen Polizeiabsperrband hindurch und schloss die Tür von Wohnung C auf. Ein dampfig-modriger Geruch schlug ihm entgegen, als er über die Schwelle von Harry Jordans Wohnung trat.

Logan drückte den Lichtschalter … und nichts passierte. Jemand musste den Strom abgestellt haben.

Er holte seine Taschenlampe hervor und ließ den Strahl über den schmuddeligen Teppichboden wandern. Die Wohnung sah noch genauso aus, wie Kylie und ihre Schwester sie zurückgelassen hatten: überall demolierte Möbel und kaputte Sachen. Logan erschauderte. Im Dunkeln erinnerte die Szenerie auf unbehagliche Weise an die Wohnung des Uhrmachers in Nowa Huta.

Er blieb im Wohnzimmer stehen und drehte sich langsam einmal um die eigene Achse.

Die Mädchen – Tracey und ihre beiden Freundinnen – hatten *gesehen*, wie Creepy Harry Jordan mit einem Klauenhammer zu Brei geschlagen hatte. Hilary Brander hatte ihm einen Bären aufgebunden. Und er, traumatisiert wie er war, war auf sie hereingefallen.

Er ging von Zimmer zu Zimmer, leuchtete mit seiner Taschenlampe in das Schlafzimmer mit der feuchten Raufasertapete, das Bad mit den Schimmelflecken und den gesprungenen Fliesen, die Küche mit dem Spülbecken voll schmutzigem Geschirr und dem Mülleimer voller ekliger, faulender Abfälle.

Wie konnte irgendein Mensch so leben? Die Wohnung war schon ein Dreckloch gewesen, bevor sie so verwüstet worden war.

Dann stand er im kleinsten der drei Schlafzimmer – dem, in das sich Kylie mit ihrem verschwollenen, grün und blau geschlagenen Gesicht verkrochen hatte. Mrs. McLeods Schlägertruppe hatte das Bett umgekippt und die Matratze aufgeschlitzt, sodass die graue Füllung hervorquoll. Eine kleine Kommode lag auf dem Rücken. Sie hatten auch versucht, den Schrank umzuwerfen, aber das Zimmer war dafür nicht groß genug, und jetzt klemmte er im Winkel von fünfundvierzig Grad zwischen den zwei Wänden. Eine Tür war aus den Angeln gebrochen, und ein Schwall billiger Schuhe hatte sich auf den ebenso billigen Teppich ergossen.

Logan stocherte mit der Schuhspitze in dem Plunder herum. Hier war nichts. Er vergeudete seine Zeit. Sollte lieber zu Hause mit seiner leicht gestörten Freundin im Bett liegen, anstatt im Schlafzimmer irgendeiner Junkie-Nutte herumzuschnüffeln.

Aber nun war er schon einmal hier, da konnte er wenigstens *versuchen*, halbwegs saubere Arbeit zu leisten.

Er zog sich ein paar Latexhandschuhe an und fing mit der Kommode an. Nachdem er sie wieder aufgestellt hatte, ging er die Schubladen der Reihe nach durch, die Taschenlampe zwischen die Zähne geklemmt, um etwas zu sehen.

Oberste Schublade: Vibratoren, Kondome, Gleitmittel, Hardcore-Pornohefte. Alles, was das Herz des anspruchsvollen Freiers begehrte. Für fünfzig Pfund das volle Programm; zwanzig für einen Blowjob.

Mein Gott, da musste es einer aber schon sehr nötig haben.

Mittlere Schublade: billige Reizwäsche. BHs mit Löchern zum Durchgucken und Slips mit Schlitz, Nylonteile mit Rüschen, ein Torselett, Netzstrümpfe.

Unterste Schublade: Ein Stoß Briefe und ein Berg Wollsocken. Die meisten Briefe waren noch nicht geöffnet, aber Logan las die beiden, die es waren, und legte sie dann dorthin zurück, wo er sie gefunden hatte. Kylie, mein Schatz, du weißt doch, wie sehr dein Vater und ich dich und deine Schwester vermissen – warum kommst du nicht nach Hause?

Als Nächstes kam der Schrank an die Reihe. Logan stellte ihn aufrecht, wobei das schwere Ding gegen die Wand knallte und eine Delle in die Raufasertapete schlug. Die ganzen Kleider lagen in einem Haufen am Boden – billige Jeans, Blusen, ein paar Rugby-Trikots und ein flauschiger rosa Bademantel.

Durch die Erschütterung hatten sich die Leisten am Fuß des Schranks gelockert. Logan trat mit dem Fuß dagegen, um sie wieder festzubekommen, aber stattdessen fiel das ganze Vorderteil ab.

Er bückte sich und versuchte es wieder anzudrücken, aber es

passte nicht. Warum machte er sich überhaupt die Mühe? Die ganze Einrichtung würde sowieso auf dem Müll landen, wenn die Stadt endlich die Wohnung räumen ließ.

Er wollte sich gerade wieder aufrichten, als er sie sah: zwei parallele Vertiefungen im Teppichboden in der Zimmerecke – genau da, wo die kleine Kommode gestanden haben musste.

Logan leuchtete mit der Taschenlampe an der Sockelleiste entlang.

Überall sonst war der Teppichboden bündig mit den Wänden, aber in dieser Ecke wellte er sich stark. Dabei hätte er doch eigentlich glatt sein müssen, nachdem weiß Gott wie viele Jahre lang die schwere Kommode darauf gestanden hatte.

Er packte das Ende und zog daran – ungefähr ein halber Meter von dem billigen, welligen Teppichboden löste sich geräuschlos vom Boden, und dann war Schluss, als der Haftstreifen anfing.

Keine Unterlage – der Teppich war direkt auf den Spanplatten verlegt worden.

Irgendjemand hatte ein ungleichmäßiges Rechteck von der Größe eines Schuhkartons aus den Spanplatten ausgesägt und es anschließend wieder eingesetzt. Wahrscheinlich hatte es nichts zu bedeuten. Bloß ein behelfsmäßiger Zugang zu irgendwelchen Leitungen, gesägt von einem Elektriker, der zu faul gewesen war, den Job ordentlich zu machen. Aber dafür sah das Ding eigentlich zu abgenutzt aus – die Fuge war voller schmutziger Fingerabdrücke.

Ein Drogenversteck?

Logan bohrte einen Kugelschreiber in die Ritze und hebelte damit den Deckel ab. Er hatte richtiggelegen – es war tatsächlich ein Versteck. Bündel von Fotos, zusammengehalten mit rissigen Gummis. Familienfotos von Kylie und Tracey in Kindertagen, in den Ferien oder bei einer Geburtstagsfeier, oder einfach nur beim Cowboys-und-Indianer-Spielen im Garten. Kylie sah glücklich aus, Lichtjahre entfernt von der spindeldürren Drogensüchtigen, die ans Bett gefesselt war, weil ihr Zuhälter sie verprügelt hatte.

In dem Loch war auch eine kleine Blechbüchse mit einer Spritze und Ersatznadeln. Eine Bong in Form eines Yoda-Kopfs. Eine kleine Porzellanballerina. Ein Satz Tarotkarten.

Logan nahm alles heraus und legte es nebeneinander auf den Teppichboden. Eine ziemlich armselige Ausbeute.

Dann leuchtete er noch einmal mit der Taschenlampe in alle Winkel des Verstecks.

Da blitzte etwas in der Dunkelheit auf.

Er steckte die Hand in die Lücke zwischen den Spanplatten und dem staubigen Beton.

Er kam nicht ganz dran …

Jetzt legte er sich auf die Seite, schob den Arm, so weit es ging, in die Öffnung und spazierte mit den Fingern über die raue Fläche. Nichts … nichts … nichts – und dann ein leises Rascheln. Eine Tüte? Er zog sie mit den Fingerspitzen näher heran, bekam eine Handvoll Plastik zu fassen und zog das ganze Ding heraus.

Es war eine ganz gewöhnliche, blau-weiß gestreifte Plastiktüte, wie man sie im Laden an der Ecke bekam. Und sie war schwer. Er legte sie vorsichtig auf den Boden und schaute hinein.

Drin lag ein Klauenhammer, dunkelbraun verkrustet, teilweise umwickelt mit einem blutbefleckten Exemplar des *Aberdeen Examiner.*

59

»Das interessiert mich nicht, okay? Sehen Sie zu, dass Sie aus dem Bett kommen und sie ans Telefon holen!« Logan saß auf der Armlehne des kaputten Sofas; der erste schwache Schimmer der Morgendämmerung fiel durchs Wohnzimmerfenster, während er darauf wartete, dass die Zeugenschutzbeamtin tat, was er verlangte.

»*Viertel vor fünf … meine Güte.*« Gähnen. Ein paar halblaute Flüche, ein Rascheln, und dann – »*Irgend so ein Trottel aus Aberdeen … Was? … Woher soll ich das wissen?*« Noch mehr Geraschel. Und dann ein Klopfen. »*Kylie? Bist du wach? Kylie?*«

Pause.

Dann meldete sich die Beamtin wieder: »*Ich glaube, sie schläft.*«

»Natürlich schläft sie – es ist mitten in der Nacht! Wecken – Sie – sie!«

»*Okay, okay, Herrgott noch mal …*« Das Klopfen wurde zu einem Hämmern. Und eine Minute später hatte er Kylie am Telefon.

»*Werssnda?*« Seltsame Kau- und Schmatzgeräusche. »*Wirschlafnoch …*«

»Kylie, hier ist DS McRae. Erinnern Sie sich an mich?«

»*Mmmmmmnhmmmm. Sie sind der Typ, der uns gerettet hat. Tracey sagt, wir sind Ihnen was schuldig, okay? Weil Sie ’n Arzt besorgt haben und uns aus dem Dreckloch geholt und in die Reha gebracht haben.*« Ein gewaltiges Gähnen kam über den Äther aus Lossiemouth. »*Vorher ist nie irgendwer nett zu uns gewesen.*

Dachte immer, alle Bullen sind Schweine, aber Sie, Sie sind ja echt 'n Held, irgendwie …«

»Ich weiß von dem Hammer.«

Schweigen.

»*Ich … hä?*«

»Unter dem Fußboden, in eurem kleinen Geheimversteck, ist eine Plastiktüte mit einem blutverschmierten Klauenhammer.«

»*Was? Nein. Aber …*«

»Es war gar nicht Creepy, oder? *Sie* waren es. Sie haben Harry Jordan den Schädel zertrümmert und versucht, es Colin McLeod in die Schuhe zu schieben.«

»*Nein! Das kann nicht … Ich und Colin, wir sind … Sie wissen schon? Er hat gesagt, er nimmt mich mit nach Australien, da könnten wir von vorn anfangen … vielleicht sogar heiraten. Kinder kriegen …*«

Eine andere Stimme im Hintergrund fragte, wer dran sei, und dann meldete sich Kylies Schwester Tracey. »*Sie haben einen Hammer gefunden, wie? Das muss diese alte Schachtel gewesen sein, Mrs. McLeod. Hat uns das Ding wohl untergeschoben. Damit es so aussieht, als wär's nicht Creepy gewesen, der dem Schwein die Fresse eingeschlagen hat.*«

Logan wog die Einkaufstüte in seiner behandschuhten Hand. Es war ein Schuss ins Blaue, aber verdammt, warum nicht? »Und wie kommt's dann, dass da überall Ihre Fingerabdrücke drauf sind?«

Pause. »*Echt?*«

»Was glauben Sie denn?«

Diesmal zog sich das Schweigen so lange hin, dass Logan schon nachsah, ob er vielleicht kein Netz mehr hatte. »Und?«

»*Kylie, Schatz, hol mir doch mal 'ne Dose Cola oder so, hm?*« Pause. Eine Tür fiel ins Schloss. »*Sie war es nicht – ich war's. Ich hab's getan. Sie weiß es gar nicht.*«

Ein Punkt für den richtigen Riecher.

»Warum?«

»*Was glauben Sie denn? Harry hätte ihr wieder wehgetan. Früher oder später – und das nächste Mal hätte sie vielleicht nicht so viel Glück gehabt, okay?*« Ihre Stimme wurde zittrig. »*Das nächste Mal bringt er sie vielleicht um, oder er prügelt sie ins Koma. Ich musste es tun, okay?*«

Sie schniefte. »*Ich hab ihm gesagt, wir gehen weg, aber er wollte uns nicht gehen lassen. Er hat mit diesem riesigen Messer rumgemacht, und er war total zugedröhnt mit H. Niemand legt sich mit Harry Jordan an, hat er getönt, und wir würden ihm gehören, und wir müssten Respekt lernen, sonst würde er uns das Gesicht zerschneiden … Ich hatte Angst, okay?*« Ihre Stimme wurde zu einem Flüstern. »*Ich hab Harrys Rollstuhl umgetreten, und er ist voll auf den Teppich gefallen. Ist mit dem Kopf gegen die Anrichte geknallt.*«

Logan sah auf die kaputte Anrichte mit dem fehlenden Bein hinunter. »Sie sagen also, es war ein Unfall? Für wie blöd halten Sie mich eigentlich?«

»*Er … er ist gegen die Anrichte geknallt – hat sich die Stirn aufgeschlagen und angefangen zu bluten wie ein Schwein. Übers ganze Gesicht ist es ihm geflossen, er hat versucht, sich über den Boden zu schleppen, und hat gebrüllt und geschrien, dass er uns beide umbringen würde … Da hab ich einen Hammer aus Harrys Werkzeugkiste geholt und hab dafür gesorgt, dass er endlich still ist. Verstehen Sie? Ein für alle Mal. Keine Drohungen mehr, keine Schläge, Schluss mit dem ganzen Mist.*«

Logan schloss die Augen und fluchte leise. »Und Sie dachten, Sie könnten Colin McLeod die Schuld in die Schuhe schieben.«

Er konnte fast hören, wie sie im fernen Lossiemouth mit den Achseln zuckte. »*Es war schließlich 'n Hammer, nicht? Und Creepy hat's doch mit Hämmern …*« Sie schniefte wieder, doch ihre Stimme war viel ruhiger als zuvor. »*Ich bin froh, dass ich's getan hab, okay? Harry Jordan war ein mieses Dreckschwein. Und*

Creepy ist keinen Deut besser. Wenn Sie mich fragen, hab ich der Welt einen Gefallen getan. Harry liegt im Koma, Creepy sitzt im Knast, und sie können beide meiner Schwester nichts mehr antun.«

Verdammt. Logan saß auf dem demolierten Sofa, in der Hand die Plastiktüte mit dem Klauenhammer. Dem einen Beweisstück, das ihnen allen zum Verhängnis werden könnte.

Tracey hatte recht – ohne Colin McLeod und Harry Jordan wäre die Welt eindeutig ein besserer Ort. Und dazu musste Logan nichts weiter tun, als den Hammer verschwinden zu lassen. So tun, als hätte er ihn nie gefunden.

Hammer? Welcher Hammer?

Kylie und Tracey könnten in Lossiemouth ein neues Leben beginnen, weg von der Straße und frei von Drogen. Niemand würde Harry Jordan vermissen, und Creepy Colin McLeod hatte es verdient, bis an sein Lebensende hinter Gittern zu schmoren.

Logan musste nichts weiter tun, als irgendwo raus aufs Land zu fahren und den Hammer in einen Graben zu werfen. Oder in den Dee. Oder einfach irgendwo in eine Mülltonne.

Niemand würde je die Wahrheit erfahren.

Aus dem Hörer drang DI Steels rasselnder Husten, gefolgt von einem gotteslästerlichen Fluch. Logan wartete geduldig, bis sie sich ausgekotzt hatte. Inzwischen tagte es schon; die Sonne kroch langsam über den Horizont und warf ein fahlgoldenes Rechteck aus Licht durch das Wohnzimmerfenster, in dem der Rauch von Logans dritter Zigarette wie Elfenbein schimmerte.

»*Es ist halb sechs!*«, stöhnte Steel. »*Wehe, es geht nicht mindestens um Leben und Tod …*«

»Ich muss dich etwas fragen.«

»*Falls es sich nicht darum dreht, einen kleinen Plastikbecher mit Sperma zu füllen, interessiert's mich nicht.*«

»Ich habe ein ethisches Problem.«

Pause. »*Und da rufst du* mich *an? Mein Gott, dann muss es ja echt schlimm sein. Augenblick …*« Er konnte sie im Hintergrund herumwursteln hören, dann war sie wieder da. »*Also, schieß schon los.*«

»Angenommen, jemand soll wegen versuchten Mordes verurteilt werden, aber du hast Beweise dafür, dass er es nicht gewesen ist. Er hat jede Menge *andere* Sachen auf dem Kerbholz, hat es aber immer wieder geschafft, ungestraft davonzukommen: Drogen, schwere Körperverletzung, Schutzgelderpressung, vielleicht auch den einen oder anderen Mord … Aber wenn du irgendjemandem erzählst, was du weißt, dann kommt dieses Schwein frei, und jemand anderes muss die Schuld auf sich nehmen. Jemand, der es vielleicht gar nicht verdient hat.«

»*Und dafür holst du mich aus dem Bett?*«

»Aber es –«

»*Von wem reden wir?*«

»Von niemandem. Es ist … hypothetisch.«

»*Hypothetisch, so ein Quark. Du weckst mich nicht um halb sechs in der Früh wegen irgendeinem hypothetischen Scheiß. Wer ist es?*«

Logan nahm einen langen Zug von seiner Zigarette, sog den brennenden Rauch tief in seine vernarbte Lunge. »Colin McLeod.«

»*Creepy Colin? Aber der ist …*« Sie fluchte. »*Willst du mir etwa erzählen, dass jemand* anders *Harry Jordan den Schädel eingeschlagen hat? Na, das ist ja wirklich wunderbar. Da kriegen wir endlich mal die Chance, ihn zu verknacken, und dann war's dieser Hurensohn gar nicht? … Was sagt Chief Inspector Froschfresse dazu?*«

»Ich hab's ihm nicht gesagt.« Logan ließ seine Zigarette auf den verdreckten Teppichboden fallen und trat sie aus.

»*Er wird im Dreieck springen.*«

Logan ging zum Fenster und wischte ein Loch in die Staubschicht auf der Scheibe. Wie es aussah, würde es wieder ein herrlicher Tag werden, an dem es einfach Spaß machte, Polizist zu sein, mit den ganzen internen Streitereien, Empfindlichkeiten und gegenseitigen Anschuldigungen. »Und wenn wir einfach nichts sagen?«

Es war einen Moment still. »*Wir? Seit wann ist das bitte schön ›unser‹ Problem? Du ziehst mich da verdammt noch mal nicht rein.*«

»Aber –«

»*Rein hypothetisch, hast du gesagt.*«

»Aber –«

»*Jetzt hör mir mal zu, Laz: Ich liebe dich wie einen etwas zurückgebliebenen kleinen Bruder, aber du weißt selbst, was du tun musst. Sonst hättest du mich nicht angerufen. Ich bin dein Gewissen, dein Jiminy Grille, deine gute Fee. Sobald du es mir erzählt hast, ist es kein Geheimnis mehr, die Wahrheit ist raus. Du musst es Finnie sagen.*«

»Oh … Scheiße.«

»*Das kannst du laut sagen – vor allem, wenn er mit dir fertig ist.*«

60

Um sieben Uhr morgens herrschte im Polizeipräsidium eine ziemliche Katerstimmung. Constables, Sergeants und DIs schlichen herum wie halb eingeklappte Taschenmesser, gebeugt unter der Last eines langen Abends im Illicit Still, wo sie DCI Finnies jüngste erfolgreiche Drogenrazzia gefeiert hatten.

Logan fragte sich durch und fand den DCI schließlich unten in der Kantine, wo er sich ein herzhaftes Frühstück schmecken ließ.

»Mmmmpf«, brummte Finnie und blickte auf. Er hatte den Mund voll, und ein Herpespickel aus Tomatensauce zierte seine Oberlippe. Nachdem er gekaut und heruntergeschluckt hatte, fragte er: »Wo haben Sie denn gestern Abend gesteckt?«

»Ich … äh …« Logan setzte sich und versuchte, nicht zu genau hinzusehen, als der Detective Chief Inspector sich über seinen Black Pudding hermachte – eine glänzend schwarze Scheibe gebackenen Bluts, gesprenkelt mit Haferbröseln und Fettbröckchen.

Finnie stopfte sich eine Gabel voll in den Mund und redete mit vollem Mund weiter. »Ich habe für heute Abend einen Tisch bei Toni reserviert: Sie, ich und Pirie. Zur Feier Ihres Wiedereinstands nach dem Unfall.«

Unfall …

Logan rang sich ein Lächeln ab – keine leichte Übung bei seinem rebellierenden Magen. »Ich hatte gestern Besuch von Hilary Brander.«

»Ach ja?«

Logan erzählte ihm von der angeblichen Affäre, dem anderen Klauenhammer und seinem Telefonat mit Kylies Schwester Tracey.

Finnie hörte auf zu essen; seine Stimme war ein ersticktes Flüstern. »Warum in drei Teufels Namen haben Sie mich nicht angerufen? Sie wussten doch, wie wichtig das ist!«

»Ich ...« Logan ließ den Blick über die Reihen frühstückender Kollegen wandern, aber niemand schien in ihre Richtung zu schauen. »Ich dachte, die Brander verarscht mich nur. Woher sollte ich wissen, dass es tatsächlich stimmt?«

»Für Sie *gilt* also die Befehlskette plötzlich nicht mehr, verstehe ich das richtig? Sie halten sich wohl für so was Besonderes, dass Sie es nicht nötig haben, mich zu informieren, wenn bei *meiner* Ermittlung etwas schiefläuft?«

»Was hätte ich denn machen sollen – den Hammer wieder dorthin zurücklegen, wo ich ihn gefunden hatte? So tun, als wäre nichts geschehen, nur weil wir Colin McLeod nicht wegen irgendetwas anderem drankriegen können?«

Finnie zog die Winkel seines Froschmauls nach unten und verengte die Augen zu grimmig funkelnden Schlitzen. Dann spießte er das letzte Stück Blutwurst auf und stopfte es sich in den Mund. Kaute mit finsterer Miene. Und ließ dann die Schultern sacken.

»Sie haben recht«, sagte er schließlich. »Es stinkt mir *tierisch*, aber Sie haben recht. Creepy ist ein widerlicher kleiner Drecksack, aber das ist kein Grund, ihm etwas anzuhängen, was er nicht getan hat.« Er seufzte. »Verdammter Mist, dabei hätte es so ein guter Tag werden können.«

Finnie kippte den letzten Schluck Tee und starrte in seine leere Tasse. »Rufen Sie am besten gleich die Zeugenschutzleute an – ich will diese Nutten so schnell wie möglich wieder hier haben.« Er schob seinen Stuhl zurück und stand auf. »Dann sag ich wohl besser mal der Staatsanwältin Bescheid. Verdammter Mist ...«

Und dann verschwand er und ließ Logan mit seinem halb aufgegessenen Frühstück am Tisch zurück.

Logan nahm sein Handy heraus und wählte die Nummer der Zeugenschutzbeamtin, mit der er vor ein paar Stunden schon telefoniert hatte. Finnies Teller war mit Tierfett verschmiert und mit kleinen Knorpelkügelchen übersät, die in blutroter Tomatensauce schwammen … Logan schob den Teller weg, aber er konnte es immer noch riechen.

Es dauerte eine Weile, aber schließlich hob die Zeugenschutzbeamtin ab. Logan sagte ihr, dass Kylie und ihre Schwester ihre Koffer packen sollten, weil Finnie sie in Aberdeen brauchte. *Sofort.*

Am anderen Ende war missmutiges Gebrummel zu hören, ein halblautes »*Könnt ihr euch vielleicht mal entscheiden …*« – und dann hörte Logan, wie die Frau in ein anderes Zimmer ging, das Telefon an die Brust gedrückt.

Gedämpfte Gesprächsfetzen im Flur. »*Die sind doch alle gleich da in der Queen Street …*«

Klopfen.

Die erhobene Stimme der Zeugenschutzbeamtin: »*Kylie? Tracey? Hallo?*« Einen Moment lang war es still, dann wurde eine Tür geöffnet. »*Ach du Scheiße … Bill, ruf einen Krankenwagen! … NA LOS, MACH SCHON, RUF EINEN KRANKENWAGEN!*«

Und dann war die Leitung tot.

»Sind Sie taub oder was?«

Logan blickte von seinem Bericht auf. Der dicke Gary stand in der Tür, in der einen Hand einen Becher Tee, in der anderen eine Packung Vanillewaffeln.

Das CID-Büro war verlassen – Logan und eine kränkelnde Topfpflanze waren die einzigen lebenden Wesen.

»Das Krankenhaus hat angerufen.« Der hünenhafte Sergeant zog die Nase hoch und zerrte an dem Gürtel, der sich um seine Leibesmitte spannte. »Sie haben ihnen den Magen ausgepumpt, aber es steht auf der Kippe. Abflussreiniger – Mensch, da muss man schon ganz schön verzweifelt sein, was?«

Logan wollte gar nicht darüber nachdenken. »Gibt's schon was Neues wegen Colin McLeod?«

»Ich weiß nur, dass die Staatsanwältin und der Sheriff sich mit Finnie und dem ACC getroffen haben. Ist ziemlich viel gebrüllt und geflucht worden da drin. Und Ihr Name ist anscheinend öfters gefallen.«

»Sehr witzig.«

»Dacht' ich mir.« Der dicke Gary grinste so breit, dass er seiner Sammlung noch zwei weitere Kinne hinzufügte. »Übrigens, Sie haben einen Anruf auf Leitung zwei. Irgend so 'ne polnische Tussi, hängt schon fünf Minuten in der Warteschleife, weil Sie einfach nicht rangehen.«

Logan fluchte und zerrte sein Festnetztelefon unter einem Berg von Durchsuchungsberichten hervor. Tatsächlich, das kleine rote Licht blinkte. Er griff nach dem Hörer.

»Eins noch«, sagte Gary, »bleibt's bei dem Essen heute Abend? Wenn ja, stülpen Sie sich doch bitte 'ne Papiertüte über den Kopf, ja? Bei den ganzen blauen Flecken und Schorfkrusten vergeht mir sonst der Appetit.«

Für so einen kräftigen Mann war er ganz schön behände – blitzschnell brachte er sich hinter der Tür in Sicherheit, als Logan ihm den Tacker hinterherwarf. Das Ding knallte gegen die Wand und fiel auf den Boden.

Logan drückte die Taste an seinem Telefon. »DS McRae, was kann ich für Sie –«

»*Logan? Hier ist Polizeihauptmeisterin Jaroszewicz. Aus Polen.*«

»Wiktorja?« Allein beim Klang ihrer Stimme brach Logan der kalte Schweiß aus. »Was –«

»*Können wir reden?*«

»Augenblick, ich mache nur schnell die Bürotür –«

»*Nein, nicht am Telefon, ich muss persönlich mit dir sprechen. Es ist wichtig.*«

»Was?« Seine Eingeweide krampften sich zusammen. O Gott, er wollte nicht wieder nach Polen. Er wollte wirklich, *wirklich* nicht wieder nach Polen. »Aber ich kann nicht –«

»*Ich bin am Flughafen von Aberdeen. Ich könnte mir ein Taxi nehmen und zu dir ins Präsidium kommen?*«

»Nein!« Obwohl er wusste, dass er allein war, ließ Logan den Blick durch das leere CID-Büro schweifen. »Komm nicht hierher. Ich gebe dir eine Adresse ...«

Das Taxi hielt vor DI Steels Haus. Die hintere Tür ging auf, und eine wohlbekannte Gestalt kletterte hinaus in die heiße Julisonne. Wiktorja. Ihr Gesicht war mit gelblich-grünen Flecken gesprenkelt, auf ihrer Stirn klebte eine Bahn weißer Verbandmull, und darunter waren jede Menge braun verkrustete Kratzer zu sehen. Sie kämpfte einhändig mit einer Travel-Value-Tragetasche – den anderen Arm trug sie in einer Schlinge –, bis Logan den Gartenweg hinuntertrabte und den Fahrer bezahlte.

Er wuchtete ihren ramponierten braunen Lederkoffer aus dem Kofferraum, und dann standen sie schweigend da, während das Taxi vom Bordstein wegfuhr. Logan hustete. Sie starrte ihre Füße an. DI Steels flauschige graue Katze strich am Gartenzaun entlang.

»Was macht der Arm?«

Wiktorja verzog das Gesicht. »Mein blöder Arzt sagt, ich bin noch nicht wieder fit für den Dienst, und mein blöder Sergeant findet das auch.« Sie lächelte, doch ihre Augen waren tot, die Munterkeit in ihrer Stimme gekünstelt. »Also habe ich beschlossen, Urlaub zu machen. Ich wollte immer schon mal Aberdeen sehen ...«

»Für eine Polizistin bist du eine verdammt schlechte Lügnerin.«

Diesmal wirkte ihr Lächeln schon echter. »Meinst du?«

Sie räumten ein paar Sachen in Steels Gefrierfach zur Seite, um Platz für die Flasche Wodka zu schaffen, die Wiktorja aus Polen mitgebracht hatte, und setzten sich dann im Garten in die Sonne. Wiktorja fröstelte ein wenig, während Logan sich eine Zigarette anzuzünden versuchte. Das Ding wollte einfach nicht stillhalten und wich der Flamme immer wieder aus.

Wiktorja trank einen kleinen Schluck Instantkaffee. »Ich wusste gar nicht, dass du rauchst.«

»Tu ich auch nicht. Ich hab schon vor Jahren aufgehört, nachdem jemand mir die Eingeweide mit einem fünfzehn Zentimeter langen Messer durchlöchert hatte.« Er versuchte die Zigarette ruhig zu halten. »Komm schon, du Mistding …« Endlich fing sie Feuer. Er nahm einen tiefen Lungenzug. Hustete und spuckte. Verzog das Gesicht.

»Du solltest dir überlegen, wieder aufzuhören. Du kannst es nicht besonders gut.«

»Ob er schon kalt genug ist?«

»Nein. Zwanzig Minuten.« Sie griff wieder nach dem Foto von Krawtschenko und betrachtete es stirnrunzelnd. »Und du bist sicher, dass er hier ist?«

»Ja.« Logan schob das Phantombild über den kleinen gusseisernen Tisch. »Siehst du?« Er breitete den Rest von Gorzkiewicz' Dossier über Major Wadim Michailowitsch Krawtschenko auf dem Tisch aus.

Wiktorja beugte sich über die Kopien. Ihre Lippen bewegten sich lautlos, während sie las.

Logan entdeckte ein weiteres Bild; es hatte zwischen zwei Kopien gesteckt. Es war ein verblasstes Farbfoto, das einen mürrisch dreinblickenden Mann, eine hübsche Frau und ein kleines Mädchen zeigte. Der Mann stand ein wenig schief, als ob mit seinem Bein etwas nicht in Ordnung wäre. Gorzkiewicz – nach seiner Entlassung aus der polnischen Armee, und bevor er von Krawtschenko geblendet worden war. Mit seiner Frau und seiner Tochter – verbrannt in den Hochöfen von

Nowa Huta oder verkauft an irgendeinen Handlanger des Warschauer Politbüros.

Die Haare des kleinen Mädchens hatten *exakt* die gleiche Farbe wie die von Wiktorja. Und die Mutter sah ihr auch ein bisschen ähnlich. Und Wiktorja hatte gesagt, sie sei ganz in der Nähe von Krakau geboren worden … Nowa Huta war ganz in der Nähe von Krakau.

Hatte sie vielleicht deswegen alles darangesetzt, Gorzkiewicz zu finden?

»Weißt du was?«, sagte er, während er noch überlegte, wie er es am besten formulieren sollte. »Du hast genau die gleiche Haarfarbe wie Gorzkiewicz' Tochter.«

Wiktorja sah nicht einmal von dem Bericht auf, den sie las. »Vielleicht benutzt sie das gleiche Haarfärbemittel wie ich.«

»Oh.« Er ließ das Foto wieder auf den Tisch fallen und kam sich vor wie ein Idiot. So viel zu dieser Theorie.

Die Terrassentür ging auf, und Rennie kam in den Garten geschlendert, die Hände in den Hosentaschen. Er blieb stehen und starrte Wiktorja an, wobei seine Augenbrauen auf und ab hüpften wie liebestolle Raupen. »Na, willst du mich nicht deiner Freundin vorstellen?«

Logan legte seine Zigarette auf dem Rand einer Untertasse ab. »Nein.« Er entschuldigte sich, ging auf Rennie zu und schob ihn zurück ins Haus.

»He! Was hab ich denn getan?«

»Wir sind nicht hier, kapiert? Du hast uns nicht gesehen.«

Rennie glotzte ihn einen Moment lang verdattert an. Dann hellten sich seine Züge langsam auf, und er grinste anzüglich. »Schon verstanden.« Er zwinkerte Logan zu. »Kleines Auswärtsspiel, hm? Willst nicht, dass Sam was mitkriegt.« Er stieß Logan an. »Du Hund, du.«

Logan starrte ihn an. »Du bist ein Idiot. Wo ist Rory?«

Der Constable wies mit dem Daumen über die Schulter. »Im Wohnzimmer, zieht sich einen SpongeBob-Marathon rein.

Löst du mich vielleicht mal ab als Pädositter? Ich muss nämlich noch dies und das erledigen und ein paar Leute verhaften.« Er grinste. »Ich hab mir doch diese ganzen Überwachungsvideos angeschaut, nicht wahr? Also, es ist so –«

Logan war nicht interessiert. »Du hast Zeit bis drei. Wenn du bis dahin nicht zurück bist, sag ich Steel, dass du Susans Unterwäsche anprobiert hast. Sie wird dich grün und blau –«

»Ich zieh keine Damenunterwäsche an!« Der Constable hüstelte. »Na ja, also jedenfalls nicht ... mit dem ... Emma sagt ...« Er presste die Lippen aufeinander.

»Sieh bloß zu, dass du um drei wieder hier bist.«

Logan vergewisserte sich, dass die Haustür abgeschlossen war, und ging dann nach Rory Simpson sehen. Tatsächlich – der alte Mann saß im Wohnzimmer und schaute Kinder-Trickfilme. Auf die Frage, ob er etwas zum Mittagessen wolle, zuckte Rory nur mit den Achseln. Sein blaues Auge war nicht besser geworden, und seine Laune offenbar auch nicht.

»Mein Zahn tut weh.«

»Dann mach dir in der Mikrowelle eine Suppe warm.«

»Ich *will* keine Suppe.«

Logan seufzte. »Willst du den ganzen Tag schmollen?«

»Ich schmolle nicht.« Er starrte wieder auf den Bildschirm. »Und Sie haben mich geschlagen.«

»Ich habe doch gesagt, es tut mir leid.«

Rory rutschte auf dem Sofa hin und her und vergrub sein Hinterteil noch tiefer in den Polstern. »DI Steel hat mich nie geschlagen.«

»Na schön«, meinte Logan und machte die Tür wieder zu, »dann kannst du mich mal gernhaben.«

In der Küche nahm er zwei Schnapsgläser aus dem Schrank und die Flasche Wyborowa aus dem Gefrierfach und trug alles hinaus in den Garten. Der Wodka floss dick und ölig in die Gläser.

Er reichte Wiktorja ihres. »Und?«

Sie hob ihr Glas, sagte »*Na zdrowie!*« und kippte ihren Drink. Schloss die Augen. Und lächelte. »Schon besser.«

Logan leerte sein Glas ebenfalls in einem Zug und füllte nach.

Sie nahm ein Blatt Papier von dem Stapel auf dem Gartentisch. »Das hier«, sagte sie, »ist ein Bericht über sechs Entwicklungshelfer, die verdächtigt wurden, für die Mudschahedin zu spionieren. Krawtschenko schnitt ihnen die Ohren ab und warf sie einem streunenden Hund zum Fraß vor.« Wiktorja griff nach einem zweiten Blatt. »Hier geht es um einen alten Mann, den er gefoltert hat, um an Informationen über muslimische Dorfbewohner zu gelangen.« Sie deutete auf einen dritten Bericht. »Ein Soldat aus seiner Einheit wurde verdächtigt, Waren aus Militärbeständen auf dem Schwarzmarkt zu verkaufen. Krawtschenko stach dem Mann die Augen aus und goss Benzin in die Höhlen. Der Stabsunteroffizier lebte gerade noch lange genug, um vor die Tür gezerrt und erschossen zu werden.«

»Mein Gott.«

Es war warm im Garten, die kalte Wodkaflasche stand dampfend in der Sonne. Sie tranken, und Logan füllte ihre Gläser erneut. »Was ist mit den jüngeren Fällen?«

»Die Fakten sind nicht eindeutig. Die einen sagen, er arbeitet für die Russenmafia. Die anderen sagen, für eine polnische Bande.« Sie blies die Backen auf. »Es ist sehr heiß. Ist dir nicht heiß?« Sie versuchte ihre Jacke auszuziehen, aber mit der Schlinge war es ihr fast unmöglich. Logan half ihr. Unter der Jacke kam ein T-Shirt zum Vorschein, das sich straff über ihrer Brust spannte. »Aber«, sagte sie, »es spielt keine Rolle, für wen Krawtschenko arbeitet. Es läuft auf das Gleiche hinaus. Ihn interessieren nur zwei Dinge: Angst und Macht. Wenn er in Aberdeen ist, dann deswegen, weil seine Auftraggeber sich hier ausbreiten und die Kontrolle übernehmen wollen.«

Logan legte den Brief mit den Informationen über die *Buckie Ballad* und ihren Laderaum voller Waffen auf den Tisch. »Das Schiff trifft morgen Abend hier ein.«

»Dann steht euch ein Krieg bevor.«

Darauf noch einen Wodka.

60

DI Steel kam als Erste nach Hause, um halb sechs. Inzwischen war DC Rennie schon zurückgekehrt, hatte eine Tasse Tee geschnorrt und war wieder verschwunden. Steel schlappte zur Hintertür hinaus in den Garten, wo sie wie angewurzelt stehenblieb und Wiktorja anstarrte. »Wer ist das denn, bitte?«

Logan stellte sie einander vor und bot Steel einen Wodka an.

»*Aye*, nur zu.« Sie machte es sich auf einem der Gartenstühle bequem, während Logan ins Haus ging, um noch einmal das Gefrierfach zu plündern. Als er zurückkam, saßen Steel und Wiktorja über den verstreuten Inhalt des Krawtschenko-Dossiers gebeugt und unterhielten sich angeregt.

Sobald sie Logan kommen sahen, fuhren sie beide ruckartig hoch.

»Störe ich etwa?«

»Nein, nein«, sagte Steel.

»Wir haben uns nur unterhalten«, sagte Wiktorja.

Pause. »Okay …« Er stellte Steel ein sauberes Glas hin und goss es randvoll. Die Flasche leerte sich rapide.

Steel griff nach ihrem Drink, schnupperte daran, kippte ihn hinunter und knallte das Glas auf den Tisch. »Noch mal dasselbe.«

Logan schenkte ihr nach.

»Ich sag's euch«, meinte sie, »ich hab so einen beschissenen Tag hinter mir, das *könnt* ihr euch nicht vorstellen. Finnie hat mal wieder tierisch genervt. Sie müssen Creepy Colin gegen Kaution laufen lassen, und das soll jetzt plötzlich *meine* Schuld sein?« Sie leerte ihr zweites Glas. »Diese blöde Froschfresse müsste man mal vor die Tür bringen und nach Strich und Faden durchwalken. Ist noch was in der Flasche?«

Logan schenkte ihr noch einmal nach. »Also«, sagte er und begann die Unterlagen einzusammeln, »jetzt müssen wir aber los. Ich ruf' dich morgen früh an und –«

Steel packte seine Hand, als er gerade nach dem Foto eines Krawtschenko-Opfers greifen wollte. »Nicht so schnell. Susan und ich gehen heute Abend noch weg – irgend so ein Frauen-Selbsthilfegruppen-Gedöns à la ›Wir stricken uns unsere eigenen Tampons‹. *Du* hütest Rory.«

Logan stöhnte. »Kann das nicht Rennie –«

»Ach, nun jammer doch nicht wie ein kleines Mädchen. Dieser ganze Top-Secret-Quatsch ist doch eh auf deinem Mist gewachsen, da ist es ja wohl das Mindeste, dass du die Bewachung mit übernimmst. Wir sind so gegen zehn zurück. Bis dahin« – sie deutete auf das Küchenfenster, wo ein bleiches Gesicht mit einem blauen Auge zu ihnen herüberstarrte – »gehört der alte Sack ganz dir.«

»Ich fühl mich nicht wohl in dem Teil.« DI Steel trat von einem Fuß auf den anderen und zupfte an der Achselpartie ihrer blauen Seidenbluse herum.

»Hättest du dir nicht wenigstens die Haare bürsten können?« Susan griff in ihre Handtasche und nahm einen Kamm heraus. »Da.«

Logan beobachtete die beiden durch einen wabernden Wodkanebel. Sie hatten sich aus dem Garten in die Küche zurückgezogen, als Logans Stirn rot zu werden begann. Inzwischen spannte sich die Haut wie ein Luftballon kurz vor dem Platzen und war dick mit fettiger After-Sun-Creme eingeschmiert. Es brannte ein bisschen, aber er war schon so narkotisiert, dass es ihm egal war. Umso mehr, nachdem Steel den zehn Jahre alten Highland Park aus dem Schrank geholt hatte.

Wiktorja hatte am schottischen Whisky fast so schnell Gefallen gefunden wie Logan am polnischen Wodka. Sie saß immer noch draußen am Gartentisch. Das Handy ans Ohr gepresst, erstattete sie ihrem Sergeant drüben in Polen Bericht über die Krawtschenko-Akte und die Schiffsladung Waffen.

»Also ehrlich«, sagte Susan, während sie an ihrer Ehefrau herumnestelte, »du bist eine wandelnde Katastrophe. Und lutsch mal ein Pfefferminzbonbon oder so was – du hast eine Mordsfahne …«

Rory saß an der Frühstückstheke. Er trug immer noch sein OUT, LOUD, GAY AND PROUD!-T-Shirt und vertilgte eine Tüte Mini-Cheddars, indem er sich einen Käsekeks nach dem anderen in den Mund steckte und zu Brei lutschte, ehe er nach dem nächsten griff. »Also, *Sie* sehen jedenfalls *fabelhaft* aus, wenn Sie mich fragen, Susan.« Seine Zunge war mit einer dünnen Schicht Käsemansch überzogen. »Der erste Eindruck ist ja *so* wichtig … das hat mein Barry immer gesagt.« Er wischte eine imaginäre Träne weg.

»Oh, Rory, es tut mir ja so leid …«

Steel zerrte an ihrem Hosenbund. »Kann ich nicht einfach eine Jeans anziehen?«

»Nein.« Susan trat einen Schritt zurück und begutachtete ihr Werk. »Na, ich denke, so können wir dich lassen.«

»Aber ich *hasse* diese Hose, und sie rutscht mir immer total in die –«

»Sie steht dir *gut*.«

Rory hüpfte von seinem Hocker und nahm sich ein paar Schokokekse. »Sie sollten auf Susan hören – diese Hose schmeichelt Ihrem Hintern total. Glauben Sie mir, als Schwuler weiß ich so was einfach.«

Sie warf ihm einen finsteren Blick zu. »Ich schmeichel gleich deinem Hintern mit meiner Stiefelspitze!«

Susan errötete. »Roberta! Jetzt sei mal ein bisschen netter zu unserem Gast!«

»Ach« – Rory nahm Susans Hand –, »wenn doch alle so verständnisvoll wären wie Sie.« Er wirbelte sie im Walzerschritt durch die Küche. Sie kicherte, als er mit einer hohen, zittrigen Tenorstimme *Thank Heavens for Little Girls* zu singen begann.

Dieses kleine Arschloch.

Dieses widerliche kleine Kinderschänder-Arschloch.

Logan kippte den letzten Fingerbreit Whisky aus seinem Glas, stand auf und stellte sich ihnen in den Weg.

»Pardon, mein Bester« – Rory zwinkerte ihm zu –, »aber das hier ist kein Tanz mit Abklatschen. Sie müssen sich schon Ihre eigene Partnerin –«

Logan schlug ihm ins Gesicht. Mit aller Kraft.

Alles erstarrte. Rory hielt sich die Wange, taumelte rückwärts gegen die Arbeitsplatte und starrte mit Tränen in den Augen zu Logan auf. »Womit hab ich das verdient?«

»Schluss jetzt!« Jemand zerrte an Logans Ärmel, aber er achtete nicht darauf.

»Aber ich hab doch gar nichts –«

»Schluss jetzt, sag ich! Schluss mit der albernen Pädophilen-Comedy! Das ist verdammt noch mal nicht witzig!« Er zitterte am ganzen Leib, befeuert von Whisky und Empörung, die Hände zu Fäusten geballt, und wartete nur darauf, dass Rory etwas erwiderte. Egal was.

»Pädophil?« Susan starrte Logan an und dann Rory. Dann drehte sie sich zu Steel um. »Er ist ein *Pädophiler*? Du hast uns einen Pädophilen ins Haus gebracht?«

»Ich … wir … Ich wollte nicht, dass du dir Sorgen –«

»Wie kannst du es wagen? Verdammt, wie *kannst* du es wagen?«

Steel streckte die Hand nach ihr aus. »Susan, ich kann alles erklären: Es war –«

»RÜHR MICH NICHT AN!« Susan wich zurück und schoss wütende Blicke in die Runde. »Wie konntest du dieses *perverse Dreckschwein* in mein Haus bringen? Wie konntest du mich so anlügen?« Sie holte tief Luft und spuckte Rory ins Gesicht. »Dich hätte man gleich nach der Geburt ersäufen sollen!«

Der kleine Mann biss sich auf die Unterlippe und blinzelte. Blinzelte noch einmal. Eine dickte Träne quoll aus seinem rotgeränderten Auge und rann an seiner Nase entlang. Schließlich richtete er sich mühsam auf und schlich aus der Küche. Er schlug noch nicht einmal die Tür hinter sich zu.

Die Abendluft war lau, der meerblaue Himmel mit hohen weißen Wolkeninseln gesprenkelt. Aus einem der Nachbargärten kam das Geräusch eines Rasensprengers – *fssssssssssss, ftt, ftt, ftt, fssssssssssssss …* – durchsetzt mit Kinderlachen. Fette Tauben gurrten in der dichten grünen Hecke. Und alles zusammen machte Logan noch deprimierter, als er ohnehin schon war.

Wiktorja kam hinaus in den Garten, zog sich einen Stuhl heran und setzte sich ihm gegenüber in den Schatten eines großen Stechpalmenbuschs.

Logan blickte nicht auf. »Wie geht es Rory?«

»Du hättest ihn nicht schlagen dürfen.«

Womit sie wohl recht hatte.

»Er ist einfach …« Logan schloss die Augen. Atmete tief durch. »Die meiste Zeit ist er ja okay, aber …«

»Ich glaube, deine Vorgesetzte ist nicht besonders glücklich über dein Verhalten.«

Das war noch stark untertrieben. Susan war wutentbrannt hinausgestürmt und hatte erklärt, sie würde zu ihrer Mutter zurückgehen, und Steel war ihr hinterhergeeilt und hatte alles zu erklären versucht: Es sei nicht ihre Idee gewesen, sie sei von Anfang an dagegen gewesen, es sei alles Finnies Schuld, und wenn Susan nur einen Moment warten wollte, dann könnten sie über alles reden, und es sollte doch nur für ein paar Tage sein, und es tue ihr wirklich *total* leid …

Logan nahm noch einen kleinen Schluck Whisky und versuchte nicht an den enttäuschten und vorwurfsvollen Blick in Rorys Augen zu denken. »Es war keine Absicht.«

»Er sagt, es ist nicht das erste Mal, dass du ihn geschlagen hast.«

»Ich habe… Ich habe es nicht gewollt. Mir ist einfach die Hand ausgerutscht.«

Wiktorja starrte ihn an, aber Logan konnte ihr nicht in die Augen sehen.

»Ich weiß, dass Rory aussieht wie der nette alte Herr von nebenan, aber das ist er nicht. Wir haben ihn viermal dabei erwischt, wie er sich an kleinen Mädchen vergangen hat, die alle nicht älter als sechs waren. Der Himmel weiß, wie oft er ungestraft davongekommen ist. Ich habe einfach…« Er zog seine Zigaretten aus der Tasche, aber die Schachtel war leer. Er knüllte sie zusammen, warf sie weg und fuhr sich mit der Hand übers Gesicht. »Ich weiß auch nicht.«

Sie saßen eine Weile schweigend da und lauschten den Geräuschen des milden Donnerstagabends. Dann sagte Wiktorja: »Ich bin vom Dienst suspendiert worden, wegen der Vorfälle in Nowa Huta. Acht Monate Undercover-Arbeit, alles für die Katz.« Sie schnippte mit den Fingern. »Acht Monate habe ich versucht, Ehrlichmann davon zu überzeugen, dass ich eine Drogendealerin aus Warschau bin, die nach oben will. Acht Monate habe ich versucht, seine Schläger auszuquetschen, um an Informationen über Gorzkiewicz zu gelangen. Über den Uhrmacher.«

»Du hast *was* gemacht?« Logan starrte sie an.

»Ich war nicht hundertprozentig ehrlich zu dir. Aber –«

»Das kannst du verdammt noch mal laut sagen!«

Sie trank ihren Whisky aus. »Was hätte ich denn tun sollen? Es war schon schlimm genug, dass du wusstest, dass ich Polizistin bin.«

»Du hast undercover ermittelt? Wie kann das sein?«

»Hast du wirklich geglaubt, ich wäre in die Krakauer Marienkirche gegangen, um zu beten? Ich musste meinen Führungsoffizier kontaktieren und ihm mitteilen, dass wir eine Adresse von Gorzkiewicz hatten.«

Logan starrte sie wütend an. »Und kurz darauf versucht jemand, uns über den Haufen zu schießen.«

»Es tut mir leid. Ich hätte dich niemals nach Nowa Huta mitnehmen dürfen. Das war unverantwortlich.«

Logan griff nach seinem Whisky. Das Glas zitterte so, dass der Alkohol fast überschwappte. »Habt ihr ihn gefunden? Den Mann, den ich niedergeschossen habe?«

»Ich hätte Verstärkung anfordern sollen …«

»Habt ihr in den Krankenhäusern nachgefragt? In den Arztpraxen? Vielleicht ist er ja gar nicht tot.«

»Weißt du, wie viele Abteilungen hinter Gorzkiewicz her sind? Alle sind sie hinter ihm her. Ich hatte ihn schon vor dem Pistolenlauf, und ich habe ihn entkommen lassen.«

»Wiktorja!«

Sie blickte auf. »Was?«

»Wurde der Mann gefunden, den ich niedergeschossen habe?«

»Bei dem Trabant war eine Menge Blut, aber …« Sie zuckte mit den Achseln. »Die Krankenhäuser sind verpflichtet, jeden zu melden, der mit Schussverletzungen eingeliefert wird, deshalb hat Ehrlichmann seine eigenen Ärzte. Er will nichts mit der *policja* zu tun haben.«

»Du bist sicher, dass es Ehrlichmann war?«

»Ich bin sicher.«

»Und dein Führungsoffizier?«

»Ist verschwunden.«

Logan sackte auf seinem Stuhl zusammen und nahm einen großen Schluck Whisky. Aber er schmeckte nur Kordit und Betonstaub. »Jede Nacht. Ich träume jede Nacht von dieser verdammten Wohnung und dieser verdammten Explosion.«

Sie beugte sich über den Tisch und ergriff seine Hand. »Ich weiß.«

Mit der Uhr am Herd konnte irgendetwas nicht stimmen – sie blieb nie länger als zwei Sekunden am Stück scharf. Logan kniff ein Auge zu und versuchte es noch einmal. Es war sieben, und sie hatten der Flasche Highland Park mehr oder weniger den Garaus gemacht. Er wankte wieder hinaus in den Garten und nahm ein paar Tüten Zeugs mit. So Knusperzeugs eben. Mit Salz und Essiggeschmack und so.

Er stieß gegen den Tisch, und die Tüten fielen ihm aus der Hand. »Bitte, bedien dich.«

Wiktorja bediente sich, kämpfte mit einer gelben Tüte, und dann war plötzlich alles voller Erdnussflips. »Ups.« Sie stemmte sich hoch und wankte ein wenig vor und zurück.

Wahrscheinlich ein bisschen betrunken. Sie hatte ziemlich viel getrunken.

Logan machte einen Schritt auf sie zu und lehnte sich an die Gartenmauer, nur dass die verdammte Mauer nicht da war, wo sie sein sollte. Er taumelte ein wenig.

Wiktorja lachte ihn aus. »Du bist ja *pijany.*«

»Bin ich nicht.«

»Bist du doch. Du bist *pijany*. Betrunken.«

»Ich bin nicht *pijany*. Du bist *pijany.*«

Wiktorja reckte ihren nicht gebrochenen Arm in die Höhe und posierte als Freiheitsstatue. »Okay, ich bin *pijany.*« Sie nahm eines der kleinen gelben Erdnusswürmchen und legte es sich auf die Zungenspitze. Dann trat sie ganz nahe an ihn heran. »Wir sind beide *pijany.*«

Logan grinste. »Ich bin nicht *pijany*, ich bin ein Idiot.«

»Nein, du bist kein Idiot.« Ihre Züge wurden weicher. Und plötzlich küsste sie ihn – ein Zungenkuss mit Erdnussgeschmack an einem sonnenverwöhnten Donnerstagabend.

Oben in einem der Gästeschlafzimmer kämpften sie sich aus ihren Kleidern. Logan half Wiktorja mit den Knöpfen und Reißverschlüssen, die sie mit dem Arm in der Schlinge nicht aufbekam. Eng umschlungen fielen sie aufs Bett. Küssten und begrabschten und befummelten sich. Sie hatte die Wahrheit gesagt – sie war gar keine echte Blondine …

Und dann ging plötzlich gar nichts mehr.

Logan löste sich von ihr und wälzte sich auf den Rücken. »Ich kann das nicht.«

Sie rappelte sich hoch, bis sie auf ihn hinabsehen konnte und ihre Brüste über die vernarbte Haut an seinem Bauch strichen. »Magst du mich nicht mehr?«

»Doch. Es ist nur … Ich kann das einfach nicht.« Er stöhnte unwillkürlich auf, als sie ihn an einer intimen Stelle packte.

»Der hier meint aber, dass du es sehr wohl kannst.«

Tote Hundebabys. Warzen. DI Steel im Stringtanga. Das letzte Bild hatte den gewünschten Effekt, und Wiktorja sagte: »Oh … jetzt nicht mehr.«

»Ich mag dich, ganz ehrlich, aber wir sind *pijany*. Und außerdem habe ich eine Freundin.«

»Wirklich? *Cholera*.« Sie setzte sich auf. »Ist sie hübscher als ich?« Dann boxte sie ihn in den Oberschenkel. »Wie kommst du dazu, eine Freundin zu haben?«

»Es ist kompliziert, und –«

Das langgezogene, sonore *Binnnnng-bonnnnng* der Türglocke erlöste ihn. Logan sprang aus dem Bett und in seine Hose, ohne sich in der Eile mit Unterhose oder Socken aufzuhalten. »Ich sollte besser aufmachen.«

»Warte, wir haben doch nicht –«

Er machte die Schlafzimmertür hinter sich zu und streifte sein Hemd über, während er barfuß die Treppe hinunterpolterte.

Binnnnng-bonnnnng.

»Ich komm ja schon.« Als er die Haustür erreichte, hatte er das Hemd schon zugeknöpft und in die Hose gesteckt.

Binnnnng-bonnnnng.

»Ich sag doch, ich komme! Herrgott …« Durch die gewellte Glasscheibe neben der Tür konnte Logan eine verzerrte Silhouette erkennen. Er hakte die Kette aus – wobei er sich enorm konzentrieren musste, damit seine betrunkenen Finger ihm gehorchten – und schob dann den Riegel zurück.

Die Tür ging auf.

Auf der Schwelle stand ein Muskelberg: Eins fünfundachtzig groß und fast genauso breit, Arme wie Baumstämme, kantige Gesichtszüge, Vokuhila-Frisur mit sehr wenig Vo. Krawtschenkos rechte Hand.

Logan brachte noch ein »Oh, Sch…« heraus, da krachte die Faust auch schon in seine Magengrube. Er krümmte sich, alle Luft wich mit einem gequälten Ächzen aus seiner Lunge, dann versagten seine Beine den Dienst, und er fiel hart auf die schwarzweißen Fliesen.

Der Kleiderschrank trat über die Schwelle, packte Logan an den Fußgelenken und schleifte ihn weiter in den Hausflur. Dann ging er zurück und schloss die Tür.

Logan versuchte sich umzudrehen, versuchte aufzustehen, aber er konnte sich kaum rühren.

Schrei! Du musst Wiktorja warnen – TU IRGENDWAS!

Der Kleiderschrank schob den Riegel vor.

Logan schöpfte rasselnd Atem. O MANN, tat das weh.

Der hünenhafte Pole hockte sich auf Logans Brustkorb. Griff ihm mit einer Hand in die Haare und holte mit einer gewaltigen Faust aus. »*Dobranoc, policyjna suko.*«

Dann wurde es dunkel.

62

Ein heftiger, stechender Schmerz. Logan stöhnte, hustete, schlug die Augen auf. Und wünschte dann inständig, er hätte es nicht getan.

Er befand sich in einer Art Lagerhalle. Goldenes Sonnenlicht strömte durch mehrere kleine Fenster sechs Meter über seinem Kopf, und eine Reihe zum Teil abgebauter Metallregale warf Schatten auf den schmutzigen Betonfußboden.

Er lag auf der Seite, die Arme hinter dem Rücken; die Schultern taten ihm weh, und alles andere auch. Handschellen oder Kabelbinder um die Handgelenke, das Gleiche an den Füßen.

Scheiße. Nicht gut. Gar nicht gut.

Sein Magen schmerzte, und sein Kopf fühlte sich an, als ob irgendetwas sich mit Gewalt daraus zu befreien versuchte. Ein wüster Kater, der mit einem Faustschlag ins Gesicht um die Vorherrschaft kämpfte. Sein Mund schmeckte nach Blut, und ein Zahn war locker.

Verdammter Mist.

Logan hustete noch einmal, und die Bewegung ließ eine neue Welle brennender Schmerzen durch seinen vernarbten Bauch schießen. Er krümmte sich und sog zischend die Luft durch die Zähne …

»Ah, Sie sind wach. Das ist gut.« Eine Stimme mit ausgeprägtem osteuropäischem Akzent. »Dreh ihn um, Grigor.«

Der Kleiderschrank tauchte auf, zerrte Logan am Kragen hoch und schwang ihn um neunzig Grad herum, um ihn dann wieder fallen zu lassen. Und da war er: Wadim Michailowitsch

Krawtschenko. Er sah fast genauso aus wie auf Rory Simpsons Phantombild.

Nur dass er diesmal lächelte. »Freut mich außerordentlich, dass Sie uns können Gesellschaft leisten, Detective Sergeant. Ich hatte mir schon Sorgen gemacht, dass Grigor Sie zu fest geschlagen. Er immer noch böse, weil Sie ihn damals mit Pfefferspray besprüht.« Er blickte kurz auf. »Grigor, bitte zu holen unsere anderen Gäste.«

Wieder ein Grunzen. Grigor erschien und verschwand gleich darauf durch eine Seitentür. Kurz sah Logan blauen Himmel und grünes Gras aufblitzen, ehe die Tür wieder ins Schloss fiel.

»Nun«, sagte Krawtschenko und ging vor Logan in die Hocke, »Detective Sergeant, Sie sind Mann von Ehre, ja?«

Logan hustete erneut und spuckte einen Mundvoll Blut aus – zielte nach dem Russen, verfehlte ihn aber weit.

Der Russe lächelte. »Feuriger Mann auch. Das gefällt mir.« Er knöpfte die Manschetten seines Hemds auf und krempelte die Ärmel bis zu den Ellbogen hoch. »Sie wissen, wer ich bin, ja?«

»Damit kommen Sie nicht durch.«

Gelächter. »Gibt wirklich Leute, die so reden? Wie in schlechtem Film – ist großes Klischee.« Er zog etwas aus der Hosentasche. Es war ein Schweizer Offiziersmesser. »Ich schlage Ihnen Geschäft vor.« Er legte das Messer zwischen Logan und sich auf den staubigen Betonboden. »Ich will Aberdeen. Ich will seine Drogen und seine Prostituierten. Sie wollen langes, glückliches Leben. Ist fairer Tausch, nicht?«

»Ich bin Polizist. Wenn Sie mich umbringen –«

»Nein, nein, keine Sorgen. Ich nicht umbringen Sie.« Er holte eine kleine Dose Feuerzeugbenzin hervor und stellte sie neben das Messer.

Gütiger Himmel.

Die Seitentür flog mit einem Knall auf, und Rory Simpson

wankte herein, die Hände gefesselt, die Nase in seinem blutigen Gesicht mit deutlicher Schlagseite. Als Nächstes erschien Grigor. Er hatte eine halb bekleidete Frau über die Schulter geworfen, die sich heftig wehrte. Wiktorja. Sie trug nur Jeans und einen BH und war an Händen und Füßen gefesselt. Ein Knebel aus Klebeband erstickte ihre Schreie.

Krawtschenko zeigte auf eine Stelle am Boden. »Danke, Grigor. Da drüben.«

Der kräftige Mann legte Rory die Hand ins Kreuz und stieß ihn zu Boden. Anschließend wurde Wiktorja unsanft neben ihm abgeladen.

Logan schlug mit den Füßen auf den Beton. »Lassen Sie die beiden frei!«

»Ich glaube, dass nicht.« Krawtschenko griff nach dem Messer. »Sie werden arbeiten für mich. Sie werden meine … wie man sagt? Meine Augen und Ohren sein. Ja?«

»Ich dachte, Sie hätten schon einen korrupten Bullen in der Tasche.«

Krawtschenko runzelte die Stirn. »Was ist ›Bulle‹?«

»Einen Polizisten. Sie haben doch schon so ein Dreckschwein, das für Sie arbeitet, wieso brauchen Sie da noch mich?«

»Ah, verstehe … verzeihen, ich kenne nicht Ihre Sprache so gut.« Er klappte eine gebogene Klinge des Messers auf. »Ein Geschäftsmann kann nie haben zu viele Personal. Also: Sie werden arbeiten für mich, ja?«

Logan schloss die Augen. Kniff sie fest zusammen, als ob sie dadurch vor Stichen gefeit wären. »Ja. Ja, ich werde für Sie arbeiten. Wenn Sie uns nur alle gehen lassen.«

»Gut. Das ist gut.«

Logan spürte eine Hand auf seiner Schulter und zuckte zusammen.

»Nun, nur für den Fall, dass Sie zu lügen … Grigor, bring den Dicken.«

Rory schrie.

Logan schlug die Augen auf. Grigor schleifte Rory über den Boden. Der kleine Mann trat und schlug unablässig um sich, Tränen strömten ihm übers Gesicht. »TUN SIE DOCH ETWAS! BITTE! LASSEN SIE NICHT ZU, DASS SIE MIR WEHTUN!«

Logan blickte zu Krawtschenko auf. »Sie haben deutlich gemacht, dass es Ihnen ernst ist. Ich lüge nicht – ich werde alles tun, was Sie verlangen. Lassen Sie ihn frei.«

Krawtschenko schüttelte den Kopf. »Zuerst wir müssen uns um Mr. Simpson kümmern. Grigor?«

»SIE HABEN ES VERSPROCHEN! SIE HABEN GESAGT, DASS SIE … urgh –«

Der stämmige Mann schlang den Arm um Rorys Hals und zog seinen Kopf nach oben, während er mit der anderen von oben auf seinen Schädel drückte, um ihn zu fixieren. Als Rory schrie, kam nur ein gedämpftes Quieken heraus.

Krawtschenko nahm Rorys unteres Augenlid zwischen Finger und Daumen und zog es nach unten. »Wie kann man sein Augenzeuge ohne Augen?«

»Das muss doch nicht sein!«, rief Logan. »Ich habe gesagt, dass ich für Sie arbeiten werde!«

Die gebogene Klinge blitzte kurz im Sonnenlicht, das durch die Fenster der Lagerhalle fiel. Und dann drang sie ein, genau zwischen Lid und Augapfel. Eine Drehung des Handgelenks, und Blut strömte über Rorys Gesicht, sickerte in Grigors Ärmel. Wieder ein erstickter Schrei. Und dann segelte ein blutiges Auge durch die Luft und kullerte vor Logans Füßen durch den Staub.

»O mein Gott …«

Noch mehr Schreie.

Logan wurde übel.

Eine Minute später gesellte sich das zweite Auge zum ersten. Schmutzkörnchen klebten an der glänzenden, blutbefleckten Oberfläche, als es vor Logan ausrollte.

Blau. Sie waren beide blau. Da lagen sie und *starrten* Logan an.

Die Schreie verstummten. Rory sackte zusammen, und Grigor ließ ihn zu Boden gleiten.

Krawtschenko griff nach dem Feuerzeugbenzin. »Mit dem Brennen man muss sehr vorsichtig sein. Zu viel, und sie sterben. Zu wenig…« Achselzucken. »Hat sonst kein Sinn, sie überhaupt zu brennen, oder?«

Er schnippte die kleine rote Verschlusskappe auf, und Grigor stieß Rory an, sodass er auf den Rücken rollte. Die Augen des kleinen Mannes waren nur noch zwei zerklüftete Schlitze inmitten von glänzendem Rot. Logan konnte nicht hinsehen.

Der Geruch von verbranntem Fleisch.

Das Geräusch von knisternder Haut.

63

Die Autotür ging auf, und Logan fiel hinaus. Seine Hände waren immer noch auf dem Rücken gefesselt, und so schlug er ungebremst auf der harten Erde auf und blieb stöhnend liegen, umfangen von klaustrophobischer Dunkelheit. Er hatte keine Ahnung, wo er war.

Klonk. Dann das Knirschen von Schritten auf trockener Erde. Es kam näher – jemand ging um den Wagen herum auf ihn zu. Grobe Hände packten seine Schultern, zerrten ihn vollends aus dem Wagen. Und dann wurde es plötzlich hell, als Krawtschenko Logan die Tüte vom Kopf zog. Der Wechsel von pechschwarzer Finsternis zu grellem Sonnenschein war jäh und schmerzhaft.

Sie befanden sich auf einem von Bäumen umstandenen Parkplatz außerhalb der Stadt. Ein Randstreifen, überwuchert mit Löwenzahn und Brombeersträuchern. Ein alter Sessel, der Stoff zerschlissen und fleckig. Ein aufgeplatzter Müllsack, dessen Inhalt im Unterholz verstreut lag.

Krawtschenko sah grinsend auf ihn hinunter. »Bitte zu erinnern, Detective Sergeant, dass Sie tun, was man Ihnen sagt. Dann alles wunderbar.«

»Lassen Sie sie frei.«

»Tut mir leid, aber Polizeihauptmeisterin Jaroszewicz ist zu bleiben bei mir, bis ich kann Ihnen trauen.« Krawtschenko setzte einen Fuß auf Logans Schulter und drehte ihn auf den Rücken. »Sie haben gestellt Fragen über Krystka Gorzałkowska, ja? Sehr hübsches Mädchen, ist gut, aber nicht mag zu machen

Filme mit Männern, will gehen zu *policja*, aber Grigor spielt mit ihr. Sehr grob.« Das Lächeln verschwand. Er deutete mit dem Daumen auf seinen Fahrer. »Wenn ich nicht kann Ihnen zu trauen, dann Polizeihauptmeisterin Jaroszewicz wird geblendet. Aber lasse ich Grigor zuerst mit ihr zu spielen. Und wenn er ist fertig mit ihr, ich lasse ihn zu spielen mit Ihnen.«

Grigor, der an dem schwarzen BMW lehnte, grinste.

»Und bitte zu erinnern, ich habe, wie Sie sagen, ›korrupte Bulle‹, und wenn Sie versuchen mich zu reinlegen, ich werde erfahren.« Krawtschenko zog ein Mobiltelefon aus der Tasche und legte es neben Logans Kopf auf den Boden. »Wenn ich brauche Sie, ich rufe an, ja?«

Logan schielte zu dem wolkenlosen blauen Himmel auf und versuchte abzuschätzen, wie viel Zeit vergangen war, seit sie die Lagerhalle verlassen hatten. Eine halbe Stunde? Vierzig Minuten? »Sie müssen Rory in ein Krankenhaus bringen.«

»Warum Sie kümmern? Er ist Vergewaltiger von Kinder, ja?« Der alte Mann breitete die Arme aus. »Aber Sie leben, Sie haben immer noch beide Augen. Heute ist glückliche Tag für Sie.«

Logan wand sich auf der Erde und zerrte an seinen Fesseln.

»Sie wollen vielleicht, dass ich zu losbinden Sie, ja?« Krawtschenkos Lächeln war wieder da. »Aber Sie sind findige Mann. Sie schon kommen zurecht, ich denke.« Und dann stieg er wieder ins Auto. »Ich lasse von mich zu hören. Grigor?«

Die Wagentür fiel ins Schloss, der Motor heulte auf, die Reifen drehten auf dem trockenen Boden durch, Schotter und kleine Steinchen spritzten auf, als der BMW auf die Straße schoss. Logan sah ihm nach, bis er aus seinem Blickfeld verschwunden war. Dann drehte er sich um und übergab sich.

Humpelnd und auf bloßen Füßen schleppte er sich am Straßenrand entlang. Er hatte versucht, auf dem Grünstreifen zu gehen, aber das Gras war voller spitzer Steine und kaputter Flaschen. Und noch so eine tiefe Schnittverletzung konnte Logan nun *wirklich* nicht gebrauchen.

Er lutschte an der Wunde in seinem linken Handballen. Wahrscheinlich würde er eine Tetanusspritze brauchen. Das kam davon, wenn man einen Strang Kabelbinder mit dem rostigen Deckel einer Bohnendose durchschneiden musste.

Er konnte von Glück sagen, dass er noch alle Finger hatte.

Wieder zog er das Handy aus der Tasche, das Krawtschenko ihm gegeben hatte, und tippte auf den Tasten herum, wie schon ein Dutzend Mal zuvor, seit er sich von den Fesseln befreit hatte. Immer noch kein Glück. Irgendwie hatten sie es geschafft, das Ding zu sperren, sodass es nur eingehende Anrufe zuließ. Krawtschenko konnte ihn anrufen, aber Logan konnte niemanden anrufen.

Er ging weiter.

Es war eine wenig befahrene Straße, irgendwo nördlich der Stadt, den Hubschraubern nach zu urteilen, die ab und zu hoch oben am Himmel vorbeibrummten, auf dem Weg zu den Ölbohrinseln oder zurück.

Und dann war da ein neues Geräusch – ein Automotor. Es kam näher. Wurde aber auch Zeit. Er humpelte in die Mitte der Fahrbahn und schwenkte die Arme über dem Kopf.

Ein roter Kleinwagen kam um die Kurve geschossen. Er hatte mindestens neunzig Sachen drauf, und der Fahrer machte keine Anstalten, abzubremsen. Logan sprang im letzten Moment auf den Randstreifen, während der Fahrer wild hupte. »*Tröööööööööööööööt!*«

Logan gab ihm einen gereckten Mittelfinger mit auf den Weg. »Arschloch!«

Fünf Minuten später kam ein Traktor die Straße heraufgerumpelt. Die riesigen, schweren Reifen pflügten das Gras links und rechts der Fahrbahn um, und der Bauer war zu sehr damit beschäftigt, in sein Handy zu quasseln, um Logan zu bemerken, der gestikulierend vor ihm auf der Straße stand. Erst im letzten Moment blickte er auf, und seine Augen weiteten sich.

Der Traktor kam mit einem Ruck zum Stehen, begleitet vom Ächzen der Luftdruckbremsen und einer Flut von Verwünschungen.

Logan ging auf die Kabine zu und gab dem Fahrer durch Handzeichen zu verstehen, dass er stehenbleiben solle. »Sie müssen mir –«

»Sie verdammter Idiot!« Der Bauer stieß die Tür auf und schrie zu Logan hinunter: »Sind Sie lebensmüde oder was?«

»Polizei – geben Sie mir Ihr Handy.«

»*Was?* Habt ihr Kerle nichts Besseres zu tun, als unbescholtene Verkehrsteilnehmer zu schikanieren?«

Logan streckte die Hand aus. »Das Telefon. Los.«

»Ich hab bloß meine Mailbox abgehört!«

»Ist mir scheißegal, von mir aus können Sie Telefonsex mit Prinz Philipp haben, aber geben Sie mir endlich das verdammte Handy!«

Der Bauer starrte ihn verdrossen an. »Verfluchtes Pack. Wenn's nach mir ginge –«

»Soll ich Sie noch mal mit einer Verwarnung davonkommen lassen, oder würden Sie lieber in den Knast wandern?«

Er machte den Mund zu. Rutschte auf seinem Sitz hin und her. »Tut mir leid, Officer.« Er warf das Handy aus der Kabine, und Logan fing es auf, ehe es im Dreck landen konnte, um dann aus dem Gedächtnis Steels Nummer zu wählen.

Sie meldete sich beim zweiten Läuten. »*Wer ist da?*«

»Du musst mir –«

»*DU!*«

Logan zuckte zusammen und hielt das Handy vom Ohr weg, während Steel schimpfte und tobte.

»*Was hast du mit meinem Haus gemacht? Da lass ich dich mal fünf Minuten allein, und schon sieht's aus, als hätte eine Bombe eingeschlagen! Der Fernseher hat Tausende Pfund gekostet, du –*«

»Sie haben Wiktorja in ihrer Gewalt. Krawtschenko und sein Handlanger… sie haben Rory die Augen ausgestochen.«

Stille am anderen Ende.

»Roberta?«

Noch mehr Gefluche. »*Bist du* sicher, *dass sie Rory erwischt haben? Wir hatten keinen Anruf und nichts, also ist er vielleicht nur –*«

»Ich war dabei. Ich habe ihnen dabei zugesehen.«

»*WAS hast du?*«

»Ich hatte keine Wahl, okay? Ich war gefesselt. Das Entscheidende ist, dass sie Wiktorja haben.«

»*Wo bist du?*«

»Hörst du mir eigentlich zu?«

»*Beantworte meine Frage, Mann!*«

»Herrgott noch mal…« Logan drehte sich langsam im Kreis, konnte aber immer noch nichts Bekanntes sehen. »Augenblick.« Er ging zum Traktor zurück und rief zum Fahrer hinauf: »Wo ist hier die nächste Ortschaft?«

Der Mann tippte auf die Scheibe seiner Kabine. »Whitecairns ist ungefähr zwei Meilen in diese Richtung.« Dann räusperte er sich. »Dieser Anruf… ist doch hoffentlich kein Ferngespräch, oder? Ich hab nämlich nur noch fünf Pfund Guthaben, und –«

Logan kehrte ihm den Rücken zu und humpelte ein Stück die Straße entlang. »Sie haben mich nördlich der Stadt ausgesetzt. Du musst dieses Ortungsteil an Rory Simpsons Fußfessel aktivieren lassen. Vielleicht ist Wiktorja ja noch bei ihm.«

»*Verdammter Mist, Bain wird im Dreieck springen, wenn er das erfährt… Wieso hab ich mich von dir dazu beschwatzen lassen?*«

»Es ist nicht meine Schuld! Sie sind ins Haus eingedrungen und –«

»*Ist mir egal – sieh zu, dass du deinen Arsch hierher bewegst, aber dalli!*«

Logan versprach, sein Möglichstes zu tun.

Der Bauer setzte ihn im Industriegebiet an der Denmore Road im Stadtteil Bridge of Don ab. Dort winkte Logan ein Taxi heran. Er hatte Steel die Nummer des anonymen Handys genannt, das Krawtschenko zurückgelassen hatte, und jetzt hielt er das Ding in der Hand und war sich nicht sicher, ob er wollte, dass es läutete, oder nicht.

Durch das Autofenster sah er, dass der Himmel zu einem fahlen Blaugrau verblasst war; und dort, wo die Sonne am Horizont versank, war das feuerrote Glühen in einen schwachen gelblichen Dunst übergegangen, der bald schon hinter den dunklen Silhouetten der Häuser verschwand. Sie waren schon fast am Ende der King Street angelangt, als das fatale Handy irritierende Piepsgeräusche von sich zu geben begann.

Er warf einen Blick aufs Display – DI Steel.

»*... als ob ich Gedanken lesen könnte? Setzen Sie Ihren Arsch in Bewegung und –*«

»Hallo?«

»*– Sekunde. Laz? Wo bist du?*«

»Kurz vor dem Präsidium – maximal noch zwei Minuten.«

»*Neuer Plan. Wir haben Rory lokalisiert – Ist mir egal. Seh ich aus, als ob mich das interessiert? Tun Sie's einfach! – Hallo?*«

»Hallo?«

»*Die Sportplätze auf der anderen Flussseite, gegenüber von Duthie Park. Und wenn du hier bist, kannst du mir mal verklickern, wie ich eine verdammte Suchaktion organisieren soll, ohne irgendwem etwas zu sagen!*«

Das Gras war kühl unter Logans nackten Füßen, als er vorsichtig die Böschung an der Abbotswell Road hinunterstieg und sich bemühte, im abendlichen Dämmerlicht nicht in irgendetwas Ekliges zu treten. Zur Rechten wurde der Park von einem hohen Maschendrahtzaun abgeschlossen, und dahinter zeichneten sich schemenhaft die Umrisse eines Gebäudes vor dem dunkler werdenden Himmel ab.

Auf der anderen Seite des Parks führten ein paar Leute ihre Hunde spazieren. Sie schienen das kleine Grüppchen nicht zu bemerken, das sich am Flussufer mit Taschenlampen durchs Unterholz arbeitete.

Logan humpelte weiter.

DI Steel stand fünf oder sechs Meter vom Ufer entfernt, die Hände in den Hosentaschen, eine Zigarette im Mundwinkel, und starrte mit grimmiger Miene aufs Wasser hinaus. »Die haben mein Haus ruiniert.«

Oben an der Straße plärrte eine Autohupe.

Logan blickte sich um. »Kann mir mal jemand zwanzig Pfund leihen? Ich muss das Taxi bezahlen, und –«

»Wie konntest du zulassen, dass sie ihn blenden?«

»Ich habe es nicht –«

»Verdammt, er war ein Gefangener und in *deiner* verdammten Obhut!«

»Sie sind eingebrochen! Ich hatte keine –«

Sie bohrte Logan den Finger in die Brust. »Wenn er tot ist, übernehme ich nicht die Verantwortung, kapiert?«

Logan richtete den Blick gen Himmel und dann wieder auf Steel. »Was sollte ich denn tun? Ich war gefesselt, und sie haben mich meilenweit außerhalb der Stadt ausgesetzt.« Er hielt die Hand hoch und zeigte ihr die gezackte rote Linie, wo ihm der Dosendeckel die Haut aufgeschlitzt hatte. »Ich hab mir fast die Hand abgeschnitten bei dem Versuch, mich zu befreien!«

»Du hättest besser …«

»Was? Was hätte ich tun sollen? Bitte, sag es mir, denn mir will ums Verrecken nichts einfallen!« Er schrie jetzt. »WAS ZUM HENKER HÄTTE ICH TUN SOLLEN?«

Sie seufzte, nahm die Zigarette aus dem Mund und deutete mit der glimmenden Spitze auf die Reihe von Taschenlampen, die immer noch unten am Fluss herumwuselten. »Ich habe vier Leute, die nach ihm suchen. *Vier.* Mehr konnte ich nicht kriegen, ohne Bain oder Finnie zu sagen, dass wir Rory verloren haben. Denn wenn das passiert, sind wir beide aber so was von geliefert.«

»Ich hatte keine Wahl.«

Das Taxi hupte wieder, und diesmal brüllte Logan nach oben: »UND DU KANNST MICH AUCH MAL!«

Er sank zu Boden und saß zitternd da, die Knie an die Brust gezogen.

»Alles okay?«

»Sie haben Wiktorja.«

»Ich weiß.« Steel legte ihm die Hand auf die Schulter. »Wir werden sie finden. Bain hat eine große Pressekonferenz angesetzt, der komplette Affenzirkus. Und schau mich nicht so an – ich musste es ihm sagen, okay? Wir werden das mit Rory so lange geheim halten, wie wir können, aber – ach du Scheiße …« Das Airwave-Funkgerät in ihrer Tasche piepste. Sie zog es heraus und sagte: »Mhm, ist er …? … Aha.«

Unten am Fluss schwenkte jemand seine Taschenlampe hin und her, um sie auf sich aufmerksam zu machen.

Sie hatten Rory Simpson gefunden.

64

Am liebsten wäre er in eine Flasche eisgekühlten Wodka gekrochen und für immer dringeblieben. Stattdessen saß er allein in seinem schrottigen braunen Fiat, den er in einem dunklen Winkel am Commercial Quay geparkt hatte. Die Scheinwerfer hatte er ausgeschaltet, während er dem wirren Geschnatter einer typischen Aberdeener Nachtschicht lauschte.

»Aye, *hier Alpha Eins-Neun, sind grad ums Trinity Centre rum, und da ist keine Sau. Muss wohl blinder Alarm gewesen sein …*« – »*Haben gerade drei alkoholisierte Teenager auf der Holburn Street aufgegriffen …*« – »*Verstanden, Leitstelle, sind auf dem Weg in die Seafield Road …*« – »*… könnt ihr mal Folgendes durch den Computer jagen: blauer Renault Clio, amtliches Kennzeichen Sierra Whisky null sieben …*«

Das musste man dem Leiter des CID lassen – die Einzigen, die von der Operation Schleppnetz wussten, waren die beteiligten Beamten, alle von Bain handverlesen. Komplette Funkstille, während sie auf die *Buckie Ballad* warteten.

Geschätzte Ankunftszeit: 1 Uhr 50.

Der Hafen von Aberdeen war riesig: zwei künstliche Becken, angefüllt mit öligem Wasser, und dazu ein großes Stück Flussmündung des River Dee, das Ganze gesäumt von Lagerhäusern und riesigen Tanks voller Chemikalien und Benzin. Der Commercial Quay lag genau in der Mitte, und dieser Abschnitt, unten am Fischmarkt, war fast leer – nur eine Handvoll parkender Autos und ein gewaltiger Berg Bauholz, das für Finnland bestimmt war.

Das kleine graue Schulschiff der Royal Navy war das einzige, das in dieser Nacht hier vor Anker lag; das nächste war ein riesiges Offshore-Versorgungsschiff, das an der gegenüberliegenden Seite des Albert Basin festgemacht hatte.

Schön ruhig. Schön dunkel. Schön abgelegen.

Logan trommelte einen Wirbel auf dem Lenkrad, schlug sich die verbundene Hand an und zuckte zusammen. Vier Stiche, eine Tetanusspritze und eine kleine Packung schwacher Schmerztabletten, kaum stärker als Paracetamol – als ob das irgendetwas bringen würde.

Viertel vor eins. Noch eine gute Stunde.

Er wischte sich mit der unverletzten Hand über die Augen.

Was zum Teufel sollte er machen? Wenn Krawtschenko erfuhr, dass seine Schiffsladung Waffen abgefangen worden war, würde er Wiktorja blenden. Falls sie nicht schon tot war. Vergewaltigt, erdrosselt und in den Straßengraben geworfen. Und nur, weil Logan alles verbockt hatte.

»Alpha Drei-Neun an Leitstelle, haben einen tödlichen VU auf dem South Anderson Drive …« – »… häuslicher Zwischenfall in Hazlehead – könnt ihr das übernehmen?« – »… in einen Ladeneingang gepinkelt …« – »… Schlägerei vor diesem neuen Nachtclub in der Windmill Brae …«

Die Beifahrertür ging auf, und DI Steel ließ sich stöhnend auf den Sitz fallen. »Bain dreht total durch.«

Logan hielt den Blick auf die Windschutzscheibe gerichtet. »Wie geht's Rory?«

»Beschissen. Und sag jetzt nicht, dass ich der Fluchkasse fünfzig Pence schulde, das ist mir nämlich wurst. Sie können nichts für ihn tun, können ihn nur mit Beruhigungsmitteln und Schmerzmitteln vollpumpen, bis er nicht mehr aus den Augen gucken kann … Na ja, du weißt schon, was ich meine. Das arme Schwein hat sich zwanzig Meter weit geschleppt, durch ein Loch im Zaun und weiter bis ans Flussufer. Zum Glück ist er irgendwann ohnmächtig geworden, sonst wär er am Ende noch reingefallen und ertrunken.« Sie seufzte. »Obwohl, vielleicht war das ja gerade die Absicht?« Sie rutschte auf dem Sitz hin und her. »Hast du zufällig Kippen da?«

In der Schachtel waren nur noch drei. Er gab Steel eine, sie steckte sie an und blies eine Rauchwolke durch die offene Tür in die Nacht hinaus. Logan schloss sich ihr an.

»Wie man hört«, sagte sie, »steht uns eine ›strenge Überprüfung durch die Interne Dienstaufsicht‹ bevor. Und du weißt, was das bedeutet.«

Sie paffte eine Weile schweigend vor sich hin. »Wie spät ist es?«

Logan sagte es ihr, und sie stöhnte.

»Ich sag's dir, ich hoffe bloß, dass das nicht wieder ein Reinfall wird heute Nacht. Wenn wir denen nicht diese Schiffsladung Waffen präsentieren können, sind wir im Arsch.«

»Ich geh mir ein bisschen die Beine vertreten, kann ich dir was mitbringen?«

»Tee, ein Bacon-Sandwich und ein dickes, fettes Wunder.«

Er fand eine kleine Bäckerei in der Market Street, die noch geöffnet hatte und arterienverstopfende Köstlichkeiten für die Nachtschicht vom Hafen feilbot. Logan kaufte zwei Käse-Zwiebel-Pasteten für sich selbst und ein Bacon-Sandwich für Steel und schlug dann den Weg zurück zum Hafen ein, beladen mit einer warmen Plastiktüte und zwei Styroporbechern. Er hatte schon fast das Auto erreicht, als etwas in seiner Hosentasche zu klingeln anfing.

Wahrscheinlich Steel, die wissen wollte, wo ihr Tee blieb. Er stellte die Tüte auf dem Boden ab und zog das Handy aus der Tasche. »Ich komm ja schon, okay? Ein alter Mann ist doch kein D-Zug!«

»*Detective Sergeant, Sie sind nicht mehr gefesselt, ich denke.*« Nicht Steel – Krawtschenko.

Logan hätte fast die Styroporbecher fallen lassen.

»*Sie sind noch da, ja?*«

»Ja.«

»*Ist gut. Detective Sergeant, ich habe Lieferung von Ware nach Aberdeen zu kommen, und ich will gehen sicher, dass gut ankommt.* Policja *kann sein so … misstrauisch? Ist richtige Wort – ›misstrauisch‹?*«

»Ich will mit Wiktorja sprechen.«

»*Sie ist in Sicherheit. Grigor hat noch nicht sie anzufassen.*«

»Ich – will – mit – ihr – sprechen.«

Eine Pause, dann ein schneller Wortwechsel auf Polnisch, und dann meldete sich eine Frauenstimme. »*Logan?*«

Gott sei Dank. »Bist du okay?«

»*Logan,* proszę, *bitte – ich habe Angst. Ich habe solche Angst.*«

»Es ist okay, es wird alles gut. Ich werde dafür sorgen …« Und wie zum Teufel wollte er das anstellen? »Sie werden dir nichts tun, es ist –«

»*Nein?*« Krawtschenko war wieder am Apparat, er klang enttäuscht. »*Wenn Sie glauben das, was gibt noch für Anreiz für Sie? Grigor, brich ihr irgendetwas.*«

Am anderen Ende war ein erstickter Schrei zu hören.

»*So. Jetzt Sie haben Anreiz, ja?*«

Logan starrte das Telefon an; im Hintergrund konnte er Wiktorja stöhnen hören. »Was haben Sie getan?«

»*Ist meine Lieferung sicher, Detective Sergeant?*«

»WAS HABEN SIE GETAN?«

»*Polizeihauptmeisterin Jaroszewicz hat zwei Arme. Wollen Sie hören anderen?*«

Logan schloss die Augen und hörte zu, wie sie weinte.

Was sollte er tun? Zulassen, dass sie Aberdeen mit automatischen Waffen überschwemmten? Dann würde nicht allein Wiktorja zu Schaden kommen, sondern weiß Gott wie viele Menschen. Ein rücksichtsloser Drogenkrieg. Maschinengewehre in Mastrick. Pistolen in der Holburn Street. Schießereien auf dem Bon Accord Square.

»Grigor, vielleicht du brichst andere –«

»Nein! Die Lieferung ist nicht sicher. Sie wissen von dem Schiff – der *Buckie Ballad.* Sie wird hier von einem Team erwartet.«

Ein paar polnische Flüche, und dann ein gedämpfter Wortwechsel.

»Hallo?«

Logan sah auf seine Uhr – 01 Uhr 03. Wahrscheinlich versuchten sie, mit dem Fischtrawler Kontakt aufzunehmen – die Besatzung dazu zu bringen, umzukehren und irgendwo weit draußen auf der Nordsee abzuwarten, bis sie einen sicheren Ort gefunden hatte, wo die Waffen an Land gebracht werden konnten.

»Sind Sie noch da?«

Schweigen.

»Hallo?«

Das Airwave-Funkgerät in Logans Tasche knackte, und eine Stimme sagte: *»Die Hafenbehörde meldet, dass sie einen Funkspruch von der* Buckie Ballad *empfangen haben ...«* Eine Pause, und dann: *»Aha, sie canceln den Liegeplatz. Werden frühestens am Mittwoch wiederkommen.«*

Steel: *»Das find' ich überhaupt nicht witzig.«*

»Der Skipper sagt, er hat 'nen Tipp gekriegt, dass sechzig Meilen vor Peterhead Schellfisch zu holen ist. Die Ausbeute war so mies, dass sie's da noch mal versuchen wollen.«

»Holen Sie den Kerl zurück!«

»Wie sollen wir das denn bitte machen?«

Krawtschenko war wieder da. *»Gut gemacht, Detective Sergeant. Sie sind guter Mann. Aber Grigor, er ist enttäuscht, ja?«*

Logan sah, wie DI Steel aus dem Fiat kletterte und mit der Faust auf das rostige Autodach schlug. *»Scheiße, woher soll ich das denn wissen? Rufen Sie die Küstenwache oder irgendwas, aber tun Sie was!«*

Er stellte das Airwave-Funkgerät leiser, um sich ihr Geschimpfe nicht anhören zu müssen. »Ich habe bewiesen, dass Sie mir vertrauen können. Jetzt lassen Sie Wiktorja frei.«

»*Sie nur kooperieren, weil Grigor ihr wehgetan, ich denke. Darum ich werde Polizeihauptmeisterin Jaroszewicz vorläufig hier behalten.*«

»Ich habe getan, was Sie wollten!« Und jetzt war Logan dafür verantwortlich, dass eine Schiffsladung automatischer Waffen ins Land geschmuggelt werden konnte. Sie würden sie irgendwo anders ausladen, ein Stück weiter nördlich oder südlich entlang der Küste, und wenn es dann die ersten Toten gäbe, wäre es alles seine Schuld. Ihm wurde wieder schlecht …

»*Nächstes Mal wir sehen, ob Sie können kooperieren, ohne dass sie bekommt Knochen gebrochen, ja? Vielleicht* dann *gibt Vertrauen.*«

»Aber –«

»*Ich werde später sprechen.*« Und dann hörte Logan nichts mehr – Krawtschenko hatte aufgelegt.

Logan schloss die Augen, fluchte und steckte das Handy wieder in die Tasche. Er stand einen Moment lang da, die Hände auf die Knie gestützt, und versuchte mit tiefen Atemzügen seinen rumorenden Magen zu beruhigen. Schließlich legte sich die Übelkeit, und er richtete sich auf. Es war Zeit, zum Wagen zurückzugehen und sich den Konsequenzen zu stellen.

»Keine Ahnung – woher soll ich das wissen?« DI Steel ließ sich gegen die Lehne von DCI Bains Besuchersessel sinken und rieb sich das Gesicht, wodurch sie die Faltenlandschaft in merkwürdige Wellenbewegungen versetzte. »Es muss eine undichte Stelle bei uns geben – irgendjemand, der dieser polnischen Pestbeule gesteckt hat, dass wir auf ihn warten.«

Bain saß hinter seinem Schreibtisch wie ein Mann, den man um zwei Uhr nachts ins Büro geschleppt hatte, damit er Leute zusammenstauchte. Übernächtigt, mit Ringen unter den Augen und stinkwütend. »Ich habe das Team für diese Operation *persönlich* zusammengestellt.«

»Tja, mag ja sein, aber bei einem haben Sie offensichtlich danebengegriffen, oder?«

Logan, der ein wenig abseits stand, versuchte, nicht so schuldbewusst auszusehen, wie er sich fühlte.

»Sie …« Bain reckte den Arm über den Schreibtisch und zeigte auf Steel. »Sie haben ohnehin schon genug Ärger, Inspector: Sie haben mir versprochen, dass Sie auf Rory Simpson aufpassen würden –«

»Ach, nun kommen Sie mir nicht damit, Bill, das hatten wir doch alles schon.«

»– und jetzt wird er mit ausgestochenen Augen aufgefunden! Ich musste mich bei der Pressekonferenz hinstellen und aller Welt erzählen, dass eine polnische Polizeibeamtin *entführt* wurde, und dass der Hauptbelastungszeuge in den Ödipus-Fällen *geblendet* wurde, während er angeblich unter *Ihrem* Schutz stand! Haben Sie irgendeine Vorstellung, welche Klagen uns da ins Haus stehen? Für die Medien ist das wie Weihnachten und Ostern an einem Tag!«

Logan trat vor. »Es war nicht ihre Schuld – es war meine. Ich hatte die Verantwortung, als die Täter in DI Steels Haus einbrachen. DI Steel –«

»Genau, und die Schweine haben alles kurz und klein geschlagen!«

»Nicht DI Steel ist verantwortlich für das, was mit Rory Simpson passiert ist, sondern ich.«

Bain starrte ihn finster an. »Halten Sie den Mund. Und setzen Sie sich.«

Logan gehorchte.

»Im Moment müssen Sie beide damit rechnen, vom Dienst suspendiert zu werden.«

Steel fuhr auf. »Das ist verdammt noch mal nicht fair!«

»Wenn es Ihnen tatsächlich gelungen wäre, mit diesem *Bu-*

ckie-Ballad-Unsinn irgendein Resultat zu erzielen, sähe die Sache vielleicht anders aus, aber es *ist* Ihnen nicht gelungen. Ich kann einiges auffangen, aber alles hat seine Grenzen. Und diese Grenze haben Sie in dem Moment überschritten, als Rory Simpson überfallen und geblendet wurde.«

Steel erweckte den Anschein, als wollte sie noch etwas sagen, doch Bain schlug mit der flachen Hand auf den Schreibtisch und schnitt ihr das Wort ab. »Sie werden sich *beide* um Punkt sieben Uhr bei der Internen Dienstaufsicht melden. Sie werden die Untersuchung der Dienstaufsicht *voll und ganz* unterstützen. Und dann werden Sie Ihre sämtlichen offenen Fälle an Detective Chief Inspector Finnie übergeben.«

»Was?« Logan rückte auf seinem Stuhl vor. »Das können Sie nicht machen, er ist –«

»DCI Finnie wurde überprüft und von jeglichem Verdacht des Fehlverhaltens im Dienst freigesprochen, Sergeant, was wir von Ihnen nicht unbedingt behaupten können. Ich habe ihn auf *Ihr* Wort hin nicht in diese Operation eingeweiht, und was ist dabei herausgekommen? – Die totale *Katastrophe*.«

»Aber er –«

»Es reicht! Schluss jetzt. Gehen Sie nach Hause, und denken Sie einmal gründlich darüber nach, ob Sie wirklich für die Polizeiarbeit geeignet sind.«

65

Logan sank auf das feuchte Laken zurück, schlug beide Hände über die Augen und fluchte. So lag er da, bis das Zittern sich legte, und schleppte sich dann in die Küche. Die Wodkaflasche war leer, ebenso wie die Literflasche Bells, die sein Bruder ihm zu Weihnachten geschenkt hatte. Das Einzige, was er noch im Haus hatte, war ein Schluck Demerara-Rum. Er trank ihn direkt aus der Flasche.

Es reichte nicht einmal für ein bisschen Wärme und angenehme Benommenheit. Also machte er sich eine Tasse Tee, setzte sich an den Küchentisch und versuchte dahinterzukommen, wann genau sein Leben angefangen hatte, so gnadenlos den Bach runterzugehen.

Laut der Mikrowelle war es fünf Uhr früh. Zwei Stunden, bis er sich seinen Anschiss von der Internen Dienstaufsicht abholen durfte, und die Sonne war schon aufgegangen – goldene Glanzlichter zogen langsam über die alten Granitfassaden von seinem Küchenfenster und drängten die tiefblauen Schatten in die Ecken zurück. Irgendwie absurd, sich an so einem herrlichen Tag feuern zu lassen.

Es hätte in Strömen regnen sollen.

»Wo hast du denn gesteckt? Wir kommen noch zu spät zur Einsatzbesprechung.« Detective Constable Rennie wippte auf den Fußballen auf und ab und grinste wie ein frohgemuter kleiner Idiot, der er ja auch war.

Logan unternahm noch einen letzten Versuch, die Spitze seiner vibrierenden Zigarette in Kontakt mit der Flamme seines Feuerzeugs zu bringen.

Mit Erfolg. Er nahm einen tiefen Lungenzug und hustete alles gleich wieder heraus.

»Na, egal – jetzt komm schon: Einsatzbesprechung.«

Logan lehnte sich an die Wand. Es war zehn vor sieben, und der Parkplatz hinter dem Präsidium lag noch im Schatten. Hoch oben war der Himmel blau, aber hier unten war alles trist und grau, wie seine Stimmung. »Wieso bist du eigentlich so widerlich gut drauf?«

»Ah … In der Einsatzbesprechung wird alles ans Licht kommen!«

»Ich geh nicht hin.«

»Hä?« Der Constable sackte ein wenig in sich zusammen. »Aber es ist die Einsatzbesprechung.«

»Ist mir egal.« Logan zog lange an seiner Zigarette. Diesmal hustete er sich wenigstens nicht die Lunge aus dem Leib. »Ich hab einen Termin beim großen Zampano – beim großmächtigen Zampano der Internen Beschissenen Dienstaufsicht.«

»Aber ich hab da ein tolles Ding …«

»Glückwunsch.«

»Nein, im Ernst – ich hab den Sperminator geschnappt. Du weißt schon, der Typ, der seine Soße an sämtliche Geländer geschmiert hat. Hab ihn gestern Abend festgenommen. Musste mich durch sieben Fantastilliarden Stunden Überwachungsvideos kämpfen, aber am Ende hab ich ihn erwischt, wie er auf dem Parkplatz vom Bon Accord Centre in ein Auto gestiegen ist. Ich gleich den Computer mit dem Kennzeichen gefüttert, und schon hatte ich ihn am Schniedel!« Er machte eine Kunstpause, die Arme ausgebreitet – offensichtlich in Erwartung von Beifall.

»Ich bin ehrlich beeindruckt.« Logan klopfte die erste kleine Aschelawine von seiner Zigarette ab. »Sieht dir gar nicht ähnlich, so viel Eigeninitiative.«

»Tja nun, jetzt, wo sie Beattie zum DI befördert haben, müssen sie ja wohl irgendeinen anderen zum Detective Sergeant machen, oder? Emma meint, ich kann –«

»Emma sagt, Emma meint. Du hörst dich an wie eine kaputte Schallplatte.« Er steckte sich die Zigarette zwischen die Lippen und formte seine Hände zu zwei nackten Bauchrednerpuppen. »Bla, bla, bla, bla.«

Rennie zog einen Flunsch. »Du bist bald genauso schlimm wie Steel, weißt du das?«

Logan blies eine Rauchfahne gen Himmel. »Du kannst mich mal.«

Schweigen.

»Also … kommst du jetzt mit zur Einsatzbesprechung?«

»Bist du taub?« Er drückte seine Zigarette an der Wand aus und wandte sich zum Hintereingang um. Dann hielt er inne. »Und mach dir mal keine Gedanken wegen dieser DS-Stelle – spätestens heute Mittag ist wieder eine frei.«

»Du siehst scheiße aus.« DI Steel ließ sich auf den unbequemen Stuhl neben Logan plumpsen. Es war Punkt sieben Uhr morgens, und sie saßen vor der Höhle des Löwen – dem Büro von Superintendent Napier.

Logan zog eine Braue hoch. »Das sagt die Richtige.« Sie trug einen grauen Hosenanzug, der einer Vogelscheuche gut zu Gesicht gestanden hätte. Gleiches galt für ihre Frisur. »Extravaganter Grunge-Look« wäre noch ein Kompliment gewesen. Für die Säcke unter ihren Augen hätte sie im Flugzeug extra bezahlen müssen.

Sie knuffte ihn ins Bein. »Ich hab schließlich kein Auge zugetan, okay? Susan weigert sich, nach Hause zu kommen, nennt mich einen ›rücksichtslosen Trampel‹. Sie sagt, erst will ich ihr kein Kind machen, und jetzt mache ich auch noch aus unserem Haus eine Pension für Perverse.« Sie holte eine Schachtel Nikotinkaugummis hervor, drückte zwei Stück aus der Blisterpackung, steckte sie in den Mund und kaute, als wären es lebende Wespen. Dann bot sie Logan welche an.

Er zuckte mit den Achseln, nahm sich zwei und fand schnell heraus, warum sie so ein Gesicht zog. »Uargh – woraus ist das Zeug denn gemacht?«

»Mein Haus sieht aus, als hätte eine Bombe eingeschlagen, ich kann meiner Frau kein Kind machen, und meine Karriere ist im Arsch.«

Logan sackte auf seinem Stuhl zusammen. »Es tut mir leid, okay? Ehrlich. Das war alles nicht … Es tut mir einfach leid.«

»Was ist denn eigentlich das Problem?« Sie stierte vor sich hin. »Denkst du, dass ich deinem Spross kein gutes Elternteil wäre? Ist es das?«

»Nein … ich …« Er rieb sich das Gesicht und zuckte zusammen, als er die frische Prellung berührte, wo die Faust von Krawtschenkos Handlanger Grigor ihn getroffen hatte. »Ich weiß nicht.«

»Ja, ja, was juckt das dich, hm? Ist ja auch nicht deine Beziehung, die den Bach runtergeht, wie? Ist ja nicht dein Leben, das gerade bis zur Unkenntlichkeit versaut wird!«

Logan sah sie an. Und begann laut zu lachen.

»Was findest du denn so furchtbar witzig?«

Aber jetzt, wo er einmal angefangen hatte, kriegte er sich einfach nicht mehr ein.

Steel starrte ihn böse an. »Was ist denn los mit dir, Mensch? Ich bitte dich, mir zu helfen! Die lassen uns kein Kind adoptieren, die Kasse bezahlt uns keine künstliche Befruchtung, und privat können wir es uns nicht leisten. Sie wird mich verlassen, da bin ich mir verdammt sicher.«

Die Tränen strömten über Logans Wangen.

»Du bist echt ein *Arschloch*!« Steel schlug ihn noch einmal. »Das ist kein Witz, okay? Wir reden hier über mein Leben!«

Er krümmte sich so vor Lachen, dass er die Worte nur mit Mühe über die Lippen brachte. »Man hat mich in die Luft gejagt und auf mich geschossen; ich kann nicht schlafen; ich habe Alpträume, selbst wenn ich wach bin; ich kann mich nur noch vollaufen lassen, bis ich die ganze … *Scheiße* … vergesse und nichts mehr spüre; ich habe wieder mit dem Rauchen angefangen; ich bin schuld, dass Rory geblendet wurde, und Wiktorja ist als Nächste dran; wahrscheinlich habe ich in Polen einen Mann erschossen; ich ruiniere alles, was ich anfasse; und gleich werde ich auch noch gefeuert.« Er blickte zu ihr auf. »Und da meinst du, *mein* Leben wäre nicht im Arsch?«

Logan stand vor dem Automaten im dritten Stock und versuchte, sich zwischen Kaffee, Tee und Hühnersuppe mit Nudeln zu entscheiden. Dabei war es eigentlich egal, weil sowieso alles gleich schmeckte. Er drückte die Tasten, und der in Wasser aufgelöste Schmodder rann gurgelnd in einen dünnen Plastikbecher.

Er fasste ihn am Rand, um sich nicht die Finger zu verbrennen, und schleppte sich hinauf ins CID-Büro. Rennie war dort und langweilte gerade PC Karim mit seiner »Wie-ich-den-Sperminator-zur-Strecke-brachte«-Story. »… und ich stelle in mühevoller Kleinarbeit zirka eine *Million* Stunden Überwachungsaufnahmen zusammen und versuche, die Spur von dem Kerl vom Einkaufszentrum über die Union Street zu verfolgen, und weiter …«

Logans Schreibtisch war mit einem Wust von Formularen und Aktenmappen übersät. Schon wieder. Die Hälfte davon waren noch nicht einmal seine. Er stellte seinen Plastikkaffee auf einem Memo von DI Beattie ab und raffte einen Armvoll Zeugenaussagen zusammen, um sie auf dem Nachbarschreibtisch abzuladen.

Dann setzte er sich auf seinen klapprigen Drehstuhl und starrte den leeren Computerbildschirm an. Überlegte, ob er den Rechner hochfahren und seine Kündigung schreiben sollte.

Sehr geehrte Arschlöcher,
ich kündige.
Ihr könnt mich alle mal.
Detective Sergeant Logan McRae.

Karim sah dauernd auf seine Uhr und näherte sich mit Trippelschritten der Tür, aber Rennie schwadronierte ungerührt weiter und weiter und weiter. »Hat in 'nem Schuhgeschäft gearbeitet…« Bla, bla. »Hat sofort alles gestanden…« Bla, bla. »Seine Frau hat gewartet, bis wir ihm die Handschellen angelegt hatten, und ihm dann das Knie in die Eier gerammt…«

»Ja, echt super«, sagte Karim, als er endlich einmal zu Wort kam. »Jetzt muss ich aber los – die Obduktion fängt in zehn Minuten an.«

»Ui…« Rennie schnappte sich sein Notizbuch. »Ist jemand gestorben?«

»Dirty Bob. Sie haben ihn gestern auf dem St.-Nicholas-Friedhof gefunden, hinten beim Einkaufszentrum.« Karim seufzte. »Der Tod von seinem Kumpel Richard hatte ihm schwer zugesetzt… Doc Fraser meint, das ist bei denen manchmal wie bei Ehepaaren: Wenn einer stirbt, stirbt der andere gleich hinterher. Irgendwie 'ne rührende Vorstellung. Der arme Kerl hat sich wahrscheinlich totgesoffen – hat schwer nach Spiritus gestunken.«

Logans Magen drehte sich um. »Spiritus?«

»Sein Getränk der Wahl.«

Und Logan hatte ihm zwanzig Pfund gegeben, damit er sich Schnaps kaufen konnte. Ganz toll – noch ein Grund mehr, sich schuldig zu fühlen. Er hörte schon nicht mehr hin, als Karim sich verabschiedete und hinausging.

Rennie wartete, bis die Tür ins Schloss fiel, eher er in seinen Schreibtischschubladen zu kramen begann. Dann rollte er auf seinem Drehstuhl quer durchs CID-Büro, bis er neben Logan saß. »Ich hab was für dich.« Er reichte ihm eine Einkaufstüte.

In der Tüte war etwas Schweres, in einer quaderförmigen Schachtel, rund dreißig Zentimeter lang bei acht Zentimetern Kantenlänge, das Ganze in braunes Papier eingeschlagen. Jeder Schotte über zwölf hätte sofort erkannt, was es war.

Der Constable nickte. »Ist gestern für dich gekommen – wollte es nicht auf deinem Schreibtisch liegen lassen; weißt ja, was für Langfinger sich hier rumtreiben.«

Logan riss das Papier herunter, öffnete die Lasche des Pappkartons und zog die Flasche Whisky heraus. Knockdhu, dreißig Jahre alt. An der Flasche war mit Tesa ein handgeschriebener Zettel befestigt:

Sehr geehrter DS McRae,

vielen herzlichen Dank für die Klärung des kleinen Missverständnisses mit Colin McLeod und Harry Jordan. Wir sind Ihnen alle sehr verbunden.

Mit freundlichen Grüßen

H.M.

H.M. Hamish Mowat. Hervorragend. Das war *genau* das, was Logan brauchte. Ein Geschenk von Aberdeens oberstem Gangsterboss, als Dank dafür, dass er Creepy Colin die Anklage wegen versuchten Mordes erspart hatte. Das würde der Internen Dienstaufsicht gefallen.

Rennie warf einen Blick auf die Flasche und sagte: »Cool! Du hast doch nicht etwa Geburtstag, oder?«

Logan steckte die Flasche in die Schachtel zurück und schloss sie in der untersten Schreibtischschublade ein. Dort konnte sie bleiben, bis er sich überlegt hatte, was er damit machen würde. »Hast du nicht zu tun? Musst du nicht noch ein paar Vorgesetzte beeindrucken und in ein paar Ärsche kriechen?«

»Mann, du bist vielleicht ’ne Stimmungskanone, seit du aus Polen zurück bist, weißt du das?« Er setzte beide Füße flach auf den Boden und stieß sich ab, um mit seinem quietschenden Stuhl bis zu seinem eigenen Schreibtisch zurückzurollen. »Und was ist mit dir – du solltest doch heute Morgen beim Großen Bruder antanzen?«

»Steel durfte zuerst rein – geht wohl streng nach Dienstgrad. Ich muss auf meinen Anschiss noch warten.«

»Oh …«

»Und jetzt zieh ab und lass mich in Ruhe.«

Logan schob eine Weile die Papiere auf seinem Schreibtisch hin und her, aber die richtige Begeisterung wollte sich nicht einstellen. Wozu sich noch reinhängen? Sie würden ihn wahrscheinlich ohnehin vom Dienst suspendieren. Schließlich gab er es auf und lieh sich im Pressebüro den *Aberdeen Examiner* aus, um die Stellenanzeigen im hinteren Teil zu studieren.

Alle verlangten jahrelange Berufserfahrung. Niemand wollte einen gescheiterten Detective Sergeant mit einer miserablen Bilanz und einem Talent für Katastrophen.

Er sah auf seine Uhr. Steel saß jetzt schon fast drei Stunden bei Superintendent Napier.

Logan ließ seinen Kopf sinken, bis er auf einem Stoß unbearbeiteter Einbruchsanzeigen zu ruhen kam. Verdammt. Er würde nicht tatenlos hier herumsitzen und darauf warten, dass Napier ihn zu sich bestellte.

Stattdessen ging er ins kriminaltechnische Labor, in der Hoffnung, ein paar Minuten mit Samantha verbringen zu können, aber sie war zu einem Tatort in Blackburn gefahren.

Was nun? Zurück ins CID-Büro, um noch ein bisschen zu schmollen? Im Videoüberwachungsraum eine Tasse Tee und ein Stück Kuchen schnorren? Oder einfach zur Tür hinausgehen und nicht mehr zurückkommen. Er könnte natürlich auch das tun, was er schon letzte Nacht hätte tun sollen: in DCS Bains Büro marschieren und ihm sagen, wer in Wahrheit Krawtschenko den Tipp wegen der *Buckie Ballad* gegeben hatte. Das Handy von dem polnischen Dreckschwein auf Bains Schreibtisch knallen und ihm sagen, wohin er es sich stecken konnte …

Logan zog das Handy aus der Tasche und starrte es an. Wie hatte er so *blöd* sein können? Er schaltete das Ding ein. Krawtschenko hatte ihn gestern Abend angerufen, also musste seine Nummer in der Anrufliste stehen. Sie könnten eine GSM-Ortung machen und Krawtschenkos Telefon quasi in einen Leitsender verwandeln.

Er ging die Menüs des Handys durch, bis er das richtige gefunden hatte. »Verdammter Mist …«

Die Nummer war mit dem Vermerk »*Unbekannt*« versehen. Jetzt würde er einen richterlichen Beschluss besorgen müssen, um die Telefongesellschaft zu zwingen, das Datenschutzgesetz zu ignorieren und die Angaben zum Anrufer herauszurücken. Es würde Tage dauern, wenn nicht Wochen, und es war undenkbar, dass Krawtschenkos »korrupter Bulle« nichts davon mitbekommen würde.

Zurück zu Plan A. Er stapfte die Stufen zu Bains Büro hinauf, doch der Chef des CID war nicht da, sondern draußen auf dem Flur, wo er sich gerade ein lautstarkes Wortgefecht mit Finnie lieferte.

Logan sah die beiden und erstarrte.

Finnie: »Ich hätte informiert werden müssen –«

Bain: »Es lief streng nach dem ›Need-to-know‹-Prinzip ab, und Sie –«

Finnie: »Ich gehöre schließlich zu den leitenden Beamten in dieser –«

Bain: »Dann benehmen Sie sich auch wie einer! Ein solches Verhalten verbitte ich mir bei –«

Finnie: »O ja, das kann ich mir lebhaft vorstellen. Wäre ja noch schöner, wenn irgendjemand es wagen würde, sich dem allmächtigen Leiter des CID zu widersetzen!«

Jemand tippte Logan auf die Schulter, und er zuckte zusammen. Es war DS Pirie. Ein verirrter Sonnenstrahl ließ seinen roten Lockenschopf aufblitzen. »Ich würde ihm an deiner Stelle heute Morgen lieber aus dem Weg gehen. Als er von der Operation Schleppnetz gehört hat, ist er gleich total ausgeflippt.«

Bain: »Sie bewegen sich auf sehr dünnem Eis, Chief Inspector!«

Finnie: »Kommen Sie mir bloß nicht so – Sie *wissen*, dass ich recht habe. Diese ganze Operation war von Anfang an miserabel organisiert.«

Es kam gar nicht in Frage, dass Logan sich zwischen den Fronten aufreiben ließ. »Ich schaue später noch mal vorbei.«

»Ach, das legt sich schon wieder. Das ist meistens so. Halt dich einfach eine Weile bedeckt. Und wie's der Zufall will, habe ich da etwas, womit wir bei ihm wieder Pluspunkte sammeln könnten.« Pirie hielt einen Moment inne. »Interessiert?«

Es klang verlockend. »Ich soll eigentlich warten, bis ich von der Internen Dienstaufsicht aufgerufen werde.«

Der DS klopfte Logan auf den Rücken. »Ja, ich hab's gehört. Aber überleg doch mal, wie viel leichter es wäre, wenn du einen Erfolg vorzuweisen hättest? Ich hab einen Anruf von einem V-Mann gekriegt, mit dem ich manchmal zusammenarbeite, und der sagt, er hat einen Tipp, wer hinter dieser Schiffsladung Waffen steckt.«

»Hast du eine Adresse?«

»Ich wollte es ja dem Chef sagen, aber der muss sich ja erst mal ausschimpfen … Wie wär's, wenn ich stattdessen dich mitschleife?«

Das ließ Logan sich nicht zweimal sagen.

Sämtliche Wagen aus dem Fuhrpark waren im Einsatz, also nahmen sie Logans klapprigen Fiat. Irgendwann in der Nacht hatten die Möwen ihm einen Besuch abgestattet, und jetzt waren Motorhaube und Dach mit ätzenden grau-weißen Klecksen übersät.

Pirie klammerte sich am Gurt fest, als Logan die Gänge reinwürgte und das Getriebe knirschte. »Erzähl mir nicht, dass du für diesen Schrotthaufen auch noch Geld bezahlt hast.«

»Sehr witzig.« Logan zerrte noch einmal am Schalthebel und umkurvte den Kreisel, um auf die Wellington Road zu gelangen. Der unansehnliche Klotz des Craiginches-Gefängnisses glitt langsam zu ihrer Linken vorüber, während Logan sich redlich mühte, bergauf zu beschleunigen. »Wegen Finnie –«

»Ich sag doch, das legt sich wieder. Du musst nur Geduld haben.«

»Nein, ich rede von ihm und Wee Hamish Mowat.«

Piries linke Augenbraue schnellte hoch, als wollte sie durchs Dach davonfliegen. »Ach ja?«

»Ich habe gesehen, wie einer von Wee Hamishs Knaben Finnie einen braunen Umschlag zugesteckt hat.«

»Ah …« Pirie fuhr sich mit der Hand durch sein Stahlwolle-Haar und beobachtete, wie ein Motorroller an ihnen vorbeizog. »Ich kann aussteigen und schieben, wenn du willst?«

»Ich meine es ernst.«

»Finnie bekommt ständig braune Umschläge von Wee Hamish.«

»Was?« Logan starrte ihn an. »Du hast davon *gewusst*?«

Achselzucken. »Klar hab ich das. Bin schließlich als ›rote Eminenz‹ bekannt, wusstest du das nicht?«

»Aber … wieso?«

»Wieso ich es nicht gemeldet habe? Weil in den Umschlägen kein Geld ist, sondern Informationen. Sieh es doch einmal mit Wee Hamishs Augen: Jemand versucht, sich in seinem Revier breitzumachen. Was wird er tun? Okay, er kann sich zur Wehr setzen oder was auch immer, aber das kostet ihn Zeit, Geld, Personal – und es besteht immer die Gefahr, dass man ihm etwas nachweisen kann. Er ist in seinem Leben noch kein einziges Mal verhaftet worden – meinst du, er ist scharf darauf, dass sich daran noch etwas ändert?«

Logan sackte zusammen, sagte »Scheiße!« und knallte mit der Stirn gegen das Lenkrad.

Piries Stimme schnellte eine Oktave in die Höhe. »Würdest du vielleicht so nett sein und die Straße im Auge behalten? *Bitte?*«

»Er benutzt uns.«

»Mann, wo hast du denn fahren gelernt?«

»Was braucht er korrupte Bullen, wenn wir für ihn umsonst die Drecksarbeit machen?«

»Es ist ein Geschäft auf Gegenseitigkeit, okay? Wee Hamish schickt Finnie einen kleinen braunen Umschlag mit den ganzen Details. Wir greifen zu, die bösen Buben sind weg von der Straße, und niemand wird an die Schweine verfüttert. Es ist eine Win-win-Situation …« Pirie runzelte die Stirn. »Moment mal – du warst das, hab ich recht? Du hast ihm die Interne Dienstaufsicht auf den Hals gehetzt! Du hast ihnen von den braunen Umschlägen erzählt!«

»Ich dachte, er lässt sich schmieren.«

»Hast du eine Ahnung, wie viel Kummer und Extraarbeit du ihm damit eingebrockt hast? Sie haben jedes Wort in seiner Akte unter die Lupe genommen; zwei volle Tage haben sie ihn in der Mangel gehabt. Sie haben ihm das Leben zur *Hölle* gemacht.«

Logan seufzte. »Es tut mir leid, okay?«

Pirie warf den Kopf in den Nacken und lachte. »Von wegen, es tut dir leid – es war einfach nur geil. Ich schulde dir einen Drink.«

66

Peterseat Drive war eine Schleife aus schmutzigem Asphalt am äußersten nördlichen Rand von Altens. Die meisten Gebäude, hauptsächlich Lagerhallen und Depots, waren neu oder noch gar nicht fertiggestellt. Hinter Maschendrahtzäunen lagerten Stapel von Offshore-Containern, daneben haufenweise Bohrrohre und riesige Metallstücke, gestrichen in kräftigen Primärfarben.

Logan hielt mit seinem stotternden Fiat am Bordstein und würgte den Motor ab, ehe der von selbst den Geist aufgeben konnte.

»Okay.« Pirie schnallte sich ab und stieß die Beifahrertür auf. »Ich muss nur mal kurz mit meinem V-Mann reden und rauskriegen, was er weiß.«

Logan stieg aus, doch Pirie hob eine Hand. »Du kennst die Vorschriften: absolute Anonymität für sämtliche Informanten. Wenn mein Mann dich auch nur sieht, wird er sich sofort aus dem Staub machen. Verdammt, ich sollte eigentlich nicht mal mit dem Typen *reden*, ohne vorher Bains Genehmigung einzuholen.«

»Aber –«

»Ich bin in zwei Minuten wieder da, okay? Bis dahin entspann dich einfach.« Pirie drehte sich um, steckte die Hände in die Hosentaschen und schlenderte über die Straße auf einen Lagerplatz voller Ankerketten zu.

Logan lehnte sich ans Autodach und rauchte eine Zigarette. Gerade als er sie auf dem rostigen Lack ausdrückte, fing sein

Handy an zu klingeln. Er kramte es aus der Tasche und verzog das Gesicht. Laut Display war es DI Steel. Wahrscheinlich wollte sie wissen, wo er schon wieder steckte. Er ließ den Anruf auf die Mailbox gehen. Dreißig Sekunden später versuchte sie es erneut. Logan ignorierte es.

Ein Stück die Straße entlang steckte Pirie den Kopf aus einem Tor und winkte.

Logan trabte über die Fahrbahn auf ihn zu. »Und?«

»Na ja.« Pirie drehte sich um und deutete auf eine der nagelneuen Lagerhallen. Sie war noch nicht ganz fertig; auf der Bautafel, die noch am Maschendrahttor hing, stand: »DEMNÄCHST HIER: RIGSPANTECH FÖRDERTECHNIK«. Dunkelblaues Dach und beigefarbene Wände, daneben ein angebauter Bürotrakt, von dem bisher nur die unverputzten Hohlblockwände mit leeren Fensteröffnungen standen. Weit und breit kein Mensch zu sehen. »Mein V-Mann sagt, dass bis vor etwa einer Woche eine Firma namens Kostchey International Holdings hier für den Objektschutz zuständig war. Willst du das mal überprüfen und schauen, ob wir eine Rechnungsadresse ermitteln können?«

Logan bejahte.

Sie ließen den Fiat stehen und gingen in der prallen Sonne den halbfertigen Gehsteig entlang. Dieser Abschnitt der Straße war ruhig, nur ab und zu hörte man Metall auf Metall scheppern oder das *Piep-piep-piep* eines zurücksetzenden Gabelstaplers. Irgendwo auf einem der Lagerplätze dudelte ein Radio: Northsound 2.

Pirie trat nach einer leeren Plastikflasche, die über den staubigen Asphalt davonrollte. »Sag mal … bist du wirklich in die Luft gesprengt worden?«

»Ist das der Grund, warum du mir hilfst, bei Finnie Punkte zu sammeln? Aus Mitleid?« Je weiter sie die Straße entlanggingen, desto neuer wurden die Gebäude, bis es schließlich nur noch halbfertige Rohbauten waren.

»Nee.« Sie holten die Plastikflasche ein, und Pirie versetzte ihr einen weiteren Tritt.

Logans Handy fing wieder an zu klingeln.

»Willst du nicht drangehen?«

»Das ist bestimmt Steel, die mir sagen will, dass ich bei der Internen Dienstaufsicht erwartet werde.«

Das Läuten stoppte. Es war eine Weile still, und dann ging es wieder los.

»Das nervt irgendwie.«

Logan zog das Ding aus der Tasche und schaltete es aus. »Jetzt zufrieden?«

Noch ein Tritt, und die Flasche trudelte gegen den Zaun, der die fast fertige Lagerhalle von RigSpanTech umschloss. Eine Kette war durch beide Flügel des Tors gezogen, aber das Vorhängeschloss war offen.

Logan folgte Pirie auf die Baustelle. Sie hatten noch nicht einmal damit begonnen, die Zufahrt zu teeren – alles war nur festgefahrene Erde und Schotter.

Pirie schirmte die Augen gegen die Sonne ab und starrte auf den im Bau befindlichen Bürotrakt und die Lagerhalle dahinter. »Schau, dort drüben – der schwarze BMW. Wenigstens wissen wir, dass jemand da ist.« Er ging zwei Schritte darauf zu und blieb stehen. Aus Logans Hosentasche kamen schon wieder Klingeltöne. »Ich dachte, du hättest es ausgeschaltet?«

»Hab ich auch …« Und dann begriff Logan, dass es nicht sein Handy war – es war das von Krawtschenko. Er fummelte es aus der Tasche und warf einen Blick auf das Display. »RUFNUMMER UNTERDRÜCKT.« Seine Eingeweide krampften sich zusammen. »Das muss ich annehmen.«

Pirie zuckte mit den Achseln. »Komm einfach nach, wenn du fertig bist.« Die Melodie von *Scotland the Brave* pfeifend, schlenderte er davon und ließ eine Wolke gelben Staubs zurück.

Logan drückte die grüne Taste. »Hallo?«

67

»Aye, *hab ich's mir doch gedacht.*« Es war nicht Krawtschenko, es war Steel. »*Was fällt dir eigentlich ein, mich wegzudrücken? Wo bist du?*«

»In Altens.«

»*Altens? Du solltest hier sein und dich von diesem Kotzbrocken von Napier übers Knie legen lassen, und stattdessen spazierst du in Altens rum!*«

»Ich hab eine Spur zu Kostchey International Holdings, der ich zusammen mit Pirie nachgehe.« Er setzte sich wieder in Bewegung. Der schwarze BMW parkte am anderen Ende des unvollendeten Bürotrakts, neben ein paar Paletten mit Hohlblocksteinen und einen Stapel Dachpfannen. Vom Fahrer war nichts zu sehen.

Von Pirie auch nicht.

»Bist du suspendiert worden?«

»*Machst du Witze? Ich bin doch so was wie die Königin von Teflon City – an Detective Inspector Roberta Steel bleibt nichts hängen. Aber die blöden Säcke haben mich gezwungen, die Warschauer Polizei anzurufen und denen zu sagen, dass deine Freundin Wiktorja abgängig ist.*«

Logan spähte durch eines der Bürofenster, oder jedenfalls durch das Loch, in das es eingebaut werden sollte. Nichts zu sehen, nur Zementsäcke und ein Betonmischer. »Und?«

»*Sie arbeitet da nicht mehr.*«

Der Eingangsbereich war ein großer, offener Raum, also sah er sich im Inneren des Gebäudes um. Seine Sohlen knirschten auf dem sandigen Betonboden. Er fand nur eine Ansammlung leerer Räume. »Ich weiß.«

Eine Treppe aus Fertigteilen führte hinauf in den ersten Stock. Logan stieg nach oben und sah noch mehr unfertige Räume. Kahle Hohlblockwände, leere Türöffnungen, sorgfältig gestapelte Kisten mit Baumaterialien.

Wo zum Teufel war Pirie?

»Was soll das heißen, du weißt das schon?«

»Sie hat es mir gesagt.«

Von unten hallte ein Geräusch herauf.

»Sie hat es dir gesagt?«

Logan spähte durch die Treppenöffnung nach unten, machte den Mund auf, um »Hallo« zu rufen – und fluchte dann sehr, sehr leise. Der Mann, der unten im Erdgeschoss vorbeiging, auf die Frontseite des Bürotrakts zu, war gebaut wie ein Rugbyspieler, hatte kantige Gesichtszüge und Haare, die vorn sehr spärlich waren, im Nacken dafür aber umso länger. Krawtschenkos Handlanger, Grigor.

Dieser verfluchte Hurensohn.

Offenbar hatte Piries Informant die Wahrheit gesagt – bis auf die Tatsache, dass die Leute von Kostchey International Holdings Limited nicht vor einer Woche das Feld geräumt hatten. Sie waren immer noch da.

»Was soll das heißen, sie hat es dir gesagt?«

Logan wich lautlos von der Treppenöffnung zurück, bis er von unten nicht mehr gesehen werden konnte. Angestrengt lauschte er auf Grigors Schritte unter sich. Es hörte sich an, als ginge er zum Vordereingang.

»Hallo?«

Logan flüsterte so laut, wie er es eben wagen konnte: »Sie sind hier!«

»Sie sind ...? Was? Hast du wieder gesoffen?«

»Ich habe gerade Krawtschenkos Schläger unten vorbeigehen sehen.«

Logan folgte Grigors Schritten ein Stockwerk höher, und am Ende des Flurs riskierte er einen Blick durch den leeren Fensterrahmen. Grigor stand direkt vor dem Gebäude, ein Handy ans Ohr gepresst, und redete wie ein Wasserfall auf Polnisch.

Er war verdammt groß und vermutlich auch bewaffnet.

Mist. Wo war Pirie, wenn man ihn brauchte? Und dann beschlich Logan das unangenehme Gefühl, dass er genau wusste, wo Pirie war: Er lag zusammengeschlagen in irgendeiner Ecke, die Hände hinter dem Rücken gefesselt, und wartete auf einen Besuch von Krawtschenko mit seinem Schweizer Messer.

Logan spähte noch einmal vorsichtig über das Fenstersims. »Pirie ist vielleicht verletzt, fürchte ich.«

»Das hat mir gerade noch gefehlt. Wo ist er?«

Grigor stand draußen mit dem Rücken zum Gebäude. Er sprach immer noch in sein Handy und starrte zum Maschendrahtzaun hinüber.

Logan duckte sich wieder. »Ich habe ihn nicht mehr gesehen, seit wir hier angekommen sind. Ich gehe mal nachsehen –«

»Nein! Du bleibst, wo du bist, hast du verstanden? Ich schicke euch ein AFO-Team raus.«

»Ich habe eine Idee.«

»Nein, keine Ideen!«

Logan wich lautlos zurück in den Schatten, zog sein Airwave-Funkgerät aus der Tasche und schaltete es ein. Das Obergeschoss war annähernd symmetrisch um das Treppenhaus angeordnet, mit leeren Büroräumen zu beiden Seiten. Er wählte willkürlich einen aus – voll mit Gerüststangen, Zementsäcken und Kisten mit Nägeln – und legte das Funkgerät in die Fensterecke, hinter einen Stapel Kanthölzer.

»Hörst du mir eigentlich zu?«

Logan schlich sich wieder hinaus und schlüpfte in den gegenüberliegenden Raum, wobei er sich im Vorbeigehen noch rasch ein Stück Holz griff. »Okay«, sagte er, während er sich neben der Tür flach an die Wand drückte, »ruf mich auf meinem Airwave-Gerät an.«

»Kommt nicht in Frage. Willst du unbedingt sterben? Ohne mich, sag ich dir.«

»Ruf einfach nur das verdammte Ding an.«

»Nein.«

»Na schön, dann bitte ich eben Rennie drum.«

Eine Pause, ein paar Flüche, und dann: *»Okay, okay. Aber dafür darfst du mir gefälligst Susan schwängern ...«*

Drüben im anderen Raum begann Logans Airwave-Gerät zu läuten: ein schrilles elektronisches Trällern – er hatte die Lautstärke voll aufgedreht. Er lugte um den Türpfosten. Komm schon, komm schon ... Bingo! Grigor kam die Treppe hinaufgestürmt.

Logan zog sich rasch zurück und lauschte auf die Schritte des Hünen auf dem Betonboden. Er hörte, wie Grigor den anderen Raum betrat.

Bemüht, nicht das leiseste Geräusch zu machen, schob Logan sich Zentimeter für Zentimeter hinaus auf den Flur, das Kantholz gepackt wie einen Baseballschläger.

Grigor marschierte auf die hintere Ecke zu, die Pistole im Anschlag, und zielte in die Richtung, aus der das Läuten kam. Als er an dem Holzstapel anlangte, hielt er inne, blieb einen Moment stehen und spähte dann in die Ecke.

Logan wartete, bis Grigor nach dem Funkgerät griff, und versuchte dann, dem Mistkerl mit seinem Kantholz den Kopf abzuschlagen. Das Ding krachte an Grigors Schädel, direkt über dem linken Ohr, und der Hüne ging der Länge nach zu Boden. Die Waffe flog ihm aus der Hand und polterte gegen einen Stapel säuberlich aufgeschichteter Gerüststangen.

Das sollte reichen, um ihn ...

O Gott, er stand wieder auf.

Grigor rappelte sich auf die Knie hoch, dann auf die Füße. Logan knallte ihm das Kantholz ein zweites Mal an den Kopf, doch er wankte nur ein wenig, während das Blut aus einer gut fünf Zentimeter langen Platzwunde an seiner Stirn strömte. »*Moje jaja! Pierdolona sukinsyn …*«

»Scheiße, aus was bist du eigentlich gemacht?«

Grigors Gesicht war vollkommen verzerrt, er bleckte die Zähne und zischte Obszönitäten auf Polnisch, während er den Boden nach der Pistole absuchte. Und dann machte der Riese einen Satz und stürzte sich auf den Stapel Gerüststangen.

Logan schwang das Holz noch einmal und verfehlte ihn. Grigor war nicht nur kräftig, er war auch schnell. Tief gebückt stand er da und schleuderte Gerüststangen nach links und rechts auf der Suche nach seiner Pistole, den Hintern in die Luft gereckt. Logan ließ das Kantholz fallen, nahm Anlauf und legte seine ganze Energie in den Versuch, die Hoden des Mistkerls in die Erdumlaufbahn zu treten. Von hinten war es nicht ganz so effektiv, aber immerhin entlockte der Tritt ihm ein hohes Quietschen. Es stimmte schon: im Zweifel immer auf die Eier.

Grigor kippte mit dem Gesicht voran in die Metallstangen, eine Hand am Schritt, während die andere immer noch nach der Pistole tastete.

Logan schnappte sich eine Gerüstkupplung aus dem Haufen – ein Ding wie ein Paar extra große Handschellen, verbunden mit Schwenkbolzen, und ungefähr so schwer wie ein Sack Zucker. »He, du Kinderschreck!«

»*Kurwa mac …*« Grigor gab die Suche nach der Pistole auf und packte stattdessen eine Gerüststange. Er warf sich auf den Rücken und schwang die Stange blitzschnell und mit großer Wucht. Sie zischte ein paar Zentimeter vor Logans Nase vorbei, knallte scheppernd gegen die Hohlblockwand und flog Grigor aus der Hand.

Logan warf sich auf ihn, packte ihn an der Gurgel und ließ ihm die Gerüstkupplung auf die Stirn krachen. KLONK. Die Haut platzte auf, und ein feiner Sprühnebel aus Blutströpfchen glitzerte im Schein der Nachmittagssonne.

»Sie –« Logan schlug wieder zu: »– sind –« Und noch einmal: »– hiermit –« Und ein letztes Mal, weil's so schön war: »– festgenommen!«

Logan ließ sich auf die Fersen sinken und rang nach Luft, die schwere Gerüstkupplung in der Hand. Grigor rührte sich nicht mehr. Der Kopf des Hünen sah aus wie eine geplatzte Blutwurst, aber wenigstens atmete er noch.

Logan rollte ihn in die stabile Seitenlage und legte ihm hinter dem Rücken Handschellen an. Dann schleppte er sich in die Ecke und übergab sich.

68

»Lebst du noch? Hallo? Was zum Teufel ist da los?« DI Steels Stimme tönte blechern aus dem Telefon, während Logan schwer atmend an der Wand lehnte. *»Hallo? Bist du tot?«*

»Nein.« Er zog ein neues Paar Latexhandschuhe aus der Tasche, kämpfte eine Weile damit, bis er sie über seine zitternden, blutverschmierten Finger gezogen hatte, und bückte sich dann, um die Pistole aufzuheben. Sie war fast so schwer wie die Gerüstkupplung, sah aber wesentlich gefährlicher aus. Schwarz, abgestoßen und funktional. Logan drückte den Auslöseknopf und ließ das Magazin aus dem Griff gleiten. Achtzehn Patronen aus stumpfem Metall mit glänzendem Messingmantel. Er schob das Magazin wieder hinein und zog den Schlitten zurück, um ihn zu spannen. Dann vergewisserte er sich, dass die Waffe gesichert war. Es gab drei Einstellungen: ein weißer Punkt, ein roter Punkt und drei rote Punkte. Logan entschied sich für den weißen Punkt und hoffte, damit sichergestellt zu haben, dass das Ding nicht urplötzlich losgehen und wertvolle Teile seiner Anatomie mitnehmen würde.

Trotzdem steckte er die Waffe lieber nicht vorn in den Hosenbund – man konnte ja nie wissen.

»Okay, ich gehe jetzt Pirie und Wiktorja suchen.«

»Das AFO-Team ist unterwegs. Mach keine Dummheiten, ja?« Er konnte hören, wie sie beim Reden keuchte und schnaufte, als ob sie rannte.

Logan ging die Treppe zum Erdgeschoss hinunter.

»Vielen Dank. Dein Vertrauen in mich ist wirklich beruhigend.«

»He, ich hab ja schließlich nicht diese polnische Schlampe in mein Haus gelassen.«

Logan starrte das Telefon wütend an. »Diese ›polnische Schlampe‹ ist eine Polizeibeamtin, die entführt wurde!«

»Nein, ist sie nicht. Du hast selber gesagt, dass du weißt –«

»Wiktorja hat mir alles erklärt, okay? Sie wurde suspendiert, wegen der Vorfälle bei meinem Besuch dort. Es war nicht ihre Schuld.«

Der Bürotrakt hatte eine Hintertür, die zur angebauten Lagerhalle führte. Keine unliebsamen Überraschungen mehr – Logan schob den Sicherungshebel von dem weißen auf den roten Punkt. Dann stieß er vorsichtig die Tür auf.

»Sei kein Idiot.« Am anderen Ende war das Geräusch eines startenden Automotors zuhören, gleich darauf gefolgt vom Heulen einer Polizeisirene. *»Sie wurde nicht suspendiert, sie wurde gefeuert. Vor zwei Jahren – weil sie Schmiergelder von einem deutschen Gangsterboss namens Ehrlichmann angenommen hatte.«*

Logan erstarrte. »Was?«

»Du hast schon verstanden: Sie ist käuflich – aber wir reden hier nicht von Sex.«

»Wie kann sie … Aber … Nein, sie war doch dort – Ehrlichmanns Schläger haben auf sie geschossen!«

»Ich sage dir nur, was ihr Sergeant mir gesagt hat. Sie hat eine ganze Reihe großangelegter Drogenrazzien sabotiert. Wäre deswegen beinahe im Gefängnis gelandet.«

»Aber die haben auf sie *geschossen …*«

Hinter ihm ertönte eine Stimme: »Was machst du denn da, Mensch?«

Logan fuhr herum und riss die Pistole hoch, bis sie nur noch Zentimeter von DS Piries Nase entfernt war. »Was –«

»Ah, Herrgott …« Pirie trippelte ein paar Schritte rückwärts, stolperte über eine Kabeltrommel und landete unsanft auf dem Hintern.

»Du Vollidiot!« Logan ließ die Pistole sinken. »Ich hätte dich erschießen können!«

»Mist… Ich glaub, ich hab mir in die Hose gemacht.« Der Detective Sergeant streckte die Hand aus, und Logan zog ihn hoch. Pirie rümpfte die Nase. »Was stinkt denn hier so nach Kotze?«

»Wo bist du gewesen?«

»*Was ist denn da los? Hallo?*«

»Es ist Pirie, er lebt noch.«

»*Sag ihm, er soll aufpassen, dass du keine Dummheiten machst! Er –*« Logan drückte sie einfach weg. Dann schaltete er das Handy aus, damit sie ihn nicht zurückrufen konnte.

Pirie klopfte sich den Zementstaub vom Hosenboden. »Wo hast du denn die Pistole her?«

»Hab ich einem polnischen Kleiderschrank namens Grigor abgenommen, der für Krawtschenko arbeitet. Ich hab ihm mit einer Gerüstkupplung die Birne eingeschlagen.«

Pirie wurde noch blasser, als er ohnehin schon war. »Ist er tot?«

Logan legte eine Hand auf die Tür. »Ein AFO-Team ist auf dem Weg hierher. Du kannst hierbleiben und auf sie warten oder mit mir kommen.« Er ging durch zur Lagerhalle.

Sie war riesig: ein hoher, langer Raum mit frisch verlegtem Betonfußboden, leer bis auf ein paar vereinzelte Haufen von Baumaterialien. Durch die offenen Rolltore fiel gleißendes Sonnenlicht herein.

»Ah, Detective Sergeant, warum Sie haben so lange gebraucht?« Krawtschenko kam hinter einem Stapel rostroter Doppel-T-Träger hervor, die mit Kreide-Hieroglyphen bekritzelt waren. Er trug einen ausgebeulten Leinenanzug und ein weißes Hemd. Sogar eine Krawatte hatte er umgebunden. »Sie sich haben verlaufen, ja?«

Logan zielte mit der Pistole genau zwischen die Augen des alten Mannes. »Wadim Michailowitsch Krawtschenko, ich verhafte Sie wegen versuchten Mordes an Rory Simpson.«

»Ich verstehe …« Er lächelte. »Sie haben Pistole. OTs-33 *Pernach*: russisch, robust, wie Maschinenpistole. Ist gute Wahl, aber nicht sehr präzise, ich denke.«

Logan trat drei Schritte vor. »Auf den Boden, mit dem Gesicht nach unten, die Hände hinter den Kopf. *Sofort!*«

»Sie etwas vergessen, ja?« Er zog Polizeihauptmeisterin Wiktorja Jaroszewicz hinter den Stahlträgern hervor. Ihre Hände waren hinter dem Rücken gefesselt, und auf ihrer Wange breitete sich ein Bluterguss aus, der in Lila-, Grün- und Gelbtönen schillerte. Sie stöhnte und fluchte in das Klebeband hinein, mit dem ihr Mund umwickelt war.

»Auf den Boden, habe ich gesagt!«

Krawtschenko runzelte die Stirn. »Sie nicht wollen, dass sie zu leben?« Er zog eine versilberte automatische Pistole aus der Tasche, eine von der Sorte, wie sie in Gangsta-Rap-Videos verwendet wurde, und setzte sie Wiktorja auf den Bauch. »Jetzt wir haben Pattsituation. Legen Sie Ihre Waffe weg, oder ich erschieße sie.«

Logan zuckte mit den Achseln. »Na und?«

Pirie tippte ihm auf die Schulter und flüsterte: »Ich glaube, das ist keine gute Idee.«

»Halt's Maul, Pirie.«

»Aber ich es meine ernst, ja? Ich werde erschießen Ihre Freundin.«

»Logan, ich finde wirklich, wir sollten uns aus dem Staub machen und auf die Verstärkung warten!«

Logan ging noch weiter in die Halle hinein, den Pistolenlauf unentwegt auf die Mitte von Krawtschenkos Gesicht gerichtet. »Sie ist nicht *meine* Freundin, sondern Ihre.«

»Ich weiß nicht –«

»Na los, erschießen Sie sie doch.«

»Logan, Mensch, was soll der Scheiß?«

Krawtschenko runzelte die Stirn und neigte den Kopf zur Seite. »Ist das die umgekehrte Psychologie, ja? Sie so tun, als ob Sie wollen, dass ich erschieße Polizeihauptmeisterin Jaroszewicz?«

»Sie ist keine Haupt- und auch keine Obermeisterin, sie wurde vor zwei Jahren gefeuert, weil sie Schmiergelder von deutschen Gangstern eingesteckt hat.«

»Ich nicht zu verstehen ...«

»Ihr beide habt mich wirklich nach Strich und Faden verarscht. Ja, sicher, Wiktorja war hinter Gorzkiewicz her, aber nicht für die polnische Polizei. Und wer hat sie für euch gefunden? Natürlich ich – Volltrottel, der ich bin. Es war nicht dein Führungsoffizier, der Ehrlichmann den Tipp gegeben hat, hab ich recht, Wiktorja? Das warst du selbst.« Er funkelte sie an. »Wie hast du es angestellt – hast du ihm dort im Beichtstuhl eine SMS geschickt? War es so? ›Herr, vergib mir, denn ich habe gesündigt – und übrigens verkaufe ich gerade diesen trotteligen Polizisten aus Aberdeen an meinen Boss, der ein brutales Mörderschwein ist‹?«

Sie schüttelte den Kopf, dass ihre strähnigen blonden Haare hin und her flogen, und murmelte etwas in ihren Knebel hinein.

»Ich wette, du hast nicht damit gerechnet, dass sie auf dich schießen würden. Wie – sind sie etwa dahintergekommen, dass du Ehrlichmann auch gelinkt hast? Du hast nicht undercover ermittelt, du hast für dieses ... *Dreckschwein* gearbeitet!«

»Logan, ich glaube, wir sollten wirklich –«

»Schnauze, Pirie.« Er wandte sich wieder an Krawtschenko. »Sie war es, die Ihnen gesteckt hat, wo Sie Rory Simpson finden würden, nicht wahr? Wo ich ihn versteckt hatte. Die ganze verdammte Zeit hat sie mich *benutzt*! Aber wissen Sie was? Ich habe euer Spiel durchschaut.«

Pirie zog ihn am Ärmel. »Was soll denn das, verdammt? Mach keinen –«

»Na los, erschießen Sie sie.«

Der alte Mann zuckte mit den Achseln. »Okay.«

Und dann tat er genau das.

69

Der Schuss hallte von den Wänden der Lagerhalle wider. Wiktorja starrte auf den schwarzen Punkt in der Mitte ihres T-Shirts, der rapide zu einem dunkelroten Fleck anwuchs. Und dann knickten ihre Beine weg.

Krawtschenko ließ sie los, und sie fiel auf den Betonboden. Der Knebel dämpfte ihre Schreie. Dann richtete er seine silberglänzende Waffe auf Logan. »Besser so?«

Pirie fluchte. »O Scheiße, o verdammte Scheiße …«

Logans Mund schien ihm den Dienst zu versagen. »Aber … sie … Ihr …«

»Jetzt wir können kommen zu Geschäft, ja?«

»Sie haben sie erschossen!« Pirie zeigte mit einem zitternden Finger auf die Frau, die blutend auf dem Boden lag. »SIE IST POLIZISTIN!«

»Nein. Detective Sergeant hat recht – sie nicht mehr ist *policja.* Sie ist lästige *kurwa.* Sie hat gearbeitet für Ehrlichmann, hat für ihn versucht zu finden mich.« Krawtschenko grinste. »Aber vorher ich habe sie gefunden, nein?«

Der DS fuhr sich mit der Hand durch seinen roten Schopf. »Sie haben nie davon gesprochen, sie zu töten!«

Logan starrte Pirie an. »WAS?«

»Warum Sie haben jetzt plötzlich Gewissen? Sie erinnern doch an Luboslaw Frankowski?«

Pirie trat nervös von einem Fuß auf den anderen. »Das war ein *Missgeschick.* Konnte ja nicht wissen, dass der dumme Kerl den ganzen Whisky und die Pillen auf einmal schlucken würde, oder?« Er wandte sich zu Logan um. »Ich schwöre bei Gott, ich wollte nur dafür sorgen, dass er Ruhe gibt – darum hab ich ihm Unmengen von Schnaps gekauft, damit er nicht auf blöde Ideen kommt. Er wollte im Präsidium anrufen und alles erzählen … Ich hatte keine Wahl.«

Logan starrte ihn an. »Du steckst da mit drin? Bist du *wahnsinnig?*«

»Das hier hat keiner gewollt, okay? Es sollte nur eine kleine Unterhaltung sein, um rauszufinden, ob du mit von der Partie bist oder nicht. Niemand sollte dabei zu Schaden kommen, es –«

»Zu Schaden kommen? Der Kerl hat Menschen geblendet, du Vollidiot! Er ist dabei, einen Drogenkrieg anzuzetteln! Und es geht da nicht etwa um irgendwelche popeligen Revierstreitereien – ER HAT VERDAMMT NOCH MAL MASCHINENGEWEHRE!«

»Was sollte ich denn machen? Er zahlt Tausende. *Tausende.* Diese Stadt schwimmt im Ölgeld, wieso sollten wir da nicht ein Stück vom Kuchen abkriegen, hm? Warum sollten wir nicht –«

»Du hast von Anfang an Bescheid gewusst, nicht wahr? Du hast es gewusst – du hättest es verhindern können!«

»Es ist ja nicht so –«

Logan rammte Pirie den Pistolenlauf ins Ohr. »WEGEN DIR BIN ICH IN DIE LUFT GESPRENGT WORDEN, DU MIESES STÜCK SCHEISSE!«

Pirie wich zurück und hielt die Hände hoch. »Ich hab nur … Es war nicht …« Und dann machte er kehrt und rannte los, stieß die Tür auf und verschwand im Bürotrakt.

Krawtschenko sah ihm nach. »Keine Sorge, Grigor wird ihn einfangen.«

Logan drehte sich zu ihm um. Wiktorja lag auf der Seite, die Knie an die Brust gezogen; dunkelrotes Blut floss aus ihrer Wunde auf den Betonboden. Sie zitterte am ganzen Leib und stöhnte hinter ihrem Knebel. Und es war alles Logans Schuld. »Sie … Sie hat gar nicht für Sie gearbeitet?«

Krawtschenko lehnte sich mit dem Rücken gegen die gestapelten Stahlträger und kreuzte die Knöchel. »Dieser Pirie ist schwacher Mann. Hat nie die *jajca* gehabt, zu stehen auf eigene Beine. Nimmt nur Geld und tut, was ihm gesagt. Mann, der sich lässt kaufen, ist schwach – ich habe ihn gekauft von Hamish Mowat, vielleicht jemand wird ihn auch kaufen von mir? Aber Mann wie Sie …« Krawtschenko schnalzte mit den Fingern. »Wie man sagt für ›*idealistyczny*‹? … Ah ja: idealistisch.«

Logan konnte den Blick nicht von der größer werdenden Blutlache wenden. Ihm war übel. »Wir müssen ihr einen Krankenwagen rufen.«

»Warum Sie kümmern? Sie ist Lügnerin, ja? Hat Sie zum Narren gemacht.«

Logan hatte Mühe, die Pistole ruhig zu halten. »Runter auf den Boden, sonst erschieß ich Sie *wirklich*.«

»Sie glauben, ich bin zu grob zu ihr?« Er stieß Wiktorja mit der Schuhspitze an, und sie stöhnte. Ihr Gesicht war unglaublich bleich, nur die dunkelvioletten Ringe unter ihren Augen hoben sich erschreckend deutlich ab. Krawtschenko bückte sich und riss ihr das Klebeband vom Mund.

»Aaaah, Gott …« Ihre Lippen liefen schon blau an. »Erschieß ihn …« Sie knirschte mit den Zähnen. »Erschieß ihn … *bitte* …«

»Warum sollte Detective Sergeant mich zu töten? Ich bin sein Freund, aber du … Du hast ihn benutzt, um zu finden mich, das ihm gefällt nicht, ich denke.« Er lächelte Logan an. »Sie hat bezahlt Mann von Polizei in Warschau, damit ihr sagt, wenn jemand stellt Fragen über mich. Sehr schlau, ja?«

»Du … du hast … meinen Vater geblendet. Du hast ihm die Augen ausgestochen!«

Krawtschenko zuckte mit den Achseln. »Ich mache blind viele Leute. Vielleicht ich mache dich auch blind, bevor du stirbst?«

Sie prallte zurück, versuchte sich von ihm wegzuwinden, so gut sie es mit ihren auf dem Rücken gefesselten Händen konnte, doch bei jeder Bewegung schrie sie vor Schmerzen auf.

Logans Finger spannte sich fester um den Abzug. »Gehen Sie weg von ihr. *Na los!*«

Krawtschenko griff in seine Jackentasche und zog das Schweizer Messer heraus. »Wenn ich bin fertig.« Die kleine Dose Feuerzeugbenzin folgte sogleich.

»Ich sag es Ihnen nicht noch einmal!«

Wiktorja starrte die gebogene Klinge an. »Bitte nicht … Bitte! *Proszę! Proszę nie zabijaj mnie!*«

Krawtschenko packte eine Strähne ihres Haars und riss ihren Kopf hoch. Sie schrie auf. Logan machte sich bereit, zielte – und in diesem Moment flog die Tür hinter ihm auf.

Es tat einen lauten Knall, und der alte Mann duckte sich. Und dann ein leises Prasseln, als die Schrotkugeln auf den Betonboden herabregneten. »Der nächste Schuss«, sagte eine Stimme an der Tür, »geht nicht in die Decke.«

Gott sei Dank – die Kavallerie war da …

Doch als Logan sich umblickte, war es nicht einer von DI Steels AFOs, den er in der Tür stehen sah. Es war ein Koloss, mindestens zweieinhalb Zentner schwer, das Gesicht von Narben übersät. Logan hatte ihn zuletzt gesehen, wie er in Wee Hamish Mowats Werkstatt an einem alten Jaguar herumgeschraubt hatte: Reuben. Er hatte seinen Blaumann gegen ein zu enges rosa Polohemd, eine zeltartige Jeans und eine abgesägte Schrotflinte eingetauscht. Reuben kam in die Halle gestapft, Schweißperlen glitzerten auf seiner Stirn. Und gleich darauf erschien ein pickliger Jüngling mit grünen Haaren, der einen blutverschmierten DS Pirie hereinschleppte.

Der Grünschopf warf Pirie auf den Boden und zog einen altmodischen Revolver aus der Tasche.

Pirie sah aus, als wäre seine Nase explodiert – sie war nur noch ein plattgedrückter, blutiger Hautlappen über seinem geschwollenen Mund. Lispelnd und mit undeutlicher Aussprache stieß er hervor: »Bitte, lasst mich am Leben!«

Der Grünschopf versetzte ihm einen Tritt. »Schnauze!«

Reuben musterte Logan von Kopf bis Fuß. »Wir kommen wegen dem Polen.«

Krawtschenko rappelte sich vom Boden auf. Ein Knie seiner Leinenhose war mit Wiktorjas Blut getränkt, der cremefarbene Stoff himbeerrot verfärbt. »Ich *nicht* bin Pole. Ich komme von Ukraine.« Er zielte mit der Pistole auf sie. »Und ich gehe nirgendwohin.«

Der Knabe mit den grünen Haaren packte Pirie am Kragen und zog ihn hoch auf die Knie. Dann bohrte er den Revolverlauf in die Schläfe des Detective Sergeant. »Leg die verdammte Knarre weg, oder ich knall das Schwein ab!«

Krawtschenko seufzte. »Wir schon hatten dieses Spiel – ›Wer blufft wen?‹« Die versilberte Automatikpistole bellte ein Mal. Ein kleiner Blutschwall schoss aus Piries Bauch hervor, ein wesentlich größerer aus seinem Rücken, als die Kugel seinen Körper glatt durchschlug.

»SCHEISSE!« Der Grünschopf ließ Pirie los und wich tänzelnd zurück, die Hände hoch über den Kopf erhoben. Pirie sackte schreiend auf dem Betonboden zusammen.

»Jetzt ist leichter, ja? Jetzt wir –«

Der Koloss im pinkfarbenen Polohemd sagte: »Ist mir doch zu blöd« – und schoss Krawtschenko mit seiner Schrotflinte in die Brust.

70

Der alte Mann prallte zurück und stieß gegen den Stapel T-Träger, ehe er zusammenbrach und mit dem Gesicht in der Lache von Wiktorjas Blut liegenblieb.

Es schien eine Ewigkeit zu dauern, bis das Krachen des Schusses verhallt war.

Logan starrte Krawtschenko an und drehte sich dann zu dem Hünen in dem rosa Polohemd um. »Sie haben gerade –«

Reuben schüttelte den Kopf. »Nein, habe ich nicht.« Er blickte sich nach seinem grünhaarigen Helfershelfer um. »Lebt das Schwein von Pirie noch?«

Der DS hatte aufgehört zu schreien und hielt sich nur noch das kleine Loch in seinem Bauch. Er war kreideweiß im Gesicht und atmete flach durch den Mund.

»Ja, er lebt noch.« Der Grünschopf trat noch einmal nach ihm. »Verrätersau. O ja, wir wissen genau, dass du ein doppeltes Spiel getrieben hast, Pirie – wir beschatten dich schon seit *Tagen*, Mann. Was glaubst du wohl, was Wee Hamish mit dir machen wird, hm? Schweinefutter macht er aus dir, du –«

»Johnny! Halt endlich die Klappe, okay? Es hört schließlich ein Polizist mit.« Dann lächelte er Logan an. »Beachten Sie ihn nicht. Das hier hat nichts mit Mr. Mowat zu tun. Das ist eine rein persönliche Angelegenheit. Verstanden? Johnny und ich nehmen jetzt Pirie und dieses polnische Arschloch mit und behelligen Sie nicht länger, okay?«

»Wie kommt ihr darauf, dass ich euch die beiden einfach so mitnehmen lasse?«

Reuben schwenkte die abgesägte Schrotflinte herum, bis sie auf Logans Brust zielte.

Logan sah auf den Doppellauf hinunter. »Sie haben schon zweimal geschossen. Da ist keine Patrone mehr drin.«

»Meinen Sie?« Der kräftige Mann lächelte. »Johnny, hilf doch mal eben Mr. Pirie auf und bring ihn zum Wagen, ja? Wir … äh … wir liefern ihn auf dem Nachhauseweg im Krankenhaus ab.«

»Okay, alles klar … Krankenhaus.« Der grünhaarige Jüngling fasste Pirie unter den Achseln und schleifte ihn heraus. Auf dem Betonboden blieb ein leuchtend roter Schmierfleck zurück.

»Guter Junge.« Der Hüne ließ die Schrotflinte sinken und deutete auf Krawtschenkos leblosen Körper. »Jetzt nehm ich nur noch dieses Stück Scheiße da und –«

»Nein. Sie lassen ihn gefälligst hier.«

Er lachte kurz auf. »Ich lasse keine –«

Logan trat einen Schritt vor und setzte dem dicken Mann den Pistolenlauf mitten auf die Stirn. »O doch, das tun Sie.«

Pause.

»*Aye*, schon in Ordnung.«

Er wartete, bis die Tür ins Schloss fiel, und rannte dann über den Betonboden zu Wiktorja. Sie war blass, lag schwitzend und zitternd in einer immer größer werdenden Lache ihres eigenen Bluts. Logan kramte sein Handy hervor, schaltete es wieder ein und rief einen Krankenwagen, während er auszurechnen versuchte, wie lange es her war, seit er mit DI Steel gesprochen hatte, und wie lange es noch dauern würde, bis die AFOs hier eintrafen. Jetzt, wo es viel zu spät war und sie ohnehin nichts mehr ausrichten konnten. Vielleicht würden sie gerade noch rechtzeitig kommen, um Reuben und seinen kleinen grünhaarigen Freund daran zu hindern, sich mit Pirie aus dem Staub zu machen.

Wir liefern ihn im Krankenhaus ab. Ja, klar.

Aber irgendwie war es Logan auch gleich – dieser linke Hund hatte all das reichlich verdient, was ihm widerfuhr. Und außerdem hatte Logan schon genug andere Gründe, sich schuldig zu fühlen. Was immer mit Pirie passierte, hatte er sich selbst zuzuschreiben.

Wiktorja lag auf der Seite und machte kleine Tretbewegungen mit den Beinen, zog die Füße kreisend ein ums andere Mal über den blutverschmierten Beton. Logan hob Krawtschenkos Schweizer Armeemesser auf, klappte eine gezahnte Klinge aus und sägte die Kabelbinder durch, mit denen ihre Handgelenke hinter dem Rücken zusammengebunden waren.

Als die Plastikbänder rissen, knirschte sie mit den Zähnen und stieß einen Schwall polnischer Obszönitäten aus. Ihr rechter Arm – der, den sie zuvor in der Schlinge getragen hatte – war zwischen Ellbogen und Handgelenk, wo Grigor ihn gebrochen hatte, auf beunruhigende Weise seitwärts gebogen. Sie hielt ihn vor die Brust und umklammerte ihn mit der anderen Hand.

»Halt durch, ja?«

»Du hast… du hast… ihn auf mich… schießen lassen…« Sie presste jedes Wort unter Schmerzen hervor.

»Warum hast du mir nichts gesagt?« Er kniete sich neben sie, kaltes Blut tränkte seine Hosenbeine. »Wie konntest du für Ehrlichmann arbeiten?«

Sie blickte zu ihm auf. »Um… Krawtschenko… zu finden… er sollte… dafür bezahlen…«

Logan hatte noch nie ein so blasses Gesicht gesehen.

»Du schaffst es schon.«

Oder vielleicht auch nicht.

Sie blinzelte ein paarmal, als ob sie in der leeren Lagerhalle etwas zu erkennen versuchte. Und dann sah sie den Mann, der neben ihr lag und dessen heller Leinenanzug sich mehr und mehr dunkelrot färbte. Wiktorja verzog das Gesicht und spuckte, doch der blutige Speichel kam gar nicht so weit, lief ihr nur am Kinn herab. »Ich bin … ich bin froh … dass du … tot bist … du altes … Miststück.«

Ihr Bein zuckte in Krawtschenkos Richtung. Sie versuchte ihn zu treten, kam aber nicht einmal in seine Nähe. Und dann kippte ihr Kopf nach vorn.

Logan tastete nach einem Puls.

71

Es war noch ein Funke Leben in ihr, aber wenn der Krankenwagen nicht bald einträfe, würde sie nicht mehr lange durchhalten. Eines konnte er immerhin noch für sie tun. Logan stand auf, ging auf Krawtschenkos leblosen Körper zu und trat ihm in die Rippen. Und zwar richtig fest.

Der alte Mann stöhnte. Logan starrte ihn an. »Oh, das ist doch nicht dein Ernst…«

Krawtschenko versuchte sich auf die Seite zu hieven. Die ganze Brust seines ausgebeulten Leinenjacketts war von der Schrotladung zerfetzt und mit Blut getränkt.

Wie zum Teufel hatte er das überlebt?

Logan setzte den Fuß auf die Schulter des alten Mannes und stieß ihn an, sodass er wieder auf den Rücken rollte. Krawtschenkos Kopf knallte mit einem dumpfen KLONK auf den Beton, und er ächzte.

Logan sah auf den ruinierten Anzug hinunter, auf das zerrissene Hemd, die vielen Löcher von den Schrotkugeln. Und er bewegte sich doch. »Du bist ja fast noch schlimmer als dieser Grigor!«

Krawtschenko fasste sich mit zitternden Händen an die zerschossene Brust und fingerte an den Knöpfen seines blutgetränkten Hemds herum. Und da sah Logan die schusssichere Weste. Der alte Mann hustete und fluchte auf Polnisch.

Logan griff in die Tasche und holte Grigors Pistole hervor. Seine Latexhandschuhe klebten am Griff und hinterließen blutige Flecken an dem schwarzen Lauf.

»Alle glauben, dass du schon tot bist.« Er zog den Schlitten zurück, und ein 9-mm-Geschoss mit Messingmantel segelte durch die warme Nachmittagsluft, um mit einem *Plopp* in der Blutlache zu landen. Kreisförmige Wellen breiteten sich langsam aus. »Hast du eine Ahnung, wie viel Scheiße ich durchgemacht habe wegen dir?«

Der alte Mann rollte sich wieder auf die Seite und stemmte sich dann mühsam auf die Knie hoch.

Logan trat ihm zwischen die Schulterblätter, sodass er krachend wieder auf dem Boden landete.

»Dir habe ich es zu verdanken, dass ich in die Luft gesprengt und beschossen wurde, dass ich wahrscheinlich gefeuert werde und am Ende vielleicht noch im Knast lande…« Er trat dem alten Mann in die kugelsicheren Rippen. »Und ich habe wieder angefangen zu rauchen! Ist doch bescheuert, oder? Dabei schmecken mir die verdammten Dinger gar nicht mehr!«

Noch einmal, weil's so schön war, und diesmal so fest, dass ihm selbst der Fuß wehtat. Logan humpelte ein paar Schritte weg, machte dann wieder kehrt und zielte mit der Pistole auf Krawtschenkos Gesicht. »Okay, erstens: die *Buckie Ballad* – wo ist sie?«

»Geh… fick dich in Knie.«

Er bohrte Krawtschenko den Lauf ins Kinn.

»Du sagst mir jetzt, wo dieser Fischtrawler die Waffen abladen wird, oder ich blas dir den Schädel weg.«

Der alte Mann machte ein Geräusch. Logan brauchte einen Moment, um zu erkennen, dass er lachte. »Was ist denn daran so verdammt komisch?«

»Du bist. Ist alles nur Show. Du bist *policja*, ihr müsst haben Regeln. Das euch macht schwach.«

Logan trat einen Schritt zurück. Krawtschenko hatte recht: Es *gab* Regeln.

»Weißt du was? Scheiß drauf.« Logan schoss ihm in die Brust.

Krawtschenko knallte hart auf den Beton. Den Mund zu einem stummen Schrei aufgerissen, befingerte er die neue feucht glänzende Beule in seiner schusssicheren Weste.

Logan sah zu, wie er sich wand. »Tut weh, was? Ich wette, das ist wie ein Schlag in die Rippen mit einem Brecheisen. Wo ist die *Buckie Ballad*?«

»Llleck … mich … *kurwa* …«

»Noch 'ne Runde gefällig?«

Logan schoss noch einmal auf ihn, diesmal tiefer – genau in die Mitte der Bauchplatte der Weste. Krawtschenko krümmte sich vor Schmerzen und sog zischend die Luft durch die Zähne.

»Glaubst du ernsthaft, ich würde zulassen, dass du eine Schiffsladung automatische Waffen in meine Stadt bringst?« Er wälzte den alten Mann mit einem Fußtritt auf den Rücken und schoss ihm erneut in die Rippen. »Wo ist es?«

»Aaaaaaaah! *Cholernik … Odpierdol się!*« Fluchen, Stöhnen und noch mehr Fluchen.

»Okay, schön. Machen wir's ein bisschen interessanter.« Logan schwenkte die Waffe herum und schoss dem alten Mistkerl ein Loch ins Bein. »Also, wo ist das verdammte Schiff?«

Nachspiel

I

Caulfleg Farm, 35 Meilen vor Aberdeen – vier Stunden später

»Nun denn.« Wee Hamish betrat den Stall. »Sind wir soweit?«

Ein dicker Mann in einem verdreckten Blaumann zog die Metalltür zu und schloss den sonnigen Nachmittag aus. Er betätigte einen Schalter, und es wurde hell. Der nasse Betonboden glitzerte im Schein der nackten Glühbirnen, die von der Decke herabhingen.

Zwei Reihen von Koben zogen sich an den Längswänden entlang, voll mit fetten rosigen Leibern; feuchte Rüssel schoben sich durch die Metallgitter. Es stank hier drin – ein durchdringender, deftiger Geruch nach ungeklärten Abwässern, Schweiß und Panik. Ein staubiger Hauch von trockener Streu. Das Grunzen und Quieken der Schweine.

Hilary Brander sah ihren Mann an. »Wir sind soweit.«

»Gut, gut.« Wee Hamish hielt einen fabrikneuen Klauenhammer hoch. »Nun, wir haben ja keine Eile, also lasst euch ruhig Zeit. Möchtet ihr, dass Reuben und ich draußen warten?« Er deutete auf den dicken Mann, der zurückwinkte. Sein Gesicht war eine unförmige Masse aus Narbengewebe und einem lückenhaften Bart.

»Nein, nein, ihr stört uns nicht.« Sie nahm den Hammer, und Wee Hamish nickte.

»Gut, also dann – er wartet auf euch.«

In der Mitte des betonierten Mittelgangs hatten sie auf einer

Unterlage aus Stroh ein paar Holzpaletten platziert. Ein Mann war mit ausgebreiteten Armen und Beinen an das Holz gebunden. Eine Seite seines Kopfs war geschwollen und aufgeplatzt, bedeckt mit einer rotbraunen Maske aus getrocknetem Blut. Er war groß und kräftig, mit beginnender Stirnglatze, das lange Haar im Nacken verfilzt und glänzend.

Er murmelte etwas in seinen Knebel und funkelte sie mit einem Auge an, als Hilary Simon McLeod über den Betonboden führte. Eine breite Sonnenbrille verbarg Simons vernarbte Augenhöhlen.

Wee Hamish hüstelte. »Es tut mir leid, dass wir den anderen nicht heranschaffen konnten. Ich fürchte, der Polizist, der an der Aktion beteiligt war, war … Nun, wie dem auch sei. Ich bin sicher, dass wir das später noch nachholen können.«

Hilary drückte Simon den Hammer in die Hand. »Er gehört dir.«

Simon bleckte die Zähne und tastete sich am Bein des übel zugerichteten Mannes entlang, bis er zum Knie kam.

Das Opfer wand sich und zerrte an seinen Fesseln, doch die Seile waren schön fest gespannt. Er konnte sich nicht vom Fleck rühren.

Simons erste drei Hammerschläge verfehlten das Ziel und krachten auf die Holzpalette. Der vierte streifte das Bein des Mannes, der fünfte landete krachend auf seinem eigenen Handrücken. »SCHEISSE, VERFICKTE GOTTVERDAMMTE SCHEISSE!« Er schleuderte den Hammer von sich, ging in die Hocke und lutschte an seinen Knöcheln.

»Bist du okay, Schatz?«

»Nein, bin ich nicht, verdammt! Ich bin blind! Ich kann nicht mal mehr jemanden zum Krüppel schlagen!«

Hilary stand auf und ging hinüber, um den Hammer vom Boden aufzulesen. Ein paar Strohhalme hatten sich zwischen den Zinken verfangen; sie zupfte sie heraus und ließ sie auf den Boden fallen. »Ich mache es.«

Wee Hamish legte ihr die Hand auf die Schulter. »Ist schon in Ordnung, Hilary, meine Liebe; Reuben wird sich um alles kümmern. Nicht wahr, Reuben?«

»Wär mir ein Vergnügen, Miss Brander.«

»Geh nur ins Haus und sag Mrs. Williamson, sie soll dir eine schöne Tasse Tee machen.«

Hilary wog den Hammer in der Hand. »Danke, aber es sollte jemand aus der Familie sein. Und Colin kann es nicht machen – nicht, solange die Polizei ihn auf Schritt und Tritt überwacht. Ich bin es Simon schuldig …«

Der erste Schlag war noch zögerlich. Der zweite schon fester. Der dritte so hart, dass der Knorpel riss und der kräftige Mann hinter seinem Knebel schrie. Immer weiter und weiter drosch sie auf das Kniegelenk ein, dass das Blut nur so spritzte und das Geräusch nasser und nasser wurde, bis der Hammer auf den blanken Knochen traf. Dann war es Zeit für Knie Nummer zwei.

Sie blickte auf. Fuhr sich mit der Hand übers Gesicht, um die kleinen roten Tropfen von Wangen und Stirn zu wischen, doch es gelang ihr nur, sie noch mehr zu verschmieren.

Simon lächelte sein Schlafzimmerlächeln und lauschte, als das Krachen und Knirschen wieder einsetzte. Sie konnte sehen, wie seine Hose sich ausbeulte. Das erste Mal seit Jahren …

Das würde eine ganz besondere Nacht werden.

Sie grinste und machte sich daran, die Ellbogen des kräftigen Polen zu bearbeiten.

Detective Sergeant Pirie kniff die Augen fest zu und versuchte sich einzubilden, er sei irgendwo anders. Irgendwo, ganz gleich wo, nur nicht hier, wo er auf der Seite in einem leeren Schweinekoben lag, klatschnass von seinem eigenen Blut. Handschellen an den Händen, einen Knebel im Mund. Zitternd vor Kälte. Schwankend zwischen Wachen und Bewusstlosigkeit. Weinend. Und betend.

Dann hörte das Hämmern auf, und der polnische Hüne wurde fortgeschleift.

Die Stalltür schwang knarrend auf.

Pirie konnte hören, wie sich die Schweine quiekend um irgendetwas balgten. Und dann war Reuben wieder da, sein großes vernarbtes Gesicht zu einem Grinsen verzerrt.

»Du bist dran.«

II

Präsidium der Grampian Police – Montag

DI Steel wartete vor DCI Finnies Büro auf ihn, lässig an die Wand gelehnt, die Hände tief unter die Achseln geklemmt. Sie zog fragend eine Braue hoch, als Logan die Tür hinter sich zumachte. »Und, kriegst du jetzt die ganze Härte des Gesetzes zu spüren?«

»Kommt drauf an, ob die *Buckie Ballad* da auftaucht, wo sie auftauchen soll.« Er grinste schief und ging den Flur entlang voran. »Von Krawtschenkos Schläger, diesem Grigor, gibt's immer noch keine Spur. Fähren, Busbahnhöfe, Flughäfen – nichts. Im Moment streiten Finnie und Bain da drin über die Frage, wer schuld daran ist, dass DS Pirie sich schmieren ließ. Ich habe um zwei einen Termin bei der Internen Dienstaufsicht, also werden sie am Ende wahrscheinlich *mir* die Schuld geben.«

»Ach, komm, nun sei doch nicht so ein Miesepeter.« Sie klopfte ihm auf den Rücken und hakte sich bei ihm unter. »Wenn du nett zu Tante Roberta bist, wird sie auch ein gutes Wort für dich einlegen.«

»Ja, klar, weil das ja auch schon so glänzend funktioniert hat, als es um diese DI-Stelle ging.«

»Fang jetzt nicht wieder damit an.« Sie stieß die Tür zum Treppenhaus auf. »Und außerdem bist du mir sowieso noch was schuldig, weil du Susan mit dieser Pädo-Geschichte so gestresst hast. Sie ist immer noch eingeschnappt.«

Auf der Treppe hielt Steel ihn plötzlich an, kramte in ihrer Tasche und holte einen kleinen Probenbecher aus Plastik hervor.

Logan stöhnte. »Als ob das alles nicht schon schlimm genug wäre!«

»Ach, nun komm schon, das ist das Mindeste, was du tun kannst! Lass dir von deiner tätowierten Goth-Freundin –«

»Inspector?« DI Beattie kam vom dritten Stock herauf, in der einen Hand eine Tasse Tee, in der anderen einen Schokokeks.

Steel drehte sich nicht einmal um. »Was?«

»Ich glaube, ich habe herausgefunden, wer das Geld aus Ihrer Fluchkasse gestohlen hat!«

»Na los, raus mit der Sprache: Wie heißt das diebische Elsterschwein, dem ich den Stiefel in den Arsch rammen muss?«

Beattie spähte verstohlen nach links und nach rechts. »Es war Detective Sergeant Pirie.«

Steel stand einen Moment lang mit offenem Mund da. Dann klatschte sie sich mit beiden Händen auf die Wangen und ließ sie dort liegen, um den dramatischen Effekt zu verstärken. »O mein Gott, warum bin *ich* nicht darauf gekommen?«

»Na, nun seien Sie mal nicht so streng mit sich, Inspector, ich habe auch lange ge–«

»Sie verdammter Idiot.« Sie schob sich unsanft an Beattie vorbei und trampelte die Stufen hinunter. »Kaum kommt raus, dass Pirie Bakschisch angenommen hat, soll er plötzlich an allem schuld sein. Mein Geld ist verschwunden? Pirie ist schuld. Die Milch ist sauer? Pirie ist schuld. Sie haben einen bärtigen Halbidioten zum Detective Inspector gemacht? Pirie ist schuld.«

»Aber ich –«

»Sie waren ein miserabler DS, und als DI sind Sie noch schlimmer!«

Sie verschwand um die Ecke, und ihre Stimme hallte von unten herauf. »Lazarus, wir werden hier auch nicht jünger. Beweg deinen Arsch!«

Er eilte ihr nach und hob nur kurz bedauernd die Schultern, als er an dem hilflos stammelnden DI Beattie vorbeikam.

Logan holte Steel auf dem Flur vor ihrem Büro ein. Mit der Hand auf der Türklinke hielt sie inne und grinste. »Ich glaube, das wird mein neues Hobby – Beattie triezen, bis er schreit.«

Sie drückte die Klinke, und die Tür schwang hinter ihrem Rücken auf, weshalb sie nicht sehen konnte, wie DC Rennie mit erschrockener Miene von Steels Schreibtischstuhl aufsprang. Er hastete zum Fenster und tat so, als ob er draußen auf der Straße etwas beobachtete, während Steel sich umdrehte und ins Büro schlenderte.

»Was machen Sie denn hier?«

Rennie führte eine kleine Pantomime mit dem Titel »Ach, ich hab Sie gar nicht kommen sehen …« auf. »Ich … äh … Ich habe DS McRae gesucht. Sie wissen doch, dass Ricky Gilchrist unter Auflagen auf freien Fuß gesetzt wurde, weil er bloß so getan hat, als ob er Ödipus wäre?«

»Und?«

»Gestern hat er einen polnischen Barkeeper angegriffen, vor allen Leuten im Pub. Bis die Türsteher ihn wegzerren konnten, hatte er dem armen Kerl schon mit dem Daumen ein Auge ausgequetscht.«

»Wunderbar – das hat mir gerade noch gefehlt.«

»Angeblich hat er rumgebrüllt, alle Polen wären räudige Hunde, und die Polizei hätte ihn nie laufen lassen dürfen.«

»Ja, reiben Sie's uns nur unter die Nase«, sagte Steel. »Meinen Sie nicht, dass Laz schon genug an der Backe hat? Eine halbtote polnische Schlampe, ein vermisster DS, ein flüchtiger polnischer Schläger und ein blinder Pädophiler, der uns die Haare vom Kopf klagt.«

Logan ließ sich auf einen der Besuchersessel fallen. »Mir ist immer noch nicht klar, wie Krawtschenko erfahren hat, dass wir Rory Simpson in eurem Haus versteckt hielten. Wiktorja kann es nicht gewesen sein.«

»Ah …« Rennie wurde ziegelrot im Gesicht. »Also …« Er hüstelte. »Kann sein, dass ich daran schuld bin.«

»*Was?*«

»Na ja … Pirie hat mich gefragt, was ich am Donnerstag mache, und da hab ich … na ja.«

»Du hast es ihm gesagt.« Logan versank noch tiefer in seinem Sessel und vergrub sein Gesicht in den Händen. »Himmelherrgott.«

»Bitte?«

Steels Stimme war verstörend ruhig und gefasst. »Laz, kannst du mir mal mit zehn Pfund aushelfen?«

Logan linste zwischen seinen Fingern durch. »Du hast es Pirie gesagt?«

»Es war nicht meine Schuld!«

»Leih mir doch mal jemand ’nen Zehner!«

Rennie kramte einen Zehnpfundschein aus der Tasche und gab ihn ihr. »Ich wollte wirklich nicht –«

Steel stieß ihm den Finger in die Brust. »Es hätte fast Tote gegeben! Rory Simpson wurden die Augen ausgestochen! Sie blöder, idiotischer, vertrottelter Hurensohn von einem unfähigen Scheißwichser!« Das war erst die Aufwärmphase – als sie richtig in Fahrt kam, wurde Rennie von einem regelrechten Tsunami aus Kraftausdrücken überrollt. Und dann brach die Flut von Beschimpfungen jäh und unvermittelt ab.

»Zehn Pfund.« Sie kehrte dem Constable den Rücken zu und drückte Logan das geborgte Geld in die Hand. »Steck das in die Fluchkasse. Und wenn du schon dabei bist …« Sie warf ihm den Plastik-Probenbecher zu.

»Aber –«

»Kein Aber.« DI Steel zeigte mit dem Finger auf Rennie. »Und *Sie* … Sie können heilfroh sein, dass ich gerade knapp bei Kasse bin!« Sie stürmte hinaus und knallte die Tür hinter sich zu.

»Junge, Junge …« Der Constable lehnte sich mit hängenden

Schultern gegen den Schreibtisch. »Meine ich das nur, oder wird sie immer schlimmer?«

Logan ließ die Frage unbeantwortet. Er saß nur da und drehte den kleinen Becher zwischen den Fingern.

»Hör mal, es tut mir ehrlich leid, dass ich es Pirie gesagt habe, okay?«

»Was hast du da hinter ihrem Schreibtisch gemacht?«

Rennie wurde rot. »Ähm, ja … Also, vor ein paar Wochen, da hab ich mir quasi ein bisschen Geld aus der Fluchkasse *geliehen*. Es war nur ein Darlehen, ich schwör's. Ich hab alles zurückgetan – kannst es nachzählen, wenn du willst.«

»Beattie sagt, Pirie hat es gestohlen.«

»Oh …« Rennie kaute auf der Innenseite seiner Wange herum. »Heißt das, ich kann das Geld behalten? Ich meine nur, wenn sowieso alle denken, dass es Pirie war?«

Logan sah ihn nur böse an.

»Okay. Dann eben nicht. Schon gut.«

Schweigen.

Rennie beäugte neugierig den kleinen Plastikbecher in Logans Hand. »Was ist das denn?«

»Sie will, dass ich Susan schwängere.«

»Echt? Wow, dann kannst du dich ja auf heißen Lesben-Gruppensex freuen!«

»Lass das, okay? Ich bin nicht in der Stimmung dafür.«

»Ich weiß gar nicht, warum du dich so anstellst, bloß wegen ein bisschen Sperma.«

»Es ist … kompliziert.«

»Keinen Bock, Papa zu werden, hm?«

Logan stellte den Becher auf den Schreibtisch. »Nicht so richtig, nein.«

Rennie schwieg eine Weile, die Lippen gespitzt. Dann griff er nach dem Behälter. »Ich mach's.«

»Was? Nein, sie –«

»Ach, ist schon okay! Ich bin schließlich schuld, dass du fast draufgegangen wärst, da kann ich doch wenigstens für dich in einen Becher onanieren.« Er eilte zur Tür, mit federndem Schritt und einer Hand in der Hosentasche. »Ich werd' ihr schon zeigen, wer hier ein unfähiger Wichser ist.«

Als Steel von wo auch immer zurückkam, war Rennie schon wieder verschwunden, nachdem er den Plastikbecher mit dem sämigen Souvenir vorbeigebracht hatte. Logan, der das Ding lieber nicht anfassen wollte, hatte Rennie angewiesen, es zum Warmhalten auf der Fensterbank in die Sonne zu stellen.

Steel ging zum Fenster, um es zu kippen, blieb stehen und starrte den kleinen Becher an. »Was sehen meine müden Augen?« Sie nahm ihn in die Hand und beäugte den Inhalt. »Hättest du nicht ein bisschen mehr schaffen können?«

»Vergiss es – das Ding kannst du in den Müll werfen. Es ist nicht –«

»Nein!« Sie drückte den Becher an ihre Brust. »Nein, ich will ja nicht undankbar sein, das ist ganz toll. Das reicht allemal, ehrlich.« Sie schnappte sich ihre Jacke vom Stuhl. »Falls jemand dich nach mir fragt, schick ihn einfach zum Teufel, okay? Ich muss jetzt ein Kind machen.«

Sie eilte hinaus. Gleich darauf kam sie wieder hereingestürmt, drückte Logan einen dicken, nach Rauch riechenden Kuss auf die Wange und sagte: »Danke.«

Logan sah ihr nach, als sie überglücklich mit dem falschen Sperma davonzog. Er hatte versucht, sie zu warnen – niemand konnte behaupten, er hätte es nicht versucht.

Er schlappte zurück ins leere CID-Büro. Die Interne Dienstaufsicht konnte ihm den Buckel runterrutschen – die konnten ihn genauso gut morgen noch zur Schnecke machen.

Jemand hatte eine Haftnotiz an seinen Computerbildschirm geklebt. Schon wieder eine Nachricht von Dr. Goulding, der vorschlug, dass Logan ihm bei einem fiktiven Fall helfen könne.

Der dreißig Jahre alte Knockdhu von Wee Hamish lag noch

genau da, wo Logan ihn hingelegt hatte, und daneben das Glas, mit dem er damals im Krankenhaus Krystka Gorzałkowskas Fingerabdrücke abgenommen hatte.

Vielleicht war das doch keine so gute Idee. Wenn man einmal anfing, sich mit Schnaps bestechen zu lassen, wohin sollte das noch führen?

Er nahm das Glas aus dem Beweismittelbeutel, riss die Alukapsel von der Flasche ab und schenkte sich mit zitternden Fingern einen kräftigen Schluck ein. Der Whisky leuchtete golden wie flüssiges Feuer.

Logan prostete Gouldings Notiz zu. »Auf den Teufel und meinen kleinen Finger.« Der Knockdhu ging runter wie Honig, und schon strahlte eine wohlige Wärme von Logans Magen aus, die alle seine Fasern durchströmte und das Zittern linderte. Torf und Alkohol kitzelten ihn in der Kehle. Wirklich ein hervorragender Tropfen. Er trank das Glas leer, ehe noch jemand hereinplatzte und auch probieren wollte. Dann ging er ins Internet und recherchierte, was so eine Flasche dreißig Jahre alter Knockdhu eigentlich kostete.

»Meine Güte…« Es war ein kleines Vermögen.

Eigentlich sollte er Wee Hamish anrufen und sich bedanken. Aus reiner Höflichkeit. Danke für den sauteuren Whisky, kann ich mich vielleicht irgendwie revanchieren?

Logans Blick fiel auf den gelben Haftzettel. Er könnte natürlich auch Goulding anrufen und den Psychologen in seinen Problemen herumwühlen und -bohren lassen wie in einem faulen Zahn.

Wee Hamish oder Goulding?

Whisky oder Zahnweh?

Er zog sein Handy aus der Tasche und rief an.

III

Staatliche Haftanstalt Craiginches – zwei Wochen später

Im Hof geht es lebhaft zu, trotz des feinen Nieselregens, der aus einem grauen Julihimmel herabfällt. Hohe Granitmauern sperren den Rest der Welt aus.

Er verschränkt die Arme und lehnt sich gegen den Geräteschrank, genießt die frische Luft. Fünf Tage Einzelhaft, nur weil irgendjemand sich aus Versehen die Hand in einer der schweren Zellentüren eingeklemmt hatte. Sechsmal hintereinander.

Dafür kann er doch nichts, oder? Jedenfalls konnten sie ihm nichts nachweisen. Nein, da passt er schon verdammt gut auf. Zwei Monate wegen schwerer Körperverletzung reichen ihm völlig, vielen Dank.

Zwei Monate … Mensch, für einen Joint könnte er glatt einen Mord begehen.

Stattdessen macht er es sich gemütlich und schaut sich das Spiel an.

Es soll eigentlich ein Fußballspiel sein – die Blauen gegen die Roten –, aber es sind zu viele Spieler auf dem Platz, und die Hälfte davon haben keinen blassen Schimmer, was sie da tut. Alles Idioten. Es steht 23:52. Das kommt davon, weil keiner im Tor stehen will, alle wollen sie Stürmer sein. Schwachköpfe.

Kapieren nicht, wie wichtig es ist, für das Team den Kopf hinzuhalten …

Er richtet sich auf.

Der Russe ist da – Russe, Pole, halt so was in der Art. Humpelt vorbei mit einem Gesicht wie ein versohlter Arsch. Zwei Wochen ist es her, dass dieser Bulle ihm eine Kugel in den Bauch gejagt hat, und er läuft schon wieder rum. Verdammt zäher Bursche.

Diese Russen, was?

Jemand schießt den Ball ins Aus. Er springt ein paarmal auf und bleibt vor den Füßen des Russen liegen. Müsste Einwurf geben, aber die Deppen in Blau und Rot rennen alle los, als wär's ein Wettrennen, und machen ein Geschrei wie eine Horde Affen.

Optimales Timing.

Colin McLeod schlendert über das spärliche Gras hinter dem Tor der Roten, tut betont lässig – und rückt dabei immer näher an sein Ziel heran.

Die Spieler drängen sich um den humpelnden Russen, rangeln um den besten Platz – »Los, Mann, her mit dem Ei!« – »Weg da!« – »Fick dich selber!« – »He, ich bin dran!« – und schirmen Colin vor neugierigen Blicken ab, als er das selbstgebastelte Messer aus dem Ärmel zieht.

Nichts Tolles, bloß eine Zahnbürste, die er auf dem Boden seiner Zelle spitz angeschliffen hat. Er rammt sie dem Russen in den Rücken. Dreimal in die Nieren und zweimal in den Hals.

Der alte Mann schreit nicht einmal, er sinkt einfach nur zu Boden, während das Blut aus seinem Mund blubbert. In einer Minute wird er tot sein. Na, wer ist jetzt der zähe Bursche?

Creepy Colin McLeod beugt sich über ihn und gibt ihm die Botschaft mit auf den Weg, die er die letzten fünf Tage unermüdlich geübt hat. Jede Nacht hat er sich die Worte in seiner Zelle laut vorgesagt, bis es passte.

»*Do widzenia*, du dummer Russenarsch.«

Goodbye.

Und dann schwärmen die Spieler schreiend und johlend auf den Platz zurück, und Colin lässt sich mit ihnen treiben, lässt den alten Mann am Boden liegen, wo er noch eine Weile zuckt und zittert, bis er sich schließlich nicht mehr rührt.

So geht's dir, wenn du dich mit Aberdeen anlegst.

Danke, Danke …

Beim Schreiben dieses Buchs sind mir mit Sicherheit auch ein paar Fehler unterlaufen. Manchmal habe ich absichtlich etwas verändert, weil ich finde, dass es für die Geschichte besser ist, aber was die anderen Fälle betrifft … nun ja, *Nobody's perfect*, nicht wahr? Aber wenn ich etwas richtig hinbekommen habe, dann verdanke ich das folgenden Personen:

Superintendent Jim Bilsland und allen anderen von der Grampian Police, die geholfen haben, aber lieber ungenannt bleiben wollten; Andrzej Jastrzebski von der Old Warsaw Bakery; Mark »Rentboy« McHardy und Michelle Brady; Father Keith Herrera; Eryk Grasela von Crazy Tours, Krakau; Przemyslaw Biernat, der viel an meinem Polnisch verbessert hat; Antoni Cybulski, der mich Fluchen gelehrt hat; und der stets bezaubernden Ishbel Gall, die alles über den Tod weiß, was man darüber wissen kann, und sich nicht scheut, ihr Wissen mit anderen zu teilen. Danke, Leute.

Danken möchte ich auch meinem Agenten Phil Patterson und dem ganzen Team von Marjacq; meiner Lektorats-Ninja Sarah Hodgson (die irrsinnig viel erdulden musste, bis dieses Buch endlich fertig war); Jane Johnson und dem ganzen Team von HarperCollins; James Oswald und Allan Guthrie für ihre Anregungen; Hilary Brander, die als Figur in diesem Roman auftaucht, weil sie und ihr Mann eine gewaltige Summe an die Diced Cap Charity, die Wohltätigkeitsorganisation der Grampian Police, gespendet haben (www.dicedcap.org); dem ganzen Personal des Aberdeen Royal Infirmary, insbesondere den

Schwestern und dem Hilfspersonal der Notaufnahme und der Station 49, die mich während meiner kleinen »Auszeit« betreut haben; und schließlich Fiona und Grendel, die mich stets mit toten Nagetieren und Tee versorgt haben.

Ach ja, und das nächste Buch wird im Januar und Februar spielen – sorry, liebes Aberdeener Fremdenverkehrsamt, aber wenn ich dauernd nur über Sonnenschein schreibe, wird mir ganz mulmig.

Lust auf mehr Spannung von

Stuart MacBride

Dann wird Sie auch sein nächster Roman

KNOCHENSPLITTER

begeistern.

Spannende Unterhaltung mit der folgenden Leseprobe!

Sechs Tage danach

1

»Drei Minuten.«

»Scheiße.« DS Logan McRae bearbeitete die Hupe, deren schrilles *Tröööööt* im Heulen der Sirene und dem Gebrabbel des Radios fast unterging. »Aus dem Weg, verdammt!«

»… um zu zeigen, dass wir alle an sie denken. Hier sind also Alison und Jenny McGregor mit ›Wind Beneath My Wings‹ …« Ein Crescendo von Geigen, und dann setzte der Gesang ein: *»Did …«*

»O Mann, nicht schon wieder!« DC Rennie schaltete das Autoradio aus und fuhr sich durch die blonde, gegelte Igelfrisur. Sah noch einmal auf seine Uhr. »Wir schaffen's nicht, oder?«

Logan hupte noch einmal.

»Na endlich!« Der Trottel in dem Toyota Prius lenkte seinen Wagen an den Bordstein, Logan trat das Gaspedal durch und jagte den zivilen Einsatzwagen mit röhrendem Motor an dem Schleicher vorbei. Die linke Hand tat ihm schon weh, so fest hielt er das Lenkrad umklammert. »Zeit?«

»Zwei Minuten vierzig.« Rennie hielt sich am Griff über der Beifahrertür fest, als Logan mit dem verdreckten Vauxhall um den Hazlehead-Kreisverkehr kurvte. Die Reifen kreischten, und eine Kunststoff-Radkappe verabschiedete sich mit hohlem Scheppern von ihrem Rad. »Aaaah …«

»Komm schon, komm schon.« Logan überholte den 215er Bus nach Westhill, und ein entgegenkommender Range Rover legte eine Vollbremsung hin. Der Fahrer riss erschrocken die Augen auf und fluchte.

Weiter über die rote Ampel, ohne auf den Gegenverkehr zu achten.

Logan riss das Steuer links herum, und das Heck des Einsatzwagens brach aus, als er an der Hazledene Road um die Kurve schlitterte.

Rennie quiekte und schloss die Augen. »O Gott…«

»Zeit?«

»Wir werden sterben…«

»ZEIT, DU IDIOT!«

»Eine Minute sechsundfünfzig.«

Eine Schar Schulkinder wuselte vor dem Eingang des Schwimmbads herum. Sie drehten die Köpfe, als das Auto vorbeiraste.

Logan schaltete runter und lenkte den Vauxhall genau auf eine rostrote Fahrbahnschwelle zu. Wenn er sie genau mittig träfe, würden die Räder links und rechts an dem ein Meter zwanzig breiten Hubbel vorbeigehen. Kein Problem… Der Wagen machte einen Luftsprung und landete mit einem Rumms auf dem mit Schlaglöchern übersäten Asphalt.

»Willst du uns *unbedingt* umbringen?« Rennie sah wieder auf seine Uhr. »Eins dreißig.«

Der Constable hatte recht: Sie würden es nicht schaffen. Logan nahm die nächste Bodenschwelle, ohne abzubremsen.

»Aaaaah! Eins zehn.«

Die Telefonzelle war noch nicht mal zu *sehen.*

»Komm schon!«

Der Wagen schlitterte um die nächste Ecke, und Splitt spritzte von den Rädern auf, als er mit schlingerndem Heck auf den Hazlehead Park zusteuerte. *Niemals* würden sie das schaffen.

»Neununddreißig, achtunddreißig, siebenunddreißig, sechsunddreißig…« Rennie stützte sich am Armaturenbrett ab. »Vielleicht warten sie ja?«

Logan drückte das Gaspedal mit aller Kraft durch und schaukelte auf seinem Sitz vor und zurück. »Los, komm schon, du Scheißteil!« Seine linke Hand, die das Lenkrad umklammert hielt, pochte schmerzhaft. Draußen huschten Büsche vorbei, dann eine Trockenmauer, kaum mehr als eine verschwommene Masse von grauen Knubbeln. Hundert Stundenkilometer. Hundertzwei. Hundertfünf…

»Fünf, vier, drei, zwo, eins.« Rennie räusperte sich. »Zwanzig nach.«

Im Funkgerät knackte es. *»Leitstelle an Charlie Delta 14: Ist sie –«*

Rennie schnappte den Handapparat. »Sind noch unterwegs.«

»Noch unter–…? Es ist zwanzig nach –«

»Das wissen wir selber!« Logan nahm den nächsten Hubbel mit hundertzehn Sachen, und der Wagen wurde mit einem Ruck in die Luft geschleudert. Diesmal gab es bei der Landung ein lautes metallisches Poltern, gefolgt von einem ohrenbetäubenden Dröhnen. Dann wurde der ganze Wagen durchgeschüttelt, man hörte ein kratzendes Geräusch, und die Hinterräder rumpelten über etwas hinweg.

Logan warf einen Blick in den Rückspiegel. Der Auspuff lag mitten auf der Fahrbahn, verbeult und verbogen. »Lasst sofort rund um den Park Straßensperren errichten – an sämtlichen Ausgängen!«

Noch eine Kurve. Der Motor brüllte wie ein wütender Bär. Und da war sie: eine Telefonzelle der British Telecom. Die Plexiglas-Haut mit Tattoos aus Sprühfarbe verziert, stand sie vor dem schmuddeligen Betonklotz einer öffentlichen Toilette. Keine Menschenseele zu sehen. Keine parkenden Autos. Keine Passanten.

Der Vauxhall kam schlitternd in einer hellen Staubwolke zum Stehen. Logan zog die Handbremse, befreite sich vom Gurt, sprang hinaus und rannte auf die Telefonzelle zu.

Alles still, bis auf den knirschenden Kies unter seinen Sohlen.

Er riss die Tür der Zelle auf, und sofort hüllte ihn beißender Uringestank ein und trieb ihm die Tränen in die Augen. Der Hörer hing in der Gabel, die glänzende Metallschnur war noch dran. Das Telefon war so ziemlich das Einzige hier drin, was nicht mutwillig zerstört worden war.

Aber es klingelte nicht.

»Zeit?«

Rennie bremste schwankend neben ihm ab. Sein sonnenverbranntes Gesicht war noch einen Tick röter als gewöhnlich, und er keuchte. »Zwei Minuten zu spät.« Er wirbelte um die eigene Achse. »Vielleicht haben sie ja noch nicht angerufen? Vielleicht sind sie aufgehalten worden. Oder so was …« Er starrte den gefütterten braunen Umschlag an, der anstelle des fehlenden Telefonbuchs auf der Ablage lag.

Logan kramte ein Paar blaue Nitrilhandschuhe aus der Tasche und streifte sie über. Dann griff er nach dem Umschlag, der an »Die Bullen« adressiert war.

Rennie wischte sich mit der Hand über den Mund. »Denkst du, der ist für –«

»Natürlich ist er das.« Der Umschlag war nicht verschlossen. Logan schlug die Lasche zurück und spähte hinein. »Mein Gott.«

»Was? Was haben sie …«

Logan griff hinein und zog ein zusammengeknülltes Stück weißes Papier hervor, das in der Mitte rot verfärbt war. Vorsichtig pulte er es auseinander.

In der Mitte lag ein kleines, längliches Stück Fleisch, mit einem pink lackierten Nagel an einem Ende und einem blutigen Stumpf am anderen. Der Zeh eines kleinen Mädchens.

Das Einwickelpapier war mit getrocknetem Blut verschmiert, aber Logan konnte die lasergedruckte Botschaft dennoch entziffern: »Das nächste Mal kommt ihr vielleicht nicht zu spät.«

2

»Hat Ihre Mutter Sie unter dem *Idiotenbusch* gefunden?« DCI Finnie zeigte mit dem Finger auf die graffitiverschmierte Telefonzelle, die eine einsame Kriminaltechnikerin in voller Tatort-Montur soeben mit Fingerabdruckpulver bestäubte. »Hielten Sie es *deswegen* für eine gute Idee, sämtliche Grundsätze der Spurensicherung über den Haufen zu werfen, indem Sie diesen Umschlag öffneten, wo doch jeder Schwachkopf –«

»Und wenn es nun Anweisungen gewesen wären? Eine Wegbeschreibung etwa?« Logan reckte das Kinn. »Hätten *Sie* ihn einfach liegen lassen?«

Finnie schloss die Augen, seufzte und fuhr sich mit einer Hand durch das Wallehaar. Mit seinen breiten, wulstigen Lippen und den Hängebacken glich der Chef der Kriminalabteilung von Jahr zu Jahr mehr einem frustrierten Frosch. »Wenn Sie pünktlich hier gewesen wären, anstatt –«

»Es war schlicht und einfach unmöglich, die Strecke von Altens hierher in sechs Minuten zu schaffen!«

»Sie sollten doch –«

»Wir waren *zwei Minuten* zu spät. Zwei Minuten. Und in dieser Zeit haben die Typen es fertiggebracht, eine Botschaft auszudrucken, einem kleinen Mädchen den Zeh abzuhacken, alles in einen Umschlag zu stecken, ihn an ›die Bullen‹ zu adressieren und spurlos zu verschwinden?«

»Aber –«

»Wenn sie die Amputation hier vorgenommen hätten, wäre alles voller Blut.«

Finnie blies die Backen auf und ließ die Luft in einem langen, feuchten Strom entweichen. »Verdammter Mist.«

»Wir *sollten* gar nicht rechtzeitig hier sein; das war alles geplant.«

Hinter ihnen rief eine Stimme: »Detective Superintendent? Hallo? Stimmt es, dass Sie Jennys Leiche gefunden haben?«

Finnie sackte einen Moment in sich zusammen, dann verengten sich seine kleinen Knopfaugen. »Sind diese Bastarde vielleicht *Hellseher*?«

Es war eine dickliche Frau, bekleidet mit einer Jeans und einer hellblauen Bluse, die unter den Armen und zwischen den Brusttaschen dunkelblau verfärbt war. Sie kam schwerfällig die staubige Straße entlanggestapft, das ergraute Haar aus dem verschwitzten Gesicht gekämmt und zu einem Knoten gebunden. Ein pickliger Typ trottete hinter ihr drein und hantierte dabei an einer riesigen Kamera herum.

Der Chef des CID straffte die Schultern, und seine Stimme war ein hartes Zischen, als er sagte: »Schaffen Sie diesen Umschlag ins Labor – die sollen jeden verdammten Test damit machen, den sie draufhaben. Und zwar nicht *morgen* oder *nächste Woche*, oder wann immer die da oben in Peterhead aufhören, das System mit ihren gottverdammten Bandenkriegs-Opfern zuzumüllen. *Heute* noch, und zwar so schnell wie möglich. Verstanden?«

Logan nickte. »Ja, Chef.« Er wandte sich ab und ging auf die Telefonzelle zu, just in dem Moment, als der picklige Kameramann sein erstes Foto schoss.

»Ist sie es? Ist es Jenny?«

Finnies Stimme dröhnte in den warmen Nachmittag hinaus. »DS TAYLOR, LASSEN SIE DEN VERDAMMTEN TATORT ABSPERREN!«

Die Kriminaltechnikerin war gerade damit beschäftigt, einen Abdruck von der gesprungenen Plexiglaswand der Telefonzelle abzunehmen, direkt unterhalb von ein paar mit schwarzem Filzstift gezeichneten pornografischen Strichmännchen.

Logan klopfte an den Metallrahmen. »Schon was gefunden?«

Sie sah zu ihm auf – zwischen den beschlagenen Gläsern ihrer Schutzbrille und der weißen Gesichtsmaske war nur ein dünner Streifen Haut zu sehen. »Kommt drauf an, was du damit meinst. Das Ding ist von oben bis unten voll mit Abdrücken, und ich wette zehn Pfund, dass keiner davon vom Täter stammt. Aber man muss auch das Positive sehen: Ich habe drei gebrauchte Kondome, einen Haufen fossile Hundekacke und zwei leere Coladosen gefunden. Hier drin ist es wie in einer Mikrowelle, und ich knie in getrockneter Pisse. Was will man mehr?«

»Kondome?« Logan rümpfte die Nase. In einer Telefonzelle, die wie ein Pissoir roch? Sollte noch einer behaupten, es gäbe keine Romantiker mehr. »Hast du den Umschlag da?«

Sie wies auf den Behälter neben sich. »Wenn du dafür unterschreibst, kannst du alles mitnehmen.«

»Du hast ihn in der *Sonne* liegen gelassen? Wieso ist er nicht in Eis gepackt?«

Die Kriminaltechnikerin wischte sich mit dem Ärmel ihres Schutzanzugs über die schweißglänzende Stirn. »Wo soll ich denn bitte schön das Eis herholen? Und außerdem werden sie das verdammte Teil wohl kaum wieder annähen, oder?«

»Kein Wunder, dass Finnie im Dreieck springt…« Logan öffnete den verbeulten Metallbehälter und fand einen zusammengefalteten Grampian-Police-Fleecepullover, der den transparenten Plastikbeutel mit dem Umschlag darin umhüllte. Immerhin war sie so schlau gewesen, das Ding von der Sonne abzuschirmen. Er füllte das Beweismittelformular aus und richtete sich auf. »Also gut, wenn du irgendetwas findest –«

»MCRAE!« Finnies Stimme war so laut, dass sie beide zusammenzuckten. »ICH SAGTE, SO BALD WIE MÖGLICH, UND NICHT, WENN IHNEN GERADE DANACH IST!«

Logan bog mit dem ratternden Vauxhall in die Queen Street ein. Sie hatten den verbeulten Auspuff in den Kofferraum geworfen, und jetzt heulte und dröhnte der Einsatzwagen wie die erste Knutschkugel eines Teenagers, während der erstickende Gestank von Abgasen den Innenraum verpestete.

Neben ihm schnalzte Rennie mit der Zunge: »Ts-ts – hätte gedacht, dass die inzwischen alle draußen in Hazlehead wären …«

Das Präsidium der Grampian Police ragte am Ende der Straße auf – ein hässlicher Siebzigerjahre-Klotz in Schwarz und Weiß, klobig und einschüchternd, das Flachdach mit Antennen und Sirenen übersät. Das Gerichtsgebäude nebenan war nicht viel besser, aber selbst das wirkte einladend im Vergleich mit der Menschenmenge, die sich auf dem Parkplatz vor dem Präsidium versammelt hatte.

Fernsehteams, Reporter, Fotografen und die unvermeidliche Schar empörter Bürgerinnen und Bürger, die ihre Spruchbänder und Plakate schwenkten: »WEHE, IHR KRÜMMT UNSERER JENNY EIN HAAR!« – »THE WIND BENEATH OUR WINGS!!!« – »WIR BEHTEN FÜR EUCH ALISON UND JENNY!« – »LASST SIE FREI!!!!!« Tränen für die Kameras. Grimmige Gesichter. Nach dem Motto: Wo soll das alles enden, und der Strick ist noch zu gut für diese Typen.

Ein paar von den Demonstranten drehten sich um, als der Vauxhall an ihnen vorbeiratterte.

Rennie zog die Nase hoch. »Wie kommt es eigentlich, dass ausgerechnet die Hässlichsten immer unbedingt ins Fernsehen wollen? Ich meine, versteh mich nicht falsch – das ist alles ganz tragisch und so, aber von den Leuten hier kennt doch kein Einziger die McGregors persönlich. Warum kommen die dann alle angerannt und heulen sich die Augen aus, als wäre ihre Mama gerade gestorben? Ist doch nicht normal, oder?«

Logan fuhr auf den Parkplatz hinter dem Gebäude und stellte den ramponierten Wagen neben den Polizeitransportern ab. »Schaff alles rauf in den dritten Stock.«

Rennie fischte die Beweismittelbeutel vom Rücksitz. »Ich meine, so eine öffentliche Zurschaustellung von Trauer um jemanden, dem man im Leben nie begegnet ist, das ist doch abartig – sie … Ist das Hundekacke?« Er hielt einen der Beutel hoch und betrachtete eingehend die graubraunen Klumpen darin. »Tatsache! Es ist Hunde–«

»Bring es einfach nur rauf ins Labor, ja?« Logan machte kehrt und steuerte auf den Hintereingang zu.

»Also, wie lange wird es dauern?«

»Uargh …« Der Mann in dem weißen Tyvek-Anzug schüttelte sich. Dann pflückte er den Zeh von dem blutbefleckten Papier und ließ ihn in einen Beweismittelbeutel gleiten. Seine Stimme drang gedämpft durch die Atemmaske. »Du Scheiße, ein kleines Mädchen …«

Das Labor im Präsidiumsgebäude war nicht annähernd so groß wie die Hauptstelle in der Nelson Street und erinnerte eher an eine unaufgeräumte Küche als an eine moderne kriminaltechnische Einrichtung. Es gab sogar einen Kühlschrank mit Gefrierfach, der neben der Tür vor sich hingluckerte, übersät mit bunten Magneten. Aus einem kleinen Digitalradio dudelte Northsound One, gerade laut genug, um das Pfeifen des Vakuumtischs zu übertönen, an dem jemand gerade ein Stück Metallrohr mit Fingerabdruckpulver einstäubte.

Logan zupfte am Schritt seines Schutzanzugs. Irgendein Scherzbold musste die Etiketten vertauscht haben – der hier war jedenfalls nie und nimmer Größe L. »Also, wie lange dauert's?«

»Gib uns halt 'ne Chance, wir haben das Zeug doch gerade mal fünfzehn Minuten hier.«

»Finnie will, dass alles so schnell wie möglich untersucht wird.«

»Ach nee.« Der Assistent beugte sich wieder über den zerknitterten Zettel, nahm mit einem Wattestäbchen ein Klümpchen von dem klebrigen dunkelroten Blut auf und ließ es in ein kleines Plastikröhrchen gleiten. »Wenn ich die DNS im Eilverfahren testen lasse, hast du das Ergebnis in einer Stunde –«

»Um sechs ist die Pressekonferenz!«

»– maximal anderthalb. Schneller geht's nicht.«

»Könnt ihr nicht –«

»Das hier ist kein Fernsehkrimi – ich kann nicht einfach rechtzeitig vor der Werbung ein DNS-Profil aus dem Hut zaubern. Aber eine Blutgruppenbestimmung kriege ich vielleicht noch hin.« Er nahm noch einen Abstrich und ging damit zu der Arbeitsfläche neben dem Kühlschrank. »Und was den Rest betrifft ...« Er seufzte, rückte seine Schutzbrille zurecht und drehte sich um. »Sam? Wie lange brauchst du für die Fingerabdrücke?«

Nichts.

Logan nahm die Gestalt, die über den Vakuumtisch gebeugt stand, genauer in Augenschein. Der unförmige weiße Schutzanzug machte sie vollkommen anonym, selbst für ihn. »Samantha?«

Der Assistent versuchte es noch einmal. »Sam?«

Immer noch nichts.

»SAM! WIE LANGE DAUERN DIE ABDRÜCKE?«

Jetzt blickte sie von ihrem Metallrohr auf. Das eine Ende war in einen transparenten Plastikbeutel gehüllt, das Metall darunter dunkel und fleckig. Sie zerrte am Gummizug ihrer Kapuze, worauf ein feuerroter Haarschopf zum Vorschein kam, und nahm einen winzigen schwarzen Ohrhörer heraus. »Was?«

»Die Fingerabdrücke.«

»Oh.« Sie sah Logan an und lächelte … jedenfalls vermutete er es. Hinter der Schutzmaske war das schwer zu erkennen. »Bist du das da drin?«

Logan lächelte hinter seiner eigenen Maske. »Soviel ich weiß, ja.«

»Hab deinen Umschlag in die Sekundenkleber-Box gesteckt. Allzu viel Hoffnung hab ich allerdings nicht – er ist jetzt schon zehn Minuten drin, und noch ist rein gar nichts zu sehen.«

»Null, Rhesus-negativ.« Der Assistent hielt eine Karte hoch. »Hilft dir das weiter?«

Dieselbe wie Jenny McGregor.

»Obduktion?«

»Keine Ahnung.« Der Mann fasste den Beweismittelbeutel mit dem Zeh darin zwischen zwei Fingern, als wäre es eine dreckige Windel, und reichte ihn Logan. Dann wischte er sich die Handschuhe an seinem Schutzanzug ab. »Die Eiskönigin ist zu einer Konferenz nach Baltimore geflogen, und der Heini, der sie vertreten soll, ist wegen einer Magen-Darm-Geschichte außer Gefecht. Also …«

Logan versuchte nicht zu stöhnen. »Wann ist Ihre Hoheit wieder da?«

»Dienstag in einer Woche.«

Na super.

Er unterschrieb für den Zeh und machte sich auf den Weg zur Leichenhalle, diesem ruhigen und kühlen Plätzchen in einem unterirdischen Anbau gleich neben dem Parkplatz hinter dem Präsidium. Die diensthabende Rechtsmedizinische Assistentin saß in einem kleinen beigefarbenen Büro neben dem Sektionssaal. Sie hatte die Füße auf den Schreibtisch gelegt und las in einem Klatschmagazin.

Logan klopfte an den Türrahmen. »Ich hab einen sterblichen Überrest für Sie.«

»Ach, was Sie nicht sagen.«

Der Exklusivbericht über die »Sex-Eskapaden der Spielerfrauen!« verschwand in einer Schreibtischschublade, und die Assistentin schälte sich aus ihrem Stuhl. Hochgewachsen, dünn und insektengleich, mit einer Designerbrille in ihrem breiten, flachen Gesicht, die Finger ständig in Bewegung. »Steht der Leichenwagen an der Rampe?«

Logan hielt den Beutel mit dem winzigen Stückchen Fleisch und Knochen hoch.

»Oh …« Sie hob eine breite, dunkle Braue. »Verstehe. Tja, wir hatten hier einen hektischen Tag; ich denke, das da dürfte eine willkommene Abwechslung sein, wenn Mr. Hudson aus dem Krankenstand zurück ist.« Sie tigerte hinüber zum Kühlraum, öffnete nach kurzer Überlegung eine der Metalltüren und zog eine große Metallschublade aus der Wand.

Ein wachsgelbes Gesicht starrte zu ihnen auf. Geschwollene Golfball-Nase, zottiger grauer Bart, die Haut um Stirn und Wangen irgendwie ausgebeult, als wäre sie nicht ordentlich wieder drübergezogen worden.

Die Assistentin runzelte die Stirn. »Da stimmt doch was nicht. *Du* solltest in Nummer vier sein.« Sie seufzte. »Na, egal.« Dann zog sie die nächste Schublade in der Reihe auf. »So, da wären wir.«

»Die Obduktion muss so bald wie möglich durchgeführt werden. Wir haben –«

»Ich bedaure, aber da Dr. McAllister verreist und Mr.

Hudson … *unpässlich* ist, könnte es ein paar Tage dauern, bis wir dazu kommen.« Sie streckte die Hand nach ihm aus, und ihre langen Finger wackelten wie die Fühler eines Tausendfüßers. »Kann ich bitte die Überreste haben?«

Logan ließ sie die Übergabe quittieren und sah dann zu, wie sie den winzigen, bleichen Zeh feierlich in die Schublade bettete. Es sah ein wenig albern aus, wie der kleine Fleischstummel in seinem Beweismittelbeutel genau in der Mitte dieser weiten Fläche aus Edelstahl lag. Dann schob sie die Schublade wieder hinein und ließ die schwere Tür mit einem dumpfen Klacken ins Schloss fallen.

Aus den Augen, aber ganz bestimmt nicht aus dem Sinn.

Mehrere Polizeibeamte haben sich extrem hilfsbereit gezeigt; ich kann sie nicht nennen, aber danken kann ich ihnen.

Und, um das Beste bis zum Schluss aufzuheben: Fiona und Grendel.